本书得到华南师范大学岭南文化研究中心项目资助

# 中国近代文学论文集·戏剧及说唱文学卷

(1980—2017)

主 编 左鹏军

苏州大学出版社

图书在版编目(CIP)数据

中国近代文学论文集. 戏剧及说唱文学卷. 1980—2017 / 左鹏军主编. — 苏州：苏州大学出版社，2020.10
 ISBN 978-7-5672-3317-1

Ⅰ.①中… Ⅱ.①左… Ⅲ.①戏剧文学－文学研究－中国－近代－文集②说唱文学－文学研究－中国－近代－文集 Ⅳ.①I206.5-53

中国版本图书馆 CIP 数据核字(2020)第 168870 号

### 中国近代文学论文集·戏剧及说唱文学卷
#### (1980—2017)

左鹏军　主编

责任编辑　张　芳

助理编辑　张　晨

苏州大学出版社出版发行
(地址：苏州市十梓街1号　邮编：215006)
南通印刷总厂有限公司印装
(地址：南通市通州经济开发区朝霞路180号　邮编：226300)

开本 787 mm×960 mm　1/16　印张 25.75　字数 504 千
2020 年 10 月第 1 版　2020 年 10 月第 1 次印刷
ISBN 978-7-5672-3317-1　定价：80.00 元

图书若有印装错误，本社负责调换
苏州大学出版社营销部　电话：0512-67481020
苏州大学出版社网址　http://www.sudapress.com
苏州大学出版社邮箱　sdcbs@suda.edu.cn

# 《中国近代文学论文集（1980—2017）》
# 编委会

主　任　关爱和
副主任　马卫中　孙之梅　王达敏　左鹏军
委　员　（以姓氏拼音为序）
　　　　陈国安　陈庆元　杜桂萍　龚喜平　关爱和
　　　　郭延礼　侯运华　黄　霖　胡全章　马卫中
　　　　孙之梅　王　飚　王达敏　汪孔丰　王双腾
　　　　魏中林　谢飘云　薛玉坤　杨　波　袁　进
　　　　赵利民　左鹏军

| | |
|---|---|
| 概论与文学理论卷 | 主编　孙之梅 |
| 诗词卷 | 主编　马卫中 |
| 散文卷 | 主编　王达敏 |
| 小说卷 | 主编　关爱和 |
| 戏剧及说唱文学卷 | 主编　左鹏军 |

# 序

关爱和

2017年9月，中国近代文学学会在苏州大学召开学术会议。会中穿插召开理事会，讨论学会成立30周年纪念性学术活动的若干事宜。所讨论若干事宜中最重要的一项就是续编《中国近代文学论文集》。之所以称为续编，是因为20世纪70年代末，在中国社科院文学研究所陈荒煤先生提议下，近代组王卫民、王俊年、赵慎修、梁淑安、裴效维等参与编选过一套《中国近代文学论文集》，其时间起止与卷帙是1919—1949年三卷，1949—1979年四卷。"续编"顾名思义就是"接着选"，从1980年续选至2017年，作为献给中国近代文学学会成立30周年的学术礼物。

中国近代文学学会成立于1988年。当时尚是兵强马壮的中国社科院文学所近代室在编选学术论文的同时，1982年在开封河南大学召开了第一次学术讨论会，之后又有杭州、广州两年一次的学术年会。1988年，在敦煌第四次近代文学会议上，中国近代文学学会成立。学会为民政部登记的全国一级学会，挂靠中国社科院文学所。与会代表推举中国近代文学研究的前辈季镇淮、钱仲联、任访秋为第一届学会名誉会长，文学所副所长邓绍基为会长。自1988年起，学会担负起统筹学术资源、团结学术力量、共襄研究事业的责任。山东大学郭延礼、复旦大学黄霖、文学所王飚先后担任学会会长工作。1990年在济南、1992年在杭州、1994年在广州、1996年在开封、1998年在张家界、2000年在福州、2002年在芜湖、2004年在青岛、2006年在长春、2008年在上海、2010年在赣州、2012年在长沙、2014年在天津、2016年在大理，两年一届的学术年会按部就班地进行，目前共成功举办了18届年会。学会中的许多会员组织还在年会召开的空隙时间，穿插召开各类专题性学术研讨会，促进了学术探讨的深入，带动了青年学者的成长，加强了学会成员单位的学术了解。30年间，学会成为名副其实的中国近代文学新老研究者的学术之家。在学会成立30周年之际，我们衷心感谢为学会工作做出贡献的每一位学者，感谢举办每一次年会和专题会议的学会会员单位。中国近代文学学会因为你们的辛勤工作而硕果累累。

续选《中国近代文学论文集（1980—2017）》共有概论与文学理论卷、诗词卷、小说卷、散文卷、戏剧及说唱文学卷5卷，分别由孙之梅、马卫中、关爱和、王达敏、左鹏军担任分卷主编，在中国近代文学学会的领导下工作。每卷论文集的出版费用由各主编自行筹集。苏州大学出版社担负论文集出版的任务。20世纪80年代论文集的出版和眼下续选论文集的出版，如以编选者与出版经费的筹措为标志，80年代的编选，有着更多的官方色彩和政府行为；眼下的续编更多地体现出学术民主、学术下移、学术在民间的发展趋势。

"接着选"可以让我们清楚地看到近四十年间中国近代文学研究从质到量的巨大变化。1980年之后，思想解放的潮流，使中国近代文学的研究挣脱"泛政治化"的牢笼，逐渐回到文学自身，近代文学作为古典与现代文学之间不可或缺的重要一环得到确认，近代文学的学科共识逐渐达成；随着国家学位制度的建立与完善，一个教育背景完整、年龄结构合理、学术传承特色明显、学术个性突出张扬的研究群体出现，并相对形成北京、上海、广州、山东、河南、苏州、西北等近代文学研究与教学的重要基地；本着实事求是的科学精神，近代文学研究工作者逐渐以新的学术眼光审视文学史实，以多元、宽容的学术胸怀，突破着研究中的禁区、敏感区，完成对过去权威的超越。中国近代文学的丰富性、整体性以及自身发展所体现的逻辑性，得到更多的认知；文学史料的收集、整理、研究更多地引起学者的普遍重视，回到文本，还原历史语境，越来越成为一种学术自觉。

"接着选"是一种对近代文学学会精神与学术传统的继承，是对近四十年来近代文学研究成果的检阅，更是为学术的"接着讲"整理一个再出发的平台。一句话："接着选"目的是为了更好地"接着讲"。在西学东渐的政治文化场景中，中国发生了天翻地覆的巨大变化。作为中国人情感与心路历程载体的中国近代文学，其地位作用在中国古典与现代文学链条中，显得越发重要。在近百年的精神与情感演变过程中，古与今的转换，中与西的融合，旧的毁坏，新的生成，其间蕴含着丰富的感情密码和重大的学术命题。在近代文学学科确立，思想藩篱不复存在的新时代，我们需要阅读史料，更需要独立思考；我们需要大开大合的历史宏大叙事，也需要步步为营的细心考证；我们需要与其他学科共有的价值取向，也呼唤近代文学独特的学术话语。"江山代有才人出"，我们这一代肯定还会努力，但把更多的希望寄托于更年轻的一代。苏州会议的另一决策是从2018年开始，学会将设立"季镇淮钱仲联任访秋学术奖"，奖励最近两年间50岁以下学者的优秀论文、论著及文献史料整理著作。因为学会与学术的发展，需要"接着讲"精神的代代传递。只有拥有年轻人，才拥有学会学术的未来。

三十而立。进入而立之年的中国近代文学学会，会更执着于学术的耕耘，享受着学术的收获。在《中国近代文学论文集（1980—2017）》出版之际，愿借用上述的话，与每一位学会会员共勉。

# 前　言

　　一个多世纪以来，尤其是中华人民共和国成立以来，作为整个中国文学史和中国文学批评史研究的一个组成部分，中国近代文学研究的发展变迁、起伏兴衰，与整个中国文学史、中国文学批评史的研究状况与发展变化密切相关；而且，中国近代文学的研究历程也与整个中国人文社会科学研究的发展变迁和历史命运紧密相连，从一个特定角度反映着中国人文社会科学研究的兴衰起伏、阴晴圆缺，留下了值得认真回顾、深刻反思并牢牢记取的经验和教训。

　　由于文化背景、社会状况、学术风气、研究观念等方面的众多差异、诸多变化，一个多世纪的中国近代文学研究的发展变迁，表现出一定的阶段性特征。从这一角度考察和认识中国近代文学研究的既往，有助于更好地规划这一研究领域的当下和未来。为便于认识和把握这种学术变化，笔者曾将中国近代文学研究的学术史历程划分为六个阶段，即萌生期（1840—1919）、成立期（1920—1949）、新生期（1950—1965）、沉沦期（1966—1977）、复兴期（1978—1989）、建设期（1990年至今）。并不是认为这样的分期和表述有什么学术价值或启发意义，只是想借此表达对一个多世纪的中国近代文学研究的学术历程和经验教训的基本认识。从另一个角度来看，假如将1980年以来的中国近代文学研究视为一个相对完整的历史阶段，也是有着相当充分的学术根据和理由的，对于认识和评价中国近代文学研究的学术史经验也可能有一定的参考价值。

　　鉴于本卷是在《中国近代文学论文集（1980—2017）》的总体设计和各卷分工的基本原则与要求下，编选的是1980—2017年的近代戏剧与说唱文学研究论文，兹将1980—2017年近四十年间的近代戏剧与说唱文学研究情况概述如下，以表达编选者对这一时期学术史历程及相关问题的基本认识，并对本卷的编选情况做简要说明。

## 一、中国近代文学研究总体格局中的戏剧及说唱文学研究

中华人民共和国经历了极其沉重的文化灾难，浩劫之后的艰难复苏从1978年年底至1979年年初才正式开始。1977年以后，在经过了近两年的尝试观察、探索调整之后，终于迎来了改变中国当代历史发展方向、决定今后中国前途命运的中国共产党十一届三中全会的胜利召开。假如当时还难以看清那次重大历史转折的意义，那么时过近四十年后，对这一切则应当看得愈来愈清楚，也应当愈来愈深刻地认识到其非同寻常的深远意义了。因此，说这是中国近代文学研究的"复兴期"或"建设期"的开始，恐怕是一点也不过分的。

随着科学的春天的到来、改革开放的展开，在努力实现工业、农业、国防、科学技术"四个现代化"，"科学技术是第一生产力"的强大语境之下，中国人文学术虽然并没有被摆在特别突出的位置，但也依然乘着和煦的春风、伴着改革开放的脚步，迎来了一个期盼已久的春天般的崭新局面。一方面，一批历经磨难、被迫中断了近二十年学术研究和教育教学活动的老学者们在劫后余生中又焕发出学术的青春，如同枯木逢春、老树新花，继续勉力从事学术研究并取得了显著成就，代表着这一时期中国近代文学研究的最高水平和发展方向。特别难能可贵的是，其中一批老学者不惜改变甚至停下自己原有的研究和著述计划，把主要精力用于培养大学生、研究生等专门人才，为中国近代文学研究领域储备了难得的人才资源。另一方面，由于1977年以来中国高等教育正常秩序的逐渐恢复、走向正轨，被中断了十年以上的大学教育、研究生教育的再度复兴，在长辈先生的悉心培养、苦心栽培之下，新一代年轻学者相当迅速地成长起来，逐渐在中国近代文学研究领域显现才华、展现能力，在前辈先生的督促、带动之下，在不太长的时间内就取得了相当突出的学术成绩，做出了可观的学术贡献，并预示着更有作为的未来。

这一时期的中国近代文学研究，主要承续着因以"无产阶级文化大革命"为极端表现的接连不断的政治运动甚至文化浩劫而被迫中断了长达二十多年的学术传承、研究基础和基本方向，内心已经伤痕累累的研究者们面对着满目荒芜、几成废墟的学术园地，不得不、不能不跟当时中国人文社会科学的许多领域一样，开始进行一些"拨乱反正""正本清源"的工作，试图重新找回被中断、被抛弃的学术脉络和研究思绪，然后才有可能进一步企望在原来的基础上有所推进、有所建设。因此，这一时期最初几年间的中国近代文学研究，起点是相当低的。当时研究的主要问题经常是资产阶级维新派的文学思想和文学创作是不是需要继续批判，"谴责小说"的思想倾向该如何评价，刘鹗的"汉奸"罪名是不是

需要"平反",等等。可见"复兴期"或"建设期"开始之际的中国近代文学研究的起步是何等简陋,何其艰难!

在被后来的某些人文学术研究者描绘而成的意气风发、朝气蓬勃的20世纪80年代,许多研究者怀着只争朝夕的紧迫感,怀着终于可以重新从事教学和研究工作的满腔热情,也怀着重新得到学术研究机会的感恩之心,一心要把被耽误的时间追回来、补回来,一心要把被中断的学术研究、教育教学事业再接续起来。因此尽管学术条件并不完备、许多方面尚在修复完善之中,但学术环境却相当令人欢欣鼓舞,学术发展相当迅速。经过几年的酝酿积累、回顾反思、恢复重建,中国近代文学研究已经出现了可喜的势头。加之20世纪80年代中期开始出现的研究方法渐趋多元、学术思想渐趋活跃、学术观念日益进步的大趋势,中国近代文学研究终于迎来了真正的复兴气象,并为其后的全面建设和持续发展奠定了坚实的学术基础。

由于时代的变迁、学术的更替,这一时期的研究者主要是经历过一系列政治批判和思想改造运动的新中国培养出来的最早的几届大学生们,即如今已经七十五岁到八十五岁左右的一批学者。他们当时的年龄大约在五十岁至六十岁之间,在学术研究专门人才、教育教学队伍青黄不接之际,仍然成为中国近代文学研究的中坚力量,发挥着承前启后、守夜传薪的关键作用,也是代表着当时中国近代文学学术高度、研究水平的主体力量。当然,几位劫后余生、难后幸存的老先生们,尽管年事已高,仍然努力进行学术研究和专门人才培养工作,堪称这一时期中国近代文学研究学术传统承传延续的标志,也是这一学术领域学术地位和最高水平的象征。

特别值得注意的是,以改革开放、恢复高考为显著标志的新时期以来培养出来的一些大学生、研究生及其他年轻学者们,特别是1977级、1978级大学生,以及1979年研究生教育恢复以来的最初几届研究生,在这一时期开始崭露头角,其中有的已经在学术上逐渐成熟起来,并日益显示出新一代研究者的学术视野、知识结构、治学特点、创新能力和学术水平。这批年轻研究者上承年华已经老去的师长辈留下的优良学术传统,下启新时期思想解放、学术进步、梯队建设的新期待,成为中国近代文学研究人才队伍建设的希望所在。其后迄今的中国近代文学研究史事实有力地证明,这批当年正值青壮年、如今已经六十岁上下的学者没有辜负师长、学生和时代的期待,也在很大程度上实现了自己的人生价值和学术理想,出色地完成了中国近代文学研究学术传承、持续进步、发扬光大的历史使命,实现了时代使命、学术传承与个人追求、人生理想的统一。

人文学术研究非常需要血脉传承、扎实建设、平稳发展,学科建设历史并不长、研究基础并不雄厚的中国近代文学研究尤其如此。经过1979年以后二十多年的回顾前瞻、建设积累、探寻求索之后，从20世纪的最后一个十年开始，中国近代文学研究才在更加严格的意义上进入了有规模、有计划、有目标的学术建设时期。这样说，主要是指对包括中国近代文学研究在内的中国人文学术研究而言至为关键的建设与发展诸要素，如人才培养、队伍建设、文献积累、学科规范、研究成果、学术水平、学术交流、学术组织和学术影响等。这些方面的扎实积累、充分准备、齐头并进和有序展开，成为中国近代文学研究进入建设期的显著标志。

从1990年至今，虽然中国近代文学研究跟中国人文学术的许多其他领域一样，在日益强势的自然科学和种种实用技术的猛烈冲击甚至指责鄙夷下，在略显弱势但依然具有较大发展空间的社会科学诸学科的明显挤压下，不断面临新的挑战和冲击，其处境和生存出现了日渐边缘、日益艰难的不利状况。特别是高度商业化、市场化、功利主义、技术主义、量化考核、数字崇拜的大行其道，加之学术评价标准日趋标准化、技术化、工具化、统一化，自身学科影响力弱小、学术地位不高等问题，开始愈来愈明显地限制和束缚着中国近代文学研究的建设与发展。尽管如此，仍然有一批学者甘于寂寞、淡泊名利、坚守书斋和讲台，对中国近代文学一往情深、不离不弃，以自己的学术情怀、研究业绩、学术成就扎扎实实地推动着中国近代文学的学术探索和学科建设，雄辩地证明着中国近代文学的学术价值和学术尊严，取得了一批足以代表中国近代文学研究新进展、新水平的令人鼓舞、可堪羡慕的标志性成果，其中有的成果还赢得了相关学科领域研究者的关注和尊重，为中国近代文学学科建设和发展做出了突出贡献。

"建设期"开始以来的将近三十年间，可能是自从中国近代文学研究这一学科领域成立以来最为稳定、空前活跃、最为健康，并保持着足够发展动力和创新可能、自觉追求更高学术目标、憧憬更加美好的学术理想的一个时期，也是最令人鼓舞、信心倍增的一个时期。这一时期中国近代文学研究的特点和成绩主要表现在以下几方面。

第一，专业人才培养、学术队伍建设深度自觉、承传有序，人才培养和队伍建设规模质量都达到新水平。人才队伍是学术研究的核心资源和发展动力所在，学术队伍尚显薄弱的中国近代文学研究领域更是如此。"建设期"开始以来，尽管在人才培养与队伍建设方面仍然面临着一些困难和问题，但是中国近代文学研究高素质、高水平专业人才队伍建设一直是首要任务，也是中国近代文学学科建设发展、传承创新、走向未来的内在动力和学术希望之所在，这应当是中国近代文学研究界的共识。老一代学者经过数十年积累，在新条件、新目标下继续出版和发表有代表性、有重要学术价值的研究著作和论文,继续引领着中国近代文学研究的学术风格和发展方向;一批中青年学者迅速成长起来,在中国近代文学研究的多个方面取得了足以代表学术实力和研究水平的标志性成果,日益充分地显示出突出的研究特色和学术风格;还有更多更年轻的学习者和研究者(如博士生、硕士生)正在成长,在中国近代文学的相关领域或某些问题上表现出较好的学术能力和研究水平,并显示出值得期待的发展潜质。这一时期中,中国近代文学专业研究队伍自觉规划、合理建设的力度大大加强,专业研究队伍不断壮大,并较好地完成了学术带头人以及学术骨干的新老交替、代际传承和学术转换。有序的学术传承、学术接力是这一时期中国近代文学研究取得的一项扎实成绩和突出成果,必将对今后近代文学研究的学术建设和持续发展产生积极有力的影响。

第二,基本文献和稀见文献整理出版、冷静清醒的学术史反思等学术积累渐趋自觉化、系统化,有计划、有规模的文献资料建设取得突出成绩。文献资料是许多人文学科的研究基础,尤其是对于中国近代文学这样以往文献积累颇为薄弱、不受重视,一些文献资料面临湮没、散佚甚至消失风险的领域,基本文献的积累、整理汇辑、编校出版等就显得尤为紧迫。从此期开始,愈来愈多的重要文献资料得到整理、出版和利用,特别是某些稀见文献、报刊文献、海外文献及以往由于种种非学术原因受到限制或被禁止出版、难以使用的文献得以重见天日、受到重视并得到较好利用。特别有显示度和标志性者如《中国近代小说大系》《中国近代文学大系》《中国近代文学丛书》《国家清史编纂委员会·文献丛刊》等大型总集、丛书的出版,以及各省(区市)地方性文献资料的整理、影印与出版,大量海外中文文献、汉学文献在中国内地的出版传播等等。无论是出版速度、规模、数量、质量,还是学术价值、应用价值、收藏存储和呈现方式,都达到了空前兴旺发达的水平。其中有些文献成果是在过去的学术条件、经济条件和文化环境下不可想象的,充分反映了学术研究的进步和文化环境的优化。

第三,学术观念更新完善进一步自觉化、主动化,研究方法渐趋多元化、多样化。长期以来的中国近代文学研究在学术观念、研究方法上存在着简单化、单一化的弊端,在某些特殊时期甚至使一些研究明显走向了非学术化、思想僵化、过度意识形态化的方向。尤其是历史决定论、庸俗社会学、阶级斗争与阶级分析模式的影响极为深远,造成了明显的负面影响。经过二十多年的回顾反思、经验积累和探索创新,20世纪80年代中期即已起步的关于文学史研究方法论、重写文学史、文学史研究实证性、文学史研究和呈现模式的创新发展思潮,在这一时期继续被一些研究者传承、倡导和运用,并在新的政治思想、文化学术条件下得到发展完善。一些研究者在更加有意识地传承和运用中国传统学术方法的基础上，学术视野不断拓展，尝试探索的热情未曾消减，在更加审慎、成熟、自如、自信的意义上借鉴和运用西方的某些学术观念与研究方法，在很大程度上丰富了中国近代文学研究的学术观念、学术视野和研究方法，在思想观念和方法论意义上有力推进了中国近代文学的学科建设、研究进展，也扩大了中国近代文学学科在整个中国文学史研究及相关人文研究领域的学术影响和地位。

第四，学术组织继续建立和不断完善，并逐渐发展壮大，学术活动渐趋正常化、规范化，学术影响持续扩大。随着以改革开放为主题的新时期的到来，一些高等院校、科研院所先后成立了不同名目的中国近代文学研究机构，中国近代文学史及相关课程也在一些大学的中文科系得到比较稳定的开设，培养了数量可观的高级专业人才。特别是随着20世纪80年代前中期中国人文学术兴盛发展时期的到来，在经过一段时间的积极准备，召开过几次中国近代文学专题性学术研讨会之后，到1988年9月，国家一级学会——中国近代文学学会正式宣告成立。随后，该学会的下属分支学会、一些省（区市）的中国近代文学学会也纷纷成立。这些学术组织的建立，对开展学术活动、汇聚专门人才、交流研究成果、扩大学术影响产生了积极促进作用。假如从1982年在河南开封河南大学举办的首届中国近代文学学术研讨会算起，到2018年已经过去了三十六年；假如从1988年中国近代文学学会正式成立算起，到2018年恰好经历了三十年。这一时期，学术会议如期举行，学术活动渐趋多样，研究水平逐渐提高，学术影响逐渐扩大，学术组织的凝聚力、感召力不断增强。在这不平凡的岁月里，一些发挥过开创性、奠基性作用的前辈先生已经故去，最为活跃、可以代表该领域研究水平和学术走向的标志性研究者也换了几代人，但是中国近代文学研究的学术传承不仅没有削弱，反而逐渐加强。可以设想，假如没有健康发展的学术组织，没有规范持久的学术交流活动，这一切都是不可能实现，甚至是不可想象的。

第五，中国近代文学的学科格局、学术气象、吸引力、包容性逐渐加强，学术影响力明显增强，学术地位逐渐提高。随着信息化、网络化时代的到来与"互联网+"技术对于人文学术提供的极大帮助和产生的深刻影响，学科交叉、学术互鉴、方法融通、学术交流的便捷化和显著加强，人文学科领域中的跨界研究、跨学科视野和综合创新能力已经成为一种强大的变革发展趋势，甚至出现了空前深刻地突破原有学术观念和学科格局、融通一般所谓自然科学及技术与人文社会科学之间所存在的明显壁垒，所形成的清晰疆域的综合化、融通化趋势。在这样的新背景和新趋势下，其他学科领域的研究者愈来愈多、愈来愈有意识地将部分或主要精力转移到中国近代文学研究中来，带来了新的学术气象和新的学术可能。如与中国近代文学学术渊源较深、学科关系比较密切的中国古代文学、中国古典文献学、中国现当代文学、比较文学与世界文学、近代汉语、方言学、明清史、民国史、中国近现代史、中外文化交流史、中国近现代哲学、专门史、地方史、宗教学、民俗学、戏剧戏曲学、中国报刊史、中国新闻史、新闻与传播学等学科领域的研究者愈来愈多地自愿加入，使中国近代文学研究获得了更加广阔、更加丰富的学术参照和对话空间，也增加了与相关学科交流共进的机会，进一步壮大了中国近代文学研究队伍。这种局面一方面表明中国近代文学研究的学术价值得到了相关学科的更多关注和尊重；另一方面也使中国近代文学研究的学术空间明显扩大，学术视野更加广阔，为原初意义上的中国近代文学研究提供了新的学术思路和学术观念，为中国近代文学学科的建设完善、发展壮大提供了更加坚实厚重、广阔通畅的学科基础，使之更加富有生机活力和创新发展的可能性。

可见，只是到了这个真正意义上的建设时期，中国近代文学研究才在此前多年的积蓄准备、坎坷徘徊、复兴自觉、求索探寻之后，真正进入了扎实积累、自觉建设、稳定发展、持续进步的新时期。在这个时期里，中国近代文学研究的各个方面都达到了令人鼓舞的新水平，取得了空前突出的学术成绩，产生了愈来愈广泛深入的学术影响，为继续提升、持续发展、实现更高的学术目标、做出更大的学术贡献准备了相当扎实厚重的学术基础，成为迄今为止的中国近代文学研究学术史上最有成就、最有气象、最令人满怀信心地继续创新发展的一个时期。

## 二、四十年来近代戏剧及说唱文学研究的主要成绩和特点

作为新时期以来整个中国近代文学研究的一个重要组成部分和具有某些特殊性的方面，从更大一点范围来说，作为中国文学史、中国戏剧史、中国说唱文学史研究的一个组成部分，从总体上回眸观察1980年以来近四十年的近代戏剧与说唱文学研究，可以说显现出一些突出的学术动向、变革趋势和时代特点。在总体上取得显著成就、显示出突出特点的同时，仍然存在一些缺陷和不足，留下了一些值得记取的学术史经验。

第一，学术基础建设意识的增强和文献史料的整理出版。学术基础和文献史料对于一切人文学术领域与学术建设的基础性、持久性意义是显而易见的，对近代戏剧及说唱文学研究的意义也当然如此，不能例外。在一个多世纪的近代戏剧及说唱文学研究历程中，在学术基础与文献史料方面的基本建设虽然可以说是一直在积累、进展、丰富过程之中，但是应当清醒地看到，比较严格和规范意义上的学术基础与文献史料建设，是从20世纪80年代以来才正式开始并得到持续进展的。

这种趋势主要表现在以下四个方面：

一是专门性和相关戏曲目录著作的出版。长期以来，近代戏剧研究依靠的主要文献目录就是阿英所编《晚清戏曲小说目》（上海：上海文艺联合出版社1954年版；上海：古典文学出版社1957年版）。时隔四十多年后，方始出现了梁淑安、姚柯夫所著的《中国近代传奇杂剧经眼录》（北京：书目文献出版社1996年版），这是又一部具有基础性、标志性意义的专门的近代戏曲（传奇杂剧）目录。在此前后，还有几种涉及近代戏曲的戏曲目录著作出版，从不同角度为近代戏曲研究提供了文献线索和研究基础，傅惜华著《清代杂剧全目》（北京：人民文学出版社1981年版）、庄一拂编著《古典戏曲存目汇考》（上海：上海古籍出版社1982年版）就是其中最有代表性的两种。傅晓航、张秀莲主编的《中国近代戏曲论著总目》（北京：文化艺术出版社1994年版）也从近代戏曲理论批评角度丰富和深化了近代戏曲的文献资料线索。此外，几种有关或涉及近代戏曲的工具书和戏曲志的出版，也是值得注意的学术进展的标志，如梁淑安主编的《中国文学家大辞典·近代卷》（北京：中华书局1997年版），齐森华、陈多和叶长海主编的《中国曲学大辞典》（杭州：浙江教育出版社1997年版），李修生主编的《古本戏曲剧目提要》（北京：文化艺术出版社1997年版），中国戏曲志编辑委员会所编《中国戏曲志》各省（区市）卷（北京：文化艺术出版社、中国ISBN出版中心1990—1999年版），都为近代戏曲研究提供了空前丰富的文献线索和学术基础。蔡毅编著《中国古典戏曲序跋汇编》（济南：齐鲁书社1989年版）虽然编校误漏颇多，难以可信可用，但以一人之力编辑完成，且资料比较丰富，其意义价值仍有值得注意之处。

二是具有学术史回顾总结性质的论文选集的编辑出版。随着新时期的到来，随着整个中国人文学术复兴局面的出现，在一向并不热闹的近代文学研究中更显冷清的近代戏剧及说唱文学研究领域，中国社会科学出版社先后出版了中国社会科学院文学研究所近代文学研究组编《中国近代文学论文集（1949—1979）·戏剧、民间文学卷》（北京：中国社会科学出版社1982年版）、梁淑安编《中国近代文学论文集（1919—1949）·戏剧卷》（北京：中国社会科学出版社1988年版）。这是近代戏剧及说唱文学作为一个相对独立的研究领域成立以来的第一次，为当时及其后的近代戏剧及说唱文学研究提供了可资参考的学术史资料，对于新时期以来的近代戏剧及说唱文学研究也产生了明显的促进作用。但是，由于其后老一代近代文学研究者的先后退休、某些时段中国社会科学院文学研究所近代文学研究室被撤销，这一原本颇为兴旺、已有多项研究成果的研究机构及相关人员再没有取得更加显著的学术成绩。这种局面不仅使该研究所本身的近代文学研究受到很大影响，对整个近代文学研究界也产生了明显的负面影响。

## 前言

三是具有标志性意义和前沿水平的文献总集的编辑出版。这一时期出版了几种具有标志性意义，代表了近代戏剧及说唱文学文献基础和研究水平的文献资料集，为这一颇为薄弱、颇显寂寥的研究领域带来了新气象，提供了建设发展的基础和可能性。长期以来，近代戏剧及说唱文学研究可以依靠的主要作品集只有阿英所编《晚清文学丛钞·传奇杂剧卷》（北京：中华书局1962年版）、《晚清文学丛钞·说唱文学卷》（北京：中华书局1960年版），这种局面一直延续了三十多年，令人颇为奇怪。直到20世纪80年代以后，这种极不正常的局面才逐渐改变。《中国古典文学名著分类集成·戏曲卷五》（天津：百花文艺出版社1994年版）所收主要是近代传奇杂剧作品，由梁淑安负责编选，反映了新标准、新意图之下对于近代戏曲的取舍。张庚、黄菊盛主编的《中国近代文学大系·戏剧集》（上海：上海书店1995—1996年版）可视为继阿英编选的《晚清文学丛钞·传奇杂剧卷》之后又一部代表学术风气转换与研究水平的文学总集，而且传奇杂剧、京剧及其他花部戏曲、早期话剧兼收并蓄，更能反映中国近代戏剧史格局和戏剧剧种的消长起伏、兴衰变化。黄希坚、俞为民选注的《近代戏曲选》（上海：华东师范大学出版社1995年版）则是一本值得注意的普及性近代戏曲选集，对一般读者了解近代戏曲颇有帮助。这一时期还出版了几种专题性戏曲选集，其中有一部分为近代戏曲作品，从另一角度反映了近代戏剧文献资料的进一步丰富和多样化，如关德栋、车锡伦所编《聊斋志异戏曲集》（上海：上海古籍出版社1983年版），华玮编辑点校的《明清妇女戏曲集》（台北：台湾"中央研究院"中国文哲研究所2003年版）就是其中的代表。另外，随着中国戏剧史、文学史研究的繁荣发展，这一时期还有梁启超、洪炳文、吴梅、汪石清、卢前、顾随、吴宓等多位近代文学家、近代戏剧家与说唱文学家选集、全集的编辑出版，以及多个省（区市）多种地方性文学总集及其他文献资料的点校或影印出版，其中颇有一些以往难得一见或尚未知晓的近代戏剧与说唱文学作品，提供了新的作品及相关文献资料，从专门性别集的角度反映了近代戏剧及说唱文学文献资料积累意识与能力的提高、学术观念和研究水平的新变化。

四是多种包含近代戏剧及说唱文学文献的报纸、期刊的影印出版。自从1980年以来，以往难得一见甚至堪称珍稀的多种报刊文献得以影印出版，而且逐渐从比较简单、随机、零散的状态走向了有步骤、有计划、大规模、系统化，其中包括《申报》《时报》《民呼日报》《民吁日报》《民国日报》《盛京时报》等报纸，也包括《新民丛报》《民报》《新小说》《绣像小说》《月月小说》《小说林》《新新小说》《女子世界》等多种期刊，扎实有力地推进了近代文学、戏剧、说唱文学等多个领域的文献资料建设，带来了包括近代戏剧及说唱文学在内的多个研究领域研究方法、学术视野和研究水平的变化与进展。近年以来直至目前，近代戏剧及说唱文学研究的一个相当活跃、成绩颇为突出的方面就是利用各种报刊文献资料所进行的多项研究。这种变化和进步，与大量近代报刊资料的影印出版有着直接关系。

第二，断代性、专门性研究著作的持续出版并渐成气象。作为一个多年以来颇显沉寂冷清的学术领域，虽然从不同角度、不同意义上涉及近代戏剧及说唱文学的研究著作早已有之，但专门的近代戏剧史及说唱文学专著并不多见，明显限制和影响了该领域及相关领域的研究水平。这种情况到了20世纪80年代得到了显著改变，而且形成了逐渐深入全面、影响日益扩大的趋势。

这种变化主要表现在以下几方面：

其一，这一时期出现了数种专门的近代戏剧或较多涉及近代戏剧的研究著作。周妙中在多年文献积累、研究探索基础上完成的《清代戏曲史》（郑州：中州古籍出版社1987年版），是新时期以来较早出版的一部全面研究清代戏曲基本面貌、演变过程的著作，其中给予一般所说的道光、咸丰以降的"近代戏剧"包括传奇杂剧、京剧及其他地方戏曲较多篇幅，特别是提供了颇为丰富的戏曲作家生平事迹、作品评价品鉴及其他文献资料线索，且出版时间较早，对于近代戏剧研究产生了积极而有力的影响。曾影靖著、黄兆汉校订的《清人杂剧论略》（台北：台湾学生书局1995年版）专门讨论有清一代杂剧演变，其中有部分篇幅对于道光、咸丰年间及以后的杂剧情况进行了较具体的探讨。此书虽然出版于台湾地区，但由于新时期以来两岸学术交往日益开放、便捷，对于近代戏剧研究特别是杂剧研究也颇有裨益。这是以往的近代戏剧研究中没有出现或极少出现过的。

其二，这一时期出版了几种可以代表研究水平和学术变革趋势的专门的近代戏剧研究专著。主要有：康保成《中国近代戏剧形式论》（桂林：漓江出版社1991年版），是书为"中国近代文学研究丛书"之一种，是作者在经过数年的近代戏剧研究之后完成的一部著作，对于从艺术形式角度认识和把握中国近代戏剧具有突出的启发价值，尤其是对于扭转长期以来中国戏剧、文学研究中过于重内容而轻形式的习惯具有直接作用。采用编年体形式进行中国戏剧史、文学史编写，是近年颇为多见的著述形式之一。这种研究方式也反映在近代戏剧研究当中，赵山林、田根胜、朱崇志编著的《近代上海戏曲系年初编》（上海：上海教育出版社2003年版）就是其中的一种。五年之后，又出版了赵山林著《中国近代戏曲编年》（上海：华东师范大学出版社2008年版），无论是在文献史实上还是在内容篇幅上，后者较前者都有明显的丰富和提高。么书仪著《晚清戏曲的变革》(北京：人民文学出版社2006年版，2008年修订版)基于对中国戏剧演进过程的总结把握和深入理解，在中国戏剧古今变革、雅俗转换的背景下，对晚清戏曲历史变革中的多个重要问题进行了专题研究，提出的见解和得出的结论在很大程度上改变或修正了以往学界对晚清戏曲多重转换、变革过程、价值意义的认识，在多个方面有力地推动了近代戏曲的研究进展，堪称近代戏剧研究的一部力作。贾志刚主编的《中国近代戏曲史》(北京：文化艺术出版社2011年版)是第一部专门的近代戏曲史著作，描述了1840—1949年中国戏曲思想艺术发展的演变轨迹，在地方戏曲的兴盛与京剧的形成、晚清戏曲的改良、西方戏剧的传入这一总体背景下，从声腔剧种、少数民族戏曲、戏曲文学、行当体制与表演流派、戏曲音乐、舞台美术、民间戏曲班社与宫廷演出机构、戏曲教育等方面次第展开，比较全面地展现了近代戏曲的多方面变革，弥补了长期以来中国戏曲史研究中存在的这一薄弱环节。二十多年来，左鹏军也致力于近代戏剧的研究，主要集中于近代传奇杂剧文献史实、思潮流派、历史演进及相关问题的研究，陆续出版了数种著作，如《近代传奇杂剧史论》(台北：台湾学生书局2001年版)、《近代传奇杂剧研究》(广州：广东高等教育出版社2001年版，2011年修订版)、《晚清民国传奇杂剧考索》(北京：人民文学出版社2005年版)、《晚清民国传奇杂剧史稿》(广州：广东人民出版社2009年版)、《晚清民国传奇杂剧文献与史实研究》(北京：人民文学出版社2011年版)、《近代曲家与曲史考论》(台北："国家"出版社2013年版)、《近代戏曲与文学论衡》(上海：上海古籍出版社2017年版)等，对近代戏剧尤其是传奇杂剧研究多有推动。这些都是长期以来的近代戏剧研究中所未见的新变化、新趋势，对于其后至今的近代戏剧及说唱文学、近代文学诸方面及相关研究领域具有直接而深刻的影响，因而可以视之为近代戏剧及说唱文学、近代文学研究进程中的一个显著变化。

其三，这一时期出版了关于近代戏剧及说唱文学的多种专题性研究著作，从多个方面深化或拓展了近代戏剧与说唱文学及相关领域的研究进展。蔡孟珍著《近代曲学二家研究——吴梅、王季烈》(台北：台湾学生书局1992年版)以对近代曲学之建立做出重要贡献的吴梅、王季烈二人的曲学理论观念、戏曲创作与戏曲教育为中心，从一个颇为重要的角度揭示了近现代以来中国戏剧学观念的古今演变和向现代演进的历程。王卫民多年从事近代戏剧尤其是吴梅戏曲观念与创作的研究，在编校出版《吴梅戏曲论文集》(北京：中国戏剧出版社1983年版)、《吴梅全集》(全8卷，石家庄：河北教育出版社2002年版)的同时，撰写并出版了《国际南社学会·南社丛书》的《吴梅评传》(北京：社会科学文献出版社1995年4月版；另有石家庄：河北教育出版社2002年版)、《吴梅研究》

（台北：学海出版社1996年版）、《曲学大成后世师表：吴梅评传》（上海：上海古籍出版社2010年版）等著作，将吴梅研究推向了深入，可以代表这一时期吴梅研究的最新进展和学术水平。苗怀明撰写并出版了《吴梅评传》（南京：南京大学出版社2012年版），是最为晚出的一部全面反映吴梅生平事迹、戏剧及其他方面成就的著作。多年专注于近代戏剧尤其是传奇杂剧研究的梁淑安完成并出版了《南社戏剧志》（北京：社会科学文献出版社2008年版），对南社文学家的戏剧创作进行了较全面的清理，在以往的南社研究多集中于诗词、文章、文学理论观念等方面的基础上，弥补了南社戏剧研究这一明显的薄弱环节，对于丰富和完善南社的研究具有明显的引导和推动作用。此外，钟慧玲著《清代女作家专题——吴藻及其相关文学活动研究》（台北：乐学书局有限公司2001年版）对女戏曲家吴藻进行了专题研究，其中颇有涉及吴藻戏曲创作《乔影》的内容，对于具体研读、评价这部主观性、抒情性极强的戏曲作品多有助益。另外，王立兴所著《中国近代文学考论》（南京：南京大学出版社1992年版）虽不是专门研究近代戏剧的著作，但此书的主要内容在于近代戏剧理论的阐发、相关文献史实的考证辨析，对于近代戏剧研究也具有值得注意的推动作用。

其四，这一时期还出版了包括昆剧、京剧在内的多种地方性戏曲史著作。这些专门戏曲剧种史著作的出版，对作为传统戏曲的核心剧种昆剧和近代以来渐趋兴盛繁荣并占据戏曲演出舞台中心的京剧等多种花部戏曲进行了专门研究，其中多部著作的主要部分与近代戏剧史相关，或者就是近代戏剧史的一个组成部分。陆萼庭在多年学术积累基础上完成的《昆剧演出史稿》（上海：上海文艺出版社1980年版）是新时期以来第一部昆剧研究著作，不仅有力推动了昆剧的研究进展，而且对于其他戏曲剧种也具有参考借鉴价值。回顾这一时期的地方戏曲剧种研究，值得特别提及的是"中国戏曲剧种史丛书"，这套丛书跨越的时间较长，出版过程中时有断续情况发生，但毕竟从相当丰富的地方戏曲剧种这一重要角度，通过若干主要地方戏曲剧种史的具体考察和描述，展现了清代前中期以降特别是近代以来中国戏剧剧种的演变、转化与生新的总体趋势。比如其中有胡沙著《评剧简史》（北京：中国戏剧出版社1982年版），马龙文、毛达志著《河北梆子简史》（北京：中国戏剧出版社1982年版），李忠奇、孟光寿、蔡晨、叶中瑜著《老调简史》（北京：中国戏剧出版社1985年版），杨明、顾峰主编《滇剧史》（北京：中国戏剧出版社1986年版），赖伯疆、黄镜明著《粤剧史》（北京：中国戏剧出版社1988年版），纪根垠著《柳子戏简史》（北京：中国戏剧出版社1988年版），胡忌、刘致中著《昆剧发展史》（北京：中国戏剧出版社1989年版），行乐贤、李恩泽著《蒲剧简史》（北京：中国戏剧出版社1993年版），罗萍著《绍剧发展史》（北京：中国戏剧出版社 1996 年版），李子敏著《瓯剧史》（北京：中国戏剧出版社 1999 年版）。此外，另有几种关于其他地方戏曲剧种专门史著作的出版，如邓运佳著《中国川剧通史》（成都：四川大学出版社 1993 年版），赖伯疆著《广东戏曲简史》（广州：广东人民出版社 2001 年版）等，都是这一时期值得注意的学术成果。而北京市艺术研究所、上海艺术研究所编《中国京剧史》（北京：中国戏剧出版社 1990 年版，2005 年版）是一部编写阵容强大、内容极为丰富的京剧史著作，首次对京剧这一继昆剧之后最能代表中国戏剧民族品格与艺术精神的剧种的演进过程进行了清理、发掘、描述和品评，其中相当多的部分可归入一般所谓近代戏剧史的范围，对于考察和认识近代以来中国戏剧史的总体变迁、不同戏曲剧种之间的交流互鉴、创新发展，也具有可资借鉴的学术价值。袁国兴的《非文本中心叙事：京剧的"述演"研究》（广州：广东人民出版社 2013 年版）从京剧文本形态与戏剧叙事角度出发，对京剧的"述演"体系及其功能、意义进行了理论探讨，对于更加准确深入地认识京剧及中国戏剧的民族品格、思维与表现方式具有多重启发性。可见，新时期以来这种颇为兴盛繁荣、全面发展的局面，是多年来的近代戏剧史研究中没有出现过的，为近代戏剧与说唱文学的继续发展准备了条件、奠定了基础。

其五，早期话剧文献资料和研究著作陆续出版，有力地推动了早期话剧与中国戏剧近现代过渡转换的研究，特别是对于认识中国戏剧从"传统戏曲"到"现代戏剧"的历史转换过程及其戏剧史经验，具有特殊的启发借鉴价值。王卫民所编《中国早期话剧选》（北京：中国戏剧出版社 1989 年版）是一部较早的中国早期话剧选集，通过典范性话剧作品，展现了中国话剧从萌芽到初步形成的基本过程，为后来的研究者提供了极大方便。欧阳予倩作为中国话剧创始期在多方面做出突出贡献的一个重要人物，新时期以来也受到较多关注，先后出版了《欧阳予倩戏曲选》（长沙：湖南人民出版社 1982 年版）、《欧阳予倩戏剧论文集》（上海：上海文艺出版社 1984 年版）、苏关鑫编《欧阳予倩研究资料》（北京：中国戏剧出版社 1989 年版）等资料性著作，不仅对于欧阳予倩本人的研究大有裨益，而且对于中国早期话剧的研究进展也具有推进作用。新时期以来的早期话剧研究，一个值得特别注意的现象就是专门的早期话剧研究著作的出现，如袁国兴著《中国话剧的孕育与生成》（北京：中国戏剧出版社 2000 年版）、黄爱华《中国早期话剧与日本》（长沙：岳麓书社 2001 年版）都是这方面的代表性成果。这两种著作出版的时间颇为相近，而且不约而同地选择了中国话剧与日本影响这一角度，反映了当时对于中国话剧产生的外部机缘的关注和挖掘，对于深入认识中国话剧产生与形成过程中的外来影响、思想艺术形态具有重要参考价值。胡星亮著《中国话剧与中国戏曲》（上海：学林出版社2000年版），从中国话剧与中国传统戏曲的关系方面探讨中国话剧发展演进中的若干主要问题，反映了对于中国传统戏曲诸因素在中国戏剧近现代转换和中国话剧产生、发展过程中的价值、作用和意义的认识，可视为学术思路和视野调整、完善的一种努力。

第三，研究论文数量的增加和质量的提高。在一般情况下，与学术著作相比，学术论文的优势在于可以更及时、更准确地反映一个研究领域学术进展、创新发展的最新情况，也可能更集中、更充分地反映该领域的研究特点和研究水平。随着新时期的到来，近代戏剧及说唱文学研究也与近代文学其他各研究领域一样，迎来了积极建设、兴旺发展的新局面，出现了研究论文数量大幅增加、质量水平逐渐提高的良好势头。与以往近代戏剧及说唱文学研究长期低迷冷落的情况相比，新时期以来，有关近代戏剧及说唱文学的论文发表数量呈现出逐渐增加的趋势，而且这种趋势已经持续了若干年。这种情况的出现，当然与新时期以来整个中国戏剧、文学研究的兴盛发展密切相关，也与近代文学作为一个相对独立的研究领域自身研究队伍的不断壮大、取得明显的发展进步、逐渐产生显著的学术影响等因素直接相关。20世纪50年代初至70年代末，由于政治环境、学术条件、研究风气等多方面因素的制约，每年发表的关于近代戏剧与说唱文学的论文数量不多，这种冷清的局面持续了近三十年。新时期开始以来，这种令人颇感尴尬的局面在相当短的时间内就得到了明显改变，近代戏剧与说唱文学研究论文数量明显增加。

这种明显变化和崭新局面，从以下几个侧面可以得到比较真切的认识：在传奇杂剧研究方面，开始出现了从宏观性、在总体上论述分析其思想艺术价值、戏剧史意义地位的研究论文，同时对于近代传奇杂剧作家作品的个案式、具体化研究也愈来愈细致充分；在京剧及其他地方戏曲研究方面，以清乾隆末年以降花雅之争、雅俗之变为总体背景，对形成和兴盛于近代、转换与生新于近代的多个地方戏曲剧种进行具体深入的研究，关注的范围、研究的深度等都取得了长足进步；在早期话剧研究方面，在继续深入探究"文明新戏"、早期话剧的产生、兴起和发展过程中，深入探讨日本新剧与中国早期话剧产生之间的关系，尤其是日本新剧对于中国早期话剧形成产生的直接影响，也注意到来华传教士及其所办学校对于西方戏剧的传播介绍与中国早期话剧诞生之间的关系，对于留学日本、欧美国家的青年学生的戏剧、文学活动及其与中国早期话剧的形成、发展所发挥的作用及产生的影响也多有关注。在说唱文学研究方面，尽管多年来一直未能根本明显改变相关研究并不兴旺、研究成果数量不多的局面，但新时期以来，还是发表了一定数量的相关论文，如关于女性弹词、地方说唱文学等方面的研究，就比较充分地反映了这种变化和进展。虽然关于近代说唱文学的研究成果在数量上仍然难以与近代文学的其他研究领域相比，但至少较之此前有了明显的增加，并显示出较好的势头；在近代戏剧及说唱文学与相关领域的关系研究或交叉研究方面，由于学术观念与视野、知识结构与能力的变化，也逐渐引起关注并产生了值得注意的成果，反映出近代戏剧及说唱文学研究与近代文学其他领域、甚至中国文学其他研究领域的交流互鉴和共同发展进步的总体趋势。这种变化，也可以视为近代戏剧及说唱文学、近代文学各领域研究发展进步、开拓创新的一个重要表征。可见，这些方面的研究显然推进了近代戏剧与说唱文学及相关领域的研究进展。从目前相关研究领域的基本情况、总体局面来推测，这种良好的趋势还将继续下去。

新时期以来，关于近代戏剧及说唱文学的研究论文也呈现出质量水平逐渐提高、影响逐渐扩大的趋势，从另一角度反映着近代文学研究水平、学术影响和学术地位逐渐提高、愈来愈多地被相关学科领域的研究者关注并认可的基本趋势。可以从以下两个主要方面认识这种变化和进步。

一是一些具有代表性、标志性意义的研究者对于近代戏剧及说唱文学的重视，进行研究并发表有较高水平和重要影响的研究论文。从中国文学史研究和中国戏剧史研究的角度来看，虽然早就有郑振铎、阿英、傅惜华等老一辈研究者表现出对近代戏剧及说唱文学的重视，并发表了一些有奠基意义、有影响力的研究文章，但数量和规模毕竟相当有限。新时期以来，这种局面发生了显著变化，以赵景深、严敦易、张庚、邓绍基、叶嘉莹等为代表的一批研究者陆续发表关于近代戏剧及说唱文学的研究论文或其他文章。随后更有新时期以来获得读大学、研究生的机会，并迅速成长起来的新一代研究者的崛起，将这一可喜趋势继承并发展下来，发表了更有学术质量和影响的研究论文，可以说开创了近代戏剧及说唱文学研究的新局面，并为其后至今的近代戏剧及说唱文学研究奠定了扎实的基础。

二是一些具有重要学术地位和影响的学术期刊对于近代戏剧及说唱文学的重视，并给予适当的篇幅发表相关领域的研究论文。虽然不能绝对地说发表刊物可以完全代表或反映论文的质量水平，但研究论文在什么刊物上发表，的确会产生完全不同的学术影响，在传播和影响日益受到重视的当代，尤其如此。因此，说发表刊物可以在一定程度上反映研究者的学术水平、研究论文的学术质量，应当是有部分合理性的。新时期以来，一些被公认为学风好、学术质量高、办刊严谨规范的学术刊物，特别是关于中国古今文学、中国戏剧史与戏剧文献、文艺理论与批评等方面的专业刊物，表现出对近代戏剧及说唱文学的关注和重视，陆续发表了为数不少的能够反映该领域学术发展趋势或动向、最新进展、具有较高质量水平的研究论文,对近代戏剧及说唱文学研究学术水平的提高、学术地位的提升、学术影响的扩大,产生了显著而直接的促进作用。这种局面在新时期到来之前,是没有出现过甚至是不可能出现的。因此,从这一角度来看,可以认为,新时期以来的近四十年中,近代戏剧及说唱文学的研究水平、学术影响和地位,随着整个近代文学研究水平的整体性提升而得到显著提升;而且,近代戏剧及说唱文学作为一个长期明显滞后、颇显冷落的研究领域,在新时期以来得到的发展、获得的关注和认可,显得更加明显、更加充分。

第四,学术方法的丰富多元和研究领域的有效拓展。长期以来,与近代文学研究其他方面的基本情况一样,近代戏剧与说唱文学研究在学术方法上也基本停留于以阶级分析、政治标准、社会政治批评、思想内容评判、政治立场界定为主要立场和价值标准的社会学批评当中。这种单一的学术方法的长期持续,在推动近代戏剧及说唱文学取得一定进展、取得若干成绩的同时,随着时代风气、学术观念的进步与变迁,其局限性也就不能不日益明显地表现出来,不能不愈来愈明显地限制和影响着近代戏剧与说唱文学及相关领域的研究进展。这种尴尬局面到新时期开始以后,逐渐发生了明显的转变,从而带来了近代戏剧与说唱文学、近代文学诸多研究领域的新变化、新气象。

这种新变化、新气象可以从以下几个方面明显地看出:

其一,对于既有研究方法的自觉反思和有意识超越。一个明显的事实是,20世纪50年代以降的近代文学、近代戏剧及说唱文学研究,在研究方法上基本走的是一条愈来愈单一化、愈来愈简单化的道路。这种趋势在带来或强化了某些新气象、新话语、新观念的同时,也在很大程度上遮蔽了丰富而广阔的研究空间,也回避了学术发展创新的更多可能。而且这种难堪的局面竟然持续了三十年之久,包括近代戏剧及说唱文学、近代文学研究等其他领域在内的多个人文学术领域,也因此付出了沉重的代价,留下了深刻的教训。从20世纪80年代开始,伴随着多个领域出现的回顾反思、痛定思痛思潮的兴起,近代文学研究领域也出现了重新反思既往的学术经验教训、回顾总结过去几十年研究情况的思潮和行动。这种自觉意识和学术努力对于新时期以来近代戏剧及说唱文学与近代文学其他领域的重整旗鼓、重新建设,确为题中必有之义,具有不可或缺的价值。

其二,对于传统学术方法的重视与回归。数十年来,由于传统思想观念、学术方式与方法经常性地处于被轻视、排斥、拒绝甚至被仇视、批判、抛弃的境地,而拟想当中的所谓全新的研究方法和学术范式又没能得到及时有效的建立,遂使近代戏剧及说唱文学、近代文学诸研究领域在相当长一段时间内处于传统方法被抛弃、遗忘，而曾经拟想、盼望之中的新社会中的所谓新方法又没有得到很好地建立和应用的两难处境之中。这种前不着村、后不着店、旧的已去、新的没来、左右为难的尴尬局面的形成和长期延续，对包括近代文学研究在内的多个人文学术领域也造成了相当明显甚至严重的影响。直到 20 世纪 80—90 年代以后，近代文学研究界才重新意识到中国传统思想中的"知人论世""义理、考据、辞章"相统一的方法，目录、版本、校勘、辑佚、注释相参照的方法等，对于近代戏剧及说唱文学、近代文学诸多研究领域的重要性与不可或缺性，也才愈来愈清晰地认识到中国传统思想文化资源、学术观念和研究方法在包括近代文学研究在内的现代人文学术建设发展中所具有的基础性、前提性意义和价值。这种回顾性反思、复归式转向对于近代文学研究方法论、学术观念与学科建设、研究成果及水平价值的启发性、引领性意义，是历经多年艰辛、困惑迷失、两难困境之后方始被认识得愈来愈清晰准确，从而才有可能更加自觉地、有意识地进行纠正偏差、重新探索、继续建设的努力。这种学术转变对于近代戏剧及说唱文学、近代文学诸多研究领域的启发和促进不仅有目共睹，而且日益显著。

其三，对于西方近现代学术方法的主动借鉴与合理运用。近一个多世纪以来，随着世界走向中国、中国走向世界这一双向文化进程的艰难发生、强势发展并形成洪大潮流，以欧美、日本为代表的发达国家对于中国的影响是全方位的，而且是日益深入、欲罢不能、不容抗拒的。中国人文社会科学的几乎所有研究领域也自然不能不如此；其间虽时有停顿、关闭、倒退、冒进、调整等诸多变化、种种现象的发生，但这一总体趋势却是一气贯注、无法抵制的。近代戏剧及说唱文学、近代文学其他领域的研究进程，大抵也与这种总体趋势相类；或者说，就是这种大背景、大趋势的一个组成部分。20 世纪 50 年代以来的近代戏剧及说唱文学、近代文学研究，在总体上也经历了学习苏联、欧美、日本及其他国家先进研究方法、学术经验的历程。特别是 20 世纪 80 年代中期以来，近代文学研究界逐渐摆脱了单一效法以苏联为代表的社会学研究方法所造成的局限性，开始愈来愈多地关注更加广阔的欧美、日本等发达国家和地区的多种研究方法，以至于在1985 年前后、2005 年前后等几个时段，还出现了"新方法年""方法论年"等说法——虽然并不准确，却可以反映当时学术界对于研究方法、学术观念变革创新的关注和热情。这一时期的中国人文学术界不仅努力引进、多方尝试多种西方近现代人文社会科学研究方法，甚至大胆地将一些西方现代科学技术观念、方法运用于多个学科领域的研究之中。在这种文化背景和学术氛围的鼓舞下，近代戏剧及说唱文学、近代文学研究诸领域也出现了尝试运用西方近现代人文社会科学、自然科学与技术的观念与方法，积极开展学术研究、进行学术探索与创新的努力，从而明显改变了多年来学术观念僵化、研究方法单一、学术成果浅薄的局面，冲击了某些陈旧保守的旧习惯，带来了创新发展的新动力，并给这一颇显冷清、沉寂多年的学术领域带来了新风气、新空间和创新发展的新可能。

其四，探寻适合自身学术领域和学术对象的恰当的研究方法的可能性。从学术观念的变革进步、研究方法的丰富完善、学科建设的增强提升等方面来看，一味地复古，试图回归到从前和既往，是根本不可能的；而一味地趋新，试图变成他者和外国，也同样是没有可能的。一条值得研究者深思并努力探寻、也可能拥有一片学术天地的路径，可能是研究者在借鉴吸纳、综合运用古今中外多种学术观念、研究方法、学术经验的基础上，探寻一种适合研究者自身、同时适合自身研究领域的恰当的研究方法。这当然是一个非常高远、难以企及的目标，但这种具有理想性色彩的追求，专业研究者不应当意识不到，更不应当放弃思考的努力和探索的勇气。20世纪80年代以来的近代戏剧及说唱文学、近代文学研究，在积极探索研究路径，综合运用多种研究方法，丰富调整、更新完善学术观念方面，迈出了比较坚实、颇有成效的步伐，反映了新时期以来近代文学研究的学术观念、研究方法、学术品位、研究水平等方面取得的明显进步。尽管在近代戏剧及说唱文学、近代文学诸领域研究方法、学术范式的个性化与普遍化、学科性与通用性等方面的探索还是相当初步的，真正既有传统性又有现代性、既有民族性又有世界性、既属于本领域又对相关领域有启发性的研究方法和学术范式尚未形成或建立，但这已经是近代戏剧与说唱文学、近代文学诸方面研究中最具有建设性和启发性、前沿性和创新性的一个时期了，取得的代表性研究成果为未来的学术进展、学科建设和学术积累奠定了必要的基础，做出了积极的贡献。

从学术视野与研究领域方面来看，20世纪80年代以来的近代戏剧及说唱文学、近代文学诸领域研究，在总体上朝着学术视野逐渐深化和拓展、研究领域不断丰富和开拓的方向发展，从另一角度反映了这一领域的学术变革和研究进展。这种变革和进展主要表现在以下几方面：

第一，传统领域的深化和细化。随着新时期的到来，一些已有较多研究、具有相当研究基础的传统研究领域得到了进一步深化提升、细化发展的机会。如近代传奇与杂剧、京剧及其他地方戏曲、早期话剧、代表性戏剧家及其戏剧创作、弹词等主要说唱文学样式等方面的研究，都在这一时期得到较充分的发展，不仅加强了本领域的研究基础，推动了一些基本问题、重要现象的研究进展，而且为近代文学其他领域的研究提供了可资参考的借鉴和帮助。

第二，新兴领域的开拓与探索。这是新时期以来又一个值得欣喜的变化和进步。由于学术观念、研究方法、文献资料、学术交流的变化和丰富，一些以往未被充分关注或未能充分意识到的理论问题或创作现象，也愈来愈多地引起了研究者的注意，并逐渐开展有一定水平的研究，成为这一时期近代戏剧及说唱文学研究进展深化的一个有力证明。比如对京剧兴起与成熟时间的重新认识和修正、对地方戏曲剧种班社活动与不同戏曲剧种之间影响关系的探寻、对早期话剧的兴起与日本新式演剧之间关系的探究、对新兴话剧与传统戏曲之间关系的考察等，都可以视为更新学术观念、开拓学术视野、拓展新兴领域的自觉努力和由此带来的新成果。

  第三，边缘或交叉领域的兴起。边缘学科、交叉学科的兴起经常是学术创新发展的有效途径之一，特别是对于比较传统、正统的学科或学术领域而言，适时适度的疆域开拓、与其他相关学术领域的互鉴共生就显得尤为有效。新时期以来的近代戏剧及说唱文学研究就比较充分地证明了这一点。比如在作为近代文学众多文体之一的近代戏剧及说唱文体形态研究、近代报刊文献与戏剧及说唱文学研究、近代戏剧及说唱文学与其他文体的渗透影响研究、作为文学家创作整体中一个组成部分的近代戏剧及说唱文学研究、近代戏剧及说唱文学与近代文学理论观念的关系研究、近代戏剧及说唱文学的传播与接受研究、近代戏剧及说唱文学与不同区域文化形态关系研究、近代戏剧及说唱文学与都市文化兴起之关系研究等方面，都取得了丰富的成果，反映了近代戏剧及说唱文学研究在观念更新、视野扩大、学科拓展、建立边缘特色与优势、探索交叉融通可能等方面取得的成绩，也表现出一种建设发展、创新超越的努力。

  第四，域外近代文学文献与海外汉学相关研究的主动借鉴和引入。随着国际人文学术交流的深入发展，域外汉学越来越受到中国学者的关注。这种影响也自然反映到近代戏剧及说唱文学、近代文学其他文体研究领域，从而在学术观念上、研究方法上甚至在学术话语方式上对近代文学研究产生了日益明显的影响。近代戏剧及说唱文学研究者对于域外近代文学文献的关注与近代文学各领域的情况类似，而对于海外汉学家对中国近代文学、近代戏剧与说唱文学的研究成果，则表现出愈来愈自觉地关注、愈来愈主动地吸纳的趋势。而且，通过学习参考、借鉴吸纳海外汉学研究中有关近代文学、近代戏剧及说唱文学研究成果，我们可以在具体的学术交流与对话中更新自身已经习以为常的某些学术观念，重新思考和探索新时代背景下、新学术目标下近代戏剧及说唱文学、近代文学各文体与诸领域创新发展、提升水平、扩大国际影响力的可能性和有效途径，同时也是在探寻近代戏剧及说唱文学、近代文学诸领域研究走向国际化的可能性。这对于近代戏剧及说唱文学、近代文学各领域研究的启发和影响是相当显著的，也是新时期以来，尤其是进入21世纪以来近代戏剧及说唱文学、近代文学诸文体研究中取得的一项显著成果。

第五，专业研究队伍的壮大和中青年研究队伍的建设与成长。研究队伍建设对于学术研究的正常开展、学术成绩的取得和认同、学术传统的有效传承，对于几乎所有人文社会科学研究领域所具有的根本性、恒久性、可持续性意义是显而易见的。而人才的培养、学术的传承、学科的建设与发展总是指向更高、更远、更加美好的未来的。因而年轻一代研究者的培养造就与自我历练成长、从崭露头角到成为主导性力量，对于许多人文社会科学研究领域来说也是极为关键的，甚至可以将此作为衡量一个研究领域水平高下的重要指标。对于向来并不怎么繁荣、并不那么兴盛的近代文学，尤其是其中更不景气、不处于主流地位的近代戏剧及说唱文学研究而言，专业研究队伍的壮大，尤其是中青年研究队伍的建设和成长，就显得至为关键，甚至可以说直接关乎整个近代文学研究的兴衰起伏、建设发展大局。

在经历了长达三十多年的不重视几乎所有人文科学研究领域，甚至对之多有破坏颠覆，疏于专业研究队伍建设，研究队伍断层严重、青黄不接，甚至出现零落破败、难以为继的苦难和艰难历程之后，新时期以来，由于高考的恢复、研究生招生的恢复及其他教育形式的有序开展，包括近代文学研究在内的多个学科领域的专业队伍建设得到有效恢复、扎实建设和显著发展。在这种有利于人文学术建设与发展的总体背景和文化氛围中，近代戏剧及说唱文学乃至整个近代文学研究的学术队伍得到有效建设和长足发展，特别是比较健康、有序地走向了专业化、年轻化的道路。老一代研究者继续开展研究，发表或出版成果，同时着力培养年轻专业人才，中青年研究者得到精心培养、迅速成长，初步形成了以老带新、新老交替、传承有序的良好局面，保证了近代文学研究队伍建设的平衡发展和壮大提升。这也是近七十年来的近代文学研究历程中首次出现的，也是未来一段时间的近代文学研究历程中必将继续发展、值得关注和面对的一个重要问题。

这种重大变化，可以从以下几个方面得到比较清晰的认识：

一是从年龄和性别结构来看，在年龄结构上，基本朝着年轻化的方向发展，一些研究者在30岁左右或稍长，在专业素养和学术水平上就已经表现得相当成熟，在某一论题或一些方面就已经取得了值得注意的学术成绩，并显示出可以期待的发展潜力；在性别构成上，较之以往发生了明显的变化，最突出地表现在女性研究者愈来愈多的趋势上，而且这种趋势还在明显延续当中，并在相关研究领域表现出颇为强劲的学术实力和发展空间。

二是从学历与学科结构来看，在学历结构上朝着博士化的方向发展，许多研究者都经受过正规、良好的专业教育并取得博士学位，还有一部分研究者至少是新时期以来正规大学本科、硕士研究生毕业。近代文学研究者中，博士学位获得者所占比例愈来愈高，总体趋势是日益走向博士化。这对于研究队伍能力的增强、水平的提高具有实质性助益，也反映了新时期以来我国大学教育、研究生教育走向正轨之后在近代文学研究队伍方面取得的显著成就。在研究者的学科结构上，逐渐朝着兼容并包、丰富多元、交叉复合的方向发展。由于近代文学学科归属的复杂性或难以确定性，有的归属于中国古代文学，是其中的最后一个研究方向；有的归属于中国现当代文学，是其中的最初一个研究方向。这种似乎有点两难的处境，从另一个角度来看，实际上获得了兼顾古今、左右逢源的可能性。实际情况也是如此，新时期以来近代文学研究者的学科构成出现了愈来愈丰富多元、复杂多样、各具所长、优势互补的可喜趋势。进入近代文学研究领域的许多研究者经常带有不同的学科背景与学术优长，这种颇为健康、开放的局面对于近代文学研究的建设发展、尤其是研究队伍的建设发展是大有裨益的。有的研究者从中国古代文学学科出发，有的研究者从中国现当代文学出发，也有的研究者从中国古典文献学、文艺学、比较文学与世界文学、汉语言文字学、语言学及应用语言学等中国语言文学一级学科所属的二级学科出发，共同走进近代文学研究。还有的研究者从中国史、世界史、哲学、外国语言文学、戏剧戏曲学、新闻与传播学、教育学、美术学等其他人文社会科学学科出发，进入或兼顾近代文学研究。这种多学科、多领域的自觉加入和共同参与，使近代文学的研究队伍得到明显壮大，学术水平和实力显著增强，学术影响力也得到明显提升。

  三是从研究者所在单位和地域分布来看，呈现出研究者所在单位日益丰富多样、区域分布愈来愈广阔合理的趋势。在研究者所在单位方面，许多研究者主要来自各大学和科研院所，其中包括国内知名大学及其他级别、其他类型的高等院校，也包括国家级、省部级社会科学院及相关研究所及其他科研单位等。尤其是一些知名大学、知名研究机构的学者的积极加入，显著地改变或优化了近代文学研究者的结构构成，改变了以往经常出现的以边缘性、一般性高等院校与科研院所的研究者为主的成员构成格局。值得特别指出的是，台湾、香港、澳门等地区的研究者作为中国近代文学研究队伍的一支重要力量、一个不可或缺的组成部分，也愈来愈充分、愈来愈深入地参与到近代文学研究的各个领域中来，一些外国研究者也愈来愈多地参加中国国内的近代文学研究会议及相关活动，对于海内外学术交流的积极促进作用也日益明显。在研究者的区域分布上，在以往的近代文学研究主要力量比较集中于部分省（区市）这一基本局面的基础上，新时期以来，总体上朝着区域分布愈来愈广阔、分布渐趋合理的方向发展。特别是一些区域的研究优势和特色得到进一步彰显，学术地位得到进一步确立，不同区域、不同团队之间初步形成了共同发展、优势互补、彼此促进的良好格局。

可见,新时期近四十年来的近代戏剧及说唱文学、近代文学诸领域研究,虽然仍不时出现某些本领域难以控制或避免的起伏、摇摆和停顿,但在总体上是在回顾反思、吸取经验、重新出发、建设发展的道路上比较健康地进行着,在大方向上朝着建设、发展、提升、交流的可喜方向进步,取得了突出成绩,确立了学科地位,显示了发展潜力。可以说,这将近四十年的时间,是作为一个相对成熟的专业方向、相对独立的研究领域的近代文学长期探索前行、建设发展历程中最全面、最可喜、最有成绩、最值得庆幸和怀念的一个时期,也是最足以代表新中国成立以来近代文学研究学术成绩和预示未来发展可能的一个时期。这个时期,不仅是对以往近代文学优良传统、建设成绩的自觉继承和弘扬,而且为未来近代文学研究的持续发展、再创佳绩准备了多方面条件,奠定了相当坚实的学术基础。

## 三、近代戏剧与说唱文学研究中尚存在的不足和出路

回顾20世纪50年代以来的近七十年,尤其是20世纪80年代初开始的新时期以来近四十年的近代文学研究经历,似乎可以用从无到有、从小到大、由弱到强、从不自觉到自觉、由自我认同到他者认同等词语来概括这段非同寻常的学术史历程。在这不平凡的学术史历程中,有涓涓细流的汇聚壮大,有风雨兼程的执着坚守,有峰回路转的波澜壮阔,也有社会形态转换、思想文化变革之际的矛盾困惑,更有从中国传统学术到近现代西方学术接触交融、转换生新之际的苦闷彷徨、艰难蜕变和不懈探求。作为近代文学总体研究的一个组成部分、一个侧面的近代戏剧与说唱文学研究的发展轨迹,与整个近代文学研究的发展历程大致相同,也是这一颇具学术史意味和学术象征意义的学术过渡与转换、创新与发展过程的一个组成部分。

从另外一些角度来看,也应当清醒地认识到,虽然包括近代戏剧与说唱文学在内的近代文学研究取得了颇为突出、令人鼓舞的成就,但与建设发展更加充分的中国文学史其他研究领域、中国戏剧史与说唱文学史研究其他方面及相关人文学术研究领域相比,或者从更加理想的期待、更加高远的理想的角度进行冷静观察、深入思考,就不得不承认,目前的近代戏剧与说唱文学研究乃至近代文学其他研究领域有待完善、尚未能尽如人意之处还所在多有,有的方面还存在一些相当突出的问题,总体上仍然没有完全摆脱滞后、弱小、边缘和地位不高、影响不大的困境。这是进行学术回顾与反思、建设与前瞻的时候不应当、也不可以有意无意地回避或轻易地忘记的。

从学术史经验教训、目前研究现状和未来可能发展变革方向的角度来看，新时期以来直至目前的近代戏剧与说唱文学研究乃至整个近代文学研究，对于学术传统的继承弘扬、转换生新、建设发展，尤其是尚明显存在的缺陷或不足，以及有可能避免产生或延续这种局面、改变和解决这种现状、修正完善这些问题的可行路径、努力方向，似乎可以从以下几方面进行若干思考和初步探讨。

第一，与可以估计的文献储备情况和具有的学术可能性相比，文献资料的保护、发掘、整理的科学性、系统性和利用程度尚显不足。对于近代文学这样的人文学术领域来说，基础性文献资料的根本性、持久性价值是不言而喻的。对于近代文学研究的建设发展来说，文献资料的发掘、整理、保护和运用应当始终处于核心地位。包括近代戏剧与说唱文学在内的近代文学，在文献资料上的一个突出特点，就是其大大超出想象的丰富性和复杂性，以及与整理发掘不足、利用不充分的现实情况密切相关的珍稀性和濒危性。虽然新时期以来在文献资料上已经取得了多项突出甚至堪称杰出的成绩，表现出空前的学术魄力和文献积累胆识，有的已经达到了相当高的水平，可以作为近代文学文献积累与建设的显著标志。但是，由于长期以来这方面的积累并不深厚，文献发掘、整理、保护和利用的连续性、系统性、规划性、整体性并不强，与目前已经掌握的有关文献线索、可以预期的学术空间和可能性相比，在近代文学尤其是近代戏剧与说唱文学方面所进行的文献积累工作仍然不多，与相关领域的文献储备和学科建设、学术发展的需要相比，仍然明显滞后，远未能适应和满足本学科领域及相关学术领域的期待和需求。这种局面的存在和延续，不能不愈来愈明显地限制和影响近代戏剧及说唱文学、近代文学其他相关领域的研究基础和进展可能。

第二，研究内容和范围的拓展虽较为明显，而对于某些核心问题、关键问题、重要文学史现象的内涵发掘、深度考察不够，外围性研究有余而核心性研究欠缺，对一些关键问题的理论性、创新性、规律性研究、概括与阐释严重不足，存在明显的乏力感和肤浅化倾向。对于许多人文科学研究领域来说，与文献资料密切相关或者说是学术研究中不可或缺的另外一翼的理论研究，经常可以代表该领域的创新能力和发展水平。近代戏剧与说唱文学、近代文学研究的其他方面也不能不如此。新时期以来的近代戏剧与说唱文学研究在经历了颇为曲折艰难的拨乱反正、步武前贤、重拾传统、扎实建设、转换创新等过程之后，近年来一个非常明显的发展趋势就是努力向自身的外围、向相关领域、向其他方面进行疆域的拓展，并取得了明显的成效。这种发展趋势和方向转变应当是必要的，也有可能是学术建设发展、转换生新过程中的一种必然现象。但是，也应当清醒地意识到，不应该因此而忽略或回避对于近代戏剧与说唱文学、近代文学诸领域核心问题、重要现象、主导趋势的关注和研究，特别是不应当放弃或失去对之进行理论分析、概括总结、规律性探讨的学术意识和抽象能力。在近年来的近代戏剧与说唱文学、近代文学诸领域研究中，恰恰存在着这种疆域开拓有余而内涵发掘不足、外围拓展有余而核心探究不足、现象描述有余而理论分析不足、关系考察有余而性质判断不足等突出问题。这种现象的不断出现和持续存在，不能不在很大程度上影响和限制近代戏剧与说唱文学乃至整个近代文学研究的学术品位、理论水平、学术贡献和学术地位，不仅必将对近代文学研究的建设发展造成较大损失，而且必然给与此密切相关的中国文学史、中国戏剧史、中国说唱文学史等相关领域的研究带来明显的影响。

第三，由于长期以来形成的学科基础相对薄弱，某些时期学术风气的急剧变化或急转直下，某些研究者知识结构不够完善且未能及时调整优化，学术超越意识和创新能力不足或欠缺，仍然存在着研究方法单一、匮乏，思维方式僵化、思想观念老化的问题，难以适应近代戏剧与说唱文学现象的丰富性、多样性、复杂性及多方面问题对研究者提出的更高要求。创新发展是学术研究的生命力和常新价值之所在，自我超越是学术发展的内在动力。近代戏剧与说唱文学乃至整个近代文学研究的其他领域都不能不如此，至少不能缺乏这种创新发展、不断超越的意识，不应该放弃朝着更高远学术目标努力奋进的信心和动力。实际上，新时期以来的近代文学研究在这方面已经取得了相当突出的成绩，但不能不清醒地看到，与中国文学史、中国戏剧史与说唱文学史研究的其他领域相比，与近代文学学科建设发展对有关研究者提出的要求相比，近代戏剧与说唱文学研究中仍然存在一些明显的问题，有的方面甚至存在相当严重的问题。学术观念的陈旧老化、研究方法的简单单一、创新能力的低下萎缩、研究成果的价值不高和难以持久等，都是目前必须清醒面对、认真反思并寻求摆脱或解决途径的紧迫问题。新时期以来的近代文学研究已经走过了近四十年的道路，主导性、标志性研究者的新老交替、更新换代早已完成。在这种内部学术环境和外部文化背景下，假如近代戏剧与说唱文学研究和近代文学其他方面的研究仍然停留在此前多年、曾经习以为常的某些观念和水平上，采取以不变应万变、我行我素、自说自话的心态和做法，显然不能适应学术创新发展的需求；甚至可以说，这样的所谓研究是不可能有什么学术价值和贡献的。毋庸讳言，在新时期以来，直至目前的近代戏剧与说唱文学研究，乃至整个近代文学研究中，这种令人担忧的现象仍然不时可以见到。这种局面明显限制和影响了近代文学研究的创新发展能力和生机活力，更加直接地制约了向更高水平提升的内在动力和可能性。

第四，某些研究的材料运用与理论创新的关联度不高，一般性研究成果日益增多，但真正的学术贡献和研究进展并不显著，特别是密切结合具体丰富、复杂多变的文学现象进行理论概括、抽象提升的意识和能力均颇为不足、明显匮乏。文献运用和理论分析是人文学术创新的两大基础，近代文学研究也自不能例外。在近代戏剧及说唱文学研究和近代文学研究的其他领域，存在着某些不能尽如人意、不利于学术进展的现象。比较突出者如：有的研究过重文献资料，特别是稀见资料、独家文献的列举、展示和运用，而缺少对于文献资料的有效运用、合理阐述和理论分析，颇有为文献而文献、为材料而材料的倾向；有的研究过重理论阐述，特别是刻意搬用某些西方理论观念、新式名词术语，而缺少对于这些理论观念的前提性、逻辑性、适用性的考察，颇有拿来主义、名词轰炸、为理论而理论、为方法而方法的味道；也有的研究在文献资料的运用和理论观念的阐述之间，未能找到具有适用性、启发性的契合点和应有的学术相关性，因而出现材料运用与理论分析之间明显不适合、严重割裂的尴尬局面。这类研究初看起来似乎颇有新意，实际上不论是在文献资料的运用上，在理论观念的阐述上，还是在文献资料与观念分析的结合上，都存在相当明显甚至颇为严重的缺陷或失误，在治学态度和研究方法上也存在颇可怀疑、质疑的缺陷或失当。这样的所谓研究显然不可能具有什么真正的学术价值，也就无法真正对近代文学研究做出有益的贡献。

还有一种值得注意的情况是，部分研究者学术视野过于狭窄，学术规范意识不强，学术起点不高，虽然可以发表或出版若干研究成果，但实际上却不能、也无法做出真正的学术贡献。这种情况经常出现在初入学界的某些年轻研究者身上，假如方法恰当、路径正确、扎实刻苦，相信假以时日，经过努力、历练和提高，是有可能改变这种不利境况的。也有个别年纪并不很轻的研究者，虽然已具有多年的学术经历，也发表或出版了若干研究成果，甚至在学位、职称方面也达到颇高的程度，颇有功成名就之概，但是在其研究中仍然存在着这种于学术进展明显不利的状况。这是应当值得年轻研究者认真明辨并引以为戒的。特别值得注意的是，随着近年来近代文学及相关专业方向研究生招生数量规模的不断发展、持续扩大，出现了某些博士、硕士学位论文专门性有余而开阔性不足的情况。在研究的有理有据与一厢情愿、恰切允当与畸高畸低、有效创新与作意好奇、踏实探求与哗众取宠之间的认识和选择，是相当一部分博士、硕士学位论文作者未能直接面对、认真思考、妥善解决的突出问题，尤其有必要在学位论文的选题、撰写过程中予以充分注意。这种情况的存在，实际上已经不仅仅是研究生论文质量、研究水平、学术贡献的问题，而且已经是涉及研究生培养过程中学术观念、治学方法、研究态度、学术风气和学术理想的重要问题。因此，这些现象和问题应当引起有关研究生培养单位和指导教师、研究生本人的共同注意,并在研究生培养、研究生自我成长过程中努力修正、不断完善。

第五,扎实积累与有效推进、回顾反思与创新发展、沉潜探究与成果呈现之间的关系失衡,对以往已有若干研究并在特定条件下形成的某些习以为常的认识和观点进行学术史回顾反思、进行经验教训吸取的意识和能力明显不足,明显限制了近代戏剧与说唱文学、近代文学研究其他方面的建设与发展。厚重扎实的学术积累是进行有效的学术推进的基础,对既往学术史进行认真回顾反思、合理吸取经验教训是进行创新发展的前提,执着探索、深入思考、沉潜涵泳是适时适当地发表或出版有质量成果的保障。这也是人文学术研究过程中并不深奥的道理。但是,近代戏剧与说唱文学研究、近代文学研究其他领域的实际情况却没有这些道理这么浅显简单。由于主观与客观、内在与外在种种复杂因素的影响和制约,近代戏剧及说唱文学、近代文学诸研究领域中仍然存在着学术积累尚明显不足就急于推陈出新,对既往学术史经验教训反思不足、认识不清就急于寻求创新发展的情况。在这种情况下进行的所谓继承和发扬、创新和发展,显然是没有什么学术根据的,也是不可能有什么真正的学术贡献的。这种现象的存在,对于近代文学研究的传承创新、长期建设和持续发展来说也显然不利。特别应当强调指出的是,对于一个多世纪以来的近代文学研究历程中某些特殊时期出现的明显偏颇、失误和不应有的停滞、倒退,以及这种种意外情况带来的恶劣影响、给真正的学术研究造成的严重损失以及其中的经验教训,后来的研究者应当具有直接面对、深入反省的勇气,而不应当失去或放弃对这一切进行冷静深入的反思、认真彻底的清理并记取应有经验教训的意识和能力。对于学术研究的进展和学科领域的建设来说,对于以往成就、进步、贡献的评估、弘扬、光大当然重要,与此同时,对于那些失误、败笔、缺憾的认识和纠正也同样必不可少。在一定意义上甚至可以说,对于过去产生的失误的认识,对于以往留下的教训的记取,有时候显得更加重要。这是保持应有的独立性、批判性和超越性的基本保障。这一点,今天的新一代近代戏剧与说唱文学、近代文学诸领域的研究者们尤其应当清醒地认识到。

第六,中国近代文学与其他学科、相关领域的切磋交流意识不强、不够充分深入,明显限制和影响了自身研究水平、学术地位和学术影响的扩大与提高。近代戏剧与说唱文学作为整个近代文学研究中一个组成部分,其基本情况也大致如此。比如:中国近代文学与中国古代文学、中国现代文学、中国古典文献学、比较文学与世界文学、语言学、外国语言文学、中国近现代史、中外文化交流史、中国近现代哲学史、中国新闻出版史、中国报刊史、新闻与传播学等相关学科领域的交流、交叉和协同研究尚有不足，或者缺乏足够的自觉性和自我意识，或者缺乏应有的学术自信和交流能力，或者对其他研究领域不够了解或不屑一顾，如此等等，造成近代文学在人文科学及部分社会科学学科体系中一直处于比较边缘、被动的位置。这种自我满足、故步自封的状态在很多时候限制了包括近代戏剧与说唱文学在内的近代文学多个研究领域的实质性进展、整体水平的提高和学术影响力的有效提升。从所处时间阶段和空间位置的角度来看，近代文学处于不中不西、不古不今的特殊阶段或位置，这种特殊的时间阶段和空间位置也可以用亦中亦西、亦古亦今来表达。这种时间和空间特点，实际上赋予了近代文学许多独特性和优越性，同时也对研究者提出了一些特殊或更高的学术要求。其中由于研究领域的跨越性、兼容性、转换性和综合性特点而赋予近代文学的中西冲突、古今转换的独特文化处境，必然要求近代文学研究者具有尽可能开阔的学术视野、完善合理的知识结构、兼顾中西古今的学术能力。这不能不说是一种非常高的要求，也是不易企及的学术境界。因此，与相关学术领域的交流切磋、取长补短、互鉴共进就显得非常重要。假如缺少这样的自我意识和学术能力，就必然给自身的研究和本领域的学术进展带来不利的影响。这一点，今天的年轻一代近代文学研究者也有必要引起足够的注意，并尽可能在今后的研究中有所弥补完善，以期有效地改变这种对于学术发展和学科建设明显不利的被动局面。

第七，崇尚学术真理的精神未能充分发扬，学术自由、平等对话的习惯尚未养成，学术交流与学术讨论尚不够充分且不够深刻，明显限制和影响着近代文学研究的进展与水平，也影响着近代文学研究的学术风气和学术氛围。近代戏剧与说唱文学领域的基本情况也大致如此。长期以来，与人文科学研究的许多其他相关领域一样，近代文学研究界缺少真正具有学术精神和学术价值的深入讨论，也缺少进行深入贴切、平等自由的学术对话和论辩的习惯，似乎不愿意、也不习惯进行平等认真、有学术内涵的学术讨论，很难形成以追求学术真理为目标、秉承实事求是精神的学术文化生态。从20世纪50年代开始愈演愈烈、至"无产阶级文化大革命"期间登峰造极的毫无学理根据、毫无学术意义、不讲道理、话语霸权式的"大批判"的荒唐与荒诞及其恶劣影响暂且不论，新时期开始的20世纪80年代前中期，由于学术界内部与外部情况还比较简单纯粹，研究者内心也比较热忱单纯，近代文学研究界还可以见到一些有一定学术价值和思想意义、比较平等自由的讨论和对话，对近代文学研究的拨乱反正、正本清源、重整旗鼓、重新起步发挥了明显的促进作用。可惜这种局面只开了个头，仅仅几年后就随着某些外在条件和环境的巨大变化而草草结束了。90年代中期以来，包括近代文学研究在内的多个人文社会科学领域的外部氛围、内部风气、基本条件和学术标准、行为习惯都发生了深刻变化,自由民主的学术讨论、平等诚恳的学术对话迅速发生改变。特别是进入 21 世纪以来的近十几年间,由于学术风气、文化环境发生的诸多变化,许多研究者乐于、习惯于称赞式、褒扬式,有时甚至是以自我表扬、互相表扬为主要方式和共同目的的吹捧式讨论,真正具有思想深度和启发价值的平等的学术商讨、对话和争论极少见到。这种情况的存在和延续,也不能不明显影响到近代戏剧与说唱文学乃至整个近代文学研究的学术风气。这种情况的出现和延续,显然不利于近代文学研究的正常进行和深化进展;而且这种局面的负面影响,会随着时间的推移、环境的变化而表现得愈来愈明显。这是今天的新一代近代文学研究者不能不清醒地认识到、无法逃避并必须坦然面对的,并应当在此基础上认真思考和探索改变这种令人担忧局面的可能性和可行路径。

上述种种不能尽如人意情况的出现和某些令人担忧的局面的存在与延续,并不仅仅是或主要不是近代文学研究本身的问题,而是涉及整个中国人文社会科学研究整体风气、学术品格的多方面因素构成的突出问题。近代戏剧与说唱文学、近代文学诸领域作为中国文学史研究的一个组成部分,而且经常成为不处于主导地位、不处于主流位置的一个似乎无关紧要的部分,无论是进步、成就、贡献与影响,还是落后、缺陷、局限和遗憾,都不是最有代表性和说服力的一个部分。另一方面,也恰恰是这种边缘性、非主流性和非主导性,使近代文学研究可以具有保持某些自在性、自主性的时间与空间可能。因此,近代戏剧与说唱文学研究可以从这一独特角度反映整个近代文学研究的历程及其间的经验教训,也可以在一定程度上反映中国文学史、中国戏剧史与说唱文学史研究历程中的时代变迁和学术转换,因而也就可以获得更加广阔的学术史意义。这也恰恰是站在今天这个时代学术的角度,回顾反思那段距我们并不遥远而启发深刻、仍然可以休戚与共、感同身受的既往的学术历程并从中得到启发教益的主要用意之所在。

## 四、本卷的编选意图与情况说明

本卷为《中国近代文学论文集(1980—2017)》的近代戏剧及说唱文学卷,在编选过程中,既按照该论文集的总体计划和要求,也结合本卷内容的具体特点,希望能够比较准确地反映新时期以来近四十年间近代戏剧及说唱文学研究的基本情况和总体趋势,为本领域及相关领域的研究者提供若干参考,也希望能为这段颇不平凡的学术历程留下一点学术史的踪迹。现将编选情况说明如下。

第一,关于收录范围,本卷选录 1980—2017 年用中文正式发表的近代戏剧与说唱文学研究论文,主要包括在中国大陆发表的论文;基本不涉及中外研究者用外文、在国(境)外发表的相关领域的论文。希望这些论文的选编汇集,能够比较全面准确地反映其间近代戏剧与说唱文学研究的基本面貌和学术历程及其留下的学术史经验。

第二，关于选录标准，本卷选录的论文以正式发表者为限，以学术性、代表性、标志性为主要选录标准，适当注意知名研究者与年轻研究者论文比例的相对合理与平衡，注意不同时期、不同年代发表的研究论文分布的相对合理性。希望在突出重点与照顾全面及二者关系上能够尽可能处理得比较恰当，尽可能避免明显的偏颇或失当。

第三，关于论文来源，本卷选录的论文以正式发表于学术期刊时为依据，其后有经过修改、调整收入相关著作、论文集或以其他形式另外发表或出版者，不再予以逐一进行核对。个别尝以相关著作或作品集序言形式随同出版的论文或文章，由于特别重要或有代表性、启发性，也酌予收录，以期更加全面地呈现近代戏剧及说唱文学研究的进展情况及相关学术信息。

第四，关于论文数量和比重，据不完全统计，1980—2017年发表的比较重要的近代戏剧论文有120多篇，近代说唱文学论文20多篇，本卷从中选录近代戏剧研究论文23篇，近代说唱文学研究论文5篇，共28篇。所选近代戏剧研究论文数量显然远多于近代说唱文学研究论文数量，似觉不够合理，但该领域研究状况大致如此，选录论文亦只得如此，也可算是从这一角度反映近代说唱文学研究力量亟待加强、研究水平亟须提高的愿望。每位研究者入选论文最多不超过2篇，以期在本卷篇幅字数有限的前提下尽可能增加入选论文作者人数，以反映近代戏剧与说唱文学研究队伍的构成情况。

第五，关于本卷论文的选录，由于本卷篇幅所限，加之编选时间紧迫，更由于编选者个人学养与见识、选择与判断能力多所不逮，定有取舍未当、处理欠妥之处，也定会有未能准确传达各位原论文作者学术意图、未能完全满足读者需求之处。尚祈各位论文原作者和本书读者多多见谅，并不吝指教为幸。

左鹏军

# 目 录

中国近代"戏剧"概念的建构 ……………………………… 夏晓虹（1）

《中国近代文学大系·戏剧集》导言 ………………… 张 庚 黄菊盛（27）

《中国近代传奇杂剧目》序 ……………………………… 赵景深（40）

关于建立近代戏曲文学学科的问题 ……………………… 邓绍基（42）

近代传奇杂剧的嬗变 ……………………………………… 梁淑安（46）

近代传奇杂剧艺术谈 ……………………………………… 梁淑安（66）

近代传奇杂剧对传统戏曲形式的维护与背离 …………… 康保成（79）

论近代传奇杂剧中的传统主义 …………………………… 左鹏军（89）

中国近代戏剧形式与外来文化 …………………………… 康保成（101）

早期中国话剧形态与日本新派剧 ………………………… 袁国兴（111）

论近代日本戏剧对我国早期话剧创作的影响 …………… 黄爱华（121）

上海近代的戏剧文学遗产 ………………………………… 蒋星煜（135）

顾太清的戏曲创作与其早年经历 ………………………… 黄仕忠（145）

《轩亭冤传奇》作者湘灵子考 …………………………… 邬国义（157）

融时代、舞台、传统于一体

    ——论吴梅的戏曲创作 ……………………………… 王卫民（187）

梁启超曲论与剧作探微 …………………………………… 夏晓虹（200）

顾佛影杂剧的本事人物与情趣意旨 ……………………… 左鹏军（224）

《苦水作剧》在中国戏曲史上空前绝后的成就 ………… 叶嘉莹（237）

清末民初堂会演剧谫论 …………………………………… 李 静（255）

论中国传统戏曲舞台实践的近代变革 …………………… 程华平（268）
论近代上海新式剧场的沿革及其影响 …………………… 李　菲（276）
"新舞台"的剧场变革及其文化变迁 ……………………… 王雪芹（288）
移风易俗　雅俗共赏
　　——谈西安易俗社前期的剧本创作 ………………… 王卫民（297）
《庚子国变弹词》中的异人形象 …………………………… 路云亭（308）
晚清上海弹词女艺人的职业生涯与历史命运 …………… 宋立中（323）
自传契约：秋瑾弹词小说叙事研究 ……………………… 杜若松（337）
鸳蝴文人的民间情结
　　——以案头弹词创作及评弹演出、发展为中心 …… 秦燕春（347）
从"杂歌谣"到"俗曲新唱"
　　——近代中国歌词改良的启蒙意义 ………………… 李　静（360）

# 中国近代"戏剧"概念的建构

夏晓虹

与诸多学术术语相似,今日所谓"戏剧"概念,主要是在近代确立与建构起来的。对于其中最关键的"戏剧"与"戏曲"内涵的辨析,学界已多有阐论。[①] 此类考原工作,大半指向对古代史料的清理;而涉及近代的部分,则大抵与王国维的著述有关[②]。其间的缺失显而易见。有鉴于此,本文拟将问题放置在西方(包括借途日本)戏剧观念与演出形式传入中国的背景下,重点考察中国原有的"戏""剧""曲"直至"戏曲""戏剧"以及与之相关的本土传统语汇,在近代如何与西方的"drama"调和,生成新的概念体系,具有了现代的意涵。本文预设的"近代",大致为1820—1920年,涵括了晚清至"五四"前后一百年。此一起始期的确定,主要是希望追踪以西方之眼对中国戏曲的接纳,其间,英国传教士马礼逊以英汉辞典的方式介绍中国戏曲极富示范意义,该书于1822年面世;至于1926年6月起,在《晨报副刊》"剧刊"上展开的关于"国剧运动"的讨论,则带有反思与总结的性质,不妨作为本文考察的休止处。而出于展现前因后果的需要,在实际的论述中,资料使用的时段仍会稍微放宽。为还原现

---

① 如叶长海:《"戏曲"辨——读王国维〈宋元戏曲考〉札记》,载《光明日报》1983年8月30日;《戏曲考》,载《戏剧艺术》1991年第4期。洛地:《戏剧与"戏曲"——兼说"曲、腔"与"剧种"》,载《艺术百家》1989年第2期;《戏剧——戏弄、戏文、戏曲》,载胡忌主编《戏史辨》,中国戏剧出版社1999年版。赵山林:《中国戏剧观念的演变历程》,载《艺术百家》1996年第4期。王廷信:《"二十六史"中的"戏剧"概念略考》,载《中华戏曲》2003年第1期。陈维昭:《"戏剧"考》,载《云南大学学报》2004年第2期。孙玫:《"戏曲"概念考辨及质疑》,载《中国戏曲学院学报》2005年第1期。等等。
② 如查全纲、冯健民:《论王国维关于"戏剧"与"戏曲"二词的区分——兼与叶长海同志商榷》,载《光明日报》1983年11月1日;吴戈:《戏曲的定义与王国维的戏剧观》,载《戏文》1997年第6期;冯健民:《老话重提——再论王国维关于"戏剧"与"戏曲"二词的区分》,载《东南大学学报》2000年第1期;李简:《也说"戏剧"与"戏曲"——读王国维戏曲论著札记》,载《殷都学刊》2001年第2期;宋俊华:《王国维的戏曲概念》,载《中国戏曲学院学报》2003年第1期;等等。

场，笔者将以此一时段报刊论文的阐述、文艺栏目的分类、百科辞书的条目、文学史著的界定以及重大的文学论争为依据。如此取材，乃是由于在笔者看来，报刊、辞书、文学史乃是构成近代语境的基础史料，更能呈现历史展开的脉络与细节。

## 晚清西人笔下的"drama"

中国近代的"戏剧"概念，毫无疑问是"西学东渐"的产物。具体说来，即是"drama"的中国化过程。所谓"中国化"，途径不外两条：一是自内而外，一是自外而内。就早期情况而言，晚清国人旅行域外，观剧之余，也有记述。不过，此类感想与评说基本是从中国本土语境出发，以己裁人。虽然也觉新奇，也会在舞台布景、演员地位等方面受到震动，但这些出自使臣、商人与学者之手的诸多海外游记，对于西方"戏剧"观念的落地中国，并无实际建树。① 因此，如若正本清源，西方传教士在"drama"的引介上所起的作用更应优先受到重视。

不必说，传教士自外而内的引进，是基于西方文化语境的考量。西方的文类概念作为先在的经验模式，已经内化在其意识中。以此"有色眼镜"打量中国本土戏曲，或将西方的"drama"与中国本土情景对接，带有文化传递意味的译介由此展开。其中，两名英国传教士马礼逊（Robert Morrison，1782—1834）与艾约瑟（Joseph Edkins，1823—1905）的工作值得特别提出讨论。

马礼逊独立编写的《华英字典》（*A Dictionary of the Chinese Language*），以其出版之早、篇幅之巨、容量之丰，一向被视为近代西方汉学史上一部影响深远的著作。这部六巨册的大书于1822年在澳门出版的第三部分，与前两部《字典》及《五车韵府》的以汉字为主导不同，采取了以英文排序、夹杂汉语的英文译述方式，对一些重要的中国名物进行了解说。词条内容的丰赡已远远超出"字典"的定义，而带有"百科全书"的编纂风格。"drama"正是一则典范。这一中英夹杂的解说，包含了依据《元人百种曲》（即《元曲选》），对正末（末泥）、副末［苍体（鹘）］、狚（旦）、狐（孤）、靓（净）、鸨、猱、捷讥（滑稽）、引戏九种戏剧角色（九色）的简要介绍，以及对涵括情节的神仙道化、林泉丘壑、披袍秉笏、忠臣烈士、孝义廉节、叱奸骂谗、逐臣孤子、朴刀赶棒、风花雪月、悲欢离合、烟花粉黛、神头鬼面的"十二科"列举，甚至关于舞台设

---

① 孙宜学：《星轺日记对中国戏剧发展进程的影响》，载《中国比较文学》1997年第4期；左鹏军：《中国近代使外载记中的外国戏剧史料述论》，载《华南师范大学学报（社会科学版）》2001年第2期；尹德翔：《晚清使官的西方戏剧观》，载《中国比较文学》2006年第4期。

置的"鬼门"即"鼓门"也未遗漏。① 而开头的部分，则可视为中国戏曲史提要（其中的繁体汉字已改简体，中文引文另加标点）：

> The origin of the drama in China, is attributed to 元［玄］宗 Yuentsung, an emperor of the Tang dynasty, about A. D. 740; it was then called 传奇 chuen ke; the Sung dynasty called the drama 戏曲 he keüh; the Kin dynasty, 院本杂剧 Yuen pun tsǎ keĭh. The terms now made use for the several performers orginated with the emperor 徽宗 Hwuy-tsung（A. D. 1120），who 见爨国人来朝，衣装举动可笑，使优人效之以为戏 on seeing the persons of an embassy from Tswan kwě, whose dress and gestures were laughable; he ordered the musicians to imitate them, and get up a play.
>
> Another authority says, 戏曲至隋始盛 the drama began to prevail in the time of Suy（A. D. 610），It was then called 康衢戏 kang keu he; the Tang dynasty called the drama 梨园乐 le yuen lǒ; Sung called it 华林戏 hwa lin he; and the Tartar dynasty Yuen called it 升平乐 shing ping lǒ, 'the joy of peace and prosperity.'②

这些取自《元人百种曲》卷首《天台陶九成论曲》与《涵虚子论曲》中的叙述，虽然在翻译时偶有错误，如对于"升平乐"的解释；但最重要的是，马礼逊已直接将"宋有戏曲"中的"戏曲"与"drama"相对应，而不是像提及"传奇"或"院本杂剧"时一般，仅写出汉字与拼音。这一链接使得"戏曲"得以超越时代的局限，与"戏曲自隋始盛"中的该词获得了同样的意义，即从专有名词变成了普通名词；同时此举也在西方的文学分类中，为中国戏曲找到了合适的位置，从而将中国戏曲引入西方的文学体系中。

艾约瑟所做的译介与马礼逊方向不同，他的目标主要不是为了让西方了解中国，而是反之，希望中国能够了解西方。和同时代的传教士一般更注重介绍西方的科学技术相比，艾约瑟对西方古典学的兴趣显得颇为突出。③ 在1857年1月于

---

① 以上叙述大体取材于《元人百种曲》中的《涵虚子论曲》与《丹丘先生论曲》。

② 译文如下："中国戏剧的起源大约在公元740年，被归功于唐朝皇帝玄宗。那时称为'传奇'，宋代称为'戏曲'，金朝称为'院本杂剧'。这些至今仍用于若干表演者演出的术语源于宋徽宗（1120年），他'见爨国人来朝，衣装举动可笑，使优人效之以为戏'。""另一种权威说法是：戏曲至隋始盛。在隋谓之康衢戏，唐谓之梨园乐，宋谓之华林戏，元（鞑靼）谓之升平乐，后者意为'和平与繁荣的快乐'。"

③ 邹振环：《西方传教士与晚清西史东渐》第九章《艾约瑟及其输入的西方古典史学与〈西学启蒙十六种〉中的欧洲史》，上海古籍出版社2007年版。

上海创办的《六合丛谈》第一期上,他以《希腊为西国文学之祖》一文亮相登场,这也成为其随后定名为"西学说"的系列文章中的开篇之作。与戏剧相关的内容出现在接下来刊载的《希腊诗人略说》与《罗马诗人略说》中。前者于叙说古希腊"演剧之事"时,对三大悲剧作家爱西古罗(埃斯库罗斯)、娑福格里斯(索福克勒斯)、欧里比代(欧里庇得斯)以及喜剧作家阿利斯多法尼(阿里斯托芬)、梅南特尔(米南德)的作品,大多套用了中国的"传奇"之称;后文追溯古罗马戏剧的起源,则直接使用了"以希腊戏剧本作罗剧"的说法。套用中国当时流行的、主要指称昆曲的"传奇"一语,以对译作为"drama"源头的古希腊戏剧,一如日后美国传教士丁韪良(William Alexander Parsons Martin, 1827—1916)之言"泰西戏文自希腊始",都是最方便且对于中国读者最好理解的表述。当然,这样的移用也有可能让完全未接触过西方戏剧的读者以中国的情形想象、推断,从而发生误会与困惑。因此,相形之下,并非特指的"戏剧"一词的使用应当受到关注。

艾约瑟更重要的译介还是在 1885 年出版的《西学略述》中展开的。此书乃艾氏"博考简收"西学所成之撮要性著作,其内容后为多种类书摘编。涉及戏剧的几节文字见于卷四"文学"编,如《词曲》一则之记古希腊创作:

> 泰西诸国皆重词曲,而创始于希腊。缘各国人既皆爱音之娱耳,亦复欲多识前言往行,畅悦心目,是以其各国各城之人民,皆相率集赀建立戏场,时招致善此之人,俾登台献技……在希腊旧传之词曲,皆昔著名诗家所作,句之长短皆有定式,不得少有紊乱。惟时希腊人民每值会集赛跑之年,迨赛跑已毕,复公推文人所作之词曲、乐谱均臻至善者,即以冠冕加于其人之首,以为宠锡。

又如《近世词曲考》一则简述西班牙、法国、英国等欧洲国家的戏剧史:

> 近泰西各国盛行之词曲,其原盖创始于教会。当中国唐宋朝,天主教兴于欧洲,惟时人多妆点福音书诸故事,谱为词曲,以授伶人登场排演。致其中间有诙谐哀怨等词,率皆兴自中国前明时……时又有英国一最著声称之词人,名曰筛斯比耳(按:即莎士比亚),凡所作词曲,于其人之喜怒哀乐,无一不口吻逼肖;加以阅历功深,遇分谱诸善恶尊卑,尤能各尽其态,辞不费而情形毕露。如谱一失国之王,虽多忧戚,而仍不失其居位时之气度也。

其间无一例外,都以"词曲"称呼欧洲戏剧脚本,这一用法明显来自李渔的

《闲情偶寄》之以"词曲部"区别于"演习部"。

尽管在先前的《希腊诗人略说》中,艾约瑟曾将阿利斯多法尼的喜剧作品谓之"诗",但也只是偶然一见;到撰写《西学略述》时,戏剧与诗歌的类别已然划清。这一分别尤以"德国诗学近百十年间方大著名于欧洲"的一段叙述最突出。"初,德人勒星始以诗名,兼擅词曲",说的是莱辛既是诗人,也是剧作家。"迨中朝嘉庆之初,其国之世落耳与哥底皆善于诗。而世落耳尤喜描写古人忠孝义烈之事,所著词曲如铺演创立瑞士国时最著英名之威廉·德勒遗迹诸书,均历历如绘。"其中席勒与歌德作为著名诗人被相提并论,但席勒之戏剧名作《威廉·退尔》则毫不含糊地归入"词曲",与歌德的《缶斯德》(即《浮士德》)仍谓为"诗"并不相混。整段文字因同时涉及诗歌与戏剧,而被冠以《德国诗学》之题,又与今日通行的"诗学"概念吻合。

上述三段文字,在1897年出版的《万国分类时务大成》中,被全部辑入"文学类";其中《词曲》与《近世词曲考》二则,也为1902年印行的《西政三通》之《西政通典》抄录。这还是限于笔者的一孔之见,但已可看出其说的流行程度。实际上,1895年甲午战争中国败于日本之后,国人的救亡热情空前高涨,对此类"专采取泰西各国书籍,为近日讲求时务急需"的西学类书产生了很大的需求量,故编辑、印刷层出不穷。①而经过如此反复的传抄,艾约瑟文中所概述的由悲剧与喜剧所构成的西方戏剧体系,也随同其讲述的西学知识一道,为更多的晚清读书人所认知与接受。不过,同样明显的事实是,"drama"在中国语境中的多种表述,说明其时尚未有统一的对应词出现。

## "戏""剧"与"小说""诗"的纠缠

中国传统戏曲除了作为综合艺术表演形式所产生的纠葛外,就文本形态而言,它与小说、诗歌也容易边界不清。发生缠绕的原因在于,戏曲与小说在叙事性上可以相通,而与诗歌在韵律方面又具有共性。不过,晚清以前,这类混同基本不会发生。除了雅俗文学的壁垒清楚地界分了诗歌与戏曲之外,散文与韵文间明显的文体差别也阻隔了小说与戏曲的融通。而随着近代西方文学观念的输入,文类甄别与重组的问题发生了。诗、文、小说、戏曲这些文学类别在重构的过程中,打破层级,外延松动,这才出现了文类边际的交叉与重合等特定时段的特殊现象。戏曲正是其中一个最明显的例证。

---

① 钟少华:《人类知识的新工具——中日近代百科全书研究》,北京图书馆出版社1996年版。

需要先行说明的是,"戏曲"一词虽自宋元之际已有使用①,但一般情况下,它指的是一种与音乐有关的表演形式;而作为一个总括性的文类概念,大致到20世纪初才开始流行(后文将专门论述)。此前,指涉"戏曲"的用语中,单音词"戏""剧""曲"或双音词"词曲""曲本""传奇"更为常见,其中"词曲"与"曲本"特指文本,其他则兼及演出与文学两重义项。② 以1872年创办的《申报》为例,早期该报谈论戏曲的文章,或题为"戏说""说戏",或题为"观剧书所见""观剧卮言"。甚至直到1903年,北京的《顺天时报》还在不对称地以"说小说与戏之关系"为标题。因而,处于此一时段的论者,即使提倡"曲界革命",仍不脱传统语汇,亦不足为奇。

本来,接续艾约瑟对西方诗歌与戏剧的区分,近代知识者在以中西比较的眼光反观中国、重构文类时,边界应该更明晰。不料实际出现的情况,反而是比前更为严重的混杂。这一状况的出现,主要是由于原先处在边缘或低层的文学类别,在向中心或上层移动的过程中,需要借助更多的资源。而扩大文类容量,无疑是其中相当有效的一个策略。其间未尝没有西人的启示。

艾约瑟在1857年已经注意到,"中国传奇曲本","人皆以为无足重轻,理学名儒,且屏而不谈"。这和西方的文学观念形成了很大反差:"西人著书,惟论其才调优长,词意温雅而已。或喜作曲,或喜作诗,或喜作史,皆任其性之所近,情之所钟。"并没有文学体裁的歧视,戏剧与诗歌、史著一样,在西方都可以成为传世名作。而要改变中国"传奇曲本"备受压抑的卑贱地位,最方便的办法自然是借重与之同属韵文体的诗歌之力。何况,艾约瑟早年的论述中,以"诗人"统领"传奇",也留下了这样的诱导。

饱览西学书籍的梁启超正是如此行事。梁氏对艾约瑟的著作原本相当熟悉,不但在其1896年编写的《西学书目表》中著录了包括《西学略述》在内的《西学启蒙十六种》,而且在《读西学书法》中也特别提到艾氏此著,尽管批评其"译笔甚劣,繁芜佶屈,几不可读",却仍然认定"其书不可不读"。而梁启超看重《西学略述》处,首在"言希腊昔贤性理词章之学,足以考西学之所自出"。其所谓"词章之学",乃是指列于卷四的"文学",其中即包括介绍西方戏剧的

---

① 宋元间人刘埙(1240—1319)之《水云村稿》中《词人吴用章传》,有"至咸淳,永嘉戏曲出"之言。胡忌、洛地:《一条极珍贵资料发现——"戏曲"和"永嘉戏曲"的首见》,载浙江省艺术研究所编《艺术研究》1989年第11辑。

② 当然也有直接使用"戏剧"一词者,如明人徐三重《牖景录》卷下之"末世戏剧一节,虚饰往事,杂附鄙俚,最可厌笑",清嘉庆十二年上谕之"凡遇斋戒日期,并祈雨斋戒及祭日,所有戏园,概不准演唱戏剧"。王利器:《元明清三代禁毁小说戏曲史料》,上海古籍出版社1981年版,第263、61页。

《词曲》《近世词曲考》《德国诗学》诸条,可见梁氏对于西方的文学观念与类别极为关注。

此外,与梁启超同出康有为门下的欧榘甲,所作《观戏记》也是一篇值得重视的文献,对梁氏及其他后来者颇多启发。撰写此文的1902年,欧氏已身在美国旧金山,此前又有居留日本的经历。以此中西参合的眼光,欧文叙述中国戏曲衍生的脉络于是别具一格:以"《诗》三百五篇,皆被之管弦",故认为"十五'国风'之诗,皆十五国所演之班本也"。而此一由《诗经》开启,一直连贯到汤显祖、孔尚任、蒋士铨所作"曲本"的历史,简言之,即是"班本者古乐府之遗也,乐府者古诗之遗也"。如此,则戏曲与诗歌本是一脉之流衍。《观戏记》发表的第二年,梁启超主持的《清议报全编》以及革命色彩浓厚的《黄帝魂》一书先后收录了此文,使其传播益发广远。

1904年1月,正着力推动文学改良的梁启超开笔写作《小说丛话》,即明确打破了"诗"与"曲"的界隔,将后者统归于"广义"的"诗":

> 彼西人之诗不一体,吾侪译其名词,则皆曰"诗"而已。若吾中国之骚、之乐府、之词、之曲,皆诗属也,而寻常不名曰"诗",于是乎诗之技乃有所限。吾以为若取最狭义,则惟"三百篇"可谓之"诗";若取其最广义,则凡词曲之类,皆应谓之诗。

用"曲本""以广义之名名之"为"诗"的新标准衡量,汤显祖、孔尚任、蒋士铨之作自然可称为"一诗累数万言",故梁氏赞誉"其才力又岂在摆伦(按:即拜伦)、弥尔顿下耶"。更进一步,梁启超还分析了"曲本之诗""所以优胜于他体之诗者"的特长,最终将其抬高到诗界至尊的地位:"故吾尝以为中国韵文,其后乎今日者,进化之运,未知何如;其前乎今日者,则吾必以曲本为巨擘矣。"[①]

将戏曲归属于"诗",并且尊为最高等级的"诗",固然是梁启超对艾约瑟、欧榘甲之说的推衍发明。但其自文类上提升戏曲地位的努力,与晚清其他志士从通俗性考量,推举戏曲为启蒙下等社会的利器,实可谓立意相同,殊途同归。欧榘甲肯定戏曲"胜于千万演说台多矣!胜于千万报章多矣",陈独秀强调戏曲"可感动全社会,虽聋得见,虽盲可闻,诚改良社会之不二法门也",都是看中

---

[①] 饮冰等《小说丛话》,《新小说》第7号,标为1903年9月出刊;而梁启超在《小说丛话》篇首所写"识语",成于"癸卯初腊",即光绪二十九年十二月,西历1904年1月,故知该期杂志乃延后出版。(注:本文脚注中"饮冰"即为梁启超,本书作者称谓皆按原载录入。)

了其感染力即启蒙效应之迅速与广泛。而此一最高等的韵文文学，同时又是最得力的启蒙工具，二者叠加，戏曲的地位一时之间被空前拔高。

而文类混杂影响更大的还属戏曲之并入小说。白话小说与戏曲在此前虽然命运相近，但在表述中还是各有指称。晚清学者追索戏曲之混入小说，有的归因于清代弹词的出现与流行：弹词逐渐成为一种案头读物，"脱去演剧、唱书之范围"，"乐章至此，遂与小说合流，所分者一有韵一无韵而已"。此说亦有一定道理。不过，就晚清的特殊动因而言，启蒙思潮的发生，尤其是西方小说观念的引进实则更为关键。

自1897年《国闻报》刊载《本馆附印说部缘起》，倡言"闻欧美、东瀛，其开化之时，往往得小说之助"，并将《西厢记》、"临川四梦"、《长生殿》与《三国演义》、《水浒传》相提并论，一概谓之"说部""小说"，戏曲即在"开通民智"的层面上与"小说"结盟，并被"小说"收编。自言"余当时狂爱之"的梁启超，日后对此"雄文"仍念念不忘①，倡导"小说界革命"时，亦循此思路展开。

1902年，在素有"'小说界革命'宣言书"之称的《论小说与群治之关系》一文中，梁启超凭借"泰西论文学者必以小说首屈一指"的新见，对小说做了高度评价：既认定小说具有"理想派"与"写实派"两种神技，可"导人游于他境界"与代人传情摹状"彻底而发露之"，又赞扬其能以"熏"（熏染）、"浸"（沉浸）、"刺"（刺激）、"提"（提升）四种强大的感染力"支配人道"，故推尊"小说为文学之最上乘"。而荣获此崇高地位的小说，也同时负有巨大使命："故今日欲改良群治，必自小说界革命始；欲新民，必自新小说始。""小说界革命"因此成为晚清文学改良运动的发端与中心，戏曲依附小说便也顺理成章。于是，与《国闻报》的论说相同，梁文列举作品，《西厢记》与《桃花扇》也错出于《红楼梦》《水浒》《野叟曝言》《花月痕》之间。梁氏主编的《新小说》杂志尚专设"传奇体小说"一栏，以"为中国剧坛起革命军"②提供发表园地。

正是在1902年11月创办的《新小说》示范下，与之并列为"晚清四大小说杂志"的其他三家——《绣像小说》《月月小说》《小说林》也继起效法，"传

---

① 《小说丛话》中饮冰语，《新小说》第7号，1903年9月。
② 此栏在《新小说》正式刊出时，名称有变化，分为"传奇""广东班本"等。

奇"等剧本始终是其间重要的角色。① 这种编刊方式实际上一直延续到民国初年。甚至在1921年沈雁冰等将《小说月报》改造成为"文学研究会"机关刊物的前一年，栏目名称虽已从"改良新剧"（"新剧"）、"传奇"变而为"曲本"，直到"剧本"，但戏剧文学始终未曾从"小说"杂志中消失，足见起自晚清的戏曲之归并"小说"影响久远。

放在梁启超当年的文学等级体系内，最高等级的诗歌——"曲本"仍然不过是"小说"之一体。② 而同样从提高小说地位的愿望出发，梁友狄葆贤上溯"小说"的源头，却有与欧榘甲的叙说异曲同工的思路：靠了"音乐"的串联，"由《诗》而递变为汉之歌谣，为唐之乐府，为宋词，为元曲，为明代之昆腔"的演化史，也证成了"以《诗》为小说之祖可也，以孔子为小说家之祖可也"的奇论。无论这种溯源在今日看来如何不可思议，但攀附上作为儒家经典的《诗经》，戏曲才能够变得出身高贵起来。而此说明显是在"传奇等皆在内"的新的"小说"③ 文类概念已经建立后才可能出现。并且，由此亦可察知，诗歌才真正是提升小说与戏曲的有效杠杆，其层级实在小说与戏曲之上。④

在戏曲为小说之一种的文类意识逐渐加强的过程中，晚清新编的文体学著作对此也做了及时总结。1906年，商务印书馆刊印来裕恂的《汉文典》，其中"文章典"中关于"小说"的界说，既依据时下的观念分为"传奇"与"演义"二体，论"小说之文"也照应两下：

> 小说之文，每演白话，所记多杂事琐语。其体则章回、传奇，叙事之法，多本传记。惟词曲则注意于音节，辞采雕琢，不遗余力。自屠鬻贩卒，妪娃童稚，上至大人先生，文人学士，无不为之歆动，其感人之深，有如此者，盖别具一种笔墨者也。

其中以"传奇"和"词曲"指称戏曲，以与"演义"或"章回"所对应的小说并举，实则已指出戏曲在音节（即音乐与韵律）与辞采上和小说有别，即承认二者在文体上存在差异。而能够合而论之的根据，便只剩下叙事性以及同"属于通俗之种类"。若仔细分梳，在来著中，"小说"的身份其实相当尴尬：上述从

---

① 应该指出，1907年创刊的《小说林》对戏曲作品的处置已有所不同，由与其他小说栏目并排，改为纳入"文苑"栏，与诗、词、文等同列。
② 夏晓虹：《梁启超的文类概念辨析》，载《国学研究》第15卷，北京大学出版社2005年版。
③ 《小说丛话》中平子（狄葆贤）语，《新小说》第9号，1904年8月；实则该期杂志乃在延迟出版。
④ 梁启超日后将小说排除出"好文学"，实与此有关。夏晓虹：《梁启超的文类概念辨析》，载《国学研究》第15卷，北京大学出版社2005年版。

"性质"与"功用"上所做的黏合,若从"文体"剖析,则"小说"之所以能与"文""诗""赋""辞""乐府"并列,完全是仰仗"词曲"即戏曲之力。因此,在来裕恂演述的文学体系中便出现了这样的怪圈:"小说"始则冒"词曲"之名成为"文词"家族中的一员,继而又将"词曲"收录麾下,而如此矛盾的论述,却正是晚清小说与戏曲相互缠绕之关系的典型表现。

表面看来,戏曲被归入诗歌或是小说,是丧失了其作为文类的独立地位。不过,若更深一层观察,戏曲的游移不定,从小处说,可使其获得更多的文类资源;从大处讲,则为文类重构的表征,带有近代文学观念转变的深层意义。

## "戏曲"与"戏剧"的交错

追索载籍中的"戏剧"一词,会发现其使用尚在"戏曲"之前。翻检《辞源》可知,唐代杜牧的《西江怀古》中,已有"魏帝缝囊真戏剧"的诗句;另外,据学者考察,成于五代后晋的《旧唐书》中也出现了"戏剧"的连缀。只是,这两处的"戏剧"均为游戏、玩笑之意。不过,起码"到了唐中期,'戏剧'一词便可用来指称戏剧艺术",已为学界所认同,而其流行程度还在"戏曲"之上(如"二十六史"中便没有"戏曲"一词)。① 直到晚清,这一状况才发生变化。

目前学界通常将"戏曲"词语的确立归为王国维的功劳。叶长海即认为,"元明清诸代,'戏曲'多指戏剧的'曲本'或'本子'。但必须指出,古代作家很少着意用'戏曲'这个词,只有到王国维才开始大量用这个词而使之流行开来"②。因王氏的《宋元戏曲考》一书既为中国戏剧史奠基之作,其意义与影响自不容小觑,但若回归晚清语境,则王国维之使用"戏曲",其实也应该说是因应时势而非引导潮流,报刊在其间无疑起了重要作用。而察其初始,1904 年于上海创办的《警钟日报》实有开辟新局之功。

其实,《警钟日报》之前,在天津发刊的《大公报》1902 年 11 月即以"来稿"的名义,发表过一篇《编戏曲以代演说说》。论者通篇使用"戏曲"一词,举示其喜闻乐见、"感人最易"诸优势,肯定戏曲比演说在开启民智上更具效力:

今不欲开化同胞则已,如欲开化,舍编戏曲而外,几无他术。但戏

---

① 王廷信:《"二十六史"中的"戏剧"概念略考》,载《中华戏曲》2003 年第 1 期。
② 叶长海:《戏曲考》,载《戏剧艺术》1991 年第 4 期,第 70 页。

曲一事，宜编时事不宜编古事，宜编真事不宜编假事。吾甚愿有心人多编戏曲以开化我同胞乎，同胞幸甚！大局幸甚！（着重号为笔者所加）

此文乃是该报馆相当得意的一篇论说，甚至三年半后仍念念不忘。在关于《女子爱国》新戏演出的连续报道中，始则标以"胜于演说"之题，继而更直接揭出："戏曲有大益于社会（见本报壬寅十月'论说'），谁曰不然？"①可见该文受重视程度。不过，《编戏曲以代演说说》尽管重要，"戏曲"却也并未因为此文的出现而立即流行。真正的转机还要等到1904年。

作为《警钟日报》的前身，《俄事警闻》于1904年1月17日刊出了《告优》，此乃该报以"告"字题名的76篇系列论说文之一。在这篇面向演员宣说的白话文中，作者始终在努力提升这些过去一向被轻贱的伶人的地位，倡言"你们流品虽然狠（很）低，力量倒是狠（很）大"。原因在于，"无论那（哪）一类的人，没有不高兴听戏的"；尤其是那些"不识字的人"，"他的思想，他的行不（为），他的口头言语，多半是听戏时候得来"。结论于是相当惊人也相当中肯：听戏的"功效比那进学堂、上历史班的工课大多了。所以各处的戏场，就是各种普通学堂；你们唱戏的人，就是各学堂的教习了"。担负了如此重大教育使命的优伶，也被责以应当以自己的特长参与拒俄运动，"一套一套的编成戏曲，演起来"，而这些"新戏""一定好感化许多人"。很明显，在以戏曲启蒙大众的层面上，《告优》实与早先《大公报》的论说相贯通。

紧承其后，1904年2月26日，《俄事警闻》改名《警钟日报》，于4月22日的"地方纪闻"栏出现了一则《改良戏剧之计画》的通讯，由此正式拉开了"戏剧/戏曲改良"的序幕。报道称：潮州一方姓者"日前赴省，曾在各大吏处禀请将全潮戏剧一律改良，不然者则禁止演唱，并予以重罚"，据说"已经大吏允许，将通饬各属实力举行"。这则新闻引起了一位署名"健鹤"的作者的高度关注，从"为中国普通社会开通智识、输进文明计，吾必推绘影绘声之演剧为社会第一教育"的理念出发，"健鹤"随即写了一篇同题论文，自5月30日起，在该报连载了三日。而其呼吁改良所取法的对象，明显为日本。所述"计画"列分五条，其中关于"剧部之组织与本能之扩张""脚本之改良与演剧之进步""演剧当根据实地"三项，都是以日本为楷模。甚至第二日后的两次续刊，标题都改用了明治年间日本通行的"演剧"一词。文中也接续关于方某的报道用词，

---

① 《胜于演说》《新戏三志》，《大公报》1906年5月23日、24日。"壬寅"即公历1902年，《编戏曲以代演说说》发表的时间为中历壬寅年十月十二日。《大公报》的资料多承黄湘金提供，特此致谢。

在"演剧"之外，多用"戏剧"。如追溯戏曲的起源，即谓："盖戏剧之渊源，与诗歌之渊源为同一之蜕化物。"①

接下来，8月7、8日，该报即连续发表了《戏剧改良会开办简章》与《绍兴戏曲改良会简章》。两会的设立，可视为对"健鹤"之主张"当于上海特设一戏剧总机关部，而于各直省各都会，则分设支部以隶属之"的实施，并均将"戏剧/戏曲改良"的目的设定为"开通下等社会"。8月21日后，陈去病的《论戏剧之有益》也趁热打铁，及时登场。陈文延续了"健鹤"的"新戏剧"当着力于"唤起民族主义之暗潮""于保种保国之道，而得间接之一助"的呼吁，同样要求以戏剧"发舒其民族主义"，为反清革命做有力的动员，指称："此其奏效之捷，必有过于劳心焦思，孜孜矻矻以作《革命军》《驳康书》《黄帝魂》《落花梦》《自由血》者殆千万倍。"② 此文10月重刊于新出世的《二十世纪大舞台》时，陈氏已得意于其文"连续登诸《警钟报》，月来颇见其效"。而其所言的效应中，也应该包含了陈独秀9月在《安徽俗话报》上发表的《论戏曲》一文。

查陈独秀行踪可知，起码1903年8月在上海办《国民日报》时，他已与陈去病结识；次年回安徽办《俗话报》后，仍与陈去病任编辑的《警钟日报》保持密切联系，在该报集中倡导"戏剧/戏曲改良"前后，亦有诗作在此刊出。③ 因而可以断定，《警钟日报》上的文字确曾影响了陈独秀。即以二陈对于古乐的追溯看，表述便相当接近。陈去病文中连续引用"仲尼曰：'移风易俗，莫善乎乐。'孟轲氏曰：'今之乐，犹古之乐也'"；陈独秀也依次援引，只是因出以白话，而将"仲尼曰"换成了"孔子常道"，"孟轲氏曰"易为"孟子也说过"。甚至对于周代"六乐"的称引，二文也均为《云门》《咸池》《韶護》《大武》，既不完整，也都将《大韶》与《大濩》合一、"濩"字讹为"護"。述古以后的及今，二说亦相似。陈去病言："彼戏剧虽略殊，顾亦未可谓非古乐之余也。"陈独秀道："可见当今的戏曲，原和古乐是一脉相传的。"而《论戏曲》提倡"戏曲改良"的出发点，"戏馆子是众人的大学堂，戏子是众人大教师"，也令人

---

① 健鹤：《改良戏剧之计划》（后改题《演剧改良之计画》），载《警钟日报》1904年5月30日—6月1日。1903年7月《江苏》第4期，曾有署名"横江健鹤"者发表过《新中国传奇》，当为同一作者。

② 邹容作《革命军》，章太炎撰《驳康有为论革命书》，黄藻编《黄帝魂》，金松岑译《三十三年落花梦》与《自由血》，皆鼓吹革命之作。

③ 陈独秀（由己）在《警钟日报》1904年4月15日发表《哭何梅士》，5月7日又有《夜梦亡友何梅士觉而赋此》，9月14日再刊《赠王徽伯东游》。唐宝林、林茂生：《陈独秀年谱》，上海人民出版社1988年版，第26、31、34页。

联想到《告优》的论述。故陈独秀希望各地的戏馆像上海的名伶汪笑侬一样，"多唱些暗对时事、开通风气的新戏"，以感化众人，"变成了有血性、有知识的好人"。日后，陈氏又将此文改写成文言，在《新小说》发表，影响愈广。而其文一再称述"戏曲"，则与陈去病的反复称道"戏剧"相区别，在词语的使用上更近乎《告优》。

经由《警钟日报》的先期酝酿，陈去病主编的《二十世纪大舞台》随即于1904年10月在上海诞生，是为中国第一份专门的戏剧报刊。柳亚子撰写的《发刊词》以及杂志刊出的《招股启并简章》均标示出"戏剧改良"（"改良戏剧"）的宗旨，而欢迎"海内外同志""以所著诗文或新编之戏曲、歌谣等类见示"。由此，"戏剧改良"方拥有了独立实行的园地。创刊号上，汪笑侬的照片被冠以"中国第一戏剧改良家"的头衔发表，从而确立了汪氏作为晚清"戏剧/戏曲改良"典范的地位。而该刊明确地"以改革恶风俗，开通下等社会，提倡民族主义，唤起国家思想为己任"，其激昂的种族革命呼唤也贯穿在刊于第一期卷首的柳亚子与陈去病二文中。因此，该刊亦未能逃脱遭清政府封禁的厄运，二期而亡。12月，《警钟日报》又刊载了刘师培的《原戏》，详细考证戏曲的起源。篇中不断使用"戏曲"一词，却不见"戏剧"。刘氏其时亦为该报编辑兼主笔，与陈去病算同事，故此文应是《二十世纪大舞台》被迫停刊后的余响。这篇《警钟日报》未署名的文章，1907年又在《国粹学报》以刘师培之本名发表，作者的情况方才明了。

经过《警钟日报》，特别是陈去病的大声疾呼、极力倡导，"戏剧/戏曲改良"的理念迅速扩散开来，得到众多响应。仅以篇名而言，1907年1月，《四川学报》刊发了《论改良戏曲》；1908年4月，《新朔望报》有署名"皞叟"者所写的《论改良戏剧》；同年5月，《滇话报》又有"唯心"所述《滇省改良戏曲纪事》。而1904年7月27日在《宁波白话报》尽先刊出的《论戏曲宜改良》，作者马裕藻已坦承是受到了"健鹤"之文的启发："现在听见上海要立一个新曲会，想把这戏曲改良，做报的人天天望他能够成功，才是好事呢！"其间，1906年9月发表于《申报》的王钟麒撰《论戏曲改良与群治之关系》，不但套用了梁启超广为人知的"论小说与群治之关系"的标题而引人注目，并且，随着发行量首屈一指的《申报》行销各地，"戏曲改良"的主张亦深入人心。正好与此同时，《大公报》的相关报道中也开始出现"戏曲改良""实行戏曲改良"的标题，由此形成了南北呼应的浩大声势。

随着"戏剧/戏曲改良"的推行，"戏曲"一词也日渐流行。从《新小说》上连载的《小说丛话》用语之别，即可见端倪。先时梁启超之"曲本"、狄葆贤之"传奇",到许定一笔下,已被"戏曲"取代。1904年8月,狄氏尚未加区分地谈论:"今日欲改良社会,必先改良歌曲;改良歌曲,必先改良小说,诚不易之论。"至次年2月,许定一已将"小说"与"戏曲"分开,称:"欲改良戏曲,请先改良小说。"① 而检索《申报》全文数据库,得出的结果自然更为确凿可信:自1872年4月30日创刊至1904年年底,32年多,"戏曲"一词仅在《申报》的22篇文献中现身;而1905年至1911年短短7年间,这一数字已提高到46篇。与之相对照,"戏剧"在1905年以前的出现次数要高得多,为270篇,后一阶段则与"戏曲"比较接近,为59篇。② 其逐年变化情况参见图1:

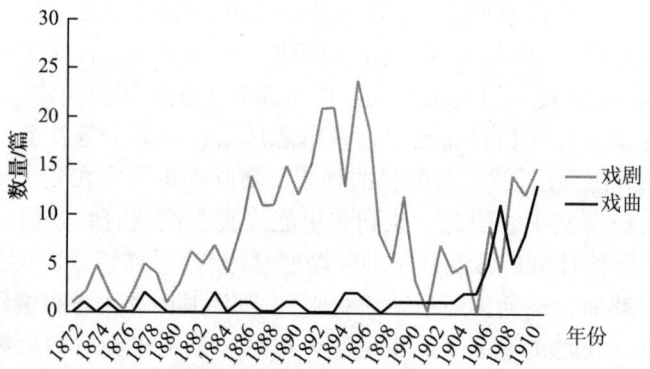

图1　1872—1911年"戏剧/戏曲"出现于《申报》篇数逐年统计数据图

"戏曲"与"戏剧"二词虽都是古已有之,不过,与"戏剧"的旧词翻新不同,"戏曲"的流行应更多借助了日本之力。在明治年间的日文表述中,无论西方还是中国的戏剧文学,一概称为"戏曲"。1883年在《日本立宪政党新闻》上发表的《我国ニ自由ノ種子ヲ播殖スル一手段ハ稗史戲曲等ノ類ヲ改良スルニ在リ》(《播殖自由种子于我国之一手段即在改良稗史戏曲等》),题目即已明示其意,故文中以莎士比亚为"戏曲改良"的楷模。而笹川临风1898年出版的《支那文学史》③,于叙述"金元の文学""明朝文学""清朝文学"时,也分别出现

---

① 《小说丛话》中饮冰、平子、定一语,《新小说》第7、9、13号,1903年9月、1904年8月、1905年2月;实则第7号杂志1904年1月后方出版。
② 除1872—1904年"戏曲"一词的使用已经过甄别,另外三组数字均依据《申报》全文数据库的检索结果,统计时仅去除了同日问题复出者。而"戏曲"与"戏剧"在检索结果中可能并非以双音复合词出现,并且,"戏剧"尚包含"游戏"等意,此处均未加区分。感谢海德堡大学博士生孙丽莹、李雨洁与北京大学张丽华、宋雪代为检索与核查《申报》数据库。图1亦由张丽华代为制作。
③ 原文如此,"支那"为当时对中国的蔑称。

了"小説と戲曲の発展""小説と戲曲""小説と戲曲及批評"① 的小节标题。1900 年印行的白河次郎与国府种德合著之《支那学术史纲》②，第六编分章中亦有"元代の医学及小説戲曲勃興"与"清朝小説戲曲の盛行"③ 之目。凡此，尤其是 19、20 世纪之交明治日本关于中国文学的论述，必定给予当时的留日学生及其他居东人士深刻的印象，以至原本少见的"戏曲"之称，亦迅速与"戏剧"平分秋色。

在最初使用时，"戏曲"与"戏剧"还是有所区分的。"健鹤"与陈去病专言"戏剧"，因二人的留日经历，使其心目中已然存在日本新剧的印象：

> 间尝闻日本之演剧矣，其今昔相异之交点：昔则唱与演参半，而间以科白说明之，盖与中国剧具姊妹之形式也；今彼剧部中凡演新戏，全用狂言（即科白之带诙谐性质者），与摹神两种。

这与传统对于"戏曲"的理解包含了"曲"的成分显然有异，无法涵盖，因此，"戏剧"一词成为首选。而《绍兴戏曲改良会简章》（简称《简章》）与陈独秀之专用"戏曲"，正是在本意（在陈氏还有留学日本的影响）上的沿用。《简章》所列举欲加改造之现有戏曲，以"演成一种新戏曲"的种类，便包括了"平湖调""花调""宝卷""戏文""大鼓书""道情""莲花落""连厢词"、各种地方戏、滩簧、"小曲"等，无论属于今日的曲艺还是戏曲，却都兼顾了演唱。陈独秀更将"戏曲"定义为"近两百年"以来的"今乐"，"分帮子、二黄、西皮三种曲调"，显然指的是当时所谓"秦腔"与"京调"两大类新兴地方戏。

不过，凭借日本背景日渐声势浩大的"戏曲"与多半依仗传统惯性流播的"戏剧"，二者用于中国语境时，在内涵上本不存在很大差异，因此，混用的现象并不少见。如 1906 年，《大公报》连续两日报道《女子爱国》新戏的编演，一则题为"戏剧文明"，一则题为"戏曲改良"；而《实行戏曲改良》的通讯中，"津郡学务总董林君等禀请提学司实行戏曲改良"，也与袁世凯的批示"改良戏剧，寓转移风化之权"错出。最明显的是《论戏剧弹词之有关于地方自治》一文，其中"戏曲"与"戏剧"二词交替出现："戏曲良，则风俗与之俱良；戏曲

---

① 笹川临风：《支那文学史》，博文馆 1898 年版，第 259、288、310 页。林传甲于 1904 年撰《（京师大学堂国文讲义）中国文学史》曾痛批："日本笹川氏撰《中国文学史》，以中国曾经禁毁之淫书，悉数录之。不知杂剧、院本、传奇之作，不足比于古之虞初……况其胪列小说、戏曲，滥及明之汤若士、近世之金圣叹，可见其识见污下，与中国下等社会无异。"武林谋新室 1910 年版，第 182 页。
② 原文如此，"支那"为当时对中国的蔑称。
③ 感谢田仲一成先生，本文写作过程中曾得其指教。

窳，则风俗与之俱窳；戏曲退步，则风俗与之俱退；戏曲进步，则风俗与之俱进。讲治地方，必自风俗始；讲治风俗，必自戏剧、弹词始。"①

但不管这种相混达到何种程度，对于大多数"戏曲"词语的使用者而言，起码在"五四"以前，其边界还是相对清晰的：置于中国本土的历史脉络时，接续刘师培《原戏》"戏曲者，导源于古代乐舞者也"之论，王国维1908年在《国粹学报》发表了《戏曲考原》，进一步提炼出"戏曲者，谓以歌舞演故事也"的定义。此说后为学界普遍接受。谢无量1918年出版的《中国大文学史》，便全采其说以成文："戏曲者，所以歌舞演故事。古乐府中如《焦仲卿妻诗》《木兰辞》《长恨歌》等，虽咏故事，而不被之歌舞；《柘枝》《菩萨蛮》之咏，虽合歌舞，而不演故事，皆未可谓之戏曲。"故歌唱仍为"戏曲"的题中应有之义。1911年出版的黄人编《普通百科新大词典》，于"传奇"一条中即如此界定：今传奇稿本入文学，而按律演唱，则为戏曲。至于称呼西方戏剧时，"戏曲"的使用也往往与歌唱相关。如1913年孙毓修在《小说月报》连载《欧美小说丛谈》，各节标题屡现"戏曲"，如"马罗之戏曲""莎士比亚之戏曲"。特别是"英国戏曲之发源"一节，直接言及"英国之有戏曲Drama，始于一千一百年之间"。叙其起源，则以为"滥觞于教会"之演剧：罗马教会为"宣扬教旨"敷演的《圣经》故事剧，"其歌曲则《雅》《颂》之流亚"。诸如此类对"戏曲"中演唱成分的看重，实际便意味着"戏剧"比"戏曲"有更宽泛的意义空间。

## "新剧"与"旧剧"的分野

1904年以后逐渐声势浩大的"戏剧/戏曲改良"，直接指向对传统以及现有戏曲的不满，因而呼唤"新戏曲"的出现。所谓"新戏曲"，固然以内容的更新居先，"宜多演国家受侮之悲观，宜多演各国亡国之惨状""或本民族主义、军国主义及各种科学、实业，及采取古今泰东西之历史事实"，具体说法各有不同，而"务期感发心智，开辟愚蒙"的目标却相当一致。与此同时，对于形式改良的要求也提上了议事日程：或曰"宜广延知音之士，审定宫谱"，或曰"依其声调，改其字句，去腐败之点，进文明之思"。其间即使有审音，文辞仍是关注的重点，因其与内容关系更密切。经过如此改造的"新戏曲"，后来多半谓之"文明新戏（剧）"或"新戏（剧）"。

---

① 佚名：《论戏剧弹词之有关于地方自治》，原载《新世界小说社报》5期，1907年1月；录自舒芜等编选《中国近代文论选》，人民文学出版社1981年版，第266页。原刊未标出版日期，据谢仁敏《晚清〈新世界小说社报〉出版时间、主编考辨》(《明清小说研究》2009年第4期)补充。

"文明新戏"之称大致于 1906 年开始出现。当年 3 月 29 日起，由著名梆子戏演员田际云在北京搬演的《惠兴女士传》，其当日的戏单既称"文明戏目"，剧本发表时，也署为《惠兴女士传新戏》。① 因此，4 月 2 日《大公报》的报道即使用了"文明新戏续演之确闻"的标题。而该戏乃是依据前一年年底为办女学堂而自杀的满族妇女惠兴的事迹编排而成，其出新处主要在取材于时事新闻及采用时装；至于演唱，不过是旧曲翻新，仍不脱梆子腔老调。这也是当年"文明新戏"的一般形态：以旧有戏曲的形式，编演时事题材的新剧目。

不过，这类起初由传统戏曲演员主导的"新戏"很快出现分化。1907 年 5 月，《春柳社文艺研究会简章》在《大公报》的发表可视为一个标志，其中明确提出春柳社演艺部的目标是"改良戏曲，为转移风气之一助"，并已涉及"新戏"与"旧戏"之分：

> 演艺之大别有二：曰新派演艺（以言语动作感人为主，即今欧美所流行者），曰旧派演艺（如吾国之昆曲、二黄、秦腔、杂调皆是）。本社以研究新派为主，旧派为附属科（旧派脚本故有之词调，亦可择用其佳者，但场面布景必须改良）。

日后所谓"话剧"，在此已明确称为"新戏"或"新派演艺"②。鉴于春柳社演艺部乃是由留日学生在东京创建的演剧团体，其间日本的影响自不容忽视。

实际上，1904 年健鹤的《改良戏剧之计画》已参照日本的新派剧演出，而预言"演剧之大同，在不用歌曲而专用科白是也"。继春柳社之后，1907 年 10 月在上海成立的春阳社也援引"日本学者"之言，称："开通国民之利器有三，曰印刷，曰演说，曰戏剧。"故将春柳社的"改良戏曲"置换为"特注重于戏剧改良"。其时的情形恰如《中国新剧源流考》一文所述：

> 前清政变后，吾国青年子弟留学日本者，踵相接。辄以课余之暇，间习游艺诸术，戏剧其一也。归国后，睹旧剧腐败情形，慨然思有以整顿之，于是竭力提倡新戏，思取老戏而代之。一般留学生，躬自登场，以为学界青年劝。然所演皆日本派，当时识者，颇窃非之。厥后人才辈出，渐有发达之望。于是创立团体，招请同志，编辑良好之脚本，以为

---

① 夏晓虹：《旧戏台上的文明戏——田际云与北京"妇女匡学会"》，载《现代中国》第 5 辑，湖北教育出版社 2004 年版，第 36 页。
② 《春柳社文艺研究会简章》，载《大公报》1907 年 5 月 10 日；所载未完，其中《春柳社演艺部专章》全文见《北新杂志》30 卷，1907 年收录于阿英编《晚清文学丛钞·小说戏曲研究卷》，中华书局 1960 年版，第 635–638 页。

研究［究］改良地步，而海上"新剧""新剧"之声，遂洋洋盈耳矣。

由此可以确认，"新剧"的流行一时，源头实在日本，因此其含义本与"文明新戏"有别。

只是落在中国的现实情境中，"日本派"的"专用科白"或"以言语动作感人为主"的"新戏"或"新剧"，最初难免水土不服。于是，如春阳社王钟声演出时之"于剧中加唱皮簧"，确是为了新剧生存而不得不做出的妥协。而且，直到1912年，童苍怀（爱楼）还专门发表了《改良戏剧带唱之意见书》，认为："西戏不带唱，华人无乐观之者，非西剧有逊于华剧也，实华人不习惯观不带唱之戏耳。"秉承晚清"戏剧/戏曲改良"的宗旨，既然"戏为中下社会人说法"，则"以近时我中国中下社会程度观之，不带唱之戏，尚觉不合"。童氏因此提出："最宜者取中外历史，足以感发人之心志者，用旧法带唱编排之。"并列举"宜带唱之管见"十条，对其论点进行了充分阐释。而其所编剧本如《斩秋瑾》，尽管刊发在"新剧"栏，仍特意标为"带唱半新戏剧"，以显示在新旧之间的折中。

其实，童苍怀的意见书如从另一面理解，则为不带唱之新剧已日益流行的佐证。何况新剧之"举止行动，处处摹仿时人；语言吐属，又是苏白居多"，不仅具有亲和力，在上海更多了一份与旧剧抗衡的特殊优势。所谓"上海人多喜新剧而厌旧剧，以旧剧纯用京话，不若新剧之全系土音，易于领悟也"①，这应该也是新剧很快在上海站稳脚跟，使上海成为新剧大本营的一个重要原因。同时也表明，在早期话剧推广的过程中，方言实提供了有力的支持。

鉴于时人对新剧的不同期待，在清末民初的一段时间里，"新剧"也成了一个各自阐释、意义多元的概念。黄远庸曾有过贴切的分析：

> 大略今日普通所谓新剧者，略分三种：（一）以旧事中之有新思想者，编为剧本，唱工说白，一如旧剧，惟词调稍异常套，如汪笑侬所编各种是也。（此实完全的旧剧，特其剧本新耳。如梁任公所编《班超平西域》亦是此种。）（一）以新事编造，亦带唱白，但以普通之说白为主，又复分幕。此乃新旧各半之剧，为过渡时代所必有，如《新茶花》者是也。（一）则完全说白，不用歌唱，分幕度数，亦如外国之戏剧者然。此乃完全之新剧，上海各新剧社已盛行者也。（以吾所见，仍以往

---

① 署名情况见杜新艳：《近代报刊谐文研究——以〈申报·自由谈〉（1911—1918）为中心》，北京大学博士学位论文，2009年，第95页；同时感谢台北艺术大学钟欣志同学的提示。

日东京春柳社所演《黑奴吁天录》最佳。)

所列三种"新剧",可对应上述初时北京之"文明新戏"、上海王钟声与童苍怀之带唱"新剧",以及东京春柳社之"新派演艺"("新戏")。而这一多重指向的"新剧"词义,起码到1919年仍未统一,甚至可能更趋复杂。齐如山即指出,"中国新戏大致分三种":"一种系旧样子的新戏,大致偷旧戏场子";"一种是仿电影的戏,此种现时上海狠(很)流行";"一种是仿西洋的戏,但是跟演说差不了多少"。除了其中的分类,引人兴味的还有上海流行的说法"新剧",到了北方人口中,往往变成了"新戏"。

虽然内涵上有此歧义,黄远庸对新剧的认知却相当透辟、准确:"新旧剧之分不在其所演事实之新旧。在用唱与否,分幕与否,及其道白用戏调、或寻常说话调与否耳。"当年春柳社的参加者李文权(涛痕),1918年在天津创办专业戏剧研究杂志《春柳》时,将此意表达得更简洁。李氏一面指认"有唱之新戏""止可谓之为过渡戏,不得谓之为新戏",断然取消了"带唱新剧"的合法性;另一面则强调:"新戏者,固以无唱为原则者也","无唱之新戏,本为新戏之原则,是即 Drama 也"。尽管"drama"一词与中文的"话剧"并不完全对等,但它的出现清楚地表明,李涛痕所代表的早期话剧家对于"新戏/新剧"的想象确实直接脱胎于西方。而此一看法也体现了新剧界的主流意识。1930年出版的《中华百科辞典》即将"新剧"释为:

> 对旧剧而言,近十数年来始流行国中。无舞蹈,无音乐,言动装饰,一本社会习惯,盖仿自西洋之科白剧也。

而由春柳社与春阳社催生出来的借鉴日本、模仿欧美的新剧,也迅即在报刊中拥有了独立的园地。最先做出响应的当数1906年创办的《月月小说》,所刊戏曲中如吴趼人的《邬烈士殉路》,剧名上已冠以"时事新剧"。[1] 1910年8月面世的《小说月报》,创刊之始即已开辟了"改良新剧"(1912年10月改名"新剧")专栏,与专刊旧剧的"传奇"栏目并存。《申报》也在1912年年初,于副刊"自由谈"中辟出了"新剧"一栏。[2] 而且,新剧演出既以上海为基地,参与新剧创作与评论的报章也多诞生于上海,并以"戏剧"(《戏剧杂志》《戏剧丛

---

[1] 佛:《邬烈士殉路》,载《月月小说》第1年11、12号,1907年12月、1908年1月;栏目名称为"时事剧"。该刊戏曲栏命名繁多,甚至一部戏如《孽海花》《女豪杰》,均先标"历史新戏",后题"历史戏剧",不同如此。

[2] 最先刊出的是童爱楼撰《痴卢梭》,1912年1月2日起开始连载。

报》)、"剧报"(《图画剧报》《剧场月报》)或"新剧"(《新剧杂志》)命名,因此一时之间,使得"戏剧"较之"戏曲"更多了几分新意。

反映在1915年出版的《辞源》中,其"戏"字释义虽有"扮演故事曰戏"一解,但词条中只有"戏曲",而无"戏剧"。前者取材于元代陶宗仪《南村辍耕录》中两段关于"戏曲"的名言:

> 《辍耕录》:唐有传奇,宋有戏曲、唱诨、词说,金有诸宫调、院本、杂剧,其实一也。【又】稗官废而传奇作,传奇作而戏曲继。金季国初,乐府犹宋词之流,传奇犹宋戏曲之变,世传谓之杂剧。①

与之相对应,"戏剧"的缺席则明白显示出编者以之为新名词。但根据前文所述,"戏剧"无论是辞源还是应用,实在都比"戏曲"更古老也更流行。

尽管"戏曲"与"戏剧"直到20世纪30年代仍有混用②,不过,"戏剧"一词的脱旧趋新亦分明可见。在此过程中,新剧与旧剧的分野应该说也发挥了潜在作用。而置于这一背景下,王国维于1913年至1914年在《东方杂志》连载的《宋元戏曲史》,也因其研究对象的设定,而有意无意间促进了"戏曲"与旧剧的联盟。

### "戏剧"包容"戏曲"之趋势

相比于"戏曲"一词的借力日本而在晚清广泛流行,"戏剧"的蜕旧趋新或许更有意味。其间,民初文学史上两次重大的讨论,即《新青年》的批判旧戏与《晨报副刊》的"国剧运动",均对"戏剧"概念的最终确立产生了决定性影响。

1918年10月,以倡导"文学革命"著称的《新青年》杂志,推出了一期胡适所谓"戏剧改良号",集中刊发了胡适的《文学进化观念与戏剧改良》、傅斯年的《戏剧改良各面观》与《再论戏剧改良》、宋春舫的《近世名戏百种目》;另附录二文,一为欧阳予倩的《予之戏剧改良观》,一为张厚载的《我的中国旧戏观》;张尚有一封题为《"脸谱"—"打把子"》的与记者钱玄同的往复通信。不过,此期虽不乏建设性的"改良"意见,但更引人注目处,则是对中国旧戏的批判。而其酝酿还在当年3月,张厚载一则《新文学及中国旧戏》的致函,立

---

① 陆尔奎等编纂:《辞源》卯集,商务印书馆1915年10月初版、1928年2月24版,第70、71页。
② 极端的例子如叶长海举出的1935年版的《戏曲甲选》所收郭沫若、田汉、欧阳予倩等人的剧本,1936年出版的意大利剧作家《皮兰德娄戏曲集》,均为话剧,见《戏曲考》,载《戏剧艺术》1991年第4期。

即引发了胡适、钱玄同、刘半农、陈独秀四位《新青年》主将的回应。8月的杂志"通信"栏中，刘半农与钱玄同又就此展开讨论。至于11月发表的周作人书信《论中国旧戏之应废》以及钱玄同的答复，实为"戏剧改良"专号的嗣响。

尽管自梁启超提倡"小说界革命"以来，将包括戏曲在内的"小说"一概斥为"中国群治腐败之总根原（源）"；不过，若论抨击的火力之猛，《新青年》同人可谓无出其右。并且，梁氏的批判尚主要针对题材内容，对戏曲的结构形式仍大为赞赏①；《新青年》同人的批评旧戏，则是从思想到艺术的全面否定。其中，数钱玄同的言辞最为激烈，如其断言："中国的戏，本来算不得什么东西。"嘲讽戏曲脸谱的使用："这真和张家猪肆记卍形于猪鬣，李家马坊烙圆印于马蹄一样的办法。"② 傅斯年的表述相对客气，但意思其实差不多：

> 中国的戏文，不仅到了现在毫无价值，就当他的"奥古斯都期"，也没什么高尚的寄托。好文章是有的，如元（北曲）明（南曲）之自然文笔。好意思是没有的，文章的外面是有的，文章里头的哲学是没有的，所以仅可当得玩弄之具，不配第一流文学。

这一对中国传统戏曲的彻底清算，已为此前的"戏剧/戏曲改良"与"新剧"论者未尝料及。

而《新青年》同人对旧戏的攻击，实集注于其所谓"野蛮"的定性上。陈独秀、钱玄同均径直以此相称，乃是将"野蛮"作为贬义词使用。③ 周作人的思考更周密，故强调"野蛮""不过是文化程序上的一个区别词，毫不含着恶意"，"野蛮时代，也是民族进化上必经的一阶级"，与"幼稚""小儿"相类。只是，"人不能做小孩过一世，民族也不能老做野蛮，反以自己的'丑'骄人：这都是自然所不容许的"；时至今日，这已"是病的现象——退化衰亡的豫（预）兆"。如此，"中国戏是野蛮"的判断，仍然成为其"应废""没有存在的价值"的坚固理由。性情温和的胡适倒是避开了使用"野蛮"这样过于刺激的字眼，而采用了"文学进化"的"遗形物"之说。然所谓"遗形物"既属于"前一个时代留下的许多无用的纪念品"，其应该归于消灭也不言而喻。

---

① 如梁启超在《小说丛话》中称赞《桃花扇》结构精严，文藻壮丽，寄托遥深，又以"曲本之诗"为"中国韵文"之"巨擘"（载《新小说》第7号，1903年9月）。

② 见《今之所谓"评剧家"》，钱玄同答刘半农（载《新青年》第五卷第二号）；张厚载《新文学及中国旧戏》，钱玄同答函（载《新青年》第四卷第六号）。

③ 见《新文学及中国旧戏》，陈独秀答函（载《新青年》第四卷第六号）；《今之所谓"评剧家"》，钱玄同答函（载《新青年》第五卷第二号）。

凡此对于中国旧戏的评判,都是基于以西方为文明坐标、亦即以话剧为戏剧的文明形态的认定。因此,自讨论起始,陈独秀即断言:"剧之为物,所以见重于欧洲者,以其为文学美术科学之结晶耳。"而以为"吾国之剧",在文学上、美术上、科学上实无"丝毫价值"。① 胡适、傅斯年论文中一再提到的"纯粹戏剧",也明确指向易卜生以来的话剧——"组成纯粹戏剧的分子,总不外动作和言语,动作是人生通常的动作,言语是人生通常的言语"。以此趋近自然的写实主义戏剧为尺度,傅氏于是裁定中国旧戏不入流:

> 可怜中国戏剧界,自从宋朝到了现在,经七八百年的进化,还没有真正戏剧,还把那"百衲体"的把戏当做(作)戏剧正宗……百般把戏,无不合有竞技游戏的意味,竞技游戏的动作言语,却万万不能是人生通常的动作言语;——所以就不近人情,就不能近人情了。

而其工作的目标,也是为着"旧戏的信仰不打破,新戏没法发生"②。至于傅斯年大力呼唤的"新戏",亦即周作人同样看好的"欧洲式的新戏",周氏且视之为从"建设"着眼的唯一一法。

在这一欧洲话剧之眼的观照下,中国传统戏曲的唱腔、脸谱、武打无一不受到质疑,中国旧戏也被判定为"各种把戏的集合品",非要等"这些东西淘汰干净,方才有纯粹戏剧出世"。因而,无论当年站出来为旧戏辩护的张厚载如何阐发其艺术美感,《新青年》同人却大抵还以"本没一驳的价值""再有赐教,恕不奉答"③ 的态度。为此,处在对立方的张厚载才如此回敬陈独秀谓之"根本谬点,乃在纯然囿于方隅,未能旷观域外"的批评:"仆甚佩其言,惟仆以为先生等之论中国剧,乃适得其反,仅能旷观域外,面方隅之内,反瞢然无睹;所谓'明足以察秋毫之末,而不能自见其睫'者,仆亦不必为先生等讳也。"自然,这样相当理智的反驳,对那时的《新青年》同人绝不会发生效应。

以《新青年》为主要阵地的这场论争,其实几乎是一面倒的阵势,除了引发争端并应战的张厚载,其他作者基本持论相近。而从文章标题亦显露出争论的关节点:构成正方主力的胡适、傅斯年、欧阳予倩,四篇论文的题目中都出现了"戏剧改良";加以周作人、钱玄同声色俱厉的《论中国旧戏之应废》,以及陈独秀、刘半农的同声相应,配上反方张厚载的两篇论说《新文学及中国旧戏》与

---

① 见张厚载《新文学及中国旧戏》之陈独秀答函(载《新青年》第四卷第六号)。
② 见胡适《文学进化观念与戏剧改良》(载《新青年》第五卷第四号)。
③ 见傅斯年《再论戏剧改良》;张厚载《"脸谱"—"打把子"》,钱玄同答函。(载《新青年》第五卷第四号)

《我的中国旧戏观》，由此构成了"戏剧改良"与"中国旧戏"之间的强烈对立。同样不容忽视的是，陈、胡、钱、刘、周等人又占据了北京大学的讲台，张厚载则不过是该校一名随后被开除的学生，如此不成比例的对抗，结果是使得与"旧戏"相对的"戏剧"一词使用频率大增。

1918年《新青年》批评中国旧戏的偏向，当年虽未能被传统戏爱好者张厚载的争辩所撼动，迨至1926年6月17日《晨报副刊》的"剧刊"专栏开张，情况才有所变化。聚集在这里的一批留美归来的学人，以余上沅、赵太侔、闻一多、熊佛西、张嘉铸为代表，集中讨论了"国剧"问题，此前那场著名的争论，也于此间得到重审。

余、赵、闻、张四位专门在美国学习戏剧或美术的留学生，于归国前夕，为自编自演的英语剧《杨贵妃》的演出成功所激动，聚在余上沅的"厨房里围着烤火时"，议定了"国剧运动"的口号。其所谓"国剧"，既有别于"旧剧"，也不等于"新剧"，按照余上沅的解说，乃是"要由中国人用中国材料去演给中国人看的中国戏"。这一定位，加以诸人所受西方象征主义艺术的影响，使他们对新文化运动初期输入的易卜生写实戏剧有所不满，认为《新青年》同人所推崇与倡导的问题剧，实让戏剧走入了歧途，"艺术人生，因果倒置"，"思想""成了戏剧的灵魂"，而忘却了戏剧"还有一种更绝（纯）洁的——艺术的价值"。

在余上沅等人的观念中，戏剧不应以追求写实为最高境界，因为从根本上来说，"舞台上的语言动作，已不是日常习用的语言动作"。于是，与"写实"相对的"写意"，便因其"与纯粹艺术相近"而获得了尊崇。这一源于西方的"写实派"艺术与"非写实派"或"写意派"艺术的冲突，也由诸人放大到东西文化的背景中考察：

> 从广泛处来讲，西方的艺术偏重写实、直描人生；所以容易随时变化，却难得有超脱的格调。它的利弊，至于只有现实，没了艺术。东方的艺术，注重形意，义法甚严，容易泥守前规，因袭不变；然而艺术的成分，却较为显豁。不过模拟既久，结果脱却了生活，只余了艺术的死壳。

而其将西方最新的现代主义思潮与中国传统艺术挂钩的认知，实不乏前瞻性。

正是从唯美的价值出发，中国"旧剧"被认作"包涵（含）着相当的纯粹艺术成分"，成为"国剧"的一个重要源头。遭到《新青年》同人贬斥的脸谱、台步、做工等，在余上沅、赵太侔那里，也无不具有了美学意味。尤其是旧剧的程式化，得到了最多的肯定："中国旧剧的程式就是艺术的本身。它不仅是程式化，简直可以说是象征化了。"它"超过平庸的日常生活，超过自然"。尽管对旧剧也有批评，如认为其表演的陈陈相袭而精神流失，音乐简单，唱法不合理①，但由于"国剧运动"诸人在戏剧理念上的接近，即视"动作"为戏剧最核心的要素，恰如邓以蛰所说："戏剧这项综合的艺术，只有动作是主要的；其余的如服装、言语、布景都只够算是附属的。"因此，旧戏在做工即"给人看"方面的"很高的成就"便得到了特别观照，而这也是余上沅"主张建设中国新剧，不能不从整理并利用旧戏入手"②的重要依据。

值得注意的是，大致在"剧刊"讨论"国剧运动"前后，余上沅以英文写过一篇题为"Drama"的论文，其中的后半部分译为中文，即名《国剧》。大致的意思尽管已见于《〈国剧运动〉序》与《旧戏评价》，但英文论述的系统与明晰，仍使余氏的"国剧"理想得到了更完整地呈现。其追求的目标是：

> 我们建设国剧要在"写意的"和"写实的"两峰间，架起一座桥梁——一种新的戏剧。③

这种融合了中国"旧戏"的"写意"与欧洲现实主义戏剧的"写实"的"国剧"，恰如其同道梁实秋所说，"不完全撇开中国传统的戏曲，但要采纳西洋戏剧艺术手段"，如此中西合璧，方足以构成余上沅及其同人心目中"古今所同梦的完美戏剧"④。

虽然论点多有针锋相对，但与《新青年》相同，总共出版了15号的《晨报副刊·剧刊》栏发表的42篇文章，标题中均大量使用了"戏剧"一词，如闻一多（夕夕）的《戏剧的歧途》、邓以蛰的《戏剧与道德的进化》及《戏剧与雕刻》、杨振声的《中国语言与中国戏剧》、梁实秋的《戏剧艺术辨正》、杨声初的《上海的戏剧》、余上沅（舲客）的《论戏剧批评》及《戏剧参考书目》、熊佛西的《我对于今后戏剧界的希望》等，而全然不见"戏曲"。并且，即使谈论的是旧戏，题目依然写作《九十年前的北京戏剧》（顾颉刚）、《明清以来戏剧的变

---

① 赵太侔：《国剧》，载余上沅编《国剧运动》，新月书店1927年版，第11-12页。
② 余上沅：《旧戏评价》，载余上沅编《国剧运动》，新月书店1927年版，第197页；余上沅：《中国戏剧的途径》，《戏剧与文艺》第1卷1期，1929年5月。余氏极端的说法为："虽然这些作品的戏剧元素如此之弱，而旧戏还是能够站立如此之久；它的原因，不在剧本而在动作，不在听而在看。"（《旧戏评价》，载余上沅编《国剧运动》，新月书店1927年版，第201页。）
③ 余上沅：《国剧》，译文刊上海《晨报》，1935年4月17日；录自张余编《余上沅研究专集》，上海交通大学出版社1992年版，第7页。
④ 梁实秋：《悼念余上沅》，载张余编《余上沅研究专集》，上海交通大学出版社1992年版，第43页；余上沅：《中国戏剧的途径》，载张余编《余上沅研究专集》，上海交通大学出版社1992年版，第56页。

迁说略》(恒诗峰)，可见"戏剧"较之"戏曲"确已更具涵括力。

至于在上述论说中不断出现的"戏剧"定义，如欧阳予倩所谓："戏剧者，必综合文学、美术、音乐及人身之语言动作，组织而成。"或熊佛西所说："戏剧是一个动作(action)，最丰富的、情感最浓厚的一段表现人生的故事(story)。""戏剧必须合乎'可读可演'两个最要紧的条件。""戏剧的功用是与人们正当的娱乐，高尚的娱乐。"最终也落实在以知识集成为目标的各种新编辞典上。

郝祥辉1921年编成的《百科新辞典》(文艺之部)解释"文学"与"文艺"分别为：

> 【文学】(Literature) 文学是说用文字来表现的艺术，就是指小说、戏剧、诗。
>
> 【文艺】(Literature and art) 文艺是说表现思想化的美术现象的东西，就是诗歌、戏剧、小说、绘画、雕刻等底(的)总称。

"戏剧"而不是"戏曲"已成为与"小说""诗歌""绘画"等比肩而立的文学或文艺类别。

孙俍工1927年于日本东京编成《文艺辞典》，所收词条中"所有名词都是关于外国的"，其中也列有"戏剧"一条，且标示出英文：

> 戏剧(Drama)
> 戏曲同意。
> 通常是说为在舞台所演而做成的散文或诗底(的)形式的作品。
> 但从全体说来，却是总合了许多的艺术——诗、音乐、绘画、舞蹈、建筑等——的复合艺术……

虽然说明"戏曲"与"戏剧"为同义词，但以"戏剧"而不是在日本更现成的"戏曲"为主词，已见出其在编者以及社会认同度上的差别。

舒新城主编之《中华百科辞典》，经十年努力，"参考中外书报，达十余万卷"，于1929年完稿。内中同时列出了"戏曲"与"戏剧"两个词条，并给以不同的解说：

> 【戏曲】以歌舞演故事者称戏曲。古乐府中如《焦仲卿妻诗》《木兰辞》《长恨歌》等，仅咏故事；《柘枝》《菩萨蛮》之咏，仅合歌舞；皆未可谓之戏曲。惟汉之角抵，于鱼龙百戏外，兼搬演古人物，且自歌舞；然所演者为仙怪之事，不得云故事。演故事者，始于唐之大面、拨头、踏摇娘等戏，至宋戏曲之体始大备，后因金元人音乐上之嗜好而日

益发达，考其变迁之迹，皆在有宋一代。《辍耕录》：唐有传奇，宋有戏曲、弹词、小说，金有院本、杂剧，其实一也。

【戏剧】于舞台上用动作表演故事，引起观众同情之艺术也。为艺术中之最复杂者：综合建筑、雕刻、绘画、跳舞与音乐而成。托始于古代之歌舞及俳优，至宋元始有完备之曲本。声调则分昆曲、汉调（亦称皮簧，即西皮二黄）、秦腔（亦称梆子腔）。在西洋则由希腊之合唱（参阅抒情诗条）蜕变而来。大别为歌舞与科白二种，前者或全为歌曲，或兼杂说白；后者有悲剧喜剧之分，无歌舞、音乐，其表演一如社会之习惯，近年我国之新剧仿此。电影亦托始于戏剧，同为社会教育之一端。

其关于"戏曲"之说，大体取自王国维《戏曲考原》。而"戏剧"的意涵则不仅包容"戏曲"，且更多出西洋戏剧部分，连"科白"剧及其在中国的移植——"新剧"也被数及。

相与比较，《文艺辞典》与《中华百科辞典》关于"戏剧"与"戏曲"的释文，和《新青年》同人以及"国剧运动"诸君的言说不无应和，词条的内容也在日趋完善。二书又都经过增补、再版，影响颇广，于造成日后"戏曲"与"戏剧"二词的分化与固化方面显然大有助益。

梳理晚清以降"戏剧"概念的建构，凸显其大体趋势，可以让我们明了西方"drama"的中国化是个相当复杂的过程，涉及西学输入、文类重构、戏剧/戏曲改良、新剧出现、关于旧戏的评价等诸多问题。并且，其间既开拓了中国戏剧的新格局，也突破了西方固有模式的局限。而以取法泰西为开端，仍要回归到确立中国主体性的努力，百年来近代戏剧观念与实践的演化所提供的丰富内涵，确值得后人深长思之。

（原载《戏剧艺术》2017年第4期、第6期）

# 《中国近代文学大系·戏剧集》导言

## 张 庚 黄菊盛

中国近代的戏剧由三个部分组成：一是以昆曲为代表的古典戏剧；二是以京剧为代表的民间地方戏剧；三是受外国戏剧影响而产生的"新剧"（早期话剧）。这三种戏剧文化虽然渊源不同，形态风格各异，但它们在近代史上的嬗替、变化，无不直接间接地与近代中国社会的主要矛盾——中国人民反帝反封建斗争相联系，或受其影响，或应其需要而发生，具有与古代戏剧不同的面貌和特点。

我国近代戏剧的发展，大致可划分为前后两个阶段。前一阶段从1840年鸦片战争爆发到1900年八国联军入侵，1901年《辛丑条约》签订；后一阶段从《辛丑条约》签订到1919年"五四运动"前夕。

## 一、传奇、杂剧的衰落和地方戏的兴盛

从1840年鸦片战争爆发到19世纪末这六十年间，中国的戏剧以昆曲的衰落和地方戏的进一步成熟为主要内容。自明代中叶以来盛行全国的昆曲，到清代中叶，由于"花部"的崛起而逐渐走向衰落。从声腔来说，乾隆以后，除昆曲、高腔外，又出现了梆子、皮黄两大声腔系统剧种，这样就形成了以昆曲为一方的"雅部"和包括梆子、皮黄以及主要由弋阳腔演变而来的高腔在内的"花部"诸腔为另一方，展开了激烈的竞争。在这场"花""雅"之争中，花部诸腔凭着浓郁的生活气息、强烈的地方色彩以及广泛的群众基础等优势，终于在嘉庆、道光年间取代了昆曲在戏剧舞台上的盟主地位。

到了近代，昆腔剧种继续呈现出衰微的趋势，而各地方戏随着各声腔剧种的广泛流布，不断地繁衍、融合，其中一些剧种逐渐走向成熟和定型，如山西梆子、秦腔、直隶梆子等梆子剧种，徽调、汉剧、粤剧、桂剧等皮黄剧种，以及综合多种声腔的剧种如川剧、婺剧、湘剧等都有较大的发展。特别是以徽汉两调为基础，广泛吸收昆曲、梆子的长处而形成的北京皮黄戏（京剧），更是异军突起，很快发展成为全国性的大剧种。至咸丰、同治年间，又有一批民间小戏，在

各地民间歌舞、说唱的基础上,不断吸收梆子、皮黄等大剧种的艺术营养,逐渐走向成熟,如评剧、沪剧、越剧、楚剧等,使我国的戏剧艺术更加丰富多彩。

在各声腔系统的剧种中,昆曲在文学上属于联曲体的传奇形式。传奇和杂剧都是古典的戏剧文学体裁,进入近代,因为昆曲演出的日益衰落,传奇、杂剧的创作也很不景气。虽然一些作者仍用这种传统的体裁撰写剧本,但从内容到形式都固守传统的壁垒,有新意的作品很少。当然,近代社会的急剧变化,也不可能使所有的人无动于衷,现实生活的严酷事实,促使有的作者走出旧的窠臼,开始觉醒,以戏剧反映现实的灾难。近代第一位传奇、杂剧作家黄燮清(1805—1864)早年创作的《帝女花》《茂陵弦》《凌波影》等曾"纸贵一时",在知识分子中赢得很高的声誉。但当鸦片战争的战火燃起后,他开始"自悔少作,忏其绮语,毁板不存",并一改以往"哀感顽艳"的创作风格,撰写了一部反映当时生活的传奇《居官鉴》,以写为官之道为主,说教味较浓。但剧中以鸦片战争定海战役为背景,表现了中国军民抗击帝国主义的侵略斗争,对清王朝丧权辱国也有所揭露和批判,是我国戏剧史上第一部描述西方帝国主义侵略的剧作。钟祖芬(1847—1911)所作《招隐居传奇》也是一部很有特色的作品,它采取荒诞手法,以闹剧形式,通过主人公魏芝生因吸食鸦片造成倾家荡产、卖妻鬻女的故事,形象地再现了鸦片泛滥给中国人民造成的痛苦。剧中借鸦片贩子燕(烟)王之口,供述帝国主义倾销鸦片的罪恶用心:"叫他们见了人人贪,人人爱,久服之后,自然人人勾魂,个个失魄,有用的化为无用,有财的化为无财,有寿的化为无寿,有力的化为无力。不怕这座神州,不是我燕家世界。"这与林则徐在给道光皇帝的禁烟奏折所说,倘不禁烟"是使数十年后,中原几无可以御敌之兵,且无可以充饷之银",颇有异曲同工之妙。徐鄂(1844—1903)的《梨花雪》,也是一部反映当时题材的作品。它写曾国荃率湘军攻破太平天国首都天京(即南京),掠民女黄婉梨的故事。剧中大胆地揭露了湘军攻破南京后的血腥罪行,对民间女子黄婉梨一家的悲惨遭遇寄予深切同情,对她的复仇行为给予赞扬。此剧写于太平天国被镇压后不久,正当清朝统治者操纵舆论工具,对太平天国一片攻击谩骂声中,作者却把批判锋芒指向不可一世的湘军,确实是难能可贵的。此外,这一时期的传奇、杂剧作家,还有杨恩寿、许善长、陈烺等,他们的作品无论内容还是形式,都殊少新意,而且大部分属案头之作。从时间上看,他们属于近代范畴,实际上不过是古典戏剧的余波。吴梅在《中国戏曲概论》中论述清代戏曲创作时说:"余尝谓乾隆以上有戏有曲,嘉道之际有曲无戏,咸同以后实无戏无曲矣。"

与传奇、杂剧日趋衰落的情况相比,地方戏则方兴未艾,特别是在地方戏普遍兴盛的基础上形成的京剧，更是后来居上，在近代戏剧史上占有突出地位。

京剧作为一个独立剧种的形成，从时间上说已进入近代，但它的大批传统剧目却是由古代继承下来的。这些剧目大多改编移植于古代的传奇、杂剧、说唱及花部等其他剧种；因为都出自艺人之手，加之京剧剧目的流传主要靠师徒口耳相传，因而都不能明确知道作者的名字。

文人插手京剧创作，最早的有《极乐世界》和《庶几堂今乐》。前者作于道光二十年（1840），作者观剧道人，又名恂园主人，真实姓名已无考。该剧取材于《聊斋志异》的《夜叉国》《罗刹海市》《织成》等篇，全剧八卷八十二出，唱词全用十字句。这部戏在舞台上未做全本演出，清末李毓如曾根据其中部分情节加以改编，名《龙马姻缘》，王瑶卿、程砚秋演出过。后者为无锡人余治所作四十种皮黄剧本的总称。余死后由其弟子搜罗遗稿，得二十八种，光绪六年（1880）由苏州得见斋刊印发行。余治著《庶几堂今乐》，是欲"借梨园之口，宣布训言"，"意取劝惩以化导乡愚"，因而说教味极重，除大力宣扬忠孝节义、因果报应外，还竭力诋毁太平天国农民起义。同治、光绪年间，在清廷地方政府提倡下，《庶几堂今乐》曾在上海多次排演，其中《朱砂痣》一种流行最广。

道光年间，当《施公案》《三侠五义》等侠义小说尚以说唱形式传播时，以黄天霸为主要角色的戏就开始被搬上舞台，《恶虎村》《连环套》以及所谓"八大拿"等戏是代表作。据传这些戏是由著名京剧武生演员沈小庆根据评话改编的，剧本把投靠官府、反过来杀害绿林好汉的黄天霸写成仁义并至、智勇双全的英雄，美化叛徒，迎合了清政府的政治需要。但这些戏的结构、唱念，特别在武打方面颇多创新，因此能长期流传。

在这一时期出现的京剧新戏中，《儿女英雄传》也值得一提。此剧是根据文铁仙的同名小说改编的。剧本的主角侠女十三妹何玉凤亦文亦武，为当时京剧舞台上的新型人物，对京剧旦行表演艺术的发展颇有促进，后来流行的折子戏《悦来店》《能仁寺》等，即源于此戏。

同治六年（1867），京剧传到上海后，受上海社会、文化环境的影响，在激烈的商业竞争中，除了经常上演的数百出传统老戏外，还针对上海人喜新猎奇的心理和不同层次观众的欣赏趣味，陆续编演了一批新戏。根据《申报》《新闻报》刊登的剧目广告统计，从1867年到1900年前后的三十多年间，上海上演新编京剧剧目不下百种。这些新戏题材广泛，内容庞杂，有取材于弹词小说，写才子佳人悲欢离合的《双珠凤》《玉蜻蜓》等；有取材于民间传说，表演神话故事的《洛阳桥》《斗牛宫》等；也有取材于时事新闻，如《张汶祥刺马》《任顺福》等；还有一些是展示"十里洋场"市井繁华的，如《梦游上海》《大少爷拉洋车》等。同治、光绪年间，正当太平天国、捻军和回、苗等少数民族起义先后被镇压时，清朝统治者在上海勾结租界当局强化封建专制主义，曾多次下令，强制各戏园排演封建文人余治《庶几堂今乐》中的剧目。正是在此风气影响下，从光绪中叶起，在上海京剧舞台上又产生了一批歌颂清军镇压农民起义的戏，如《铁公鸡》《左公平西》《湘军平逆传》《捉拿宋景诗》《刘大将军破生番》等。这些戏大多出于各戏园艺人之手，亦无完整剧本流传，由于它们在题材上突破传统戏的格局，在表演、唱腔、化装、舞台美术等方面都相应有所变化和革新。特别是反映现实生活题材的剧目，为后来京剧时装戏的发展积累了一定的经验。

在这一时期，除京剧外，其他地方戏很少有新戏上演，其中值得一提的是原台湾巡抚唐景崧为广西桂剧所作《看棋亭杂剧》。《看棋亭杂剧》共包括四十个剧本，是唐景崧在1896年卸任返回家乡桂林后所作。其中有根据小说《红楼梦》改编的《晴雯补裘》《芙蓉诔》《绛珠归天》，根据传奇《长生殿》改编的《一缕发》《马嵬驿》《九华惊梦》，根据《牡丹亭》改编的《游园惊梦》《独占花魁》《救命香》等。唐景崧对地方戏曲改编古典名著做了一些探索，但他写戏的目的是自我消遣，作品也仅供自己家班演出，因此在社会上影响不大。

## 二、戏曲改良运动

19世纪末20世纪初，戊戌变法失败、义和团反帝爱国运动被镇压、八国联军侵占北京以及《辛丑条约》的签订，使中国进一步走上了半封建半殖民地的道路。在这国难当头、民族存亡之际，一些具有爱国思想的知识分子，吸取了西方资产阶级的政治斗争经验，强调文艺的社会教育功能，认为戏剧是一种有广泛群众性的文艺样式，主张用它作为启迪民智、改造社会的手段，因此发起了一场戏曲改良运动。这场运动和"小说界革命"同声相应，规模更大，涉及全国范围很多剧种，使我国戏曲迅速走上"近代化"的道路。

改良戏曲的主张是由维新派领袖梁启超最先提出的。1898年流亡到日本的梁启超，于1902年在横滨创办了文艺杂志《新小说》，并发表《论小说与群治之关系》一文，正式提出"小说界革命"，同时又在《新民丛报》上连续发表了《劫灰梦》《新罗马》《侠情记》三部传奇。他在《新罗马传奇》中，借文艺复兴时期意大利诗人但丁之口，表达自己的创作意图："念及立国根本，在振国民精神，因此著了几部小说传奇，佐以许多诗词歌曲；庶几市衢传诵，妇孺知闻，将来民气渐伸，或者国耻可雪。"继梁启超之后，一些资产阶级革命派人士，为动员群众参加民族民主革命，也注意到戏曲的社会作用，并提出了更加激进的主张。1903年，属于革命派的蔡元培主编的《俄事警闻》上，率先发表了题为

"告优"的社论,号召戏曲艺人关心国事,投身到改良戏曲活动中来。1904年,陈去病又联合京剧作家和演员汪笑侬,创办了我国第一个戏剧刊物《二十世纪大舞台》,由柳亚子撰写发刊词。之后,宣传戏曲改良的文章在上海报刊上大量出现,他们都不约而同地把戏剧改良与救国联系起来,主张尊重艺人编演新戏,"开通民智,提倡民族主义,唤起国家思想"(《二十世纪大舞台》第1期)。

与理论宣传同步,1902年以后,大批新型剧本相继问世。这些剧本有两种形式,一种是传奇、杂剧,一种是皮黄、梆子等地方戏。

传奇、杂剧到19世纪末已成强弩之末,有价值的作品寥若晨星。但从20世纪初到辛亥革命十余年间,杂剧、传奇的创作又掀起了一个新的高潮,其题材之广泛,主题之鲜明,配合政治斗争之紧密,都是前所未有的。

据阿英的《晚清戏曲小说目》统计,从1901年至1912年间,在各种刊物上发表的杂剧、传奇作品,就有150种左右。作品的内容非常广泛:一是借描写古代民族英雄事迹,鼓吹反清民族革命的,如写文天祥事迹的《爱国魂》《指南公》,写史可法殉难的《陆沉痛》,写张苍水的《悬岙猿》,写郑成功的《海国英雄记》,写瞿式耜故事的《风洞山传奇》等。二是及时反映现实生活中重大事件的,如写"百日维新"经过的《维新梦》,写徐锡麟、秋瑾等革命烈士故事的《苍鹰击》《皖江血》《六月霜》《轩亭血》《轩亭冤》《碧血碑》《侠女魂》等。三是揭露帝国主义侵华罪行的,如写帝俄侵占黑龙江的《非熊梦》,写反美华工禁约的《海侨春》,写八国联军侵华的《武陵春》等。四是通过对外国资产阶级民主革命时期英雄人物的歌颂,宣传独立自强,如写意大利烧炭党人事迹的《新罗马》,写法国大革命中处死专制国王路易十六的《断头台》,写日本侵略朝鲜的《亡国恨》,写古巴学生反抗西班牙统治的《学海潮》等。五是提倡女权、呼吁妇女解放的,如《同情梦》《松陵新女儿》等。此外,还有运用寓言神话剧形式提倡救国保种的,如洪炳文的《警黄钟》《后南柯》等。

这类剧本的作者大多属于高文化层次,其中不乏著名思想家和社会活动家,如改良派领袖梁启超,"南社"骨干柳亚子、吴梅、叶楚伧等。对他们的作品,郑振铎的评价极高,认为"皆慷慨激昂,血泪交流,为民族文学之伟著,亦政治剧曲之丰碑"(《晚清戏曲小说目》序文)。但是,由于这些作品采用的是古典的传奇、杂剧体裁,而当时能按这种体裁演出的昆曲日趋衰落,仅存的一些昆曲班社因得不到社会有力支持而无力排演新戏,所以这些作品大多未能上演。它们的价值不是体现在舞台上,而是通过在报纸、杂志上发表产生影响,这就决定了它们的影响范围仅限于知识界,不能在下层群众中广泛传播。而真正把戏曲改良由案头、报刊转向舞台的则是当时的京剧和地方戏。

京剧界最早从事改良实践的是艺人兼文人的汪笑侬。早在梁启超提出改良戏曲的倡议之前，汪笑侬就有感于"戊戌六君子"的被杀，而根据清人丘园的同名传奇改编上演了《党人碑》，1903年又写了以张良谋刺秦始皇为故事背景的《博浪椎》。接着，他又在中国人民掀起反对帝国主义侵略的拒俄运动和反美华工禁约运动中相继编演了《瓜种兰因》《苦旅行》等戏，借波兰亡国史实教育同胞，激发民众的爱国思想。1903年后，他还伙同新剧家王钟声、京剧演员王鸿寿和赵如泉等联合排演了《张汶祥刺马》《汉皋宦海》等揭露清朝官场黑暗的戏。与此同时，京剧演员潘月樵、夏月珊、夏月润等也在上海的丹桂茶园编演了时装新戏《玫瑰花》《潘烈士投海》《黑籍冤魂》等。1908年，潘、夏等人在资产阶级上层人士沈蔓云、姚紫若、李平书等支持下，集资创办了我国第一家拥有先进设备的近代化戏曲剧场——新舞台，从而把京剧改良推向新的高潮。新舞台建立后，一方面继续编演了《新茶花》《明末遗恨》《秋瑾》等新戏，同时还从国外引进了先进布景、灯光设备，在表演艺术方面也进行革新尝试。这一时期在新舞台带动下，上海的许多剧场都竞相排演新戏，辛亥革命后，一些新剧家如刘芝舟、汪优游、欧阳予倩等参加新舞台，又把一些新剧目如《黑奴吁天录》《猛回头》《家庭恩怨记》《热血》《恨海》等改编为京剧上演，欧阳予倩还自编自演了《宝蟾送酒》《馒头庵》《鸳鸯剑》等取材于小说《红楼梦》的戏。

上海兴起的戏曲改良运动在全国产生了广泛的影响。辛亥革命前后，各地涌现了一批致力于戏曲改良的团体和个人。在北京，梆子演员田际云组织的玉成班，在清末就编演了劝戒鸦片的时装戏《大战罂粟花》等戏。1905年，他还联合谭鑫培，演出了作家贾阆田反映杭州贞文女校校长向将军瑞兴募款兴学被辱自杀的时装戏《惠兴女士》，把演出收入汇往杭州，贞文女校得以维持。与此同时，另一梆子名旦崔灵芝也演出了梁巨川编写的鼓吹兴办女学的《女子爱国》（又名《桂岑劳人》）。但北京毕竟是清王朝的政治中心，是封建势力集中的地方，戏曲改良难有较大发展。辛亥革命后南风北渐，上海演员如汪笑侬、王钟声等先后来到北京，使戏曲改良运动开展起来，其中最有意义的是梅兰芳从事的京剧改革。1913年和1914年，梅兰芳两次到上海，在演出间隙，观摩了新舞台和新剧演出，深切感到"戏剧前途的趋势是跟着观众的需要和时代而变化的"（《舞台生活四十年》第二集），因而回京后，从1915年到1918年，他先后排演了时装戏《孽海波澜》《邓霞姑》《一缕麻》《童女斩蛇》和古装戏《嫦娥奔月》《黛玉葬花》《千金一笑》等。

广东粤剧是较早开展戏曲改良的剧种。早在鸦片战争时期，当地艺人就自发地编演过《三元里打番鬼》等反帝爱国的新戏，辛亥革命前又出现了一批改良演出团体，称"志士班"，如"采南歌""优天影""振天声"等班社。成员大多是革命党人和进步艺人，如陈少白、黄鲁逸、陈铁军等。他们"借古代衣冠宣传党义"，先后编演了《文天祥殉国》《温生才打孚琦》《梁鹤琴演说感香娘》《火烧大沙头》等，这些剧目在当时都起了动员群众的作用。冯自由在《广东戏剧家与革命运动》一文中说："此种剧团或对腐败官僚极尽嬉笑怒骂之能事，卒能引起人心趋向革命排满之大道，及辛亥革命军起，诸剧员躬身参与义举者，尤不乏人，是更由演剧之舞台工作，进而为实行工作矣。"清末四川推行"新政"时，曾在成都设置了"戏曲改良公会"，明确提出"以戏曲改良补助教育"的宗旨，并集资修建新式剧场，邀请文人编写剧本，以供戏班演唱。当时撰写川剧剧本的代表作家有赵熙、黄吉安等。赵熙是著名诗人，他根据川剧传统戏《红鸾配》改编的《情探》一直流传至今。这部戏刻画人物细腻，富于文采，在地方戏中较为少见。黄吉安平生创作80多部川剧剧本，他的剧本大多写历史题材，如写文天祥殉节的《柴市节》、鞭笞投降派的《江油关》以及揭露统治者道德沦丧的《春陵台》《闹齐庭》等。1912年，由川剧艺人杨素兰、康子林等组织的"三庆会"，继承了"戏曲改良公会"时期的做法，继续邀请文人编剧，赵熙、黄吉安等人的作品主要通过"三庆会"等演出而扩大了影响。1912年，在西安一批参加过辛亥革命的知识分子李桐轩、孙仁玉等，发起成立了秦腔改良团体"易俗社"。在该社的组织大纲中，规定"以编演各种戏曲，补助社会教育，移风易俗为宗旨"。又仿效民主共和国形式建立领导机构。易俗社对新戏创作十分重视，拥有一批立志秦腔改革的剧作家，从1912年成立至1919年仅七年间，易俗社上演了新戏近200种。李桐轩的《一字狱》、孙仁玉的《三回头》、范紫东的《三滴血》等，都是其中的代表性作品，在秦腔舞台上长演不衰。

清末民初，在戏曲改良的风气弥漫全国时，一些新兴的地方小戏也受到影响，纷纷编演新戏，其中，由河北冀东一带说唱莲花落发展而来的评剧，是比较突出的一个。评剧的发展和成熟，是和农民出身的作家成兆才分不开的。他除改编、移植了近百出历史题材剧目外，还编写了《杨三姐告状》等取材于时事、新闻的剧本。《杨三姐告状》暴露了军阀统治下官吏的腐败，颂扬了下层人民不屈不挠的斗争精神，长期受到观众的喜爱，成为评剧优秀的传统剧目。

## 三、新剧的兴起

正当戏曲改良运动蓬勃发展之际，在我国的戏剧舞台上又出现了一种新的戏剧形式。这种戏剧当时被称为"新剧"，又叫文明戏，即我国的早期话剧。它是在外国戏剧影响下产生的，特点是采用写实化的表演，不用唱腔，只用念白、动作，接近生活而非写意化、程式化。这种戏剧的萌芽，最早可以追溯到1900年前后上海学生的演剧活动。

上海学生的演剧，最早始于外国人所办教会学校中的节日自娱活动，所演剧目大多是课本中所选的短剧，演出时使用外语，由外国教师指导排演。戊戌变法失败后，学生们受当时社会新思潮的影响，也开始自编一些时事戏演出。这种时事戏在演出时虽然没有歌唱，也不用锣鼓，但有时因模仿京剧的时装戏演法，所以戏曲的痕迹还很重。后来，学生们又把这种演剧活动由教会学校扩大到普通学校，并引向社会，逐渐扩大了影响。

1906年年底，在日本学习的中国留学生曾孝谷、李息霜等一批爱好戏剧的青年，受了当时日本"新派剧"的影响，建立了一个话剧团体春柳社。1907年6月，春柳社同人在一次为江苏某地赈灾筹款的游艺会上演出了法国作家小仲马的《茶花女》片段。这次演出，完全摆脱了戏曲的影响，采取较纯正的话剧形式，使观众耳目一新，留下了深刻的印象。嗣后，许多爱好戏剧的留学生如欧阳予倩等，都参加了春柳社。这次演出的成功，增强了春柳社员的信心，他们又选定了以富有民族反抗意识的美国斯托夫人的小说《汤姆叔叔的小屋》为底本，由曾孝谷、李息霜改编为五幕话剧《黑奴吁天录》，在东京"本乡座"大戏院举行公演。这是我国第一个较完整的话剧演出本。公演获得了极大的成功，不仅轰动了留学生界，而且引起了日本文艺界的重视，纷纷发表评论，给予很高的评价。1908年冬天，春柳社欧阳予倩与刚加入的陆镜若等，又以申酉会的名义陆续演出了《鸣不平》《猛回头》《热泪》等几个戏。《热泪》又名《热血》，原是法国作家萨尔都的剧本《女优杜司克》，陆镜若根据日本田口菊町的译本转译并稍加改编而成。在艺术质量上，这个戏较《黑奴吁天录》又有显著提高，但在日本文艺界反映却较为冷淡。

1907年秋，受春柳社在日本演出成功的鼓舞，王钟声在上海召集一批人组织春阳社。经过两个多月的准备，在兰心大戏院也演出了《黑奴吁天录》。不过，这个剧本是许啸天根据林纾的译本另行改编的，与春柳社演出本不同。春阳社的《黑奴吁天录》继承了学生演剧的传统，虽也分幕，并采用灯光布景，但演出时仍唱皮黄，保留了锣鼓，角色登台念引子、定场诗等一套戏曲程式。其后，王钟声又与任天知合作演出过《迦茵小传》等戏。在王钟声的春阳社之后，又相继涌现了一批新剧团体。其中影响最大的，是成立于辛亥革命前夕的以任天知为首组织的进化团。

1910年年底，任天知在上海报纸上刊登广告，征集新剧同志，当时在上海的演剧爱好者如汪优游、王幻身、肖天呆、钱逢辛等人积极应募。进化团成立后，首先到长江下游一带演出，所到之处都受到热烈欢迎。任天知在戏院门口高张"天知派新剧"五个大字。进化团成员大多是倾向于革命的进步知识分子，他们所演的剧目也多半具有鲜明的革命倾向。进化团在辛亥革命前演出的剧目主要有《血蓑衣》《东亚风云》《新茶花》《安重根刺伊藤》等，这些剧目控诉民族压迫，宣扬爱国主义，具有强烈的鼓动性。武昌起义爆发后，任天知又编写了反映武昌起义事迹的《黄鹤楼》，热情赞颂共和制度代替封建制度的《共和万岁》以及号召人们募捐、支持新生革命政权的《黄金赤血》等。进化团在艺术上发挥了早期新剧着重政治宣传、戏中夹演说和即兴表演的特点，每一剧目往往专设一人发表政论演说，人称"言论老生"或"言论小生"，而这种角色又多由任天知本人扮演。他施展善于辞令的才能，在台上嬉笑怒骂，评说时政，而涉及的又都是广大民众关心的问题，因而一时很能激起人们的共鸣。

　　进化团虽影响颇大，但好景不长。1912年以后，随着革命热潮的消退，演出逐渐失去活力。后来任天知退出，进化团也随之解散了。1912年以后，比较活跃的新剧团体有新民社、民鸣社和新剧同志会。

　　新剧同志会是由春柳社部分归国成员组成的，发起人是陆镜若，不久吴我尊、马绛士、欧阳予倩也陆续参加，曾一度挂出春柳剧场的招牌。新剧同志会所演剧目大多是由外国小说和剧本改编的，如《社会钟》《猛回头》《不如归》等，内容或赞扬爱国志士，或宣扬纯洁爱情和自由婚姻，表演严肃，追求艺术的完整性。其中，由陆镜若编剧的《家庭恩怨记》，是该社自己创作又有完整剧本的一部戏。新剧同志会曾先后到浙江、江苏、湖南等地演出，1915年回到上海，由于经济拮据及主要领导人陆镜若去世而宣告解散。

　　新民社和民鸣社是两个职业化的演剧团体。新民社是1913年秋天郑正秋在上海组建的，之后，民鸣社成立。1914年两团合并，仍称民鸣社。这两个团体都是以营利为目的的演出团体，他们的演出剧目大多以表现家庭的悲欢离合及神秘的宫廷生活为主要题材，如《恶家庭》《童养媳》《怕老婆》《妻妾争风》《雍正夺位记》《西太后》等。这些剧目迎合了一部分市民观众的爱好，取得了较好的剧场效果。但因其目的是为了赚钱养活班子，因而演出中只追求情节离奇，不求艺术的提高，从而使辛亥革命时期新剧界的革命精神失落殆尽。1917年后，新剧团体大部分解散，以后虽有零星的演出，但已接近尾声。

　　这一时期，在北方还有一支重要的新剧队伍，就是天津南开学校新剧团的演剧活动。

　　早在1909年，由于天津南开学校经校长张伯苓的提倡，演剧活动开始被作为辅助教育的手段。1914年成立南开学校新剧团。从1909年到1918年，共创作三十多个剧目,其中有批判嫌贫爱富、暴露世态炎凉的《一元钱》,反映封建官场尔虞我诈、相互倾轧的《一念差》,以及表现农村新旧势力斗争、封建地主压迫农民的《新村正》等,都具有较高的思想性和现实意义。南开新剧团的剧目除少数个人作品外,大部分是师生集体创作。每演一戏,南开新剧团都认真排练,既不用唱工,也没有长篇大论的讲演,更接近"西方流行之写真戏"风格。其中,有的剧本如《恩怨缘》《一元钱》等,曾被北京的著名戏曲女班奎德社移植上演,产生了广泛的影响。

新剧在近代的发展,不足二十年的时间,却上演了八百多个戏,其中在出版物上发表有完整剧本或详细幕表的近百种。新剧演出奠定了我国话剧和电影艺术的基础,也对戏曲改良产生了广泛的影响。"五四"以后,新一代的话剧工作者在总结新剧的经验教训基础上,在艺术实践中进一步吸收西方话剧的成果,使我国话剧艺术达到一个新的阶段。

## 四、近代戏剧的特点与局限

一定的社会文化环境总是从整体上制约着文学、戏剧的发展,给它打上了鲜明的时代烙印。从鸦片战争到"五四运动"这八十年间,是中国社会急剧动荡变化的时代。针对帝国主义的侵略和清政府的软弱腐败,中国近代的戏剧反映了强烈的反帝反封建的色彩。许多寻求救国之道的知识分子,不少人投身于戏剧事业,或兼用戏剧作为影响和改造社会的手段。传统的传奇和杂剧,到清朝中、晚期,形式已经僵化,但在1902年以后,却有一大批知识分子利用这种旧形式来表现新内容,创作了一大批及时反映现实中重大事件和借古代与外国故事讽喻现实以及提倡女权、改革恶俗的作品。这类戏中的绝大多数,都直接或间接地与现实政治斗争相联系,或隐或显地宣扬了资产阶级进步的政治主张和思想要求,洋溢着强烈的爱国主义思想。京剧和地方戏的剧目,大多搬演历史故事,但近代的地方戏、京剧作家和艺人,都敏锐地感受到时代的变动,他们顺应时代的潮流,编演了许多触及时弊、激励国人奋起的作品。仅在舞台上演戏还不足以表达他们的政治热情,有些人更直接走上了战场。为响应武昌起义,上海伶界商团就组成敢死队,新舞台的潘月樵、夏月珊、夏月润等都参加了光复上海的关键一仗——攻打江南制造局。至于新剧,从其诞生之日起,就以揭露黑暗、宣传新思想为己任。新剧的早期剧目多带启蒙性、鼓动性。新剧创始人之一王钟声就公开宣称:"中国要富强,必须革命,革命靠宣传,宣传的办法一是办报,二是改良戏剧。"(梅兰芳《戏剧界参加辛亥革命的几件事》)王钟声在上海光复后,又到天津开展革命宣传,结果被封建顽固派杀害。

近代戏剧取材广泛，有历史、时事和外国题材。在时事戏中，对近代史上各次重大政治事件，从鸦片战争、太平天国起义，到戊戌变法、庚子事变、辛亥革命以及反对袁世凯的起义等，几乎在戏剧舞台上都有所反映。这时期的戏剧还塑造了前所未有的新人物，如徐锡麟、秋瑾、宋教仁、蔡锷等，这表明近代戏剧反映社会生活之广阔是空前的。

艺术观念的开放是近代戏剧又一突出的特点。中国古典戏剧在长期的发展中，其间虽然也有嬗变、更替、交流、演化，但艺术观念却始终囿于传统范围。鸦片战争以后，随着西方文化的不断输入，近代从事戏剧创作和演出的人们大开眼界，他们以惊奇的眼光吸收新思潮、新观念，公开提出"采用西法"改进舞台艺术，丰富演出形式，吸纳"光学""电学"等先进科学技术以增强表现力。戏曲改良的倡导者们，如梁启超、陈去病等，都到过日本或西欧，即使参加演出实践的戏曲艺人，他们的知识结构也与以往的艺人有所不同。如汪笑侬，不但精于中国的传统艺术，而且深谙外国历史、法律、心理学等新知识。夏月珊、夏月润兄弟曾在新舞台筹建时去日本考察戏剧，"归来计划设一新型戏院"。（钱化佛《三十年来之上海》）他们是京剧界最早出国考察、直接感受过异域戏剧文化的职业艺人。至于李息霜、王钟声、曾孝谷、任天知、陆镜若、欧阳予倩等，更是在日本留学时，受日本新派剧的启发而引进了话剧这一新剧种。这些先驱者在中国传统的戏剧文化中引进了外国近代文化的元素，他们开阔的胸襟、恢宏的气度和无畏的勇气，至今仍令人赞叹不已。

近代戏剧的发展变化，在各地并不是同步进行的。由于具体社会文化环境和社会风气开化程度的差异，各地戏剧的发展也是不平衡的。上海是近代开放最早的国际性商业城市，也是资产阶级传播新学的重要阵地，文化教育事业比较发达，所以就成为戏曲改良和新剧的最早发源地。1904年，诗人柳亚子在为《二十世纪大舞台》所写的《发刊词》中说，"张目四顾，山河如死""偌大中原，无好消息""而南都乐部，独于黑暗世界，灼然放一线之光明"。这里所说的"放一线之光明"的"南都乐部"，就是指上海京剧界开始大量编演新戏的戏曲改良运动。同年在香港出版的《中国日报》，也载文对上海兴起的戏曲改良给予充分肯定："戏剧司教育权之一大部分，渐为国人有心人所公认。是故优界改良之运动颇有其人，而最得风气先者，为上海一埠。盖志士名优，同萃一方，无怪乎有此思想，更即见诸实行，如名伶汪笑侬所演之《党人碑》《瓜种兰因》《桃花扇》等剧，使阅者惊心动魄，视听为之一变。"辛亥革命爆发后，当上海戏曲改良由高潮转入低潮的时候，内地一些地方如四川、陕西等才刚刚启动。至于流行于偏僻农村、乡镇的地方小戏，因为环境闭塞，与古代地方戏没什么明显的不同，他们的剧目主要表现农民、手工业者等下层人物的日常生活，如《打猪草》《拔兰花》《卖杂货》《借髢髢》等。当然，近代民间小戏也有自己的特点，比如中国进入近代以来受帝国主义的政治侵略和经济掠夺，农村经济日益贫困，大批破产农民被迫离乡背井流入城市谋生，地方小戏中的《上广东》《下南京》《走西口》等，就是这种现实的反映。这些戏虽非重大题材，却也曲折地反映了时代的特征。

但是，以上海为中心的戏曲改良运动又是不彻底、不成熟的，在20世纪初红火了十几年之后，大约于1915年起，随着资产阶级民主革命由高潮转向低潮而逐渐走向衰微。虽然这时舞台上新戏仍然不断出现，但原有的健康精神却逐渐消失。首先，戏剧取材开始转向。在革命高潮时期一度沉寂的歌颂清朝统治者镇压农民起义的戏，如《铁公鸡》等，又恢复上演，并且又新编了一批同类题材的《李鸿章打昆山》《鲍超出世》等戏。历史题材的剧目，主题也由宣传爱国主义而转向表现传统的"忠""奸"斗争。时装戏也从反映重大政治事件而转向表现一般社会新闻和离奇的刑事案件。此外，还有由鸳鸯蝴蝶派小说改编的"家庭伦理戏"和由外国电影改编的"侦探戏"等。这种题材的转变，反映了当时戏剧创作者思想、情趣和政治热情的变化。近代戏剧变革从客观上反映了资产阶级民主革命的要求，但中国的民族资产阶级具有先天的软弱性和不彻底性。在革命高潮时，资产阶级上层人物曾以物力财力支持过新舞台的艺术实验，但其他剧场大部分仍控制在黑势力和与黑势力有密切联系的资本家手里，他们开办戏园的目的，就是赚钱，为追求尽可能高的上座率，而迫使艺人尽量迎合观众，从而使戏曲改良名存实亡。

智力投入的不足也是戏曲改良衰颓的重要原因。尽管改良初期梁启超、陈去病、柳亚子等曾大力提倡，但他们都是政治家，活动的领域主要不在戏剧方面。他们除了在理论上呼吁之外，并未提供更多可供舞台演出的剧本。近代地方戏虽然也涌现了黄吉安、赵熙、孙仁玉、范紫东等一批文人剧作家，但更多的新编剧目出于戏剧艺人之手。由于受社会条件和文化水平的限制，艺人自编的剧目大多是幕表戏，很难形成完整的剧本；即使有剧本流传下来，也多是文字粗糙之作，缺少文学性。

就艺术本体而言，近代戏剧敢于打破陈规，接受新潮固然可贵，但大部分作品片面强调政治宣传、政治鼓动的作用，而不顾及艺术规律，尤其是戏剧艺术独特的规律。比如从上海新舞台开始，广泛吸收了西方近代剧场的舞台技术、布景灯光，但并没有认真地消化与融合，他们对所要表现的新的时代生活与传统的戏曲形式之间的矛盾缺乏清醒的自觉的认识，他们的创作或是原封不动地套用旧的程式，或是淡化戏曲歌舞化、写意化的特点，片面向写实化的话剧靠拢。而从外国引进的新剧又始终摆脱不了戏曲的表现方法。这就使当时的戏剧舞台上出现了许多"不中不西""不新不旧"的剧目。尤其是音乐问题，在改良新戏中始终没有解决好。有很多时装新戏唱工很少，甚至没有唱工，从而造成了戏曲各表现手段不能平衡协调地发展。欧阳予倩在《自我演戏以来》中回忆上海京剧舞台在"五四"前夕的情况说："渐渐的台上变化少了，表演粗糙，唱工更不注意，只剩滑稽和机关布景在那撑持。"至于新剧舞台，就更为混乱不堪，"从来没有一部编写完全的剧本，只将一张很简单的幕表贴在后台"，"布景道具灯光编剧等不顾事实、不计情理"（洪深《现代戏剧导论》）。这种情况不但丧失了戏曲改良和早期新剧的品格，而且造成了长远的消极影响。

近代戏剧尽管存在许多历史造成的缺点和局限，但它毕竟是戏剧艺术为适应时代的要求而出现的一种自觉的革新运动，在我国戏剧发展史上具有承前启后的重要意义。它的积极的消极的效应都影响着后来戏剧的发展。"五四"新文化运动兴起后，戏曲曾被排斥在新文艺之外，但一些立志改革的戏曲艺术家们和新一代的话剧工作者总结了近代戏剧变革的经验和教训，在更为艰难曲折的道路上为中国戏剧的发展做出了新的贡献。

（原载《中国近代文学大系·戏剧集一》卷首，上海书店1996年版）

# 《中国近代传奇杂剧目》序

赵景深

我将梁淑安、姚柯夫（以下简称梁、姚）所编的《中国近代传奇杂剧目》翻看了一遍，很是高兴。他们在搜集整理从鸦片战争（1840）开始，到"五四运动"（1919）以前这一阶段的传奇杂剧曲目方面，做了大量的工作，花了约一年的工夫，到北京、上海等地一些大型图书馆访书，还访问了钱南扬、谭正璧、蒋星煜和我，三易其稿，方始写定，的确有很大的收获。

近代中国文学是一个重要的更替阶段。但在新中国成立初十年左右，竟至发生古典文学史和现代文学史都不接受它的怪现象。教古典文学史的人常常只讲到鸦片战争以前为止；教现代文学史的人又每每只从"五四运动"讲起。其实，这近代文学史是极为重要的承前启后的阶段。至于戏曲类的杂剧传奇不能引起个别研究者的重视，这也是由于存在偏颇的看法所致。阿英写有《晚清戏曲录》《晚清文艺报刊述略》，并编有《晚清文学丛钞·传奇杂剧卷》，对于清末光绪年间的传奇杂剧等戏曲做了研究和介绍，是极有功绩的。现在梁、姚从光绪以前一直追溯到鸦片战争开始，那么近代的传奇杂剧，就都完备了。

姚燮的《今乐考证》和王国维的《曲录》，都只能著录到他们俩逝世以前所看到的木刻单行本，所以姚燮搜罗得再广，也只能著录到他所能见到的木刻本；王国维时代较后，就著录得更少。这些木刻本容易导致一个错误的感觉，好像这些书久已存在，刊刻于道、咸、同、光以前。经梁、姚仔细地核对，原来，光绪、民国年间比较容易买到的《倚晴楼七种曲》《玉狮堂十种曲》之类，有许多竟是道、咸以后的著作。

由于周妙中的《江南访曲录要》给予梁、姚的线索，他们俩得以悉心向全国各地觅宝。说实话，"五四"以前有一些铅印刊物，如《七襄》《大陆报》《东莞旬报》《汉声》等，我连刊物名称也没有听到过。可见他们俩连冷僻刊物和地方刊物也搜求到了。

梁、姚二位对于传奇杂剧的名称一律不用，只说明各剧有多少出，这是贤明的办法。因为近代戏曲，很多只有几出、十几出的，也都称为传奇，这就与以前《六十种曲》动辄三四十出的，大不相同了。

　　近代传奇杂剧主要的剧本当然是爱国主义的和具有进步理想的。例如，吴梅的《风洞山》之类，就写瞿式耜为国捐躯的精神；姜继襄的《汉江泪》，由于作者具有为人民谋福利的思想，早在1912年就设想武汉五十年后会在长江架起接通南北铁路的大桥，这种设想竟在中华人民共和国成立后实现了。至于歌颂女侠秋瑾的剧本更是不可胜数。我在《晚清的戏剧》（收录《读曲随笔》，北新书局，1936年版）中就曾谈到洪棅园的《悬岙猿》，写张苍水尽节；同人的《警黄钟》，写作者希望中国强盛起来，不要再受帝俄的宰割，也是一个好剧本。但另一方面，也是难于避免的，那就是有一些坚持顽固头脑的人，对于太平天国农民起义军的诬蔑，如郑由熙的《雾中人》就是一例。

　　《中国近代传奇杂剧目》对于每一剧本，著录极为详细，有作者小传、曲名、原署名、刊本、刊年、藏书处、作年、何人何年序跋、题词、剧情梗概（或用副末家门）、开场、尾声、结诗、著录情况、附注，虽比不上《曲海总目提要》有考证，但在曲目中，可说是最详细的了。我谨为介绍如上。

一九八一年三月

# 关于建立近代戏曲文学学科的问题

邓绍基

我很高兴来参加第二次全国近代戏曲文学学术研讨会。去年在北京举行第一次研讨会时，由于种种原因，我只参加了开幕会议，后来看到讨论会的简报，知道会上就建立近代戏曲文学学科的构想和目的等问题讨论得十分热烈，我感受到一种十分可贵的学术事业的开拓和建设精神，也受到很多启发。趁此机会，我想就建立一门学科的问题谈一点粗浅看法，向大家请教。这个问题，我在其他的学术讨论会上也曾经约略地提出过，现在，我想结合近代戏曲文学的具体情况来说一说。

第一次讨论会的简报中说到，与古代戏曲、现代戏剧研究相比，近代戏曲文学的研究显得薄弱，甚至"非常薄弱"。我想，比较薄弱或者说还是非常薄弱的近代戏曲文学研究现状恰恰为我们提供了一个机会，或者说是这种现状既向我们挑战，也提供了机会，一个可以大显身手的机会。开拓一门学科并使之兴旺发达，一般来说要有三个主要标志。以近代戏曲文学来说，首先是搞清楚它的一般概况，其中包括作品的搜集、整理和作家、作品的研究等，这方面的积累是很重要的基础，是建立一门学科的重要条件，也是重要标志。其次是对近代戏曲文学的发展概况做出宏观的把握，产生它的文化传统因素、特殊的历史条件，它的发展过程以及其中的规律性现象等。再次，与以上两个方面同步出现的，或者说是以上两个方面引出的结果——产生一批研究著作和研究者，而且在不同的方面和不同的程度上产生影响。这是一门学科建立和发达的最终表现形式。

现在就这三个方面进一步做点说明。

第一个方面的工作包括资料工作和现在通常讲的微观研究工作，这是范围很广、数量极大的基础工作。上一次会议上大家决定要编纂的《近代戏曲丛书》就是有着重大意义的基础工作。在这方面，前辈学人做过艰辛的工作，为我们留下了一笔遗产，如阿英的《晚清文学丛钞》中的《传奇杂剧卷》和《晚清戏曲小说目》。新中国成立以后，戏曲界在这方面也做过大量的工作，如《京剧丛刊》和《中国地方戏曲集成》等。但我想现在决定编纂的分作家、作品两大类的《近代戏曲丛书》可以补充它们的不足，或许在规模上还会大大超过。这样一部丛书的编成，在建设近代戏曲文学学科方面，至少有三种意义，一是它在很大程度上有助于研究的开展；二是在它的编纂过程中，必然会同步地出现研究成果和人才；三是随着这部丛书的编成，反过来又会吸引有志者来研究近代戏曲文学，从而扩大研究队伍。当然，资料的编集工作不限于像《近代戏曲丛书》这样的总集，还可有别集，即某一个作家的作品集，比如早已经出版的《汪笑侬戏曲集》和《黄吉安剧本选》（川剧）就是戏曲别集。这方面的工作大有可为，如洪炳文的作品似还未见专集，只有单本流传，且不易见，只知有光绪年间的刊本、宣统年间的石印本，还有不知年代的钞本，如果辑成一集，就可以方便学人对这位作家的研究。对已有的别集也可进行新的整理工作，比如咸丰年间曾任内阁中书的许善长，他撰有《碧声吟馆六种》，还有如黄燮清的《倚晴楼七种曲》和杨恩寿的《坦园六种曲》等，视必要也可进行整理。这里所说整理，包括标点或断句，有两种以上版本的还可做一些必要的校勘工作，也可考虑加些注释。这样整理的结果，实际上就又出现了某种戏曲别集的一个新版本，如果工作做得好，说不定可以取代原有的版本，至少在方便使用和流行广泛方面可以超过原有版本，因为原有版本现在并不是信手可得。这类新的整理本除了方便研究者外，它本身也有历史价值，将来有人作新的曲目著录时，就会记载。历来所说的花部系统的剧目编集工作，更大有可为。总之，整理出版近代戏曲文学的总集、别集，还有作家研究资料（生平、创作和后人评论）集，是很重要的工作，我们一定要坚定地、扎扎实实地去做。我这里所说的坚定，包含有不被一时一地的偏激言论所影响的意思。近几年出现了一种轻视这种基础工作的言论和偏向，有些人为了提倡文学本体论，提倡他们所说的文学的内在因素或内在规律的研究，他们自觉或不自觉地轻视、贬低和排斥资料性的或带有资料性的学术工作，贬之为技术性工作，是非文学研究，是历史学的附庸，是低层次的工作，是逆第三次产业革命的潮流而动等。

现在不是大讲边缘学科或交叉学科吗？中国的古代文学、近代文学和"五四"时期的现代文学，已经是一种历史现象，对它们的研究实际上就是文学史的研究，一般史学研究中的史料学、年代学等，在文学史研究中也适用或者在某种条件下适用，这种交叉怎么能言之为历史学的附庸呢？再说，中国传统的校勘学和版本目录学等向来习惯地用于文史的研究，谈不上谁附庸谁的问题。现在人们很重视用心理学来阐释一些文学现象，那么是否可说这种研究方法是心理学的附庸呢？现在人们也很重视从美学的角度来论说文学现象，名目很多，那么我们又是否可以说这种研究方法是哲学的附庸呢？

即使从一般的逻辑推理来说，对文学作品做校勘，做版本的研究，恰恰有助于文学作品"本体"的研究，有助于对文学作品的理论性说明，或者说是提供了条件或若干条件，这两者不存在相互排斥的问题。唯我独尊、排斥异己的学风向来为尊重学术事业的学人们所不取。我想我们研究近代戏曲文学的同志不会受上述种种偏激言论的影响，我们的近代戏曲文学研究正处在建立一门学科的过程中，基础工作十分重要，我们一定要花大力气来做好这项工作。

建立一门学科的第二个重要标志是对研究对象的宏观把握。我们不能等待近代戏曲文学的所有资料工作齐备以后，才开始对整个近代戏曲文学做宏观把握，我们可以同时进行这两方面的研究工作，因为现在我们的资料准备工作并不是从零开始的。再说，对近代戏曲文学的宏观把握，对整个近代戏曲文学的概况（基本面貌及其特点）的研究，也需要经历一个积累和不断深入的过程。比如这次会议上要讨论的分期问题，就涉及近代戏曲文学的基本面貌及其特点，这也是一种宏观把握。在史学界，把历史分期看作是一种研究方法，主要审视和判断不同历史时期、阶段之间的质的差别，这是属于更高的宏观把握。文学史的分期同史学中的分期既有联系，又有区别。如果说，史学界关于近代社会的分期的看法可供我们借鉴、参考或采用，那么，有关文学思潮、流派的起伏替代，文学形式的兴盛、衰落等作为文学史分期重要依据的诸现象，就需要我们按照文学自身发展的特点，予以切实的研究、概括，而这种研究也往往有一个不断认识和不断深入的过程。在对近代戏曲文学的基本面貌及其特点做宏观研究的时候，往往还会涉及对重要或比较重要的文学现象的评价，这种评价又会涉及一些理论问题或者说理论性很强的问题。第一次讨论会上涉及的、这次会上也将展开讨论的花部戏曲的文学性问题，我认为就涉及重要的理论概念。通常认为，花部戏曲中一些以表演艺术著名的剧目，未必有很高的文学性，但现在有的同志提出了"表演文学"的概念，相应对那些剧目的文学性的评价也就不同了。这样的探讨，既有助于近代戏曲文学研究的深入，同时又有可能在理论上有所建树。

近代戏曲有许多特点，这些特点又往往与近代历史的特点相联系。从这次讨论会上散发的学术论文看，对近代戏曲改良运动的研究正在不断深入，提出了不少新的材料和新的看法。我们大家都知道，近代中国有一个十分重要的社会特征，那就是中国人民反对帝国主义列强侵略的斗争贯穿着整个近代中国的历史过程。在这个过程中，无论是维新派还是革命派，在理论上和实践上都很重视文艺作品的政治社会作用。在这个大前提下，他们曾经运用杂剧、传奇等戏曲形式，反映现实政治斗争。尤其是甲午战争以后,革命派中人很重视传统戏曲的"感化"作用,由此出现了大量的有着强烈的政治、思想内容的传奇、杂剧和其他戏曲形式的作品,不同程度地表现了反帝、反封建的倾向,但它们又往往在艺术手段上显得粗糙,甚至像"作者思想的传声筒",有的还难以演出,难以活跃在舞台上。中华人民共和国成立以来的文学史著作中,对这类作品一般都从政治、思想意义上给予肯定的评价,同时也指出它们艺术上的弱点。如果从近年来出现的一种打着"反功利"的幌子的所谓"纯文学"的狭隘的文学观念出发,这类作品就要受到排斥,对这种文学现象就难以做出全面的科学评价。事实上,在近代文学研究中,类似这类文学现象也已经被作为失败的历史例证看待。已有的文学史著作中的论述未必就是定论,近年来出现的看法也未必科学。我想我们还是应当坚持马克思主义的实事求是态度,尊重历史,不以主观的好恶来描述历史,从而做出科学的分析和评价。这样,既阐明了文学史上的现象,又反过来有助于与之相联系的理论问题的探讨和深入。

第三个方面,出成果和出人才的问题。在资料收集和整理过程中,在对近代戏曲文学中诸多文学现象的研究过程中,就会相应地出现各种研究论著,就会相应地出现各种研究人才。这两者大致也是同步进行的。而且,在这基础上就有可能出现近代戏曲文学的权威论著,出现权威的研究家。这种论著和研究家又反过来对这门学科发生影响,使这门学科的"地位"大大提高,犹如京剧在它的发展过程中出现了"四大名旦",而"四大名旦"又反过来使京剧声价增高。到了这个时候,这门学科也就由十分薄弱到昌盛发达了。

学术研究事业的兴旺发达,是一个国家和民族的文明与文化素质程度提高的标志之一。在座的同志们都是近代戏曲文学的行家,经过大家不断的努力,这门学科一定会建立起来,一定会兴旺发达,从而为我们的社会主义学术事业做出贡献。

一九八九年十一月九日于桂林<br>
(原载《戏剧艺术》1990年第1期)

# 近代传奇杂剧的嬗变

梁淑安

人类艺术发展的全部历史表明：文学艺术发展的每一历史阶段的起讫，以及这一阶段独有艺术特征的形成，都是由特定的历史条件和文学艺术发展的进程所决定的。一种艺术形式的解体，过渡到更高一级新型的艺术形式，是历史发展的必然结果。

在世界近代史上，各种艺术形式都经历了一番变革。近代文学思潮乃是随着近代科学的昌明、物质文明的发展和资产阶级革命的冲击所造成的一种世界性的潮流，它不仅促成了近代文学在思想内容上的重大转变，也引起了艺术形式上相应的革命。戏剧当然也不能例外。在时代潮流的激荡下，西方的近代戏剧从古典主义的清规戒律下解放出来，并在世界范围内突破了种族与国家的界限，形成了一种适宜于表现近代生活的戏剧形式——以日常口语为舞台对白，以日常行动为舞台动作的近代话剧。

中国近代戏剧的发展，也不能不受到这种世界潮流的影响。

自从鸦片战争敲开了中国紧紧闭锁的大门以后，中国的近代社会发生了急遽的变化，帝国主义的入侵和国内资本主义的崛起，使中国的封建经济结构受到很大的打击，封建社会的上层建筑、意识形态也随之动摇了。近代资产阶级思潮的广泛传播，结束了长期以来统治着中国的封建文化专制的局面。在旧传统的崩溃中，中国正统的古典戏曲——传奇杂剧——由衰落而终至解体；新的现代戏剧的形式在这种古老的传统形式的内部孕育并开始萌生。中国戏剧的发展，进入了重要的转折阶段。

这种转变是必然的，是由时代所决定的。近代是资产阶级革命的时代，时代赋予资产阶级的历史使命决定了近代文学艺术的内容和形式。由于我国近代社会的阶级矛盾和民族矛盾空前激化，资产阶级担负起挽救民族危亡、反对封建专制、发展资本主义的重任。它必然要发动广大人民群众起来，一起进行反帝反封建的重大斗争。而戏剧，就成为资产阶级发动群众、进行启蒙教育的良好工具，这就规定了近代戏剧运动的鲜明的功利主义性质和崭新的思想内容。面向现实、面向社会、面向民众，这是近代戏剧的突出特点。思想内容的更新必然要求艺术形式与之相适应，而传奇杂剧这种古老的艺术形式，却已成为一种日趋没落的贵族化、宫廷化的艺术，脱离现实，形式僵化，古雅艰深，脱离群众。同时，明清以来抒情短剧的兴起，使杂剧向抒情化、案头化发展，逐渐远离了舞台。传奇则片面强调讲音律、重文采，重曲轻戏，而日益走上没落衰颓的道路。不变革，就无法前进。

## 曲律的解放与传奇杂剧的融合

传奇和杂剧都是具有严格的曲律限制的戏剧形式，要求剧作者必须依照一定的结构体制、宫调配置、套数组织来作剧。此外，还有种种规则禁约，使作者受到极大的限制和束缚。在我国文学史上，追求个性解放、反抗封建传统的积极理想往往是和艺术上的反格律主张相伴随的。才华横溢的汤显祖，蔑视旧的规矩法则，对于格律派对他的指责，则以"不妨拗折天下人嗓子"① 来回应。曹雪芹在《红楼梦》第五回中所谱写的十二支曲子（即贾宝玉梦游太虚幻境时听到的曲子），都不是按照旧有的牌调填写的，而是曹氏自创的新曲。② 近代传奇杂剧的形式变革，也是从要求曲律解放开始的。早在19世纪中叶，要求曲律解放的口号便响亮地喊出来了！

近代第一个公开向戏曲格律提出挑战的人，当推范元亨。范元亨（1819—1855），字直侯，著有《空山梦》传奇。《空山梦》全剧仅八出，完全不用宫调，不遵曲牌，但也不同于地方戏的整齐的七字句或十字句，而是一种自由体的长短句。卷首有署名问园主人的一篇序，云："其制谱不用古宫调，知为曲子相公所诃。然有其继之，必有其创之。元人乐府，孰非创自己意者？"有人认为这篇序文为作者自己所写③，从序文口气和思想观点来看，有这种可能。但不管问园主人是否就是范元亨，这篇序言反映范元亨本人的观点，那是毫无疑义的。又有署名种秋天农的题词："全无结构之规模，不仿金元之院本，词穷意竭，泪尽肠枯，倾墨凝殷，停杯变紫，殆所谓自凭悲愤，别作文章者欤！"序文和题词反映了范元亨和他周围的一些人对于戏剧创作有不同时流的独特看法：反对因袭，提倡创

---

① 《玉茗堂集卷三·答孙俟居书》。
② 周贻白：《中国戏剧史长编》，人民文学出版社1960年版，第440页。
③ 周贻白：《中国戏剧史长编》，人民文学出版社1960年版，第439页。

新；主张文章以情为主，以真为主。任凭感情突破格律，而绝不让格律来约束感情："当情文之相生，遂洋溢而莫遏。"①　"曲成不惜梨园谱，吐属都频率性真。若使文章须格律，伤心可也要随人。"②　直接提出反对"文章须格律"的口号。明知要为"曲子相公所诃"，却坚持要"创自己意"，表现了范元亨敢于抗争的勇敢精神。范元亨并非不懂音律，他虽不用宫调曲牌，但所谱之曲，音律十分和谐。可惜的是《空山梦》的内容比较一般，而且是在作者逝世后三十六年（1891）才出版。范元亨又是一个普通的知识分子，社会地位很低，因此，范元亨反对戏曲格律的主张及其《空山梦》传奇，在当时并没有引起人们的注意，也没有引起很大的反响。

　　光绪年间，又有魏熙元的《儒酸福》传奇问世。《儒酸福》作于光绪六年（1880）。其例言云："传奇各种，多至四十余出，少只四出，均指一人一事而言。是曲逐出逐人，随时随事，能分而不能合，乃于因果两出中，暗为联络，而以十六个酸字贯串之。"全剧没有一个贯穿始终的主人公，也没有一个贯穿始终的完整故事，"逐出逐人，随时随事"，仅以同一主旨贯串始终。描写几个知识分子的遭遇、愤懑和不平，颇有点类似长篇小说《儒林外史》的结构，与过去的杂剧式传奇，如《泰和记》等，虽然有些类似，但也不尽相同。杂剧式传奇是将数出独立的短剧集合在一起，这些短剧相互之间没有关系。而《儒酸福》则是用几个人物，前后穿插出场，每出以一人为主，其余为宾，轮流更换。这在传奇中是一种打破常规的独特的结构体例。

　　如果说，要求曲律解放，在范元亨、魏熙元的时代，还只是个别感觉敏锐的先驱者们的大胆叛逆的话，那么，到了20世纪初，情况就完全不同了。资产阶级文学改良运动的主要倡导者梁启超，自1902年开始，在《新民丛报》和《新小说》上，陆续发表了三个传奇剧本，并呼吁传奇杂剧改良。其中，《新罗马》传奇写意大利民族统一运动，在我国戏曲史上，是第一部以西方资产阶级革命史为题材的传奇，可谓异军突起，独树一帜。这部传奇在形式上也有不少独创之处，即所谓"既创新格，自不得依常例"③。它打破了传奇以一生一旦为主人公的才子佳人式故事的格局，反映意大利半个多世纪的民族斗争的宏伟场面，并将

---

　　①　《空山梦》传奇，种秋天农题词，光绪十七年刻本。
　　②　《空山梦》传奇，问园主人题词，光绪十七年刻本。
　　③　《新罗马》传奇第一出，扣虱谈虎客批注，载阿英编《晚清文学丛钞·传奇杂剧卷》，中华书局1962年版，第524页。

"十九世纪欧洲之大事皆网罗其中"①,因此人物众多,头绪纷繁。男主人公就有三个(即意大利三杰),却没有女主人公。按传奇惯例,男女主人公必须在第一、二出中登场:"开场用末,冲场用生……此一定不可移者。"②"冲场者,人未上而我先上也。必用一悠长引子。引子唱完,继以诗词及四六排语,谓之定场白。"③但《新罗马》的第一出写维也纳会议,以净扮梅特涅冲场,而以净、丑专用的粗曲〔字字双〕为引子,定场白也不用四六文,而是用非常通俗的白话。"以极轻薄之笔"把维也纳会议整场戏写成闹剧。而三个主人公则分别在第四、五、七出才上场。这些都是不符合传奇规则的。如果说,《空山梦》对传奇格律的突破,主要是在废弃宫调牌,以求得在曲文的抒写上能有较多的自由,那么,《新罗马》对传奇的突破,则主要是在体制上,以求得在表现现代生活时能有较大的容量,在情节和人物安排上,能有较大的活动余地。尽管《新罗马》和梁启超的其他两个剧本都没有写完,而且在艺术上存在显而易见的缺点,但是,它所造成的社会影响却是极大的,这与范元亨、魏熙元的默默无闻恰成鲜明对比。之所以如此,首先,当然应当归结为时代条件的不同。20世纪初,已进入大变革的时代,人们的思想发生了很大的变化,旧的传统观念已不复是神圣不可侵犯的绝对权威了。其次,《空山梦》和《儒酸福》在思想内容上没有什么新的建树,而梁启超的传奇,却为中国戏曲开拓了一个崭新的领域,使人耳目一新:全新的题材、全新的思想、奔放的热情,都成为挣脱格律枷锁的巨大力量,使传奇体制遭到致命的一击,这就不能不在社会上引起强烈反响。最后,梁启超在思想界、文化界的地位和影响,使得他的作品具有很大的号召力;而他所主办的《新民丛报》《新小说》等刊物,又为他的一些追随者提供了最初的阵地。这些刊物流传之广、影响之大,是人所共知的,当然为一般木刻传奇本子所望尘莫及。尽管最初一批作品极其幼稚、粗糙,但它们借刊物的力量,流布国内外。不管人们对《新罗马》等传奇给予怎样的具体评价,它在20世纪初的传奇杂剧创作中起了扭转风气的关键作用,打破了已步入绝境的"雅"乐的沉闷局面。在短短的

---

① 《新罗马》传奇第一出,扪虱谈虎客批注,载阿英编《晚清文学丛钞·传奇杂剧卷》,中华书局1962年版,第524页。

② 李渔:《闲情偶寄》卷之三《格局第六》,载中国戏曲研究院编《中国古典戏曲论著集成》(七),中国戏剧出版社1959年版,第64—65页。该版本此处断句有误,作"开场用末冲场,用生开场,数语包括通篇。冲场一出,蕴酿全部,此一定不可移者。"当断为:"开场用末,冲场用生。开场数语,包括通篇;冲场一出,蕴酿全部。此一定不可移者。"

③ 李渔:《闲情偶寄》卷之三《格局第六·冲场》,载中国戏曲研究院编《中国古典戏曲论著集成》(七),中国戏剧出版社1959年版,第67页。

几年里，传奇杂剧创作从内容到形式都大为改观，这确是事实。也许梁启超在形式上的探索并不成功，但他的主要功绩却在于使旧的格律再也不为人们所重视，中国戏剧的发展，从此进入了一个新的时期。

当然，坚持遵循旧规，按律填词的也还是有的，如吴梅。但是，无论吴梅个人具有怎样的学识和才华，也无论他一生怎样竭尽全力、欲挽狂澜于既倒，都是无济于事的。历史的规律和时代的潮流是难以违抗的，传奇、杂剧体制从此被彻底摧垮，并永远也无法恢复了。

近代传奇杂剧从衰落到解体，这是时代的淘汰，历史的裁决！过去一般论者都以惋惜的心情慨叹：知音的稀少，作者的无知和天才的缺乏，遂导致雅乐的沦亡。这当然是不公平的。近代人为什么不懂曲律，不遵曲律呢？究竟是哪一方面的条件不如他们的前辈？我们知道，恰恰在乾隆六年，由朝廷颁命，大规模地编制宫谱："和硕庄亲王奉旨开'律吕正义馆'，广集乐工，审定音律，以旧谱杂出，制曲者莫知所宗，乃汇取各书精华，编为《九宫大成南北词宫谱》。句读之外，并附工尺。经时五年，全书始行告竣，可谓自有曲谱以来的第一巨制。"①这可以说是为制曲者们提供了前所未有的优越条件。为什么巨型宫谱制成，知音解律的人反倒一天天地减少，而不合律的作品却一天比一天多起来了呢？

物极必反。这一时期的音乖律违，文字粗疏，是前一阶段讲音律、重文采的形式主义倾向的反动。文体解放，这是启蒙时期文学艺术的共同特点。曲律解放，乃是大势所趋。然而具体分析起来，并不是每个作者都有很清醒的认识，自觉地这样做的。精通音律，但不愿为其所缚，反对按照既定的、刻板的模式进行创作的人是有的，如范元亨，但这种人并不算多。更多的人是对曲律不甚精通，甚至不很了解。他们之中有的是政治家或社会活动家，有一定的文学根底，粗识音律，同时本身又是文学改良运动的先锋，他们不能、也不愿做曲律的奴隶，主张改良和革新，如梁启超。还有不少是庚子事变以后成长起来的青年知识分子，所受的基本上是新学的教育，具有一定的科学知识，容易接受新事物，富于爱国思想和革命精神，对于旧的、腐朽的陈规本能地予以抗拒和抵制。他们没有受过系统的旧学教育，对曲律，一般知之不多；即便有一定的曲学修养，在动荡的革命岁月，他们也没有闲情逸致去字斟句酌，审音定谱，炫耀才华。同时，作品所反映的新题材、新事物、新的风俗习惯、新的语言风格，也必然突破旧的藩篱。他们一般不是为舞台演出而作，因而更加不受约束。往往一时感奋，随意挥洒，纵笔所至，十分自由，有时甚至有头无尾，不少作品都是没有完成的。是时代造

---

① 周贻白：《中国戏剧史长编》，人民文学出版社1960年版，第441页。

就了这样一批新人，把他们推上了剧坛，并构成了近代传奇杂剧创作队伍中的基本力量。他们不管有意识或是无意识，自觉或不自觉，都被时代推着，拿起了笔，并不由自主地朝曲律解放的路上跑。这时期戏剧创作的成败得失，大抵是历史的安排。传奇的崩溃，在戏剧发展史上应该说是一种进步，而不是倒退。它意味着古典戏曲体制的结束，标志着我国戏剧开始向新的、更高一级的现代戏剧形式迈进了。戏剧发展的这种特定的、内在的规律是不以人的意志为转移的，是时代转换的必然结果，是向现代戏剧发展的必经阶段。当然，这一时期从事传奇杂剧创作的还有一部分旧文人，但他们不反映时代的主流，也没有创作出什么值得注意的作品。另外还有像吴梅那样，在辛亥革命时期基本思想倾向进步，但在戏剧创作上谨守曲律的人。他的作品虽具有较大影响，却不能代表近代戏剧发展的新方向。

近代曲律解放的直接后果，便是传奇体制的崩溃和传奇、杂剧两种体制的融合。明清以来，这两种原来具有严格区别的戏剧体裁的界限已趋于泯除。其最终的融合，是在近代。

对于从明代至清中叶以前，杂剧、传奇体制的演化，前辈学者做过不少的考察和研究。① 综合前人论述，大体可归结为两个方面：杂剧的南曲化、传奇化和传奇的杂剧化。

杂剧的南曲化：明代嘉靖以后，南杂剧（即纯然采用南曲所作杂剧）兴起，北曲渐成绝响。除部分作者采用南北合套方式作杂剧外，还有不少以纯南曲来作杂剧的。仅据明代祁彪佳《远山堂剧品·雅品》中所列杂剧九十种中，采用纯南曲的就有十八种。即便是以北曲作剧的，也不再遵守北曲联套的规则了。北曲杂剧呆板严格的曲调限制逐渐转变为南曲传奇的较为自由灵活的曲律规则。

杂剧的传奇化：南杂剧不仅采用南曲作剧，而且采用传奇的规则作剧。

折数：南杂剧打破了元杂剧每本限制四折（或加一楔子）的格式，从一折到八折、九折都有。元杂剧四折合叙一个完整的故事，而南杂剧则有四折分叙四个故事，又合为一个总名，如徐渭《四声猿》。

唱法：元杂剧每折只能有一个人主唱，南杂剧则采取传奇规则，不仅所有的角色都能唱，而且可以有对唱、合唱等各种形式。

楔子：南杂剧仍使用楔子，但有不少作品的楔子性质已和元杂剧的楔子不

---

① 参见郑振铎：《杂剧的转变》（载《小说月报》第二一一卷，第一号）、周贻白《中国戏剧史长编》（人民文学出版社1960年版）相关部分及赵景深《略述明代戏曲运动概况》（参见傅东华编：《文学百题》，上海生活书店1935年版，第396－403页）等文。

同。元杂剧的楔子是全剧的一个组成部分,而南杂剧的楔子却与传奇的"副末开场"(即"家门")相似,成为全剧的提纲了。

角色:元杂剧以正末、正旦为男女主角,而南杂剧大多仿照传奇,以生、旦为主角。

以北曲作剧的作品中,也有不少采用传奇规则作杂剧。

清代中叶的杂剧作品,就其主流和总的趋势看,与传奇已经没有多少实质性的区别了。此时的杂剧,已经"舍北而就南,实际上已成了与长篇大套的传奇相对待的短剧或杂剧,而不复是与南戏相对待的北剧"① 了。杂剧的传奇化,是"元曲规律的解放运动"②。由格律谨严的元杂剧体式转向比较自由的传奇体式,这在戏剧的发展上,是个很大的进步。在这个时期,杂剧的传奇化乃是大势所趋,虽然仍有少数作者谨守着北剧的规律,但早已不代表杂剧创作的主流了。

传奇的杂剧化:传奇的体制较自由,是它优于格律谨严的杂剧之处。但传奇篇幅浩繁,冗长松散,因而简练紧凑的南杂剧则又明显地比它表现出优越性,对它不能不发生影响。在明代,便有杂剧式传奇出现,即以一出叙一个故事,合若干出为一本传奇,如《泰和记》《十笑记》《博笑记》等。这样一来,连"杂剧本身也被传奇的形式包含了"③。在曲调方面,传奇也普遍采用南北合套的方式,甚至还有在一出中采用全套北曲的例子。

总括近代以前传奇、杂剧的演变情况,可得出以下几点结论:

(一)杂剧的南曲化、传奇化是一种普遍的现象,但仍有少数作家遵守元杂剧的规矩。

(二)杂剧与传奇在曲律上、体制上已无实质性的区别,唯有篇幅的长短成为区别传奇与杂剧的主要标志。

(三)传奇的杂剧化,即杂剧式传奇的出现,还不是一种普遍现象。作为传奇创作主流的,仍是长篇大套的、有头有尾的整本戏。

关于道光以后直至传奇体制消亡这一阶段传奇、杂剧在形式上的特点,一般论者大多给予一个简单的结论:不合律。至于其演化的规律,便很少有人像研究前期杂剧的转变那样去研究和考察。实际上,处于我国戏剧发展转折关头的近代传奇杂剧的嬗变规律,其探究的价值较前期要大得多。

---

① 郑振铎:《杂剧的转变》,载《小说月报》第二一一卷,第一号。
② 赵景深:《略述明代戏曲运动的概况》,载傅东华编《文学百题》,上海生活书店1935年版,第396–403页。
③ 周贻白:《中国戏剧史长编》,人民文学出版社1960年版,第358页。

· 近代传奇杂剧的嬗变 ·

　　如果说在近代以前，杂剧、传奇的演变主要是杂剧体制的解放、杂剧的传奇化，那么，近代戏剧的进一步发展，是两种戏剧形式最终的融合和传奇体制的崩溃。传奇受到地方戏和西洋戏剧的影响，朝向更加自由化、通俗化的方向发展了。

　　首先，是一大批中等篇幅的作品的出现，使得存留在传奇与杂剧之间的唯一界限也最后消除了。本来，按传奇体制，每本一般在二十出以上；按杂剧体制，北杂剧一般为四至五折，南杂剧也至多八九折。传奇的长篇巨幅，固然暴露出明显的缺点，而篇幅短小的杂剧，容量又毕竟有限制，于是便促使中等篇幅的作品大量出现。据笔者目前所见到的近代传奇杂剧二百一十三种之中，八出至二十出之间的中等篇幅的作品有七十八种，四出以下的短剧有九十八种，三十出以上的长篇作品仅仅只有七种。[①] 占总数三分之一以上的中等篇幅的作品的出现，使得传奇与杂剧的区分失去了最后的依据。如刘清韵《小蓬莱仙馆传奇》十种中，四出的一种，五出的一种，八出的一种，十出的三种，十二出的四种。十种曲体例大致相同，统编在一起，题名为传奇。陈烺《玉狮堂十种曲》中，十六出的五种，八出的五种，体例也大致相同，亦题为传奇。关于这些作品究竟应该列入传奇还是列入杂剧，各家曲录，说法不一。按照旧例去勉强划分，便出现了不少难以解决的矛盾。

　　其次，是传奇体制的崩溃。从《空山梦》《儒酸福》到《新罗马》，传奇规律渐次被打破。而其最后的总崩溃，是在辛亥革命前的十年间，传奇和杂剧的规律大半被突破，失去了统一的、固定的体制和格式。

　　从此，传奇杂剧便由衰落、僵化而进入解放期，也就是新旧递嬗的过渡期。过渡期的传奇杂剧中有的旧规矩保留得多些，有些新的因素表现得比较明显。一般保留宫调和曲牌，但遵守曲律的却很少，大多随意联套，随意改变句格。有的作品虽也标明曲牌，但句法全然不对，如《冥闹》中〔混江龙〕一曲，简直已经类似皮黄的句法了，篇幅、结构也很自由。情节有繁有简，还有单纯议论或抒情的。传奇与杂剧既然已经都失去了它们的固定形式，这时再去勉强划分界限，不仅没有一个统一的标准，而且也没有任何实际意义了。

　　传奇、杂剧作为两种戏剧体裁的固定名称，在近代已经失去原有的严格概念了。它虽然仍被沿用，但已有了很大的随意性和含混性。由于传奇的固定格式被突破，像《儒酸福》这样具有独特结构的作品，也称传奇；有些单折短剧的总

---

　　[①] 出数的统计按实际发表数。未完成者，发表多少出算多少出。有些作品原稿虽完成三十出以上，但未全部发表，亦无其他流传本，则按实际发表数计算。

集，结构完全模仿《四声猿》，也标明传奇，如《孟谐传奇》；有的只有极简单的情节，甚至完全没有情节的一出、两出的短剧，也叫传奇，如《爱国女儿》《少年登场》等。在有些刊物上发表的作品，目录上标明为传奇，但正文却标作杂剧；对同一部作品，有人称它为传奇，而另一些人称它为杂剧；甚至在同一篇序文里，也会出现前后矛盾的情况；还有人把马致远的《汉宫秋》、王实甫的《西厢记》、杨潮观的《吟风阁杂剧》都称作传奇。这些情况的出现，并非个别现象，也绝非偶然的疏忽，而是已经形成了一种司空见惯的社会风气了。这说明，在近代人的心目中，并没有把传奇与杂剧看作是不容混淆的两种不同的戏剧形式，甚至连它们过去曾经存在过怎样的严格差别，都懒得去认真追究了。

传奇、杂剧的融合和传奇的解体，标志着我国戏剧发展进入了新旧交替的转折期——过渡期。

## 从昆、乱同台到传奇在舞台上的消亡

地方戏曲的繁荣和发展，对于近代传奇杂剧的演变，曾发生过重大影响。

自从明代中叶昆曲成为剧坛盟主以后，传奇杂剧就基本上都成为专为昆曲的舞台演出而撰作的剧本。清代乾隆年间，乱弹（地方戏曲）兴起，昆曲一统天下的局面遂被打破。在四大徽班初入北京的乾隆年间，昆曲势力虽已衰落，但仍居主要地位。到了咸丰、同治年间，皮黄势力大盛。然而在文人学士中，仍有不少人欣赏昆曲；士大夫阶层的堂会，亦多以昆曲为主；民间各戏园中，昆腔亦多于皮黄。因此，在相当长的一段时期内，出现了花（地方戏）、雅（昆曲）并立的局面。李斗《扬州画舫录》记载："两淮盐务，例蓄花、雅两部，以备大戏。雅部即昆山腔；花部为京腔、秦腔、弋阳腔、梆子腔、罗罗腔、二黄调，统谓之乱弹。"民间的皮黄各班，亦多采取与昆曲合作的办法，昆、乱兼演。在当时四大徽班的四喜班中，"生行如陈寿峰，小生如鲍福山、姚增禄，旦行如严福喜，净如方镇泉，丑如杨三等，皆以昆曲为主者"[①]。三庆班著名的须生，号为伶圣的程长庚，便是昆曲、皮黄兼擅的。其他各班，亦皆有生、旦夹杂其间。光绪中叶，情况发生了很大变化。当时皮黄已占压倒优势，各班中夹演的昆曲愈来愈少，整本戏更少，通常只是夹演一两出折子戏。有些班中虽仍保留有昆曲生、旦，主要是因为堂会中有人专点昆曲，班中不能不准备几位角色，以备不时之需。到了光绪甲午之后，直至民国初年，皮黄班中大部分都将夹演的昆曲小戏停止，每年演出的昆曲剧目只不过是偶然的一两次。原来昆黄合作的戏班，变成了

---

① 张次溪：《近六十年故都梨园之变迁》，载《剧学月刊》第三卷，第十二期。

皮黄与梆子合作的戏班。昆曲在舞台上，几无立足之地了。①

昆曲与乱弹（主要是皮黄）在这样长的时期里同台演出，在近代戏曲史上，具有极其重要的意义。过去戏曲史家虽然有人注意到这一现象，但很少从昆、黄合作对近代戏曲发展所起的重要作用方面做进一步的考察和研究。昆曲是有久远的历史、精湛的技艺和大量优秀保留剧目的剧种，但在清代乾隆、嘉庆以后，由于传奇、杂剧创作日益脱离群众、脱离现实，也脱离舞台，朝向案头化和形式主义发展，新创作的剧本上演率极低。传奇、杂剧的剧本创作和昆曲的舞台演出之间，出现了严重脱节的现象，舞台上经常上演的，大都是明清以来积累的保留剧目，尤其以折子戏的形式上演为多（即在全本戏中选取精彩的片段，加以丰富或再创作，作为独立的短剧演出）。这样一来，舞台剧目长期得不到更新，再加上昆曲本身形式僵化和脱离群众，它越来越没有生气。地方戏曲则是在民间土生土长的新兴艺术形式，朝气蓬勃，富有乡土风味和生活气息，更兼形式自由、通俗易懂，很受群众欢迎。但由于地方戏是民间通俗戏剧，一般文人瞧它不起，不肯为它撰写剧本，大部分剧目都是由民间艺人创作，口头传授的。因此，艺术上比较粗糙，剧目数量也有限。昆曲与乱弹同台以后，二者正好取长补短。昆曲与乱弹夹演的剧目，就是在这种情况下出现的。

最初出现的昆、乱夹演剧目的形式，是在整本的昆曲剧目里，夹演几段乱弹戏。这是因为昆曲本戏过于冗长、沉闷，中间插几场乱弹戏可以调节一下冷清的气氛和观众情绪。这种演出形式，早在嘉庆以前便出现了。据邵茗生《岑斋读曲记》②介绍，怀宁曹氏藏有嘉庆以前的旧抄本《游龙传》，共七本二册，全剧五十四出，为昆曲、乱弹夹演的舞台脚本。其夹演情况如下：

| 预兆（昆） | 遣赘（昆） | 唆逼（昆） | 押当（昆） | 寇会（昆） |
| 宁寿（昆） | 游幸（昆） | 救驾（昆） | 缴令（昆） | 挽旋（昆） |
| 观赘（昆） | 辱娟（昆） | 诳聘（乱） | 游遇（昆） | 淫哄（昆） |
| 抠关（昆） | 闻报（昆） | 骂城（昆） | 陷关（昆） | 复冤（昆） |
| 阻驾（昆） | 毒售（昆） | 棚订（昆） | 巧脱（昆） | 埋陷（昆） |
| 计抢（昆） | 双抢（昆） | 窑会劫美（昆） | | 挈署（昆） |
| 洗辱（昆） | 纳贿（乱） | 逼降（昆） | 越匿（昆） | 权挟（昆） |
| 捉拿（昆） | 挟顺（昆） | 箱误（昆） | 闹府（昆） | 分讨（昆） |
| 恶代（昆） | 侠冒奇赚（昆） | | 宁篡（昆） | 挂印（昆） |

----

① 张次溪：《近六十年故都梨园之变迁》，载《剧学月刊》第三卷，第十二期。
② 邵茗生：《岑斋读曲记》，载《剧学月刊》第三卷，第九期、第十二期。

| | | | | |
|---|---|---|---|---|
| 淫替（昆） | 路遇（乱） | 献策（乱） | 叛聚（昆） | 守御（昆） |
| 解围（昆） | 擒宁（昆） | 阻捷（昆） | 密报（乱） | 靖逆（乱） |
| 褒圆（昆） | | | | |

全剧以昆曲为主，剧本亦保持传奇的结构形式，在全剧五十四出中，仅有六出是乱弹，大部分在靠近结尾部分的热闹场面，以渲染气氛，增强戏剧效果。

到了咸丰、同治年间，随着昆曲、乱弹势力的消长，情况又有了变化。仍以怀宁曹氏所藏抄本《天星聚》[①]为例。《天星聚》写水浒故事，封面题"同治十年十月曹记"，可知为同治十年以前编定的。全剧共三十六出，其夹演情况如下：

| | | | | |
|---|---|---|---|---|
| 忆友（乱） | 到任（昆） | 山聚（乱） | 寨遇（昆） | 烧香（乱） |
| 抢掳（乱） | 义释（乱） | 逃归（乱） | 谒花（乱） | 观灯（昆） |
| 诬陷（乱） | 营救（乱） | 计逃（乱） | 复擒（乱） | 申文（昆） |
| 密议（乱） | 智捉（昆） | 谋烈（乱） | 聚义（乱） | 山会（昆） |
| 逼贞（乱） | 奸遁（乱） | 遣明（昆） | 安家（乱） | 设计（乱） |
| 诱战（乱） | 中计（乱） | 说降（乱） | 假陷（乱） | 瓦砾（昆） |
| 绝归（乱） | 解危（乱） | 私盼（乱） | 协助（乱） | 捉刘（乱） |
| 逐寇（昆） | | | | |

此剧昆、乱夹演情况与《游龙传》已大不相同，三十六出中，昆曲仅九出，乱弹二十七出。第一出上场即为乱弹，可知其排场结构已基本上是乱弹的了。像这类昆、乱夹演以乱弹为主的作品，在同治年间便已出现。

光绪年间，昆曲已濒于绝境。大量传奇剧本被翻改成乱弹剧演出。昆曲和乱弹夹演，形式上也有了新的变化。由于舞台演出本十分罕见，对这方面的研究有一定困难。光绪六年刊本《梨园集成》，是保持了清代民间演出本原来面目的珍贵刊本。其中所收大半为皮黄剧本，其他剧种仅收秦腔三种、昆曲五种，其中有两种便是昆、黄夹演的：《闹江州》和《百子图》。《闹江州》标目为《新著闹江州全本》，不分出。前面大半均用皮黄，仅结尾小部分用昆曲。《百子图》标目为《新著百子图全曲》，亦不分出，只开头一小段是昆曲，其余大半皆为皮黄。此二剧简练紧凑，文辞通俗，整个体制基本上都是乱弹的格局，昆曲部分的区别只是唱词按牌调填长短句。这部分昆曲，已经成为整个乱弹体系中的一个组成部分了，昆曲本身也被乱弹所吸收、所包容。

昆、黄合作的情况，在宫廷戏的演出中，也同样存在。

大致在清初，就有专为宫廷演剧而设置的御用戏班"内廷乐部"。但在乾隆

---

[①] 邵茗生：《岑斋读曲记》，载《剧学月刊》第三卷，第十二期。

以前，宫廷戏都是采用民间流行的戏本，至乾隆初年，姑命张照大规模制作专供内廷乐部演习的剧本，如《月令承应》《法官雅奏》《九九大庆》等。后来庄恪亲王集合江南曲客编纂《九宫大成谱》时，又奉命谱写了《鼎峙春秋》《忠义璇图》《昭代箫韶》《渡世津梁》等戏。这些戏，都是整本大套，每种一百二十出至二百四十出，规模之宏大，为前所未有。内容大抵抄袭元明旧戏，拼凑而成。演出时需要极复杂的舞台装置、布景、道具，在民间戏台上是无法演出的。每种戏，从头到尾演一遍，需要经年累月始能演完，如《升平宝筏》在道光年间的一次演出，自道光十九年正月十九日起演，至道光二十一年三月初一始告终，历时两年多。这些戏，直至道光年间，仍按传奇原本，以昆曲演出。但随着乱弹的兴起和昆曲的衰落，乱弹开始进入宫廷，对宫廷戏同样发生了重大影响。内廷演戏也逐渐由以昆曲为主改变为昆曲、乱弹兼奏，又变为以乱弹为主，最后乱弹也几乎完全取代了昆曲。内廷戏目有不少翻改成昆乱夹演的剧本或纯粹乱弹的剧本。在清升平署剧本中，就有昆曲、皮黄合演和梆子、皮黄合演的形式。据清升平署档案载：根据内廷传奇剧翻改成皮黄剧本的，就有不少种，如《铁旗阵》。这个戏，在道光年间演过两次，咸丰年间演过一次，均用传奇本，唱昆腔；至光绪三十二年（1906）翻改为皮黄演唱（仅翻改至昆曲本九段而止，未完）。又如《昭代箫韶》，道光年间演过两次，咸丰年间又演过一次，均用传奇本，到光绪二十四年至二十六年，翻改成皮黄演出。据记载，当时翻改的情况是这样的："据其所目睹慈禧太后当日翻制皮黄本《昭代箫韶》时之情况，系将'太医院''如意馆'中稍知文理之人，全数宣至便殿，分班跪于殿中，由太后取昆曲原本逐出讲解指示，诸人分记词句，退后大家就所记忆，拼凑成文，加以渲染，再呈进定稿……"① 另有《青石山》《上路魔障》等，亦均根据慈禧旨意，改为皮黄。昆曲剧本《混元盒》传奇，六十九出，乾、嘉以前歌场甚为流行，后内廷据此改为承应大戏《阐道除邪》，以昆曲、弋腔夹演。同治年间，四大徽班之春台班，又"取《混元盒》传奇与《阐道除邪》大戏，复增入《封神传》小说之碧游宫、翻天印诸事，改编而成，仍名《混元盒》。既非纯昆曲，亦不尽为皮黄，乃昆、黄兼奏之乱弹剧"②。

还有一部分在舞台上侥幸存留下来的昆曲剧目，然而在长期与皮黄同台演出的过程中，连它们也面目全非了。《梨园集成》中有三个完全的昆曲剧本，是从同治、光绪年间舞台演出剧目中挑选来的。有《闹天宫》《濮阳城》《绿牡丹》。

---

① 周志辅：《〈昭代箫韶〉之三种剧本》，载《剧学月刊》第三卷，第一期。
② 傅惜华：《〈混元盒〉剧本嬗变考》，载《北平晨报》1936年6月25日。

这几个剧都不分出，其格局也与传奇、杂剧不同，而十分类似乱弹的形式。以《闹天宫》为例，既没有副末开场，也不用正生冲场，而是以丑扮土地首先上场，不用引子，而以一首七绝代替（这其实是皮黄的引子）。接着生扮孙大圣上场，也不用引子，而用一首七律开场。下面是简短的定场白，不用四六骈文，而是十分符合孙悟空性格的大白话："俺，孙爷爷。可笑世人创来创去，创了个齐天大圣，是俺……"这些剧，除仍按牌调填词外，简直与乱弹剧本没有多大差别了。

这些剧本，都基本上保持了舞台演出本的原来面目。本来，文人创作的传奇剧本，在搬上舞台时，即使是名家的优秀作品（如《牡丹亭》《长生殿》之类）也要经过删减和修改，但传奇的体例规则是不会改变的。就这几个舞台本的情况看来，传奇的规矩体制已不复存在了。

综上所述，清末舞台上的传奇剧本，有两种演化的途径：

其一为：文人案头传奇——舞台演出本传奇——昆曲与乱弹（皮黄）夹演，以昆曲为主的形式，基本保持传奇体制——昆曲与乱弹夹演，以乱弹为主，基本是乱弹的体制——完全乱弹的剧本。

其二为：文人案头传奇——传奇的舞台演出本——类似乱弹体制的昆曲演出本。

经过几个阶段的演变，其中的一部分，变成了完全乱弹的剧本，以乱弹的腔调和形式演出；另一部分昆曲的剧目，在舞台上存活了下来，它们保留了昆曲的声腔牌调，但剧本已不复是传奇的旧格局了。我们看到，无论是哪一种演化途径，其结果都是一样：即传奇体制在舞台上的消亡。传奇作为一种戏剧体裁因不能适应时代的需要，在舞台上被淘汰了！

第一种演化途径，从表面上看来，似乎是一个剧种的某些剧目被改编成另一剧种的剧目。实际上，它绝不单纯是一个改编或移植的问题，而是近代舞台上戏剧发展的潮流和趋势的一种反映：

（一）这种改编和移植不是相互的，而是单向的。

（二）它不是个别优秀剧目的改编和移植，而是成批的、大量的。

（三）被改编的传奇剧本本身，从舞台上被淘汰了，而根据传奇改编的乱弹剧，却活跃在舞台上，有些还成为名噪一时的优秀剧目。改编和移植的结果，是传奇为乱弹所取代。

传奇体制被乱弹所取代，反映了近代戏剧发展的怎样一种趋势呢？

比较一下传奇原本与乱弹改本，可以看到它们在形式上的差别。

（一）最明显的区别当然在唱词上。传奇是有固定套数、牌调的作品，有严格的曲律限制；乱弹则是整齐的七字句或十字句，有规律地押韵。传奇的曲词华丽典雅；乱弹词句通俗、质朴、本色。传奇的长短句是一种典型的诗句，省略较多，是一种咏叹性的句法；而乱弹的句法结构，尤其是十字句的节奏，是一种叙述口吻，类似弹词，原原本本，交代得很清楚，使人一听就明白。

下面，我们将传奇本《昭代箫韶》与皮黄改本比较一下，便可看出其句法的区别：

传奇本，第二本，第十五出：辽兵将上，同唱：

〔越调正曲水底鱼儿〕无敌豪强，英锋不可防。单刀匹马，恶虎逐群羊，恶虎逐群羊。

皮黄改编本，第八本，第一出，耶律休格唱：

〔快板西皮〕俺本北国英雄将，刚锋锐利不可防。单刀匹马威风壮，犹如猛虎下山冈。

又同一出，昆曲本，杨继业上唱：

〔双调正曲锁南枝〕雄心怒，恨满腔，一身转战万骑挡。心念圣恩情，便作厉鬼不敢忘。

皮黄改编本，杨继业上唱：

〔摇板西皮〕我父子，保宋朝，忠心献上。到如今，只落得，被困山冈。恨北国，打来了，连环表章。他要夺，我主爷，锦绣家邦。

两种本子对比，可以看出句法上的明显差异，改编本将原传奇本省略的主词补上，调整了句子结构，"俺本北国英雄将，刚锋锐利不可防"，首先将出场人物身份、来历、特点，原原本本做一交代，较之"无敌豪强，英锋不可防"，要明白易懂得多。

（二）皮黄本或昆黄夹演本的场次及文辞均较原传奇本精练紧凑，如《铁旗阵》《昭代箫韶》的翻改本，均较原本简略。如《昭代箫韶》，据升平署翻改本①，翻改到传奇本的第七本第三出，传奇每本二十四出，总计一百四十七出。而改编本总计一百二十二出，较传奇本少二十五出。又如《混元盒》传奇，原传奇本六十九出，改为昆弋夹演之《阐道除邪》本，为三十二出（四本）；又改为昆黄夹演之乱弹剧，为八本，不分出。将原有情节精练后，还增加了新内容。

---

① 《昭代箫韶》有两种翻改本，一为升平署本，一为本家所用本。本家，即由宫廷近侍太监单独组成的戏班，不属于升平署范围。

（三）乱弹剧本体制较传奇自由，没有严格的规矩限制。从传奇到乱弹，在体制上是一大解放。

总之，从传奇本到乱弹本，在形式上是向着通俗化、口语化、自由化演变的，也向短小精练的方向发展。这些变化，都反映了近代戏剧发展的趋势。

皮黄翻改了大量的传奇剧本，不仅采用了它的题材和情节，还把它优美的文词加以改造，变成雅俗共赏的精彩篇章。通过同台演出，乱弹剧的演员和一部分昆、乱兼擅的演员，把昆曲的唱腔和表演技艺也吸收了过来，京剧艺术得到了很大的充实、提高和发展，不仅在舞台上站定了脚跟，而且成为剧坛的盟主。在现代话剧兴起之后，它和众多的地方剧种，作为一种传统的艺术形式保留了下来，仍然受到群众的欢迎。昆曲的部分剧目，在与皮黄同台演出的实践中，向形式自由、质朴通俗的皮黄体制靠拢，将自身日趋僵化的形式加以改造，以适应时代的要求，也得以在濒临绝境的情况下存活下来。但是，今天在舞台上活跃着的是昆曲，却不再是传奇了。传奇作为一种古典传统的戏剧形式，在"五四"以后，只是一袭余音，做了短暂的摇曳，便永远为时代所淘汰了。就像杂剧形式当年被传奇所征服、被抛弃一样。历史永远是这样循环往复、螺旋式地向前推进着。

## 新的发展趋向

近代传奇杂剧的变革是从曲律解放开始的。但是，它并没有把自己的脚步就此停住。在挣脱了旧格律的枷锁以后，又开始探索新的前进道路了。

现代话剧与古典传统戏曲（包括昆曲和地方戏曲）的根本分界点，主要表现在两个方面。

（一）现代话剧摆脱了古典戏曲中的音乐、舞蹈等陪伴因素，使戏剧成为一种独立的艺术形式。

（二）现代话剧由古典戏的分场制转变为分幕制。

过渡期的传奇杂剧已经表现出向这两个方面转变的新趋势。

中国戏曲的起源，是与音乐、舞蹈相伴随的。它在长期与西方世界相隔绝的情况下，形成了独特的艺术风格。传奇杂剧以诗（曲）为主要舞台语言，用歌唱的方式表达出来。说白也韵律化、音乐化了，叫作韵白，主要角色的定场白还要用四六骈文，与日常口语有很大距离。语言的韵律化、音乐化，要求动作与之相适应，便产生了身段。舞台身段则是将现实生活中的行动加以夸张和舞蹈化，以后逐渐形成一种戏曲"程式"。元杂剧和南戏的曲文，本来都是以当时生活中的口语为基础的，带有较浓的生活气息。舞台身段一般也以日常行动为依据。几百年来，生活在发展、在前进，而传奇杂剧的语言和形式却凝固化、程式化了，而且向着典雅、华丽的方向发展，距离人民生活愈来愈远，尤其是曲文。而在传统观念中，重曲轻戏的头足倒置的倾向非常严重："自来作传奇者，止重填词，视宾白为末着。"① 戏曲评论家在品评剧作时也往往只以文采和是否符合曲律作为批评的标准。这种倾向严重地阻碍着戏剧的发展。地方戏曲虽然形式自由，又较传奇杂剧通俗易懂，但它采用整齐的七字句、十字句，这种句式和长短句比起来，距离口头语言似乎更远，也显得呆板，缺少变化。因此，传奇杂剧在冲破严格的曲律限制后，向着地方戏曲的方向发展，也只能是一种过渡的性质。因为在辛亥革命时期，地方戏曲改革的问题也已经被尖锐地提出来了。问题的症结在于，戏剧发展到近代，产生了要求摆脱音乐和舞蹈等因素而独立的明显趋势。

黑格尔说："在音乐和舞蹈的陪伴之下，语言毕竟不免遭到损害……所以近代的演员认识到要从音乐和舞蹈之类陪伴因素中解放出来。"② 在"五四"前夜关于戏曲改革的讨论中，也曾有人提出："戏剧是一件事，音乐又是一件事，戏剧和音乐，原不是相依为命的……正因为中国戏里重音乐，所以中国戏被了音乐的累，再不能到个新境界……戏剧让音乐拘束的极不自由，音乐让戏剧拘束的极不自由……非先把戏剧、音乐拆开不可。不然，便互相牵制，不能自由发展了。"③ 传统戏曲中的"虚拟""程式化"及整个表演体系的高度夸张的艺术特点，都是同歌、舞的因素相联系的。歌和舞的因素在戏中愈是充分施展，戏剧性的因素便愈是受到排挤和压抑。这一点在一些唱功戏、武打戏中表现得尤为突出。为了使歌和舞的表现因素能够不受拘束地施展而又不至于让人感到别扭，戏曲往往选取远离现实生活的题材——历史的或神话的题材，与现实生活拉开距离，以避免由于夸张而产生不真实的感觉。这样，实际上回避了戏曲艺术在表现当代的现实生活时所暴露的缺点。因此，在近代，当戏剧一旦将表现当前的现实生活和社会斗争作为自己的主要任务时，内容和形式的矛盾便立刻尖锐地暴露出来了。近代科学技术的飞速发展，物质生活的极大丰富，社会矛盾的尖锐复杂，再加上近代语言现象中新名词、外来语大量出现，人们的生活习俗、服装礼仪等也有了很大改变。这一切，都难以硬塞到传统程式中去表现。因此，内容与形式的矛盾，首先在反映现实生活题材和外国题材的传奇作品中表现了出来。

正当中国近代戏剧为摆脱内容与形式的矛盾而探索新的前进道路的时候，西

---

① 李渔：《闲情偶寄》卷之三《宾白第四》，载中国戏曲研究院编《中国古典戏曲论著集成》（七），中国戏剧出版社1959年版，第51页。
② 黑格尔：《美学》第三卷下册，商务印书馆1981年版，第276页。
③ 傅斯年：《再论戏剧改良》，载《新青年》第五卷第四号。

方文艺思潮的传入和戏剧形式的启示，对于处在转折关头的中国戏剧的发展，产生了重大影响。

在近代，传入我国的西方文艺思潮是复杂的，有资产阶级启蒙时期的文艺思想、文艺复兴时期的文学主张和批判现实主义的文学思潮。它们对于中国近代文学运动都有影响。其中，批判现实主义思潮对于我国传统戏曲的冲击尤其猛烈。19世纪中期在欧洲作为一股革命浪潮兴起的批判现实主义思潮，带有一定的自然主义倾向，主张文学要具有"科学真理的精确性"，强调细节描写的客观、真实和精确。在题材的选择上，主张面向现实，面向社会，表现下层普通人的生活，批判和揭露丑恶的社会现象。我国的传统戏曲无论是在题材上还是在表现形式上，毫无疑义，都成了这股思潮的对立面。再加上当时的国内形势，传奇杂剧和各种地方戏曲都处于内外夹攻的地位，其处境是可想而知的。近代戏剧改革在三条战线上同时进行，即新剧运动、地方戏改良和传奇杂剧改良。戏剧改革的浪潮，在20世纪初达到了高峰。当时翻译出版的西方戏剧作品还不多（西方戏剧作品大量翻译出版是1918年以后的事），但是，随着东西方交往的频繁，出国的留学生人数也大大增加，不少知识分子有机会在国外接触到西方和日本的戏剧艺术，受到直接的启迪。中国早期的新剧团体之一的"春柳社"，就是在日本新派剧的直接影响下产生的，他们在东京演出的《黑奴吁天录》，就是根据林纾翻译的美国小说，按照日本新派戏的形式编写的。传奇杂剧改良运动的一些热心的提倡者，如梁启超，如《海国英雄记》的作者浴日生和《爱国女儿》的作者"东学界之一军国民"，当时都在日本。《落花梦》的作者叶楚伧，曾经翻译过不少西洋小说和戏剧，对于西方戏剧有一定了解。他们都直接接受过西方戏剧和日本戏剧的影响。辛亥革命前后的传奇杂剧创作，在形式上出现了一些引人注意的新变化。

这种新变化，首先表现在曲与白在剧本中的比重和地位的变化，曲的比重逐渐减少，白的比重明显增加。而且在剧中，宾白大多已不再处于"宾"的地位，戏剧发展的关键性情节，多是用对白来表现的；而典雅的曲文，则渐次退居到补充、陪衬、多余的地位。作者首先不是从理论上，而是在创作实践中，感到扩展说白，减少甚至取消曲文的迫切需要。如在洪棣园的《警黄钟》传奇中，说白所占比重很大，而且在剧情发展中起着决定性的作用。其中第四出全部都是说白，竟无一曲。作者在《例言》中说："是编情节甚多，故讲白长而曲转略。以斗笋转接处，曲不能达，不能不借白以传。"清楚地说明他作剧所以增加说白，是因为情节复杂，在剧情转折的关键地方，难以用曲来表达；而用白，则能表达自如。在出末的小注中，作者又几次诉说了填曲过程中所碰到的困难和甘苦。如第四折末注云:"此折以副净、丑、末等上场,长于打诨插科,每不便于填曲。"第五出前半场,有一段说白长达一千六百余字,直到后半出,才开始用曲。而到用曲时,剧情的进展便停止了。几支曲子,均为奏章的内容。作者又诉说了填这几支曲子时所费的踌躇:"女士谏疏,既按曲谱,又合章奏体裁,最难着笔。稍有遗漏,亦限于韵、囿于句、拘于格耳。阅者谅之。"可见作者处处感到曲的束缚。又如作者的另一剧本《后南柯》,也有类似情况。此剧说白亦极多,其中第三出《访旧》,也是有白无曲。又如稍后的《开国奇冤》,说白更多,每出均在千字以上。第三出《公审》,科白长达五千八百余字。第十出《暗杀》亦有四千余字。在这些剧中,曲文对剧情的发展已基本上不起什么作用了。即使把全部曲子都抽去,对于剧情的进展和全剧情节的完整性也无多大妨碍。这期间,传奇的说白,绝大多数摒弃了骈文形式,改用口语。

在戏剧语言由艺术化的歌唱转向现实化的口语对白的同时,在戏剧动作——身段——方面,也产生了相应变化。程式化的身段逐渐为日常动作所代替。如华伟生《开国奇冤》第六出,描写臬司世善去世,巡警学堂的学生前去行"拭泪礼"的情况:

(丑)列公请了。(众)提调请了。(丑)适才会办大人吩咐,只要学员、学生到齐,便赴灵前行礼。(小旦)两班员生均在外面恭候,待学生前去带来。(下,礼生暗上;杂扮学员、学生开正步,小旦引上。小旦喊口令介)立正!(众分两排向上立,丑、旦、贴旦列立,小旦)行拭泪礼!一,(众以右手横抹眉下,兼鞠躬口令介。小旦)二,三。(众如前式行礼介。小旦)立正!向右转!开步走!(众依令行介,小旦口喊一二口令,领学员、学生下。)

又如《皖江血》第四出《刺恩》:

(杂扮众学生持枪排队上介。净率众人见杂介,杂行举枪礼,净略举手介)……(末扮陈伯屏、小生扮马宗汉便服暗上,立生后介,生、末、小生同持手枪向净连击介)……(净受伤仆地介,外、副净、副末俱抱头逃下介。丑扮恩铭差官急上,背净逃下介。杂张皇,生向杂演说介。)

近代传奇杂剧在结构上已表现出由分出制向分幕制过渡的端倪,这是近代戏剧发生新变化的又一重要方面。

传奇体例在结构上的缺陷是十分明显的:冗长、松散、平铺直叙。这些剧本在搬上舞台时虽然经过一定的删减、加工,变得较为简练、紧凑,但仍克服不了平铺直叙、不讲结构的缺点。近代传奇杂剧虽然出现了不少中等篇幅的作品,但在结构上没有什么明显变化。这种结构上的变化,直到辛亥革命之后,才开始表现出来。

叶楚伧的《落花梦》,在近代传奇杂剧中,是一部在结构上颇具特点的作品。叶楚伧(笔名小凤)曾翻译过一个美国剧本,译名《中莃》①。在译者序中,他对我国戏剧创作现状表现了极大的不满,并说:"小凤有友六七,能言西剧。凡今大都名作,言之琅琅……为择欧美名剧,编译成章。谓为稗贩可也,谓为药石可也。"所谓"稗贩""药石"之意,无非介绍欧美名作,以为我国戏剧创作之借鉴。《中莃》发表后不久,在1915年4月至5月,他在《小说月报》上发表了《落花梦》传奇。这个剧本在思想上有明显局限,即将个人恩怨置于革命利益之上。但在结构上,却很有特点。这个剧本情节相当曲折复杂,按照一般传奇结构,恐怕铺叙起来至少得有十出。而此剧经过剪裁概括,全剧仅四出。一般传奇结构,大多是从头到尾,将故事铺叙下来。此剧却从中间叙起,而将以前发生的事,在剧情发展的过程中,分别在几出里补叙出来。此剧采取两种补叙办法:第一种是利用剧中人的定场白,直接向观众交代,这是中国传统戏剧常用的手法。第二种是安排在剧情发展过程中,通过人物之间的矛盾冲突,逐步揭示出来。而这些事件的被揭露,对于情节的进一步发展,又起决定性的作用。如第三出通过樵夫的叙述、刘天聪的回忆,揭露出杀死杜慧君父亲的,就是刘天聪本人。接着便引出刘、杜双双自刎的严重结局,将剧情推向高潮。这种结构方法,在旧传奇中,是较为罕见的,已经有些类似西洋的分幕法了。

传奇剧本的这种结构上的变化具有重大意义。它是古典传统戏的分出式结构到现代戏剧分幕制结构的一种过渡形式,是过渡期传奇向现代戏剧转变的又一例证。

近代传奇杂剧形式上所发生的新变,证明在古典戏曲崩溃之后,现代话剧产生之前,确实存在过一个新旧交替的过渡阶段。它的存在,是中国现代话剧和古典戏曲之间不可分割的血缘关系的见证。尽管我们把文明戏的出现看作中国话剧的滥觞,尽管我们可以充分地估计西方戏剧的巨大影响,但是,中国话剧的产生,绝不是从天外飞来的。它不是西方戏剧单纯的形式上的模仿和移植,而是在特定历史条件下,我国戏剧根据自身发展的需要,吸收和借鉴了外来形式,从而步入了自己民族戏剧的新的、更高的阶段。我国的传统戏曲具有独特的表演形式

---

① 《中莃》,载《七襄》第二、三、四、五、八期,1914年11月至1915年1月。

和艺术风格,现代话剧的发展,决不能拒绝这笔宝贵的遗产,去走全盘西化的道路,而是要形成自己独有的民族风格。传奇杂剧虽然消亡了,但是,我们民族的戏剧传统并没有中止。它的精华部分不仅活在昆曲和地方戏曲舞台上,也被吸收在现代话剧的精髓之中。人类的文化,永远是这样通过新旧递嬗的形式,不断地向前发展!

(原载《中国社会科学》1983年第3期)

# 近代传奇杂剧艺术谈

梁淑安

处于衰落、变革期的近代传奇杂剧一向很少受到人们的青睐，尤其是在艺术方面。只消用"艺术水平低"这么一句话，便可以轻易地否定其研究价值。

果真如此吗？这个时期没有产生什么名家和名著，也是实情。但是，近代传奇杂剧却有着与前代截然不同的艺术特征。这些特征，又显然不是用"艺术水平低"这么一句话所能概括的。那么，它在艺术格调、表现手法和语言风格上究竟有些什么特点？这些特点是怎样形成的？有些什么可资借鉴的经验和教训？这些问题，难道都没有研究的价值？

文艺作品可供研究价值的大小和它本身的艺术水平的高低并不总是成正比例的，何况整个时代的文学现象？为了总结我国戏剧发展的规律，任何一个发展环节，都是值得重视的。文艺发展发生重大转折的时期，其研究价值尤其高。

## 一

每一时代的文艺作品，尽管有不同的文学流派，不同的艺术风格，但就一个特定的历史时期来说，总有一种反映时代特点的基本格调，一种体现时代精神的创作倾向和风格。

文艺作品的艺术格调，与它的创造者的艺术情感是密切联系着的；而支配着人们进行创作的情感，除了受到作者个人因素（出身、环境、教养、性格等）的影响外，还要受到时代的、社会的、民族情感的影响和制约，因而总是渗透着社会性的成分。研究近代的传奇杂剧的艺术特征，首先就必须了解近代中国的历史文化环境及社会心理和情感特征。

鸦片战争以后的近代中国社会，进入了重要的历史转折关头：从一个闭关锁国的封建帝国沦为半封建半殖民地的国家，腐朽的清王朝面临全面崩溃的危机。这时，一部分富于时代敏感性的知识分子，已经预感到封建王朝的末日即将来临。他们清醒地看到清廷的黑暗腐败，但又死心塌地效忠于它；他们明白自己没有回天之力，却又竭尽全力想要挽回危局；他们同情人民的苦难，但当人民被迫奋起反抗时，他们又本能地去反对、去镇压；他们眼睁睁地看着列强的侵略魔爪步步进逼，而清廷无力抵抗，只能徒唤奈何。面对重重矛盾，找不到救国救民的良策，他们的心中充满了痛苦和焦虑。黄燮清就是他们之中的一个代表人物。

黄燮清（1805—1864）是一位跨时代的诗人和曲家，在道咸年间影响颇大。他的剧作大部分成书于鸦片战争之前。① 早期作品以文辞华艳、声情并茂而名噪一时："哀感顽艳，声情俱绘，一时传览无虚日。"② 有人说他的特点是"尤工言情，一往而深，渺无边际"③，并说"予赏其艳而虑其流也"④。可知黄氏早期作品是与明清传奇一脉相承的。但到了鸦片战争以后，黄氏作品发生了很大变化。据其婿冯肇曾说，黄氏晚年"自悔少作，忏其绮语，毁板不存"⑤。这毁板的行动，就是他对自己少年时期创作的彻底否定，包括思想和艺术两个方面。《居官鉴》则是他后期创作思想及艺术风格转变的明显标志。

《居官鉴》以中英鸦片战争的舟山之战开场，以太平天国义军雄踞长江作结，直接面对鸦片战争后清王朝百孔千疮的危局，多方面触及了当时难以解决的各种社会矛盾，突出地表现了封建王朝已经陷入病入膏肓、无药可医的境地："元气不能支，从何调理？攻补俱迟，棘手多年矣！"他把一线希望寄托在改良吏治上，但又实在没有多大信心。主人公王文锡涕泪交流地发出了绝望的哀叹："国病难医！哪有闲情更及私？搔首皆无济，事急空流涕。"这几句曲文道出了郁积在作者心中忧国忧民的衷曲，也为作者毁板的举动做出了说明。正是这种时代酿就的感情，让作者把主人公塑造成一个公而忘私的人。他长期在外任职，远别妻子及老父，爱妾病危也顾不上管，连睡梦中都出现"夷兵"杀来的场面。作品中同样满溢着"一往而深，渺无边际"的情感，但已再不是缠绵的儿女恋情，连华文丽藻也很少出现了。《居官鉴》本是一出正剧，以大团圆的结局收尾，但在结尾三喜临门的场面里，并没有多少喜气。父子相逢，几句家常叙过，

---

① 黄燮清在1840年之前的作品计有《茂陵弦》《帝女花》《脊令原》《鸳鸯镜》《玉台秋》《凌波影》《绛绡记》等，1840年以后的作品仅有《桃溪雪》和《居官鉴》两种。
② 黄际清：《〈帝女花〉·跋》，载蔡毅编：《中国古典戏曲序跋汇编》，齐鲁书社1989年版，第2153页。
③ 陈用光：《〈鸳鸯镜传奇〉·序》，载蔡毅编：《中国古典戏曲序跋汇编》，齐鲁书社1989年版，第1143页。
④ 陈用光：《〈鸳鸯镜传奇〉·序》，载蔡毅编：《中国古典戏曲序跋汇编》，齐鲁书社1989年版，第1143页。
⑤ 冯肇曾：《〈居官鉴〉·跋》，载蔡毅编：《中国古典戏曲序跋汇编》，齐鲁书社1989年版，第2191页。

便提起"军报",顷刻如乌云压顶。家庭之喜又怎能消除国事之悲?感伤、沉郁的调子贯穿始终,全剧笼罩在浓重的悲剧气氛之中,似在为封建王朝唱着一曲悲切的挽歌。这就是黄燮清晚年剧作的基调。《居官鉴》在构思情节、塑造人物和语言风格上,也都和早期作品迥然不同(关于这个问题,下文还要分别详述)。这预示着在传奇杂剧的创作中,一代风气的巨变即将到来。

与黄燮清约略同时的范元亨(1819—1855),其所著《空山梦》,也隐约地透露出一些时代风雨的信息。范元亨本人一生遭遇蹇厄:"生而穷,穷而夭"①,只活了三十七岁。"荒江破屋,半菽不饱"②,又逢国家多难,其心境可想而知。"嗟予少寥落,发言多苍凉。别君欲何言,抚时增慨慷。"③ 这就形成了范元亨作品苍凉慷慨的基本格调,并有一股不平的怨愤时时从心底涌流。《空山梦》就题材而言是一出爱情悲剧。女主人公王容述被奸相陷害,出塞和亲,慷慨捐躯。作者没有让主人公沉溺于生离死别的儿女恋情之中,也没有让情节关目落入忠奸贤愚之争的传统窠臼,而是让主人公超脱于个人的恩与怨、爱与恨,把国家和民族的利益看得高于一切,使作品满溢着慷慨淋漓的豪情侠气。容述虽明知奸相让自己去和亲是对自己的陷害,却甘愿为国赴死。她在临行前对痛不欲生的情人说:"我以君为天下英雄,今乃为一女子说出这样话来,真可大发一笑也……我容娘呵,为君亲远靖卢龙,洒颈血扶持天地……(大笑介)请频翻青史,有几个佳人死法能如此?我和君各有当为事,怎受得相牵制?又不是无情虫蚁……有容娘担当山河,怎少得大才人护持元气?君休忆,我为君代持使节临边地,君为我快对悲风酌酒卮。"这样的胆识、气概与襟怀,在传统戏曲的女性形象中是十分罕见的。"男儿那屑受羁縻,要放诞风流才是。绝塞空山缠绵中,纯是英雄气。"在开场第一支曲子里,作者就为全剧定下了这样悲壮的基调。在男女主人公身上,作者突出了他们"目空千古",敢于向传统观念和封建礼教挑战的叛逆精神。这是作者本身思想情绪的反映:"英雄旖旎蛾眉侠,总是幽人自写真。"这首署名问园种菊稼农的题词,出自范元亨的胞妹范淑(性宜)的手笔。④ 范淑与作者感情最好,对他的了解也最深。范元亨一生处境极其困窘,但他从不肯向权贵献媚低头。⑤《空山梦》通篇不用宫调,不遵曲牌,这种对戏曲格律的公然蔑

---

① 吴毓春:《〈问园遗集〉·序》,光绪十七年刻本。
② 吴毓春:《〈问园遗集〉·序》,光绪十七年刻本。
③ 范元亨诗:《送邓八太守辅纶还武冈,时闻官军下九江,予亦将东归矣》,《问园遗集》本,光绪十七年刻本。
④ 范淑:《忆秋轩诗钞》《问园遗集》本,光绪十七年刻本。
⑤ 参见《问园遗集》,光绪十七年刻本。

视，也是他反传统精神的一种表现。主人公狂放不羁的性格，正是作者个性解放要求的一种表露。主人公满怀抑塞不平之郁闷，也是作者怨愤与忧虑的不可抑制的喷发。作者在《〈空山梦〉序》①中云："容娘之和亲，为朝廷靖边患，胜老死空谷多矣。作者写此，悲之耶抑羡之耶？"此剧的著作年代约在1841年②，正是中英鸦片战争的第二年。帝国主义的侵略，使作者无限焦虑："闻道西夷敢跳梁，仰看月落珠杓光。"③彻夜不寐的忧国之情溢于言表。作者之所悲、所羡，也就不难理解了：容娘虽为女子，尚能为国家效力；自己纵有一腔热血，却不得一展抱负，只能"老死空谷"，故而满腹幽愤，借此抒发。

民族危机的日益深重，使得每一个真诚的爱国者不再为个人的荣辱得失去排忧泄愤，也不再为阶级的没落而绝望哀鸣。他们怀着强烈的民族自尊心和民族责任感，热切地关注着国家的命运。

如果说，光绪六年（1880）问世的魏熙元的《儒酸福》主要是发泄知识分子的辛酸和不平，那么，光绪二十年（1894）刊行的《招隐居》则提出了关系国家民族生死存亡的社会问题。《招隐居》的作者钟祖芬的遭遇也是极为坎坷不幸的，但他却将个人的痛苦置之度外，念念不忘"四夷交哄，国家多事"④"酒酣以往，偶及时事，辄复脱帽哗呼，捶胸大恸。已而理檀槽，敲绰板，唱大江流水之曲。声泪俱下，恒惊过客，泣游子。归则挑灯读，吟哦不绝。少倦，奋而起，举石臼重三十斤，东西击，灯闪闪如欲灭。复舞大刀如旋风，纵横宕决……"⑤这是怎样的一种强烈感情？这是一个遭到强敌欺凌的民族的儿女们要奋起抗争，誓死不做亡国奴的神圣感情。这种感情完全能为他的同胞们所理解，同时感染着周围的人们。作者所选取的，乃是具有重大现实意义的题材：劝戒鸦片，揭露敌人企图借此杀人不见血的毒品，达到谋取"中国土地、人民、房廊、货宝"的罪恶目的。主要情节写一个人因吸食鸦片而致倾家荡产、妻离子散的悲剧故事，然而，却全然不是悲剧的格调，而是采取了"以讽作规"的荒诞剧形式："语极荒唐，词极猥鄙，穷诸丑态，写诸恶状……期以垂诫。"⑥在离奇的情节中，隐寓着深刻的哲理；在荒唐的嬉笑中，饱含着辛酸的眼泪；以诙谐的讽

---

① 此序署名问园主人，实为作者自序。
② 《空山梦》的著作年代尚未能确切考知，但据范淑《忆秋轩诗钞》可知，范淑的《题〈空山梦院本〉》作于辛丑年（1841）。
③ 范元亨诗：《鸷虎翁》，见《问园遗集》，光绪十七年刻本。
④ 李卿五：《〈招隐居〉·序》，光绪二十年刻本。
⑤ 李卿五：《〈招隐居〉·序》，光绪二十年刻本。
⑥ 钟祖芬：《〈招隐居传奇〉·自序》，光绪二十年刻本。

刺，促人猛醒；以极度的夸张，作为棒喝："一声清磬迷魂觉，几个春雷毒瘴开。"作者把一腔愤懑化作振聋发聩的热情召唤。这里没有低沉绝望的感伤情调，而是告诉人们，只有自强，只有奋斗，才是抵御外侮的唯一出路。

19世纪末20世纪初，随着中西方文化交流的频繁，西方先进的科学技术和资产阶级学说陆续传入中国。欧洲自然科学的三大发现——细胞、能量转化与守恒和生物进化论等最新科学成就使近代中国的宇宙观发生了很大变化。特别是进化论的广泛传播，对思想界、文化界影响尤大。一些有志于改革的先进人物，结合中国社会改革的需要，把进化论改造成一种反对旧制度、旧思想、旧文化的理论武器。他们用进化论来解释人类社会的变化和发展，指出封建社会的崩溃、资本主义的兴起，都是历史发展的必然趋势。由于看清了世界历史的新潮流，人们对未来社会的发展前途有了新的认识，他们不再悲观彷徨，而是开始行动起来了。这时期，对腐朽制度的愤怒鞭笞，埋葬封建王朝的战斗召唤，对英雄业绩的悲壮颂歌，对美好未来的热切向往，成为文学作品的主要内容。在20世纪的头十年中，传奇杂剧的创作以热情奔放、激昂慷慨、明朗乐观为基调。

南荃外史（贺良朴）的《叹老》，以一个名叫陈腐的老人象征旧中国，他"冉冉龙钟，奄奄龟息。四肢如废，无独立之精神；五官不灵，乏自由之思想。见者谓其心已死，谅非金石，岂能长存；医士云元气大伤，虽有参苓，恐难奏效"。这与黄燮清《居官鉴》中对于"国病难医"的描写十分相似，但作者的态度却完全不同：黄氏面对行将就木的封建王朝涕泪交流，而贺氏却为旧去新来而欢欣鼓舞。在《叹老》和贺氏的另一部传奇《海侨春》中，一位象征新"国魂"的英雄少年登场了，来接替那龙钟衰朽的老陈腐。陈腐叹道："此刻已是新旧交代的时候，老夫去矣。〔尾声〕故人不及新人好，我到此何须叹二毛。少年啊少年，只望你提挈河山休草草。"无名氏的《少年登场》也有类似的比喻。虽然由于各派政治观点的纷纭复杂，人们对于"新少年"的理解各不相同，但对于中国的未来，都寄予无限希望。人们为埋葬旧的封建王朝所进行的斗争，已经成为一种理直气壮的行动了。

青年时期的吴梅，在时代浪潮的冲击下，心中也很不平静："弄得我神思颠倒，惹得我心情烦恼。短哭长歌，奔走呼号。没人来瞧，越叫我心痒难搔。"《风洞山·首折》中的这段曲文，正是作者当时心情的生动写照。刊载于《中国白话报》上的两折《风洞山传奇》的初稿，正是20世纪初高涨的反清浪潮的产物。"风淅淅，雨潇潇，再不要贪生怕死装腔调。洒热血仰天而笑，偌大的头颅不须保，偌大的乾坤再来造。""倚仗着回天手段，驰铁马，舞金刀。髑髅乱掷东华道，把旧日的腥膻尽扫！中原，你从此是风光好！中原，你从此是文明了。"

这简直是一篇激烈的反清宣言,作者要将"沉睡的狮儿唤醒",为恢复中华而奔走呼号。革命准备时期的传奇杂剧,是时代的战鼓和号角。

辛亥革命失败后,这种格调高昂的作品就很少见到了。随着反动势力的回潮,戏剧界也出现了倒退的局面,但仍有少数以辛亥革命为题材的作品,虽然因失望和苦闷而显得有些消沉,却仍能唤起人们对斗争年代的记忆。劲草词人(姜继襄)的《汉江泪》中,不仅有对武昌起义的气势磅礴的雄伟场面的描述,而且绘出一幅五十年后新武汉的繁华图景。这种对未来的憧憬与追求,对于遭受重大挫折的人们来说,是十分可贵的。它能够给人以勇气和鼓舞。

近代八十年,社会生活的转变是那样急遽,阶级斗争、民族斗争风暴的来临是那样的猛烈,使艺术家们从古老的传说和美妙的神话仙境里回到严酷的现实中来,并投身到血与火的斗争中去。从感伤、激愤到逐渐觉醒、战斗,这是近代传奇杂剧作者思想感情发展的大致历程。社会斗争的惊涛骇浪,激起他们感情世界的层层波澜,促使他们去观察、去探求、去表现。理性的思考是那样深沉,心灵的震撼是那样强烈。或是绝望地哀泣,或是冷峻地讥诮,或是辛辣地嘲讽,或是勇猛地呐喊;激情在奔突,在爆发。旧的思想的藩篱被冲垮了,传统的体制和格律也无法维持其神圣的约束力,内容与形式的和谐统一也被彻底打破。传奇杂剧这一古老的艺术形式,渐次失去了它的典雅含蓄、文采风流、工整匀称的传统风格。

## 二

随着社会思潮和文学观念的急剧变迁,近代的戏剧观也发生了根本的转变。新的戏剧观的形成,又决定了这一时期的戏剧作品在题材、思想、形式、手法和风格诸方面的相应变化。

明清以来,古典的传奇杂剧逐渐沦为供少数特权阶层消闲享乐的御用艺术,因而,它以满足人们审美的、娱悦的要求为主要职能。注重形式美,是很自然的。古典的戏剧批评,也把文采和格律作为品评作品高下的主要依据。这种倾向,直至道光年间仍占压倒优势。黄燮清的早期剧作,便是以"穷其诡丽"为追求目标的。黄氏晚年的毁板举动,是他与传统戏剧观决裂的标志。在国家民族危难的时刻,再去创作和观赏那些缠绵悱恻的华文绮语显然是不合时宜的。"聊借管弦鸣吏治,他年歌舞祝升平。"这是他创作《居官鉴》的目的,也表明了他晚年的戏剧观。他借用戏剧的形式,表明自己对于解决各种社会矛盾的看法和主张,向当局者出谋献策,希望能够引起朝廷和社会的注意。《风洞山·首折》中有一个细节,表明吴梅也有类似的看法:副末听见里边大吹大擂的声音,表示十分不满，问道："那边演什么戏？这等世界，还要作乐？"认为在国破家亡的时刻不能容忍供人寻欢作乐的戏剧演出，这反映了具有爱国心、民族感的人们的心理和情绪。

资产阶级运动兴起后，改革派和革命派都积极提倡戏剧改良。梁启超以西方资产阶级文学运动为榜样，明确地把小说和戏剧等文艺形式当作政治斗争的武器和宣传工具，要利用它们"把一国的人从睡梦中唤起来"①，将戏剧的功利性强调到前所未有的程度。他所著《新罗马》等三种传奇，不仅以全新的题材、全新的思想，为传奇杂剧创作开辟了新的领域，而且以他那"野狐"式的语言，冲垮了森严的戏曲格律。这对于传统的戏剧观，更是沉重的一击。辛亥革命前十年间，剧坛风气大变，从过去注重形式技巧转变为强调思想意义，从文胜质到质胜文，来了个大翻转。这种转变，对于近代传奇杂剧艺术特征的形成，具有重大影响。

戏剧观的转变和戏剧题材的广泛开拓，使近代戏剧的发展进入一个崭新的境地。传统的形式和手法，已不能适应不断发展的新形势。于是，便开始了新的探索与追求。

这种艺术上的探索与追求自然还远非精妙完善，它带有过渡期所特有的混乱和缺陷。"刚离开发展的前一阶段而还不能达到下一阶段"②，近代传奇杂剧的艺术特征便是在这样一种特殊的历史条件下形成的。

近代传奇杂剧在表现手法上的一个明显特征是多采用各种借喻形式和象征性手法。因为他们的创作往往旨在宣扬一种观点，鼓吹一种主张，所以多从抽象的概念出发，进入创作过程。而借寓的形式和象征性手法恰恰是利用形象化手法表现抽象思想观点的最方便、最适宜的形式。

有的作品假托童话或寓言故事，以拟人化的手法表现一定的思想寓意。如洪炳文的《警黄钟》《后南柯》，便是以蜂、蚁喻人，借蜂、蚁的团结一致，抵抗外侮，并取得最后胜利的故事，宣传爱国主义、民族主义思想。贺良朴在《叹老》中，以一个"幅巾、绦袍、眇目、跛足"的老人，象征旧中国：跛足扶杖，象征其"四肢如废，无独立之精神"；眇目龙钟，象征其"五官不灵，乏自由之思想"。又以英雄少年象征新国魂，以新老国魂的交接，象征20世纪是新旧交替的时代。这些比喻，都颇具匠心。钟祖芬的《招隐居》则把烟灯、烟壶、烟签、

---

① 梁启超：《劫灰梦传奇》，载阿英编《晚清文学丛钞·传奇杂剧卷》，中华书局1962年版，第688页。
② 黑格尔：《美学》第二卷，商务印书馆1981年版，第102页。

烟枪、烟刀、烟盘、烟石、烟盒比作燕邦八将，让它们都幻化作人的形象，威风凛凛，杀奔前来，以喻鸦片危害之深，足以招致亡国灭种。袁蟫的《暗藏莺》则把鸦片幻化为美女形象，以其柔情和魅力来和人们纠缠。这些作品，都是以形象来表达抽象的思想观点，比那些直接发议论或单纯抒情的作品要生动多了。但是，寓言和象征性手法本身，便是作者既定的思想观点的一种体现，形象只是寓意的图解和说明，是一种表面的、个别的具体化，而不是现实生活的生动再现。借喻形式和象征手法在作品中大量出现，是戏剧创作趋向图解化的一种征兆。

还有些作品，假托梦境来表现现实生活中一时难以实现的理想或意愿。如陈季衡的《非熊梦》，写武陵渔人夜梦率兵东征，击败了沙俄侵略军；陈天华的《黄帝魂》和姜继襄的《汉江泪》都是借梦境来展现作者理想境界中五十年后的中国繁华景象；欧阳淦（惜秋）等合著的《维新梦》则是假借徐自立梦中实行改良，取得辉煌成就，来宣扬作者变法维新的政治主张。

假借外国题材或历史故事，借外喻中，借古讽今，也是常用的手法。前者如《新罗马》《断头台》《血海花》等，都是借用西方资产阶级革命故事来进行民主革命的启蒙教育，后者如《风洞山》《悬岙猿》《碧血花》《指南梦》等，借宋末、明末抗元、抗清的斗争史实，宣扬汉族人民光荣的民族传统，以进行反清斗争的思想发动。

采取各种借寓、假托的形式，旨在表达一定的思想、情绪或哲理。其特点是借题发挥，意在弦外之音，而不限于形象或所讲述的故事本身。这些形式和手法，虽不是近代所创，但它在此时集中地、大量地被选用，乃是历史潮流所要求，是为开拓戏剧领域，扩大戏剧表现力所做的一种努力与尝试。

在结构形式和艺术手法上，近代传奇杂剧对于古典传统有所突破。

古典传奇杂剧一般情节比较单一，矛盾比较集中，故事围绕着一两个中心人物展开，线索很清楚。近代传奇杂剧把反映现实斗争作为自己的主要题材，而近代的斗争矛盾错综复杂，场面宏伟多变，因而出现了多头绪的结构和众多的中心人物。如《新罗马》，反映意大利统一运动，"前后亘七十余年，书中主人翁凡四五人"[1]，将"十九世纪欧洲之大事皆网罗其中"[2]。马志尼、加里波第、加富尔等几条线索交错进行。梁启超确有冲破陈规的气魄，但如何将这么众多的人物

---

[1] 扪虱谈虎客：《新罗马》批注，载阿英编《晚清文学丛钞·传奇杂剧卷》，中华书局1962年版，第520页。

[2] 扪虱谈虎客：《新罗马》批注，载阿英编《晚清文学丛钞·传奇杂剧卷》，中华书局1962年版，第524页。

和纷繁的矛盾有主有次、有条不紊地组织成一台戏剧，显然是一个难题。预计写四十出的《新罗马》刚写到第七出便搁笔了。《风洞山》写南明的抗清斗争，以瞿式耜、张同敞为主，"借王永祚之子开宇、于元烨之女绀珠为生旦，而当时永历帝遗轶为经纬"①。一般传奇，向以生旦为主人公。《风洞山》中虽有生旦，也有一段才子佳人的爱情故事，却并不是该剧的主人公，而以瞿、张的反清斗争为主线，打破了以生、旦为主的旧例。

传统的结构，一般按照事件的自然顺序，原原本本、从头到尾敷演下来。一组矛盾单线发展，直线上升。这种结构到近代末期也有所突破。叶楚伧的《落花梦》的结构，便经过剪裁和提炼。全剧仅四出，十分紧凑，一开场便处于矛盾冲突即将激化的时刻，随着剧情的进一步展开，将过去已经发生过的矛盾放在现时正在发展的冲突之中逐步揭示。过去矛盾的充分揭露，成为导致现时矛盾冲突进入高潮的动力。这种结构方法，已经有些类似话剧的分幕法了。

我国戏曲与叙事体说唱文学本来有着密切的血缘关系。自从杂剧、传奇体制形成以后，便基本上将叙事因素排除于戏剧形式之外，主要剧情都由剧中人用代言体形式表现出来，叙事形式仅只在剧前的"家门"和个别场次留有一点痕迹。近代却出现了叙事与代言相结合的表现手法，如姜继襄的《汉江泪》《金陵泪》。《汉江泪》以辛亥革命武昌起义为题材，分前后两本，前本表现武昌起义前后的重大历史事件的过程，均由香雪道人口中叙出，夹叙夹议，曲白相间。曲文主要描写场景，兼及抒情；说白讲述事件经过。后本则以实景表现主人公梦游五十年后新武汉的情景。前后两本，一实一虚。《金陵泪》写1913年国民党二次革命，全部事件经过均由劲草词人口中叙出。这种表现方法将叙事、议论、抒情三者融为一体，使叙事因素与戏剧因素相结合，与布莱希特的叙事体戏剧结构有些类似，但比布莱希特还要早几十年。

近代传奇杂剧的创作中表现出相当严重的图解化、概念化倾向。

传统戏曲大多以曲折动人的故事情节取胜。大抵先有一个引人入胜的传奇性故事，然后根据故事情节设置戏剧冲突，塑造人物形象。近代传奇杂剧的创作，情况却有很大的不同。大致可分为以下几种类型：

第一种类型是先确立主旨，然后根据主题构思情节、设置人物。这种创作倾向，在《居官鉴》中便已见其端倪。《居官鉴》没有贯穿始终的中心事件和戏剧冲突，也没有曲折动人的情节，只是罗列了主人公王文锡一生的"政绩"。而王文锡的所作所为，又是作者政治主张的图解。这种创作倾向产生于作者已享有一

---

① 吴梅：《覆金一书》，载《二十世纪大舞台》第二期，1904年。

定声誉、艺术上相当成熟的晚年,更值得引起深思。即使在《居官鉴》中,某些细节的描写和心理刻画,仍表现出作者的深厚功力。如第二十六出《传鉴》,写夫妻、父子、母子久别重逢,颇具生活情趣,将母亲的慈爱,孩子的娇憨,以及孩子见到久别的母亲时那种天真、喜悦的情态,都由父亲口中娓娓道出,使全场人物的感情交流表现得淋漓尽致。然而,细节描写的高超技艺仍改变不了全剧的概念化的缺陷。

《招隐居》以宣传禁烟为主旨,全剧围绕禁烟的必要性和吸烟的危害性组织情节。主人公魏芝生在该剧的前半部坚决反对吸食鸦片,抵制种种诱惑;后半部,他自己不幸也染上了烟瘾,这时,在他身上又充分体现了吸食鸦片的种种恶果。魏芝生这个人物便从正、反两方面来体现主题,将截然相反的两种类型人物的品格集中于一身。这种性格的突变,使主人公前后判若两人。虽然据作者说他写这个人物有一定的生活依据①,然而这样的艺术形象,毕竟很难令人信服。

辛亥革命前后,这种图解化、类型化的倾向更加明显和普遍化了。如《维新梦》,根本没有什么情节和冲突,只是罗列了主人公徐自立进行维新改良所采取的各项改革措施,毫无戏剧性可言。当时,像这种类型的作品,为数不少。

第二种类型是表现现实斗争题材的作品。这类作品,大多以真人真事为素材,通病是照搬枯燥的事件过程,情节平直单调,缺乏戏剧冲突和戏剧动作,人物缺乏个性与神采。吴梅对当时的两个短剧《革命军》《新中国》曾提出过这样的批评:"邹慰丹上台至下场,坐也不坐,动也不动,耍也不耍。张着口,一口气唱到下场,仅叹了数口气完结了。排场之不讲究,如此其极。《新中国》亦然……"②这一批评,还是切中要害的。

第三种类型是抒情加议论的短剧。这些短剧只有一出或两出,只有极简单的情节或根本没有情节。如梁启超的《劫灰梦》、玉桥的《广东新女儿》、觉佛的《活地狱》等。类似化装演讲,有的简直就是抒情散曲,人物形象当然就更谈不上了。这类作品,实际上已经不称其为戏剧了。

在近代戏剧中,插入脱离剧情的长篇议论文字,是一种时髦做法。在19世纪末期的作品中,便已有所表现。如《招隐居》第二出中有一首《戒烟歌》,长达一千二百字。作者还专门加了这样的说明:"此段正文,演者须台前朗诵。"作者的意图就是要演员此刻脱离剧情,郑重其事地在台前做长篇宣讲。这种做法

---

① 钟祖芬《〈招隐居〉·自叙》,"先年李箫楼诸公,作《烟鬼戒烟》等歌,词意兼美,音韵铿锵,久欲效之,而无能出其范。不意中年染疾,己亦沉溺此道,因撰此一剧"。
② 吴梅:《覆金一书》,载《二十世纪大舞台》第二期,1904年。

在辛亥革命前的思想发动阶段就更为普遍。就连素以艺术上严谨著称的吴梅，亦未能逃脱当时环境与风气的影响。1904年年初，《风洞山》在《中国白话报》上发表的那两折初稿，就与全剧没有什么必然联系，尤其是《首折》中那一套招国魂的曲子（共九支），完全可以独立出来，成为一篇激烈的宣传鼓动文字。那显然是作者在为激情所主宰时，不由自主地倾泻出来的。一年以后，当作者对全剧重新进行审定时，将此两折全部删去。作为戏剧艺术家的吴梅终于取得了胜利。

借用戏剧形式发表时事演说，是近代文艺思潮的一种反映。在初期话剧运动中，有所谓"言论派老生"，专门在戏剧演出中脱离剧情做长篇的时事演说。有人主张传统戏曲也应该采用此法："戏中有演说，最可长人之见识。"① 一篇精彩的演说，确实能够激动人心，给人以启发和教育；但是，它并不是戏剧。戏剧中的抒情和议论如果不能和情节与行动融为一体，就不能成为戏剧的有机组成部分，而是多余的赘瘤，破坏了情节的连贯性和结构的完整与严谨。

戏剧作为一种艺术形式，是有其独具的艺术规律的。没有构成基本情节的戏剧冲突，缺乏具有鲜明个性的戏剧人物，戏剧便没有了生命。深刻的思想内容固然是戏剧的灵魂，但是，它必须通过具体的、活生生的艺术形象被观众所感知。"人物性格不应该只是一些抽象旨趣的人格化……深刻的思想情感和堂皇雄伟的意图语言也并不能弥补这个缺点。戏剧人物必须显得浑身有生气，必须是心情和性格与动作和目的都互相协调的定型整体。"② 戏剧的这种独具的艺术特质与规律是任何时候都不能违背的。它不受任何外界的倾向、条件和情感因素的影响和制约。戏剧和其他文艺形式一样，有其变化性的特征和不变性的特征，"正是由于情感和艺术形式的变化性成分和不变性成分的相互关联、交织和渗透，才使得艺术形式在不改变自己基本特征和运动规律的前提下……随着时代、民族、传统的不同而变化；也正是由于这种渗透和交织，才使得伟大的艺术形式既能为一定的社会目的服务，又可以成为整个人类的共同财富为所有民族和地区的人所欣赏。"③ 近代传奇杂剧对于传统的格律、体制、表现手法等可变性成分都有所突破，顺应时代要求，大胆创新，推动戏剧向前发展，这是它不朽的历史功绩；它在艺术上的失败，并不是它强调戏剧的社会功能的必然后果，而是在于忽视了甚至违背了戏剧艺术所必须具有的某些不变性特征。当然，也就不可能使戏剧作品

---

① 三爱（陈独秀）：《论戏曲》，载《新小说》第2卷第2期，1905年3月。
② 黑格尔：《美学》第三卷（下册），商务印书馆1981年版，第265页。
③ 滕守尧：《艺术形式与情感》，载《美学》第四期，1982年10月，上海文艺出版社，第158页。

达到它所应达到的社会目的和艺术效果,没有能产生出那个时代的里程碑式的大家和名著。这个教训,是值得永远记取的。

## 三

近代戏剧的对象由宫廷、贵族转向普通民众,题材由历史的、神话的转向现实的、社会的,戏剧的职能由以娱人为主转向以教育人为主。这一切,都不能不影响到它的语言风格。

近代传奇杂剧在语言上的最显著的变化是从典雅、华丽、雕琢转向通俗、质朴、自然。以黄燮清前后期的作品做一比较,就能看到这些变化。黄氏的早期作品,文辞华艳诡丽,而晚期剧作《居官鉴》的曲文,则以白描为主,采日常口语入曲,亲切自然,如叙家常。如第六出,王父给王文锡写家书,有这样几支曲子:"〔皂罗袍〕父示吾儿知悉,我平安无恙,精力堪支。纵然白了几吟髭,尚能健饭廉颇似。只要你声名爱惜,官方自恃,功名建立,亲怀自怡。这便是老境真欢喜。""〔解三酲〕你妇妾能修甘旨,你儿郎解读书诗。我年来已有归田志。不烦他朝夕扶持。只怕你官斋寂寞无人侍,须索要眷属团栾慰尔思。休牵记,把家常儿女附笔言之。"这样自然流畅的曲文,在《居官鉴》中随处可见,构成了它的基本语言风格。《招隐居》的语言,也是很少人工雕饰的,质朴、俚俗而不粗鄙。如写魏芝生卖妻,夫妻分手的一支曲子:"〔朝天子〕明晃晃银河,乱慌慌打桨。别离船,东西向,一篙拨散鸳鸯舫。听骊歌,凄惨唱,只为着床上一灯,灯前一棒,棒一家,妻离夫旷!一个羞惭,一个悲伤,这般情,真苦状。"(第十六出)用比兴手法,形象的语言,表现了夫妻离别时的不同心情,语言自然本色。说白中采用了不少四川口语。在剧中占重要地位的《戒烟歌》不用曲牌填写,而是采用了民间俚曲的形式:"醒世言,十分精彩;训俗箴,半杂诙谐。急忙忙跳出圈儿外。这歌儿,不须费解。"(第二出)这样通俗的歌谣,一般群众都能理解和接受。

到了近代的后二十年,戏剧语言开始发生了质的变化。大多数作品都具有新旧交替时期的鲜明色彩,留下了时代前进的足迹。

近代在各方面都处于我国历史发展的新旧交替的时期,语言也不例外。科学技术的突飞猛进,礼仪习俗乃至服饰用具的弃旧更新,使得新事物、新思想、新知识、新词汇层出不穷,复音词、外来语大量出现。这些变化,不可避免地要在戏剧(尤其是现实题材和外国题材的戏剧)中反映出来。但是,在传统戏曲中,早已形成了一套语言程式,一时又不可能完全改变过来。于是,便出现了新旧兼容的复杂状况,戏剧语言显得混乱、芜杂,甚至荒唐可笑。旧的和谐与平衡被打破了,后期作品多数都失去了前期的自然流畅的特点。如梁启超在《新罗马》

中，写意大利烧炭党人痛骂梅特涅的一段："你便假假地兴些教育，也是束缚言论自由、思想自由、出版自由，教那青年子弟，奄奄靦靦无生气。你更狠狠地讲求军备，添出许多纳税义务、当兵义务、守法义务，却把人民权利、桩桩件件剥光精……千刀王莽，刲尽你的臭皮袋；三冢蚩尤，磔透你的恶魂灵。你的头便是千人共饮的智瑶器，你的腹便是永夜长明的董卓灯。则那全欧洲人民，悬彩旗，放花爆，欢呼着民权万岁。便有耶和华天使插双翼，下尘寰，高叫道天下太平。"这段曲文简直像个大拼盘，新名词、外来语、旧典故在一起排比叠用，王莽、蚩尤、董卓和耶和华天使相提并论。这些话，出自一个意大利人之口，如何不令人喷饭？像这样的例子，在近代传奇作品中并不是个别现象。有些作品中，还夹杂着几句英文。严格的曲律规则早已荡然无存，和谐铿锵的韵律也遭到破坏。由于有些新词汇字数很多，曲牌已经成为一种明显的枷锁。说白比例大大增加，多数作品已经由以曲为主变成以白为主，说白也大多摒弃了四六对仗的骈文骊语，改为白话。戏剧语言朝着散文化、通俗化、口语化发展，要求摆脱格律，甚至进一步摆脱音乐的束缚。这是戏剧面向近代丰富多彩的现实生活的必然结果。近代传奇杂剧的这种语言变化，是戏剧语言开始进入新旧递嬗的重要演变过程的标志。用现实生活中的活语言去逐步取代那些在生活中早已消亡了的和行将消亡的戏剧语言程式，这是戏剧发展到一定阶段所必须经历的代谢过程，尽管在这个过程中要出现一个极为混乱的、不协调的过渡阶段。正是这种混乱与不协调，孕育着新的更加完美的平衡与和谐。这种语言变化，在我国的戏剧发展史上，具有重要意义。

在语言的性格化方面，近代传奇杂剧的多数作品都存在着明显的不足。标语口号式的演说辞和脱离剧情的抒情与议论是流行的通病，即便是结合剧情的议论与抒情，也是千人一口，传作者之声，缺乏人物的个性特征。这与这一时期创作上的概念化倾向是分不开的。既然作品中真正具有个性的人物不多，语言的性格化自然就更谈不上了。当然也有例外，吴梅就是很重视戏剧语言性格化的。他的作品中，无论曲文和说白，都很符合人物的身份和个性。如《风洞山》的曲文，于绀珠缠绵典丽，王开于文采风流，瞿式耜苍劲悲壮，于元烨庸俗粗鄙。该雅则雅，该俗则俗，如闻其声，如见其人。然而在近代，这样性格化的戏剧语言，不过是凤毛麟角，实在为数不多。

我们不能单纯以成败论英雄。处于戏剧发展承上启下时期的近代传奇杂剧，不管在艺术上有多少瑕疵，但它到底具有许多时代所赋予的重要艺术特征。研究这些特征的形成、演变过程和规律，具有很高的文学史价值。这是一片肥沃的处女地，正期待着开垦和耕耘。

（原载《中国近代文学研究》第二辑，广东人民出版社1985年版）

# 近代传奇杂剧对传统
# 戏曲形式的维护与背离

## 康保成

曾经是中国戏剧成熟之标志的杂剧和稍后兴起的戏剧形式传奇,到鸦片战争前后,已经走过了五六百年的历程。其间曲折往复,终趋委顿。近代以来,传奇杂剧一度颇具"中兴"势头,继而复又销声匿迹。如何看待近代传奇杂剧的形式特点及其在中国戏剧史上的地位?这一问题近年来引起人们的关注。有人指出,在近代,"传奇和杂剧的规律大半被突破",已失去原有的严格概念;造成传奇杂剧体制崩溃的原因,一是地方戏曲的繁荣,二是西方文化的影响;传奇杂剧在体制上的变化,使它成为中国古典传统戏曲向现代话剧转变的过渡形式。① 有人则认为,歌、舞、剧的高度综合是中国戏曲艺术发展的一个根本规律;传奇杂剧到地方戏,是中国戏曲高度综合发展的必然结果,而并不是向话剧的"过渡"。② 这两篇文章在探讨近代传奇杂剧体制特点的同时,还都涉及究竟存不存在戏剧的"世界性潮流"问题。本文拟就上述问题谈谈自己的看法。

一

近代传奇杂剧是从元杂剧、明传奇发展而来的。

按照通例,元杂剧的体制要求是:每剧四折一楔子;每折为同一宫调的一套曲牌;一人主唱;所唱曲一般为北曲;剧末有"题目正名";等等。在以上诸条中,四折一楔子在元代即不大被恪守。据徐扶明先生《元代杂剧艺术》统计,在《元曲选》中,没有楔子的就达三十一种;名剧《西厢记》《西游记》《娇红记》《赵氏孤儿》《五侯宴》等都不是四折。但曲牌联套的要求却非常严格。明

---

① 梁淑安:《近代杂剧的嬗变》,载《中国社会科学》1983 年第 3 期。
② 马也:《论中国戏曲的发展规律》,载《中国社会科学》1986 年第 1 期。

末清初的周亮工曾这样概括说："元人作剧，专尚规格，长短既有定数，牌名亦有次第……其曲分视之则小令，合视之则大套，插入宾白则成剧，离宾白亦成雅曲。"① 笔者曾把这一特点叫作"曲本位"，并对其形成原因进行过探索。② 此处不赘。过分着重"曲"，则必然排斥"戏"，忽视戏剧性。因此，从元杂剧开始，中国戏曲就在寻求戏剧化的道路，一步步挣脱"曲本位"的束缚。

明传奇的主要优势，就在于每出曲牌不一定同一宫调，并且基本上所有角色都能唱，又多有南北合套者。于是，在戏曲的戏剧化进程中，传奇从明初就取代了杂剧的盟主地位。万历初，梁辰鱼编写了第一部用昆山腔演唱的传奇《浣纱记》，传奇和昆曲就往往成为两位一体：前者指文学体制，后者指音乐唱腔。清乾隆时期，昆曲为了同"乱弹"争夺观众，改演折子戏为主，从一部传奇中抽出一折或几折精彩的表演。这样，昆曲虽还方兴未艾，但传奇实际上已经衰落。传奇和昆曲，也就由二而一变为一而二。

杂剧和传奇无论在繁荣期还是衰微期，都不断在剧本体制方面做出一些调整。如上所述，杂剧在元代已不严守四折一楔的规则。明徐渭以南曲作《四声猿》，四折四个故事，所有角色都能唱。清初朱素臣等人的《四奇观》、洪昇的《四婵娟》，都仿效《四声猿》。唐英《古柏堂传奇》中有独折戏，杨潮观《吟风阁杂剧》三十二种全为独折戏。就传奇而言，明代万历间屠隆作《昙花梦》，终折无一曲，卢冀野先生称其为有戏无曲，不得称为"戏曲"③。明末清初以李玉为代表的苏州派，尽量压缩剧本篇幅，以利于实际搬演。清中叶时传奇每剧十出左右已不稀奇，韩锡胙编《砭真记》传奇，全剧仅六出。

传奇杂剧体制上的调整，是戏曲不断戏剧化的结果。李笠翁和王国维，这两位卓有建树的戏剧理论大师，都早已明确认识和高度评价了中国戏曲的戏剧化进程。他们指出，元杂剧只在"曲"的方面使后人无法企及，而在结构、关目、宾白、角色、排场诸方面，都不足效法。基于对戏剧性的要求，李笠翁讥讽过大名鼎鼎的汤显祖④，王国维则认为清代剧本比元杂剧"略有进步"⑤。事实的确如此，中国戏曲的戏剧化进程，必须以挣脱"曲本位"的束缚、削弱文学性为

---

① 周亮工：《书影》（十卷本），上海古籍出版社1981年版，第22页。
② 康保成：《戏曲起源与中国文化的特质》，载《戏剧艺术》1989年第1期。
③ 卢冀舒：《中国戏剧概论》，南国出版社1944年版。
④ 李渔《闲情偶寄·词曲部》说《牡丹亭》中"袅晴丝吹来闲庭院"一曲，"百人之中有一二人解出此意否？""此等妙语，止可作文字观，不得作传奇观。"
⑤ 王国维：《三十自序（二）》，1907年刊于《教育世界》第152号，后收入《静庵文集续编》；录自方麟选编《王国维文存》，江苏人民出版社2014年版，第700页。

代价。

近代传奇杂剧是在中国戏剧不惜牺牲文学性换取戏剧性的大氛围中呈现出"中兴"状态的,这种"中兴",一开始便表现出与近代戏剧总体发展趋势的某种逆向性。卢冀野先生指出:"中国戏剧史是一粒橄榄,两头是尖的。宋以前说的是戏,皮黄以下说的也是戏,而中间饱满的一大部分是'曲的历程'。"① 这就是说,以皮黄为代表的"乱弹",已将戏曲从以作家、剧本为中心重新拉回到以演员、演出为中心的路上来了。然而,近代某些传奇杂剧作家却硬要逆戏剧发展潮流而动。署名"古越高昌寒食生"的《乘龙佳话》传奇"序"宣称,他的这部作品,就是为扭转乱弹繁盛,"而昆曲不兴,大雅沦亡"的形势而创作的。② 虽然这类作家为数不多,但旧瓶装新酒——把新编的故事装进旧的形式中,实在是近代传奇杂剧总的特色,这与皮黄等剧种在形式上的革新恰相抵牾。

吴梅是近代最有成就的传奇杂剧作家。他在政治上并不保守,但在戏剧理论和创作实践方面,都带有明显的复古倾向。他的杂剧《湘真阁》《惆怅爨》《义士记》《双泪碑》《轩亭秋》,均为每剧四折或五折,有的另有楔子,且用北曲。他的传奇《风洞山》二十四折,《苌弘血》十二折,《绿窗怨》四十九出,大体用南曲。吴梅非常强调按律填词。他在力作《风洞山》"例言"中说:"今作此本,穷日之力,仅得二三牌。而至艰难之处……往往以一字一音,至午夜而仍未妥者。"这显然与当时剧坛的发展走向背道而驰。

晚于吴梅的高步云,作有《彝陵梦》传奇,俞平伯在作品的"序"中说:"套数体格,一仍旧规。"③ 阿英编的《晚清文学丛钞·传奇杂剧卷》共收作品三十一个,大体上是遵循旧的体制的。有的作品破了例,作者便声明是不得已而为之。例如书中所收传奇,从十出左右到几十出不等,出目均为两字,第十出或为"传概",或为"前提""宣意""场白""楔子",其作用是提示剧情,与早期传奇没有大的区别。另有上、下场诗,全用韵文。音乐体制全用曲牌联套,且多按谱填词。如李慈铭《越缦生乐府外集》称:"素不识曲,依谱填之,按于宫商,亦往往有合。"华伟生《开国奇冤》"旨例"云:"……而行箧中曲谱不备,仅《桃花扇》传奇一册,即用为格调之规矩。"洪棣园的《警黄钟》是近代传奇中破例最多的作品之一,但作者几度声明,这种破例是迫不得已的,并且古已有之。例如,作品第四出有白无曲,作者注云:"此折以副净丑末等上场,长于打

---

① 卢冀野:《中国戏剧概论》,南国出版社1944年版,序第2页。
② 阿英编:《晚清文学丛钞·传奇杂剧卷》,中华书局1962年版,第16页。
③ 庄一拂:《古典戏曲存目汇考·附录一》,上海古籍出版社1982年版,第1750页。

诨插科，每不便于填曲，故以九首十七字令诗代之。前人成作，亦有一出之中无曲，非自我作古也，阅者谅之。"第五出又注云："女士谏疏，既按曲谱，又合章奏体裁，最难着笔。稍有遗漏，亦限于韵、囿于句、拘于格耳，阅者谅之。"梁启超的《新罗马》，是近代最有名的"洋装戏"（即外国故事戏）之一，但也依照传奇体制。第二出，作者杜撰了几个女烧炭党人上场，扣虱谈虎客（可能即作者本人）在出末批注说："烧炭党中有此等人否，吾不敢知。窃疑作者以本书旦脚太少，不合戏本体例，故著此一段耳。"

例子已经举得太多，无非是想说明，近代的传奇杂剧作家，许多人还不是有意要打破旧的戏剧体制。恰恰相反，他们倒是尽量使自己的作品合于旧的体制。

尤其令人惊叹的是，某些词场老将，竟能"点铁成金"，斤斤返古，使时事戏、洋装戏的语言风格与传奇杂剧的体制相协调。请看吴梅《轩亭秋》"楔子"中秋瑾的两段唱词：

〔仙吕赏花时〕是俺个不受征调的雌木兰，往常时，犹自骏马长鞭要做一番。今日呵，拂袖下神山。则俺热心儿，肯被这天风吹散。（带云）若还向乡里小儿，说白道绿呵，则怕别人家颠倒要恶心烦。

〔幺篇〕多谢你车马江干送我还，更一曲阳关别调翻，俺呵早飞梦家山。猛可里，把程途急攒。呀！便抵得个易水萧萧白日寒。

这样的曲辞，置于元明杂剧中也难以区分。宾白也一样，《新罗马》首出"楔子"，副末扮意大利人，开场白以上场诗起首，下面的文字也力求对仗。

毫无疑问，在维护传统戏曲形式方面，作为案头文学的传奇杂剧，比近代任何一个剧种都表现得更加明显。

## 二

然而，皮黄等地方戏曲对传奇杂剧的影响毕竟是不可忽视的。

有人认为，"传奇体制的本质特征在于它的曲牌联套"①。但是，近代前夕，偏偏出现了板式体的传奇剧本。道光九年（1829），"瀛海勉痴子"的《错中错》刊印。据严敦易先生介绍，这是一部用二黄编制的传奇。全剧三十六出，每出均有上下场诗，其"开场"云："昨在共庆园中看了一本传奇，名为《错中错》。"这与明初以来传奇的"副末开场"相同。但全剧未用任何曲牌，而采取三、三、

---

① 马也：《论中国戏曲的发展规律》，载《中国社会科学》1986年第1期。

四句格，是典型的二黄句法。① 道光二十年（1840），又有"观剧道人"《极乐世界》出。周贻白《中国戏剧史》说该剧："唱词全为十字句，遣辞造语颇多藻饰，盖仍以作传奇之法作皮黄。"再晚些时候，余治的《庶几堂今乐》，其实也是传奇体制的京剧剧本。

　　板式体传奇剧本的出现，最能说明皮黄对传奇体制的冲击。按照某些同志的看法，这种剧本已不能叫传奇。其实，传奇、杂剧只是剧本的文学体制，而曲牌式或板腔式是音乐体制，二者本来可合可分。道光以来，皮黄戏渗透到传统戏曲的各个"领地"。文人以传奇之法作皮黄，正是为传奇杂剧这种古老的剧本文学寻找新的音乐体制的一种探索。当然，这种探索失败了。包括余治的《庶几堂今乐》在内，这类剧本基本上没有争得舞台生命。这说明，当中国戏剧已经选择了戏剧性而舍弃文学性的时候，传奇不仅回天无力——不能再度繁荣，而且也无力向地方戏曲过渡。

　　与此同时，近代传奇杂剧受到西方戏剧文化的深刻影响，因而在角色安排、布景道具、身段提示、戏剧语言诸方面，都有明显的"西化"趋势。

　　近代传奇杂剧作家中，有学贯中西的文学家、维新思想的积极推行者，如梁启超、柳亚子、叶楚伧、林纾、洪炳文、陈天华等，他们对西方戏剧也都或多或少有过了解。梁启超鼓吹戏曲改良，就是由于受到西方戏剧文化的影响。1907年，中国留学生在日本上演的第一出话剧《黑奴吁天录》，其剧本首先是由林纾翻译过来的。叶楚伧也翻译过一个美国剧本，译名《中莃》。他在译者"序"中对传统戏曲表示了极大的不满，并说："小凤（叶楚伧笔名）有友六七，能言西剧。凡今大都名作，言之琅琅……为择欧美名剧，编译成章。谓为稗贩可也，谓为药石可也。"这与王国维、齐如山、欧阳予倩、胡适、傅斯年、刘半农、钱玄同等人早年不满我国旧剧，欲以西方话剧代替之或改造之的观点不谋而合。近代传奇杂剧作家处于从辛亥革命到"五四"前后这一特殊的历史时期，他们的创作，在形式上怎么也摆脱不了西方"写实"派的影响。

　　在戏剧语言方面，"曲"的比重大幅减少、"白"的比重明显增加的趋向很明显。虽然减曲增白，甚至终折无一曲的现象古已有之，但类似近代作品中一出戏长达五千八百字科白（如《开国奇冤》第三出《公审》）的现象从未有过。近代传奇杂剧中的白多曲少，不是偶然的个别现象，而是因受西方话剧影响，所呈现出来的一种普遍的发展指向。

　　在角色安排上，林纾所著传奇三种，未见一个旦角，这是以前的传奇中没有

---

① 严敦易：《元明清戏曲论集》，中州书画社1982年版。

过的。洪炳文的《后南柯》则有旦无生。作者在该剧"例言"中称:"传奇体制,必兼男女英雄,脚色方为全备。兹编以周弁之妹陪出公主,公主为女中之才,周氏为女中之侠,两两上场,亦称全备。"无论怎样辩解,两个旦角总不能代替生旦俱全。梁启超的《新罗马》,也打破了第一出正生或正旦登场的惯例,而以净丑上场。扪虱谈虎客注云:"凡曲本第一出必以本书主人公登场,所谓正生、正旦是也。惟此书则不能,因主人公未出世以前,已有许多事应叙也。于是乎曲本之惯技乃穷,既创新格,自不得依常例矣。"

在服装、道具、化装的提示方面,近代传奇杂剧中的时事戏、洋装戏与传统戏曲几乎没有相同之处。《新罗马》第一出:"净燕昆礼服,胸间遍悬宝星,骄容上。"在《三百少年》中,"武生西装策马上"。《轩亭冤》第六出:"旦辫发西装上。"《苍鹰击》第十出:"生便服内袭西装怀手枪上。"第十五出:"生警帽军服皮靴佩刀扮田丰、靴统藏手枪两柄上。"《六月霜》第八出:"旦日本女装,持倭刀,扮秋竞雄上。"诸如此类,举不胜举。

在布景方面,《六月霜》第十四出标明:"场上供小影,设祭筵,旁悬挽联,大书'一身不自保,千载有雄名'十字。"《断头台》剧中,有西洋菜席。就连吴梅的《无价宝》传奇,也标明:"场上布置书室,正中挂'学耕堂'匾额。""写实"布景本不自近代始。明末张岱《陶庵梦忆》记女演员刘晖吉演《唐明皇游月宫》时,场上便出现月中嫦娥、吴刚、玉兔捣药等奇妙的背景。但后来昆、京舞台上,一桌二椅竟成为戏剧布景的全部家当。其中原因,值得探讨。近代传奇杂剧中布景提示的"写实化"倾向,无疑受西方戏剧影响甚重。

最能表现近代传奇杂剧的写实化倾向的,还是剧中对角色身段、动作的提示。在这里,戏曲中程式化的表演几乎是不可能的。《新罗马》第一出有这样的科范提示:"从怀中取时表看介""同入介,众起坐迎接介,互握手介,分次坐定介,净起立演说介""众拍手称善介";第二出:"众男女杂上,互相见握手接吻介,丑登演坛介,众拍掌介""外扮尼布士王弗得南第一率王子上,众脱帽为礼介。外对众以吻,接《新约全书》,指十字架发毒誓,王子随誓介"。《六月霜》第十出:"副净率众拥上,杂惊避。众追放枪,击倒二杂,余二杂急闭门。众破门突入抢掠。旦袭重衣暗上,坐场上隐处。众搜得,前擒旦,牵曳脱衣,以手枪纳旦手及怀中,旦撑拒不受,众强置旦足下。"上述看表、握手、演说、鼓掌、接吻、脱帽、开枪等动作,不可能用程式化的表演来完成。王国维总结的"以歌舞演故事",齐如山总结的"无声不歌、无动不舞",已无法将近代传奇杂剧包容进去。换言之,近代传奇杂剧不仅削弱了"曲"(歌唱)的比重,而且削弱了"舞"(程式化)的比重;同时增加了"白"(对话)和"写实"化的动作、表演。

这种场面如果用戏剧来表演，恐怕只有"写实"性较强的话剧能够胜任。有的场面，即使话剧亦难再现，如《开国奇冤》中徐锡麟刺杀恩铭的一段。尤其是《陆沉痛》中写史可法固守扬州一役："贼兵中炮，死尸堆积于城下。众贼藉尸登城，城内大乱介。"由于舞台与现实的时空矛盾，任何一个戏剧品种都无法完全解决，于是，另一种"写实"性更强的艺术手段——电影便呼之欲出了。

让我们看一桩中国演剧史上的惨案。1911年第4期的《小说月报》发表了陆恩煦的《血手印》传奇。这是根据同名小说改编成的，其中有一个戏中戏的情节，写两个银行职员刺死经理的故事。据徐半梅《话剧创始期回忆录》，同年12月，苏州齐门外的一所医学校演出《血手印》，"他们台上用的是真刀，本来在被刺者的胸口上用一铁板衬着，预备刀刺在铁板上的，不料后来这块铁板不知怎的有些移动，滑下去了，于是一刀用力刺上去，恰中此人心脏，被刺者当场死在台上。临死时表情的逼真，竟博得满场鼓掌"。这桩惨案表明：中国近代戏剧文化正在由非写实向写实转化，而传奇杂剧中的时事戏、洋装戏，多少为舞台表演的"写实化"提供了依据。

## 三

近代传奇杂剧就是这么个怪东西：一方面，它大体遵循旧的体制，所以还可以叫作"传奇""杂剧"；另一方面，由于受西方戏剧和地方戏曲的影响，它的确发生了微妙而又是实质性的变化。一方面，它比昆、京等戏曲形式更古老、更保守，因而呈现出明显的复古倾向；另一方面，则又比地方戏曲更多地接受了"写实"话剧的影响，更多地突破了"曲本位"的束缚，直接呼唤着中国话剧的诞生。旧瓶装新酒，不仅造成了内容与形式的矛盾，而且造成了形式本身的矛盾。

不同的作者、不同的创作意图，是造成近代传奇杂剧形式复杂的原因之一。如前所述，为振兴昆曲而写作者有之，为宣传维新思想而写作者亦有之。作为剧本，必然带有某种舞台性、戏剧性的指向。在当时，皮黄处于鼎盛时期，文明戏（早期话剧）已初露端倪。如果传奇还想上演，赢得观众，那么要么凭借它文学性强、曲调（昆曲）高雅的优势，与皮黄和地方戏再争短长，重登大雅之堂，要么干脆抛弃"曲"的束缚，向文明戏和话剧靠拢。事实上，近代传奇杂剧表现出来的，正是这两种指向。

虽说近代传奇杂剧对传统戏曲形式既维护又背离，但维护是表象，背离是实质。这不仅因为，就传奇杂剧本身而言，受到西方文化影响、为政治目的而写的作者远远多于为挽救昆曲、维护传统而写作的人，而且整个近代剧坛都有"向西看"的趋势。基本丧失了舞台生命的传奇杂剧，只不过是近代戏剧变革大潮中一股不高的浪头。

不错，中国戏曲的确是歌舞剧高度综合的艺术，但元杂剧以后，"戏"（剧）的成分一步步加强与回归，"曲"（歌）的成分一步步减弱，并逐渐贴近、服务于剧情，乃是中国戏曲发展的总趋势。只讲"综合"，不讲歌与舞的戏剧化进程，不讲歌、舞、剧三者的消长变化情况，是难以令人心服的。近代以来，由于西方写实戏剧的影响，戏曲的戏剧化进程更加迅速。

先以风靡全国的京剧为例。民国元年，齐如山在北京正乐育化会上系统介绍"西洋戏的服装、布景、灯光、化装等"，号称"伶界大王"的京剧艺术大师谭鑫培对齐如山说："听您这些话，我们都应该愧死！"① 同年，齐如山看梅兰芳演《汾河湾》，指出"窑门"一段，柳迎春（梅扮）听自己分别十八年的丈夫薛仁贵陈述（唱）身世，竟毫无表情，这极不合理。用"曲"的观念看，"薛仁贵"唱惯了，"柳迎春"和观众也听惯了。但熟悉西方戏剧的齐如山，一眼就看出这不合情理。他写信建议梅兰芳纠正，梅马上接受了齐的建议。再演出时，表情动作随"丈夫"所唱而展开变化，受到观众热烈欢迎。② 1916 年，梅兰芳演《红楼梦》中"黛玉读《西厢》"一节，场上乐器全停，宝黛不唱不白，默默心语。台下观众静谧无声，全被吸引住了。当时即有人评这段演出"有似新剧（即话剧），则又不合歌剧（即戏曲）排场"③。吴白匋教授则认为："这段表演，可以用斯氏（即斯坦尼斯拉夫斯基）的体验来说明，是通过内心体验，深入角色"④。"海派"京剧的"西化"趋势更为明显。不少"海派"京剧演员兼演话剧，如冯子和、毛韵珂、夏月珊、欧阳予倩等。这样，话剧的表演方法就必然被带到京剧中来。1908 年，夏月润等人在上海建造了第一个欧式镜框式舞台。戏剧家洪深高度重视这件事，他说："那戏台可以转的，布景等一切有了相当的便利，那戏的性质，不知不觉地，趋于写实一途了。演员们穿了时装，当然再用不来那拂袖甩须等表情。有了真的，日常使用的门窗桌椅，当然也不必再如旧时演戏，开门上梯等，全须依靠着代表式的动作了。"⑤

---

① 齐如山：《齐如山回忆录》，宝文堂书店 1989 年版，第 90 页。
② 齐如山：《齐如山回忆录》，宝文堂书店 1989 年版，第 106－109 页。
③ 小隐：《尊谭室戏言》，载《菊部丛刊》。
④ 吴白匋：《此时无声胜有声》，载《上海戏剧》1985 年第 5 期。
⑤ 洪深：《从中国的新剧说到话剧》，载《现代戏剧》第 1 卷第 1 期；录自孙青纹编《洪深研究专集》，浙江文艺出版社 1986 年版，第 166－167 页。

京剧之外，评剧、越剧、黄梅戏等剧种纷纷形成，显得更加生机勃勃。评剧创始人成兆才的代表作《杨三姐告状》，七十场戏中，竟有四十场有白无唱，且不用韵白，用时装演出，被群众称为"文明戏"。越剧到上海以后，其布景、化装、音乐伴奏，都明显受到话剧的影响。有人甚至说越剧是"有唱的通俗话剧"①。黄梅戏曲调悠扬，近似歌曲，且少用方言白和韵白，是一种新型的民间歌舞剧。

作为剧本文学的传奇杂剧，在近代剧坛中可谓偏于一隅，但其舞台提示的"西化"程度，却要超过皮黄等戏曲。故有的同志认为，这是受了"世界潮流的影响"。有人则反驳说，传统戏曲用音乐和舞蹈来表情达意是比话剧"更高一级层次上的手段"，并且强调今日世界戏剧艺术正在"向东看"。② 那么，究竟存在不存在世界性的戏剧潮流？如果存在，这是一股什么样的潮流？

要回答这个问题，我们不得不回到"戏剧观"这个根本问题上来。

长期以来，中国与西方的戏剧观念基本上是背道而驰的。西方把戏剧看成是人生的再现，是严肃、高尚的艺术，因而重再现，重写实。中国古代则把戏剧看成是游戏、是小道，因而重虚拟，重技巧。尽管我们可以从西方找出非写实的理论和作品，也可以从中国找出写实的主张和迹象（尤其民间戏剧），但从总体上看，东西方戏剧之间的差异是巨大的、不可否认的。近代以来，人们对戏剧的本质有了更加深刻的认识。对近代舞台艺术做出重大贡献的罗伯特·琼斯在《戏剧的想象力》中说："狮皮横放在炉火近旁，首领突然跃起身来说：'我杀掉了狮子！'（中略）他还接着说：'好啊！确实是这样！让你们瞧瞧吧！'就在这一刹那间，产生了戏剧效果……剧场的本质，不过是演员——首领——对于观众伸手可及似的、并列的、有间隔的席位排列。"③ 这就是说，戏剧的本质仅仅存在于演员、角色、观众的三维关系中。这样一种宽泛的戏剧观念，恰恰可以把东西方所有的戏剧品种全都包容进去。或许可以说，近现代的戏剧观念正是建立在抛弃东西方以往戏剧观念中偏狭成分的基础上。所以，这样的观念也最容易为全世界所接受、认同。因此，也可以说，东西方原来截然相反的戏剧观念，已趋向于一致。

近代以前，中国戏剧文化是封闭的，西方也缺乏对中国戏剧的了解和认识。双方在戏剧方面的交流是微乎其微的。鸦片战争前后，在"西风东渐"的裹胁

---

① 钟琴：《越剧》，生活·读书·新知三联书店1951年版，第12页。
② 梁淑安：《近代传奇杂剧的嬗变》，载《中国社会科学》1983年第3期。
③ 转引自［日］河竹登志夫：《戏剧概论》中译本，中国戏剧出版社1983年版，第122页。

之下,中国戏剧"向西看"的倾向十分明显。稍后,中国戏曲的"假定性"特征也使西方的戏剧家们大开眼界,惊喜若狂。梅兰芳的精彩表演使他们"激动得浑身发抖"①。

不言而喻,中国戏剧的向西看和西方戏剧的向东看,正是世界性的戏剧潮流。中国戏剧在固有的路上走到了尽头,同时西方戏剧也在"写实"的路上走到了尽头。双方都来了个一百八十度的大转弯,开始发现对方、认识对方、接受对方、拥抱对方。互相拥抱的结果并不意味着各自的消亡,而是变得你中有我,我中有你,但你还是你,我还是我。这样,东西方的戏剧创作和演出实践,就与戏剧观念的更新取得了一致。

中国近代戏剧正要汇入这个潮流中去。传奇杂剧是近代戏剧的一个部分,因而它在整体上、本质上也要汇入这个潮流中去。然而从结果来看,少数人企图用它振兴昆曲的目的固然没有达到,而中国话剧也并非自它嬗变而来。这样,近代传奇杂剧便步履匆匆地走完了它的生命里程。

(原载《文学遗产》1991 年第 2 期)

---

① [美] 斯达克·杨:《梅兰芳》,载《戏曲研究》第 11 辑,文化艺术出版社 1984 年版,第 244 页。

# 论近代传奇杂剧中的传统主义

左鹏军

在以突破传统、变革创新为主导趋势的中国近代文化背景下，经过长期发展延续、业已走到最后终结阶段的传奇杂剧，也在很大程度上表现出这样的特征。近代传奇杂剧在思想主题、艺术结构、文体形式、语言形态、舞台艺术等方面均呈现出反映政治风云、紧跟时代变迁、突破传统习惯、不拘以往成法的特点。可以说，这种情形代表了近代传奇杂剧发展变化的一种主导趋势，也在很大程度上体现了中国近代戏曲与文学的时代特点。中国近代戏曲作品曾被郑振铎誉为"激昂慷慨，血泪交流，为民族文学之伟著，亦政治剧曲之丰碑""大有助于民族精神之发扬"[①]，就充分体现了这一点。

与此同时，近代传奇杂剧的发展过程中还存在另一种重要的倾向，即对于传统的深情依恋和精心守护，主要表现为一些传奇杂剧作家在道德观念、政治思想、人生态度、艺术追求等方面均深深留恋以往胜迹，因袭固有传统，与时代风潮相当隔膜，与主流文化走向多有疏离，不主张、不喜欢甚至抵抗、反对变革创新，因此他们的传奇杂剧创作也就表现出与此相应的一系列特征，体现出独特意义与价值。笔者称这种现象为近代传奇杂剧中的传统主义（traditionalism）[②]，本文拟对之做一讨论。

## 一、思想观念：指向正统和传统

近代传奇杂剧对传统的守护，在戏曲作家作品的思想观念和价值取向方面最

---

① 郑振铎：《晚清戏曲录叙》，载郑振铎著《郑振铎古典文学论文集》，上海古籍出版社1984年版，第1005页。

② 按：本文是在文化学意义上使用传统主义（traditionalism）一词，而非在宗教学意义上使用之，其对应词是反传统主义（antitraditionalism），亦部分地与现代性（modernity）和现代主义（modernism）相对应。

突出的表现，就是对某些正统观念的好感与认同，对某些传统思想的承续与发扬，在创作观念和文化态度上均明显地指向正统和努力复归传统。

近代传奇杂剧作家指向正统和复归传统的努力最集中地体现在两个方面：一方面是在中西古今文化冲突交会、民族危机、国家危难背景下，对社会变革、政治动荡、文化变迁的排斥与反对。中国近代发生了一系列重大的政治历史事件和根本性的思想观念变革，众多戏曲家、文学家面对这些突如其来的事件与变迁自有不同的思想认识和心理反应，近代传奇杂剧的题材与内容也因此获得了多元性和丰富性的特点。近代传奇杂剧守护传统的现象在这方面的表现既相当独特，又颇为丰富，留下了启人深思的历史经验。

有的戏曲家反对太平天国起义，朱绍颐《红羊劫》、浮槎仙客《金陵恨》、许善长《瘗云岩》、杨恩寿《双清影》等传奇，都是将太平天国起义视为一场劫难，主要表现战争动乱中的种种悲惨恐怖，作者站在统治者的正统立场和一般民众的道德立场反对太平天国之类犯上作乱的暴力事件的立场清晰而坚定。陈学震的两种传奇《双旌记》和《生佛碑》也是借战争动乱中具体人物命运变化与不幸遭逢痛诋太平天国和捻军起义的作品。有的戏曲家在戊戌变法与辛亥革命等重大历史事变面前无可奈何、痛苦不堪，以戏剧化手法表现敌视反对、哀怨讽刺的政治态度和文化态度。袁祖光《东家颦》《钧天乐》杂剧，运用讽刺戏谑手法反映维新变法中出现的弊端与不良倾向，基本上否定了这次改革运动。胡薇元《樊川梦》、姜继襄《汉江泪》《金陵泪》传奇，都反映了辛亥革命带来的社会动荡、满目疮痍、民不聊生，对武装斗争、暴力革命均采取了保守的政治态度。

有的戏曲家从正统立场和传统观念出发反对男女平等、爱情自由、婚姻自主等近代渐生渐长的新思潮、新观念，从传统伦理道德、婚姻家庭观念角度表现了保守传统、复归往昔的理想。吴梅《落茵记》《双泪碑》传奇，陈小翠《自由花杂剧》都是通过女子走出家庭、追求爱情婚姻自由而上当受骗的情节，反映妇女追求自我解放、爱情婚姻自由过程中出现的问题，甚至得出了罪过因自由而起、自由害人的结论，借剧中人物之口言道："自由啊自由，我汪柳依就害在你两个字上也！……我只道情天共守温柔老，擎一朵自由花百年欢笑，那知他两字儿坑害了人多少？"① 集中表现了作者对婚姻自由问题的评价。这类传奇杂剧作品通过比较具体的历史事件的描绘，反映中国近代政治改革、社会变迁中的重大事件和时代主题，非常明显地反映了作者的政治态度、思想观念和文化心态，具有比较典型的时代意义和广泛的代表性。

---

① 吴梅：《双泪碑》第三折《得书》，载《小说月报》第七卷第四号，1916年4月。

另一方面是在纲常巨变、世道沧桑之际对传统道德伦理、社会秩序、价值观念和人生理想的追忆与怀恋。在中国近代这一传统道德体系面临崩解、人伦秩序和社会秩序急需重建的时期，中国传统文化中许多深刻的内容，如道德体系、价值观念、社会秩序、人生理想等，都受到了空前强烈的冲击。这种新局面和新境遇对传统文化中浸润培育出来的戏曲家、文学家来说，都是非常严峻的考验，他们必然要为自己的内心矛盾、精神痛苦、文化困境寻求宣泄和发抒的途径。近代有守护传统、复归正统情怀的传奇杂剧作家，在这方面的体验最为独特而深刻，表现出的困惑与孤独也最为集中，也提出了既迫切又沉重的道德、价值和人生难题。

袁祖光的十种杂剧虽均为短剧，但所表现的内心矛盾和文化困惑却颇为厚重。《望夫石》肯定日本女子爱哥因盼望出征在外的丈夫归来而长久守望、最终化为望夫石；《三割股》褒扬儿媳、女儿为医治公公、父亲重病，恪尽孝道，割股疗亲的行为，讥讽上学堂、不尽孝的二儿媳，对江河日下、不守纲常的世风亦有所针砭，其文化立场和价值判断都有典范意义。蔡莹《连理枝杂剧》表现孙三娘殉夫而死的刚烈事迹，对这一行为多有同情，道出了妇女追求自主爱情、自由婚姻的艰难和代价。刘咸荣《娱园传奇》更是典型的例子。作者在剧首表明创作主旨道："衰朽余年，无求于世，种花之暇，偶作数曲。以忠孝节义为纲，古今中外，不能越此范围。寄之笔墨，亦聊以风世耳。"① 全剧四出，各出之首依次标明"表忠""劝孝""昭节""彰义"，明张旗鼓、坚定执着地表彰弘扬"忠孝节义"的传统观念；而且，意欲以此四字牢笼"古今中外""聊以风世"的思想观念也表现得如此真切而坚决。明清以降以"忠孝节义"为主旨的戏曲作品时有出现，但《娱园传奇》产生于王纲崩解的最后时刻，显示出特别的思想价值，具有丰富的文化符号意义。

王季烈《人兽鉴传奇》是更为明显的一例。唐文治《〈人兽鉴〉弁言》述此剧主旨云："而民生之历劫运，乃靡有已时，惨乎痛乎！今君九兄《人兽鉴》之作，其挽回劫运之苦心乎？"② 唐文治此语并非仅仅为诠释《人兽鉴传奇》而发，实际上也体现了他自己的道德信念和文化态度。李廷燮所作《跋》亦云此剧"以匡正人心，挽救时艰为旨，寓意深远，有功世道"③。此剧第一出《原人》中写道："【清江引】人生须要求真理，参透天人秘。动物总求生，好杀违天意。

---

① 刘咸荣：《娱园传奇·卷首》，日新印刷工业社代印本，民国年间刊，第1页。
② 唐蔚芝、王君九：《茹经劝善小说 人兽鉴传奇谱合刊本·卷首》，正俗曲社1949年版，第4页。
③ 唐蔚芝、王君九：《茹经劝善小说 人兽鉴传奇谱合刊本·卷首》，正俗曲社1949年版，第88页。

劝世人读此书，快把良心洗。"① 第八出《大同》也借释迦牟尼之口希望"普天下之人，好善恶恶，归于一致，无国籍之分别，无宗教之隔阂，同进于大同之治，天下为公，战争永息"②。可知王季烈撰著此剧，绝非游戏笔墨，确有拯救世道人心之深意存焉，着眼世界局势，用心可谓良苦。这类作品着重表现的，是中国传统道德伦理、价值观念、社会秩序等在中国近代极为特殊的文化背景下的处境和命运，虽不是针对具体的一人一事而言，却有着更加广泛、更加深远的意义。近代传奇杂剧守护传统现象的思想深度、文化态度和个性特征也在这类作品中得到了最为集中深刻的体现。

近代传奇杂剧对传统的依恋与守护，从思想特征和价值取向上看，不论是对社会变革、政治动荡、文化变迁的抵抗与反对，还是对传统道德伦理、社会秩序、价值观念和人生理想的眷恋与追忆，都表现出一种对于中国近代文化变革、道德重建、价值转换等根本性问题的饱含忧患的关注，对于以批判传统、学习西方、大胆变革、热衷创新为主导趋势的中国近代戏曲、文学乃至文化潮流的一种疏离、隔膜甚至对立。从思想观念的深层来看，这两者之间实际上存在着颇多的相通或一致之处，具有思想逻辑和戏曲史实上的相关性。其中特别有文化史意味的是透露出传统文人心态和传统价值观念在面临强大冲击时的焦灼疑虑和无所适从，反映着对传统文化的深刻关注和真诚眷恋，对新的文化趋势和未来前途的深刻忧虑。

## 二、文体形式：守成与变革之间

从艺术结构、戏曲体制、文体特征的角度来看，近代传奇杂剧对传统的依恋与守护现象表现得更加纷繁复杂，经常呈现出变化多端与矛盾丛生的特点。

概括地说，以下两种情形最能反映守护传统倾向在近代传奇杂剧艺术结构、戏曲体制、文体特征方面的表现：一种情形是对传统戏曲创作观念、结构方式、体制规范的自觉遵守和努力坚持。严格地说，传奇杂剧创作体制、文体规范的形成过程，同时也就是其变化消解的过程。但是，无论是传奇还是杂剧，经过元、明、清三代的发展积累，还是形成了一些基本的结构习惯和体制规范，这种形式要素实际上已成为传奇杂剧得以自立存在并延续发展的前提条件。一个相当明显的戏曲史事实是，清乾隆末年以降特别是20世纪初以来，传奇杂剧的艺术结构、文体体制、创作规范受到了日甚一日的严重冲击，进入了以突破传统和变革创新

---

① 唐蔚芝、王君九：《茹经劝善小说　人兽鉴传奇谱合刊本·卷首》，正俗曲社1949年版，第4页。
② 唐蔚芝、王君九：《茹经劝善小说　人兽鉴传奇谱合刊本·卷首》，正俗曲社1949年版，第78页。

为主导趋势的时期，传奇杂剧中的传统因素也明显地走向了衰微与消解。

在这种情况下，具有依恋和守护传统思想倾向的近代传奇杂剧作家就自觉地承担了维护传奇杂剧的传统创作习惯、结构方式、文体规范的任务，在这种传统戏曲形式走向消解的路程中，进行着最后一次挽救与护持的努力。这种自觉的努力在一些重要作品中可以清楚地看到，吴梅对戏曲音乐性、舞台性、表演性的重视，对传奇杂剧曲律的强调与坚守就具有典范性和标志性意义。吴梅的优秀弟子、夙好北曲的卢前在创作《楚凤烈》时则力求坚守传奇体制，全部使用南曲，并明确指出："作者自信颇守曲律，不似近贤墨脱陈式，不问腔格者。"又说："《楚凤烈》全部用南曲。"① 这种坚守曲律的努力在传奇已日渐衰微的情况下，显得异常珍贵，而对南曲与北曲之区别的着意强调也表现了这种意图。同是学者型戏曲家的顾随在《苦水作剧三种》中，也遵守着元人杂剧四折一楔子、一人主唱的创作体制，采取的是谨守传统习惯的创作方式。这种情形在近代其他学者型戏曲家的传奇杂剧创作中，也不同程度地有所反映。许之衡《霓裳艳传奇》虽部分地带有以文为戏的特点，但基本艺术倾向和结构形式还是以承续传统为主导的。吴梅另一弟子常任侠所作《祝梁怨杂剧》采用一本四折体制，且经吴梅点校，非常重视并努力遵守元人杂剧的体制规范和本色风格。这些学者型戏曲家在自己的创作实践中自觉主动地维护和坚守着传奇杂剧的创作传统，进行着不懈努力，希望对传奇杂剧的基本结构方式、创作体制、形式规范有所提倡并尽力保护。这种努力和坚守虽然难以从根本上阻止并扭转传奇杂剧旧有传统被迅速突破和深刻改变的趋势，但是对正在走向终结和消亡的传奇杂剧来说，意义自是非凡的，而且是带有悲壮色彩的。这种努力的实质并不是试图恢复旧传统，不是进行不合时宜的复古主义的尝试，而是饱含深情地在艺术形式、创作体制、文体规范的层面上有力地延续着传奇杂剧的生命意义和存在价值，护卫着传奇杂剧的外在形式和内在精神。

另一种情形是对传统戏曲创作观念、结构方式、体制规范的不自觉的突破或不得已的改变。传奇杂剧的结构方式、体制规范、创作习惯被愈来愈经常、愈来愈深刻地突破，这在近代已经是一种非常普遍的戏曲史现象。这既是传奇杂剧获得生机、重放光彩的重要条件和表征，也是它很快走向终结直至消亡的根本原因之一。近代传奇杂剧史上对传统一往情深的戏曲家在面对以往戏曲体制规范、创作习惯的时候，经常表现出相当复杂的心态，也曾创作出相当多样的作品，其中一种非常引人注目的情形就是在当时的文学风气和戏曲氛围中，由于作品内容、

---

① 卢前：《楚凤烈传奇·例言》，朴园巾箱本，民国年间刊。

创作意图等方面的特殊需要,或是由于不自觉,或是出于不得已,从而改变了传奇杂剧的传统习惯与文体规范,使这些依恋和守护传统的戏曲家的创作中出现了变革传统、突破传统的现象。

对新文化和白话文均大为不满的林纾,所作《蜀鹃啼》《合浦珠》《天妃庙》三种传奇篇幅均在十二出至二十出之间,已属传奇体制之变;而且,《天妃庙》中女性角色迟至剧情已经过半的第九出才出场,更属不合传奇体制要求之举,以至于后人竟经常误以为林纾的传奇中没有出现过旦角。[①] 文化思想上表现出保守态度、坚持戏曲传统、坚守雅部正统、对体制变革与艺术创新多持否定态度的吴梅,在《风洞山》传奇中,也曾大量地使用他评价不高的集曲[②],实际上也是对以往的传奇创作习惯有所改变。明确表示区分南曲北曲、坚持传奇与杂剧的基本规范的卢前,所作《饮虹五种》也全部采用了一折短剧的形式,与元杂剧的体制规范大不相同。同样重视杂剧体制规范与传统习惯的顾随,虽然在《苦水作剧三种》中继承了元杂剧的体制规范,但是在另外两种杂剧中则改变了这种旧习惯,对元杂剧体制有重大突破。其《馋秀才》杂剧出于创新的考虑,有意改变了杂剧的一般体制规范和结构习惯,正如作者自道的:"今余此作,虽曰偷懒,不为四折,既无所谓团圆,亦无所谓结果,而以不了了之,庶几翻新之意云。"[③]他的另一杂剧《陟山观海游春记》则由于故事太长,情节较复杂,难以在四折一楔子结构中充分表现,于是有意识地将元杂剧篇幅扩大一倍,采取了八折二楔子的体制。姜继襄《汉江泪》名为传奇,但其体制形态和写法既不同于传奇,也不同于杂剧,而是采取了叙事与代言结合、议论与抒情掺杂的表现方式,带有相当明显的说唱文学意味。这种奇特的文体形式反映了传奇杂剧体制规范至近代以降走向消解的总体趋势。它的表演手段也是十分先进的,带有极强的时代特点。在第二本中,为表现理想中五十年以后新武汉的繁荣发达景象,采用了电灯、洋楼、汽车、马车、跳舞队、汽船、花园、洋行、兵轮、铁桥、火车等当时

---

[①] 关于林纾传奇的角色安排,杨世骥《文苑谈往》中云:"这三种传奇都没有一个旦角,且音乖律违的地方极多。"郑振铎《林琴南先生》有云:"旧的传奇,必不能无'旦',第一出必叙'生',第二出必叙'旦',他的三种传奇则绝未一见旦角……他可算是一个能大胆的打破传统的规律的人。"寒光《林琴南》亦云:"他偏能独树一帜,极力打破以前的旧俗套,创造出一种轻松、美妙的新传奇。他所做的传奇三部,内中完全没有旦角,丝毫也没有肉麻式恋爱的痕迹。"三位论者均言林纾三种传奇无旦角,与事实情况不符,是明显的共同失误,且这一错误说法长期被沿袭。

[②] 吴梅:《顾曲麈谈》论集曲有云:"惟文人好作狡狯,老于音律者,往往别出心裁,争奇好胜,于是北曲有借宫之法,南曲有集曲之法……余谓但求词工,不在牌名之新旧,惟既有此格,则亦不可不一言之。"参见王卫民编:《吴梅戏曲论文集》,中国戏剧出版社1983年版,第17页。

[③] 顾随著,叶嘉莹辑:《苦水作剧·附录》,桂冠图书股份有限公司1992年版,第150页。

一切现代化的道具和表演手段，集中反映了近代传奇杂剧表演手段、舞台艺术方面的深刻变革。

从大量的戏曲史事实中可以看到，近代这些依恋和守护传统的传奇杂剧作家有的（有时）是出于不自觉而改变了传统，有的（有时）则是由于不得已而改变着传统。前者大多是基于戏曲家对传统习惯、创作体制在当时面临问题与挑战的理解而做出的一种主动调整；而后者则多是由于戏曲内部或外部的某些特殊情况、特殊需要，主要反映着戏曲家在不得不然、迫不得已的情况下做出的被动应对。从这种变革和突破中，既可以看到具有依恋和守护传统倾向的近代传奇杂剧作家对传统做出的某些调整和改造，从而认识他们所坚持的传统的时代特点和个性特色；也可以从中认识到，虽然守护传统的戏曲家在总体上是以遵守旧体制、守护旧习惯为主要特征的，但在另外一些方面，他们的思想观念、创作实践中也具有与中国近代文化发展的主导趋势相一致的内容。由此也可以认识到，突破传统、发展传统和建立新传统，寻求从古典向现代的历史转换，已经成为中国近代戏曲与文学的一个影响深远、至关重要的时代趋势。

从创作观念和文体形态的角度来看，近代传奇杂剧史上有代表性的守护传统的戏曲家，无论是对传统戏曲创作观念、结构方式、体制规范的自觉遵守和努力坚持，还是对其不自觉的突破或不得已的改变，都直接或间接地反映着一个重要的戏曲史事实，就是到了近代，伴随着社会历史文化的剧烈变迁和戏曲、文学的全面变革，传奇杂剧在经过了清乾隆末年以来较长时间的沉寂之后，获得了一次突飞猛进的机会，出现了高度繁荣局面。这种繁荣与发展从艺术形式、创作体制方面来看，是以突破传统、尝试创新为主要特征的。与以往相比，传奇杂剧的形式规范、创作体制已到了独立难支、摇摇欲坠的程度。在这样的情况下，一批戏曲家对传奇杂剧形式规范、创作体制的关注、遵守和坚持，实际上获得了担当延续传奇杂剧命脉的沉重任务。这种努力虽然难以挽救已然日薄西山的传统戏曲形式，却是必要的、必然的，传统必须有人来担当。因为戏曲发展的历史经验表明，对传统的改造与突破是重要的、必不可少的，而对传统的继承和保护也同样重要，同样不可或缺。对近代传奇杂剧的生存与发展而言，并不是把传统抛得越远、将传统清除得越彻底就越好。恰恰相反，发展与创新必须以继承传统为前提。

## 三、创作心态：哀婉与感慨交织

近代传奇杂剧在思想主题、艺术结构、文体形态等方面对传统的守护，表现出明显的矛盾状态与复杂性质，这种努力经常处于深刻的困境之中。这些戏曲家对社会变革、政治动荡、文化变迁的排斥与反对，对传统道德伦理、社会秩序、价值观念和人生理想的追忆与怀恋，这些作品对传统戏曲观念、结构方式、体制规范的自觉遵守和努力坚持，有时又不得不对传统戏曲观念、结构方式、体制规范做出自觉或不自觉的突破与改变，都表明守护传统的执着与复归传统的艰难。这实际上反映出这批长期浸润于传统文化和传统戏曲中的戏曲家尤其是学者型戏曲家在迅速变迁的新的文化环境、戏曲氛围中矛盾复杂的创作心态。那是一种眼看着文化传统、戏曲传统迅速衰亡之际的哀怜惋惜与面临着往昔的精华已然消逝却回天乏术、无可奈何的感慨交织的一言难尽与欲说还休。

姜继襄《汉江泪》记辛亥武昌起义事，作者通过剧中人物之口，描述了武昌起义带来的灾难性后果，既认为这是清朝残酷统治的必然结果，又认为它给百姓带来了劫难，表现出保守的政治态度。这种思想代表了一部分旧时代文人面临重大历史变革、特别是暴力革命时的心态，具有一定的普遍意义。作者曾自述道："民国肇造，楚为之先，而楚尤婴其厄。使抱冰而处今日，必有石破天惊一大著作，又何致郊原膏血，一至此耶？不佞于壬子春，重游鄂省，昔时朋旧，已失所在。雨窗愁闷，杂写见闻，以当歌哭。天心厌乱，当有畸人应运而起，统一宙合，雄视五洲。况明明有可凭藉，如江汉之大者乎？"① 同一作者的《金陵泪》写南京"癸丑之役"后生灵涂炭、民不聊生的种种惨象，表现南京城百业凋敝、民不聊生的现实，哀叹时势变化之莫测和天下苍生之苦难，寄托了深沉的兴亡沧桑之感和悲天悯人情怀。作者的政治态度相当复杂，既反对革命军，也反对北军，实际上是反对战争及其带来的苦难。作者在1913年11月所作自序中说："今年六月，复有独立之变，而专阃者犹梦梦也。以后乱党之麋聚，人民之迁播，战事之急迫，搜括之残酷，于此四十余日中，非寸楮所能尽述者。八月金陵克复，而全城掳掠，濒江商埠，已成焦土。奢淫之极，鬼神瞰之，固如是耶？不佞久卧沧江，不闻世事，然亦同罹倾覆之惨。秋风砭人，肺病复作，夜起倚声，以纪前事。然窃计世界奇穷，人无恒业，后祸之起，正未有期，而金陵昔为东南之险要者，今则尤为战史必争之点。诚恐庾信之哀江南，将令后人，一赋再赋而不能已也。民生之荼毒，不大可痛哉？"② 作者面对暴力革命、战争杀戮而无能为力、哀怨感慨的无助心态历历在目。即便是写蔡锷与小凤仙故事的《松坡楼》，姜继襄也意在表达一腔愤世嫉俗之情。他在序文中说："世之秦楼楚馆，操卖淫之术，以博缠头金者，其无道德无人格，为举世所共认。而不知觍觍落落，为伦

---

① 姜继襄：《〈汉江泪〉·跋》，载《劲草堂传奇三种》之一，1924年武昌石印本，第1页。
② 姜继襄：《金陵泪·卷首》，载《劲草堂传奇三种》之二，1924年武昌石印本，第1页。

纪留美德，为人类树楷模，亦自有人在也。今试创一论曰：当道之士大夫不如一行云行雨之神女。吾知闻者必赫然怒。虽然，怒者，愧之机也。惜乎人心尽死，只知奔竞为得计，不知羞恶为何物。其所怒者，为奔竞之不遂耳。始则忧愁，继则兵祸，将望小凤仙如景星庆云，而不可得。呜呼！今之世果欲其治也，吾愿举世在朝之人，皆有小凤仙之道德人格，而中国庶有豸乎！"① 在剧末，作者再次表白道："老汉将这一本词填成，也添泪点不少。正是癸亥除夕，大家不喜听哭声，况手战不能写字，就此歇歇罢了。"② 姜继襄的三种传奇均带有强烈的抒情性和纪实性特征，旨在表达世道沧桑之感和愤世嫉俗之情。作者的文化立场也超越了习见的从单一的政治派别、文化观念出发评价历史事件和现实问题的局限，多以悲天悯人的情怀，感慨沧桑兴亡，同情百姓庶民的种种惨痛不幸，哀叹战乱给民众、城市、国家造成的萧条凋敝，讽刺当时政治之黑暗、官场之龌龊。作者的文化立场虽倾向于保守，但其中包含的深刻的政治文化观念和真切的悲悯情怀却具有长久价值。

徐凌霄评袁祖光剧作曾有云："代表庚子以后，一个时期，一般的骚人逸客，伤时忧国，愤世嫉俗的作风。"③ 他又具体分析道："其不自居于文化者之地位，仍以一种'闲情逸致'之态度，染翰挥毫，而实已受时事波涛之催动，含有不满于现实之暗示者，袁瞿园是也。"④ 袁祖光有《与汪笑侬》诗云："开天重话泪分垂，粉墨开场又一时。新乐独鸣苏柳技，旧琴终恋水云师。俳优称长名原好，哀乐移人世岂知。等是哀吟成绝调，江干惆怅老袁丝。"⑤ 恰好道出了这一点。确是如此，瞿园杂剧最值得重视的，是其中表现的复杂而深刻的思想矛盾和文化冲突。它们不仅困扰着作者，也是同时代的许多人忧虑难解的文化问题，具有广泛的思想意义。特别突出者如《仙人感》对戊戌变法后湖南政治局势的担心，《东家颦》对维新运动中盲目效法西方行为的讽刺，《暗藏莺》对鸦片毒害国人身心而人们却难以自拔的忧患，《一线天》表现的对信仰、追求和生命的执着等，都表现出非凡的思想深度。还有一部分作品集中反映了袁祖光保守的政治立

---

① 姜继襄：《松坡楼·卷首》，载《劲草堂传奇三种》之三，1924 年武昌石印本，第 1 页。
② 姜继襄：《松坡楼》第八出《结尾》，载《劲草堂传奇三种》之三，1924 年武昌石印本，第 28 页。
③ 徐凌霄：《瞿园杂剧述评》，载梁淑安编《中国近代文学论文集（1919—1949）·戏剧卷》，中国社会科学出版社 1988 年版，第 393 页。
④ 徐凌霄：《瞿园杂剧述评》，载梁淑安编《中国近代文学论文集（1919—1949）·戏剧卷》，中国社会科学出版社 1988 年版，第 394 页。
⑤ 袁祖光：《瞿园诗草·癸丑集》，湖北官纸印刷局，1914 年甲寅夏五月武昌刊本。

场和文化心态,如《望夫石》对日本女子守望出征在外的丈夫而化为望夫石的肯定,《三割股》中对儿媳、女儿为医治公公、父亲重病,恪尽孝道、割股疗亲的褒扬,都是特别明显的例子。袁祖光的政治态度和文化心态,在近代以来以学习西方为主导的文化潮流中尤显出独特的认识价值。

刘咸荣晚年所作《娱园传奇》更是典型的例子。作者在剧首表明创作主旨道:"衰朽余年,无求于世,种花之暇,偶作数曲。以忠孝节义为纲,古今中外,不能越此范围。寄之笔墨,亦聊以风世耳。"① 全剧共四出,情节各自独立,主题密切相关。第一出《梅花岭》"表忠",写史可法抗清事;第二出《真总统》"劝孝",写美国总统华盛顿孝敬老母事;第三出《断臂雄》"昭节",写寡妇李氏因受不良男子拉手愤断己臂以示节烈事;第四出《乞丐奇》"彰义",写乞丐王三义救主人辞禄不受事。作品表现的以"忠孝节义"统摄古今中外的思想,明显可见作者保守的文化观念、对世风变迁的感慨无奈,作者晚年凄苦无助的孤独心态亦表露无遗。王季烈《人兽鉴传奇》也是明显一例。唐文治《〈人兽鉴〉弁言》述此剧主旨云:"而民生之历劫运,乃靡有已时,惨乎痛乎! 今君九兄《人兽鉴》之作,其挽回劫运之苦心乎?"② 李廷燮所作《跋》亦云此剧"以匡正人心,挽救时艰为旨,寓意深远,有功世道"③。这种哀怨与感慨交织、痛苦与挣扎纠缠的心态是这些传奇杂剧的深层内涵;这些作品的戏曲史、心灵史甚至文化史意义也由此得到了最为充分且最有深度的彰显。在近代传奇杂剧表现内容的新与旧之间,在近代传奇杂剧艺术手段与文体形态的努力守成与适度变革之间,这些对传统戏曲与传统文化满怀深情的戏曲家心灵深处的凄苦与哀怨、精神远处的坚守与悲怆,都从这已经走在夕阳西下道路上的传奇杂剧的点点回光中再次得到反映。这大概也是传统戏曲精神的最后一次回响,留下的是耐人寻味的空白和悠然不尽的星光。

## 四、反思与结论:同情的了解

以中国近代戏剧史、文学史和文化史的发展历程与历史经验为参照,从中国戏曲史和中国近代文化转型的意义上认识近代传奇杂剧中明显存在、表现突出的依恋往昔和守护传统的趋势,将这种传统主义创作倾向作为一种有意味的戏剧史现象来考察,还可以获得丰富的经验和有价值的启示。

---

① 刘咸荣:《娱园传奇·卷首》,日新印刷工业社代印本,民国年间刊,第1页。
② 唐蔚芝、王君九:《茹经劝善小说 人兽鉴传奇谱合刊本·卷首》,正俗曲社1949年版,第4页。
③ 唐蔚芝、王君九:《茹经劝善小说 人兽鉴传奇谱合刊本·卷首》,正俗曲社1949年版,第88页。

·论近代传奇杂剧中的传统主义·

　　近代传奇杂剧发展历程中努力守护传统、试图回归传统,作为一种有意味的戏曲史现象,在许多戏曲家的创作观念、文化心态、戏曲作品的思想主题、艺术结构、文体形态等方面都有着集中而充分的体现,代表着近代传奇杂剧历史面貌和发展历程的一个不可忽视的重要侧面。近代传奇杂剧依恋与守护传统现象的表现形式不是单一的、平面的或固定的,而呈现出多样性、复杂性、变化性与时代性相统一的特点。近代传奇杂剧中守护传统的现象既是中国近代戏剧、文学和文化的特殊生存环境、面临的多重问题的产物,也是传奇杂剧自身发展历程的一个必然结果,其间呈现出来的思想追求、文化心态、价值取向、怀旧情怀等一系列重要表征,具有较大的思想深度和鲜明的时代色彩,有的方面甚至带有强烈的文化象征意味。

　　从戏曲家的文化身份与知识结构的角度来看,近代传奇杂剧史上最有代表性的依恋和守护传统的戏曲家表现出明显的独特性与一致性。这批戏曲家多是一些对中国文化传统有深切体认并满怀深情的学者型戏曲家,特别值得重视的是其中有的戏曲家除具有中国传统文化的扎实根底和深厚修养外,还对西方戏曲、文学与文化有着深切的了解和把握,可谓中西兼长、博古通今。他们依恋与守护传统的文化态度和戏曲观念的形成和发展,有着深厚的中国文化底蕴,也是基于对西方文化的较为深切的认识与理解;是基于对传奇杂剧的历史发展与近代处境的深切了解和真切体认,也是基于对中国戏曲、文学与文化的近代命运与境遇及其前途出路的深沉思考。因此,可以将这个意义上的守护与依恋传统作为一种戏曲现象、文学现象和文化现象进行认真的研究探讨,其意义与影响已远超出了戏剧史、文学史的范围。似乎可以用传统主义者(traditionalists)或部分的传统主义者(partial traditionalists)来称呼这些具有文化符号意义的戏曲家,并将这种传统主义作为一种戏曲现象、文学现象和文化现象进行深入的研究探讨。

　　从表面上看,近代传奇杂剧中守护传统的戏曲家与其他戏曲家尤其是带有明显的反传统倾向的激进戏曲家颇多扞格不入、两相对峙之处。但是,从深层的文化观念和创作心态来看,无论是依恋与守护传统,还是反叛与抛弃传统,实际上都是在新的戏剧、文学与文化背景下对传统的一种重新体认和调整,都是为了中国戏剧的发展延续而进行的真诚努力。在他们貌似对立矛盾的表象背后,反映出同一种思想观念,表现了同一种文化关怀,两者之间有着深刻的一致性和相关性。他们采取的文化态度和创作方式虽不相同甚至相互对立,但是都为近代传奇杂剧的繁荣与发展做出了重要贡献。对近代传奇杂剧的生存与延续来说,既需要在一些方面变革与突破传统,又需要在一些方面保持与延续传统。他们实际上是从不同的角度、以不同的方式尝试着回答同一个空前复杂的戏剧史和文化史

99

难题。

近代传奇杂剧中对传统的依恋与守护，在不同时期有着不同的表现形式和时代意义，它的产生和发展伴随着中国文化传统的剧烈变迁和近代新的文化形态的生成，有着深刻而复杂的戏剧、文学和历史文化因缘。近代传奇杂剧对传统的守护从一个方面反映着中国戏剧、文学与文化传统的近代命运，它在道光、咸丰年间即已出现，到同治、光绪年间有所发展，至民国初年渐趋兴盛，在民国中后期达到了最为突出的程度。近代传奇杂剧守护传统现象的形成与发展过程实际上就是中国文化传统受到巨大挑战、遭遇空前困难并试图突围、寻求出路的过程。这种现象不仅出现在近代传奇杂剧之中，在中国近代文学的其他领域如诗歌、文章、小说、文论中也有不同程度的体现，甚至在中国近代文化发展变迁的过程中，类似的依恋与守护传统的现象或思潮也时有表现。因此，近代传奇杂剧依恋守护传统现象的意义与价值，不仅是戏曲史和文学史的，而且是思想史和文化史的。

在中国文化面临巨大挑战、发生历史性变革的时刻，一批对中国戏曲、中国传统文化饱含深情的传统主义戏曲家在传统戏曲面临困境并寻求出路之际，怀着深切的"同情的了解"的情怀，对传奇杂剧的主题与艺术、思想与文体进行了意味深长的守护与变革，努力延续它早已衰老的生命或试图赋予它新的生命，留下了丰厚而沉重的戏剧史、文学史经验。今天，当面对如此庄严、如此深远的戏曲事实和文化景观的时候，在我们心中最有可能也最应当唤起的，也许仍然是学术研究和文化关怀意义上的"同情的了解"吧。

[原载《复旦学报（社会科学版）》2008年第4期]

# 中国近代戏剧形式与外来文化

康保成

　　1840年，洋人的枪炮打开了中国封闭多年的大门。伟大的马克思立即把睿智的目光移向这个古老的东方大国，他指出："清王朝的声威一遇到不列颠的枪炮就扫地以尽，天朝帝国万世长存的迷信受到了致命的打击，野蛮的、闭关自守的、与文明世界隔绝的状态被打破了，开始建立起联系，这些联系从那时起就在加利福尼亚和澳大利亚黄金吸引之下迅速地发展了起来。""与外界完全隔绝曾是保存旧中国的首要条件，而当这种隔绝状态在英国的努力之下被暴力所打破的时候，接踵而来的必然是解体的过程，正如小心保存在密闭棺木里的木乃伊一接触新鲜空气便必然要解体一样。"[①] 事实完全证实了马克思的预见。今天，当我们回顾那段惨痛、屈辱的近代史时，更应当注意到我们民族所经历的前所未有的崭新变化。

　　戏剧，差不多是最先感受到这种变化的一门艺术。同时，戏剧本身的革新也为近代革新的大潮加入了一朵小小的浪花。

## 一

　　在与外界基本隔绝的情况下，中国戏剧形成了自己独特的戏剧形式更迭史。从先秦的优戏、汉代百戏、唐代参军戏、宋杂剧、金院本，到元杂剧、明清传奇、昆曲、皮黄京剧和其他地方戏，随着时代的推移和中国人审美情趣的变迁、戏剧观念的变化，中国的戏剧形式在不断地变更和演进。有趣的是，这种变更和演进，大体上经历了一个由"戏"到"曲"，再到"戏"的过程。正如卢冀野先

---

① 马克思：《中国革命和欧洲革命》，载《马克思恩格斯选集》第二卷，人民出版社1974年版，第2－3页。

生在《中国戏剧概论》中所说："中国戏剧史是一粒橄榄，两头是尖的。宋以前说的是戏，皮黄以下说的也是戏，而中间饱满的一部分是'曲的历程'，岂非奇迹？"其实，说奇也不奇，中国戏剧的独特发展道路，完全是由独特的中国文化造成的。元杂剧的形式特点是曲本位。① 应当强调的是，这里出现了一个悖论：即"曲"本来不是戏剧自身的必要因素。从宋杂剧的戏谑性质一变而为元杂剧的"曲本位"，这个弯儿转得似乎大了些，人们不难感到某种断裂。换言之，戏曲的形成一方面标志着中国戏剧的成熟，一方面又与戏剧的本质拉大了距离；"曲本位"一方面使中国戏剧得以定形，一方面又严重束缚了戏剧的发展。

　　元杂剧以后，明清传奇情节复杂，结构方式从四折一"楔子"变为分出上演，各门角色都有唱。这是我国戏曲在戏剧化道路上的一次转折、一次突破。值得注意的是，明中叶以后，戏剧界从理论到实践，都表现出刻意追求戏剧性的自觉性与迫切性。万历时期，戏曲理论家吕天成的外祖父孙月峰提出评价传奇优劣的十条标准。这十条标准不但强调了"合律"与"词彩"的重要性，而且强调要"事佳""关目好""搬出来好""角色派得匀妥"。另两位卓有建树的戏剧理论家王骥德和李渔更有所发展。尤其是后者写出了系统的戏剧理论专著，标志着戏曲艺术从以剧本为中心向以舞台为中心转移的大趋势。以李玉为代表的苏州派，是这种理论的最好实践者。他们以强大的阵容、众多的作品，为演员的二度创作提供了较好的依据，从而改变了当时的创作实践与新的戏剧观念不相适应的状况，造成了以昆腔演出的传奇的空前繁荣。清初，被称为传奇"双璧"的《长生殿》和《桃花扇》，文学成就之高，可与《西厢记》《牡丹亭》相比肩。然而，文人气案头气过重，终成传奇衰亡前的回光返照。戏曲并没有因洪、孔的两部杰作而改变方向，而是仍旧朝着舞台化、戏剧化的方向流去。终于，"乱弹"取代了雅部，以作家为中心逐渐转移到以演员为中心。中国近代戏剧就从这里开始。

## 二

　　什么是戏剧的本质？戏剧的本质存在于演员—角色—观众的三维关系之中。没有剧本可以成为戏剧，没有曲更可以成为戏剧。但是，演员、角色、观众三者，缺一则不能成为戏剧。对于戏剧来说，观众不仅是旁观者，也是参与者。严格说来，戏剧艺术是创造主体与接受主体共同创造的。对近代舞台艺术做出重大贡献的罗伯特·琼斯在《戏剧的想象力》中说：

---

① 康保成：《戏曲起源与中国文化的特质》，载《戏剧艺术》1989年第1期。

狮皮横放在炉火近旁，首领突然跃起身来说："我杀掉了狮子！"（中略）他还接着说："好啊！确实是这样！让你们瞧瞧吧！"就在这一刹那间，产生了戏剧效果。①

从这个意义上说，剧本的文学因素既促成戏剧又束缚戏剧的悖论是世界性的。

既然摆脱剧本文学的束缚是世界戏剧发展的共同趋势，既然中国戏曲已经在戏剧化的道路上蹒跚前行了几百年，那么是否可以说，没有外来文化的影响，中国戏剧迟早也会成为今天这个样子？答案是肯定的。作为民族戏剧形式的戏曲，在封闭情势下，已经形成了自己既有的发展大势。戏曲削弱文学性、强化戏剧性的过程，并不是对"曲"逐渐减弱乃至完全抛弃的过程，而是让"曲"消融于"戏"中，成为舞台表演的有机组成部分。可以这样说，就戏剧的本性而言，无曲可以成为戏剧，但就汉民族相当长期的主要戏剧形式而言，无曲则不成为戏剧。今天，中国戏曲作为世界戏剧大家庭中的一个成员，当然是中国文化使然。但是，西方"写实"的戏剧形式，毕竟在戏剧化的道路上比我们走得快得多！当孔丘在夹谷之会上怒而诛优伶的时候，古希腊已经诞生了埃斯库罗斯等三大悲剧家；当汤显祖与沈璟正在为文辞与曲律哪个更重要的问题上争论不休的时候，"莎士比亚旋风"已经席卷整个世界。中国戏曲，从金元杂剧的"曲中之戏"演进到皮黄戏的"戏中之曲"，整整花费了六百年时间！而从鸦片战争到"五四运动"，仅仅几十年时间，传奇杂剧从舞台上销声匿迹，昆曲止歇了它的轻歌曼舞，皮黄戏完成了它的变质换形，大量有生命力的地方戏应运而生，"文明戏"过渡到成熟的话剧，这不能不与外来文化的影响有关。

外来文化是催化剂。就像马克思所说，保存在密闭棺木里的木乃伊，一接触到新鲜空气便必然要解体。我国传统的戏剧形式，一旦遇到西方戏剧文化强有力的挑战和冲击，必然"向西看"，向"写实"的方向转。同时，上古戏剧的灵魂——装扮人物进行表演，演员与观众相互交流，在新的形势下得到强化，中国民间戏剧文化与西方戏剧文化，在近代完成了一次奇妙的遇合。

中国近代史是一部中西文化互相撞击、交流的历史，近代戏剧形式的变革就产生在这样一个大氛围中。从辛亥革命、"五四运动"的著名思想家、文学家梁启超、陈独秀、胡适、钱玄同、刘半农，到近代戏剧理论家、艺术家汪笑侬、王国维、齐如山、梅兰芳、欧阳予倩，无一不受到西方文化的影响。

---

① 转引自［日］河竹登志夫：《戏剧概论》中译本，中国戏剧出版社1983年版，第122页。

晚清鼓吹戏剧改良的文章，多从中西文化比较的角度立论。例如梁启超《饮冰室诗话》云："欧美学校，常有于休业时学生会演杂剧者。盖戏曲为优美文学之一种，上流社会喜为之，不以为贱也。"蒋观云于光绪三十年（1904）发表在《新民丛报》第十七期的《中国之演剧界》一文，借法国皇帝拿破仑的话，认为悲剧"能鼓励人之精神，高尚人之性质，能使人学为伟大之人物"。文章还借日本评论界的话，提出中国戏剧的最大缺憾是没有悲剧。箸夫的《论开智普及之法首以改良戏本为先》云："吾国而诚欲独立，角逐于二十世纪大舞台也，舍取东西洋开智普及之法，其孰与于斯？"如此等等。

外国文化的传入，使中国戏剧界开始具有世界眼光。人们不但普遍以西方戏剧为参照，呼吁提高戏剧和演员的地位，而且开始考虑传统的戏曲能否像欧美、日本的戏剧一样承担起振奋民族精神的大任，若不能，则戏曲在形式上应当参照外国戏剧，进行改良。无名氏的《观戏记》，谈到巴黎剧场演德法战争时事，观众"无不忽而放声大哭，忽而怒发冲冠，忽而顿足捶胸，忽而磨拳擦掌，无贵无贱，无上无下，无老无少，无男无女，莫不咬牙切齿，怒目裂眦，誓雪国耻，誓报国仇"，同时提出："中国不欲振兴则已，欲振兴，可不于演剧加之意乎？加之意奈何？一曰改班本，二曰改乐器。"三爱（陈独秀）《论戏曲》也谈到借鉴西方戏剧形式问题，他主张"采用西法，戏中有演说，最可长人见识。或演光学、电学各种戏法，则又可练习格致之学"。

晚清的戏剧改良运动，还不可能全面、深入地触及戏剧形式问题。到"五四"新文化运动前后，中国戏剧向何处去的问题才被正式提出来。

以胡适为代表的激进派，主张完全取消中国戏曲，而由西洋话剧代之。胡适把提倡白话剧与提倡白话文学联系在一起，把戏剧改良作为新文化运动的十项任务之一。他指出，在戏剧形式方面，西方不但有传统的"写实"派话剧，而且还有刚刚崛起的"象征派"戏剧和"心理剧"，都可作为中国戏曲的楷模。陈独秀认为，传统戏曲中的"打脸""打把子"二法，暴露中国人"野蛮暴戾"的真相。刘半农把中国旧戏概括为"一人独唱，二人对唱，二人对打，多人乱打"。钱玄同说戏曲演出是"扮不像人的人，说不像话的话"。血气方刚的傅斯年对传统戏曲的批判最为透彻，他在《再论戏剧改良》一文中指出："戏剧是一件事，音乐又是一件事，戏剧与音乐原不是相依为命的……正因为中国戏里重音乐，所以中国戏被了音乐的累，再不能到个新境界……戏剧让音乐拘束的极不自由，音乐让戏剧拘束的极不自由……非先把戏剧、音乐拆开不可，不然，便互相牵扯，不能自由发展了。"

平心而论，"五四"时期对传统戏曲的批判和否定不无偏颇之处，但这些思想界、文学界的巨子们以西方戏剧为参照,的确触到了传统戏曲的弊病。这就是,戏曲由于受"曲"的束缚,缺少戏剧性。如果说梁启超、胡适、陈独秀等人毕竟过多从社会改良的需要来呼吁戏剧改良的话,那么王国维、齐如山和欧阳予倩则是更加注重戏剧形式本身。

王国维这位近代著名朴学大师,为何执着于戏剧研究呢?请看他自己的回答:

> 吾中国文学之最不振者,莫若戏曲。元之杂剧,明之传奇,存于今日者,尚以百数,其中之文字,虽有佳者,然其理想及结构,虽欲不谓至幼稚至拙劣,不可得也。国朝之作者,虽略有进步,然比诸西洋之名剧,相去尚不能以道里计。此余所以自忘其不敏,而独志于是也。①

王国维对戏曲史的研究和对作家、作品的评价,完全突破了"曲本位"的传统藩篱,而代之以崭新的戏剧观念。他还指出,中国戏剧的形式特点是"以歌舞演故事"。由于这个定义的科学性和高度概括性,直到现在还被许多人引用。在《宋元戏曲考》中,王国维高度评价元杂剧在戏剧形式上实现的飞跃。他指出:"元杂剧于科白中叙事,而曲文全为代言……不可谓非戏曲上之一大进步也。此二者之进步,一属形式,一属材质,二者兼备,而后我中国之真戏曲出焉。"然而,正是从新的戏剧观念出发,王国维没有把元杂剧看成是理想的戏剧形式。恰恰相反,他多次指出,元杂剧的精华全在于"曲",而其"思想""结构""关目""科白"均不足论。

齐如山,这个名字已不为中国大陆青年一辈熟悉。但在中国台湾地区,他却被誉为"中国的莎士比亚"。他在戏剧方面的贡献是很大的,为中国近代三大戏剧理论家之一。齐如山从事戏剧事业的原因,竟与王国维完全一致。他晚年在《自传》中说:"最初自然是喜欢国剧,但在欧洲各国看的戏也颇多,并且也研究过话剧,脑筋有点西洋化,回来看一看国剧,乃大不满意,认为它诸处不合理。"

齐如山主张,研究戏曲要用西方的戏剧理论。他认为,整理戏曲以学过话剧的人最为相宜,且非学过话剧的人来整理不可。齐如山在《自传》中说,他之所以能在戏曲改革方面稍有成就,是因为研究过话剧;之所以在戏曲改革方面成就不够大,是因为对话剧研究不够深。这话是颇中肯的。齐如山能看出戏曲与话剧异中有同,这是以明确把握戏剧的本质,把戏曲与话剧都看作是戏剧的一个品

---

① 王国维:《三十自序(二)》,1907 年刊于《教育世界》第 152 号,后收入《静庵文集续编》;录自方麟选编《王国维文存》,江苏人民出版社 2014 年版,第 700 页。

种为前提的。

欧阳予倩,中国话剧运动的创始人之一,戏曲改革的倡导者和实践家。"五四"前一年,欧阳予倩在上海《讼报》上发《予之戏剧改良观》一文,指出:"试问今日中国之戏剧,在世界艺术界,当占何等位置乎?吾敢言中国无戏剧,故不得其位置也。何以言之?旧戏者一种之技艺。昆戏者,曲也。新戏萌芽初茁,即遭蹂躏,目下如腐草败叶,不堪过问。"此文发表时,欧阳予倩在国内外从事话剧活动已足十年,对于传统戏曲的症结,自能一目了然。他说传统戏曲只是"一种技艺",或者是"曲",不是戏,因而"中国无戏剧"。这结论,也只有以西方戏剧形式为参照才能做得出。

无可怀疑,中国戏剧界并不全都欢迎外来文化。但从整体上说,近代剧坛的"向西看",是确凿无疑的事实。戏曲"向西看",意味着进一步摆脱"曲"的束缚,从而更加接近戏剧的本质,更加戏剧化。同时,一种新的戏剧形式——中国话剧,也在孕育之中。

## 三

近代的多种戏剧形式,自觉在戏剧化的道路上迈开步伐。中西戏剧之间的距离迅速缩短,中国戏剧终于得到世界的认同和赞许。

早在乾隆前后已基本丧失舞台生命的传奇和杂剧,到近代又呈"中兴"之势。在当时,皮黄戏处于鼎盛状态,"文明戏"已初露端倪。如果传奇杂剧还想上演,赢得观众,那么要么凭借它文学性强的优势,与皮黄和地方戏争长短,重登大雅之堂,要么干脆抛弃"曲"的束缚,向"文明戏"和话剧靠拢。事实上,近代传奇杂剧正表现了这两种指向。但中国戏剧早已走上舍弃文学性,以换取戏剧性的道路,传奇杂剧的倒行逆施当然不能成功。于是,它被迫改弦易辙,在"西化""写实化"的路上迅跑。最能表现近代传奇杂剧的写实化倾向的,是作品中对演员的身段、动作的提示。

在近代的戏剧舞台上,昆曲是受"曲"束缚最重,因而也是最缺乏戏剧性的一种戏剧形式。除传奇杂剧和昆曲外,其他任何剧种都不能称为"曲"。长期以来,昆曲以此为荣,片面追求曲调的婉转细腻,从而延缓了自身的戏剧化进程。某些自命高雅的观众,捧着附有曲谱的剧本,到剧场去击节唱和,摇头晃脑,并不关心剧中的冲突、人物的命运,甚至也不大注意演员的身段表演。近代以来,这种情况有所改变。昆曲也向戏剧化迈出了可贵的一步。

1918年出版的《菊部丛刊》中,周剑云《戏剧改良论》一文引李中一的意见说:"白话剧之表情道白,处处合乎情理……非昆曲所能及者。"又说:迭更氏（即狄更斯）之小说，"写一文士则宛一文士，写一舵工则宛一舵工，写一商人则宛一商人，如摄影之不差毫发。至于演剧，何莫不然？我由是断定，戏剧之佳良者一肖字已足尽之。故今日之欲改良戏剧而编制剧本或审定剧本者，当于肖字三致意"。可以说，李中一的主张，既反映了当时受到西方文化影响的戏剧界人士的普遍要求，也符合近代一般戏剧观众的审美心理。不过，近代昆曲的戏剧化进程，不是通过编制新的剧本来体现的，而是在旧剧本的基础上，稍加删改修补，为演员的二度创作提供一个简单的依据。俞振飞在《昆曲三题》中提到如下一个实例：

传统昆曲剧目《琴挑》里，潘必正应陈妙常之请弹完一曲〔雉朝飞〕以后有一段对白：

陈：此乃〔雉朝飞〕也。君方盛年，何故弹此无妻之曲？
潘：小生实未有妻啊！
陈：这也无关我事。
潘：欲求仙姑面教一曲如何？

这是原来剧本中的对白，可是经过近代艺人的巧妙穿插，最后一句就拆成这个样子：

潘：欲求仙姑……
陈：呀——
潘：面教一曲如何？

潘必正之所以在陈妙常前弹"无妻之曲"，其意本在挑逗。恰好陈妙常问了一句："君方盛年，何故弹此无妻之曲？"正中潘必正下怀，于是马上来个自我介绍："小生实未有妻啊！"陈妙常一听此话，自觉失言，一个出家人，问人家有没有老婆干吗？所以赶快掩饰："这也无关我事。"但她话音刚落，对方已乘虚而入，突然拉长了嗓门："欲求仙姑……"这四个字恰巧在这个时候说出来，不由出家人不怦然心动，于是乎一个"呀"字脱口而出。场上立即紧张起来，观众自然要关心潘必正怎样下台阶。正当此时，"潘郎"开始一怔，脸上略现尴尬之色，但当目光一接触那只瑶琴，马上转过口来，笑眯眯地缓声接道："面教一曲如何？"一刹那风平浪静，一个书生，一个尼姑，重新对坐弹琴，台上台下都松了一口气。

从根本上说，这个"呀"字的加入，是为了使演员对生活模仿更真实，从而更富戏剧性。按照常理，潘必正在说到"欲求仙姑"时，陈妙常决不会无动于衷。这时候，戏剧性正寓于真实性之中。只有惟妙惟肖地把剧中人物的心理活动再现出来，戏才更能引人入胜。

近代昆曲受外来文化及皮黄剧的影响，涌现了一批"性格演员"。陈彦衡《旧剧丛谈》说著名昆丑杨三（鸣玉）演《活捉》，"足捷如风，身轻如纸，觉满台阴森有鬼气，可谓善于形容"。北昆著名演员郝振基善演猴戏，《安天会》的"偷桃""盗丹"两场，摹猴绝肖，跳跃活泼，简直与真猴无别。南方著名昆旦周凤林、北方韩世昌，扮演个性、身份各不相同的女性，无不曲尽其妙，酷似其人。还有一位昆曲老生陆银全，亦是名角。姚民哀《南部残剩录》记云：

《打子》一折首推陆缓卿之祖陆银全，举板唱〔一江风〕阕时，真令人代其子寒心。暮年堂会，有点其《打子》者，陆曰："气不动，请原谅。"盖衰迈不能唱矣。时人笑之，陆曰："非动真气不能传剧中之虚神，必愤怒填胸，恨不得一板将不肖性命结果，则是剧或有精彩。否则有气无力，没精打采做去，何不卧在床上看《纳书楹》《缀白裘》乎？"

这一记载表明，陆银全已是十足的体验派演员。中国戏剧重曲轻戏，重技巧轻体验，重虚拟轻模仿，重表现轻再现的时代，已经过去了。

皮黄在近代剧坛处于盟主的地位。概而言之，近代皮黄的发展先后经历了程长庚、谭鑫培、梅兰芳时期，每一时期都比以前更加自觉地吸收西方文化，从而更加缩短了与西方"写实"戏剧的距离。辛亥革命和"五四"前后，皮黄剧的戏剧化进程尤其明显。

卢冀野先生认为，皮黄已从昆曲的"曲中之戏"一变而为"戏中之曲"。但早期皮黄还残存着"曲本位"的某些痕迹，这主要表现在剧中唱词的冗长烦絮。《菊部丛刊》存有程长庚《凤鸣关》"二六"唱词，长达六十二句。《斩李广》法场自叹一段有四十八个"再不能"，《搜山打车》一剧有二十四个"可怜主"，《逍遥津》一剧有二十四个"欺寡人"，《上天台》一剧汉光武唱二黄原板，全词一百〇八句。有一次余三胜演《四郎探母》，出场唱"杨延辉坐宫院"一段，因扮公主的演员迟到，竟唱了七十四句"我好比"，而台下秩序井然。这说明，一般观众尚未完全从"听戏""顾曲"的习惯中走出来。

到谭鑫培时代，情况不同了。谭唱《四郎探母》杨延辉坐宫，全词仅十八句，只剩四个"我好比"，避免了唱腔的重复，意思也简要明了。旧本《武家坡》薛平贵窑门所唱西皮"提起当年泪不干"一段，共有五十余句，而谭鑫培所唱仅二十六句。据齐如山《自传》，谭鑫培听齐如山介绍西方戏剧，佩服得五体投地。那么，他在皮黄唱词方面的革新，就不是偶然的了。

梅兰芳出自王瑶卿门下，本来就重视体会角色的性格。民国元年，齐如山一次看过梅兰芳主演的《汾河湾》后，写信向他提出，剧中薛仁贵诉说身世的一段唱，梅（扮柳迎春）不应一直脸朝里坐着不理他，因为薛自称是柳分别十八年后的丈夫回来了，柳不应无动于衷。十几天后梅兰芳重演此剧，完全照齐如山的意见改正了。从此，近代两大戏剧名人开始建立起不寻常的友谊。中国戏曲历来重歌唱，轻表情。按照老的演法，《汾河湾》中薛仁贵诉说身世的一段唱，只是让观众"听戏"，至于柳迎春的感情变化则全然不顾。长期以来，演员演惯了，观众也"听"惯了。但在熟悉西方戏剧的齐如山看来，这是极不合情理的。他一眼便看出戏曲的漏洞，极力主张改进。在齐如山等人的协助下，梅兰芳有意向西方戏剧形式学习。例如《红楼梦》中黛玉读《西厢》一节，场上音乐伴奏全停，只有念白，类似话剧。《嫦娥奔月》《天女散花》等剧，在服装和表演程式上完全突破了旧的规则，而以华美的服装、袅娜的舞姿取胜。当时美国驻华公使芮恩施、法国安南总督、美国驻菲律宾总督等在北京看过梅兰芳的表演，都非常倾倒。可以说，中国戏剧走向世界，首先是中国人"睁开眼睛看世界"的结果。

在"写实"的路上走得更远的，是"海派"京剧。早在1904年，京剧改革家汪笑侬就在上海演出了他自己编写的"洋装戏"——《瓜种兰因》。剧中人物穿西服，唱西皮摇板，并有长达五百多字的大白话演讲。比汪稍后，夏月润、潘月樵等从日本回来，在上海十六铺建造新剧场新戏台。洪深《从中国的新戏说到话剧》一文说："那戏台可以转的，布景等一切，有了相当的便利，那戏的性质，不知不觉的，趋于写实一途了。演员们穿了时装，当然再用不来那拂袖甩须等表情。有了真的，日常使用的门窗桌椅，当然也不必再如旧时演戏，开门上梯等，全须依靠着代表式的动作了。"洪深这段话，概括了"海派"京剧的一些特点。

近代皮黄戏和传奇杂剧中的写实化倾向，孕育着中国话剧的诞生。我国古代本来不乏"说白戏"的传统，仅仅是由于文人士大夫的鄙视，话剧才不能正式形成。近代皮黄戏和传奇杂剧中说白成分、"写实"成分的大量增加，表明戏剧已真正屈尊走向观众。中国民间文化与外来文化正在进行一次奇妙的遇合。

事实表明，中国话剧是中西文化两次大交融后的产物。清末民初的"文明戏"，是首次交融的早产儿。

1907年，中国第一个话剧团体春柳社在日本东京宣告成立，并上演了《茶花女》和《黑奴吁天录》。同年11月，上海春阳社又一次演出《黑奴吁天录》。

徐半梅《话剧创始期回忆录》说:"戏的本身,仍与皮黄新戏无异,而且也用锣鼓,也唱皮黄,各人登场,甚至用引子或上场白或数板等等花样,最滑稽的,是也有人扬鞭登场。"早期话剧"四不像"的特点,说明中西戏剧文化并不那么容易一拍即合。

"文明戏"从降生到夭折仅仅十年时间。"五四运动"揭开了中国话剧史的新一页。胡适、刘半农、钱玄同、郑振铎等人以《新青年》《新潮》《晨报副刊》为基地,连篇累牍地发表文章,主张学习西方戏剧形式,写作话剧。胡适本人首先写出一本《终身大事》,被认为是中国第一个创作的话剧剧本。在当时,西方戏剧家中对我国影响最大的是易卜生。他的剧本被大量翻译出来,成为作家们竞相模仿的楷模。"五四"后不久,洪深从美国留学回来,执导了《少奶奶的扇子》。以"写实"为主要特征的话剧,终于在中国安家落户了。

话剧的兴起是中国戏剧史上的一件大事,从这时起,传统的戏曲再也不能独占中国戏剧这块阵地了。耐人寻味的是,在古代一向被歧视的"说白戏",一经西风"吹拂",变成话剧,便高雅起来,至今一直流传于城市知识阶层。

## 四

已注入西方戏剧文化的戏曲,不但自身充满活力,而且反转过来对欧美、日本产生了巨大影响。20世纪初,梅兰芳东渡日本,西赴美国,北上苏联,把中国戏曲艺术带到世界各地。于是,日本出现了"和制梅兰芳",德国著名戏剧家布莱希特笔下出现了《高加索灰阑记》和《四川好人》。东洋和西洋的无数观众,为中国近代戏曲形式所倾倒。

近代戏剧形式微妙而又深刻的变化,说明我们的民族具有海一般宽阔的胸怀,能够容纳、吸收外来文化以丰富自己。反之,盲目排外、妄自尊大是任何时候都要不得的。

[原载《中山大学学报(社会科学版)》1991年第2期]

# 早期中国话剧形态与日本新派剧

## 袁国兴

近代以来的中日文学交流,在话剧领域可能最为引人注目。中国较早的一个有影响的话剧团体春柳社,成立于日本,早期话剧著名活动家李叔同、曾孝谷、陆镜若、欧阳予倩等,都在日本接受艺术启蒙,开始从事戏剧活动,而像任天知、徐半梅、郑正秋等早期话剧的代表性人物和"中兴大将",也都受到了日本戏剧很深的影响。因此,当时就有人认为"所谓新剧者,日本戏剧也"[1],"话剧初入中国之时,完全是受了日本的影响"[2]。

话剧是西方文化的产物,近代以来才移入中土。现代认知理论特别强调"中介"的意义,这提示我们要给话剧这种舶来品的输入渠道、特定媒质以应有的注意。早期中国话剧的艺术形态,与中国社会变革的人文环境相关,其中也包括外来影响因素在内。有些问题仅从中国文化变革的内部透视,还不易明了,而从中外文化交流的立场上看,又可获得多种裨益。本文打算就早期中国话剧形态与日本新派剧的关系,谈几点粗浅看法。

## 一、"壮士芝居"与"天知派"新戏

日本近代戏剧变革的产物——新派剧,一般公认起始于角藤定宪倡导的"壮士剧"(壮士芝居)和川上音二郎发起的"书生剧"(书生芝居)。所谓"壮士""书生",原本是一些政治热情高涨的青年,他们采用演说、著文以及"落语""和歌"等形式,宣传自己的自由民权主张,戏剧是他们经常利用的最有效的武器。1888年,角藤定宪与一部分自由党"壮士"在大阪组织了"大日本壮士演剧会",不久,川上音二郎又竖起了"书生剧"的招牌。他们演剧采取的是日本

---

[1] 沈所一:《劝学篇》,载朱双云著《新剧史·杂俎》,新剧小说社1914年版。
[2] 剑啸:《中国的话剧》,载《剧学月刊》第2卷第7、8期合刊。

传统歌舞伎形式,但以宣传鼓动为主要目标,剧中加入大量宣传性演说,受西方戏剧影响,艺术规范也有所突破,与现实生活结合密切,在社会上引起强烈反响。① 以后继起的一些演剧团体,按照这一方向发展,逐渐形成了有别于传统歌舞伎的表现方式和风格,所谓新派剧,就是这样发展起来的。至于中国所说的话剧,在日本叫新剧。它是在新派剧发展的基础上,移植于西方的新剧种,与新派剧不同。一般公认,日本新剧运动正式兴起于 1909 年。当中国话剧诞生之时,正是日本新派剧全盛、新剧酝酿和萌芽的交替时期,因此在变革动机、观念意识、艺术规范上,都受日本新派剧影响更大。

陈独秀早年留学日本,他在《论戏曲》一文中提出的五条改革措施之一是"采用西法。戏中有演说,最可长人见识……"② 他所说的"西法",原来是"东法","戏中有演说",在别人可能掺杂着对话剧的误解,在他却是有所本而为,"壮士芝居"的演剧方式给了他启示。这种影响最明显的还表现在《观戏记》作者的下面一段话里:

> 记者又尝游日本矣,观其所演之剧,无非追绘维新初年情事。是时国中壮士,愤将军之专横,悲国家之微弱,锁国守陋,外人交侵,士气不振,软弱如妇人女子,乃悲歌慷慨,欲捐躯流血以挽之,腰扎白布巾,横插双剑,一以杀人,一以杀己,遍走诸侯王,说以大义……日本人且看且泪下,且握拳透爪……莫不曰我辈得有今日,皆先辈烈士为国牺牲之赐……③

与其说这是对日本戏剧情形的描绘,不如说是对中国戏剧变革的呼唤,从中透露了"壮士芝居"的面影。最早演话剧《茶花女》的李叔同也在诗中说:"誓渡众生成佛果,为现歌台说法身。"④ 借戏剧舞台,兴行"教化"之职,成为蕴积在戏剧变革者胸中的一股浩然壮气,它既与传统文化人的感时忧国精神相贯通,又与"壮士芝居"的气概遥相呼应。

众所周知,西方"话剧"虽然有强烈的现实批判精神,但艺术规范谨严,一般没有直接的行动性,特别是早期话剧时期介绍进来的浪漫派戏剧,艺术氛围相当浓厚,有较强的"唯美主义"色彩。日本新派剧与此有所不同,它的理论前提和出发点,一开始并不在于戏剧。许多"壮士"都是现实斗争的直接参加

---

① [日] 河竹繁俊:《日本演剧全史》,岩波书店昭和三十四年(1959)版,第 990 页。
② 三爱(陈独秀):《论戏曲》,载《新小说》第 2 卷第 2 期。
③ 《观戏记》,载阿英编《晚清文学丛钞·小说戏曲研究卷》,中华书局 1960 年版,第 68 页。
④ 参见《春柳社演艺部专章》,载《北新杂志》第 30 卷。

者，富于牺牲精神，有"自由童子"之称的川上音二郎就曾多次被政府逮捕入狱。但是，日本新派剧也有一个发展过程，它的初始形态和成熟期的风貌还有不小的差别。随着新派艺术的发展，鼓动它发轫的那些"壮士"精神和情感，已逐渐消弭和内化为剧人的艺术个性，戏剧规范和技巧的研求越来越占据重要位置。春柳社参照的是它成熟阶段的产物，欧阳予倩说，它们有些"艺术至上主义"①。可是他们的戏在日本受欢迎，影响很大，在国内却一直处于"曲高和寡"的境地。"新剧"在中国站住脚，促成它第一次高潮到来和影响最大的戏剧团体，不是艺术派的春柳社，而是直接行动性强的进化团。

任天知在日本就曾有心从事戏剧活动，回国后他组织进化团时，先称"进行团"，后因字眼对当局有刺激性，遂改名进化团。他们在长江一带各码头演出，所到之处，往往插上一面大旗，大书"天知派新剧"字样，用"壮士芝居"化装讲演的方式，演出《黄金赤血》《共和万岁》《黄鹤楼》《东亚风云》等宣传社会革命和反映现实问题的剧，并因此在新剧中创立了"言论派老生"这样的角色，自立一派。辛亥革命时期，早期话剧的第一次勃兴，多少与"天知派"的崛起相关。进化团成员陈大悲说："当那真专制绝命假共和开始之时，投身新剧界的人，大半是冒了'大不韪'的，当时所演的戏，几乎没有一出不是骂腐败官吏的，甚么娶姨太太啊，吸鸦片烟啊，怕手枪炸弹啊，那一件不是一拳打到老爷心坎中去的？所以民国元年以前，社会对于新剧的心理中，终有'革命党'三个字的色彩在里面。"② 参加新剧活动的人，也确有相当数量的人是怀着革命激情而投身于新剧运动的。"上海攻打高昌庙制造局的一夜"，王钟声到后台"借了一身军装，一把指挥刀，就此打扮起来"，投笔从戎了③，后因在天津鼓动革命事泄被害。钱逢辛这个进化团的副团长，在黄浦江上巡夜，不幸中弹身亡，许多进化团的成员也都在辛亥革命运动中牺牲了。说他们是中国革命的"壮士""自由童子"，想必也不过分。

"壮士剧在日本戏剧史上第一次把艺术和当时的政治活动直接联系起来……是一个新的创举，也是……壮士剧的光荣一页。"④ 欧阳予倩在评价"天知派新剧"时也说："若论对当时政治问题的宣传，对腐败官僚的讽刺，对社会不良制度的暴露，还有对于扩大新剧运动，扩大新剧对社会的影响……进化团采取野战

---

① 欧阳予倩：《回忆春柳》，载《中国话剧运动五十年史料集》第1辑，中国戏剧出版社1958年版，第41页。
② 陈大悲：《十年来中国新剧之经过》，载《晨报》副刊1919年11月15日。
③ 徐半梅：《话剧创始期回忆录》，中国戏剧出版社1957年版，第43页。
④ 王爱民、崔亚南：《日本戏剧概要》，中国戏剧出版社1982年版，第93页。

式的做法，收效是比较大。"① 诚然，无论是日本的"壮士芝居"，还是中国的"天知派新剧"，艺术造诣都不高，但又都为各自的戏剧变革打开了进一步发展的通道。由于有"壮士"的气概和献身精神，早期话剧的严肃追求者们在社会上提高了自己的声誉，这使他们的自我意识与传统戏剧从业人员有所不同，"无论遭遇什么不好，从不肯自命为沦落以显其颓废的美。就是走江湖跑码头演戏，也不觉得是流浪"，因为他们"担负的悲哀或者……有甚于天涯沦落"。② 传统中国文人在意气勃发、积极入世的时候，往往纵论经史，醉心仕途；不得志时，有时便有一种流落感和凄凉的心境出现，"同是天涯沦落人"的意识，曾长期盘踞在剧人和从事剧业的知识分子脑海中，作为一种文化心理积淀，要想摆脱掉它，需要某种适宜的条件和有力的思维逻辑起点。以"天知派"为代表的早期话剧的仁人志士，继承了近代戏剧变革的社会责任感，从"壮士芝居"中受到启示和鼓舞，以"非戏剧"的意识，切入和冲击了传统戏剧观的断壁残垣。虽然"满口洒血"的化装演说，宣传活报剧式的"新剧"，在辛亥革命高潮过后，很快就失去了观众，但它却为中国话剧的进一步完善和发展，提供了一个新的起点。随之而来的"家庭戏"繁荣，某种程度上总结了"言论派老生"做法的教训，把过于偏重政治目的追求的倾向，多少有意识地引向了话剧艺术的研磨，这里便有"天知派"的经验在起作用。

如果中国话剧的起步，能与日本新派剧这一重要外来参照模式采取同步姿态，似乎有跨越某种初始阶段形态的可能性，然而"影响"没有选择简便的捷径，春柳社"想演正式的悲剧、正式的喜剧"的路子，并没有行得通③，倒是进化团式的翻了日本新派剧的老套数，才打开了一个新局面，这能给我们什么启示呢？"天知派新剧"的艺术得失，早有定评，无须赘述。现在需要我们思考的是，中国话剧能不能不走这一步？早期话剧的典型形态是不是还有某种必然性呢？并不否认，日本新派剧的形态和发展道路给了早期中国话剧以莫大启示，但是决定这种启示的具体对象和发生影响的具体因素，却来自中国戏剧变革的自主选择。文学艺术的发展有其内在规律，受时代意识中心制约，与时代情趣相同步，也是其内在规律的一种。一个社会，一个民族，面临的最大实际社会问题，往往也是其艺术美感倾向和审美情趣的集中点。早期中国话剧发展，首先从社会思想意识和现实功利目的追求入手，然后带来了艺术形式的一系列变革。中日近

---

① 欧阳予倩：《谈文明戏》，载《中国话剧运动五十年史料集》第 1 辑，第 56 页。
② 欧阳予倩：《自我演戏以来》，神州国光社 1939 年版，第 76-77、29-30 页。
③ 欧阳予倩：《回忆春柳》，载《中国话剧运动五十年史料集》第 1 辑，第 42 页。

代戏剧变革的错位同构现象，使我们不得不承认它的合理性和某种规律性的理论价值。

## 二、"新派"演艺的反响

从戏曲改良开始，中国戏剧变革追求的目标便是"写实"；"写实"这一用语正来自日本。中国人在理解这一用语时，把它看成了是与传统中国戏剧有别的国外近代剧的共同特质，在看惯了传统中国戏曲的人眼里，真正意义上的西方近代现实主义"话剧"是写实的，日本新派剧也是写实的。这一方面是因为，日本新派剧在写实的号召下发生，并有朝向现实主义迈进的趋势；另一方面也是因为，它的表现形态原本就与中国有别。如上所述，日本新派剧是在欧美文化影响下，对传统歌舞伎进行改造而成的一种戏剧样式。日本歌舞伎与传统中国戏曲有很多相似之处，如分行当、表现手法的虚拟化、程式化等；但又有许多与传统中国戏曲不同之处，演员在舞台上只有对白和形体动作，歌唱由合唱队担任，舞台布景也很讲究。新派剧借用了它的一些表现手法，戏剧题材直接触及现实，布景、服装、道具进一步趋于"写实"，表现形式也增加了西方近代剧的因素，如在舞台上出现枪炮烟火效果等。"新派剧拓展和革新了歌舞伎是事实，但其标榜的写实主义还很表面，艺术美还不出旧套，还没有创造出真正的新剧（话剧）。"[①] 但是，当时的中国人还没有能力对它的这种特质进行辨别。当日本新派剧团演出《无名氏》时，"审问党人台上布置，悉仿欧洲古代建筑，各角色扮妆极惨淡经营之致"，令中国人赞叹不已。《娱闲录》专门登了一幅照片，"愿有心人为参之也"[②]。显然，中国人把它当作话剧的楷模来追求了。这种模仿和影响对象的误解，对我们了解早期中国话剧形态的若干特性是有帮助的。

早期话剧不以歌舞为戏剧手段，但并不绝对排斥歌舞，歌舞的欣赏价值和娱乐成分对其还有相当的诱惑力。例如在《黑奴吁天录》的演出中，就有一个跳舞唱歌的场面，其实这与剧情的关系并不大，加入这样一场戏，潜意识中所要汲取的便是歌舞的表现性。这样做也确实收到了一些效果，但从话剧形态和艺术规范的把握看，却并不足取。他们之所以这样做，固然与当时人们对中国戏剧变革的道路认识相关，可又与日本新派剧的模式启示来源有联系。日本新派剧演员仍很注重"舞蹈""拟斗"等的训练，早稻田《文艺协会演剧研究所规定》第四条对此便有明文规定。早期中国话剧演员也不无目的地学唱传统戏曲，这样当他们

---

① [日] 大山功：《新剧四十年》，三杏书院昭和十九年（1944）版，第15页。
② 衷：《本期新旧派演剧照片之说明》，载《娱闲录》第9册，1914年11月16日。

有了相当的旧戏修养之后，在新剧中偶尔插唱一段"皮黄"就不足为怪了。如果说这些是在国内"文明戏"走下坡路时才显露出来的倾向，还可另当别论，然而"学唱青衣""端坐操琴""插唱皮黄""舞蹈唱歌"，都是春柳社在日本演话剧时就出现的，而且他们的演出有时还有日本新派名优做指导。因此，对早期中国话剧的过渡性质就不能仅从自身找原因，日本新派剧的模式启示，对它典型形态的形成起了莫大的促进和催化作用。

日本新派剧演员，大多从小学艺，或师承名家，或世代家传。演旦角的，日常生活举手投足都模仿女人，甚至拔光了眉毛，足不出户。这样他们学什么角色，便演什么角色，逐渐形成了相应的风格和流派。按照这样的方法训练出来的演员，与中国旧戏艺员相类似，一举一动都有规矩可循，当然与近代西方现实主义表演体系的要求有相当距离。早期中国话剧受日本新派剧的熏染，有些人又带着浓重的传统意识观念拜师学艺，这样就自觉不自觉地认同了新派剧的某些艺术技巧。"观《不如归》之山本兵造，必秃顶，而《猛回头》之金刚必报面"，原因是"坪内逍遥所传如是，既他人演之亦如是"。① 有些演员喜欢哪一新派剧演员便有意模仿和学习，陆镜若"多少有伊井蓉峰的派头"，欧阳予倩喜欢河合武雄"所演的那路角色"②，马绛士受喜多村绿郎的影响不小③，刘艺舟"模仿"日本某名演员④，等等。所以，当他们登台演剧时，"往往不知不觉在节奏和格调方面或多或少流露出日本新派演员的味道"⑤。当时曾有人把话剧的表演分出许多派，每派都有一定的体貌特征和行为规范，如"低头下气，足进趑趄，口言嗫嚅，是为寒酸派""伛偻其背，龙钟其状，言语宜缓，举止宜迟，是曰龙钟派"。⑥ 传统中国戏剧也分行当，每一行当也有大致的行为规范，早期话剧在"派别"划分和类型意识上，与其有千丝万缕的联系，但仅从这一角度来考虑，也不能完全解释这一现象。当时已有人明确指出，"类型化"为旧剧一大特征，演新剧则不能用此法，人物的行为举止怎样才能切合剧情，"全由学者暗中摸索"，靠循规蹈矩"磨炼"不出新剧家。⑦ 耐人寻味的是，提出这一观点，呼唤"一种新剧专门学出现"，并不是得风气之先的所谓新剧中的"洋派"，而是土生

---

① 马二：《评戏杂说》，载《菊部丛刊》（下），上海交通图书馆1918年版，第112页。
② 欧阳予倩：《自我演戏以来》，神州国光社1939年版，第29-30页。
③ 欧阳予倩：《回忆春柳》，载《中国话剧运动五十年史料集》第1辑，第37页。
④ 梅兰芳：《戏剧界参加辛亥革命的几件事》，载《戏剧报》1961年第17、18期。
⑤ 欧阳予倩：《回忆春柳》，载《中国话剧运动五十年史料集》第1辑，第42页。
⑥ 朱双云：《新剧史·派别》，新剧小说社1914年版，第103页。
⑦ 仲贤：《新旧剧之异点》，载《新剧史·杂俎》，新剧小说社1914年版，第147页。

土长的新剧从业者。这使我们不得不考虑，是不是由于对日本新派剧的倾心和模仿，相反倒阻遏了"洋派"的思维触角？至少是日本新派剧演员训练方法和艺术表现的某种模式化倾向，与传统中国戏剧的某些特质沟通了。在传统与外来因素的双重制约中，早期话剧向前迈出了可能的一步。

## 三、心灵的撞击与隔膜

日本新派剧全盛时期，有一支庞大的作者群，他们大多从日本民族生活中取材，写一些"义理"和"人情"的家庭悲剧。这些作品的悲剧性与歌舞伎的道德标准没有什么更大的出入，只不过是时代风尚不同而已，然而却非常受大众欢迎，新派剧也以此立定了脚跟，形成了自己的传统题材领域和风格。① 日本新派剧受西方戏剧很大影响，本质上却是日本民族文化的结晶，其代表性作品表达了日本人的特有思想情感倾向，具有浓重的传统风格情调。

《不如归》可能是对早期中国话剧影响最深远的日本剧作。关于这方面情况，笔者另有专文讨论。除此之外，佐藤红绿的《潮》（译名《猛回头》）、《云之响》（译名《社会钟》）也是翻译较早、很有影响的作品。贫苦农民石山老汉为了给孩子充饥，偷了人家一瓶牛奶，自己囚死狱中，他的三个孩子也因此遭受别人的冷眼，最后逼得石大杀死弟妹，自己也撞死在大钟下面。这是《社会钟》所写的故事。《猛回头》与此稍有不同，它的主人公是一个被迫当了强盗的哥哥，最后被妹妹杀死，和《社会钟》一样，"剧中人的一些想法和处理问题的方式方法是日本式的"②。偷一瓶牛奶，固然要受到一般社会伦理观念的责难，但不一定逼得人家破人亡。这种过于残酷的"惩罚"，主要不是来自社会的法律条文，而是人们的习俗和道德约束，它不是无节制的想象和夸张，也不是刻意追求"小事件"中的微言大义，悲剧的形成与日本人的独特世界感受方式和心理承受能力有一定联系。比较文化研究的成果向我们表明，日本是比世界上任何其他民族都更加注重自我在社会中印象的民族，他们行为谨慎，偏于内向，"耻辱"感在日本人的文化心理中占据举足轻重的位置。这样我们才能理解社会舆论对"一瓶牛奶罪"的惩罚何以如此严酷，才能理解由此给主人公带来的严重后果和不堪忍受的心理压力。与此相联系，日本人把名誉看得比生命还重要，"根据他们的信条，自杀若以适当的方法进行，就能洗刷清自己的污名，恢复名誉"。在日本人的社会观念中，"自杀是有着明确目的的高尚行为。在某种场合，为了履行对

---

① ［日］河竹繁俊：《日本演剧全史》，岩波书店昭和三十四年（1959）版，第105页。
② 欧阳予倩：《回忆春柳》，载《中国话剧运动五十年史料集》第1辑，第39页。

名誉的'义理',自杀是理应采取的最高尚的行动方针"。与这种观念相符,日本的"小说与戏剧以皆大欢喜为结局是很少见的……日本的一般观众热泪盈眶地看男主人公因命运的变化而走向悲惨的结局,可爱的女主人公因运气的逆转而被杀,这样的情节是晚间娱乐的高潮,这正是人们到剧院去想看到的东西"①。对人生无常的反复咀嚼,好像是日本民族的一种偏嗜。《猛回头》《社会钟》之类的悲剧,除了不同社会所共有的一般含义而外,日本民族的独特情感和心理内涵也有较典型的显示。

受到此类戏剧的熏染,早期中国话剧出现了一些与传统民族文化精神有所不同,充满悲剧情调和以自杀的不幸结局为特色的作品。"春柳剧场"所演的"六七个主要的戏全是悲剧,就是以后临时凑的戏当中,也多半是以悲惨的结局终场——主角被杀或者自杀"②。《苦鸳鸯》写妻子为夫报仇后自杀,《离恨天》中的主要人物均被害或自杀。《青年》写一个少年人,找到杀父凶手,手刃暴徒,尔后自杀身亡。这样一些作品的出现,与西方浪漫派戏剧的介绍有一定关系,但就一般的戏剧情境和场面来看,与日本新派剧情调的联系更为紧密。有些作品的结局,用中国人的眼光看,本不需要自杀。像《故乡》中的邓忆南,漂流在外十多年,音信皆无,返回故里后,妻子已与别人组成了新的家庭,虽然他处于非常尴尬的境地,却也不一定要自杀,然而他还是投海而殁。如果我们认真剖析一下的话,甚至"悲惨"结局的方式,也与传统有所不同,"悬梁自尽""投毒而死"的大为减少,"手刃""投海""用手枪"的方式大量被采用,以至有人还曾就此类自杀方式是否真实的问题提出疑义。③

如果说"死亡"并不一定构成悲剧的话,那么这时出现的一些与日本悲剧有关联的剧作,某种程度上也触及了一些人的内心世界。如上所述,日本民族情感的悲剧倾向,来自他们独特的文化内涵和过于敏感的社会心理,当中国人把此类情调的悲剧搬上中国戏剧舞台时,无意中便有了开掘自我内心的含义。陆镜若创作的《家庭恩怨记》有一情节,王伯良的儿子重申被继母诬陷企图害父,在无法辩白的情况下,自杀以明心志。临死时,见父亲醉卧花厅中,他脱下自己的衣服给父亲盖上,泪如雨下。重申的情感有浓厚的东方色彩,他的最终抉择并不"理智",用自杀的方式表白自己,在中国人看来还有可能造成误解,变得不利于事情真相的澄清。但是,在作者的悲剧情境选择中,重申的内心痛苦程度得到

---

① [美]鲁斯·本尼迪克特:《菊花与刀》,浙江人民出版社1987年版,第134、141、163页。
② 欧阳予倩:《回忆春柳》,载《中国话剧运动五十年史料集》第1辑,第42页。
③ 瘦月:《新剧中之外国派》,载《新剧杂志》第1期。

了有力的刻画。戏剧的结构方式和情调，是人的心灵外显，没有真正的内心冲突和矛盾，便不可能有戏剧中的悲剧情感和场面。从这层意义上说，日本格调的悲剧因素出现在中国舞台上，也使中国人展现心灵的笔触找到了一个新的视角，与西方浪漫派戏剧的介绍相同步，在社会大变革的背景上，异域的色彩辉映出了传统自新的瑰光。

但是，对于大多数中国观众来说，他们并"不大习惯""纯粹的悲剧"，让他们"每次都带着沉重的心情出戏馆，他就不高兴再看"。《猛回头》《社会钟》之类在舞台上出现血淋淋强烈场面的戏，虽然"当时在各处地方上演，也没听到过有谁提过意见"①，但也很少有像其他剧目那样出现更多的仿作。中国人的人生悲剧感不如日本人那样强，他们的欣赏习惯和审美要求也与日本人有所不同，因此像《血蓑衣》这类的作品似乎更受欢迎。陈大悲的《美人剑》，与其在情节上几乎一模一样。此剧"系日本初立宪时之一记事……中国各剧场所演之侠女传、侠女鉴、都督梦各新剧皆本此剧本事，改头换面而成"②。这个剧在早期话剧中风行一时，其妹为兄报仇的"义侠"精神，在传统市俗文学中屡见不鲜，其善恶有报的最终结局，更适合一般中国观众的欣赏口味和心理要求；它的曲折情节，对话剧艺术了解不多的艺人来说也容易把握，可以取得较好的浅层次戏剧效果。它比那些"纯粹的悲剧"更受欢迎，是意料之中的事。

日本新派剧中，有许多传统意识；中日两国文化渊源相近，早期中国话剧与其有某种亲和力，自不难理解。但是，日本民族对悲剧情调的喜爱又不是中国人所具有的。在早期中国话剧中，那种"人情"和"义理"的悲剧，那种"心中"（情死）的场面，对中国有一定影响，与西方浪漫派戏剧的介绍一起拓展了早期话剧的审美境界。但是，当早期话剧发展到鼎盛时期以后，特别是当剧本荒成为很大的问题，人们开始大量地从传统小说和戏曲中寻找题材和情节的时候，那种世界各民族共有的大众心理企望，便占据了绝对优势。《梅花落》《新茶花》《妾断肠》《红妆侠士》等，既是外来的，又是民族的，或者说是把外来的因素，进一步中国市俗化，并有一发而不可收之势；早期话剧也在这时走入了下坡路。

一般说来，早期中国话剧有外来所本的剧作，都有一些新的因素在里面，写到家国兴亡之感时，也颇引人入胜，例如以满清宫廷生活为题材的戏等便是这样。可是一旦走出这个范围，把笔触和艺术视野伸展到普通市俗生活中去的时候，便与传统的戏曲小说情调很相像了。有时戏剧手段也有新意，但内心冲突却

---

① 欧阳予倩：《回忆春柳》，载《中国话剧运动五十年史料集》第1辑，第42、39页。
② 秋风：《剧史》，载《新剧杂志》第1期。

很平淡，人们对"悲剧"感兴趣的大多是其廉价的舞台刺激性，并不能从审美的角度把它当作一种执着的艺术追求。从接受日本新派剧影响的角度看，除了《不如归》等少数作品外，都不是日本最好的剧作。这些都只能归因于当时中国的民族意识形态。哪怕是借用了一些外来的戏剧手段以造成颇具新意的舞台艺术效果，如果不能把它与特有的民族情感和意识冲突融为一体，不能从民族的实际生活中挖掘出戏剧性来，那么也难免不给人以游离之感。实事求是地说，这在当时不可避免，早期中国话剧对日本新派剧因素的选择倾向，最终还是透露出了当时中国民族意识与外来情感的某种隔膜。这里我们似乎遇到了一个难题：作为人的一种精神现实，是民族情感意识的嬗变带动了艺术形态的变革，还是艺术形态的演变促进了民族情感意识的转换？如果不从外来影响的角度审视，二者似乎是一回事，而从外来影响的角度分析，二者又不等同。在这个类似"怪圈"的思考中，我们只能认定，文学艺术变革的诸方面因素并不总是谐和的，特别是在受到外来影响而产生变革的情形下，势必首先要从某一特定因素的起动开始，然后才激发其他相应因素发生嬗变。从这个意义上说，那些一眼就看得出来的明显"影响"，往往并不是特定历史条件下的最成功之作，却可能是最有启示性和开拓性的部分。早期中国话剧与日本新派剧在情感意识和艺术形态上的接近和疏离，也在这个背景上获得了自身的价值，给我们以应有的启示。

（原载于《中国现代文学研究丛刊》1992年第1期）

# 论近代日本戏剧对我国
# 早期话剧创作的影响

黄爱华

早期话剧，也即文明新戏，是指"五四"新文化运动发生之前的中国话剧。由于它主要是在近代日本新派剧和新剧艺术的哺育下成长的，与"五四"以后的话剧直接受欧洲近代剧的影响而发展起来的不同，因而在中国话剧史上，早期话剧是作为一个具有独立的审美品格的艺术实体而存在的。早期话剧受日本近代戏剧的影响是多方面的，可以说，从戏剧观念、演出形式、演出剧目，乃至表演风格和舞台美术，早期话剧无处不打着日本戏剧的烙印，散发着日本戏剧的艺术乳香。关于以上诸多方面的影响，笔者已著文讨论了其中几项，本文则着重讨论演出剧目，即从戏剧文学的角度，探讨近代日本戏剧对我国早期话剧创作的影响。

下面试分"内涵指向的影响""体裁遴取的影响""创作方法的影响""影响的途径"几部分具体展开论述。

## 一、内涵指向的影响：鲜明的政治倾向性

近代日本戏剧对我国早期话剧的内涵指向的影响是多方面的，如政权、阶级、普遍道德、实际或理想的生活方式等，而其中最为突出的，是关于政权和阶级。这在剧作中表现出来，就是对现实政治的强烈关注，也即鲜明的政治倾向性。

春柳社、春阳社、进化团、励群社等早期话剧团体都以革命立场坚定、政治倾向鲜明而著称。他们在辛亥革命时期演出的剧目如《黑奴吁天录》《热血》《血蓑衣》《黄花岗》等，或反对种族压迫，或鼓励反抗斗争，或歌颂革命志士，都很好地配合了当时的革命形势，起到了反清爱国宣传的进步作用。特别是任天知的进化团，正如欧阳予倩所说，他们的戏"百分之八九十都有它宣传（革命）

的目的，所以在当时都当他们是革命党"①。像任天知编的《黄金赤血》《共和万岁》《黄鹤楼》等剧，更是直接反映辛亥革命的"即事"之作。这些剧作热情歌颂辛亥革命，讽刺鞭挞反动腐朽的清政府，表现出了强烈的时代感和鲜明的政治倾向性，被誉为中国现代戏剧史上"政治时事剧"的开山之作。

早期话剧在内涵指向上侧重于政权、阶级，表现出鲜明的政治倾向性，这当然有着社会的、历史的原因。它诞生于辛亥革命的前夜，可以说是随着辛亥革命高潮的到来而繁荣鼎盛，又随着辛亥革命的落潮而跌入低谷。与中国资产阶级民主革命相伴随的特殊的社会历史条件，决定了它必然与现实政治有着不可分割的紧密联系。不过，早期话剧舞台上政治剧以及有着鲜明的政治倾向的剧作之盛行，还应在艺术源泉上找动因。这动因，便是中国早期话剧所奉为圭臬和范本的日本新派剧。

新派剧是日本明治维新以后自由民权运动中应运而生的一种改良戏，它的起点便是明治中期自由党壮士角藤定宪和川上音二郎所倡导的"壮士剧""书生剧"。新派剧是自由民权运动的产物，角藤定宪正是出于要"把政治上的事情编写成剧"②的目的，才创造了"壮士芝居"这种戏剧样式。故壮士剧和书生剧在当时就被称作"具有社会内容的世相剧"③，是以"政治剧""宣传戏"的面貌出现的。像《忍耐的书生与贞操佳人》《勤王美谈上野曙》《经国美谈》《板垣君遭难实记》等，都是在当时产生过巨大影响的代表性剧目。它们在日本资产阶级民主革命运动中，为宣传和普及自由民权思想，与明治政府进行殊死斗争发挥了战斗武器的作用。中国话剧的创始者们李叔同、曾孝谷、欧阳予倩、陆镜若、王钟声、任天知、刘艺舟等都是日本留学生，他们都是在日本受了孙中山领导的中国资产阶级民主革命和全盛期的日本新派剧舞台的双重感召而开始戏剧活动的。他们不仅学习新派剧的纯粹的对话剧形式、分幕分场的编剧方法，而且承袭了早期新派剧紧密配合革命、及时反映现实生活、表现社会重大题材等传统，自觉以戏剧为改造社会、宣传革命的武器，为反清爱国做宣传，为民主革命摇旗呐喊，鼓吹增势。

为了使剧作的政治倾向性体现得更强烈、鲜明，早期话剧还借鉴了日本新派剧的"化妆演讲"（演戏就像是化了妆的演讲），往往在剧中插入大段议论，直

---

① 欧阳予倩：《谈文明戏》，载《中国话剧运动五十年史料集》第1辑，中国戏剧出版社1958年版，第59、64页。

② ［日］伊原敏郎：《明治演剧史》，早稻田大学出版部昭和八年（1933）版，第649页。

③ ［日］河竹繁俊：《日本演剧全史》，岩波书店昭和五十四年（1979）版，第992、1015页。

截了当地表达某种意旨。化妆演讲是早期新派剧的重要特征,壮士剧、书生剧最初面世时,几乎只靠化妆演讲招徕观众。这是因为壮士剧、书生剧的创始人角藤定宪和川上音二郎最初都不是纯粹为了"改良演剧"而从事戏剧活动的,他们是出于政治上的需要,即考虑到"发表政谈演说,孩子、老人听不懂;而且警察干涉得厉害,稍稍过激的言论就要被禁止"①,才采用了戏剧这种大众化的形式,企图用"化妆演讲"的方式来宣传自由民权思想,为政治斗争服务。早期话剧舞台上"讲演"的风气是相当盛的,早如春柳社于1907年在东京演出的《黑奴吁天录》,据日本戏剧界的评论报道,剧中就多次出现过"滑稽演说"的场面;②迟如启民社周剑云于1915年编写的以抨击"二十一条"为题材的《征鸿泪》,剧中竟出现长达一千多字的演说词。进化团、励群社更是几乎每剧必演说,时不时来一段慷慨激烈的言辞。讲演的内容有的与剧情有关,融入剧情,有的纯粹是借题发挥,只是讲一些革命道理。任天知甚至创造出"言论派老生"的角色,专做讲演,自己在当时也赢得了"第一言论老生"的称号。早期话剧把"生"分为八派,其首即是"激烈派",激烈派在剧中所司的,就是"言论老生""言论小生"的职能。从艺术的角度看,化妆演讲是一种有损艺术形象的"直奔主题",应当是缺乏现代戏剧观念和艺术上不成熟的表现,自然不利于早期话剧在艺术上的发展和提高。故剧作内涵指向上的鲜明的政治倾向性固然属于积极影响,但化妆演讲却有消极的一面。

## 二、体裁遴取的影响:"春柳悲剧"之盛产

就戏剧体裁来说,戏剧界一般把悲剧与喜剧、正剧并称作"三大古老的戏剧体裁"。三大体裁中尤以悲剧为最,它发展成熟得最早,历史最悠久,理论也最完备,在世界戏剧史上享有"崇高的戏剧"的美称。

在对悲剧、喜剧、正剧这些戏剧体裁的遴取上,我国早期话剧也似乎最偏爱悲剧,"春柳悲剧"盛行一时。这种对悲剧体裁的偏好,应该说也是受日本新派剧影响的结果。

日本新派剧发展到明治后期,开始摆脱、改变早期的政治宣传剧的面貌而向风俗世态剧演变。这时期盛演的,是采自欧洲浪漫派戏剧的"翻案剧"(改编剧)和由家庭小说改编的"家庭悲剧"。这些家庭伦理悲剧,日本戏剧史上又称作"新派悲剧"。明治三十一年(1898)三月,川上音二郎首先改编上演了尾崎

---

① [日]伊原敏郎:《明治演剧史》,早稻田大学出版部昭和八年(1933)版,第649页。
② 伊原青育团、土肥春曙:《清国人之学生演剧》,载《早稻田文学》明治四十年(1907)七月号。

红叶的著名小说《金色夜叉》。以此为开端，接着德富芦花的《不如归》、菊池幽芳的《己之罪》《乳姊妹》等相继被搬上新派剧舞台。其他著名的新派悲剧还有《想夫恋》《女夫波》《母亲的心》《侠艳录》《妇系图》《琵琶歌》等。由于新派悲剧的特性是"大众性"和"通俗性"，是"义理和人情矛盾的家庭悲剧"①，因此这些反映明治社会现实，特别是注重表现爱情、婚姻、家庭、伦理道德以及它们之间的矛盾的戏剧演出，深受广大市民观众的欢迎，一些代表剧目久演不衰。

与新派悲剧之盛行相应的，是"春柳悲剧"之盛产。这里，春柳悲剧不仅指春柳社所编演的悲剧，也包括当时其他话剧社团仿效春柳社的悲剧模式而编制的悲剧。欧阳予倩曾多次提道："春柳的戏……大多数是悲剧"②，"春柳剧场的戏悲剧多于喜剧，六七个主要的戏全是悲剧，就是以后临时凑的戏当中，也多半是以悲惨的结局终场——主角被杀或者自杀"③。郑正秋《新剧考证百出》及张冥飞的《西洋新剧》共著录了133个早期话剧的常演剧目，据笔者统计，其中悲剧，或带有浓厚的悲剧性色彩的剧目就差不多占了一半④，由此也可见早期话剧舞台上悲剧之盛行。新派悲剧之对我国早期话剧产生影响，不用说是春柳社传导的。春柳社在日本活动期间，正是新派悲剧极一时之盛的时候，耳濡目染，自然留下了深刻的印象。又由于新派悲剧描写当代生活，反映青年最关心、最敏感的问题，当然也引起了留日青年学子的共鸣。于是，陆镜若、马绛士、欧阳予倩他们首先把"摄取"的目光投向了新派悲剧。

新派悲剧对春柳悲剧的影响，主要表现在取材角度和悲剧模式两方面。

（一）题材的选取角度

新派悲剧多从爱情、婚姻的角度切入，通过解剖家庭，以达到展现社会世相和批判封建道德的目的。春柳悲剧绝大多数也是以爱情婚姻为题材的家庭伦理剧。改编移植自新派剧目的《不如归》《新不如归》《猛回头》《茶花女》《爱海波》等不用说，春柳社、新民社、民鸣社、民兴社等著名团体自己编排并经常演出的，也以这类悲剧为多。如《家庭恩怨记》（陆镜若编），通过陆军统制王伯良一家的悲剧，反映了一定的伦理道德观；《恶家庭》（郑正秋编），通过对穷书生卜静丞得官暴富后堕落行为的描写，暴露了旧家庭的罪恶。再如《生别离》

---

① ［日］河竹繁俊：《日本演剧全史》，岩波书店昭和五十四年（1979）版，第992、1015页。
② 欧阳予倩：《谈文明戏》，载《中国话剧运动五十年史料集》第1辑，中国戏剧出版社1958年版，第59、64页。
③ 欧阳予倩：《回忆春柳》，载《中国话剧运动五十年史料集》第1辑，第42页。
④ 郑正秋：《新剧考证百出》，上海中华图书集成公司1919年版。

（马绛士编），描写商贾女冷香与柳师惠相爱，却为父所阻，以致抑郁成疾，疾亟而亡；《怨偶》（欧阳予倩、管小髲合编），写素湘迫于亲命，嫁非所爱，终致自戕而死；《痴儿孝女》（陆镜若、张冥飞合编），写幼良与姐采薇为掩母过，或佯狂或忍诟，最后还是家破人亡。这些爱情、家庭悲剧，虽然调子低沉了点，主人公的反抗性不够强，但一定程度上表现了反对封建家长制、要求妇女解放的愿望。其他像《恨海》《空谷兰》《梅花落》《蝴蝶梦》《爱欲海》《芳草怨》《秋海棠》《情海劫》《生死姻缘》《火里情人》等，也都是表现爱情婚姻以及人情与义理之间的矛盾的，具有一定的反封建性和社会批判意义。

（二）悲剧的编制模式

新派悲剧由于题材比较单一化，往往在人物的设置、情节的安排及结构的处理上形成一些固定模式。这些编制悲剧的"模式"，也屡为春柳悲剧所采用。在人物设置和情节安排方面，有青年男女两情相悦，私许终身，却不为双亲所允，像《生别离》就是；有夫妻相爱甚笃，而媳妇不容于舅姑，像《不如归》《新不如归》中的帼英、佩荷，均失姑欢而被迫与丈夫离散，抑郁而亡；有因第三者不得所爱，进谗离间，使得劳燕分飞，如《芳草怨》《蝴蝶梦》；有继母不贤有外遇，致使坏人插足，惹是生非，如《家庭恩怨记》《渔家女》《痴儿孝女》等。至于悲剧的结局，新派悲剧中大量的是"情死"（双双殉情），自杀或他杀。春柳悲剧也大多以死亡作结，其中因主人公违抗不了命运的捉弄而自杀的更占了相当的比重。如据欧阳予倩统计，春柳社常演的二十八个悲剧中，"以自杀解决问题的就有十七个"[1]，可见比例之高。而且这十七个戏中，大多数还是主人公杀死他（她）所恨的人之后再自杀，悲剧气氛极浓，像《火里情人》；也有双双殉情的，如《爱欲海》，最后是石禅"携秀贞登败筏，同沉于海"[2]，谱写了一曲壮烈的爱情悲歌。

当然，春柳悲剧也有对中国传统文化特别是古典悲剧继承、借鉴的一面，不能完全归于日本新派剧的影响。但是，春柳悲剧生产如此之盛，且悲剧气氛如此之浓烈，与中国古典悲剧之抒情、闲婉迥然有别，不能不说是受了日本新派悲剧的深刻影响所致。

---

[1] 欧阳予倩：《谈文明戏》，载《中国话剧运动五十年史料集》第1辑，中国戏剧出版社1958年版，第59、64页。

[2] 郑正秋：《新剧考证百出》，上海中华图书集成公司1919年版，第21页。

## 三、创作方法的影响

（一）浓厚的浪漫主义色彩

在文学艺术史上，浪漫主义与现实主义是两大主要思潮，同时也是两大基本创作方法。浪漫主义作为一种文艺思潮，产生于18世纪末19世纪初欧洲资产阶级革命时代；而作为一种创作方法，却是随着文学艺术的诞生而诞生，自始至终地存在于文学艺术创作之中的。

早期话剧虽属于写实型戏剧，但就创作方法而言，采用更多的还是浪漫主义的表现手法，遵循的还是19世纪欧洲浪漫派戏剧的创作路子。当然，早期话剧接受欧洲浪漫派戏剧的影响不是直接的，而是通过学习日本新派剧，间接接触了欧洲浪漫派戏剧，吸收了其中浪漫主义的艺术乳汁。

明治二三十年代，在欧洲浪漫主义文艺思潮的影响冲击下，日本文坛首先掀起了一场以北村透谷和谢野晶子为旗手的浪漫主义文学运动。与此相呼应，这时的日本新派剧剧坛，也把摄取的镜头对准了欧洲浪漫派戏剧。据伊臣真《观剧五十年》一书所附录的"演剧年表"，可知从明治三十年（1837）十月第一部欧洲戏剧——莫里哀的《吝啬鬼》被改编成《夏小袖》搬上新派剧舞台，至明治大正改元的1912年7月，十五年间东京新派剧舞台上共改编移植了二十来部西方戏剧作品。其中莎士比亚的作品最多，其次是欧洲浪漫派戏剧，如雨果的《欧那尼》、斯克里布的《一杯水》、小仲马的《茶花女》、萨都的《热血》《祖国》等，这些还都是浪漫派戏剧的代表作品。莎士比亚戏剧就创作方法来说主要也是浪漫主义的，是浪漫派戏剧的鼻祖，被浪漫派尊为"戏剧之神"。由此可见，日本新派剧所受西方戏剧的影响，主要是来自近代前期的欧洲浪漫派戏剧。

欧阳予倩曾在《自我演戏以来》中指出："春柳剧场的戏直接模仿日本的'新派'……'新派'所采的是佳制剧（well-made play）的方法不是近代剧的方法，所以说春柳的戏是比较整齐的闹剧（melodrama），而不是我们现在所演的近代剧。"① "佳制剧"即佳构剧，又叫巧凑剧，19世纪流行于欧洲，代表作家是斯克里布、萨都等，属于浪漫派戏剧范畴。这里，正道出了日本新派剧与欧洲浪漫派戏剧的关系，以及早期话剧通过模仿新派剧间接学习浪漫派戏派创作方法的事实。

我国早期话剧创作的浪漫主义特征，具体说来，主要表现在以下几个方面：

首先，不严守"三一律"。从郑正秋《新剧考证百出》所著录的近百个早期

---

① 欧阳予倩：《自我演戏以来》，中国戏剧出版社1959年版，第67页。

话剧剧目看，无一例外都是多幕剧，且大多在五幕以上。这些幕数众多的多幕剧，都不是限于故事情节单一、事件发生在一个地点并于一天之内完成，而是时间跳跃，地点更换不定，事件多头并进。如欧阳予倩编的《怨偶》，从素缃寄居姑母丽君家（第一幕）写起，到义士常平杀丽君、希安，为素缃诛奸复仇（第八幕），前后跨度数年，地点忽而乡间，忽而城里，忽而洞房，忽而祭堂，更变不定；且剧中人物二十多个，事件多，头绪繁复。

其次，情节曲折离奇，富于传奇意味。早期话剧，无论是从日本新派剧改编，还是取材于中外小说，还是自己创作，大多情节曲折，富于传奇、浪漫色彩。如陆镜若、吴我尊译编的《异母兄弟》，写三郎与异母哥哥憨二由不认识时相害、至知情后相救的故事，其中有三郎走南洋、任都督、流放硫黄山、双目失明、囚禁教堂、遁归故国的经历，又有憨二由南洋漂流回国寻父、为张翁所收许妻、返南洋诘妻、贬赴硫黄山、还妻救弟等情节，可谓极尽离奇曲折之至。

再次，布局巧妙，场面紧张，富于戏剧性。这一特征在喜剧中表现得最为突出。如张冥飞编的《文明人》，第二幕写向以"刷新"自任的留学生贾人俊，在妓院中演说自由自主之义，且力倡男女交往自由；第五、六两幕则写贾人俊在公园中看到其妻与一男子携手共游，愤急欲狂，其妻遂以贾之自由之说反唇相讥，使他狼狈不堪。这种对照的手法，不仅使全剧前后呼应，浑然一体，而且更增强了讽刺批判力量。至于第五幕"公园里滑稽之自由"，更是一个极富戏剧性的场面，因为与贾妻共游之"男子"乃贾人俊亲妹妹所假扮。①

最后，大量私情、阴谋、死亡、"大彻大悟"等的描写。幽会、诬陷、下毒、装疯、枪杀、出家，特别是对死亡的偏爱和尽情渲染，正是浪漫派戏剧的惯用手法。如陆镜若编的《家庭恩怨记》，写传奇式人物王伯良一家的悲剧，其中就有妾妇小桃红与情夫李简斋幽会、小桃红诬陷重申毒父、王伯良手刃小桃红并最后大彻大悟等情节和场面的描绘，悲剧气氛非常浓郁。

当然，时空自由，讲究情节、结构的曲折完整，注重人物命运的悲欢离合，及幽会、进谗、出家等的大量描写，也是中国传统戏曲的基本美学特征。中国传统戏曲的编剧方法对早期话剧创作的影响也是巨大的，因为早期话剧的不少编剧如欧阳予倩、郑正秋、张冥飞、冯叔鸾（马二先生）等本身就是熟谙戏曲的行家。应该说，早期话剧是同时接受了中国传统戏曲和日本新派剧浪漫主义创作方法的影响，对前者的继承和对后者的借鉴，两者不可或缺。

---

① 张冥飞：《文明人》，载《七襄》第 7、8、9 期，1915 年 1 月、2 月。

（二）近代剧现实主义创作方法的尝试

除了浪漫主义的创作方法，早期话剧舞台上还有过欧洲近代剧的现实主义创作方法的尝试。其代表性作品，就是刘艺舟编写的1914年首演于日本的两幕五场话剧《复活》和两幕四场话剧《西太后》。

1914年夏天，因"二次革命"失败而亡命日本的刘艺舟，在日本剧界松竹合名诸公的帮助下，结集革命党人和留日学生，创立了"光黄新剧同志社"。9月，邀来上海的开明社计划合作演出。经过两个月的编选剧目和认真排练，于11月、12月上旬，以"中华木铎新剧"（木铎是刘艺舟的艺名）的名义，先后在大阪、东京公演了《豹子头》《复活》《西太后》《茶花女》等剧。① 其中，《复活》和《西太后》两剧，就是采用欧洲近代剧的现实主义创作方法来编剧的。

所谓"欧洲近代剧的现实主义创作方法"，简单说来，就是欧洲近代以易卜生戏剧为旗帜的主张写真实、强调如实反映生活的创作方法。作为对浪漫派戏剧创作方法的一种反拨，它不注重情节的曲折离奇和人物的传奇、浪漫色彩，而是强调戏剧"解剖社会，分析心理，探求人生，观察世态"②，因而反对夸张和虚饰，主张表现生活的真实性和复杂性。这种创作思潮和方法在中国的正式传播要到"五四"新文化运动以后，而在日本却始于明治末期（以1909年2月小山内薰"自由剧场"的开场为标志），日本比中国早了整整十年。早期话剧正是通过学习日本新剧而间接接触了欧洲近代剧的现实主义创作方法，并开始了最初的尝试。

日本剧坛进入大正时代（1912—1925），新派剧已由明治中后期的全盛期转入衰退期，代之而起占据霸主地位的，是有"现代话剧"之称的新剧。日本新剧与新派剧不同，它是在欧洲近代戏剧运动的直接影响下以否定歌舞伎和新派剧的姿态而出现的。它以欧洲近代剧为目标，大量搬演介绍的是易卜生、契诃夫、高尔基、托尔斯泰、梅特林克等近代世界戏剧大师的作品。大正初期，对易卜生的研究更形成一个群众性的浪潮，当时的日本剧作家几乎都程度不同地受到易卜生戏剧的影响。如著名剧作家秋田雨雀、长田秀雄等，这时都转向了现实主义，接受欧洲近代剧的现实主义创作方法，创作出了像《被埋葬的春天》《欢乐鬼》之类现实主义的杰作。正是受到大正初期这种演剧和创作倾向的影响，刘艺舟等

---

① 见1914年大阪、东京公演印发的《中华木铎新剧戏单》，现藏早稻田大学演剧博物馆。
② ［法］左拉：《自然主义与戏剧舞台》，转引自李万钧、陈雷编《欧美名剧探魅》，海峡文艺出版社1987年版，第268页。

人也开始了现实主义创作方法的尝试，编写并演出了像《西太后》《复活》这样的现实主义作品。

《西太后》是一部描写以慈禧太后为中心的清宫内部权力、政治斗争的"现代剧"。该剧的素材不是刘艺舟道听途说来的，而是有所本的。在现藏日本早稻田大学演剧博物馆的"中华木铎新剧戏单"（大阪公演时印发）上，我们看到《西太后》剧名前写着"《大阪每日新闻》所载佐藤和恭先生记述、支那革命志士刘艺舟先生脚色"这样一行字。则可知刘艺舟的《西太后》，是根据佐藤和恭发表在《大阪每日新闻》上的"记述"改编的。据进一步考证得知，所谓佐藤和恭的"记述"，即指《西太后侍嫔德菱女史私记〈前清皇室之内幕〉》一书（注：德菱即德龄）。此书从大正三年（1914）六月二十一日开始，连载于《大阪每日新闻》。① 刘艺舟是1914年春天到大阪的，大概读到了报纸上连载的这部纪实性作品，便据此编写了《西太后》一剧。它共两幕四场，第一幕分"热河行宫"和"太和殿"前后两场，第二幕分"紫竹林"和"颐和园"前后两场；出场人物有西太后、咸丰帝、载淳、张寿山、李莲英、肃顺、东太后及西宫宫女等十来人。② 从它结构单纯、情节连贯、人物集中等特征看，很接近欧洲近代剧的创作风格。而且，它不像民鸣社的连台本戏《西太后》，为了投合小市民的猎奇心理和低级趣味，专采有关西太后的种种传说故事，尤其是宫中的绯闻艳史敷演成戏；而是严格根据史实，按照现实中西太后的本来面目来描写西太后这个人物，如实反映了西太后执政前后面临内忧外患而统治集团内部却争权夺利、勾心斗角这一段历史。作者的态度是客观的、带针砭性的，饱含着对社会政治的冷静观察和严肃批判。虽然，这部《西太后》不是易卜生式的社会问题剧，还不能说是采用典型意义上的欧洲近代剧的现实主义创作方法，但它毕竟是一次可贵的尝试。

《复活》本身就是日本新剧剧目，是岛村抱月根据托尔斯泰小说改编的，大正三年三月由艺术座首演于东京帝国剧场，为艺术座最受欢迎的保留剧目。脚本于首演的同时由新潮社出版。原剧五幕七场，刘艺舟没有全译，而只选择了第三、第四幕，编成"监狱之场"一幕四场。③ 后来由于反响强烈，在东京演出时又增加了"西伯利亚之场"，变成两幕五场。④ 这两幕五场剧的《复活》较之原

---

① 见吉田登志子《关于"中华木铎新剧"之来日公演》注解④，日本演剧学会平成三年版。
② 见1914年大阪、东京公演印发的《中华木铎新剧戏单》，现藏早稻田大学演剧博物馆。
③ 见吉田登志子《关于"中华木铎新剧"之来日公演》。
④ 见1914年大阪、东京公演印发的《中华木铎新剧戏单》，现藏早稻田大学演剧博物馆。

剧虽然篇幅缩短了,情节上有所删减,但创作方法完全是一致的,即现实主义地描写人物和安排场面。如"西伯利亚之场",编者布置了这样一个场景:冰天雪地,戴着手铐、拖着脚镣、背着行囊甚至抱着婴儿的囚犯们被迫艰难地向俄罗斯"死人之家"西伯利亚行进,舞台上缓缓地回荡着历尽磨难、饱经摧残的女主人公喀秋莎哀怨婉转的歌声……①这是一个凄凉沉郁、真实感人的场面!特别是这段《喀秋莎之歌》的插入,既塑造了喀秋莎这个人物(歌声是人物心理活动的外现),又在剧中起到了烘托主题、渲染环境及至煽情的作用,使之由生活的真实进而上升到艺术的真实。《复活》后来被开明社带回国内,作为他们的保留剧目广为演出,产生了广泛而积极的影响。尤其在剧本创作和搬演外国戏剧的方法方面,起了很好的示范性作用,丰富了早期话剧的创作方法,推动了早期话剧艺术的发展和提高。

## 四、影响的途径:翻译和搬演

影响,离不开产生影响的途径。正如在施与者和接受者之间不能没有中间人——传播者,没有合适的途径,也构不成真正的"影响—接受"关系。我国早期话剧接受日本近代戏剧之影响是多渠道、多途径的,而就剧本创作来说,最主要的途径就是翻译和搬演。即通过翻译和搬演日本优秀剧目,了解日本戏剧的内涵指向、体裁风格、编剧方式及创作方法等,以达到研究日本戏剧并为本国戏剧创作做示范的目的。

异质文化,特别是采用不同语言的异质文化之间的沟通、交流,离不开"翻译"——用本国语言去诠释,用本国语言文字把另一种语言文字的意义表达出来。两种文化要构成"影响—接受"关系,翻译是必不可少的一步。近代日本戏剧之对我国早期话剧产生影响,首先也是通过翻译这个途径的。虽然在早期话剧时代很少有完整的翻译剧本出版,但翻译活动自始至终地存在着、活跃着,像早期话剧活动家李叔同、曾孝谷、欧阳予倩、陆镜若、刘艺舟、徐半梅等,同时又都是出色的日本戏剧翻译家,翻译了不少作品。尤其是陆镜若,在其短短的一生中,就译编了近十个日本新派剧剧目,产生了巨大影响。

戏剧是一门"多维""立体"的综合艺术,它与文学的最大不同,就是必须付诸舞台,才能最终获得生命。因此,与剧本翻译相伴随的,即是搬演。搬演是介绍、学习外国戏剧的最有效的途径,特别是在话剧草创时期,在中国人只知传统戏曲的编制法而对西方散文剧的形式和编剧方法不甚了了的情况下,译编搬演

---

① 见《大阪日日新闻》,(大正三年十一月七日)"艺界漫语录"等。

外国优秀戏剧作品,以给中国话剧创作提供学习典范,自然成了首要任务。

据笔者粗略统计,从 1907 年至 1917 年这十年间,被搬上中国话剧舞台的日本戏剧剧目(包括由日本戏剧移植改编的剧目),就有二三十部。现分类略举如下:

A 类:久演不衰、且有完整剧本者

《热血》日本新派剧作家田口菊町据法国浪漫派作家萨都名剧《女优杜司克》改编。明治四十年(1907)七月曾由伊井蓉峰、河合武雄演于东京新富座。① 陆镜若据以改编成四幕剧,更名《热泪》(回国演出时又改为《热血》),1909 年年初夏陆镜若、欧阳予倩等以"申酉会"的名义首演于日本东京座。

《猛回头》陆镜若据日本剧作家佐藤红绿的《潮》改编。1910 年 8 月,陆镜若与王钟声、徐半梅合作,以"文艺新剧场"的名义首演于上海张园。

《社会钟》原名《云之响》,新派剧作家佐藤红绿的作品。明治四十年三月曾由高田实、喜多村绿郎演于本乡座。② 陆镜若据以改编为中国戏,并于 1911 年 8 月与黄喃喃等首演于上海。

《不如归》日本作家德富芦花的著名小说。明治三十六年(1903)四月由佐藤岁三、木下吉之助等首先搬上新派剧舞台。③ 陆镜若等人曾用日语演出其中一场,后由马绛士改编为中国戏,1914 年首演于上海"春柳剧场"。

《复活》日本新剧剧目,大正三年三月由艺术座首演于东京帝国剧场。刘艺舟据以编为两幕五场剧,1914 年 11 月由开明社和光黄新剧同志社联合以"中华木铎新剧"的名义首演于日本大阪中座。④

B 类:偶尔演出、又无完整剧本者

《新蝶梦》原名《伯爵夫人》,明治三十九年(1906)一月曾由高田实、河合武雄在本乡座演出。⑤ 李涛痕改编易今名(又名《春蝶梦》),1908 年 5 月由李涛痕等首演于东京中华基督教青年会馆。⑥

《血蓑衣》佐藤岁三、藤泽浅二郎根据村井弦斋著名小说《血之泪》改编。

---

① [日]伊臣真:《演剧年表》,见《观剧五十年》附录,东京新阳社昭和十一年(1936)版,第 68 页。
② [日]伊臣真:《演剧年表》,见《观剧五十年》附录,东京新阳社昭和十一年(1936)版,第 67 页。
③ [日]伊臣真:《演剧年表》,见《观剧五十年》附录,东京新阳社昭和十一年(1936)版,第 52 页。
④ 见 1914 年大阪、东京公演印发的《中华木铎新剧戏单》,现藏早稻田大学演剧博物馆。
⑤ [日]伊臣真:《演剧年表》,见《观剧五十年》附录,东京新阳社昭和十一年(1936)版,第 63 页。
⑥ 《清国留学生演剧》,载《演艺画报》第 2 卷第 6 号[明治四十一年(1908)六月]。

1909年4月由春柳社首演于东京牛込高等演艺馆①，也是进化团的保留剧目。

《爱海波》原名《奴隶》，明治四十二年（1909）十月曾由川上音二郎剧团演于本乡座。②陆镜若据以改编为中国戏，并于1910年8月与王钟声等首演于上海张园。③

《金色夜叉》日本著名新派剧剧目，据尾崎红叶的小说改编。明治三十一年（1898）三月由高田实、藤泽浅二郎首演于东京市村座。④ 1910年年底，陆镜若等人用日语演出了其中"热海海滨"一场。

《己之罪》日本著名新派剧剧目，明治三十六年七月由高田实、藤泽浅二郎首演于本乡座。⑤ 1912年9月，陆镜若、黄喃喃、徐半梅曾以"三大团体联合演剧"的名义演于上海兰心戏院。⑥

《乳姊妹》日本著名新派剧剧目，明治三十八年（1905）由高田实、河合武雄首演于本乡座。⑦ 1916年，欧阳予倩、徐半梅、顾无为等曾演于上海笑舞台。

C类：只见著录、具体演出时间无考者

《新不如归》新派剧剧目，陆镜若据以改编的中国戏。张冥飞《西洋新剧》和欧阳予倩《回忆春柳》有著录。⑧

《真假娘舅》新派剧剧目，《西洋新剧》和《回忆春柳》有著录。⑨

《老婆热》日本喜剧，《西洋新剧》和《回忆春柳》有著录。⑩

从搬演的方式看，早期话剧对待日本戏剧的态度除了像《金色夜叉》《复

---

① 《清国留学生之慈善演剧》，载《万朝报》第5618号（明治四十二年四月一日）。

② ［日］中村忠行：《"春柳社"逸史稿（二）》，载《天理大学学报》第8卷第3号［昭和三十二年（1938）］。

③ 万物博士：《支那之新演剧》（原文如此，"支那"为当时对中国的蔑称），载《歌舞伎》第23号（明治四十三年九月）。

④ ［日］伊臣真：《演剧年表》，见《观剧五十年》附录，东京新阳社昭和十一年（1936）版，第27页。

⑤ ［日］伊臣真：《演剧年表》，见《观剧五十年》附录，东京新阳社昭和十一年（1936）版，第55页。

⑥ 朱双云：《新剧史》，新剧小说社1914年版，"春秋"第27页。

⑦ ［日］伊臣真：《演剧年表》，见《观剧五十年》附录，东京新阳社昭和十一年（1936）版，第59页。

⑧ 张冥飞：《西洋新剧》第22页，见《新剧考证百出》附录欧阳予倩《回忆春柳》，载《中国话剧运动五十年史料集》第1辑，第40页。

⑨ 张冥飞：《西洋新剧》第23页，见《新剧考证百出》附录欧阳予倩《回忆春柳》，载《中国话剧运动五十年史料集》第1辑，第40页。

⑩ 张冥飞：《西洋新剧》第28页，见《新剧考证百出》附录欧阳予倩《回忆春柳》，载《中国话剧运动五十年史料集》第1辑，第40页。

活》等少数作品完全按照原著演出外，大多不是照搬照抄，而是主要采取以下两种改编方法。

一是基本上忠实于原著，但按中国国情略做改动。像春柳社的《热血》、进化团的《血蓑衣》等剧，都为了配合当时蓬勃发展的中国革命形势，增加了一些宣传革命的成分。

二是外国剧本中国化，即改写成中国故事、中国人名的中国剧本。《爱海波》是中国话剧翻译史上外国戏剧中国化的第一次尝试，而最成功、影响最深远的是《不如归》，在当时可以说引起了一场家庭戏的创作、演出热潮。

当然，这两种改编方法也是从日本新派剧那儿学来的。新派剧在搬演欧洲戏剧作品时，一般不像新剧那样，力求忠实于原著，完全按照原著排演。而是或者略做改动，以适于新派剧演出，如《祖国》《王冠》《热血》；或者改写成日本剧本，像《夏小袖》《倭塞罗》《哈姆雷特》等剧，都换上了日本人名，改成了日本故事。这后一种改编方法，日本称作"翻案"，在明治后期非常盛行。另外，日本还有一种改编方法叫"脚色"，是指把小说、故事等改编成戏剧作品上演，像《金色夜叉》《不如归》等都是由小说改编的。春柳社在东京编演《黑奴吁天录》，采用的就是这种方法。这种改编方法在早期话剧时代非常流行，可以说也是受日本"脚色"方法影响的结果。

基本上忠实于原著和移植改编为中国故事，是中国近代戏剧史上对待外国戏剧作品的两种主要编译方法。至今，它们仍然是我们在外国戏剧的翻译搬演问题上的基本立场和态度。

## 结　语

以上力求全面地分析探讨了近代日本戏剧对我国早期话剧创作的影响，务求用实际材料考证它们之间的渊源与影响的存在，努力回答了我国早期话剧接受些什么、怎样接受，以及接受的效果、途径等。不仅以大量的篇幅论述了日本新派剧对我国早期话剧创作的深刻影响，更以确凿的材料证明了日本新剧与我国早期话剧之间的"影响—接受"关系，而后者正是向来为国内戏剧史学家们所忽略的。特别是关于欧洲近代剧现实主义创作方法在早期话剧时代已开始尝试的观点，说明了欧洲近代剧早在"五四"新文化运动之前就已通过日本新剧而影响到我国话剧舞台，这无疑纠正了历来把早期话剧和"五四"新文化运动以后的话剧截然割断的错误看法。我们说，早期话剧虽然具有相对独立的审美品格，但在精神上与"五四"新文化运动以后的话剧是一脉相承的；"五四"新文化运动以后的话剧是在对早期话剧既批判又继承的基础上构建起来的，没有早期话剧筚路蓝缕的草创之功，便没有中国现代话剧的成熟与繁荣。

早期话剧时代是中国戏剧迈向现代化的历史性转折时期，正如美国学者恩斯特·沃尔夫所说："日本在中国文学的现代化过程中比任何别的国家都更为重要，它发挥了双重的作用，既是启蒙导师，又是输入西方文学的中间人。"① 在戏剧文学方面，也是这样。我们正是在日本的启蒙下迈出了中国戏剧文学由古典形态向现代形态转化的历史性一步，正是通过学习日本新派剧、新剧，间接接受了西方戏剧的剧本形式、编剧方式、体裁风格以及创作方法。可以想见，如果没有成熟的日本新派剧和新剧的"范本"作用，中国话剧就将长久地停留在"幕表制"阶段，早期话剧创作也将是另一种面貌——当然是一种极为粗糙、幼稚的面貌。

（原载《中国现代文学研究丛刊》1995 年第 4 期）

---

① ［美］恩斯特·沃尔夫：《西方对三十年代中国散文的影响》，载盛宁，译，张隆溪选编《比较文学译文集》，北京大学出版社 1982 年版，第 217 页。

# 上海近代的戏剧文学遗产

蒋星煜

一般人往往以为上海是一个新兴的大都市，戏剧文学的遗产不多，其实不然。现在上海市的范围大致与明清两代的松江府相似，而松江府所属各县以及嘉定等地戏剧一直很繁荣，中国历史上第一部戏剧演员的传记《青楼集》就是松江人夏伯和写的。至于剧作家，如范文若、黄图珌、周稚廉等还都是作品较多、影响也较大的，他们的作品都已被收录《古本戏曲丛刊》而影印问世了。

近百年来，上海在经济上一直处于领先的地位，对国内贸易与国际贸易都是无可取代的一个中心。文化娱乐也相应得到发展的机会，土生土长的戏剧艺术蓬勃开展，外省市的文化娱乐也争相流入，剧场之多、剧本创作与评论之多，都在全国范围内排第一位。这样长期积累下来，到了建国初期，已经是一笔十分丰厚的戏剧遗产。

从中央到地方，都相当重视戏剧遗产的发掘和记录工作，上海市也较早地成立了上海市传统剧目整理委员会、上海市传统剧编辑委员会等机构，各剧种则建立了分会或工作小组，具体地抓这一项工作。大家在思想上都明确了一点，如果要整理，也只能是在有记录的前提之下进行，所以记录或口述是整理的必备条件，否则只能是一场空论。

这一工作在上海是1956年前后逐步全面开展的，到1959年年底，口述、记录、抄录均告基本结束。因为老艺人文化水平有限，这些本子存在不同程度的讹错与缺漏，所以每一个本子都要做一番校订。到了1960年，为了及时把本子印出，使其发挥作用，于是集中了一批干部、编剧，就在文化局艺术一处直接领导下加快校订，到1961年年底，校订工作全部完成。

在此之前，校订好的剧本已分别编集，由上海文艺出版社出版。因为篇幅庞大，排、印都不可能紧紧跟上，直到1963年，这一整套上海市的《传统剧目汇编》才出齐。共计：

| 京　剧 | 26 集 | 116 个剧本 | 221 万字 |
| 通俗话剧 | 7 集 | 21 个剧本 | 70 万字 |
| 越　剧 | 17 集 | 42 个剧本 | 180 万字 |
| 锡　剧 | 3 集 | 12 个剧本 | 31 万字 |
| 沪　剧 | 2 集 | 5 个剧本 | 30 万字 |
| 扬　剧 | 2 集 | 1 个剧本 | 42 万字 |
| 甬　剧 | 1 集 | 14 个剧本 | 27 万字 |
| 合　计 | 58 集 | 211 个剧本 | 601 万字 |

因为基本上都是原来面貌，公开发行不妥当，所以全部都内部发行。印数在1000册左右，上海文艺出版社要亏损，专门编制了亏损预算，作为一项政治任务而认真去完成。

我们说《传统剧目汇编》是个宝库，何以见得呢？

## 一、京剧传统剧目

上海是仅次于北京的京剧流行最早也最广的城市，北京许多京剧名角有的是在上海成名的。此外，上海的京剧又有其显著的特色，如王鸿寿等是在京剧形成前后直接从徽班进入上海的。辛亥革命以后，上海的京剧无论在形式上或内容上都带有鲜明的时代气息，这部分剧目北方的京剧界是没有的。工商界的京剧票友亦多。所以，上海的京剧藏本极为丰富。

出身徽班世家的京剧前辈产保福是上海收藏京剧剧本的第一大家，他提供的本子有《碧血十族恨》《陈桥兵变》《天齐庙》《金镰关》《楚宫恨》《斩韩信》《专母训子》《要离刺庆忌》等，他还提供了一大批罕见的三国戏，如《战凤凰台》《七步吟》《破石兆》《战北原》《鞭打督邮》《虎牢关》《骂董卓》《磐河战》《拷打吉平》《张松骂曹》《左慈骂曹》《温明园》《曹营见母》《借赵云》《桂阳城》《鼎足三分》《汉阳院》《讨荆州》《柴桑口》《对算荐雏》《夜夺巴州》《贤孝子》等。诚然，这些本子科目不太多，只有主要唱词和科介，但比起《借东风》来，并不单薄，功力达到一定程度的演员仍旧可以在表演中予以丰富，使之成为传世名作。

著名老旦何润初的《徐母骂曹》固然知道的人较多，本子也曾刊行过，但他还有《徐母失箸》和《徐母训子》，也都是以徐庶之母为主角的三国戏，其他京剧班社都没有演唱过。再说，范叔华、伍月华、张少甫三位也提供了部分三国戏。

把这些藏本和国内广泛流行的《失空斩》等集中起来，基本上可以拼凑出整部的《全三国》。十分有趣的是剧目歌颂蜀汉贬低曹操、孙权的倾向很明显，有的还非常强烈，而且大部分是《大戏考》《戏典》《平剧汇刊》所未曾收进的，很可能是全国范围内最丰富的三国戏宝库。

范叔华提供了《女三战》《临潼会》《伍申反目》《富春江》《武符剑》《风火山》等，数量之多，仅次于产保福。

伍月华提供了《灭屠兴赵》《斩彭越》《三尽忠》和《岑母归汉》。他还提供了歌颂海瑞刚正不阿的两部连台本戏，即《德政坊》和《五彩舆》。此剧在清代同治年间（1862—1874）盛行于上海，当时的《沪北竹枝词》曾有反映，谓"自有京班百不如，昆徽杂剧概删除。街头招贴人争看，十本新排《五彩舆》"。可见影响不小。海瑞的对立面严嵩的死党鄢懋卿，史册记载他总理江浙盐政时，生活上奢侈而浪费无度，坐的轿子的确是大批人为之抬轿的五彩大轿，所以说是略有一点历史依据的，但此剧仍以虚构的情节为多。例如鄢懋卿的夫人坐在五彩舆中，被将做新郎的顾憺其人误以为是他的新娘，抬到家中拜了堂而成了亲，也同了床。趣味不高，笑料则不少。此连台戏命名为《五彩舆》即由此而来。原作为清代严问樵所编，有32本。伍月华藏本为10本，恐怕已经过整理和改编。

《德政坊》所写海瑞经历基本上出于虚构，其对立面不仅有严党赵文华，其范围则相当广，另有高拱其人。严嵩、赵文华把持朝政时，高拱还是官卑职小的人物，后来进入内阁，则只是和张居正发生尖锐矛盾，现在却成为《德政坊》中一个主要人物。整部戏比较松散而头绪繁多，所以影响不如《五彩舆》那么大。其中有精彩折子，假冒海瑞名声在外招摇撞骗的骗子正好碰到了真海瑞，戏剧性很强而笑料百出，可以稍加整理而搬上舞台，现在看来，仍有新意。

1959年，上海京剧院周信芳院长准备编演海瑞戏时，曾和我详细地研究、讨论了这两部连台戏，探索整理改编的可能性。我们都觉得这两部连台戏离海瑞这个历史人物的本来面目太远，篇幅也太大，决定还是重新编写新的历史剧。

郑长泰、郑法祥父子原是著名的独树一帜的悟空戏表演艺术家，他们的身材也较高大魁梧，形体动作则力求灵活快速，决不以搔耳挤眼等小动作取胜。为了适应他们的表演艺术特长，演出本与其他取材《西游记》的京剧本在内容上、风格上均有所不同。郑法祥家藏多年的《大闹御马监》《大闹蛇盘山鹰愁涧》《高老庄》《火山》等均系当年郑长泰演出本，甚有研究价值，产保福藏《大闹陷空山无底洞》、陈富瑞藏《造化山》也都是特点鲜明的悟空戏。

刘松樵所藏《二子乘舟》一剧，实为具有古希腊大悲剧风格的佳作，而且宋元南戏杂剧与明清传奇中均无此剧，不知京剧采自何种古典剧中，抑或直接从史实改编。故事背景系先秦卫宣公朝，公子泄为巩固卫国与齐国之睦邻关系，请命赴齐国为世子急子求公主宣姜为婚配。卫宣公荒淫无道，见宣姜美貌无比，乃命急子率兵征宋，自纳宣姜为妃。急子为人贤而且孝，与宋国重修和好后，拟即返京都。卫宣公下诏，命永守边疆。卫宣公与宣姜生公子寿与公子朔。公子寿忠恕仁厚，甚为同情急子，公子朔阴毒险恶，视急子为非除不可的眼中之钉。宣姜与卫宣公计议，深恐将来王位落于急子之手，决定设计谋害，命急子持白帽出使齐国，另派人在莘野中途截杀之。急子明知其中定有阴谋，仍领旨前往。公子寿为保护急子，盗白帽启程，果在莘野被杀。急子赶到，为公子寿之死而痛哭不止。前来行刺的武士询问内情，急子据实以告，也被杀死了。此剧在"文革"前曾有人拟加以改编而未成，现在的剧作者已对之印象不深了。应该说，这是传统剧目中极为罕见的大悲剧，基础已经很不错了，进行加工后定可成为精品中之上选。

产保福藏本《康有为》是清末政治生活的实录。康有为初任工部主事，颇为委屈，赴英国考察政治，大有收获，回国后对梁启超诸人颇多启发。进京后，得宋伯鲁、张荫桓诸人力荐，先以军机处记名录用，继补总理衙门章京。光绪召见，康有为大谈富国强兵之道，深得光绪欢心。康与杨深秀、谭嗣同、林旭等共议变法之策，礼部尚书许应骙力加劝阻，康有为不能接受，双方不欢而散。康有为从许府告退后，许应骙口念"但将冷眼观螃蟹，看你横行到几时"而结束全剧。值得注意的，当时这是宣传变法的现代剧，内容非常具有敏感性，形式上肯定突破程式之处不少，全部身着清装，许多身段就用不上了。容易吸引观众的武打也没有，上场的几乎全是言论老生，靠舌剑唇枪烘托出强烈的气氛，倒是海派特色相当明显的海派京剧剧目。

在越剧、锡剧、文明戏争演《珍珠塔》的同时，京剧也演了《珍珠塔》。也是产保福保存了这个剧本。京剧《珍珠塔》共四本，最后是方卿得了可斩势利小人的上方宝剑，其势利姑妈再三承认自己有错，方才被方卿宽恕。方卿娶了表姊翠娥、丫头采萍、有救命之恩的毕云显之妹毕秀金三个夫人。十分奇怪的插曲是抢珍珠塔的山大王邱六乔居然还有一个凶狠的压寨夫人，人称武西施，在剧中是个丑态百出的人物，山大王邱六乔称她正宫娘娘，她自己也称孤道寡，当然到后来都被擒拿正法。我想这是因为京剧既擅武打，又有彩旦这一行当，所以就和其他剧种的《珍珠塔》不一样了。

以上仅举数例，以说明上海京剧遗产不乏古典名剧；也有不少具有海派特色及时代气息的剧目，那是其他省市少见的。

## 二、通俗话剧剧目

和全国各省市的情况不一样,上海市的传统剧目固然主要是戏曲剧种,但还包括一个十分特殊的品种。在中国话剧的萌芽时期,留学日本的李叔同(即弘一法师),于1907年在日本编演了第一个所谓"新剧",即《巴黎茶花女》。当时日本的中国留学生组织了春柳社等团体,编演"新剧",蔚成风气。

国内最先响应"新剧"的是上海的王钟声,他组织春阳社,演出《黑奴吁天录》,宣传民族思想。王钟声曾和任天知合作演出《迦因小传》,后任天知另外组织成立了进化团。他们这两个团体都经常在长江沿岸各城市作旅行演出。稍后,郑正秋创办新民社,剧本的主题与题材逐渐向社会问题、家庭伦理等方面倾斜,观众较前有所扩大。

社会舆论与一般观众因为"新剧"在表演形式上与戏曲之讲究唱做念打的风格不一样,是一种外来的形式,而当时把一切能接受的认为代表了时代潮流的事物,都冠以"文明"二字,例如"文明结婚"等,因此遂称"新剧"为文明戏。此乃一种褒称。

文明戏以上海为中心,向长江三角洲各大城市以及北方的天津、北京,长江中上游的武汉、重庆等城市辐射,鼎盛时期剧团有六个之多,另外还有一个全部由女演员组成的剧团。为了演出的需要,在剧目上都各自组织力量从事编写。至于题材,或取国家大事,或取历史传说,也有从弹词改编的,如《珍珠塔》。陆镜若所写剧本则均采取西方或日本的名著,故事情节则彻底予以中国化,所以不称为翻译,而称编译。

当中国的电影事业开始发展时,演员成了大问题,文明戏既有一支相当庞大的演员队伍,便经常被聘去拍摄影片,完成任务再回剧团演戏。他们之中有些人对电影中的某些角色已积累一定经验,比较熟悉了,有了电影的轮廓,再弄个舞台本出来也比较快。所以,在这种情况之下,又编演了《贵人与犯人》(即电影《姊妹花》)、《空谷兰》等,银幕与舞台相互映衬,使影响更为扩大。

抗战前后,洪深、田汉、曹禺他们所提倡的话剧在演出的体制上比较严格,对艺术的追求更接近西方的戏剧。相形之下,文明戏在品位上难以竞争,在力求创新的同时,决定不再使用文明戏这一称谓,遂称为话剧。当然,它在风格上仍旧和中国旅行剧团、复旦剧社等话剧团体的话剧有些不同,保存了较多民族传统手法,这是客观存在的事实。

正是由于这个原因,上述此类话剧在新中国成立后遂被改称为通俗话剧。在鼎盛时期,曾经有过十个剧团,其中新生、大同、雪飞、群声、好友一直在上海演出，另外五个则先后流动到了其他城市。到了1960年，上海仅存一个朝阳通俗话剧团，文化领导部门十分重视，将其划归上海人民艺术剧院。后来觉得通俗话剧的提法仍欠妥帖，乃改称方言话剧。不久"文革"开始，方言话剧随之消失，后来一直没有得到恢复。这批剧本都是在1960年以前征集、整理、出版的，所以仍称通俗话剧。

通俗话剧传统剧目共出六集，计收：

| | |
|---|---|
| 珍珠塔 | 通俗话剧整旧分会整理 |
| 张文祥刺马 | 王钟声原著 |
| 火烧百花台 | 方一也笔录 |
| 社会钟 | 陆镜若译编 |
| 不如归 | 陆镜若译编 |
| 婚变 | 郑正秋著 |
| 玉如意 | 王无恐原著，胡恨生口述 |
| 冯小青 | 谢桐影、叶文英、陆美云口述 |
| 安德海大闹龙舟 | 周天悲著 |
| 光绪与珍妃 | 武太虚、周天悲口述整理 |
| 血蓑衣 | 武太虚口述 |
| 双泪落君前 | 沈文奎著 |
| 贵人与犯人 | 方一也口述 |
| 空谷兰 | 方一也口述 |

《张文祥刺马》为春阳社主要剧目，系1908年首演，对清廷官场之腐败黑暗有所暴露和抨击。故事写捻军头目张文祥、窦一虎在一次战役中生擒知县马新贻。马为人狡猾毒辣，假意表示坦诚，张、窦乃与之结拜为兄弟，于是被释放，而累升至两江总督。此时捻军失势，张、窦乃投奔马新贻。马佯为收留，见窦妻小荷花略有姿色，企图侵占，乃将窦害死。小荷花坚贞不屈，自杀而死。张文祥决心为窦一虎报仇，炼药祭刀，并不惜毁容，以免被马识破，终于在马新贻小营阅兵之时，乘机刺中马新贻，大快人心。

1957年，文化部门在挖掘剧目遗产的同时，组织了观摩演出。窦一虎扮演者田驰、小荷花扮演者王震艳获得全国戏剧界的一致好评。1961年上海人民艺术剧院方言话剧团又一次演出了《张文祥刺马》，由原窦一虎扮演者田驰重新整理本子、导演，窦一虎、小荷花分别由颜桦、陶醉娟扮演。编、导、演都比五年前的演出差些。

《珍珠塔》系进化团1912年在扬州首演，提纲由扬州人江四竹提供。当时演四个晚上才演完，后来紧缩成三个晚上。最早只有幕表，故事梗概如下：河南开封府方卿之父为忠臣，死后其子方卿投奔姑母，遭到拒绝。方卿立下"不得志不到襄阳，不做官不见姑娘"的誓言，不辞而别。其表姊翠娥识大体，命婢女采萍赠以珍珠宝塔。姑丈陈琏爱方卿才学，赶到九松亭，苦苦挽留方卿，方卿未见。陈琏乃以翠娥相匹配，以了心愿。方卿中途遇盗，珍珠塔被抢走。方卿饥寒交迫，命将不保，幸遇毕云显官船相救。抢珍珠塔之强人邱六乔至当铺当珍珠塔，此店即为陈府开设，陈氏见塔，即追问翠娥，翠娥据实相告，陈氏父女均深为方卿担忧。后方卿高中科甲，任钦差巡按御史，乃乔装道士，再至襄阳，复到陈府化斋。其姑母再次百般羞辱方卿，方卿用唱道情方式反唇相讥。真相大白后，方卿与翠娥完婚，丫鬟采萍与毕云显之女也都嫁给了方卿。此剧首演时汪优游扮的方卿、陈大悲扮的翠娥、顾无为扮的陈琏、秦哈哈扮的邱六乔和张治儿扮的红云，均堪称一时之选，卖座极佳。后来新民社、兄弟社也争相搬演，从上海一直演到南京、芜湖、北京、天津等地。

此外，《社会钟》原为日本剧艺家佐藤红绿所著《云之响》，对社会之不公平提出了强烈控诉。故事背景为清末民初时某村，穷人石大、石二以及石大之妹秋兰均由其父勉强抚养成人，但一切均由村上大地主左元襄把持，石二以及秋兰均遭左氏迫害而死。最后石大"自知在此世上已无穷人生路，乃大呼'天快亮了'，一头撞于大铁钟上，顿时毙命"。意思是这个钟（社会钟）不可能给他生路，他就死在这样一个不给他生路的社会上。春柳社在日本东京演出时已在留学生中间引起震动。在上海首演此剧者，即为陆镜若所组织的新剧同志会。

还有《光绪与珍妃》《安德海大闹龙舟》这两个清宫戏。前者原系民鸣社所演八本连台本戏《西太后》中的最后一本戏，有时也单独演出，剧名称《光绪痛史》。写光绪深爱识时务的珍妃，隆裕皇后却对珍妃恨之入骨，在慈禧太后面前专事挑拨。适此时光绪力图振作而摆脱慈禧之控制，被慈禧发觉，乃将光绪禁于瀛台，将珍妃打入冷宫。慈禧执政后，朝政更趋腐败，八国联军入京前，慈禧向西安逃窜，光绪恳求赦免珍妃。慈禧佯允，后借故将珍妃赐死，命人推进废井之中。此剧对后来同一题的戏剧、电影都有较大的借鉴作用，1957年曾参加通俗话剧观摩演出。

通俗话剧传统剧目的征集和出版，使得1961年上海人民艺术剧院举行"方言话剧传统剧目整理演出"有了一个必要的条件。必须说明的是，那次演出的《珍珠塔》《张文祥刺马》都进行了较多的整理。《安德海大闹龙舟》则更名为《智斩安德海》了。另外有些本子如李健吾、顾仲彝他们根据外国名著的编译本，时代较晚，都没有收进《汇编》。

## 三、滩黄系统各剧种传统剧目

越剧进入上海是在近代初期,越剧发展成长实际上是抗战前夕吸收话剧、电影的剧目与表演艺术之后才加快步子的。直到中华人民共和国成立初期,著名的男班艺人(俗称老戏师傅)如刘金玉、陈德禄、金喜棠、张福奎、周维新、俞存喜、尹汉斌、赵伯海等,以及女子文戏时代的老演员屠杏花、王杏花、小白玉梅等都在上海,而且他们之中有一部分人集中起米,组织了一个振奋越剧团。他们经常聚在一起,这对挖掘、记录传统剧目,倒是提供了一个非常有利的条件。

整本的戏,他们收藏得极少,所以并无现成的本子可抄,基本上都是根据记忆口述或默念出来的,应该说比转抄现存的藏本更为稀罕。

编入《汇编》的有《三仙炉》《碧玉簪》《秦雪梅》《麒麟豹》《生死牌》《梅花戒》《画容扇》《会林寺》《选姻缘》《借珠花》《还金镯》《方玉娘哭塔》《玉述环》《仁义缘》《葵花配》《分玉镜》《粉装楼》《分合记》《定圆珠》《双贵图》《香蝴蝶》《乌金记》《合同记》《三看御妹》《云中落绣鞋》等剧目。

特别要提出的是俞存喜《十劝哥》、陈德禄《拣茶叶》、刘金玉《卖草囤》、花碧莲《倪凤扇茶》和《卖婆记》等生活小戏,反映嵊县、上虞、新昌一带农村中的农民生活,生动之至,宛如一幅幅风情画,所用的语言也全是农民的口语,而不是越剧后来使用的那些绍兴官话。

《十劝哥》劝勿去赌场中赌博,勿去尼姑庵和小尼姑调情,勿去鸦片窝里抽鸦片,勿去嫖妓女,勿去练枪弄棍招惹是非,勿去醉酒等。这是一个农村少女对情哥的叮嘱,说得恳切,唱得动听。情哥被小妹入情入理的劝解所感动,答应接受她的全部劝告,决心将来"一家欢乐过春秋"。

《拣茶叶》反映小城市中茶叶行风光,老太婆、中年妇女和小姑娘都来拣茶叶,也有些爱热闹的小伙子们偷偷地到茶叶行中看拣茶叶的小姑娘之中有没有生得很好看的;如有,他们就前来搭讪。茶叶行供饭吃,打小算盘的农村妇女就特地放松裤带拼命吃。有一段唱词,具体描写了桌上的菜:

  第一碗乌背鲫鱼肉饼子,
  第二碗高邮咸蛋两边劈,
  第三碗东关螺丝屁眼磕……
  (吃饭介,吃得太饱,裤带断掉)……

舞台形象不一定美,但确是农村生活的真实写照。

《卖草囤》写会编织草囤的农民以此为副业,编好草囤后挑出去沿街叫卖,自夸"我阿根稻草理得交关清，根根都是稻草心""摆在地上一样平，看看真像聚宝盆"。后来挑到尼姑庵，尼姑说尼姑是出家人，不生孩子，用不着草囤。阿根知道庵里有尼姑生了小孩，所以纠缠尼姑不放，接着随尼姑进了山门、二山门，彼此说了许多相互嘲弄打趣的话。最后尼姑付高价买了草囤，并叮嘱阿根下一次再来，还告诫阿根，如有人问起买的什么，就说买的蒲团，不要说草囤，以免把私生子的事情捅出来。

越剧早期的传统剧目经过挖掘并记录的为数较多，已经稍加整理演出并摄制成电影的有《卖婆记》《三看御妹》等。

甬剧是宁波的地方戏曲，上海开埠一两百年以来，宁波人在工商业中扮演了重要的角色。1949年前后，宁波人要占上海人口的五分之一左右。所以，当时上海的甬剧团比宁波的甬剧团多，自然甬剧老艺人在上海集中得更多些。甬剧《传统剧目汇编》虽只出版了一集，其内容却很丰富，包括李祥云、张秀英《赠兰花》，孙荣方、张翠花《开米店》，王月芳、唐金元《百草山》，孙翠娥、余得昌《后磨豆腐》，王宝生《阴阳团圆》，崔定甫、金玉梅《打窗楼》，孙荣方《呆大烧香》，徐凤仙、贺显民《拔兰花》，张信康《康王庙》，唐金元《车木人》以及《天要落雨娘要嫁》《扒垃圾》等。具有乡土特色的初期剧目基本上已都包括进去了。

《康王庙》剧目可能其他剧种也有，但甬剧《康王庙》最引人发笑。故事写娘舅外甥两人为逃避拉夫，躲进康王庙，分别假扮为城隍老爷和马快。春兰、夏莲、秋菊、冬梅四姊妹来烧香许愿，他们二人被熏得眼泪直流。公差捉不到夫役，责怪城隍无灵，于是扮城隍的娘舅被打一顿。娘舅因挨打，要和外甥对调，不料公差又怪马快们办事不力，把扮马快的娘舅又打一顿。两次都是娘舅吃亏。后来，公差在菩萨面前许愿，娘舅忍不住开口答话，结果这二人都被公差发现而捉了去。《康王庙》保留了某些曲艺的痕迹，春兰等四人分别做武松、潘金莲、王婆、西门庆而各唱一段。外甥则有好几段耍弄数目字的急口令。

《天要落雨娘要嫁》原是民间一句口头禅。此剧对妇女再嫁颇为同情，说魏刚死后，留下妻何氏与儿子明昌。明昌是个不求上进的人，喜玩爆竹，把全家烧成灰烬。何氏、明昌和老仆魏打算迁至坟堂暂住。明昌不成器，何氏决心再嫁陈家。明昌由魏打算抚养成人后中了进士，却不认义仆魏打算，义仆气极而自尽。陈炳为何氏再嫁后所生，赴考时其主试即魏明昌，明昌借拜寿为名逼母何氏自尽而死。陈炳愤极，乃将明昌杀死。这个戏写了放爆竹无益有害，引起火灾，是极为少见的细节。

锡剧的传统剧目挖掘、记录了《隔河私情》《盘陀山烧香》《金公子借茶》

《借红纱》《打窗楞》《陆卖饼》《胡锦初借家婆》《陆雅臣》《兰衫记》《王瞎子算命》以及《庵堂相会》《珍珠塔》两部大戏。其中《陆雅臣》与《庵堂相会》基本上与沪剧相同。

绝大部分是锡剧第一辈老艺人过昭容所忆述。此外，王嘉大、杨云祥、赵更生三人也口述了一部分。《盘陀山烧香》有唱春、唱凤阳花鼓、唱宣卷的穿插。《金公子借茶》男女双方有"门对背山，早淡夜浓尽碧绿""万国九洲通天地，五湖四海共春秋""红荷白藕青莲子，绿竹黄梗紫笋尖"等巧对，都很有趣。《珍珠塔》的挖掘记录，为此剧的整理加工以及拍摄电影都起到了很大的作用。

沪剧的传统剧目记录了《阿必大》《杀狗劝夫》《朱小天》等，《阿必大》实即上海版的《探亲相骂》，所不同的是方言俚语用得更多些。

再就是属于花鼓戏系统的不属于滩黄系统的扬剧，也记录了周月亭的《杨家将》，虽然扬剧的杨家将戏不如梆子系统诸剧种丰富，但特色确实鲜明。其中《十二寡妇征西》初被改编成《百岁挂帅》，后又被京剧改成为《杨门女将》。如仔细寻找，这一类素材不会是很少的。

## 四、结语

《传统剧目汇编》的出版，深受广大戏剧工作者的欢迎。从1958年到1963年，很多剧种都组织了传统剧目的整理演出，或对基本上保持原来面目的内部演出，进行了研究和讨论。有一段时间振奋越剧团每逢星期日都举行早场内部演出，对这一工作贡献甚大。

全套书出齐之后三年，"文革"发生了，老艺人原来的藏本大多被作为"四旧"而扫除殆尽，有的老艺人在"文革"中受迫害而死，幸而他们口述、笔录的剧本已铅印出版，虽然也被收缴、焚毁，但毕竟印了上千册，有的已被图书馆或档案部门收藏或封存，所以都保存了下来。当时如不及时组织挖掘、口述、笔录、誊抄，一切情况肯定不堪设想。

当我重新浏览全套《汇编》时，发现当年挖掘、口述、笔录者绝大部分已谢世，仅存者已都是八十岁以上的老人了，我更觉得这份遗产珍贵非凡。

诚然，今天人们的观念随着时代而有多方面的更新，审美情趣也大异于往昔，但以今天的观念和审美情趣去观照这一批传统剧目，肯定会有新的领悟和启发，并优选出一部分剧目，加工整理，使之成为富有时代精神的精品。福建和四川在这方面已经做出了显著的成绩。我们手捧着这个巨大的金饭碗，还是可以大有作为的。

# 顾太清的戏曲创作与其早年经历

黄仕忠

顾太清（1799—1876），名春，字梅仙，号太清，自署西林春或太清春，别号云槎外史。擅诗词，工绘事，尤以词称。八旗论词，有"男中成容若，女中太清春"之语（《晚晴簃诗汇》卷一八八《诗话》）。著有诗词集《天游阁集》、词集《东海渔歌》、小说《红楼梦影》。但笔者发现，顾太清还是一位重要的戏曲作家，所撰《桃园记》《梅花引》传奇，有稿本尚存于世。此二剧原有自传性质，将二剧情节与太清丈夫奕绘早期诗词作品相印证，可以考见两人之情史与坎坷经历，从而使太清早年行事得到更为清晰的展现。

《桃园记》，庄一拂《古典戏曲存目汇考》卷一二"云槎外史"名下著录，谓作者姓名、字号、里居皆未详，剧已佚。[①]（按：此剧之清稿本今存日本东京大学东洋文化研究所。）而《梅花引》一剧，则近人曲目无录，亦向未有人知其为太清之作。[②]

《梅花引》，凡六出，一册，纸捻毛订，稿本。共二十二叶，半叶十行，曲文行二十一字，白文行二十字。曲牌与科介以红笔勾勒。除今藏者印章外，无其他印记。封面行书题"梅花引"。首序及正文均系恭楷精抄，出同一笔迹，字迹清隽秀美，当出女性之手。观其笔迹同双红堂文库所藏《桃园记》，其无印记亦同。

《梅花引》，因男主角章彩作有《江城梅花引》词而得名。六出之目，依次为"梦因""幽会""寻芳""惊晤""了缘""返真"。略谓：章彩字后素，自叹年近三十而无闺阁之良友。而其前身原为天宫司书仙吏，因误点书籍，谪向人

---

① 庄一拂：《古典戏曲存目汇考》，上海古籍出版社1982年版，第1482页。
② 仅见《中国古籍善本书目·集部》著录，谓存清抄本，云槎外史撰，藏河南省图书馆，见上海古籍出版社1998年版，第2154页。

间。司书仙吏二百年前与罗浮梅精有婚约,梅精潜形西山幽谷,以图后会。梦神奉旨将章彩魂魄引到幽谷,使与梅精相会,梅精叹"妾苦志待君,不期二百年鬼窟中竟能寻到",遂结交。梅精又谓:"既承错爱,敢不如命。然时尚未到,幽明阻隔,人言可畏。君如金玉,妾如蒲柳。此处不可久留,就此送君归去。"章彩醒后,填《江城梅花引》词以记其事。适同窗郑全仁(斋)、韦开士(半朝)二人造访,发现砚下词翰,盘问而得知梦中之情,遂建议往西山寻访。梅氏在西山之幽谷采柏以供晚炊,行至与章郎相别之渡头。章彩等游至西山,章彩觉似曾到此,梦中所见情景宛然,游至幽谷,见梅氏即为梦中之人,唯因碍于他人,相视会意,未通一语而转回程。后一日,章彩独自寻来,与梅氏细陈衷曲,同入梅花帐。

光阴荏苒,章、梅二人重游初逢之处,梅氏谓人生有限,愿及早回头,同登彼岸。适维摩诘携天女前来度脱二人,劝章彩把浮名浮利皆抛下,摆脱情丝网、牢笼架。章彩尘心顿悟,愿皈依法座,随居士而下,天女则携梅花仙子赴岁寒阆苑管领群芳。

顾太清是多罗贝勒奕绘(1799—1838)之侧福晋。绘字子章,号太素,别号幻园居士、妙莲居士等,堂号明善。善诗词,工书画,喜文物,习武备,精通中西之学。嘉庆二十年(1815)袭爵贝勒,官至正白旗汉军都统等职。道光十五年(1835)免职,三年后病故,年仅四十岁。著有《写春精舍词》《明善堂文集》《南谷樵唱》等。此剧男主角,即直接化用奕绘之名及字。姓章,因奕绘字子章;名后素者,《论语》曰"绘事后素",即从奕绘之名而来。奕绘则曾任职管理御书处及武英殿修书处等事,故剧中谓章彩本为天宫司书仙吏。《梅花引》中,章彩从维摩诘游,可谓亦幻亦真。太清将中年丧夫,幻想为奕绘度脱而去,以略舒思念之情。故此剧实具自传性质。

《梅花引》当作于道光十九年(1839)秋日以后。太清有《金缕曲·题〈桃园记〉传奇》一词,① 据词作之编年,《桃园记》作于道光十九年夏奕绘去世周年之际。而《梅花引》一剧,当是继《桃园记》而作。

---

① 《东海渔歌》卷四,张璋编校:《顾太清奕绘诗词合集》,上海古籍出版社1998年版,第260页。下引此书均简题《合集》。

· 顾太清的戏曲创作与其早年经历 ·

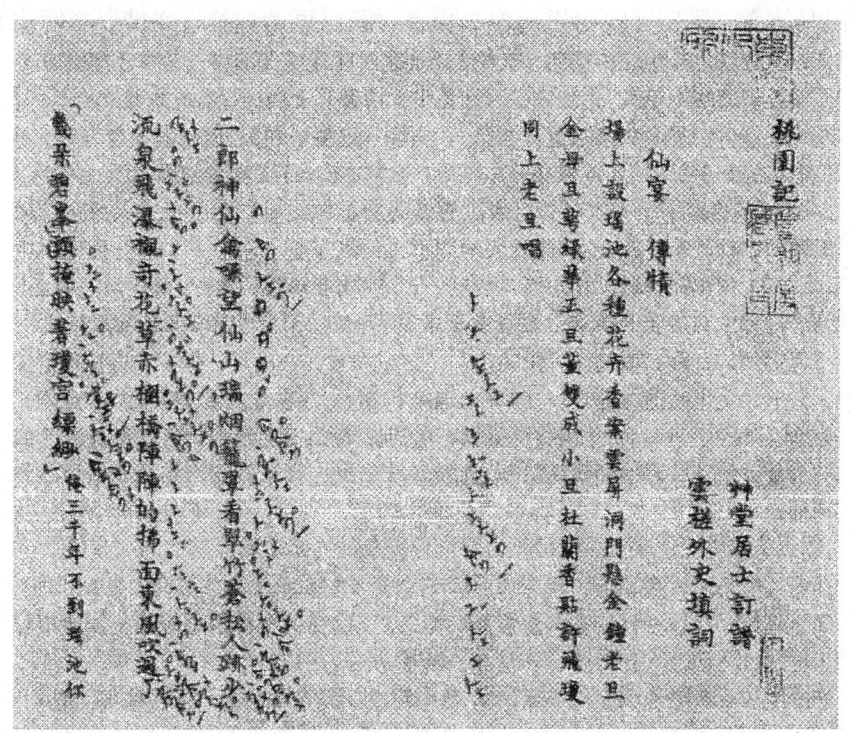

《桃园记》，日本东京大学东洋文化研究所双红堂文库所藏"戏曲"之第四十二种。稿本。一册。版高245毫米；宽135毫米。共二十二叶四十三面，曲文半叶四行，行二十至二十一字，附工尺；白文半叶八行。书衣题"仙境情缘"，当为此剧别名。正文首页署"草堂居士订谱，云槎外史填词"。笔者尝商之昆曲行家张卫东先生，谓此册所标工尺，当系曲师谱曲之定稿，文辞入口柔和，曲调悠扬，显是当行之作，亦可以推知此剧曾演之于场上。此剧仅四段，若依今人所习惯的杂剧与传奇之分界，则当归入杂剧，而太清自题"传奇"，原自有故，盖《梅花引》《桃园记》二剧实以小本传奇之形式演之。

《桃园记》叙西池金母侍女萼绿华与南海长寿仙之侍童白鹤童子相恋，被金母责罚看守桃园，童子亦被遣往南海竹林掘笋。一年之后，观音大士游竹林，童子以真情恳得观音援手，劝说金母同意两人结合。金母遂谓两人情根难断，命"同到世间，择个世族名门，投胎转世，成就良缘，儿女满堂，夫妻偕老"云云。此剧实寓太清与奕绘相恋结合之过程，只是着力点在恋爱结婚之前，而《梅花引》兼及婚后。太清《题〈桃园记〉传奇》云："细谱《桃园记》。洒桃花、斑斑点点，染成红泪。欲借东风吹不去，难寄相思两字。"此词亦可用来概括

147

《梅花引》。盖二剧实是太清以血泪凝成者,既以思念奕绘,亦借以抒写夫亡不过三月,便被婆母及嫡长子逐出家门,当钗贳室,携子女另居之怨苦。①

太清为满洲镶蓝旗人。祖父鄂昌,系雍正朝权臣鄂尔泰之从子,官至甘肃巡抚,乾隆间因受胡中藻《坚磨生诗钞》文字狱牵连而被赐自尽。父鄂实峰,以罪人之后,游幕为生,后娶香山富察氏,置家于香山,当与岳家相邻。生一子二女,长子名少峰,长女即太清。次女名旭,字霞仙,嫁富察氏,夫为香山脚下健锐营之翼长,似为姑表之亲。太清的堂姑西林氏是奕绘祖父永琪的福晋,故太清与奕绘两人本有一层亲戚关系。奕绘有姊,长奕绘七岁,奕绘有《病柏四章悼亡姊富察县君》诗,太清亦有《挽大姑富察县君》诗。② 二诗均作于道光戊戌(1838),是年奕绘与太清四十岁。疑此富察县君,即香山富察氏,与太清之外祖家为同族。奕绘与太清相恋私会,其姊香山富察县君也许曾起过某种重要作用;奕绘或曾借探姊以掩其私会之事。《梅花引》中章彩于西山幽谷与梅精私会,即实录也。

太清与奕绘的恋情,很早就已萌生。奕绘《生查子·记梦中句》云:"相见十年前,相思十年后。江月阆庐城,春风恋纤手。"③ 但相爱并不一定能结合。直到道光四年(1824),太清已经二十六岁了,冒荣王府二等护卫顾文星之女呈报宗人府,方成眷属。奕绘《浣溪沙·题天游阁三首》第二首云:"此日天游阁里人,当年尝遍苦酸辛。定交犹记甲申春。旷劫因缘成眷属,半生词赋损精神。相看俱是梦中身。"④ 词中可见当年他们结合过程中曾遭受的磨难。太清《定风波·恶梦》云:"事事思量竟有因,半生尝尽苦酸辛。望断雁行无定处,日暮,鹡鸰原上泪沾巾。 欲写愁怀心已醉,憔悴,昏昏不似少年身。恶梦醒来心更怕,窗下,花飞叶落总惊人。"⑤ 此词作于道光十五年(1835),与奕绘结合已经十一年,往事仍在恶梦中呈现,醒后犹自后怕,落叶飞花皆受惊吓,可见往事是何等铭心刻骨,于其心理的创伤是何等之深。

太清字梅仙,《梅花引》中,罗浮梅精终成梅花仙子,即其自叙。剧中章彩所作《江城梅花引》词云:

---

① 太清有诗题《七月七日先夫子弃世,十月廿八奉堂上命携钊、初两儿,叔文、以文两女移居邸外,无所栖迟,卖以金凤钗购得住宅一区,赋诗以纪之》,并有句谓"亡肉含怨谁代雪,牵萝补屋自应该"。见《天游阁集》卷五,《合集》第104页。
② 二诗见《流水编》卷一五,《合集》第637页;《天游阁集》卷五,《合集》第101页。
③ 《南谷樵唱》卷一,《合集》第644页。
④ 《南谷樵唱》卷一,《合集》第655页。
⑤ 《东海渔歌》卷一,《合集》第194页。

罗浮春色静娟娟，是花仙，伴诗仙。林下家风，冷澹出清妍。碎玉零星千万点，月下影，雪中香，天上缘。　　神全，韵全，意难传。篱边，水边，忆江妃、名号新鲜。岁晚相逢，问讯绮窗前。三叠琴心一再鼓，好时节，百花后，百花先。

此词实见于奕绘《写春精舍词》①，又见于奕绘《南谷樵唱》卷一②，原题《江城梅花引·梅》。太清有《江城子·记梦》，可与此词对看：

　　烟笼寒水月笼沙，泛灵槎，访仙家。一路清溪双桨破烟划。才过小桥风景变，明月下，见梅花。　　梅花万树影交加，山之涯，水之涯。澹宕湖天韶秀总堪夸。我欲遍游香雪海，惊梦醒，怨啼鸦。③

此词所记，宛如《梅花引》之另一版本。灵槎访仙，云槎外史之号当由此意而来。

《梅花引》剧第二出副末扮韦半朝说："想后素兄旧作有'闭户穷章句，真成一腐儒'，可谓夫子自道也。"此联见于奕绘《流水编》卷一《传经》："闭户穷章句，真成一腐儒。眼明秋水阔，风定片云孤。精义古今合，浮生忧患俱。传经欲有述，学业愧荒芜。"④

剧中章彩自谓"年近三十，阅人多矣，唱和时虽有嘉宾，闺阁中竟无良友"。（按：太清与奕绘结缡之时，奕绘年二十有六。）梦神谓章彩"学博而情痴，情深而梦切，二百年前曾与罗浮老梅精有婚姻之约，那梅精因遇真仙，得受人形，潜形幽谷，苦炼勤修"；罗浮梅精自谓"生无年，长无岁，逍遥宇宙之间；冰为魂，玉为骨，结伴松筠之处。自遇藐姑射仙，游邀四海，曾与天官司书仙吏邂逅相逢，托以终身"。此处一再说因"遇真仙""遇藐姑射仙"，借此之力而"得受人形""游邀四海"，在《桃园记》中，则系观音大士之力而终得金母同意其姻缘，处处表明太清乃赖某一贵人之力而得脱罪人之后身份。"潜形幽谷，苦炼勤修"，以待二百年之期，暗示太清与奕绘曾一度被迫分离相当一段时间。梅精"潜形幽谷，苦炼勤修"，独处西山，乃太清居于香山之实录。剧中梅精得遇真仙而"游邀四海"，前引太清词有"望断雁行无定处"之句，即曾有过飘荡不定的生活，疑其早年即因某贵人之携而改姓寄居，得以游历南北。太清之冒名

---

① 《合集》第427页。
② 《合集》第646页。
③ 《东海渔歌》卷一，《合集》第207页。
④ 《合集》第441页。

籍，显然不是她与奕绘二人私下可以决定的，当是长辈因两人真情未易，才终于让步，并设法瞒过宗人府的。《桃园记》中，观音大士对白鹤童子谓男女之情有四种境界，而最终认可白鹤童子确为真情，原非虚构。太清与奕绘迟至二十六岁，仍情难释怀，或许是让长辈们最终可怜见而施以援手的重要原因。

太清早期诗作，存者不过数章，内无与奕绘唱和相思之句；其学词，始自嫁给奕绘之后。奕绘有《写春精舍词》，为其二十三岁至二十七岁之间的前期词作，共九十三首。张璋《顾太清奕绘年谱简编》谓此集"虽无一首提及太清者，更无和太清之作；但此集之取名，却与太清有关。太清名春，'写春'者，即含有与太清恋情之意。更为当时他们之间的恋情尚未公开，所以这批写太清的词，或借题发挥，或只写词调，而无词题，集中九首所谓'无题'词即是，记述了奕绘和太清之间的恋爱经历"①。

奕绘与太清婚后夫妇唱和，其诗作词章，多有题目书明，记录唱和诸事甚详，但道光四年奕绘纳太清为侧室之前，则语多闪烁，未易辨析。今据剧中引录《江城梅花引·梅》，剧情已表明所记为奕绘与太清之私情。《写春精舍词》中尚有咏梅数篇，亦可判定为西林春而作。如《疏影·赋梅花》：

> 清容怎写？似板桥十里，月明林下。醉眼迷离，瘦干横斜，梦回不辨真假。玲珑竹外传香澹，浑讶道、美人来也。破玉颜、缟袂临窗，莫是文君新寡。　　惆怅逋仙老去，动江南诗兴，形影牵惹。一树池边，一剪灯前，一样断肠深夜。哀丝不怨毛延寿，怨出格、风流难画。待春来、积雪消时，只怨和伊都化。②

据"破玉颜、缟袂临窗，莫是文君新寡"，所咏之对象，乃是新寡之少妇。《梅花引》中，梅精自谓"幽明阻隔，人言可畏，君如金玉，妾如蒲柳"，她与章彩相会之状，不似少女身份。太清与奕绘结合之时，两人二十六岁，度以常理，太清出阁的时间未免过晚。故疑两人结合之前，太清另有一段婚姻。

此点尚有两条资料可作佐证。太清后人金启孮先生撰《顾太清与海淀》，引文廷式《琴风余谭》曰："满族女史顾太清者，为尚书顾八代之曾孙女。初适副贡生某；为鄂端公之后人，夫死后，复为贝勒奕绘之侧室。"金先生认为此说错误百出：太清不是顾八代后人；副贡生某是鄂尔泰后人，等于自家适自家；夫死

---

① 《合集》第726页。
② 《合集》第424页。

后为贝勒奕绘侧室为讹传。①（忠按：太清为嫁奕绘贝勒而改姓，使后人不明其本姓，实可理解。）如文氏之记载，说明当时即有太清为顾八代之后与鄂尔泰之后两说，文氏显然系调和而以为太清系八代之后，故以为初嫁为鄂尔泰后人，此说之误很明显，其致误之原因也很清楚；但文氏清楚地指出太清曾嫁副贡生某，夫死后嫁给奕绘，却不可能是无中生有的，故仅以"讹传"一语带过，实难服人。金著又记第二条证据说："清末民初内务大臣耆龄，居住东四马大人胡同，与余家（大佛寺北岔芸公府）邻近，出重价购余家文物，自荣亲王永琪以下……特别是奕绘贝勒和太清夫人墨宝多入其家。又造流言太清先曾适其本家某，夫死才归奕绘。这个传说实套自文廷式记载而来。"金先生认为耆龄家族造流言，且这一流言套自文廷式记载而来，似是本末颠倒。盖其时去太清之世不远，耆龄家族有此说相传，必来自家族内部，而不可能反从外人附会，诬人祖宗。

又，《梅花引》剧中太清居幽谷，采柏实，典似出于杜甫之《佳人》："绝代有佳人，幽居在空谷"，"摘花不插鬓，采柏动盈掬"。杜诗所叙原为弃妇意象。看来太清的第一次婚姻不仅极为短暂，而且很不和谐，才令太清非常痛苦，不堪回首。

综上所录，窃以为太清曾有婚史，有内证及外证为据，可以成为定论。奕绘与太清虽早岁即相识相慕，但当时两人似还不敢奢望能够成为眷属，故各自嫁娶。太清适人不久即寡，且无子嗣，夫死后即回娘家西山居住。奕绘或因访其姊而得与太清重会私约，或因其妹请太清为家庭教师而得重逢。② 总之，两人欲践旧约，情难抑止。以故，《梅花引》剧中，两人之私会，方是践前世之私约，为一鬼窟精灵之幽谷相会，完全不同于初恋少女之私订终身。正因为太清再嫁的身份，兼以"罪人之后"的情况，才未能得到奕绘家族的祝福。

此说既能成立，则奕绘中年去世，去世三月后，太清即被婆母逐出家门，可能还有一层原因，即太清恐难免蒙受"克夫""妨嫡"之恶名。婆母逐媳，此为应当考虑的原因之一。③

---

① 金启孮：《顾太清与海淀》，北京：北京出版社2000年版，第6页。
② 太清曾为荣王府格格们做家庭教师，当属家族内口头传闻，故太清后人金启孮先生采入《顾太清与海淀》一书，并认为奕绘、妙华有时也参与其间，辅导读古文与作诗，因而对太清产生好感，甚至产生了爱慕。见第26-27页。
③ 金启孮先生亦认为太清之被逐，与封建社会不吉之人"妨"夫、"妨"子、"妨"弟兄，以至"妨"家庭幸福有关，当时府中有流言谓太清不仅"妨"嫡，且有"夺嫡"之企图，遂致婆母之不快。参见《顾太清与海淀》。第48-50页，第105-106页。

《梅花引》中梅精"二百年"之约，亦有来历。奕绘《梦扬州·记庚辰三月病中梦》：

> 巧氤氲。示人间天上，累世情根。恍惚梦中旧誓，思量犹存。灵禽命命同生死，二百年、灰冷香温。衣冠改，仙凡境隔，无凭无据游魂。
> 
> 襟泪新痕故痕。嗟水月空花，镜里乾坤。久别暂留，后会三年休论。依稀云雾来时路，首欲回、洞掩朱门。春睡醒，衾寒漏永，风急灯昏。①

嘉庆二十五年庚辰（1820），奕绘与太清均二十二岁。奕绘此年三四月间尝大病，卧床两月之久。② 而病中所梦，念念皆是"仙凡境隔""人间天上，累世情根""二百年、灰冷香温"，与剧中梅精与司书仙吏幽明相隔而前世有二百年之约对看，可知此词所思所梦，必为太清；而奕绘致病之因，也当与太清相关。词中所写"恍惚梦中旧誓，思量犹存。灵禽命命同生死"，则可视为《桃园记》中萼绿华与白鹤童子"愿生生世世永谐伉俪"盟誓之由来。词云"久别暂留"，似两人是在久别之后，再度相会。太清初时尚得"暂留"于奕绘身边，但最终仍被拆散，故嗟叹为"水月空花，镜里乾坤"。词云"后会三年休论"，亦是实录，因为四年后的春天，两人才得以结合。

奕绘早期诗集《观古斋妙莲集》，自有编年。卷三为嘉庆二十五年庚辰所撰诗篇。《元日》等二诗之后，为《东风十二韵》，诗谓"应律条风至，浑如识面人。有情天不老，相见岁常新"，"金谷申前约，乌衣认旧邻"③，显是重会情人，以为前约可申，心情很是不错。但紧接下一首《上元夜宿镜春园感旧作十六韵》，所展示的却是极其灰暗的心境：

> 别墅春如镜，春来景寂寥。入门惊燕雀，穿径碍嶕峣。败苇填荒渚，层苔泥画桡。避人藏驯鹿，接客识狸猫。斜照翻鸦背，余寒怯柳腰。残山通短棹，剩雪蹑危桥。草长根为药，松枯叶当樵。厨空鼷鼠瘦，书散蠹鱼骄。几案梁尘护，床茵屋漏浇。蝶稀花有恨，池涸月无聊。蛛网欺云幔，蜂窝上绮寮。旧诗吟木客，深院锁花妖。曲欲衷情诉，游难故侣邀。迹寻今昔梦，封验短长条。灯隐邻家树，声来隔院箫。长廊闲遍绕，清咏答良宵。④

---

① 《写春精舍词》，《合集》第409页。
② 《病起六首》之一有句云："一春久伴卢生枕，两月相亲向栩床。"见《观古斋妙莲集》卷三，《合集》第381页。
③ 《合集》第380页。
④ 《合集》第381页。

从前首"有情天不老",到此首"春来景寂寥";从"金谷申前约,乌衣认旧邻",到此处"曲欲衷情诉,游难故侣邀",可见其心境之剧转。此诗所叙虽是一园,却是语在此而意在彼。显然,"镜春园"在奕绘心中,本是可照见西林春之园,一如其"写春精舍"。如今春日已至而园中无春,其心亦如一片荒渚败苇。此情此境,可知失恋后的奕绘,是何等的心灰意冷。而万念俱灰之际,大病亦已随之,遂至卧床两月,不仅"书散"无心读,更因无人可与相诉,连诗也不作了。故下接第五篇为《病起六首》,其第一首开头即说:"病起吟诗类补亡(自注:自上元至四月中浣无诗),抒情纪事费周章。一春久伴卢生枕,两月相亲向栩床。"① 又第六篇《病后感怀》为三十四韵之长诗,叙及病因,有句谓:

> 衣冠判贵贱,礼乐拘今昔。穿墉雀生角,滕口蝇污璧。食减带围宽,忧来天地窄。感此抱沉疴,日晡身如炙。②

其中透露出的信息,较为复杂。"衣冠判贵贱"句,似不满于时人歧视太清罪人之后的身份;"礼乐拘今昔"句,当指时人不满太清之寡妇身份,而奕绘意谓满族古无寡妇不得改嫁之礼法。"穿墉雀生角"句,《诗·召南·行露》:"谁谓雀无角?何以穿我屋?谁谓女无家?何以速我狱?虽速我狱,室家不足!"孔颖达疏:"此强暴之男,侵凌贞女,女不肯从,为男所讼。""滕口蝇污璧"句,《诗·小雅·青蝇》:"营营青蝇,止于樊。岂弟君子,无信谗言。"郑玄笺:"蝇之为虫,污白使黑,污黑使白。喻佞人变乱善恶也。"则奕绘之病,确与太清之姻事相关。与《梅花引》中"幽明阻隔,人言可畏"对看,可知奕绘与太清之真情相会,因佞人之搅弄是非,颠倒黑白,或曾引来太清前夫家的恶语,几于诉讼,贝勒府中也颇受流言蜚语之困扰,致使奕绘之母坚决反对,奕绘遭此打击,几至一病不起。另一方面,虽然后来两人得成眷属,但婆母对太清似终无好感,这也为奕绘去世后,太清被逐出王府,埋下了根源。

《无题(九首)》③,今人皆推测其为太清而作。奕绘《写春精舍词》的一个重要特色,是词题即其词意。

其一《洞仙歌》首句云:"烟鬟雾鬓,是大罗仙眷。剪水瞳人梦中见。"这梦中所见的大罗仙眷,与"罗浮春色""罗浮梅仙"相对看,可知确指太清无疑。奕绘词中屡见之梦中相会,均可坐实为私会的证据。

---

① 《观古斋妙莲集》卷三,《合集》第381页。
② 《观古斋妙莲集》卷三,《合集》第383页。
③ 《合集》第410–412页。

其二《绮罗香》下阕云:"新诗温李格调。写在衍波笺上,签儿封好。蜜意蜂情,埋怨不来蜂鸟。消宿业、七卷《莲华》,践旧盟、一年芳草。"此"旧盟"既是白鹤童子与萼绿华之盟誓,亦是司书仙史与梅精二百年之约。按:奕绘又有《忆人人》词谓:"银河安得好风吹,不相见,不如不识。　人间路杳,天边期近,望断燕南赵北。""银河"句自注:"余旧集李义山句作艳体诗:用尽陈王八斗才,赠君珍重抵琼瑰。身无彩凤双飞翼,安得好风吹汝来。""埋怨不来蜂鸟"与"安得好风吹汝来"实为同调。

又,《观古斋妙莲集》卷二录嘉庆二十四年己卯(1819)之诗,有《题香屑集》二首(题下原注:集为黄唇堂集唐句,皆香奁体),后一首作于七月廿一日,此诗当略前于此。其第一首末联云:"漫将八斗夸曹植,百斛输君锦绣肠。"与前引集李义山句所作艳体诗同看,两者意近,故前引词、诗与此篇应作于同时。盖此时奕绘与太清隔绝之后,复得往来,以"践旧盟"。第二首前四句作:"一样倾城倾国人,一番修饰一番新。百花酿后方为蜜,八宝装成别有春。"清末冒广生感太清遗事书六绝句,第六首有"人是倾城姓倾国,丁香花发一低徊"之句,借用古诗"一顾倾人城"之"顾"以寓太清之姓。疑奕绘此诗亦用同一手法,前句以寓太清之姓,后句以寓太清之名。若此说成立,则太清之改姓,并不始于嫁入贝勒府时,而早在为贵人所携住于苏州顾家之际。进而论之,嘉庆二十四年夏末到二十五年上元之前,太清与奕绘正处热恋之中,私期暗约,同集香艳之句,共作温李之诗,享受恋爱的快乐。

又考《无题》词九首,第五首《祝英台近》有句云"萧飒秋风,肠断桂花下",第七首《子夜歌》有句云"乌啼霜满天",第八首《蝶恋花》有句曰"幽恨填秋馆",第九首《子夜歌慢》有句曰"到今日、诗吟《锦瑟》,秋雨鬓丝榻",说明这批词作,太半作于秋日,当非多年之积累,而是一秋之吟咏。时在嘉庆二十四年秋,奕绘与太清二十一岁。如此集中于一时,如非热恋,则无以为解。如非文君新寡,重践旧盟,情难以抑,亦无从释解。

《无题》之前五首,创作时间未易判明。第二首《绮罗香》有"瘦削身量,容下春愁多少",似含春天气息,但上一句却是"犹记那人娇小",实为思忆之语。故疑九首大略也作于同时。或许两人是在是年夏秋之时重会的。

又,第六首《浪淘沙》有句"西山爽气上眉尖",太清居住西山,且可与《梅花引》剧中所叙西山幽谷之梅仙对看。

事实上,如果不是《梅花引》中录《江城梅花引》词,该首词仍会被看作泛泛的咏梅之作。今经此番印证,可以判定此集中不唯咏梅、无题诸篇,凡篇中名为咏物而实寓怀人之意者,均与太清有关,并从中约略可见他们当时相恋、分离、相思之况。

《栏杆万里心·连雨遣闷，得小词四阕》分叙梦到江南红板桥、梦到西山黄叶村、梦到苍茫东海头、梦到阴山雪打围。此"江南红板桥"，可知太清为能以顾氏之女身份入荣府，确曾有一段时间住在江南顾氏之宅。《梅花引》之罗浮仙原为南方之仙，即暗示其来自南方。"西山黄叶村"，可与《梅花引》中所记之西山幽谷相对看。"苍茫东海头"，西林氏出于辽东，《初学记》卷六："东海之别有渤澥，故东海共称渤海。"所以太清以"东海渔歌"题其词集。唯"阴山"句未详所指。

《忆江南·九月三日作》有句"人去也，风雨近重阳"，当如题，思去往南国之佳人。

又《菩萨蛮·为人题问僧图》《点绛唇·为人题杏花春雨图》，此"人"亦为太清无疑。后一首云："红杏图中，个侬生小江南住。一犁微雨，春色深如许。

曲水孤山，多少曾游处。人如故，十年尘土，梦到金焦去。"参奕绘的《生查子·记梦中句》云："相见十年前，相思十年后。江月阖庐城，春风恋素手。

梦好合欢才，梦短将离又。惆怅倦游人，梦绕寒山秀。"① 这里反复出现的"十年"一语，亦当是实情。阖庐城指苏州，寒山当指寒山寺，亦为苏州之标志性景观。太清曾在苏州顾家居住，故此数篇均为奕绘思念太清之词，并可知两人最初之相见相吸引，当在江南。参《桃园记》因王母为南极寿星祝寿，而使得白鹤童子与萼绿华相互吸引，则奕绘与太清之初见，或在长辈的寿筵中。

《江城梅花引·梅》前后，分题柳、兰、海棠、桂、菊、榴花、水仙、梨花、栀子、茉莉、红叶、萤、蝉等，大半以咏女性方式抒发，观以咏《梅》之例，当亦非泛泛而咏，而是眼前有一太清在。咏物即是咏人。

故《写春精舍词》中，大半为"写春"而作，亦即为太春而写作。只是为免得太过明显，才故意不依时序，并搀入若干其他词章而已。

《桃园记》原无序跋，《梅花引》则序跋皆备，为难得之史料，可与太清、奕绘二人生平相印证。《序》云：

> 云槎外史逸才天纵，雅抱霞蒸。著作等身，溯词源于汉魏；文章余事，仿乐府于金元。慨尘梦之迷离，晨钟忽警；念幻缘之生灭，慧剑初挥。此《梅花引》所由作也。是以章后素学博情痴，爰且寓名乎五柳；罗浮仙冰肌玉骨，允宜托姓于孤梅。当夫竹屋纸窗，娇姝入梦；清溪幽

---

① 《南谷樵唱》卷一，《合集》第644页。

谷，吉士寻踪。二百载旧约新谐，遂良缘于暗香疏影；卅六旬于飞共乐，结连理于月下水边。以世外之仙姿，作人间之美眷，宜其笑彼师雄，闻翠羽而酒醒人杳；胜他和靖，调素琴而雪冷山空。诚艳福之无双，洵清才之第一矣。方其鸳偶绸缪，乐闺房之静好；驹阴匆促，叹露电之空虚。幸迷途其未远，思觉岸以同登。适逢好事维摩，当头棒喝；多情天女，着手春生；天花散兮生天，佛果圆而成佛。君归极乐，五蕴皆空；妾领群芳，万缘俱寂。剧虽六出，能含离合悲欢；制出一编，不愧清新俊逸。花本美人小影，月为才子前身。玩花韵于午晴，骋妍抽秘；对月明于子夜，换羽移宫。以璇闺之彩笔，奏碧落之新声。将见不胫而走，播遍管弦，有目同珍，贵于璆璧云尔。西湖散人拜撰。

西湖散人为沈善宝之号。善宝（1808—1862），字湘佩，浙江钱塘（今杭州）人，山西朔平府知府安徽武凌云之妻。工诗善画，著有《鸿雪楼诗集》《名媛诗话》。与太清交好，当奕绘去世，太清被赶出荣王府之际，善宝于己亥（1839）秋日结秋红吟社，相互唱和，对太清是莫大安慰。晚年则曾为太清所撰小说《红楼梦影》作序。太清与湘佩之交往，前后长达二十五年之久。

序谓"逸才天纵"，堪作时人对太清之评。"清新俊逸"，则是对其剧作的评价。序云"慨尘梦之迷离，晨钟忽警；念幻缘之生灭，慧剑初挥"，表明此为该剧创作之由。如果说《桃园记》是证以仙境情缘，喻其结合之可能；此即谓结合之后，证果成佛，跳出情幻，君既归极乐，妾亦万缘俱寂，再无他想。

书末有另一字迹行书之题诗：

> 大地无如梦，传奇后素章。依稀惊洛浦，仿佛入高唐。心逐空花舞，身如彩凤翔。意中生幻想，觉后有寒香。且放游仙枕，重来觅佩裳。寻踪分竹树，得路见桥梁。幽谷情无尽，深闺话正长。幸全真面目，唤醒假鸳鸯。点破迷痴案，同归极乐乡。仙机空寂寂，梅事两无妨。惠亭奕䴇。

奕䴇，背景生平待查。子弟书作者中有惠亭者，撰《蝴蝶梦》四回，衍庄子梦蝶事。① 未知此两位惠亭是否同一人。

（原载《文学遗产》2006年第6期）

---

① 张寿崇：《子弟书珍本百种》，民族出版社2000年版，第20页。

# 《轩亭冤传奇》作者湘灵子考

邬国义

在20世纪初期的十年，1907年秋瑾被杀一案是当时震撼全国的事件。秋瑾就义于绍兴古轩亭口后，在全国引起了轩然大波，极大地激发起民众的民主革命情绪。当时的报纸杂志对此做过大量报道，并写成戏剧和小说广为传布。如阿英在《晚清文学丛钞·传奇杂剧卷》叙例中所说："于当时的革命运动，以秋瑾案为最激动人心，故谱秋瑾及徐锡麟的传奇、杂剧，多至十数种。"① 而最有代表性的则为湘灵子撰的《轩亭冤传奇》和嬴宗季女的《六月霜》。关于《轩亭冤传奇》作者湘灵子的情况，百年以来，迄今一直未能得到很好的确认与解决。有鉴于此，本文欲据当时的报纸杂志及其相关作品，对此做一考述。

## 一、传奇的作者问题

《轩亭冤传奇》，萧山湘灵子著。该剧全称《中华第一女杰轩亭冤》，一名《鉴湖女侠传奇》，又名《绘图秋瑾含冤传奇》。最早刊登于1908年创刊的《国魂报》，后又载于1909年9月出版的《女报》增刊《越恨》上。此后有1912年上洋小说支卖社刊本，又有上海振新图书社石印本。后阿英将其编入《晚清文学丛钞·传奇杂剧卷》，又收录《中国近代文学大系·戏剧集》。现较易得见而学者普遍引用的，也大多是这一本子。

据剧后"萧山湘灵子"所撰《丁未九月九日〈轩亭冤传奇〉告成因题七绝八首于后》，可知该剧撰成于光绪三十三年（1907）九月，时距秋瑾殉难不足三个月，可说是非常及时地反映了当时重大政治事件的时事剧。后该剧本于1908年正式出版时，前有东山后裔谢企石、萧山庸闲叟、折桂词人、蠹城剑侠等多人的题词。如折桂词人称道："幸有湘灵新谱曲，一编留得雪鸿痕。"蠹城剑侠在所撰《书后》中说："秋瑾奚为而传哉？秋瑾为爱国之女豪，不可不传也。"并

---

① 阿英：《晚清文学丛钞·传奇杂剧卷》（上），中华书局1962年版，第1页。

指出："湘灵子乃思所以传之，乃皇皇然迫欲传之，乃不辞劳瘁舞文嚼墨吮笔而传之。传其生，明彼苍之笃生女豪也；传其死，明酷吏之坑煞女豪也。姓氏与日月并明，事业与河山并寿。于是乎秋瑾传，于是乎秋瑾竟传，即传秋瑾之湘灵子亦传。"① 表彰了湘灵子传写秋瑾事迹的功绩。然而，现在秋瑾固已流芳百世，名垂千秋，而"传秋瑾之湘灵子"的事迹却沉晦不彰，甚至连其真实身份都难以确认。正如有的文章指出：《轩亭冤传奇》传诵百年，其作者湘灵子，姓、名、字、生卒年，均未详，不能不说是一种遗憾。"为了破解他的身世之谜，已耗费了几代学者的不少心血。"②

从学术史的回顾来说，20世纪三四十年代，阿英编写《晚清戏曲小说目》《中国俗文学研究》等，著录《轩亭冤传奇》，后又将其编入《晚清文学丛钞·传奇杂剧卷》，但因搞不清作者的真实姓名，故只能使用原署名"湘灵子"或"萧山湘灵子"。新中国成立以后，一些论著在著录该剧时，一般均注"萧山湘灵子，其生平事迹不详"或"其真实姓名未详"。此后，不少论者对其进行了考索，归纳起来，有关《轩亭冤传奇》的作者问题，有三种不同的说法。为进一步考察的需要，有必要对三说做一简要的分析。

一说湘灵子即《女报》总编辑陈志群。1962年，张铁弦在《关于秋瑾的诗文》中认为，《女报》总编辑陈志群就是《轩亭冤传奇》的作者湘灵子。按陈志群（1889—1962），字以益，江苏无锡人。早年至上海求学，为《女子世界》记者，与秋瑾往来密切，多次通信。1907年年底创办《神州女报》后，又主编发行《女报》。1909年9月出版的《女报》增刊第2号《越恨》，为秋瑾一案最完备的文献资料，编者为萧山湘灵子。前有陈志群序，末附湘灵子作《轩亭冤传奇》。张铁弦据此认为湘灵子就是陈志群的笔名。后陈象恭等沿用此说，在《秋瑾年谱及传记资料》中载录《越恨》一书说："湘灵子编。湘灵子即《中国女报》总编辑陈以益，一名陈志群。《秋瑾集》中有《柬某君》三章，某君考即陈志群，也就是《越恨》的编者。"③ 后《中国历史大辞典·清史卷》（下）也同此说。④

事实上，此说并无多少根据。查《女报》增刊《越恨》版权页记载："己酉

---

① 阿英：《晚清文学丛钞·传奇杂剧卷》（上），中华书局1962年版，第143-146页。
② 沈惠金：《百年传奇〈轩亭冤〉》，《联谊报》2007年6月16日。
③ 陈象恭编著：《秋瑾年谱及传记资料》，中华书局1983年版，第79页。
④ 《中国历史大辞典·清史卷》（下）称："越恨  《中国女报》总编辑陈志群（署湘灵子）编。一册。清宣统元年（1909）作该报号外刊行，辑录有秋案始末、原电、专件、函牍汇志、清议、时评，附刊陈志群所著《轩亭奇冤传奇》。"上海辞书出版社1992年版，第684页。

八月初一日付印　己酉八月十五日发行","审定者　《女报》总编辑陈以益先生；编辑兼发行者　湘灵子；发行所　上海白克路登贤里女报社"。① 可知该书于1909年9月28日出版，编辑兼发行者为湘灵子，而陈以益只是"审定者"。因此，并不能以此认定陈以益就是湘灵子。

其实，只要认真读一下该书前面陈以益的《序》，便可清楚地知道《越恨》并非陈以益所编，而其末附湘灵子《轩亭冤传奇》也非陈氏所作。查陈撰《越恨序》云：

> 秋瑾女士之死，忽忽两载余矣。忆前年女士寄鄙人诗云："飘泊天涯无限感，有生如此复何欢……"读之犹凛然有生气，如见其人。自冤狱发后，著书立说者不乏其人，然未足为完全之信史也。萧山某君憾之，辑成《越恨》一册，首载女士遗影、手迹及轩亭画，次奇冤案，次要电专件、函牍，次官场发表之罪状，次清议，次时评，殿以《轩亭冤传奇》，源源本本，凡有关是案之件，搜罗靡遗，读之可得冤狱之真相。某君之辑是书，调查计阅两载。书成由《女报》社出版，为《女报》第二增刊。夫秋女士之冤狱，为女界绝无仅有之奇案，亦未始非中国历史上之一大纪念。然则是书之出，想吾同胞当无不欢迎之也。是为序。②

该序末署"己酉（1909）秋八月陈以益序于上海女报社"。按序中所说"前年女士寄鄙人诗"，即秋瑾《柬志群》诗之一。③ 这里陈以益自称"鄙人"，后又明确讲到"萧山某君憾之，辑成《越恨》一册"，"某君之辑是书，调查计阅两载。书成由《女报》社出版，为《女报》第二增刊"，说明它是由"萧山某君"也即版权页上所写萧山"湘灵子"编辑的，而《女报》社只是将其作为增刊的一种出版而已。从陈序来看，显然，陈自己也不承认是《越恨》一书的编者。

如此，从陈序本身来看，就否定了湘灵子就是陈志群的说法。更不必说陈志群是无锡人，而非萧山人的事实。因此，此说之不可从是十分显然的。事实上，准确地说，陈志群并非《越恨》的编者，他只是为该书写了一篇序言。

另一说谓湘灵子即张长。1987年郭长海在《秋瑾事迹研究》中首先提出：

---

① 《女报》1909年增刊《越恨》，版权页。
② 《女报》1909年增刊《越恨》，第1页。
③ 《神州女报》1907年创刊号在发表秋瑾《柬志群》三章时，诗末附陈志群识语云："右诗系女侠于五月初七日（1907年6月17日）自绍兴寄记者者。"

"实则湘灵子即张长,字新斧(又作心斧、新芜、心芜),号洗桐,浙江桐乡人。"其所依据就是张新斧在一封《致吴芝瑛书》中说过"仆于秋君遇害时,曾向《国魂》征稿,与浦东谢春柳编著《越恨》一书。书成数载,尚未出版,此又恨中之恨也。今闻秋祠将建,秋墓定移,想埋骨西泠,湖山亦为含笑。待改葬有期,窃愿追悼执绋。而仆与春柳所成之书,亦拟同时出版"①。1996年9月,梁淑安在《作家报》上发表《近代曲家考辨》,也认为"湘灵子是张长的笔名"。梁文并谓张长与近代女革命家秋瑾的挚友吴芝瑛有交往:"《女国民文粹》曾刊载过张长写给吴芝瑛的一封信,信中提及自己著有《轩亭冤》传奇。此外,还著有戏本《斩秋瑾》和《洗桐随笔》。《轩亭冤》八出和《斩秋瑾》都取材于秋瑾烈士的事迹。"②后她与姚柯夫合著《中国近代传奇杂剧经眼录》,也将此剧隶于张长名下。③在她主编的《中国文学家大辞典·近代卷》"张长"条中,也称张长"别署湘灵子、桐花馆主","著有传奇《轩亭冤》八出、时调新戏《斩秋瑾》及《洗桐随笔》"。④此后,齐森华等主编的《中国曲学大辞典》等大多沿用是说。⑤

此说影响甚大,然实存有颇多疑问。首先,梁文称张长致吴芝瑛的"信中提及自己著有《轩亭冤》传奇",与原文是有出入的。其实,张长信中只是说"与浦东谢春柳编著《越恨》一书",并没有提到自己著有《轩亭冤传奇》。

关于《越恨》一书,据现有的资料,1907年9月8日,《文娱报》便在头版刊登了《追悼秋瑾广征著作启》:"敬求诗界男女同胞竞赐佳章,无论祭文、挽联、诔词、铭赞,邮寄上海英租界广西路宝安里浦东同人会谢企石收,限中秋截止,揭晓从速,酬教从优。如赐传奇或剧本或短篇小说,则更欢迎。"⑥谢企石即谢其璋,字企石,号东山后裔,上海浦东人,也就是后来为《轩亭冤传奇》题词的"东山后裔谢企石"。至光绪三十四年三月初一日(1908年4月1日),《国魂报》上刊登《越恨》广告说:

---

① 郭长海、李亚彬:《秋瑾事迹研究》,东北师范大学出版社1987年版,第309页、310页。
② 梁淑安:《近代曲家考辨》,载《作家报》1996年9月21日。
③ 梁淑安、姚柯夫:《中国近代传奇杂剧经眼录》,书目文献出版社1996年版,第160页。
④ 梁淑安:《中国文学家大辞典·近代卷》,中华书局1997年版,第213页。
⑤ 《中国曲学大辞典》"轩亭冤"条云:"张长(原署湘灵子)作。"并称张长"别署湘灵子、桐花馆主。浙江桐乡人","作有传奇《轩亭冤》、地方戏《斩秋瑾》"等。齐森华等主编《中国曲学大辞典》,浙江教育出版社1997年版,第191页、535页。其他如蒋星煜、齐森华等主编的《明清传奇鉴赏辞典》,也同此说。上海辞书出版社2004年版,第1685页。
⑥ 《文娱报》1907年9月8日。

·《轩亭冤传奇》作者湘灵子考·

是书为东山后裔所编。其搜罗之宏富，记载之详明，突跻《秋风秋雨》《六月霜》等而上之。今第一册将次出版，目次：序文，题辞，女界流血者之伟像，奇冤案，要电汇志，专件汇志，函牍汇志，官场发表秋瑾之罪状，清议，时评，传奇。第二册即日付印，目次：秋女士遗照，秋女士惨历史，秋女士遗稿、遗迹得之秋社，世所未见，哀诔、诗文，词联等共二百余家，杂俎，后附秋坟会祭各图并墓表等。如欲预定者，请至本馆接洽，外埠函订亦可。①

广告称"是书为东山后裔所编"，由上而言，由广征各界著作到《越恨》编成，大约花了半年的时间。从广告来看，可知全书分二册，第一册将次出版，第二册即日付印。然从实际情况看，由东山后裔谢企石所编的这种《越恨》并未正式出版。而据辛亥革命之后1912年张长致吴芝瑛的信来看，也可说明这一情况。

张长与谢企石同为丽则吟社、国魂社的社友，又是同谱兄弟，谢春柳即有《感怀和洗桐谱弟韵》的诗作。② 因此，张长协助谢企石编著《越恨》一书是完全可能的，他《致吴芝瑛》信中所说应系实情，也是符合情理的。然而，问题在于，既然《越恨》一书是他与谢其璋共同编著的，那么，从逻辑上说，为什么其中的《轩亭冤传奇》就一定是张长所作，而不是谢其璋或其他人撰写的呢？其根据又何在呢？

从实际情况看，谢企石并未写作《轩亭冤传奇》。从"东山后裔谢企石"给《轩亭冤传奇》的题词看，诗中写道："那堪呜咽钱塘水，淘尽女界沉沦魂。料得词人摇笔处，墨花飞溅泪珠痕。"③ 诗中赞扬作者摇动笔端，满腔热情地写作了此传奇。显而易见，谢氏本人并非写作《轩亭冤传奇》的萧山湘灵子。然而，就此仍不能证明与其一起编著《越恨》的张长就是撰写《轩亭冤传奇》的作者。由上引《致吴芝瑛书》看，至多也只能说他参与了谢企石编著《越恨》一书，而不能说明张长撰写了《轩亭冤传奇》，一起编著《越恨》与创作《轩亭冤传奇》毕竟不是一回事。

而且，值得注意的是，上面所说《女报》增刊《越恨》，其封面即是由张长

---

① 《国魂报》1908年4月1日，此后又多次重刊这一广告。

② 谢春柳：《感怀和洗桐谱弟韵》，载《丽则吟社诗辑》卷四《国魂丛编》之二，清光绪铅印本第31页。

③ 《女报》1909年增刊《越恨》，第185页。又见阿英编《晚清文学丛钞·传奇杂剧卷》（上），中华书局1962年版，第144–145页。

手书题签的，作"越恨　张长题"。这表明，陈以益《越恨序》所说"萧山某君憾之，辑成《越恨》一册"云云，他应该是清楚也是认同这一说法的。再次，就张长的籍贯来看，他是浙江桐乡人，并非萧山人。《轩亭冤传奇》的作者署名"萧山湘灵子"，而其文本内容中也有明显的证据表明，作者湘灵子是萧山人。①由此籍贯上，两者也难以符合。由于有以上诸多疑窦，因此《轩亭冤传奇》作者为张长说同样缺乏令人信服的证据，难以成立。

近年来又有学者提出新说。2000 年以来，左鹏军在《轩亭冤传奇作者小考》《近代传奇杂剧作家作品考辨五题》，及后出版的专著《晚清民国传奇杂剧考索》中，据新发现的材料，认为湘灵子并非张长的笔名，而是另有其人，考证其作者萧山湘灵子当系浙江萧山人韩茂棠。②其主要依据是，由陈栩（字栩园，号蝶仙，别署天虚我生）主编、刊行于杭州的《著作林》杂志第 3 期《诗家一览表》栏中，有关于湘灵子的情况介绍：

　　（姓名）韩伯谿，（别号）湘灵子，（住处）萧山县城西河下金带桥。

《著作林》第 13 期所载陈蝶仙著《栩园诗话》卷六又说："萧山韩茂棠（柏谿），别号湘灵子。录寄诗殊多，如'一枕虫声残梦里，半床花影独吟中'，'愁逐野云吹不散，情随春浪去难平'两联则甚佳。"《著作林》共出版二十二期，该杂志出版时间与《轩亭冤传奇》创作和发表的时间亦相合。由以上材料可知：韩茂棠，字柏谿，一作伯谿，别号湘灵子。能诗，与《著作林》杂志主编陈蝶仙联系颇多，当时住萧山县城西河下金带桥。此韩茂棠当即为《轩亭冤传奇》之作者"萧山湘灵子"无疑。

　　左鹏军提供了新的史料与新的见解，从材料本身说，应该说都对得上号，故湘灵子当系浙江萧山人韩茂棠之说，无疑是值得重视的，也是富有启发意义的。然而，如左文自己所说，关于韩茂棠生平事迹的其他具体情况，"目前笔者所知

---

①　该剧最后一折《哭墓》写到，吴竞雄说自己写了两首词，本想叫石工刻在碑上，虬髯客则以为不若情人做一部传奇，将英雄事迹昭示后世。剧中小旦（吴竞雄）说："这却不难。依晓得萧山有个人儿，叫作甚么湘灵子，这词曲是他擅长的，明日去探望他，教他做这部传奇如何？"副净（虬髯客）回答说："很好，很好。"故作者即是剧中所说擅长词曲的"萧山"的湘灵子。见阿英《晚清文学丛钞·传奇杂剧卷》（上），中华书局1962 年版，第 141 页。

②　分别见左鹏军《轩亭冤传奇作者小考》，载《古典文学知识》2000 年第 4 期；《近代传奇杂剧作家作品考辨五题》，载《文学遗产》2001 年第 1 期；《晚清民国传奇杂剧考索》，人民文学出版社 2005 年版，第 177 –178 页。

甚少，尚有待进一步查考"①。虽说有些研究者接受了这一说法，但由于没有提供更多更充分的资料与论证，因而一些论著往往折中其间。有代表性的如赵山林等编著的《近代上海戏曲系年初编》谓："关于作者，一说为张长。张长，字洗桐，又字心芜（又作心抚、新斧），别署湘灵子、桐花馆主……见梁淑安、姚柯夫《中国近代传奇杂剧经眼录》。一说萧山湘灵子为浙江萧山人韩茂棠别号。韩茂棠，字伯谿，一作柏谿，号湘灵子，能诗……当时住萧山县城西河下金带桥。见左鹏军《近代传奇杂剧研究》。"② 就采取了两者并存的说法。

上述情况表明，由于材料的稀缺，关于《轩亭冤传奇》作者的真实身份，学界尚不能断然确定下来。二说并存，既是一种谨慎的做法，但也表明这一问题仍未真正得以解决。至于韩茂棠究竟是怎样的人？其生平经历如何？他还有哪些重要著作？这些问题仍然值得我们继续探索。

## 二、确凿的证据

解决这一百年悬案，关键在于深入发掘相关的资料，获得确凿而充分的证据。依据当时的报纸杂志及其发表的作品，笔者现已有充分的材料足以证明，湘灵子即是萧山韩茂棠，又名韩天啸者。下面列举六证，以具体的材料予以论证阐说。

1. 1908年《国魂报》所载《诗家调查表》，记录了当时诗家的姓名、别号及所居的地址，其中云：

韩紫宸，庸闲叟，萧山西河下金带桥。
韩柏谿，湘灵子，紫宸令郎。③

据《国魂丛编》卷七谓："本社编辑《诗家调查表》，不日将订专集问世，如有未蒙惠函，请于七月内掷下，以便刊入，是所至盼至祷。 丽则吟社。"④可知这一《调查表》作于该年七月。这一调查与左鹏军揭示的在《著作林》1906年第3期上天虚我生编的"《诗家一览表》（丙午春季调查）"所说"（姓名）韩伯谿，（别号）湘灵子，（住处）萧山县城西河下金带桥"的记载相一致。

---

① 左鹏军：《晚清民国传奇杂剧考索》，人民文学出版社2005年版，第181页。
② 赵山林等：《近代上海戏曲系年初编》，上海教育出版社2003年版，第211页。其他如台湾学者华玮在《明清妇女之戏曲创作与批评》中，则采取三说并存的说法。"中央研究院"中国文哲研究所2003年版，第258页。
③ 《诗家调查表》，载《国魂丛编》之十三，清光绪铅印本第3页。
④ 《国魂丛编》之七，清光绪铅印本第106页。

由上记录，不仅可知湘灵子即韩柏豁，而且可知为《轩亭冤传奇》作《秋女士赞并序》，署名"萧山庸闲叟"的作者，以及为之题词的"古越庸闲叟"，原先我们并不知道其人是谁，其实即是他的父亲韩紫宸。

2. 光绪三十三年十一月十九日（1907 年 12 月 23 日）《文娱报》刊出《征题蠡酌图》广告云：

（征题蠡酌图）图绘万顷汪洋，中流片叶，侠仙箕踞叶上，倾蠡樽而酌海水，有云山苍苍，海风泱泱之气象。悠然自适，以蕲至于无我相。（泛家探险图）图绘烟波无际，画船一舸，不着榜人，而纵其所如。篷窗半启，鸥自来亲，侠仙伉俪及小儿女两在焉。琴樽书剑，错落几间帆底，酒罂庞然峙侧。依稀鸡声犬吠，或发现于云水乡中，理想桃花源外，应更别有天地。

○ 右两图伏乞海内同文广锡佳章，不论骈文、诗词、赞跋均可。卷限腊月望截至，揭晓从速，酬教从雅，邮寄萧山南益桥翰林第间壁丁侠仙收不误。　　湘灵子、惜秋生同启。①

按广告末署"湘灵子、惜秋生同启"，我们知道《轩亭冤传奇》为萧山湘灵子著，并题"山阴杞忧子评，会稽惜秋生校"。此处惜秋生当即校《轩亭冤传奇》的"会稽惜秋生"。而文中所绘人物丁侠仙，其地址为"萧山南益桥翰林第间壁"，也可知湘灵子确为萧山人。

1914 年《亚东小说新刊》第 1 期载有韩天啸的《蠡酌图骈序》，文中指出："吾友丁君，别号酒蠡，学界伟人，越江名士。无摇尾乞怜之态，有从戎投笔之思。谈时事以心惊，论人权而色变。才同文靖，欲挽既倒之狂澜；鞭著祖生，定作中流之砥柱。无奈命运多舛……烂污世界，徒令豪杰灰心，于是遁入醉乡，卧游酒国。"② 文中所说"吾友丁君"即丁侠仙，别号酒蠡。《蠡酌图》的作者则为萧山陈昱，他是清末萧山著名的画家，画作上题"侠仙老友属昱画蠡酌图，丁未"等字样。又，韩天啸曾为陈昱作小传云："陈燹原名昱，字梦若，号梅舟，浙江萧山人也。天资颖悟，读书不求甚解。然啬于遇，恒郁郁不得志。尝自言生平有三嗜：嗜酒，嗜诗，尤嗜画。"称道他能诗工画，"洵是浙东第一画家"，我爱之，我慕之，我崇拜之，"于是吮笔而为之传"。③ 在韩天啸创办的《亚东小说

---

① 《文娱报》1907 年 12 月 24 日。
② 天啸：《蠡酌图骈序》，载《亚东小说新刊》1914 年第 1 期。
③ 天啸：《陈梦若小传》，载《亚东小说新刊》1914 年第 1 期。

新刊》第1、2期前面的"插画"中，还刊登了其署名"梅舟"的两幅山水人物画，也可知他们不同寻常的关系。由上述署名"湘灵子"的征题《蠢酌图》广告及韩天啸的《蠢酌图骈序》，可证湘灵子即韩天啸。

3. 辛亥革命后，韩茂棠多以韩天啸（或天啸）之名发表文艺作品。据1912年1月6日《大共和日报》所载《祝词》中，有署名"天啸韩茂棠"的一首调寄《望海潮》词作，以"敬祝《大共和日报》出版万岁"①，可知韩茂棠又名韩天啸，天啸为其号。

民国初年，韩天啸在杭州《之江日报》副刊《浙牺新语》中，多次发表诗作，在"通讯"栏中，有多处署名"天啸"与他人的通讯。如1913年1月7日，刊有天啸所作《赠小说点将会诸同志》《步玉花女士述怀元韵》等诗作。在有关"通讯"中，韩氏本人谈到萧山湘灵子的问题。时劳稼村曾征集同人和其诗作。此年11月30日，劳稼村通讯云："海内诸同志鉴：鄙人弱冠述怀（见二十一日本报），千祈勿吝珠玉，广锡和章为幸。 稼村。"同日，韩天啸在给劳稼村的一封信中说："稼村先生鉴：某即萧山湘灵子，先生尚能记忆否？三十述怀，昔年曾经题过，拙诗想尚在箧也。便乞通函。 天啸。"② 这再明白不过地表明，韩天啸即是萧山湘灵子无疑。

在11月7日"通讯"栏中，还有秦玉花的一信云："天妒先生暨爱芳女士鉴：承询姓名、地址，玉花现住绍郡五云门内，如蒙赐函，请由舍亲韩天啸转交。 秦玉花上。"③ 11月30日"通讯"栏中，又有韩天啸的复函云："天妒先生鉴：玉照收到，复函有无递到，念念。 天啸。"④ 由此还可知，韩天啸是秦玉花的亲戚。

4. 1914年4月，韩天啸在上海创办《亚东小说新刊》，并任该刊编辑。在第1期刊登的署名"天啸"的侠烈小说《桃花血》，叙写了一位名叫李竞雄的女子为父复仇的故事。文中开头说："桃花乎，尔何幸为全球所信仰乎？桃花乎，尔何幸为同胞所系念乎？桃花乎，尔何幸为侠士所赏鉴乎？桃花乎，尔何不幸而为野蛮官吏所摧残乎？"又称："当其未遇害时，眉轩轩，目炯炯，风致绝佳，神光逼人，有不可一世之概。其理想，其言论，其精神，其魔力，直欲举普天下多数男儿，而卢牟之亭毒之，苏非亚、玛利依耶，殆有过之无不及也。湘灵子于是

---

① 《大共和日报》1912年1月6日。
② 《之江日报》1913年11月30日。
③ 《之江日报》1913年11月7日。
④ 《之江日报》1913年11月30日。

撰《桃花血》以纪其事。"① 这里说到"湘灵子于是撰《桃花血》以纪其事",也就是说,文中所说"湘灵子"即作者韩天啸。

很有意思的是,这里提及当李竞雄未遇害时,"眉轩轩,目炯炯,风致绝佳,神光逼人,有不可一世之概"云云,在《轩亭冤传奇》中也有一段十分相似的话:"吾谱《轩亭冤》,恍若有眉轩轩、目炯炯、风致绝世、神光逼人之秋瑾灵魂侍立吾侧,吾哀泪滂沱,吾热血喷涌,吾于是一投笔,东向望越城,乃沉沉焉,眲眲焉,志其里居,详其姓氏,叙其遗事,述其冤情。"② 虽说"眉轩轩、目炯炯、风致绝世、神光逼人"的话源出梁启超撰写的《罗兰夫人传》,但韩氏在《轩亭冤传奇》与《桃花血》中两次运用同样的语言,也可见两者之间密切的联系。③

5. 1920 年以后,韩天啸还写过几部小说,其中一部叫《寡孀泪史》。徐恼公在为其所作的《序》中明确地说:

> 老友韩君天啸,别署湘灵子,萧山人也,为余二十年前之文字交……其所著小说颇夥,尤以传奇十种为最佳。他如文言白话,亦各擅长。然已付印者仅《轩亭冤传奇》与《牡丹花传奇》及亚东小说等。余则什袭珍藏,或已披露报端……今年春薄游沪上,在大陆图书公司担任编辑。所著《寡孀泪史》一书,都三万余言,披诵之下,觉一字一泪,一句一血,殊令人不忍卒读也。其结构之精严,其思想之奇特,其用笔之曲折,其措词之鲜艳,尤其余事。至史中人物,描摹尽致……直不啻写生妙手,能取各人之思想之行为,悉现于纸上耳。是为序。④

该序末署"壬戌(1922)二月绍兴徐恼公书于蠡城客次"。蠡城即绍兴别称。徐恼公,浙江绍兴人。早期为上海文娱吟社社员,清末民初曾为上海、杭州、绍兴等多家报纸杂志撰稿。他是韩天啸的老友,两人之间有着二十多年的文字之交。如在韩氏主办的《亚东小说新刊》上,即发表有徐恼公的《春闺》《寄

---

① 天啸:《桃花血》,《亚东小说新刊》1914 年第 1 期。
② 阿英:《晚清文学丛钞·传奇杂剧卷》(上),中华书局 1962 年版,第 109 页。
③ 梁启超《罗兰夫人传》中云:"呜呼!当此国步艰难之时,衮衮英俊,围炉抵掌,以议大计,偶一瞥眼,则见彼眉轩轩、目炯炯,风致绝世,神光逼人,口欲言而唇微唫,眼屡闪而色逾厉之一美人,监督于其侧。夫人虽强自制,而其满腔之精神,一身之魔力,已隐然举一世之好男儿,而卢牟之亭毒之矣。"于此可见梁对韩天啸的影响。参见夏晓虹编:《梁启超文选》(上集),中国广播电视出版社 1992 年版,第 351 页。
④ 韩天曜:《寡孀泪史·徐序》,上海大陆图书书局 1922 年版,第 1 页。

内》《杂感》等诗词及纪事小说《一壶先生》。据该刊第1、2期末附《本社投稿同志录》和《本社投稿认股同志姓名录》,其中均有"徐恼公(绍县)"的记载。

徐恼公在上述序文中,明确讲到韩天啸为其老友,"别署湘灵子,萧山人也",又讲到"已付印者仅《轩亭冤传奇》"云云,直接点出《轩亭冤传奇》为韩氏所作。徐序的证据链十分完整,所有的条件都相符合。可以说,仅凭此一材料,即可以证实《轩亭冤传奇》的作者萧山湘灵子确是韩天啸。

6. 1923年出版的小说《新武林潮》,署"萧山汤冷秋原著、韩天啸修订"。前有韩天啸所作《序》及"萧山湘灵子"的《新武林潮题词》二十四首,也是重要的佐证。

据韩天啸《序》云:"汤君冷秋,本越国之才士,作武林之寓公。采及遗闻,写出官僚龌龊;编成小说,描来妓女风流。看宦海之茫茫,侈谈风月;念官场之扰扰,贪恋莺花⋯⋯要之,花花世界,转眼成空;扰扰尘寰,回头即幻。本所见所闻之事,记秽史于当年。成可歌可泣之文,垂殷鉴于后世。"① 末署"民国十二年旧历三月中旬 萧山韩天啸书"。此下又有"萧山湘灵子"的《新武林潮》题词二十四首,分别咏书中人物王柏生、小兰英、赵望人、李蕊仙、余镜安、传韫玉等二十四人。末署"癸亥(1923)暮春萧山湘灵子题"②,即民国十二年(1923)的暮春所题。由此可见《序》与题词均写于同年三月。

汤冷秋,浙江萧山人,民国时期小说家、报刊编辑。除《新武林潮》外,还著有短篇小说集《风尘琐记》。后曾任浙江萧山《萧声报》总编辑。他是韩天啸的同乡,两人相当稔熟。在该小说出版时,韩天啸正在大陆图书公司担任编辑,故由他来作"修订",既有友情的因素,也是作为编辑的任内之职。韩天啸为其作序及以"萧山湘灵子"笔名为之题词,也可证湘灵子即韩天啸。

以上提供的多项新的确凿的资料和证据,可以相互印证,互为补充,从而无可置疑地表明,《轩亭冤传奇》的作者萧山湘灵子就是韩天啸亦即韩茂棠。

## 三、家世与生平事迹

确定了萧山湘灵子为韩茂棠(天啸)之后,须对其身世及生平事迹做进一步的考察。

据现掌握的资料,韩茂棠(1880—?),字伯憩,又作柏溪、柏谿、伯谿、百

---

① 汤冷秋著,韩天啸修订:《新武林潮》,上海大陆图书公司1923年版,第1–2页。
② 汤冷秋著,韩天啸修订:《新武林潮》,上海大陆图书公司1923年版,第1页。

豀，号天啸，别署湘灵子、蕺山居士，浙江萧山人。① 其父韩紫宸（1849—?），又作紫辰，别署庸闲叟。出身于具有"儒素家风"的家庭。

韩氏在萧山为大姓。据明魏骥《萧韩重修家谱序》说："萧之相韩，越中巨族也……开国公肖胄公、大学士膺胄公兄弟，扈跸由相徙居于越，殆三百余年，其子孙之繁三吴两浙，环布星罗，不下数千百指，而居于萧者为特盛。"② 又据来裕恂《萧山县志》卷四"氏族（以调查先后为次）"记载：萧山"韩氏始祖，系出湘南，讳膺胄，宋忠献王琦第四世孙申国公讳治第五子。高宗时，与伯兄肖胄扈驾南迁，遂卜居萧之湘南。至六世而分支，有宝八房、宝九房、河西林家里等支。迄今相传，已有三十世"③。知萧山韩氏一族，自宋代起便居于萧之湘南，可见其源远流长。

虽说我们尚不清楚韩茂棠家族祖上几代的具体情况，但其父韩紫宸于1908年所作《六十初度述怀》，则较多地透露了关于其家族及本人的信息，是研究其家世的重要材料。这里引录其中的第三、四首诗：

> 挟荣干时愧未工，敢云下笔气如虹。鲁芹采忆髫龄早，虞粟颁从壮岁中（三列优等，始由增补廪）。讲舍衡文沾化雨（周子霆掌教剡山，蒙招随同阅卷），乡闱角艺遇罡风（自庚午迄丁酉，计十余试，历荐未售）。要知得失由前定，何事牢骚怨太穹。

> 子遗祖业叹飘零（遭粤劫后，房产俱毁），儒素家风守旧型（先君镌有"儒素家风"印章）。子敬青毡勤后学，季长绛帐广传经（二十岁即出外授徒，门下颇盛）。百年眷属齐鸿案（内子归余后井臼亲操，不辞劳瘁），两字功名望鲤庭（儿子茂棠自丱角至弱冠，余亲为课读）。他日登瀛如有路，时艰宏济慰先灵。④

从诗的自注中，可知其先世累代居萧山，祖父一辈以上，是当地有名的望姓大族。在太平天国运动中，咸丰十一年（1861）秋，太平军克萧山，韩家的房产均遭毁败，家道由此中落。据诗中称"座拥琴书供鉴赏，庭栽花木助吟哦"⑤ 来

---

① 关于其生年，光绪三十三年十一月二十日（1907年12月24日）《文娱报》载有萧山湘灵子所作《步苏渔感怀元韵并柬浣花、清泉、惜红诸君》，第二首云："游戏人间廿八年，光阴浪抛剧堪怜。"据诗中湘灵子自称"游戏人间廿八年"，可知他其时年二十八岁。由此上推，其生年当在光绪六年（1880）。

② 魏骥：《萧韩重修家谱序》，韩嘉茂等纂修《萧山一都韩氏家谱》卷首，民国十八年（1929）木活字本，第1页。

③ 来裕恂：《萧山县志》卷四，天津古籍出版社1991年版，第47页。

④ 萧山庸闲叟：《六十初度述怀》，载《丽则吟社诗辑》卷二，《国魂丛编》之二，第7页。

⑤ 萧山庸闲叟：《六十初度述怀》第一首，载《丽则吟社诗辑》卷二，《国魂丛编》之二，第7页。

看，其青少年时代的家境还是相当优裕的。

由上引诗中说道"鲁芹采忆髫龄早，虞粟颁从壮岁中"，"鲁芹"句说的是韩紫宸很早就考取了秀才，此后在考试中三次名列优等，始由县府学的增生补为廪膳生①，此时他已人到中年。然而，自同治九年庚午（1870）至光绪二十三年丁酉（1897）的二十几年间，经历了十来场的科举考试，虽然屡被荐卷，但时运不济，均未中举。他在二十岁时即外出教馆，门下学徒甚众，为学馆名师。妻子则在家中亲自操持，不辞劳苦。其师周子霆是同治六年（1867）举人，掌教浙江嵊县的剡山书院，曾招他随同阅卷。在他看来，这是一件颇有面子的事，故特地写入诗中。后来他在《步樱花庵主城南草堂原韵》中，也多次谈道："家风儒素完先志，兢守青毡几十年。"②又称自己"不屑钻营谋计绌，未娴酬应友朋疏"③，可知其一生以教馆为主，这也是当时一般落第士人常见的出路之一。

经过多年苦心经营后，韩紫宸终于又择地建起了新居。如诗作第二首所说："徙宅当年相度初，临河小筑认吾庐。蜗居湫隘门无辙，蠹简丛残架有书。"小注云："迁居西河下，十稔于兹。"④后在其他诗中也谈道："惭愧蜗居湫隘中，西河小筑地三弓。"⑤可知至19世纪末，其家迁居至萧山西河下金带桥一带，在那里已住了十年之久，也即是上述韩茂棠及其父在《诗家一览表》《诗家调查表》所填写的住址。虽说诗中谦称"蜗居湫隘"，没有原先祖上的显赫排场，但也算是恢复旧业，稍有成就，故而颇感欣慰。诗中又讲道"椿萱早逝负恩多"以及"输君一事亲先逝，墓土森然拱越东"⑥，说明其双亲逝世较早，故而引为憾事。

韩茂棠自幼即从父启蒙受业。据上引其父诗注所说"儿子茂棠自卯角至弱

---

① 据《民国萧山县志稿》卷一〇上《学校门》载："萧山学额，县学廪生二十名，增生二十名，二年一贡……咸丰五六年，捐饷加三名，嗣后连年大饷，又加至七名。以后定例三十五名，府学五名。"张宗海等修，杨士龙等纂：《民国萧山县志稿》，1935年，《中国方志丛书》华中地方（84），成文出版社，1983年版，第788页。

② 萧山庸闲叟：《步樱花庵主城南草堂原韵》，载《丽则吟社诗辑》卷一，《国魂丛编》之二，第26页。

③ 萧山庸闲叟：《六十初度述怀》，载《丽则吟社诗辑》卷二，《国魂丛编》之二，第7页。

④ 萧山庸闲叟：《六十初度述怀》，载《丽则吟社诗辑》卷二，《国魂丛编》之二，第7页。

⑤ 萧山庸闲叟：《步樱花庵主城南草堂原韵》，载《丽则吟社诗辑》卷一，《国魂丛编》之二，第26页。

⑥ 萧山庸闲叟：《步樱花庵主城南草堂原韵》，载《丽则吟社诗辑》卷一，《国魂丛编》之二，第26页。

冠，余亲为课读"，又有诗称"堂构承家恢旧业，诗书课子慰初衷"①。可知韩氏幼承庭训，自小至二十岁成人，均在其父身边研习诗文。家庭的影响，包括其父在写诗方面的造诣，加以亲自的训读、指导，无疑对其有着深刻的影响。故他自小就受过良好的传统文化教育，此后尤其擅长诗词的写作，并不是偶然的。清光绪末，韩茂棠考取秀才。就其父亲的愿望来说，如诗云"两字功名望鲤庭"，自然是希望其子能上承祖业，他日科第折桂，中榜登瀛。显然，如果不是19世纪末、20世纪初时代潮流及科举制度的变化，韩茂棠也将和先前一般的读书人一样，沿着科举考试的老路继续走下去，以考中举人、进士，获取功名，进入仕途为人生的终极目标。

然而，世纪之交晚清社会的剧变，尤其是1898年戊戌变法、1900年庚子事变以来，中国社会已如蜩螗沸羹，旧制度旧秩序再难以维持，改革乃至革命的呼声日高。在这种剧变的状态下，社会各阶层包括当时的读书人，无不都在或急或缓地思变图存、嬗变适应或寻找着自己的新出路。

科举制度的变化、改革和废除，是牵动当时读书人神经、可说是与之关系最为密切的重大变动。在这一时期，韩茂棠的思想也经历了蜕旧变新的过程，其身份和社会角色有一个转化的过程。

据新发现的资料，在20世纪初年，韩茂棠编辑有《分类万国时务策海大成》。该书共六十四卷二十八册，有光绪二十九年（1903）上海著易书局石印本。前有王铭恩、李瀚清序。目录后署"古越蕺山居士韩茂棠编辑"。据王序云："岁壬寅（1902），韩君伯憩有《政治史事论汇海》之梓，予既读而序之矣。未几，复辑《分类五洲时务策海》，迄今春而告成。其格律之谨严，规模之完善，有过之无不及焉。嗟乎，大陆沉沉，识时为杰，手是编者，岂惟视为蓬岛之先容、迷津之宝筏云尔哉！"②据此，韩氏在1902年即编辑出版了《政治史事论汇海》③，此后又编有此书。

韩辑上述两书，显然与当时科举制度的改革变化有着直接的关系。我们知道，光绪二十七年（1901）七月，清廷下诏改革科举，废八股，将全国书院改为学堂。规定自翌年为始，嗣后乡、会二试，头场改试中国政治、史事论五篇，二场试各国政治、艺学策五道，三场试《四书》义二篇、《五经》义一篇。强调

---

① 萧山庸闲叟：《步樱花庵主城南草堂原韵》，载《丽则吟社诗辑》卷一，《国魂丛编》之二，第26页。

② 韩茂棠：《分类万国时务策海大成》卷首，光绪癸卯（1903）上海著易书局石印本，第1页。

③ 韩伯憩：《政治史事论汇海》，20卷20册，光绪二十八年（1902）刊本。内署"光绪壬寅季夏月仿西法照影印行"，玑衡书社校印，"经售处上海著易堂"。前有王铭恩序。苏州大学图书馆有藏。

"凡《四书》《五经》义，均不准用八股文程式"①。由此提出了改革科举制度的初步方案，加强了有关政治、史事的时务策论的内容。这也是推行新政的重要内容。韩茂棠编辑《政治史事论汇海》，无疑与这一举措直接相关。由于新的科举考试规定二场要考"各国政治、艺学策五道"，因此，继之他又编辑《分类万国时务策海大成》，以备科场时务策论考试之用。

就内容而言，该书搜辑成编，分门别类，分为治法、学术、交涉、财用、武备、考工六大门类，共计收录时务策论四千余篇。如《例言》所说："是编共分六大纲，曰治法，曰学术，曰交涉，曰财用，曰武备，曰考工。每门中又分子目十余条。俾学者按图索骥，开卷了然。"从取材来看，如其所说："是编系各书院各学堂课艺集成，益以同人社课窗作并海内诸名士稿本。唯中国经史策及唐宋诸家策无关时务，概不辑入。"说明其来源是各书院、各学堂的课艺集合而成，再加上同人的课艺之作，而"无关时务"的中国经史及唐宋诸家策论，则概不辑入。韩氏并谓："是编校雠半载，颇费经营，颠倒错谬，一律更正。然一人精力有限，倘有贻误，诸君子为教正之，幸甚。"② 在目录末尾并称"续集嗣出"，可见其原计划还打算继续出续集。

自然，从编纂目的来说，它仍是一部为适应新的科考内容而编辑的书。但值得注意的是，其中已经包含了众多西学、时务方面的内容。从某种意义上说，此书是一部大型的时务类书籍。若以各卷细目而言，如卷一至卷一三"治法"，分为"原治""富强""行律""议院""学堂""培才""训俗""养民""善举""史传""职官""报馆""邮政"；卷一四至卷二五"学术"，分为"原学""格致""测算""天学""地学""历学""化学""电学""光学声学附""医学""书籍""翻译"；卷二六至卷三三"交涉"，分为"外交""使臣""盟约""公法""教务""游历""口岸""保护"等。就此来看，旧瓶已装新酒，从而显现出了新旧杂糅又趋时趋新的显著特点。

更值得重视的是，该书并收录了韩茂棠自己所作的十几篇文章，有策论《和约既定以后，宜如何办理以臻富强策》《问泰西十九世文明门分户别，各有专家，诸生究心西学，试述其略》《大学诚正之功始于格致，今西学亦重格致，岂果本原相同欤？……中西并学者，试剖析折衷，以俟采择焉》《问英日联盟各国皆以为贺，近闻俄法亦有联盟之说，于中国利害关系若何策》《问筹饷之法不外加税、国债两项，西人赋税十倍中国而民不怨，国债贷之于民而民不疑，其故安

---

① 《光绪二十七年七月己卯论》，载《光绪朝东华录》（四），中华书局1958年版，第4697页。
② 韩茂棠：《分类万国时务策海大成》卷首，第10页《例言》后署"萧山韩茂棠伯憩甫识"。

在?》《原质与分剂相同而功用绝异,其故何在?》等。若深入分析一下这些文章,便可看出其对当时社会、时局的看法及对西学、新学的掌握程度等。

关于社会时局问题,韩茂棠指出:"自海禁大开,合泰西数十邦叩关互市,立约通商,非古今来一大变局哉!"① 在辛丑签约之后,策论中指出:"呜呼,中国至今日,一至贫至弱之时也。今虽和议告成,债款至巨,而谋所以富强之术,不在乎办理得宜哉!"并提出包括"讲矿政以浚利源""筑铁道以转利运""设学堂以储人才""设公司以振商务""练海军以图恢复"等八项具体主张,认为"以上八者,皆富强始基……长治久安之策,不外是矣"。② 由此显示出他对国家及时势的关心。又如关于科举改革、设立学堂问题,韩氏指出:"自强之道,以作育人才为本;求才之道,以设立学堂为先。学堂者固储才之根本也。"③ 指出我中国四百余兆人民"桎梏于时文,昏瞀于科目,沉冥于俗儒","有如蛾之赴焰,蚁之赴膻。今虽改试策论,而士之空疏仍如故","问以经,经不知;问以史,史不知;问以格致,格致不知;问以政事,政事不知"。故而提出:"是非废科举不为功。科举废,则人争入学堂矣;科举废,则天下皆人才矣;科举废,则人皆可士可商可工可农矣;科举废,则国日以富,兵日以强矣。"④ 也可见其对废科举、兴学堂的态度。

再如关于西学与科学,韩茂棠在文中论述说:

考西学格致,始于希腊之阿卢力士托德尔,其所论尚与中国相同。至英人贝根出,始尽变其说,一以讲求实理、考据事物为准,一切声光化电等学,莫不缕分条晰,粲然大备,后世格致家所由祖焉。世有留心格致者,以中学为纲,以西学为目,两者兼而有之,庶道艺一贯,而可集中西格致之大成矣。⑤

在另一文中又指出:泰西19世纪之文明,门分户别,各有专家,"凡此发明

---

① 韩茂棠:《中国二十余口之租界,外人处其中者,多仅数千,少不逾百,而规制详备,居处得以自由,我民之走美洲者,所在以万计,竟不免为遭人驱斥,其得失者之原安在,试纵论之》,载《分类万国时务策海大成》卷三三,第5页。
② 韩茂棠:《和约既定以后,宜如何办理以臻富强策》,载《分类万国时务策海大成》卷二,第10页。
③ 韩茂棠:《各国学校林立,其经画乎学规者至严,其津贴乎学费者至优,故能民智大启,国势日张,今中国各省遍兴学堂,试筹维持之策》,载《分类万国时务策海大成》卷五,第11页。
④ 韩茂棠:《学堂既立而人才绝少,其故何欤》,载《分类万国时务策海大成》卷五,第38页。
⑤ 韩茂棠:《大学诚正之功始于格致,今西学亦重格致,岂果本原相同欤?……中西并学者,试剖晰折衷,以俟采择焉》,载《分类万国时务策海大成》卷一五,第3页。

之学术，创兴之艺事，百年之中，气象一新，其人其事，不难缕晰言矣"。并总结说："学校盛，新理辟，才俊聚，国势振，泰西各国之富且强也，盖由此。"①在另一篇关于化学的文章中，又具体论述道："泰西化学，实有格物致知之功。物体共有二质，曰原质，曰杂质。原质六十有五，又分为三。""窃愿有志化学者，悉心考核，又何难由浅入深，即小见大，推而广之，会而通之，骎骎乎驾泰西而上之欤！"②

由上引述而论，虽说这些还仅是为应科考而作的课艺文字，但反映出韩茂棠当时的知识结构及思想状况。由此知识储备及思想铺垫，为其后来思想的变化奠定了基础。

1905年停开科举后，阻断了以前读书人的理想愿景和路径，文人因此失去了传统的仕进之路。在这种新的形势下，随着清末戊戌维新以来，尤其是20世纪之后新闻出版业的发展，浙江、上海文坛创办了多种杂志，一批小报应运而生。受新思潮影响，这一时期韩茂棠已经接受梁启超一派的文学思想，由于擅长诗词，于是他开始尝试写作、投稿，成为那些报刊的撰稿人。由此，韩茂棠的基本人生走向发生了重要的转折。

光绪三十二年（1906）年底，《著作林》在杭州创刊，陈蝶仙（天虚我生）任主编。该刊以"保存国粹""搜罗古董""搜集遗编"为宗旨，主要刊发旧体诗词曲作。韩茂棠与之颇有联系，并是著作林社的社员。③ 如前所述，1907年《著作林》第3期上天虚我生编的《诗家一览表》（丙午春季调查），即有本年调查的有关他的记载。同期天虚我生辑的《雨花草堂词选》中，载录有署名"韩茂棠（柏谿）"的《罗敷媚·春日野行》词一首。第13期陈蝶仙《栩园诗话》卷六说道："萧山韩茂棠（柏谿），别号湘灵子，录寄诗殊多。"均可证他与陈蝶仙及《著作林》的联系。

1907年、1908年之间，韩茂棠与上海的报纸杂志有着较多的联系，并是上海文娱吟社、丽则吟社两个文艺社团的社员。这一时期他积极投身于社团的各项活动，十分热衷于诗词的写作，常在《文娱报》《国魂报》《神州女报》等刊发

---

① 韩茂棠：《问泰西十九世文明门分户别，各有专家，诸生究心西学，试述其略》，载《分类万国时务策海大成》卷一四，第15页。
② 韩茂棠：《原质与分剂相同而功用绝异，其故安在？》，载《分类万国时务策海大成》卷二〇，第34－35页。
③ 《著作林社章》称："本社社员姓氏，概见本编第一期至二十期册内……大约名下之士，已无不入著作林者。"又说："但经本报刊有其人之著作一次，即为本社钦佩，认为社员，刊列姓氏入同人录。"载《著作林》1908年第21期。

诗文，而《轩亭冤传奇》也正是他此期最重要的创作。

《文娱报》于光绪三十三年（1907）五月创刊于上海，创办人及主笔政者为爱楼主人（童爱楼）等。社址设在上海英租界广西路小花园第九号。据6月13日《笑林报》刊登的《文娱报》出版广告云：该报"以振兴风雅，鼓吹文明为宗旨"，致力于"振大雅之沦亡，冀真才之辈出"，以达到"联络知音，开通民智"的目的。① 从其内容来看，有社说、博笑院、闲评、藏诗楼、传书筒、小说、舞部省、文娱吟社诗辑等栏目。该报主编还广泛联络江浙沪一带的文人名士，先后组织了"文娱吟社"和"拒款诗会"，开展各种活动。

韩茂棠与其父韩紫宸都是诗社的会员，积极参加了诗社的活动。如《文娱报》1907年12月22日"藏诗楼"栏，有署名"萧山庸闲叟未定草"的《再叠原韵奉答鱼乡居士大吟坛一粲》："作客杭州话少年，瑶章赐和倍欣然。曩时追溯谈心乐，异日重联觌面缘。志气消磨怜老病，烟霞摆脱羡神仙。柱铭慨允亲书赠，堪咏嘤鸣伐木篇。"② 12月25日刊有萧山湘灵子的诗作《步苏渔感怀元韵并柬浣花、清泉、惜红诸君》："自由独立都无望，爱国空教血泪零。事业未成头欲白，文章有价眼垂青。划除奴性飞双剑，激动人心弃六经。大地抟抟难驻足，浮沉仿佛逐风萍。"并称："具有热心交侠客，断无幻想学神仙。方今时局阽危甚，安得娲皇石补天。"③ 此诗题中的浣花、清泉，即为《轩亭冤传奇》题词的"浣花梁可荣"和"味轩菊主陈清泉"。次年11月26日、12月1日，又分别刊有萧山湘灵子《为装愁庵主秋日挈闺人登万里长城率成一律》《装愁庵主秋日挈闺人登高万里长城》二首诗作，诗云："危城百二接天高，携手同登兴转豪。""高谈历史愤难平，笑煞秦皇柱筑城。百载沧桑惊变幻……中原戎马醒迷梦，故国铜驼饮泣声。伉俪同心思保汉，秋到惨淡哭苍生。"④

在《文娱报》的通讯中，也有关于韩茂棠的一些消息。如1907年12月20日"传书筒"栏有通信云，"湘灵子鉴：蒙赐彩件，均已拜领，特此鸣谢。古堇寄傲生贡言"。又，"湘灵子乡先生惠鉴：蒙赐厚彩，早经拜悉。曾登《文娱报》代邮，未见刊出，故重及之。顺颂道安。 铸错生拜上"⑤。此处古堇寄傲生即宁波的王子琦，铸错生即为《轩亭冤传奇》题词的"铸错生陈缽"，浙江萧山人。这里他称湘灵子为"乡先生"，也可证韩氏确是萧山人。

---

① 《笑林报》1907年6月13日。
② 《文娱报》1907年12月22日。
③ 《文娱报》1907年12月25日。
④ 《文娱报》1908年11月26日、12月1日。
⑤ 《文娱报》1907年12月20日。

此年冬天，江浙两省人民开展了"废除苏杭甬铁路草约"、收回路权的斗争。文娱吟社为此特地成立了"拒款诗会"，利用报纸舆论，发宣言，出诗刊。《文娱报》12月20日《创立拒款诗会》文称："爰集同志创立拒款诗会，即借《薤露》之歌，冀感采风之纳，尚望吟坛硕士，绮阁名媛，诗词歌曲，源源惠寄，逐日刊登本报，具表同情。庶几慰泉下之忠魂，褫当朝之奸魂。"① 当时，其父韩紫宸"庸闲叟"作有《邬汤两烈士以身殉路感赋四绝》，诗中称道："收回自办倭经年，合力维持铁路权。外股不收内股集，商情发达竞争先。""争回债疑万分难，肉食群公袖手观。不及汤君能绝粒，牺牲身命挽狂澜。"② 高度赞扬了邬钢、汤绪两烈士为争取路权不屈而死的精神，反映出其父主张维护民族权利的爱国热情。

1908年4月，《国魂报》创刊于上海。该报创办人为东山后裔谢企石，主笔戚饭牛（戚牧）。社址设在上海英租界广西路宝安里。谢、戚以报社为基地，结成诗学团体"丽则吟社"，对外则用"丽则洁身社"名义编辑发行。报中设课艺、诗词、戏文、小说等栏目，兼刊通俗文学作品。该社网罗当时海上文友达八百余人，可以说是在南社兴起之前上海最大也是最有影响的文社。如贝大年所说："戊申春，南汇布衣谢春柳，创丽则吟社于海上，公举云间杨苏庵夫子为社长，同社者近八百人，亦可谓极一时之盛矣。"③

据相关的资料，韩茂棠与《国魂报》和丽则吟社有着更为密切的联系。当《国魂报》出版之始，韩氏父子便均有诗表示祝贺。萧山庸闲叟有《戊申春国魂报出现，口占四绝以志欢迎》诗云："欧风墨雨逼人来，斜上横行失体裁。差幸斯文天未丧，轮扶大雅仗清才。""组织吟坛岁纪申，庄谐并录语翻新。交通诗界联团体，一纸风行到海滨。"④ 同时，韩茂棠也有诗作《恭祝国魂报万岁，诗界同胞万岁》："风潮浩瀚逼人来，旧学而今等劫灰。文字沦亡猿鹤感，江山残破鬼神衰。热心豪杰浮沧海，革命枭雄吼舞台。幸有沪滨三志士，霎时唤得国魂归。"⑤ 而韩作《轩亭冤传奇》也是在《国魂报》上首次刊出的，在创刊号上即刊登了《轩亭冤传奇序》，第三号刊登了《轩亭冤传奇题词》，其中便有其父署

---

① 《文娱报》1907年12月20日。
② 该诗后刊于《亚东小说新刊》1914年第2期。
③ 贝大年：《南园随笔一则》，《碎锦集》，载《国魂丛编》之四，第168页。袁鸿镳在《苏庵先生肖影》中则称："戊申春三月，古吴蔡鲁熙、南沙谢其璋创丽则吟社，社友将及千人，极一时之盛。"《国魂丛编》之四，第270页。
④ 《碎锦集》，载《国魂丛编》之四，第2页。
⑤ 《碎锦集》，载《国魂丛编》之四，第54页。

名"萧山庸闲叟"的《秋女士赞并序》,而报社主编谢企石亦为之热情题词。于此可见报社对于这一作品的重视程度。

作为丽则吟社的社员,韩氏父子在《国魂报》上刊出了不少诗词之作。① 该报设有"丽则吟社诗辑""碎锦集""拣金集""网珊集"等,大多刊登社员的诗作、序文、杂记、随笔等。在上述栏目中,载有署名"萧山庸闲叟"的《步樱花庵主城南草堂原韵》《六十初度述怀》,署"萧山湘灵子"或"湘灵子"的《和梦花馆主有感元韵》《题城南草堂图》,和词作《壶中天 题秦君缦卿城南草堂图》《画堂春 贺冯君伯沅入赘》《浪淘沙 题新大陆小说》《满江红 题韩君可表独坐图》《高阳台 题秦君渭云桃源问津图》,以及署名韩柏溪的《无题》诗。这里仅录一首,以见其诗词之一斑。

浪淘沙　题新大陆小说　湘灵子

倚赖也羞颜,国步多艰,强邻环视泪潸潸。最是不堪回首处,破碎河山。　　强国事非难,愿学罗兰,欧洲游历几时还。再造文明新世界,独挽狂澜。②

就韩茂棠这一时期的作品来看,如《和梦花馆主有感元韵》云:"他年遂我雄飞志,愿作中流砥柱人。"③ 他如《满江红》词云:"枭雄血,奸臣肉,列强虎,中原鹿。叹沉沉大陆,宛如棋局……差随阮籍穷途哭。"④《高阳台》词云:"异族豺狼,同胞奴隶,英雄热血狂吞。莽莽神州,忍看潮涌波翻。抛残爱国双行泪,驾扁舟,暂避尘喧。"⑤ 韩氏的诗词创作充满了慷慨悲壮之气,就风格而言,与其《轩亭冤传奇》一脉相承,可以说属于豪放派之作。

当时丽则吟社每月例有月课,再益以加课,主课者均为海内外名士。此外,吟社还曾以报馆名义,多次举办过诗钟、征联、征题活动,向社会公开征对,并成为《国魂报》的一大特色。如陈方镛所说:"前海上丽则社于诗课外,并附征短句联语,应征者兴会淋漓,出奇竞胜,颇极一时之盛。"⑥ 韩氏父子也是积极的参与者。如樱花庵主秦缦卿曾作《城南草堂图》,自题一诗,征求和作。当时

---

① 《国魂报》第1号《启事三》指出:"本社为诗界交通机关,海内外同文录寄著作,经本报刊登者,即认为社友。"据此,湘灵子既在该报发表《轩亭冤传奇》,则自应为丽则吟社的社员。载《国魂报》1908年4月1日。
② 《碎锦集》,载《国魂丛编》之四,第34页。
③ 《丽则吟社诗辑》卷一,载《国魂丛编》之二,第35页。
④ 《碎锦集》,载《国魂丛编》之四,第43页。
⑤ 《碎锦集》,载《国魂丛编》之四,第78页。
⑥ 陈方鏞:《楹联新话》,中华书局1932年版,第103页。

应和者甚众，萧山庸闲叟即作有《步樱花庵主城南草堂原韵》，其子韩茂棠也撰有和诗及词作《壶中天　题秦君缦卿城南草堂图》。后在《丽则吟社课艺》中刊出"城南草堂征题揭晓单"，由王翕亭太守评阅，其中称道："庸闲叟《和韵四律》，感慨低徊，借他人酒杯，浇自己块垒，叟殆古之伤心人欤？"又谓："湘灵子《壶中天》一阕，构造极佳，字句间欠研炼，末附五绝二首绝妙。"① 父子两人均应征入选，得到好评。此外，在征联活动中，如"丽则吟社第六课联语揭晓"，出联为"马上乘鞭学钓鱼"，第一榜通取十名，其中湘灵子对"门前投刺差题凫"，被评为第三名。评语中称："用'题凤'对'钓鱼'者不下数十卷，作者用'凫'字，足见其细心。盖凤不过鸟中类耳，与'鱼'字当有平仄之不平。"② 由上述应征的诗、联来看，韩氏父子无疑属其中的佼佼者。

　　诗社是文人同声相应、切磋诗艺的民间社团，诗社的组织也加强了文人间的联系。值得一提的是，当时韩茂棠还有一幅《湘灵子倚剑独立图》。以此为题，当时文坛上有不少诗人与之唱和，十分形象地展示了其倚剑狂歌的豪迈气概。据江荫香《题湘灵子倚剑独立图骈序》说："今日者大陆沉沉，神州莽莽……美雨欧风，回环以伺，内讧外侮，交逼而来……笑尔蜩螗国沸，空留立宪之名，阳为维新，阴仍守旧……激起风潮之变，国不能独立以固强，民不能独立以振弱。即邻邦求助，引同入室虎狼，而独木难支，犹是处堂燕雀。此湘灵子所以奋然不平，慨然太息，而作《倚剑独立图》也。"称其有卓然不群之概，"抱独立之性质，建独立之根基，无惭为中国少年"③。江纫兰女史《湘灵子倚剑独立图跋》也称："若湘灵子者，性情刚直，气概雄奇，殆所谓前无挽后无推，而为空前绝后之特色伟人乎！此《倚剑独立图》所由作也。"至其以陈同甫自况："意者湘灵子才气豪迈，不减于同甫耶？意者湘灵子议论风生，不亚于同甫耶？……要可一言断之曰，近今独立之英雄，湘灵子其庶几乎！"④ 把他喻为如南宋陈亮一样的豪放人物，是近今"独立之英雄"。一些诗人的唱和之作，如1908年11月26日《文娱报》载有戎马书生（即翟骕）的《题湘灵子倚剑独立图》二诗云：

---

① 《丽则吟社课艺》，载《国魂丛编》之七，第305－306页。
② 《丽则吟社课艺》，载《国魂丛编》之七，第109页。再如《国魂报》第1号上有"《征诗征画》（丽则吟社特别课）"的告示，题目为胡蕴山的《濯足万里流图》，后特别课征诗揭晓，在"诗榜"奖励名单中，载有"庸闲叟　赠《鲛拾集》一，悔道人行书五言联一副"。后又有"代射湖吟社第十课征诗揭晓"，题为"谨贻小相征题"，在"神交榜"中有"萧山庸闲叟韩紫辰　七律一章"的记载。分别见《国魂报》1908年4月1日、7月24日，《丽则吟社课艺》，载《国魂丛编》之七，第159、225页。
③ 《自由杂志》1913年第2期。
④ 《自由杂志》1913年第2期。

"手抚班兰感慨频,放怀天地此吟身。中原时局艰难甚,忍念秋风故国莼。""豪气凌云孰与俦,横空剑影欲鸣秋。惭侬枉把吴钩系,未斩楼兰尚带羞。"① 此后樱花庵主秦缦卿、秦驻山樵惜红、三吴剑魂均有题图诗,诗云:"倚剑狂歌声泪悲,中原鼎沸势倾危。眈眈异族相图我,梦梦黄人独立谁?志士有为在今日,佞臣终得斩他时……"② "独立苍茫百感生,雄心剑气两难平。手扶种族情怀重……酒后狂歌天地震……披图悟彻英雄相,纵使夷军远慕名。"③ 由上述他人序跋及诗句中,不难看出韩氏感世伤时、忧患国事的情怀与抱负,及其倚剑高歌、卓然独立、议论风生的姿貌。

自然,这一时期韩茂棠最值得称道的,还是创作了《轩亭冤传奇》剧作。如前所述,1907年7月,发生了秋瑾因徐锡麟案而被杀的事件。受此触发,韩氏立即撰写了《轩亭冤传奇》,时距秋瑾被杀仅三个月不到,反应是十分迅速的。如山阴杞忧生评语中所说:"作者于现今女界中最崇拜秋瑾,故极力描写,语语均有寄托。""作者与女士同郡,故一切情形均极明白。"④ 韩氏与秋瑾既有同郡地方之谊,而于篇首《叙事》称道:"统观女士一生行事,夫岂柔弱之男儿所可同日语哉!""抱不可一世之气概,雄姿豪骨,视人间无复有艰难事,其气足以薄风云,其勇足以惊天地,其义足以格鬼神,其姓名其事业刺激于多数汉族之脑中。"⑤ 又说:"吾对于绍城冤狱,而觉有千万不可思议之感想,横梗于胸中,使吾怨,使吾怒,使吾歌,使吾舞,使吾惧,使吾哀……吾热血喷涌,吾于是一投笔,东向望越城,乃沉沉焉、瞑瞑焉。"叙写秋瑾的悲壮事迹,以"激励我二百兆柔弱女同胞"。⑥ 于此即可见其创作宗旨,将他之所以写此剧的缘由说得清清楚楚。正是现实中触目惊心的"秋案",使他热血喷涌,难抑胸中悲愤,必欲一吐为快。由民族主义思想的激发,因而写下了这一剧作名篇。

除撰写剧作外,此后韩茂棠还积极参加了悼念秋瑾的活动。如1907年年底陈志群主编的《神州女报》出版,此报为纪念秋瑾被害牺牲而创办,《发刊辞》称:"《神州女报》何为而作乎?为鉴湖秋女士流血之大纪念而作也。"⑦ 故有关"秋案"及秋瑾事迹成为其重要内容。次年1月出版的《神州女报》第2号上,

---

① 《文娱报》1908年11月26日,《文娱吟社诗辑》卷三,第37页。
② 《文娱报》1908年11月27日,《文娱吟社诗辑》卷四,第1页。
③ 《文娱报》1908年12月1日,《文娱吟社诗辑》卷四,第2页。
④ 湘灵子:《轩亭冤传奇》,载《女报》1909年增刊《越恨》,第197、238页。
⑤ 阿英:《晚清文学丛钞·传奇杂剧卷》(上),中华书局1962年版,第108页。
⑥ 阿英:《晚清文学丛钞·传奇杂剧卷》(上),中华书局1962年版,第109页。
⑦ 《神州女报发刊辞》,载《神州女报》1907年12月第1号。

在陈志群撰《神州女界新伟人秋瑾女士传》之后,刊登了一组纪念秋瑾的诗词,其中即有湘灵子所作《哭秋瑾娘》和无名氏的《和湘灵子哭秋瑾娘原韵》等。湘灵子诗作云:

  秋风一吼死倾城,玉碎香销尚有名。七字诗成天地暗,九原魂入鬼神惊。石填精卫冤难泄,血化哀(苌)弘恨不平。幸得浙东公论在,轩亭市口哭同声。①

  诗中表达了他对秋瑾之死的沉痛哀悼。说明此时韩茂棠已与陈志群主编的《神州女报》有了联系,后来他于1909年在陈主编的《女报》上,将其所编《越恨》包括《轩亭冤传奇》剧作作为《女报》的增刊出版发行,显然也是有其因缘的。

  而韩茂棠之父也以"萧山庸闲叟"的化名,为其剧作写了《秋女士赞并序》,称道秋瑾具"一种豪侠之气,为数千年来女界所未有",演平权之论说,树独立之风声,"真欲唤醒支那四万万同胞,爱国合群,放一光大文明之异彩。乃一班昏黑官吏,施其野蛮手段,杀及无辜,竟使热心毅力之豪杰家,断送于轩亭市口,岂不冤哉!"又写诗称道:"支那世界久昏昏,陷溺谁教女子援?……一死轩亭千古恨,同胞姊妹满啼痕。"② 由上韩氏父子的表现,充分反映出他们对秋狱一案的鲜明态度。

  此传奇先后在《国魂报》《女报》增刊《越恨》刊出后,一时脍炙人口,在社会上引起了很大反响。各报纷纷刊载诗文予以赞扬,如庚辰人日生赋诗云:"曲谱传奇垂后世,讵同春梦了无痕。"闲云馆主李丽泉称道其以"才人妙笔"写奇冤,"哀怨满腔余热血,新词一部慰幽魂"。③ 味菊轩主陈清泉赞叹"大才卓荦班昭史","《九歌》词好称诗魂"。④ 湘灵子韩茂棠因此剧而得名,文名大著。

  辛亥革命之后,民国肇兴,结束了几千年的封建专制,建立了崭新的共和体制。韩茂棠不禁为之欢忭鼓舞,心潮难抑。如1912年1月6日《大共和日报》刊载的《祝词》中,有署名"天啸韩茂棠"的一首调寄《望海潮》的词作写道:"试登黄鹤楼头,听声声革命,为报公雠。组织共和,推翻专制,威名震耀全球。

---

  ① 《神州女报》1908年1月第2号。同时所刊还有张长所作《哭秋璿卿女士八首》及其以"新斧"署名的《挽秋女士瑾》的挽联。
  ② 《国魂报》1908年4月3日,又见阿英《晚清文学丛钞·传奇杂剧卷》(上),第144–145页。
  ③ 《国魂报》1908年4月6日,又见阿英《晚清文学丛钞·传奇杂剧卷》(上),第145–146页。
  ④ 《文娱报》1908年12月2日。后有修改,作"热心编辑《轩亭记》","九歌词壮吊诗魂",载阿英《晚清文学丛钞·传奇杂剧卷》(上),第145页。

五色拥貔貅，看河山光复，再造金瓯。他日功成北伐，洗尽国民羞。"① 表达了对推翻帝制、建立共和的热烈赞同，及对中国未来的美好向往。此后，他在《蠡酌图骈序》中也谈道："啸心醉共和，情殷自立，未建奇勋于当世，徒抱爱国之热情。讵肯扁舟远来，步他高师后尘；还期双剑横飞，现出英雄本色。"② 感怀时局，醉心于共和愿景，对此充满了殷殷企盼。

在民初这段时期，他多以韩天啸或"天啸"之名活跃于浙江杭州、上海等多家报纸杂志。1913年4月杭州《之江日报》创刊，由张树屏等集资筹办，徐文蔚为主笔。社址在杭州青年路青年里。在其副刊《浙辀新语》中，刊载杂文、随笔、诗词、小说、戏曲等。韩茂棠是重要撰稿人之一。如11月7日有天啸所作《赠小说点将会诸同志》的一组诗，"每首嵌用诸公别署"。其中写《紫蕴女士》云："鼓吹平权新论说，谢家道蕴是前身。"《天拙先生》诗云："剧怜弄巧偏成拙，辜负同胞爱国心。"又有天啸《步玉花女士述怀元韵》诗。③ 11月29日"征联披露"栏中，有原联"无我无人无色相　笑侬值课，天啸诠次"的记载，以及其他人回应的征联。1914年2月16日"文苑"栏，有天啸的《念奴娇·吊战场》词一阕：

> 血风腥雨，正同胞、拼命沙场时节。叱咤风云呼独立，祸起萧墙难说。沪渎烽烟，浔阳鼙鼓，又遇红羊劫。大江南北，一时多少豪杰。
>
> 忍见壮士从军，生还莫望，梦绕深闺切。铁血关头生死判，无数英豪沦没。天地为愁，山河带怨，白骨堆千迭。招魂何处，伤心鬼哭呜咽。④

在"通讯"栏中，更有多处署名"天啸"与他人的通讯。如1913年11月7日有函云："恼公先生鉴：蒙赠大作，无任钦佩，并荷藻饰，感愧交并。请示姓名、住址，俾便造访。　天啸。""知白、天拙、起尘三先生鉴：诵大作，极深钦仰，可否示我住址。　天啸。""陈之伟先生鉴：先生已旋否？拙诗已就，明日邮寄。　天啸。"11月30日，又有多项"天啸"的通讯。例如："笑侬先生鉴：前来杭五日，到处访君，迄未一面。留条及十六号一函，并东青先生处一函谅收到，请速复为要。　天啸。""艳芳女士鉴：阅通讯，知女士贵恙未痊，准缓日来访也。昨在城站竟先阅报社谈及同志历史，天啸知之稔矣，但乞复我及函可

---

① 《大共和日报》1912年1月6日。
② 天啸：《蠡酌图骈序》，载《亚东小说新刊》1914年第2期。
③ 《之江日报》1913年11月7日。
④ 《之江日报》1914年2月16日。

矣。　天啸。"如此等等。同时，该报也有不少他人致韩天啸的通讯。如此月同日，有余鉴空致"天啸、恼公、知白、天吴、超尘诸君暨艳芳女士同鉴"的信件。1914年2月16日有通讯云："天啸、梅痴两先生鉴：示悉，鄙人住旗营草子巷第五号门牌，先生之爵里，亦祈示知为盼。　铁佛。"3月19日沈剑濡通信谓："天啸先生鉴：接读大章，敬佩不已。搜索枯肠，勉凑芜词，方家阅之，嘴脸笑歪，莫怪余恶作剧也。收到函后，祈即复示。　剑濡。"等等。

那些通讯投稿者还组成了同志会。1914年1月15日郎斋元致韩氏等信云："天啸、恼公两先生暨投稿诸同志鉴：讯悉同志会问题，不才已与本报编辑主任李乾孙、刘心斧两先生商定，由本报编辑部改订章程，继续进行。蒙惠大札，均已收阅，容缓函复可也。此布。　郎斋元。"后于2月16日，刊出由李乾孙、刘心斧"同启"的广告称，"投稿诸同志鉴：同志会事亟待进行，兹特定于三月二十日开谈话会，讨论一切，届时务乞惠临（会址即在本社），不胜感佩之至。又《同志录》现拟由本社刊印，不取印资，藉酬雅意，亦乞诸同志速将姓名、籍贯、年岁开示为幸"①。说明为便于联络，又刊印了《同志录》。

由上述通讯往来看，韩氏与《之江日报》副刊《浙辎新语》显然有着非常密切的联系，并由此结成了相当广泛的人际网络。据该报《敬告投稿通讯诸君》说："本报特备通讯一栏，原为投稿诸君便通消息，即在本报，亦可借稔起居，去雁来鸿，多多益善……嗣后特为诸君划留一排为率，专候通讯。"② 或许韩天啸即是该报的访员（记者）或编辑，故与众多作者保持着相当频繁的通讯联络。后来他在弹词《昙花梦》中还写到，剧中主人公柳连至杭州西湖西悦来茶楼："可巧的茶楼送阅《之江报》，上写着言论摧残哭亚东，左边是政治问题新论说，右边是地方琐事重重，下面书的是西湖城站和瓜山事……别有令人捧腹处，《浙辎新语》夺天工。"③ 特别提到《之江日报》的副刊《浙辎新语》，显然与他的这段经历有相当关系。

同时，韩天啸还是浙江绍兴文艺社团"爇社"的名誉社员。爇社成立于1913年秋，是辛亥革命后继"越社"之后较有影响的文艺社团之一。最初由浙江第五中学屠钦橄、陈诵洛、王殿元等发起，公推施宗昱为社长，社址在绍兴府山后强民学校（葛公祠旧址）。发行有《爇社丛刊》，年出杂志一册，分论说、

---

① 《之江日报》1914年2月16日。
② 《之江日报》1914年1月15日。
③ 《亚东小说新刊》1914年第2期。

学术、文艺、杂俎、小说、附录五部分。① 其后社员扩至萧山、嵊县、余姚、诸暨等县，社员由原四十余人增至百数人。其活动时间长达五年，至1917年后才因形势变化而解体。

据燊社《本社规约》称："本社以敦重友谊、研究学识为宗旨。"第三章有关"名誉社员"规定，"凡名人硕儒匡助本社进行者，本社承认为名誉社员"，"名誉社员有指示本社进行及匡救不逮之权"。② 据该刊每期后附的本社"名誉社员录"和"社友录"，周作人、周建人、叶廷芳等都是该社的名誉社员，其名录上还有太虚、"天吴、太一、天啸、恼公"及徐啸侯等人。③ 该刊实际编务由杜尔梅、陈诵洛等负责，虽说现尚不清楚韩天啸对该刊的实际作用与相关情况，但后来韩氏于1914年创办《亚东小说新刊》时，便有"燊社同人敬祝"的《祝辞》，陈诵洛等也是《亚东小说新刊》的投稿及认股人之一，并为其撰《发刊词》，还在上面发表了小说《碎琴记》，可见两者确有实在的关系。

1914年春，韩天啸还在上海自办了《亚东小说新刊》，自任编辑。社址设在泥城桥北兴里一七七号。此为旬刊，32开本，由上海印刷公司印刷，自办发行。④ 创办该刊的目的，如文侠所撰《发刊词》指出："我国文人墨士组织《亚东小说新刊》，月出一编……其有怪怪奇奇藏于人心，而人所不能测者，将莫不描摹而尽态，使人知有所趋避，而不逢不若，如以夷坚睽车目之，浅之乎视是编也。"⑤ 全刊共分插图、小说、附录三大部分。以刊载小说为主，其中又分为文言、白话、章回、传奇、弹词、短篇、旧剧、新剧诸栏；附录部分下设文苑、文艺、杂俎、笑话、诗词、剧谈、艳评数栏。终刊期不详，仅见二期。⑥

从韩氏创办该刊情况来看，亚东小说社采取了招集股份的形式。据第1期《本社启事》说："认股诸同志鉴：本社招集股份分三项：（甲）十元；（乙）五元；（丙）一元。息长年八厘。由本社主任填给股单为凭，以杜流弊。"⑦ 又，1914年2月16日《之江日报》有悲民的通讯，有"天啸先生鉴：示悉小说社，

---

① 杜尔梅：《燊社沿革志略》，载《燊社》1916年第3期。
② 《本社规约》，载《燊社》1915年第2期。
③ 《名誉社员录》《社友录》《社员录》，载《燊社》1914年第1期、1915年第2期、1916年第3期、1917年第4期。
④ 据其版权页载"编辑者，亚东小说社；发行者，上海泥城桥北兴里一百七十七号；印刷者，上海印刷公司；代派者，各省大书坊及各处派报处"，第2期改为"编辑者，萧山韩天啸"，"通讯处，杭州马坡巷法校间壁弄内"。载《亚东小说新刊》1914年第1、2期。
⑤ 载《亚东小说新刊》1914年第1期。
⑥ 上海图书馆编《中国近代期刊篇目汇编》未见著录，已属稀见珍刊。
⑦ 载《亚东小说新刊》1914年第1期。

甚赞成。股份容后直书奉告"云云。① 这便可大体知道其招股集资的情况。从其社员构成来看，据该刊后附《本社投稿同志录》《本社投稿认股同志姓名录》，共记录有二百多人，主要撰稿人多系浙江人士，其中还有一些女性社员。其所载作品大多以揭露社会黑暗，反映民间疾苦，赞颂除暴灭奸为主题。如霞张的《大人国》、乃通的《皇帝梦》、病侠的《倒地皮》、太一的《除三害》等，或则揭显弊政，或则寓讽于刺，对社会的病态做了批判，也可见该刊表现的思想倾向。

作为杂志的主编，韩天啸负责编辑及与作者的联络等事务。如第2期刊登的萧然郁僧所撰滑稽小说《特别番菜》，前面便说道"予久客某地，前日接韩天啸函，嘱撰亚东小说社之小说"云云，便可知韩氏与作者之间的联系。② 在该刊上，韩氏本人并撰有文言侠烈小说《桃花血》、传奇哀情小说《苦海花传奇》、弹词家庭小说《昙花梦》等三种小说，和《蠡酌图骈序》《陈梦若小传》等文以及不少诗词之作。韩氏对上海的十里洋场有着深切的感受。他有一首《申江》诗写道："洋场十里门香车，到处游人笑语哗。百级楼台夸壮丽，五陵裘马竞豪华。莺花似海钟情地，风月无边卖酒家……"③ 描绘了上海滩奢靡豪华、醉生梦死的生活。《题胡蕴山濯足万里流图》词云："风潮汹涌，看铁血关头，神州萧索。汉族衰微天泣血，一线河山明灭……大江南北，英雄多少流血……荡涤胸襟，放开眼界，一声长啸，伤心避世人物。"④ 抒发了壮怀激烈的浓郁情感。此外，刊中还登载了其父庸闲叟的诗作，以及他人如张郁庭《敬和天啸先生感怀原韵》等唱和之作。在"各种点将会"的"诗词"栏中也有联句，诸如："《千秋岁》本旬刊出版宣言　亚东狮睡，几度心悲悚恼公。名士隐，高贤避天昊。一朝崇俊杰，四海多同志蕙圕。请天啸大元戎赓续。"⑤ 这里戏称韩天啸为"大元戎"，正隐喻韩氏起着领军人物的作用。

值得指出的是，该刊还比较注重刊登戏曲、传奇作品，有传奇、弹词、旧剧、新剧诸栏，刊登了诸如经"旧剧改良"的《斗姥阁》，新剧则有劝世趣剧《除三害》、警世短剧《双假神》等。并注意记录戏剧界、花界的消息，如其第2期《启事七》称："诸公钧鉴：如有熟悉上海、杭州、苏州、天津、汉口各处剧界、花界事宜者，请先录寄数则，合则函订，不合恕不作复。"⑥ 并专门辟有

---

① 载《之江日报》1914年2月16日。
② 载《亚东小说新刊》1914年第2期。
③ 载《亚东小说新刊》1914年第2期。
④ 载《亚东小说新刊》1914年第2期。
⑤ 载《亚东小说新刊》1914年第2期。
⑥ 载《亚东小说新刊》1914年第2期。

"剧谈"栏目,其中刊有《沪渎观剧记》《武林观剧记》《拱宸观剧记》《越中观剧记》《沪滨观剧记》《西湖观剧记》等,提供了当时戏曲、传奇演出的珍贵资料。这应与韩氏本人向来注重于撰写戏曲、传奇的倾向直接有关。

该刊出版时,有不少社团和同人均纷纷表示祝贺。如绍兴《禹域新闻》社的《祝辞》说:"感人易而入人深者,莫小说若……良政治造新小说,新小说亦造良政治。亚东小说社诸君子,当世荧荧者也,以新小说见于世,吾颂其能造良政治也,若然则不朽矣。"有的则称:"《亚东小说新刊》者,系江浙名士所组织也。穷搜广采,荟萃精华……此其著述之功而有益于社会,有益于教育,有益于世道人心者,岂浅鲜哉,岂浅鲜哉!"杭县赵心悸在《祝辞》中更称道:

> 孙登一啸而山鸣谷应,是啸也者,岂寻常人所易仿佛也哉?夫登之啸,范围不过一山一谷,而天啸之啸,如啸之在天,流域不仅亚东之大陆,即八万二千三百余里之东西横纬,与二万七千余里之南北直径,亦莫不闻声仰首,梦者觉而醉者醒。是则天啸先生之啸,可以无形而影响于《亚东小说新刊》之发达之声望之价值。吾祝天啸,吾勖天啸。①

文中以魏晋时人孙登之善啸比喻韩天啸,称道"天啸之啸,如啸之在天",影响于亚东大陆,使"梦者觉而醉者醒",表达了对韩氏创办《亚东小说新刊》的期望。

甚有意思的是,该刊上还载有社友章天妒的滑稽短篇小说《亚东小说新刊》,其中谓:"却说中华民国三年三月下旬,忽然东南上红光冲天……单说我们上海也在这日见了一派红光,那警钟铿铿铿的乱撞起来,但是要分什么英界美界法界,一时到也分不清爽。仔细一看,约莫在新马路模样……唯见一块黑漆招牌,写了'亚东小说社'五个大字。众人走进去一看,见有几个印刷人,正在手忙脚乱,预备明日出版。"②从一个侧面反映了亚东小说社成立时的状况。当时章天妒还专门创作了一首《祝亚东小说新刊》的歌曲,歌词曰:"亚东创新闻,小说新报,到处欢迎。有庄有谐,绘色绘神,记迷(述)新颖,文字优美姑不论。搜罗宏富,销路指日升。"③该刊原计划每月出版两册,全年二十四册。在第2期刊登的《启事二》中,谈到请投稿诸君"嗣后请源源录寄,以收集思广益之效"④。可惜的是,该刊仅见两期,可能因故未能办下去。

---

① 载《亚东小说新刊》1914年第1期。
② 载《亚东小说新刊》1914年第1期。
③ 载《亚东小说新刊》1914年第2期。
④ 载《亚东小说新刊》1914年第2期。

至20世纪20年代初期,韩天啸任职于上海大陆图书公司。1922年,徐恼公所撰《寡孀泪史序》,称韩"今年春薄游沪上,在大陆图书公司担任编辑",可知他于本年春进入该处任编辑。该图书公司由浙江镇海人贺润生于20年代初创办,社址设在上海白克路(今凤阳路)九如里。贺曾任杭州中华书局主任、上海世界书局营业主任,亦喜舞文弄墨,和张巨清等曾组织"藜青社",涉足图书出版事宜。该公司于1924年出版王钝根主编的《社会之花》旬刊,也是当时颇有影响的文艺期刊。该图书公司以出版通俗文学为主要特色,曾特约撰写章回体小说的作家出版长篇小说,颇受小市民读者的欢迎。韩天啸入大陆图书公司后,在任编辑之余,自己写作了《寡孀泪史》《名姬惨死》两部哀情小说,即由该处出版。他还帮助他人修订作品,如1923年出版的小说《新武林潮》,即署"萧山汤冷秋原著、韩天啸修订"。后因财力有限,该图书公司运行三四年后停办。

1927年,韩天啸回到家乡创办《民治日报》和《萧山公报》。此年2月,国民革命军北伐到达萧山,民主与言论自由萌芽抬头。丁克治和韩天啸等于6月创办了萧山历史上第一张报纸《民治日报》,日刊三大张,并在杭州涌金旅馆设立通讯处,由韩天啸主持一切。然因经费支绌,未及一月,即宣告停刊。① 此后,韩天啸等又会议将该报重行出版。据《申报》1927年11月14日报道说:

> 《萧山公报》定期出版  萧山报界巨子韩天啸、汤冷秋、来毓德等,兹为主持公论起见,特集合同志,组织《萧山公报》。现呈准县党部、县政府、县警所核准备案,定本月二十日出版。日出两大张。推定韩天啸为社长,来毓德为副社长,汤冷秋为总主笔,朱曼庵等为编辑,社址在城区河下郁家巷云。

该报于1927年11月20日正式出版。报社规模不大,有正副社长、编辑、记者等五人,由韩自任社长,汤冷秋任总主笔。社址设在城区西河路郁家巷(今杭州萧山区城厢街道)社长家中,报纸的发行业务也由社长家人帮做。该报为四开四版日报,由杭州宏文印刷所承印,每期发行500份左右。报纸采用文言体,以广告和时事新闻为主;副刊以骈体小品文、艳情诗词、长篇传奇小说等趣味性文章为主。作为报社社长,韩天啸在报馆的具体运作、主持编务等方面发挥了主要作用,并在上面撰写了不少文章,在萧山的报刊史上留下了重要的一笔。但民营的报刊经营不易,由于经费不足,后期时出时停,为时一年,终因财力不支,

---

① 载《申报》1927年7月6日、11月15日。

至1928年年底停刊。①

之后，有关韩天啸的行迹，材料甚少，仅知1929年他还在上海大通书局出版了一部名为《未婚夫妻之哀史》的小说。他在30年代之后的有关情况，因史料匮乏，尚不得而知，有待进一步深入发掘，其卒年也待考证。②

综上而言，自清末民初以来，韩茂棠（天啸）一直以投稿人、剧作小说家、报人、编辑的身份活动于浙江、上海，与报纸杂志结下了不解之缘。此一时期正是由传统的"士人"向近现代知识分子转型的阶段，对于读书人来说，报纸杂志作为近代重要的传媒，构成了联结社会的中介环节，并由此影响着社会。在二十多年的笔墨生涯中，韩氏通过撰文写作，被时人称为"萧山名士"，赢得了相当的社会声誉。在此转型过程中，或许韩氏可以作为较为典型的案例，值得深入加以考察。

需要指出的是，韩氏还另撰有多种传奇、弹词作品和小说。计有《爱国泪传奇》《铁血关传奇》《苦海花传奇》《大陆梦传奇》《昙花梦弹词》五种，小说创作则有《桃花血》《寡孀泪史》《名姬惨死》《战场喋血之惨史》《未婚夫妻之哀史》《红粉飘零记》《官眷恨史》《新武林潮》等十余种，可说是一位多产的作家。而以往除《轩亭冤传奇》外，韩氏的其他多种作品则罕为人知，也为历来的研究者所忽视。加强这方面的探讨，无疑亦有助于对韩氏及其创作做一整体性的研判。

（原载《中华文史论丛》2013年第2期）

---

① 参见萧山县志编纂委员会编：《萧山县志》，浙江人民出版社1987年版，第879页；萧山市广播电视局编，孔子贤编写：《萧山县新闻志》，萧山市广播电视局1988年（内部印行），第6页；浙江省新闻志编纂委员会编：《浙江省新闻志》，浙江人民出版社2007年版，第142-143页。

② 王炜常在《秋瑾与萧山》中谓"韩茂棠（1868—1939）"，即卒于1939年，以其并无确凿的证据，录以备考。王去病等主编：《秋瑾革命史研究》，团结出版社1997年版，第145页。

# 融时代、舞台、传统于一体
## ——论吴梅的戏曲创作

王卫民

吴梅是近代较为突出的传奇杂剧作家。他一生共创作了十四个剧本。《血花飞》与《义士记》已佚，现在能看到的有十二本。十二本当中，杂剧《轩亭秋》仅发表一个《楔子》，传奇《镜因记》系未完稿，唯传奇《风洞山》、京剧《袁大化杀贼》、杂剧《湘真阁》《落茵记》《双泪碑》《杨枝伎》《钗凤词》《无价宝》《湖州守》《国香曲》十本是完整的。至于徐调孚先生在《霜厓先生著述考略（增补稿）》一文①所列的传奇《绿窗怨记》乃据明代孟称舜《娇红记》改编，《东海记》是清代王曦同名传奇的删节本，杂剧《白团扇》乃清末袁龙的作品，时人未加考辨，误把它们当作吴梅的作品了。② 总观留传下来的十二个剧本，充分体现了作者的政治激情、熟悉舞台实践和对传统形式的全面继承。其特点非常鲜明。

### 强烈的时代精神

1905年，以孙中山为首的同盟会成立，民主革命进入一个崭新的时期。他们在发动一系列武装起义的同时，也十分重视意识形态领域里的宣传鼓动工作。在文学艺术领域，如果说维新派更重视小说的话，那么革命派则更重视戏曲。正如三爱《论戏曲》一文所说：办学校"教人少而功缓"，编小说、开报馆"不能开通不识字人，益亦罕矣"，只有戏曲"则可感动全社会，虽聋得见，虽盲可闻，诚改良社会之不二法门也"。为了推动戏曲改良，陈去病、柳亚子、汪笑侬等办了中国第一个戏曲杂志《二十世纪大舞台》。他们在《发刊词》中号召戏曲

---

① 徐调孚：《霜厓先生著述考略（增补稿）》，载《戏曲月辑》，1942年第3期，第70-76页。
② 王卫民：《吴梅先生剧作考辨》，载《艺术百家》1992年第2期。

界人士"以霓裳羽衣之曲,演玉树铜驼之史。凡扬州十日之屠,嘉定万家之惨,以及虏酋丑类之滔淫,烈士遗民之忠荩,皆绘声写影,倾筐倒箧而出之"。此时,吴梅年轻气盛,革命激情正烈,一旦谈起时事,便"手拍案,足踏地,时而笑骂,时而痛哭"①。上述召唤正符合他的思想愿望,于是创作伊始,便以战斗姿态投入革命斗争行列之中。辛亥革命前,他一共创作了《血花飞》《风洞山》《袁大化杀贼》《暖香楼》(后易名《湘真阁》)、《轩亭秋》五个剧本。它们都是在爱国热情冲动之下,为宣扬维新变法、鼓吹民主革命而创作出来的。

《风洞山》是这一时期的代表性著作。1902年4月,革命先驱章太炎联合秦力山、冯自由等发起召开"支那亡国(指清政府统治中国)"二百四十二年纪念会,定于夏历三月十九日(即明朝末代皇帝崇祯自缢之日)在日本东京举行。他们企图通过纪念明朝灭亡来动员人们起来反对清朝政府。章氏起草的《宣言》声称:明亡之日,也就是中国亡国之始,鼓动人们"雪涕来会",共同缅怀明末清初的反抗斗争。号召"愿吾闽人,勿忘郑成功;愿吾越人,勿忘张煌言;愿吾桂人,勿忘瞿式耜;愿吾楚人,勿忘何腾蛟;愿吾辽人,勿忘李成梁"②。瞿式耜原籍江苏常熟。他在桂林顽强不屈、视死如归的抗清业绩,在东南一带家喻户晓。于是,吴梅便以此为题创作了《风洞山》,希望人们以瞿式耜为榜样,"驱逐鞑虏,恢复中华"。这一意图,作者在初稿《先导》折借老衲之口讲得十分明白:"在老衲的意思,总要使他们晓得中国已亡,俺们都在他人的宇下。这等说法,自然要想起祖国来了。"他唯恐读者不懂这番话的含义,后面又重复地说:"俺想世人,昏昏梦梦,俺老衲的几副眼泪,万万感不动他的(指汉族人民)。不如填套招魂的曲子,茶前酒后,歌唱几支,或者可以激动人心,也未可知。"发表两折以后,作者意识到这样赤裸裸地说教,既不能感动人心,也不宜舞台演出,还可能招惹飞来横祸,于是又用十二个月的时间从头到尾改写一遍。二稿偏重塑造人物形象,爱国主义和民族革命思想完全通过瞿式耜和张同敞两个英雄人物形象体现出来。其思想性非但没有减弱,反而更具体、更生动、更感人。

如果说《风洞山》是借历史以影射现实的话,那么与它同时创作的京剧剧本《袁大化杀贼》则是直接反映人民群众反对帝国主义侵略的一出时事新戏。1900年,八国联军进攻北京,沙俄乘机霸占了我国东北三省。次年,《辛丑条约》签订,各列强的欲望得到满足,便把军队撤出中国领土。沙俄却赖着不撤,从而引起中国人民的强烈不满。同时,由于利害冲突,英、美、日等国也出面干

---

① 王文濡:《中国戏曲概论·序》,广文书局1980年版,第1-2页。
② 徐复点校:《太炎文录初编》,上海人民出版社2014年版,第194页。

涉。在双重压力下，沙俄与清政府签订了一个撤兵协议。1903年4月，第二次撤兵届满，沙俄非但拒不撤军，还要求东北三省为它的独占势力范围。我国人民更加愤怒，举国上下一致要求清政府在日俄争霸东北的斗争中站在日本一边向沙俄开战。在日本的留学生还成立拒俄义勇队，准备奔赴东北与侵略者作战。吴梅挥笔写下《袁大化杀贼》，借当时的边防名将袁大化杀死沙俄侵略者庇护下的马贼，鼓舞人民向侵略者及其走狗作不屈不挠的斗争。在举国上下声讨沙俄的浪潮中，该剧的问世，无疑起到了火上添油的作用。

《轩亭秋》则是热情讴歌女革命烈士秋瑾的一本杂剧。1907年7月，光复会在安徽发动起义失败，秋瑾遇难，全国哗然。8月15日，柳亚子、陈去病等人打算在上海召开秋瑾追悼会未果，便把参加会者组织起来成立了神交社（即南社的前身）。这次集会吴梅参加了。他怀着对烈士的深深敬意立即写成《轩亭秋》以示悼念。当时以徐锡麟、秋瑾为题材的传奇杂剧有《轩亭冤》《六月霜》《碧血碑》等十余种，而最早的恐怕就是《轩亭秋》了。该剧发表的标题是"轩亭秋杂剧四折"，不知何故仅刊出个《楔子》。从它后面所附的"洒巩楼评"看，前三折写秋瑾赴绍兴大通学堂任教和遇清政府逮捕杀害。第四折写秋瑾生前好友朱玉虹和胡之芬到墓上哭奠。《楔子》写秋瑾由日本归国，朱、胡二女友送行。念白、唱词、舞台提示加在一起不过八百余字，然而作者却以饱满的激情深刻揭示了革命先烈忧国忧民的悲壮心情和为了推翻封建王朝而赴汤蹈火的牺牲精神。

作于1903年的《血花飞》传奇，应该说是吴梅的处女作。它写戊戌政变六君子被害的故事。作者嗣祖父惧祸，于夜间秘密地把它焚烧了。我们虽看不到原作，但是黄慕韩写的序文尚存。此文写道：

> ……俾此血此花，洗白民秽迹，染赤县新图；备墨圣之锁钥，供黄帝之网芬。而吴子引商刻羽，张皇其事，嗣华美耳。遗响斯足，快哉。抑吾闻之，沪上有汪生者，隐于伶，曾点窜《党人碑》旧曲，以写时愤，粉墨登场，四座皆竿。此编异曲同工，惜不能演之红氍毹上，一醒凉血动物之沉瞀也。①

由此可以看出，作者的用意是激励平民百姓觉醒，鼓动变法维新，和当时戏曲改良家汪笑侬改编演出的《党人碑》有异曲同工之妙。《党人碑》为司马光、苏轼翻案，《血花飞》为当时被害的改良大家谭嗣同、康广仁等六君子翻案。二剧相比，后者比前者的政治色彩更为浓烈。

---

① 载《小说林》第四期《吴灵鹣〈血花飞〉乐府题词》，1907年。

辛亥革命把清朝皇帝拉下了马，推翻了数千年的封建统治。但是，封建社会的意识形态和诸多不合理的现象并没有随之消失。因而不少追求民主革命并为之奋斗的知识分子感到莫大的失望。正如鲁迅先生所说："属于'南社'的人们，开初大抵是很革命的，但他们抱着一种幻想，以为只要将满洲人赶出去，便一切都恢复了'汉官威仪'，人们都穿大袖的衣服，峨冠博带，大步地在街上走。谁知赶走满清皇帝以后，民国成立，情形却全不同，所以他们便失望。"① 吴梅便是其中的一位。他在这种情绪的支配下，不愿再去鼓吹革命，宣传斗争，也不愿批判互相倾轧的军阀混战和尔虞我诈的黑幕政治。反映什么呢？正当思考和探索这一问题的时候，一股疏远政治斗争、提倡表现社会人生的文艺思潮兴起，鸳鸯蝴蝶派小说、家庭戏、宫廷戏和专门发表这方面作品的报刊层出不穷。这些现象在上海、苏州等地尤为盛行。吴梅的一些朋友或办这方面的刊物，或从事这方面的创作。在周围气氛的影响下，他便自觉不自觉地把创作重心转向与政治斗争关系不太密切的社会问题。这个时期，吴梅共创作了《镜因记》《落茵记》《双泪碑》《杨枝伎》《钗凤词》《无价宝》《湖州守》《国香曲》等八个剧本。前三本是表现当时青年恋爱婚姻的现代戏。从题材角度看，它们和鸳鸯蝴蝶派小说一脉相承。但是，吴梅具有鸳鸯蝴蝶派作家所缺乏的极强的社会责任感。他的每个剧本都为"扶偏救弊"而作。所以，从思想角度看它们又与只求消遣娱乐的鸳鸯蝴蝶派小说和一味迎合观众好奇心理的某些文明戏不尽相同。后五出短剧表面上写古代文人的风流韵事，实际上也是以古射今的感慨之作。

　　辛亥革命前后，随着资产阶级革命的深入发展，封建阶级意识形态开始瓦解，追求婚姻自由的思想在知识分子中逐渐抬头。但是，封建婚姻制度与思想根深蒂固，在大多数人的头脑里仍居统治地位。在新旧思想交替、矛盾、搏斗之中，旧的婚姻制度与意识形态扼杀了不少青年男女的自由恋爱和婚姻，使他们的精神受到极大伤害。其中青年女子的命运尤为悲惨。《落茵记》为叹息名花"飘茵落溷"而作。剧中的主人公刘素素原为一位大家闺秀，因追求自由婚姻遭到社会和家庭的不容，最后落入妓院。她之所以陷于火坑，固然有其年幼无知的一面，更主要的则是生身父母的不容和乳母的险恶用心：出于封建观念，父母把历遭折磨的亲生骨肉赶出家门；为了金钱，乳母把自己奶大的女儿卖入烟花妓院。刘素素的遭遇说明，当时的社会和家庭已无人伦道德可言了。《双泪碑》中两个"才德深沉，丰姿秀丽"的女主人公在包办婚姻和自由婚姻的夹击下，一个自绝

---

① 鲁迅：《二心集·对于左翼作家联盟的意见》，载《鲁迅全集》第四卷，人民文学出版社1981年版，第234页。

・融时代、舞台、传统于一体・

于人世,一个被逼上痛苦深渊。她们的遭遇更令人感觉到当时妇女命运的悲惨。《镜因记》不是悲剧,结尾也没有摆脱大团圆的模式。剧中女主人公李姝丽对民主革命抱着极大的期望,但是民国建立以后依然挣扎在悲痛和绝望之中。她的命运并没有因封建王朝的倾覆而有任何改善。作者对上述四位不同遭遇的人物形象无限同情,并希望全社会都关心妇女命运这一重大的社会问题。从客观上讲,作者对民国初年社会生活中的不合理现象也做了猛烈抨击。这一切无不显示出吴梅的社会责任感和鲜明的爱憎。但是,造成这些悲剧的原因是什么?怎样才能避免这些悲剧再次发生?作者却做了不恰当的解释。前面已经谈到,剧本中女主人公的可悲命运无一例外都是封建婚姻制度造成的。而刘素素既不恨包办婚姻制度,也不恨男方对她的欺骗,却痛恨自己向往并为之牺牲的自由婚姻。《双泪碑》中的汪柳依临死前也悔恨地说:"自由吓,自由!我汪柳依就害在你两个字上也。"这一指责不仅为包办婚姻制度开脱罪责,同时也与时代精神背道而驰。无可讳言,这是作者当时思想观念上的一种局限。

1933年,作者把《湘真阁》《无价宝》《杨枝伎》《湖州守》《国香曲》《钗凤词》合编在一起名曰《惆怅爨》收录《霜厓三剧》,并作为代表性著作刻板问世。这些剧作的主人公都是古人,似乎缺少时代精神。然而,当我们对时代背景和作者创作意图稍做分析,就会发现每个剧本都寄托了深邃的思想,与时代脉搏息息相通,只不过采用旁引曲喻的手法,显得有些隐晦曲折而已。《湘真阁》所写的故事发生在明朝末年。当时的崇祯皇帝慑于农民起义和满族内侵,对臣僚非常猜忌,奸臣诬陷忠良的现象时有发生,朝廷内外,人人自危。有些正直的官吏便愤然离开北京,或隐居家乡,或寄迹江湖。剧中的主人公姜垓出身于官宦世家,官至备员主事,曾经向皇帝上书表达对权奸的不满。不久之后,因朝政局势不定,便辞去职务,隐居金陵。然而,他又不能忘怀国家,便隐居名妓李十娘湘真阁内,闭门谢客,作为精神寄托。该剧只写他隐居时的一段艳情,实际上从侧面反映了明朝末年封建统治阶级内部的矛盾和斗争,间接地表现姜垓对现实政治的不满和消极反抗。清末与明末的社会状况颇多相同的地方。不少有志之士满怀忧国忧民的心情而无所作为。他们或闭门不出,或隐居山林,或寄情风月。从某种意义上讲,《湘真阁》也是这类人物生活状况和心理状态的真实写照。陆游与唐氏的婚姻悲剧本身就控诉了封建婚姻制度。吴梅在《钗凤词》中又把他们的悔恨与悲痛加以淋漓尽致的发挥,指出造成二人婚姻破裂的主要原因是"喜怒无常"的陆母。而她,正是封建婚姻制度的代表人物。《国香曲》主要为哀伤黄庭坚而作。但是,黄氏已死,剧中出现的主要人物却是黄庭坚爱恋过的女子国香。她的不幸,也是封建社会下层妇女的不幸。当时,宣传妇女解放,提倡婚姻自由，仍然是舆论界的一项重要任务。作者借古喻今，深刻再现这两件婚姻悲剧，无疑具有一定的启迪作用。相比之下，《杨枝伎》与《湖州守》的时代精神要稍逊一筹。然而，作为权势显赫的太子太傅白居易，居然想到侍女杨枝"她少吾老，我病他孤，合之两伤，离则双美"；作为官运亨通的新任太守杜牧，得知心爱的女子另嫁他人，只恨自己失信，对他人并不乱施威风。在这种通情达理和不以势压人的描写之中，不也充满了人道主义和进步的民主意识吗？《无价宝》大部分篇幅写唐代女诗人鱼玄机吟诗的才华、超人的美貌和丰富的情感。这样一个才貌双全的女子，却落个"闷葫芦碜可可红颜碧血模糊"的下场。该剧在"陈藏家故实"的背后，至少表达了两种思想：第一，热情讴歌黄尧圃对古籍的珍爱；第二，对女诗人的悲惨命运表示了极大的哀伤。作者借古人以发今忧的情感也得到了很好的体现。

## 既宜案头阅读又宜舞台演出

自清代乾嘉年间昆剧衰落之后，传奇杂剧创作已基本和舞台脱节，大部分成为名副其实的案头剧。及至近代，绝大多数作家只把这种形式当作宣传爱国思想和民主革命的一种工具，案头性已无暇顾及，更不要说搬上舞台了。吴梅却与众不同。他在努力宣传爱国思想，鼓吹民主革命和关心妇女命运的同时，也十分重视剧本的可读性和演唱性，力争做到案头场上两擅其美。结构第一、词采第二、音律第三，是清代戏曲大家李渔衡量剧本优劣的三大法则。这就是说，只有结构谨严、词采超妙、音律工整的剧本才称得上案头场上兼擅。那么，就让我们按照上述标准来衡量一下吴梅的剧作吧。

吴梅在创作每一个剧本时都非常注意结构问题。其中，最严谨的是《湘真阁》和《双泪碑》。《湘真阁》的矛盾冲突分三个小场展开。第一小场介绍男女主人公的恩爱。第二小场两个好友想见姜垓不能得见，于是同设相会的妙计。第三小场写在湘真阁见面的情景：正当深夜男女主人公熟睡的时候，两个强盗突然闯入。姜垓从睡梦中惊醒，苦苦哀求饶命。两强盗摘掉面具，原来是旧朋好友，三人终于欢聚。前两小场只是交代、铺垫。矛盾冲突主要集中在最后一小场。全剧仅一折，共十三支曲子，却跌宕起伏，山重水复，结构之巧妙，令人叹为观止。《双泪碑》为正规的四折南杂剧（用南曲写成）。第一折写王岸与汪柳依结婚。第二折写李碧娘知道王岸另娶之后到父亲墓上痛哭，并决定把真情告诉汪柳依。第三折写汪柳依收到李碧娘信件和定亲庚帖，决定殉情以成全李碧娘与王岸的婚姻。第四折写汪柳依殉情，王岸抱尸痛哭。情节发展不枝不蔓，启承转合，环环相扣。作者把一男两女间三角婚姻的矛盾编织得既严密又紧凑。第一折结婚场面热烈红火,第四折死别场面极端凄凉悲伤。这种强烈反差和鲜明对比是该剧结构上的又一优点。此外,汪柳依死前曾留下遗言要求李碧娘与王岸重归于好。至于王岸是否遵嘱去找碧娘,而碧娘是死或是与王岸破镜重圆,第四折结尾并没有揭示。这样一来,便给读者和观众留下思考和想象的余地。《落茵记》偏重抒情,似乎平淡无奇,实际上也是作者精心结撰的一出短剧。假如根据女主人公刘素素的遭遇,编一个多折戏似乎更容易些。这样写的话必然偏重情节,有些地方很可能与《双泪碑》相近。于是作者采用主人公回忆的方法把情节叙述出来,写成一出抒情短剧。这类小戏在古代戏曲中并不鲜见。如果像《长生殿·弹词》和《货郎旦·女弹》那样,单单一人回忆,场上势必平板单调,没有杰出演员,很难吸引观众。吴梅却设计为三人在场,采用两问一答的形式。刘素素哭诉完自己的不幸遭遇,引起两个来访者的无限同情,主动要求把她救出妓院。这样的写法,场面上既生动多变,人物之间也可以交流,且避免了与古代戏曲的雷同。此外,像《杨枝伎》《湖州守》《钗凤词》等也各有特点,非常宜于舞台演出。上面谈的都是短剧。从总体上看,吴梅的长剧则略逊一筹。《风洞山》和《镜因记》是吴梅留传下的两本传奇。二者都采用军事斗争和爱情故事两条矛盾线索交叉的结构方法。《风洞山》里的男女主人公并没有参加瞿式耜抗清扶明的军事斗争,两条线索各自独立,平行发展,交织得并不紧密。如果把王开宇与于绀珠的爱情线砍掉,对军事斗争线不会有大的伤害。《镜因记》则不然。从发表的九折来看,韩种参加了西藏平叛的军事斗争。李姝丽滞留金陵,日日盼望他胜利归来。军事上的胜负和他们二人的爱情紧紧地结合在一起。相比之下,它比《风洞山》要严谨得多。《风洞山》作于1904年,《镜因记》作于1912年。这一进步,大概是吃一堑长一智的结果吧。

在词采方面,最突出的优点是从人物身份、思想感情出发,努力追求贴切和生动。戏曲剧本的语言包括唱词和念白两大部分。一般地说,念白的主要作用是交代或叙述故事情节,在剧中占的比重很大,写好并不容易。但是,只要肖似剧中人物的口吻,并起到点清眉目的作用就可以了。唱词的主要作用是抒发人物的思想感情。我国传统戏曲艺术主要是从唱的基础上发展起来的,且主要以情动人,所以历代作家都更重视唱词。怎样的唱词才生动感人呢?吴梅认为关键在于贴切与机趣。所谓贴切,就是符合剧中人物的身份、性格和彼时彼地的思想感情。所谓机趣,就是形象生动,如见其人,如闻其声。吴梅的剧作都是这一理论的最好实践。拿《镜因记》来说,人物身份不同,其唱词也明显有别。韩种是一位满腹才学的穷书生。他出场时唱道:

〔太师引〕待雄飞海内应无几，便枋榆何妨暂栖。大丈夫自有权宜，小可里未便惊疑。道胸中奇奇异异，逼拶得半生来语言无味，气夯了时人肚皮。问当年怎禁持，这般琐尾流离？

几句话，便把他穷困潦倒而又自信有朝一日飞黄腾达的心理状态如实地表现了出来。李姝丽是位妓女，出场时唱道：

〔越调引子祝英台〕翠屏间，青镜暗，忽地岁华大。自惜春愁，幽恨泪盈把。可怜假笑佯嗔，花朝月夜，怎发付门前车马。

年岁已大，还要被富人取欢作乐。她每想到这里便热泪盈眶。一位令人怜悯的妓女形象，活生生地站在读者面前。赵大原是个富家子弟，钱财被他吃喝嫖赌变卖一空，只好混入民军当上一名炮兵。他出场时唱道：

〔中吕过曲字字双〕区区原是富家翁，没用。只因嫖赌一场空，胡弄。将身混入炮兵中，辎重。金陵光复论奇功，运动。

四句话，即活画出这个流氓恶棍的丑恶嘴脸。对一个有经验的作家来说，不同人物的唱词是比较容易写的，而要在同类人物当中写出不同的唱词就比较困难了。《杨枝伎》里的白居易、《湖州守》里的杜牧和《钗凤词》里的陆游都是古代文人，写的又都是令人怅惘的事件。作者在同中求异，精心找出人物思想感情的细微差别，他们的唱词也都截然不同。拿《湖州守》中的〔双鸳鸯〕和《钗凤词》中的〔柳叶儿〕来说。〔双鸳鸯〕写唐代大诗人杜牧赴湖州寻觅过去所喜爱的少女，并打算结婚，想不到伊人已嫁。他接过订婚时的一双玉环，悔恨交加。〔柳叶儿〕写宋代大诗人陆游和前妻唐氏在沈园相见。唐氏派人把酒肴送到面前，陆游举起酒杯，无限忧伤。这两支曲词所写的人物、情感、时地、情节颇为接近。但是，杜牧与少女只有一面之交，失约的责任主要在自己；陆游与唐氏则是多年的恩爱夫妻被迫拆散，责任多半在陆母。所以，前者着重写杜牧怨天怨地怨自己，后者着重写陆游的痛苦与悲哀。同时又很形象生动：杜牧手握玉环，清泪抛洒，爱情如"断线风筝没收梢"那样不可挽回；陆游手举酒杯，苦辣酸甜一齐涌上心头，夫妻恩爱像"花辞树，镜封奁"一样不能够重圆。吴梅对戏曲人物与曲词的精微把握和艺术处理，由此可见一斑。

语言通俗易懂也是区别案头剧和舞台剧的重要标志。案头剧主要供文人阅读，含蓄典雅的唱词，往往能令人体味无穷而拍案叫绝。舞台剧就不同了。剧本搬上舞台后，演员在台上歌唱，观众在台下观听，必须一听就懂，没有琢磨推敲的余地，所以唱词应浅显通俗。作为案头舞台兼擅的剧本，必须照顾到各个方面和各种文化层次的观众,过分的雅会脱离广大群众,过分的俗又不是文学佳作。如何做到雅俗共赏?作者为此也绞尽了脑汁。从吴梅的全部作品看,生旦的歌词都比较雅,净丑的唱词都比较俗。同时。典雅之中融会着明白易懂,通俗之中又融会了含蓄幽默。如《杨枝伎》生角白居易唱"你看蜡渣也似黄脸面,雪片也似白胡髭,怎作得醉红乡莺燕使",旦角杨枝唱"似俺一曲春风舞柘枝,伴着他诗酒琴尊老太师",《镜因记》丑角孙三唱"斯文腔调像冬烘,饭桶。摇摇摆摆过西东,卖弄"等,都很有代表性。

  对于曲律,作者尤为讲究。严格按照南北曲谱填词主要是为了制谱和歌唱。古今中外谱曲的方法大致有两种:一是按曲填词;一是按词谱曲。传统的昆曲基本上属于按曲填词的范畴。制谱者的主要任务是审察每字的四声、阴阳,然后依本曲牌的腔格酌定工尺。这就需要剧作家在写唱词时首先要选定宫调,然后选取同一宫调或同一管色的曲牌组成一套,最后按每一曲牌的句格、字格、韵格加以填写。这样填出的词则易谱易唱。反之,则无法谱唱;若硬要谱唱的话,则歌者棘喉,听者逆耳,甚者则完全失去昆剧的音乐特点。歌唱是区别一个剧种的主要标志,如果歌唱失去了固有特征,那么该剧种也就不复存在,或者变成另外一个新的剧种。因此,按律填词不仅是传奇杂剧的创作规律,也是保存昆剧艺术的必要前提。

  吴梅为了写出曲律工整的唱词,往往"穷日之力,仅得二三牌,而至艰难之处……往往以一字一音,至午夜而仍未妥者"①。功夫不负有心人。他的每本剧作都一丝不苟地遵守曲律格式。曲律之细可与洪昇相媲美。南曲中的集曲由同一宫调或同一管色中曲牌的某些句式组成。一些不太熟悉曲律的作家只看到它不受某一曲牌句格、字格、韵格的限制和比较自由的一面,便随意填写,杂乱成章,标新立异,胡乱起名。吴梅则依然遵守集曲的原则,决不胡乱塞责。《双泪碑》第三折全部采用南吕集曲,不仅所取各句之曲牌同属一宫调或同一管色,且句格、字格、韵格都一概遵守。其他各剧的集曲也无一例外。集曲尚且如此,单支曲牌更可想而知了。至于用韵,一般作家往往用词韵和诗韵代替曲韵。从大的方面看,诗、词、曲韵是相通的,但个别地方不尽相同。用词、诗韵代替曲韵的话,出现越规现象是难免的。为了避免这一情况,吴梅总以曲韵为据。后来他又在王鵕《音韵辑要》基础上撰了一部《奢摩他室曲韵》作为律己律人的专门韵书。由于吴梅精通曲韵并严格遵守,所以清浊阴阳一丝不苟,即使最难填的曲牌也不例外。〔胡拨四犯〕长达七十余句,都不能重韵。由于用韵太严,明清以

---

① 见《风洞山·例言》,载阿英编《晚清文学丛钞·传奇杂剧卷》,中华书局1962年版,第46页。

来，除万树、洪昇外，其他曲家很少使用。吴梅不畏其难，在《镜因记》第五折填写的该曲，不仅无一重韵，且用了不少险韵，使古今曲家望之莫及。对于自己作品的曲律，他非常的自信和自豪。吴氏曾这样写道："吾词不敢较玉茗，而差胜之者有故也。玉茗不能度曲，余薄能之"，词采"虽有高下，至滞齿挨嗓之音，自知可免焉"①。这一评价还是比较客观的。

是不是吴梅的每本剧作都结构谨严、词采超妙、音律工整呢？也不尽然。《无价宝》写一群文人赞赏《鱼玄机集》及《玄机诗思图》。情节单摆浮搁，结构平庸无奇。词采虽佳，只宜于案头欣赏；音律工整，只宜于清喉歌唱，搬上舞台演出是很困难的。对此，作者并不讳言。他写道：《无价宝》"不过陈藏家故实，所谓案头之书而已"②。他的力作《风洞山》在结构方面也没有达到"一出不能加，一出不能删"的程度。早期个别剧本的科白还残留着四六句的习气。尽管有这些不足之处，但就整体来看，既宜于案头阅读又宜于舞台演出的艺术特征，仍然当之而无愧。

## 全面继承传统又有所创新

继承和创新，从字面看似乎是矛盾的。但实际上它们是一个统一体的两个方面：不继承便无所谓创新，无创新便是死板地模拟。一位杰出的作家或一个优秀剧本，无不含有继承传统和创造革新，只是侧重点不同而已。从对戏曲社会功能的认识、要求按律填词和对新兴剧种的排斥态度看，吴梅的确是一位传统戏曲的继承者和捍卫者。同时，他又明确提出剧本创作必须"脱窠臼"，反对"通本无一独创之格"③。他有意识地使自己的剧作形成既全面继承传统而又有所创新的明显特征。

我国传统剧本有杂剧、传奇（含南戏）、花部三种形式。明清杂剧与元杂剧虽同属杂剧，但体例上已有不少发展和变异：元杂剧多四折，明清杂剧则不拘；元杂剧一人独唱，明清杂剧则不守此例；元杂剧用北曲，明清杂剧既用北曲也用南曲。此外，明清以来还有用四出不同内容的短剧组成一本杂剧的体例。南戏和传奇的体例在明清两代并无显著变化。它们大多用南曲（个别出目用北曲或南北合套）；长者四五十出，短者也不下二三十出；每出生旦净末丑都可以唱；开场

---

① 见《落茵记·自序》，载王卫民编校《吴梅全集·作品卷》，河北教育出版社2002年版，第272页。
② 见《霜厓三剧·自序》，载王卫民编校《吴梅全集·作品卷》，河北教育出版社2002年版，第322页。
③ 见《顾曲麈谈》，载王卫民编《吴梅戏曲论文集》，中国戏剧出版社1983年版，第54页。

有家门，大都用两支曲子讲明故事大意；每折套曲的构成较为自由，一般由引子、过曲、尾声组成。至于以皮黄为代表的花部剧本，其体例要自由得多。它长短没有一定；唱词的句式以三四、四三的七字句或三三四的十字句为多；只重腔调，不用曲牌。吴梅剧作的形式如何呢？请看表1。

表1　吴梅剧作形式

| 形式 | 剧本名 | 出数 | 唱者一人或多人 | 南曲或北曲 | 说明 |
|---|---|---|---|---|---|
| 杂剧 | 轩亭秋 | 4 | 1 | 北曲 | |
| | 落茵记 | 1 | 不拘 | 南曲 | |
| | 双泪碑 | 4 | 同上 | 同上 | |
| | 湘真阁 | 1 | 同上 | 同上 | |
| | 无价宝 | 1 | 同上 | 同上 | |
| | 杨枝伎 | 1 | 同上 | 北曲 | 惆怅爨之一 |
| | 湖州守 | 2 | 同上 | 同上 | 惆怅爨之二 |
| | 国香曲 | 1 | 同上 | 南北合套 | 惆怅爨之三 |
| | 钗凤词 | 1 | 同上 | 同上 | 惆怅爨之四 |
| 传奇 | 风洞山 | 24 | 同上 | 南曲为主，间用北曲 | |
| | 镜因记 | 40 | 同上 | 同上 | |
| 皮黄 | 袁大化杀贼 | 1 | 1 | 板腔体三三四句式 | |

由表1可以看出：第一，运用了杂剧、传奇、花部三种传统戏曲形式。第二，传奇及皮黄本基本上都遵守传统的固有体例。第三，除《轩亭秋》一本遵守元杂剧四折一楔子体例外，其他都采用明清以来的变体（即南杂剧或短剧）。第四，十二个剧本中有八本为四折以下的短剧。第五，《惆怅爨》由四个不同内容的短剧组成。它和徐渭《四声猿》、桂馥《后四声猿》等剧的体例一脉相承，用人物思想感情的一致性代替故事情节的连贯性。综合以上五个方面来看，可以说吴梅剧作继承了我国古代戏曲中的所有形式，而以传奇杂剧见长，在传奇杂剧中尤擅长于明清以来的短剧形式。

吴梅对各种形式曲牌的继承也非常全面。曲牌有南北之分，还有融南北曲为一体的南北合套及集曲等。在传奇杂剧创作兴盛的时代，有的擅长北曲而不擅长南曲，有的擅长南曲而不擅长北曲，真正全面掌握南北曲规律的作家并不多见。诚如吴梅所说："昔人工南词者，辄不工北曲，宁庵先生其尤著者。青藤《四声猿》,非北词正声,而《辞凰》一种,易作南词,体制乖矣。"① 明代曲律祖师沈璟(号宁庵)、徐渭(号青藤)尚且如此,其他作家就可想而知了。吴梅处于传奇杂剧创作衰微的时代,却把各种曲牌形式都继承了下来。《轩亭秋》《杨枝伎》《湖州守》全部用北曲牌。《落茵记》《湘真阁》《双泪碑》《无价宝》用南曲牌。《国香曲》《钗凤词》则用南北合套。《风洞山》《镜因记》以南曲为主,间用北曲。平心而论,只要努力钻研,掌握南曲、北曲、南北合套、集曲的创作规律并不十分困难,最困难的是驾驭南曲和北曲的艺术特色。因为前者有曲谱可遵,有规律可循,后者却无谱可遵,无规律可循。吴梅的北曲接近元人的本色和"蒜酪"风格,南曲则接近明清作家的妍丽和整炼风格。我们读他的剧作,即使不看曲牌也能分辨出南曲和北曲。可以说,吴氏对于南北曲牌式和风格的继承已达到升堂入室的程度。

  戏曲创作是一种创造性劳动,只有不断创新,才能受到读者的欢迎,并具有较强的生命力。具有独创性的剧本能促进戏曲艺术的繁荣,模仿落套的剧本会导致戏曲艺术的衰落。吴梅对于模仿落套的作品十分反感,痛斥那些盗袭古人作品而自封新作的人"可羞孰甚",讥讽那些"东割一股,西窃一段"的剧作为"千补百衲之敝衣"。② 基于这一认识,吴梅在全面继承传统形式的同时,也努力追求创造和革新。其主要表现有以下三点:第一,刷新内容,反映现实。正如他自己所说:"天下新奇之事,日出不穷;今古风俗之异宜,不知凡几。从此着想,尽有妙文。"③ 我国古代以现实生活为题材的作品并不鲜见,但就整体来看仍然以历史题材居绝大多数。以今人之笔,写前人之事,似乎成了一条不可移易的金科玉律。吴梅则较早地打破这一"传统",把现实生活中的新奇之事,揽入自己的笔端,写出了《血花飞》《袁大化杀贼》《轩亭秋》《落茵记》《镜因记》《双泪碑》,成为当时以旧形式表现政治斗争及社会生活的一个代表性作家。他的这些剧本充满了时代气息和无限活力,给读者以强烈的新鲜之感。即使以历史题材写成的《风洞山》《湘真阁》等,也以当时民主革命的思想解释历史,塑造人物,充满了时代精神。本文第一部分已经谈及,这里不再赘述。第二,打破大团圆,广泛采用悲剧形式。古代戏曲作家或出于对美好事物的向往,或出于迎合广大人民群众的愿望,或出于因果报应的迷信思想,大多写成大团圆式的结尾。正因为如此,喜剧和正剧占的比重相当大。即使像《窦娥冤》《赵氏孤儿》《娇红

---

① 见《惆怅爨·自序》,载王卫民编校《吴梅全集·作品卷》,河北教育出版社2002年版,第339页。
② 见《顾曲麈谈》,载王卫民编《吴梅戏曲论文集》,中国戏剧出版社1983年版,第53页。
③ 见《顾曲麈谈》,载王卫民编《吴梅戏曲论文集》,中国戏剧出版社1983年版,第53页。

记》《长生殿》《桃花扇》《雷峰塔》等悲剧作品，不是让清官或好皇帝出来使蒙受冤枉的主人公得到申雪，就是让已经死去的主人公在仙境或梦境里团圆，或者让被害主人公的后代奋起抗争，报仇雪恨。这种结尾虽比大团圆略高一筹，但或多或少地减弱了悲剧色彩。吴梅的剧作则不然。从目前所看到的十个完整本看，除《湘真阁》和《袁大化杀贼》外，其他八个基本上都属于悲剧。至于佚失和残留的四个剧本，除《镜因记》外，《血花飞》《轩亭秋》《义士记》也是悲剧。屈指算来，十四本之中竟有十一本之多。比例之重，数量之多，在我国古代和近代作家群中是极为罕见的。作者为什么一反传统，创作出这么多悲剧？既有客观原因，也有主观原因。从客观上看，首先，1840年以后，我国人民同帝国主义列强和腐败无能的清政府进行了一系列的反抗斗争，每次斗争都被他们血腥地镇压下去，许多有志之士惨遭杀戮。广大人民群众悲愤、徬徨，看不到光明前途。这就为悲剧的产生提供了广阔的社会基础和创作题材。其次，是维新派和革命派的大力提倡。当时维新派和革命派的戏曲改良论中很重要的一个方面就是提倡悲剧。蒋观云认为：只有悲剧"能造人心"，"能道人心"，"剧界佳作，皆为悲剧"。于是，他大声疾呼："欲保存剧界，必以有益人心为主；而欲有益人心，必以有悲剧为主。"[①] 再次，西方悲剧被译为中文并出现在我国舞台上所产生的影响。当时一些翻译家纷纷把西方悲剧介绍到我国，一些早期话剧社团还把《黑奴吁天录》《茶花女》《热泪》等搬上舞台，从而为创作悲剧提供了榜样。从主观上看，作者幼年时孤苦伶仃，青年时屡遭挫折，中年时生活困顿，于是形成多愁善感的性格，悲剧事件和人物很容易触发起心灵上的共鸣，遣词命意也得心应手。第三，对传奇杂剧体例也做了一些改革。明清传奇中每出都有引子。引子在剧中只起到介绍人物心理状态的作用，与情节发展关系不大，而且演唱时既不起板，也不动听。吴梅作《风洞山》时，可省的就省，不可省的就写上，或以诗词代替。这样一来，就更适合于舞台歌唱了。为了充分表达人物的思想感情，他还常常用北词的风格写南词，或以南词的风格写北词。凡此，都使吴梅的剧作在继承传统形式的基础上又赋予一定的创造和革新。

（原收录于《戏曲研究》第四十四辑，文化艺术出版社1993年版，又收录于《吴梅和他的世界》，河北教育出版社2002年版）

---

[①] 蒋观云：《中国之演剧界》，载阿英编《晚清文学丛钞·小说戏曲研究卷》，中华书局1960年版。

# 梁启超曲论与剧作探微

夏晓虹

在梁启超的文体分类中，戏曲（梁氏又谓之"曲本""剧曲"）无疑是边界最模糊的概念，也是最少独立性的文类。但这不等于说，在所有的文学体裁中，梁启超最看轻戏曲。情况或许刚好相反，曲本以其更大的包容性，反而可以承担更多的功能，兼顾梁启超对于文学的启蒙责任与趣味偏好的双重理想。并且，梁氏本人的创作，也将有关戏曲的想象落到了实处，正可与其论述互相参照与印证。

## 剧作考实

追溯梁启超对戏曲的关注，首先应该被提及的不是言说，而是创作。1902年2月，继《清议报》而起的《新民丛报》发刊。恰是在这期创刊号上，登载了梁启超的《劫灰梦传奇》。该剧不仅是梁氏第一篇戏曲作品，而且也是他第一次涉笔通俗文学写作。① 颇有意味的是，其署名"如晦庵主人"梁启超仅在此一用，似乎显示了梁对读者是否认可他的这类创作尚无信心。

《劫灰梦传奇》其实只刊载了一回，即题为"独啸"的"楔子一出"。剧情时间设定为当下，乃是表达主人公杜撰（字如晦，显然指代梁本人）的忧国情怀。即使是残篇断章，此作已足以表明梁启超的撰写意图。其假杜撰之口有一段说白：

> 我想歌也无益，哭也无益，笑也无益，骂也无益。你看从前法国路易第十四的时候，那人心风俗，不是和中国今日一样吗？幸亏有一个文人，叫作福禄特尔，做了许多小说戏本，竟把一国的人，从睡梦中唤起

---

① 此前在《清议报》连载的日本政治小说《佳人奇遇》，未署译者姓名，亦非梁启超本人的创作。

来了。想俺一介书生，无权无勇，又无学问，可以著书传世。不如把俺眼中所看着那几桩事情，俺心中所想着那几片道理，编成一部小小传奇。等那大人先生，儿童走卒，茶前酒后，作一消遣，总比读那《西厢记》《牡丹亭》，强得些些。这就算尽我自己面分的国民责任罢了。①

如此，《劫灰梦》的写作宗旨与《新民丛报章程》对于"小说"栏目的设想——"切于时势，摹写人情"②——确是十分吻合。至于引法国启蒙思想家伏尔泰（即"福禄特尔"）为同道，其意也与同期《新民丛报》所刊梁文《论学术之势力左右世界》相同。后文赞扬伏尔泰"以其极流丽之笔，写极伟大之思，寓诸诗歌、院本、小说等"，"卒乃为法国革新之先锋，与孟德斯鸠、卢梭齐名"③，由此亦可知梁启超抱负之大、用意之深。而其选中戏曲作为文明新思想的载体，又一如《新民丛报之特色》所强调的，小说"趣味浓深，怡魂悦目，茶前酒后，调冰围炉，能使读者生气盎然"④，即期望在娱乐消闲中达到启蒙功效。

不过，应该是因为《新民丛报》在草创阶段，各栏目的稿件都需要梁启超一人执笔，梁虽"每日属文以五千言为率"⑤，仍感窘迫。因此，本属"茶前酒后"消遣中得益的曲本，便无法优先考虑。《劫灰梦传奇》的迅速夭折，也在情理中。虽有友朋的叫好、鼓励，如狄葆贤题诗谓之"我公慧舌吐金莲，信手拈来尽妙诠"，韩文举"亟赏之，日日促其续成"⑥，而此剧却终于没了下文。

倒是在狄诗正式刊出的《新民丛报》第10号上，好像是为了回应朋友们的热望，梁启超再次鼓勇登场。只是，此回并未接续前篇，而是另行开张，推出新作《新罗马传奇》。这一次，梁氏直接题署了其为人所熟知的别号"饮冰室主人"；加以万木草堂的同学韩文举逐出批注，鼓动兴致，一开场便颇具声势。到《新民丛报》第15号，该作已连载至第五出；而接下来的第六出《铸党》却间隔了些时日，在1902年11月的第20号上才亮相，尽管其中别有隐情，却也预示了此本前途莫测。果然，1903年2月梁启超出游北美，不仅中断了戏曲写作，即使是《新民丛报》的重头戏"论说""学说"等栏目，梁氏也多有缺席。迨其

---

① 如晦庵主人：《劫灰梦传奇》，载《新民丛报》第1号，1902年2月。
② 《新民丛报章程》，载《新民丛报》第1号，1902年2月。
③ 中国之新民：《论学术之势力左右世界》，载《新民丛报》第1号，1902年2月。
④ 《新民丛报之特色》，载《新民丛报》第1号，1902年2月。
⑤ 梁启超：《与康有为书》，载丁文江、赵丰田编《梁启超年谱长编》，上海人民出版社1983年版，第272-273页。其中言及："《新民丛报》……弟子一人任之，若有事他往，则立溃耳。"
⑥ 楚青《劫灰梦传奇题词》其二与扪虱谈虎客《新罗马传奇》"楔子一出"批注，《新民丛报》第10号，1902年6月。

12月归来日本，杂志已是严重拖期，梁启超全力以赴撰稿，犹供应不及。所以，尽管第46—48号合本上发表的"告白"列出了包括《新罗马传奇》在内的诸多未完稿篇目，并表示将"以次续成"①，结果，第56号上露面的第七出"隐农"，却终竟成为《新罗马》的绝响。

而1902年11月在《新小说》创刊号上刊载的《侠情记传奇》，更是一出而亡。此剧在《饮冰室合集》中系作为《新罗马传奇》的附录收录，确有道理。二剧均意在演述意大利建国史，尤其是《新罗马》的主角，更排定为在其间贡献最大的玛志尼、加里波的与加富尔三人。韩文举评《新罗马》称："此书虽曰游戏之作，然十九世纪欧洲之大事，皆网罗其中矣。读正史常使人沉闷恐卧，此等稗史寓事实于趣味之中，最能助记忆力。"故韩氏对其极为推许，以为"宜作中学教科书读之"②，与梁启超一样，仍是着意于戏曲的教育功能。

除主题的相关外，如果细究两出戏之间的关系，则题为《纬忧》的《侠情记》第一出，本应是《新罗马》的第七出。这在黄遵宪1902年12月10日给梁启超的信中已有提及，所谓"《新罗马传奇》，又得读《铸党》《纬忧》二出，乐极，乐极"③，说明黄已知分列不同剧目的两折戏，原本同出一源。但此一说法不过是因为黄氏注意到了《侠情记》篇末的作者说明："此记本《新罗马传奇》中之数出。"④ 至于场次的安排，根据韩文举为《新罗马》第六出所加批注："作者本拟以此折令加富尔登场，鄙人嫌其三杰平排，未免板笨，且加富尔可表见之事迹，不妨稍后，故商略移置第八出。"⑤ 也即是说，现在列为第七出、表现加富尔心志的《隐农》，出于韩文举的建议，梁启超已同意将其排为第八出；而原定的第七出，便应是《侠情记》中的《纬忧》。同时可以明了的一个事实是，《隐农》一出虽迟迟见报，其撰写时间却早于第六出《铸党》。为了将最后完成的《铸党》尽先见报，梁氏一连撰写了三折戏，这也是杂志刊载一度小有中断的原因。而等到《新小说》1902年11月创刊后，梁启超的精力已转移到《新中国未来记》的写作，《新罗马》自难以再续新篇。

---

① 《本报告白》，载《新民丛报》第46-48号合本，1904年2月，实则晚于此出刊。
② 扪虱谈虎客：《新罗马传奇》第一出《会议》批注，载阿英编《晚清文学丛钞·传奇杂剧卷》，中华书局1962年版，第524页。
③ 黄遵宪：《致梁启超书》，载吴振清等编校《黄遵宪集》下卷，天津人民出版社2003年版，第503页。
④ 饮冰室主人：《侠情记传奇》"著者识"，载《新小说》第1号，1902年11月。（注：本文脚注中"饮冰室主人""饮冰""饮冰子"皆为梁启超，本书作者称谓皆按原载录入。）
⑤ 扪虱谈虎客：《新罗马传奇》第六出《铸党》批注，载《新民丛报》第20号，1902年11月。

梁启超的戏曲作品如果只有这两三部零星残稿，固然也有开风气之功，但对于中国近代戏剧史而言，分量不免偏轻。幸好，梁氏还另有以其弟梁启勋的笔名"曼殊室主人"行世的一部《班定远平西域》，为其剧作中仅有的全本，由此足可奠定其为近代戏曲改良重镇的地位。

关于《班定远平西域》的著作权，历来有不同的说法，或就其笔名而归属于梁启勋，或因苏曼殊之名而牵连其为作者。虽有赵景深于1957年撰文，根据《俄皇宫中之人鬼》同样署名"曼殊室主人"，却编入《饮冰室合集》，证明该剧为梁启超所作①，终因其不知此笔名本出自梁启勋，故仍然不能廓清迷误。实则，在《饮冰室诗话》中，梁专有一则讲到此剧，并自承为作者②，可惜此节诗话为《合集》漏收。此外，20世纪20年代在清华学校读书的柳无忌，在搜集苏曼殊的作品时，得到了《班定远平西域》，也曾当面向梁启超求证："我不虚此行，但是失望了，他告诉我，他本人就是'平西域'剧本的作者。"③ 这两则出自作者的自白，应是了结此案最有力的证言。

《班定远平西域》于1905年分三期连载于《新小说》杂志。梁启超自言，"此剧用粤剧旧调旧式"，剧本亦"多用粤语"，则其刊出时，虽特别辟出"剧本"一新栏目名，实际与此前已有的"广东戏（一作班本）"应属同一系列。写作宗旨与前述各剧仍可称一贯，其专为横滨大同学校学生演出而作的缘起，以及剧名前的界定语"通俗精神教育新剧本"，更昭示了其启蒙教育的指向。而很可能是由于在海外上演，又受到所在地日本武士道精神的刺激，梁启超于是特别声明："此剧主意在提倡尚武精神，而所尤重者，在对外之名誉，故选班定远为主人翁。"④ 因此，该剧还是延续了梁氏《新民说·论尚武》及其编撰《中国之武士道》⑤的思路，希望祛除国人文弱的风习，而鼓吹"从军乐"。

尽管就时间段考察，梁启超的戏曲创作前后不过三年，但在兴趣屡迁的梁氏，这已经算是相当难得。比较其小说写作只持续了一年多⑥，梁对戏曲显然更

---

① 赵景深：《梁启超写过广东戏》，载《光明日报》1957年5月26日。
② 《饮冰室诗话》云，横滨大同学校学生"欲演俗剧一本以为余兴，请诸余。余为撰《班定远平西域》六幕"，载《新民丛报》第78号，1906年4月。
③ 柳无忌：《古稀人话青少年》，载柳光辽等编《教授·学者·诗人——柳无忌》，社会科学文献出版社2004年版，第15页。
④ 曼殊室主人：《班定远平西域·例言》，载《新小说》第19号，1905年8月。
⑤ 《新民说·论尚武》刊载于1903年3、4月《新民丛报》第28、29号；《中国之武士道》由上海广智书局1904年出版。
⑥ 《新中国未来记》首刊1902年11月《新小说》第1号，今所见最后一回载该刊1903年9月（实则为1904年1月以后出版）第7号。

为倾心。

## "戏曲为优美文学之一种"

以创作为根基,再来考察梁启超对于作为文类的戏曲的理解,我们便会看到其多样性的内涵与意义。

在晚清人的文类意识中,戏曲通常被归入小说。梁启超对此并无异议,从其《劫灰梦传奇》《新罗马传奇》均发表于《新民丛报》的"小说"栏,已可以看得很清楚。即使出现在《新小说》"剧本"栏中的《班定远平西域》,其《例言》仍强调,"剧曲本小说家者流"。因此,梁启超寄予小说的种种期望,"新道德""新宗教""新政治""新风俗""新学艺""新人心""新人格",概言之,即为"小说改良群治"与"小说新民",便都可以移之于戏曲。

而关于戏曲属于"广义"的"诗",则应为梁启超的发明。有趣的是,这一阐论更多是从体裁而不是风格考虑的。所以,梁启超对斯宾塞断言文学"有时若与进化为反比例"便不能完全赞同。他的意见是,"以风格论,诚当尔尔",故推演说:"三代文学,优于两汉;两汉文学,优于三唐;三唐文学,优于近世:此几如铁案,不能移动矣。"但若"以体裁论",梁启超则认为"固有未尽然者"。原因是:

> 凡一切事物,其程度愈低级者则愈简单,愈高等者则愈复杂,此公例也。故我之诗界,滥觞于三百篇,限以四言,其体裁为最简单;渐进为五言,渐进为七言,稍复杂矣;渐进为长短句,愈复杂矣;长短句而有一定之腔一定之谱,若宋人之词者,则愈复杂矣;由宋词而更进为元曲,其复杂乃达于极点。

由此而有"中国韵文""必以曲本为巨擘"① 的结论。正是因为只是从体裁上肯定戏曲为最高等的文学,梁启超便仍然保留了批评旧戏有碍进化的权利,并有理由试身手于此道,以旧瓶装新酒,用高级、优秀的戏曲体裁运载新思想。

更重要的是,在梁启超看来,戏曲不仅是"目的诗",而且是"耳的诗"②。这一特性对于戏曲的意义,在其"论曲本当首音律"③ 之说中,得到了充分的体现。于是,曲本也与音乐交关。在《饮冰室诗话》中,梁启超追溯了中国诗、

---

① 《小说丛话》中饮冰语,载《新小说》第 7 号,1904 年 1 月。
② 渊实:《中国诗乐之迁变与戏曲发展之关系》之饮冰识语,载《新民丛报》第 77 号,1906 年 3 月。
③ 《小说丛话》中饮冰语,载《新小说》第 7 号,1904 年 1 月。

乐的离合关系，指认："前此（按：指明代）凡有韵之文，半皆可以入乐者也。"证据是"《诗》三百篇，皆为乐章"，"楚辞之《招魂》《九歌》，汉之《大风》《柏梁》，皆应弦赴节，不徒乐府之名，如其实而已"，即使"唐代绝句，如'云想衣裳'，'黄河远上'，莫不被诸弦管"，而"宋之词，元之曲，又其显而易见者也"。总而言之，梁启超认为：

> 盖自明以前，文学家多通音律，而无论雅乐、剧曲，大率皆由士大夫主持之，虽或衰靡，而俚俗犹不至太甚。

依据梁氏的看法，诗、乐分离的问题出在清代。其时，"音律之学，士夫无复过问，而先王乐教，乃全委诸教坊优伎之手矣"①。士大夫既不屑于顾曲，专在"目的诗"上用功，"则移风易俗之大权，遂为市井无赖所握"②，梁启超所痛心的"中国之词章家，则于国民岂有丝毫之影响"的结果于是出现。这便是他"推原其故，不得不谓诗与乐分之所致也"③ 的根由，即将精英阶层的放弃谱写雅乐与俗剧，视为放弃教育与影响民众的责任。

追索梁启超重视音乐的诸般议论，实与其时就读东京音乐学校的曾志忞有关。曾氏在1903年9月、10月出版的《江苏》第6、7期上，接连发表了《乐理大意》及《唱歌之教授法与说明》。其"屡陈中国音乐改良之义"的论说与谱写军歌与学校歌的实践，给梁启超留下了深刻印象。梁不仅"读之拍案叫绝"，而且在《饮冰室诗话》中，从诗乐合一的角度，兴奋地预言其为"中国文学复兴之先河"④。至此，原本自认"不娴音律"，仅能从"结构""文藻""寄托"领会曲本妙处⑤的梁启超，也转而大谈音乐之重要性强调：

> 盖欲改造国民之品质，则诗歌音乐，为精神教育之一要件。⑥

此说正与曾氏"远自欧美，近自日本，凡言教育者，莫不重音乐"⑦ 之论相应和。

"诗歌音乐"（即合乐之诗）既为"精神教育之一要件"，梁启超将其1905年创作的《班定远平西域》定义为"通俗精神教育新剧本"也可谓其来有自。

---

① 饮冰子：《饮冰室诗话》，载《新民丛报》第40、41号合本，1903年11月。
② 渊实：《中国诗乐之迁变与戏曲发展之关系》之饮冰识语，载《新民丛报》第77号，1906年3月。
③ 饮冰子：《饮冰室诗话》，载《新民丛报》第40、41号合本，1903年11月。
④ 饮冰子：《饮冰室诗话》，载《新民丛报》第40、41号合本，1903年11月。
⑤ 参见《小说丛话》中饮冰语，载《新小说》第7号，1904年1月。
⑥ 饮冰子：《饮冰室诗话》，载《新民丛报》第40、41号合本，1903年11月。
⑦ 志忞：《乐理大意》，载《江苏》第6期，1903年9月。

这种对于诗、乐合一教育功能的推尊,落实在文体上,则以戏曲为首选。因为在梁启超眼中,曲本本为诗中"巨擘",并且,其"趣味浓深,怡魂悦目",兼具小说所有的娱乐性,也为其他诗体所不及。具此优长,梁氏才会在改良旧戏上用功夫,以为:

> 故今后言社会改良者,则雅乐、俗剧两方面,其不可偏废也。①

更进一步,戏曲又因其为教育利器,而与作为新教育实施机构的学校结缘。梁氏应横滨大同学校学生开音乐会之请撰制《班定远平西域》,即为显例。

而从教育的角度推尊"诗歌音乐",在梁启超那里原分两路,即雅乐与俗乐(包括"俗剧")。他在论说时,也每每二者并举:

> 今诗皆不能歌,失诗之用矣。近世有志教育者,于是提倡乐学。然乐已非尽人能学,且雅乐与俗乐,二者亦不可偏废。②

如以梁本人的创作为例厘清二者,则所谓"雅乐",即以近代源自西方的新曲谱编写的歌曲,主要为学堂乐歌,《饮冰室诗话》中所载配曲之《爱国歌》《黄帝歌》等便是;所谓"俗乐"("俗剧"),即久已在民间流行之俗曲、龙舟歌、戏曲等,从《劫灰梦》《新罗马》之传奇,到《班定远平西域》之粤剧,均在其内。而为便于启蒙教育,曲本中尤以地方戏(在梁启超即为粤剧)更合适。这自然是考虑到,由于方言差异的存在,越具有地方性者,受众面越广。梁对自己编撰《班定远平西域》的"科白、仪式等项,全仿俗剧"曾反复做过解释:

> 实则俗剧有许多可厌之处,本亟宜改良;今乃沿袭之者,因欲使登场可以实演,不得不仍旧社会之所习,否则教授殊不易易。

> 俗乐缘旧社会之嗜好,势力最大。士大夫鄙夷之,而转移风化之权,悉委诸俗伶,而社会之腐败益甚。此亦不可不察也。③

明白此情,深知其害,梁启超于是一改先前写作《新罗马传奇》诸作时的依律填词,仅供案头阅读,而转向关切声音一道。继在《诗话》中并录新作"雅乐"之曲、词后,他又编写了可以直接在舞台搬演的《班定远平西域》,且自豪于

---

① 《新民丛报之特色》,载《新民丛报》第1号,1902年2月;渊实《中国诗乐之迁变与戏曲发展之关系》之饮冰识语,载《新民丛报》第77号,1906年3月。
② 饮冰子:《饮冰室诗话》,载《新民丛报》第78号,1906年4月。
③ 曼殊室主人:《班定远平西域·例言》,载《新小说》第19号,1905年8月;饮冰子《饮冰室诗话》,载《新民丛报》第78号,1906年4月。

"此剧经已演验，其腔调、节目皆与常剧吻合，可即以原本登场"①，在发表的剧本中也一并配置了曲谱。

兼涉小说、诗、乐三领域的戏曲，于是也因其巨大的包容性，而被梁启超以西方社会的眼光肯定为：

> 盖戏曲为优美文学之一种，上流社会喜为之，不以为贱也。②

梁之编制俗剧，因此也理直气壮。并且，其改良俗剧所取法的典范，亦在远不在近。《劫灰梦》之引伏尔泰（"福禄特尔"）见贤思齐，仅发其端。此后，每言及诗乐合一的剧、曲，梁启超的思路总是导向莎士比亚（"索士比亚"）、弥尔顿（"弥儿顿"）、拜伦（"摆伦"）以及伏尔泰等西方文豪。筹办《新小说》杂志时，标榜"传奇体小说"（即正式出刊时之"传奇"栏）之作者"欲继索士比亚、福禄特尔之风，为中国剧坛起革命军"；勉励在东京音乐学校"专研究乐学"的某君，以其所学，"委身于祖国文学"，也以"苟能为索士比亚、弥儿顿"相期。③

而这一混合了诗人与戏剧家双重身份的对"泰西诗家"的想象，寻根究底，也同梁启超以"曲本"对应西方长诗的新文类构想有关。于是，在其创作的"政治小说"《新中国未来记》第四回，爱国志士陈猛用英语演唱的拜伦（"摆伦"）《端志安》（即《唐璜》，Don Juan）中的两节诗，便分别取"沉醉东风"与"如梦忆桃源"两支曲牌译出。深悉梁氏用心的韩文举也于此处加眉批曰："著者常发心，欲将中国曲本体翻译外国文豪诗集。此虽至难之事，然果有此，真可称文坛革命巨观。"但这一以"中国曲本体"翻译外国诗的念想，实起因于梁氏其时正写在兴头上的《新罗马传奇》，故由自撰而意欲推及移译"外国文豪诗集"。有了这层关联，在梁启超那里，"曲界革命"于是也与"诗界革命"结伴而行。梁译拜伦诗之小试身手，据韩文举的转述，也是意义深远：

> 著者不以诗名，顾常好言诗界革命，谓必取泰西文豪之意境、之风格，熔铸之以入我诗，然后可为此道开一新天地。谓取索士比亚、弥尔顿、摆伦诸杰构，以曲本体裁译之，非难也。吁！此愿伟矣。④

---

① 曼殊室主人：《班定远平西域·例言》，载《新小说》第19号，1905年8月。
② 饮冰子：《饮冰室诗话》，载《新民丛报》第61号，1905年1月。
③ 新小说报社：《中国唯一之文学报〈新小说〉》，载《新民丛报》第14号，1902年8月；饮冰子《饮冰室诗话》，载《新民丛报》第40、41号合本，1903年11月。
④ 扪虱谈虎客：《新中国未来记》第四回眉批、总批，载《新小说》第3号，1903年1月。

"诗界革命"之"以旧风格含新意境"①，用之于翻译，即成为"曲本体"与"外国文豪诗"的相匹配。这一先入为主的观念，也诱使梁启超忽略了《唐璜》非"歌"而"诗"的体裁，竟然为其配了乐。进而，中国诗歌亦应走诗乐合一之路的结论也不难导出。

值得关注的还有梁启超的始终不曾忘情于戏曲，即使在已经放弃了文学启蒙心态的后期，他对戏曲的热心仍一如往昔。晚年之频频在讨论诗歌（即其所谓"广义的诗""韵文"）时提及元明清戏曲名作，并专门研究《桃花扇》，留下了两大册注解本②，在总共四十册的《饮冰室合集》中不可不谓分量畸重。这与其后期对小说的绝情，将小说从"最有价值"的"好文学"中开除③，适成鲜明对照。而如果回到梁启超最初试笔叙事文学便从戏曲入手的事实，可以揣知，在梁氏心目中，一直不曾脱离诗歌类别的戏曲，不只有启蒙教育的通俗一面，也以其"结构之精严，文藻之壮丽，寄托之遥深"④，而足以满足梁启超无法掩抑的文学趣好。或者也可以说，正是假借晚清时归并入小说类别的曲本之谱写，梁启超在启蒙大众的同时，也兼顾了其文人雅兴。

## "以中国戏演外国事"

在梁启超的戏曲作品中，《新罗马传奇》虽未完稿，而且，按照其残留的形态，已成的部分不过是气势恢弘的鸿篇巨制刚刚开了个头，但其在中国近代戏剧史上仍占有不可缺少的一席之地。

谈论《新罗马传奇》，便不能不提及梁启超在此前后发表的《意大利建国三杰传》。曲本的批注者韩文举所述编剧缘起已讲明此节：

> 日者复见其所作《意大利建国三杰传》，因语之曰：若演此作剧，诚于中国现今社会，最有影响。作者犹豫未应，余促之甚。端午夕，同泛舟太平洋滨归，夜向午，忽持此章（按：指《新罗马传奇》之"楔子一出"）相示，余受之狂喜。⑤

---

① 饮冰子：《饮冰室诗话》，载《新民丛报》第29号，1903年4月。
② 参见梁启超《〈晚清两大家诗钞〉题辞》（1920年）、《中国韵文里头所表现的情感》（1922年）等文，以及《桃花扇注》（1924年），均收入《饮冰室合集》，中华书局1936年版。
③ 参见梁启超《国学入门书要目及其读法》，《清华周刊》第281期之"书报介绍附刊"第3期，1923年5月。
④ 梁启超评《桃花扇》之言，见《小说丛话》中饮冰语，载《新小说》第7号，1904年1月。
⑤ 扪虱谈虎客：《新罗马传奇》《楔子一出》批注，载《新民丛报》第10号，1902年6月20日。

可知《新罗马传奇》开笔于1902年6月10日（阴历五月初五），本脱胎于梁之新体传记《意大利建国三杰传》。尽管已有日本学者考证指出，梁氏此传大部分是根据平田久编译的《伊太利建国三杰》以及松村介石所作《嘉米禄·加富尔》等作写出①，但改以传奇体出之，便完全成为梁启超的新创。

不过，由于两个文本之间本有先后依存的关系，因此，此处也有必要略为交代《意大利建国三杰传》的连载情况。该传于《新民丛报》第9号开始刊出，在第10、14—17、19、22各号上续刊。如与《新罗马传奇》的分载于第10—13、15、20、56号相对照，则传奇只比传记晚出一期，而其结束时间也相差无多（前文已分辨第56号杂志所录之第七出实为更早写成）。这也应该是《新罗马传奇》半途而废的一个重要原因。历史的叙述既已结束，最初写作的激情也已过去，梁启超确也很难重新提起精神，进入意大利三杰的情境。

在讨论《新罗马传奇》之前，鉴于《纬忧》一出已独立成篇，故不妨先从此一旁枝说起。关于《侠情记传奇》的编撰，梁启超在第一出刊载时，曾加识语道明缘起："因《新罗马传奇》按次登载，旷日持久，故同人怂恿割出加将军侠情韵事，作为别篇，先登于此。"②反观《意大利建国三杰传》，其中对于加里波的的"侠情韵事"记述实在有限。第五节《南美洲之加里波的》所述加将军于"乌嘉伊国之彭巴士旷野，失途踯躅，忽遇一佳人，止而觞之，为奏希腊前哲荷马之古歌"，后"遂为伉俪"，便是《纬忧》一出所本。而其客居南美，"得子女三人"，"率妻子躬耕"，"所有战役，夫人无不相从赞画"，差不多就是加里波的与马尼他结婚十余年全部的生活记录。1849年，加里波的与玛志尼联手建立新罗马共和国及其迅速失败，实为马尼他夫人平生经历的最重要事件。而《意大利建国三杰传》中也仅简单叙述其"当罗马国难之起，夫人有身既八月矣，犹汲汲尽瘁于运械转饷之事"。加将军怜而阻止，夫人曰："国也者，妾与君共之者也。君独为君子，忍置妾耶？"于是"束男装，编入五千健儿队中，从将军"。而其临终的最后一幕固然感人，但表述出来字数仍嫌过少：

  可怜此绝世女豪杰，以临蓐久病之身，仗剑从军，出入于九死一生之里，至是为追兵所袭，困顿几不得步。倚所天之肩，逃至一小森林，忽分娩一死儿。晕绝一小时顷，仅开猩红之泪眼，启蜡黄之笑脸，抚将

---

① 松尾洋二：《梁启超与史传——东亚近代精神史的奔流》，载狭间直树编《梁启超·明治日本·西方》，社会科学文献出版社2001年版，第253—254页。其中，《伊太利建国三杰》由东京的民友社1892年10月出版，《嘉米禄·加富尔》一传则刊载于1898年1、2月的《太阳》杂志第4卷，第1、2号上。

② 饮冰室主人：《侠情记传奇》"著者识"，载《新小说》第1号，1902年11月。

军之手,道一声"为国珍重"而长瞑。

对此死别,"临十万大敌,而英雄之心绪,曾无撩乱;经终日拷讯,而英雄之壮泪,曾无点滴"的加将军,"至是亦不得不肠百结而泪如倾矣"。①

要将这点情事编出一部传奇,自然还需要许多加工。而日本其时流行的女杰传中,本不缺乏马尼他的事迹。梁启超撰写《罗兰夫人传》所取材之日本民友社1898年出版的《(世界古今)名妇鉴》中,即有题名为《英雄之妻》(《英雄の妻》)的加里波的夫人传。1903年2月由上海广智书局出版的《世界十二女杰》,原本为日人岩崎徂堂、三上寄凤所著,其中也有《加厘波儿地夫人》一传。即使只从《意大利建国三杰传》铺张开去,凭着梁启超的才气,也不难将"多情之豪杰"加里波的将军与"绝世之女豪杰"② 马尼他夫人的一段侠情,编写得委曲动人。

以身在海外仍忧心国事的梁启超而言,即使编译外国人物传记,其心中笔下的关怀,也不离中国现实。梁自言"作《意大利建国三杰传》"的目的,乃是因为近世欧洲各国中,"求其建国前之情状,与吾中国今日如一辙者,莫如意大利;求其爱国者之所志所事,可以为今日之中国国民法者,莫如意大利之三杰"。因此而期望国民,"其上焉者,亮无不可以为三杰之一;其次焉者,亮无不可以为三杰之一之一体"。如此人人努力效法三杰,"则吾中国之杰出焉矣,则吾中国立焉矣"。尽管梁启超总结三杰人格有诸多值得学习之处,但一如其题目所标示的,三杰最可贵的品德,乃是"爱国",即"真爱国者,国事以外,举无足以介其心"。③ 这一对玛志尼、加里波的、加富尔的表彰深意,也同样贯穿于《新罗马传奇》。于是,传奇中搬演的意大利国事,也处处关合着中国国情。

凭借对"泰西文豪"诗人与戏剧家合为一体的理解,《新罗马传奇》一开篇,被梁启超套用中国小说中常见的"天界因缘"模式选中的导引人物,自然便着落在意大利最伟大的诗人但丁身上。作者让其"古貌仙装"登场后即自报家门:

> 俺乃意大利一个诗家但丁的灵魂是也。托生名国,少抱天才;夙怀经世之心,粗解自由之义。巨耐我国自罗马解纽以后,群雄割据,豆剖瓜分。纵有俾尼士、志挪亚、米亚蓝、佛罗灵、比梭士,名都巨府,辉

---

① 中国之新民:《意大利建国三杰传》第五、八节,载《新民丛报》第10、14号,1902年6、8月。
② 中国之新民:《意大利建国三杰传》第五节,载《新民丛报》第10号,1902年6月。
③ 中国之新民:《意大利建国三杰传》之《发端》,载《新民丛报》第9号,1902年6月。

映历史，都付与麦秀禾油。任那峨特狄、阿剌伯、西班牙、法兰西、奥大利，前虎后狼，更迭侵凌，好似个目虾腹蟹。咳！老夫生当数百年前，抱此一腔热血，楚囚对泣，感事歔欷。念及立国根本，在振国民精神。因此著了几部小说传奇，佐以许多诗词歌曲，庶几市衢传诵，妇孺知闻。将来民气渐伸，或者国耻可雪。①

这一段叙说六百年前的意大利形势，本源自《意大利建国三杰传》第一节的开头部分，所谓"'意大利'三字，仅为地理上之名词，而非政治上之名词"② 的异国痛史，一旦移植到中国戏文中，正经受着外强侵凌的晚清读者，自不难沟通书里与书外，体味出作者的一语双关。而但丁自述著作小说、传奇以振发国民精神的意图，不仅表明梁启超有心效法外国前贤，也代为道出了其自家心声。

更有趣的是，《意大利建国三杰传》中，令梁启超欣喜、艳羡的意大利新史，即"十九世纪之下半纪，距今最近数十年之间，俨然一新造国涌出于残碑累累、荒殿寂寂之里"，也使其联想到此为"大诗人但丁所当且感且泣而始愿不及者矣"③。为补偿诗人未能亲见其盛的遗憾，梁启超于是在传奇中召唤出但丁的灵魂，并且要他约同"英国的索士比亚"与"法国的福禄特尔""两位忘年朋友"，同来中国看戏。而所看之戏，正是梁启超的《新罗马传奇》。梁氏又假但丁之口夸说：

> 我闻得支那有一位青年，叫作什么饮冰室主人，编了一部《新罗马传奇》，现在上海爱国戏园开演。这套传奇，就系把俺意大利建国事情，逐段摹写，绘声绘影，可泣可歌。四十出词腔科白，字字珠玑；五十年成败兴亡，言言药石。

于此，我们不但知道了此戏的规模本拟定为四十出，正与梁启超所心仪的《桃花扇》相同；而且，但丁特别在上海标名为"爱国"的戏院观赏梁剧，既揭明了编剧题旨，也以其来自意大利的大诗人这一特殊身份，增重了该戏的价值。戏本作者之意在言外、别有怀抱，照样也经由但丁发明出来："我想这位青年，飘流异域，临睨旧乡；忧国如焚，回天无术；借雕虫之小技，寓遒铎之微言。不过与老夫当日同病相怜罢了。"④ 则中外情事的彼此交织，难分难解，在此先已做了

---

① 饮冰室主人：《新罗马传奇》《楔子一出》，载《新民丛报》第10号，1902年6月。
② 中国之新民：《意大利建国三杰传》第一节，载《新民丛报》第9号，1902年6月。
③ 中国之新民：《意大利建国三杰传》第一节，载《新民丛报》第9号，1902年6月。
④ 饮冰室主人：《新罗马传奇》《楔子一出》，载《新民丛报》第10号，1902年6月。

说明。

其实，如果熟悉梁启超的著作，阅读《新罗马传奇》时，自会联想到梁氏在同一年稍后写作的"政治小说"《新中国未来记》。依据梁启超当年的定义，"政治小说"乃是"著者欲借以吐露其所怀抱之政治思想"，"事实全由于幻想"①，故与今日所谓"乌托邦小说"同义。只不过，在意大利为过去时的历史，搬到中国的现实中，便成为未来时的理想。因而，《新罗马传奇》假托但丁之言对新意大利的描述："今日我的意大利，依然成了一个欧洲第一等完全自主的雄国了。你看十一万方里之面积，三千万同族之人民，有政府，有议院，何等堂皇！五十余万经练之陆兵，二百余艘坚利之战船，可以战，可以和，好不体面！"这般盛况，在《新中国未来记》中，也有了《楔子》开端处对于六十年后新中国的一番夸耀：

> 话表孔子降生后二千五百一十三年，即西历二千零六十二年，岁次壬寅，正月初一日，正系我中国全国人民，举行维新五十年大祝典之日。其时正值万国太平会议新成，各国全权大臣在南京，经已将太平条约画押……恰好遇着我国举行祝典，诸友邦皆特派兵舰来庆贺。英国皇帝皇后，日本皇帝皇后，俄国大统领及夫人，菲律宾大统领及夫人，匈加利大统领及夫人，皆亲临致祝，其余列强皆有头等钦差代一国表贺意，都齐集南京，好不匆忙，好不热闹！

难怪孔子后裔觉民老先生被公举讲演"中国近六十年史"时，一开口便要慨叹"我们今日得拥这般的国势，享这般的光荣"②，并由此抚今思昔，引起民间志士组织政党、创建新国家的历史追述。可见梁启超写作的这两段《楔子》，虽然一为戏曲，一为小说，但在文本的意义上，《新罗马传奇》显然成为"新中国"的"未来记"。

以上的关联尚可认作自《意大利建国三杰传》第一节的叙述而来③，而《新罗马传奇》第七出，将《意大利建国三杰传》第二节的分陈加里波的、玛志尼、加富尔三人救国方策之别，凭空虚构，改造成为加富尔与友人的一场对话，更属

---

① 新小说报社：《中国唯一之文学报〈新小说〉》，载《新民丛报》第14号，1902年8月。
② 饮冰室主人：《新中国未来记》第一回《楔子》、第二回《孔觉民演说近世史　黄毅伯组织宪政党》，载《新小说》第1号，1902年11月。引文已省略夹注。
③ 《意大利建国三杰传》第一节称扬新意大利："泱泱然拥有五十余万之精兵，二百六十余艘之军舰，六千余英里之铁路，十一万余英方里之面积，二千九百余万同族之人民；内举立宪之美政，外扬独立之威烈；雪数十代祖宗之大耻，还二千年历史之光荣。"

匠心独运。

扮演对话者的一方，是在《意大利建国三杰传》中一闪而过的政治家达志格里阿，其被记述的历史功绩，一是逼迫撒的尼亚（今译"撒丁王国"）国王阿尔拔（今译"阿尔贝特"）实行改革，一是将首相之位让与加富尔。① 达氏在《新罗马传奇》戏中，则完全收起了自己的政治主张，单纯扮演了提问者的角色。他先说："时局现象，麻木至此，革命实为应有之义。你何不投入革命党中，轰轰烈烈做一场呢？"加富尔的回答是："我想革命虽为世界不可逃之公理，革命却为意大利不可做之难题。"第二个回合是关于"堂堂正正，组织政党，号召豪俊，共济艰难"的提议，加富尔仍以"时候还早些""国会未开的国家那里能够组织什么文明政党出来"应之。达氏再指出"著书作报，播些文明种子，也是一桩要紧事业"，加富尔却认为"此辈都无用"，用唱词道来即"但空豢着那能言鹦鹉三千架，终敌不过那当道豺狼一万重"。因"别的都不合式"，达氏最后只好端出"运动官场"一策，此说又被加富尔揭破："这不过是那热中富贵一流人遮丑的话，何曾见那个实行得来？"如此这般往复磋谈，直到逼出加富尔"在外交上演些五花八门""从实业上立些深根固蒂"的"见教"②，方才收场。

这一大段将加富尔"抱负、政策悉提出来"的表演，多半针对的是玛志尼，却引人注目地采用了驳难体，即批注者所表彰的"《梁州新郎》四阕，将时流意见一一批驳，皆洞中症结之言"③。以此节与《新中国未来记》第三回《论时局两名士舌战》比照，不难看出，黄克强、李去病就"革命"还是"立宪"往复四十四回的辩难，不过是把《新罗马》的预演放大、扩充了而已。因此，说到最后，主张革命的李去病所言"今日做革命或者不能，讲革命也是必要的"，取为例证的也正是加、玛一班人物：

> 我从前读意大利建国史，也常想着，意大利若没有加富尔，自然不能成功；若单有加富尔，没有玛志尼，恐怕亦到这会还难得出头日子呢！我们虽不敢自比古来豪杰，但这国民责任，也不可以放弃。今日加富尔、玛志尼两人，我们是总要学一个的，又断不能兼学两个的。④

于是，李去病自认要做中国的玛志尼，黄克强自然便被派做了中国的加富尔。由

---

① 参见《意大利建国三杰传》第六、十节，载《新民丛报》第14、15号，1902年8、9月。
② 饮冰室主人：《新罗马传奇》第七出《隐农》，载《新民丛报》第56号，1904年11月。
③ 旧民：《新罗马传奇》第七出《隐农》批注，载《新民丛报》第56号，1904年11月。
④ 饮冰室主人：《新中国未来记》第四回《求新学三大洲环游 论时局两名士舌战》，载《新小说》第2号，1902年12月。

此也证实了这一场黄、李交锋，其伏脉即在《新罗马传奇》的加、达对谈。不同于小说的逐一标明"提论第一""驳论第一"，梁启超在曲本中是以四支《梁州新郎》末尾的合唱"天地老，风云动，这全盘一着谁搏〔挤〕控？迢迢路，君珍重"的复沓，作为每一场辩驳的界隔，倒也颇为新颖。

《新罗马传奇》在中国戏剧史上最重大的贡献，当然还是首开以传统戏曲形式搬演外国故事的新风气。其实，早在《楔子一出》的批注中，韩文举已敏锐地指出：

> 此本熔铸西史，捉紫髯碧眼儿，被以优孟衣冠，尤为石破天惊。

韩氏不愧为梁启超的挚友，深知其心事，故评点也总能搔到痒处，甚至无异于梁氏的夫子自道。如与《桃花扇》的比较：

> 此出（按：指《楔子》）全从《桃花扇》脱胎。然以中国戏演外国事，复以外国人看中国戏，作势在千里之外，神龙天矫，不可思议。吾不得不服作者之天才。①

这也等于是代作者揭出其得意笔墨。而以梁启超在当时思想界与文坛的巨大影响，此戏一出，不只友朋喝彩，继起模仿者也大有人在。

这在梁启超主持的《新民丛报》中尤为明显。检点该刊的"小说"栏，总共发表过五部剧作，其中《劫灰梦传奇》的情况前文已述。另有一部《爱国女儿传奇》，发表在《新民丛报》第14号，正当《新罗马传奇》刊载的间歇。作者为"东京留学生某君"，上场的人物虽全是晚清志士，众人所观赏的"维多利亚"却是"泰西名花"。② 其余的两部戏，《血海花传奇》出于梁启超的万木草堂同学麦仲华之手，从仅成一出的残貌，已可知其主意在叙写法国罗兰夫人的事迹；而由驻古巴总领事廖恩焘所写的《学海潮传奇》，则取材于1871年古巴民众反抗西班牙殖民者的斗争，重点记述了八名古巴学生被杀害的始末。③ 而这两本"以中国戏演外国事"的作品，均发表在《新罗马传奇》刊载后，其间的影响关系一目了然。

---

① 扣虱谈虎客：《新罗马传奇》"楔子一出"批注，载《新民丛报》第10号，1902年6月。
② 东学界之一军国民：《爱国女儿传奇》，载《新民丛报》第14号，1902年8月。
③ 玉瑟斋主人《血海花传奇》、春梦生《学海潮传奇》，分载《新民丛报》第25、第46—48合本及第49号，1903年2月及1904年2、6月出版。梁淑安、姚柯夫在《中国近代传奇杂剧经眼录》（书目文献出版社1996年版）中，将"春梦生"指认为周祥骏，不确。周为江苏人，而《学海潮》作者实为广东惠阳人廖恩焘，其人1903—1907年任驻古巴总领事。

回到《新罗马传奇》，梁启超在《意大利建国三杰传》的《结论》中曾如此表达其写作心情：

> 余为《三杰传》，乃始若化吾身以入于三杰所立之舞台，而为加富尔幕中一钞胥手，而为加里波的帐下一骑从卒，而为玛志尼党中一运动员。彼愤焉吾愤，彼喜焉吾喜，彼忧焉吾忧，彼病焉吾病。①

这一感同身受的情感体验，因此也成为梁氏编撰《新罗马传奇》的动力。或者反过来也可以说，在戏曲舞台上，梁启超才真正实现了他的"化吾身以入于三杰所立之舞台"的幻想。

## "在俗剧中开一新天地"

如同写作人物传记之兼及中外，梁启超编撰曲本，在取材于外国豪杰故事，以为中国国民树立楷模的同时，也不忘发掘本土资源，对古代人物重加演绎，以激起民众效法先贤的欲望。特别是由于戏曲较之传记，形式更为通俗，已经认识到利用俗剧更易达致启蒙教育目的的梁启超，在将改良旧戏的愿望付诸实践时，自然也以改编为人熟知的历代英杰事迹最相宜。班超便是在这样的情境中进入了梁启超的视野。

如果从《张博望班定远合传》的撰写算起，《班定远平西域》的酝酿可谓开始于三年前。1902年12月，在间隔了7个月后，梁启超终于写出了合传中后半关于班超的部分，为这篇不过一万多字的传记画上了句号。梁氏在该传第一节，即以"世界史上之人物"的标题，确定了张骞与班超的历史地位。受其时帝国主义理论的影响，急于改变中国弱肉强食现状的梁启超，也把殖民扩张视为中国在民族竞争中获胜的必由之路，并美其名曰："夫以文明国而统治野蛮国之土地，此天演上应享之权利也；以文明国而开通野蛮国之人民，又伦理上应尽之责任也。"为了洗雪列强鄙视中国，讥"其与异种人相遇辄败北"的历史耻辱，梁启超有意发扬国粹，故拣取张骞、班超等在中国历史上立功边陲、开疆拓土之行事，大力表彰，称："中国以文明鼻祖闻于天下，而数千年来，怀抱此思想者，仅有一二人，是中国之辱也。虽然，犹有一二人焉，斯亦中国之光也。"在此意义上，为汉朝平定西域诸国的班超，也被梁氏礼赞为"世界之大英雄""我民族

---

① 中国之新民：《意大利建国三杰传》之《结论》，载《新民丛报》第22号，1902年12月。

帝国主义绝好模范之人格也"。①

而由传记到戏曲,其间对梁启超最有启发的,应是其万木草堂同学欧榘甲的《观戏记》。欧文最初刊载于美国旧金山的《文兴日报》,发表时间大致在1902年。② 因其被录入当年编辑的《清议报全编》之《群报撷华》册中,梁氏有机会过目。文章以法国与日本为例,叙述法国被德国打败后,"议和赔款,割地丧兵,其哀惨艰难之状,不下于我国今时";终靠在巴黎建一大戏台,专演法德战争中法人被杀之惨状,激扬民气,故后来"改行新政,众志成城,易于反掌,捷于流水",使法国"今仍为欧洲大强国"。日本也借助表演"维新初年情事",塑造"悲歌慷慨,欲捐躯流血以挽之"的志士形象,使观众感激奋发。欧氏因此慨叹:"演戏之为功大矣哉!"并断定,演戏于"激发国民爱国之精神"收效甚速,"胜于千万演说台多矣,胜于千万报章多矣"。这一对戏剧演出的极端推重,无疑会使梁启超动心,由编写剧本,更进而关心其能否在场上搬演。

更大的启示则来自欧榘甲对广东戏的评说。欧氏批评粤剧"大概以善演男女私情,善鼓动人淫心,为第一等角色",批评潮剧"专演前代时事,全不知当今情形,其于激发国民之精神,有乎古而遗乎今者也"。作为写过《新广东》、倡导广东独立③的广东人,欧榘甲对家乡戏自然格外牵挂。而比较在上海的戏班,"外江班能变新腔,令人神旺;广东班徒拘旧曲,令人生厌","外江班所演,多悲壮慷慨之词,其所重在武生;广东班所演,多床笫狎亵之状,其所重在花旦",也让作者痛心地得出了"广东班若不从新整顿,吾恐十年后,皆归消灭无疑也"的结论。由此,广东戏之必须及早"大加改革",且须提升"有英雄气象""使人敬"的武生戏分量,已是不言自明。

何况,欧榘甲引述的清代戏曲家蒋士铨的一段话也令其深有感触:"曲本者,匹夫匹妇耳目所感触易入之地,而心之所由生,即国之兴衰之根源也。"推而广之,欧氏于是相信:

---

① 中国之新民:《张博望班定远合传》第一、八、九节,载《新民丛报》第8、第23号,1902年5、12月。

② 因未见原报,阿英据编入此文的《黄帝魂》刊载时间,定为1903年发表(见其所编《晚清文学丛钞·小说戏曲研究卷》,中华书局1960年版)。后多承此说。但《观戏记》亦收入《清议报全编》,该书编成时间在1902年。同年9月,《新民丛报》第15号已有《〈清议报全编〉第一二集出书》的广告。至1903年2月,全书均已出版(见1903年2月11日《新民丛报》第25号广告《〈清议报全编〉目录》及《本社发售及代售各书目》)。

③ 欧榘甲以"太平洋客"的笔名,于1902年撰写了《新广东》(新民丛报社),倡言:"吾广东人,请言自立自广东始。"

> 夫感之旧则旧，感之新则新，感之雄心则雄心，感之暮气则暮气，感之爱国则爱国，感之亡国则亡国；演戏之移易人志，直如镜之照物，靛之染衣，无所遁脱。论世者谓学术有左右世界之力，若演戏者，岂非左右一国之力哉？

如此专门针对下层社会，激发其维新、雄心、爱国意识的戏曲演出，自以采用梁启超所谓"俗剧"的形式最得力。至于改革的方案，欧榘甲认为，应包括"改班本"与"改乐器"两项。而对于"改之之道如何"的提问，欧氏给出的答案也极为明确："请自广东戏始。"①

同为广东人，欧榘甲的论说应该很能打动梁启超之心。加以就客观环境而言，1897年秋创建的横滨大同学校，乃是以广东籍华侨为主组织的华文学校。首任校长徐勤，亦为康有为弟子。根据最早入读的学生冯自由记述：

> ……徐勤（号君勉）任校长，专以救国勉励学生，每演讲时事时，恒慷慨激昂，闻者莫不感动。教室上黑板及课本书面皆大书标语曰："国耻未雪，民生多艰，每饭不忘，勖哉小子"十六字，师徒每日罢课时必大呼此十六字口号始散。又编短歌曰："亡国际，如何计；愿难成，功莫济。静言思之，能无恧愧！勖哉小子，万千奋励！"使学生逐日诵之。②

并且，作为广东侨商所办学校，该校也"自始至终采用广东语教学"。以至因"言语不通"而无法就读大同学校的江浙子弟，嗣后又须另组横滨中华学校，才得解决受教育问题。③ 而大同学校具有高度群体凝聚力的粤语教学特色，与校内高昂的爱国气氛相互激荡，则为新编粤剧《班定远平西域》的上演提供了最佳场合。

从贬抑花旦、增重武生戏的粤剧改革思路出发，首先是《新小说》上刊载的广东"新串班本"，编剧多以"新广东武生""广东新小武"自署④，意在突出武生的地位。其次，上场的主要角色也注重安排武生行当，如《黄萧养回头》

---

① 无涯生：《观戏记》，载《清议报全编》卷二十五附录一《群报撷华上》，新民社，1903年。
② 冯自由：《横滨大同学校》，载《革命逸史》初集，中华书局1981年版，第51页。
③ 张枢：《横滨中华学院前期校史稿》，载《横滨中华学院百周年院庆纪念特刊》第45、48—49页，（日本）横滨中华学院2000年版；《横滨之三江济幽会》，《浙江潮》第7期，1903年9月。
④ 刊于1902年11月—1903年9月（实则为1904年1月以后出版）《新小说》第1—7号的《（新串班本）黄萧养回头全套》，作者署名"新广东武生"；刊于1905年5月该志第16号的《（新串班本）易水饯荆卿》，作者署名"广东新小武"。

的主角黄萧养为正武生扮演,《易水饯荆卿》的主角荆轲以正小武应工。如此,《班定远平西域》中的班超之派定由"武生"出演,便既合乎剧本规定的情境,易于激扬尚武精神,同时也顺应了这一戏曲改良的新潮流。

这出由武生主演的"通俗精神教育新剧",基本依据《后汉书·班超传》编排,共分六幕:第一幕《言志》抒发班超投笔从戎志向,决心"为国尽力,在世界上做一个大大的军人,替国史上增一回大大的名誉"。第二幕《出师》表演班超奉命出征,"军容肃肃,武夫洸洸"。第三幕《平虏》为重头戏,表现班超派人斩杀匈奴使节,收服鄯善国,最终完成了平定西域的功业。第四幕《上书》述班惠为其兄上奏,请求汉和帝准许班超"生入玉门关"。第五幕《军谈》转以军士竞相演唱军歌,振起尚武精神,正面表达对"好铁不打钉,好男不当兵"传统陋识的批驳。第六幕《凯旋》,极写班超之荣归祖国:

  匹马昆仑勒石还,黄金寸寸汉河山。就中几许英雄血,留与轩辕子姓看。

这一对班超的欢迎仪式,由于加入了手持"横滨中国大同学校"旗帜上场的该校师生,且由教师发明其意而推向高潮:"诸君,今日做戏做到班定远凯旋,我带埋诸君,亦嚟做一个戏中人,去行欢迎礼。"在他说来,如果人人都能像班超这样具有"尚武真精神","将来我哋总有日真个学番今晚咁高兴哩"。将历史剧引入当下情境,台上的古今沟通,再加上台上与台下、演员与观众的彼此交融,不难想象,演出至此,必然是群情激昂。最后,再由"学校学生挥国旗大呼'军人万岁!中国万岁!'"①,在一派高涨的爱国尚武情绪中,全剧落幕。

其中,最能显示新粤剧特色的是《军谈》一幕。在这场戏中,军士们闲坐饮酒,唱歌助兴。所说所唱,多用广东方言。本来,在《班定远平西域》第二幕与第六幕末尾,分别安排了合唱黄遵宪《军歌》中的《出军歌》与《旋军歌》各八章,偏偏是中间的《军中歌》未为梁启超采纳,而是以自己编制的歌曲取而代之,这实在是因为梁氏有意将此场戏变成真正的军歌演唱会。他不仅套用广东的龙舟歌,谱写了新词,其本人最得意的,还是将一向被视为"靡靡之音"的俗调《梳妆台》(又名《十杯酒》)配上了军乐队,改造为雄壮的军歌《从军乐》:

  从军乐,告国民:世界上,国土立,竞生存。献身护国谁无份?好

---

① 曼殊室主人:《(通俗精神教育新剧本)班定远平西域》,载《新小说》第19—21号,1905年8—10月。

··········男儿,莫退让,发愿做军人。

并且,此十二章歌词连同曲谱不只在剧本中出现,还全部录入了《饮冰室诗话》①,足见梁启超之自珍自重。

本来,在称许曾志忞所作的军歌、学堂乐歌时,梁启超对其采用西乐旋律与五线谱仍有所保留:

> 抑吾犹有一说焉:今日欲为中国制乐,似不必全用西谱。若能参酌吾国雅、剧、俚三者,而调和取裁之,以成祖国一种固有之乐声,亦快事也。

梁氏的理想是:"将来所有诸乐,用西谱者十而六七,用国谱者十而三四,夫亦不交病焉矣。"当时梁启超尚自惭"门外汉",以为实行此事,"非于中西诸乐神而明之不能"②;仅仅一年多以后,《班定远平西域》的编写与演出,已使其在调和"中西诸乐",尤其是取裁于"吾国雅、剧、俚三者"上确立了自信。《班》剧不只采用了在日本流行的简谱,录下了与曾志忞同出一源的《出军歌》与《从军歌》的乐谱,而且还成功地移植、改编了俗曲《梳妆台》。秉持这一改良经验,梁启超自然有理由在剧本中左右开弓,既批评近来"想提倡尚武精神"的文人学士所做的诗词"又唔唱得",没有用处;同时也对"依着洋乐,谱出歌来"的新音乐作品深致不满,因其"唔学过就唔晓唱",可大家又没有闲工夫去学。说到底,梁氏认为最合格承担普及教育的还是俗曲:"独有你呢(按:意为这)几首《梳妆台》,通国里头,无论大人细蚊(按:意为小孩子),男人女人,个个都记得呢个调,就个个都会唱你呢只歌。"难怪梁氏会为之"殊自熹"。③

至于《班定远平西域》对于粤剧改革的意义,其影响应不限于横滨一地。随着《新小说》杂志与《班》剧单行本在上海的刊行④,包括发表于日本的《黄萧养回头》在内的一批广东新班本,显然为其后革命派组织的"志士班"开

---

① 曼殊室主人:《班定远平西域》第五幕,载《新小说》第21号,1905年10月;饮冰子:《饮冰室诗话》,载《新民丛报》第78号,1906年4月。
② 饮冰子:《饮冰室诗话》,载《新民丛报》第40、41号,1903年11月。
③ 曼殊室主人:《班定远平西域》第五幕,载《新小说》第21号,1905年10月;饮冰子:《饮冰室诗话》,载《新民丛报》第78号,1906年4月。
④ 曼殊室主人:《(通俗精神教育新剧本)班定远平西域》,新小说社,1905年。此外,刊载《班》剧的《新小说》第二卷,已迁往上海出版。

了先声。从时间上说,《班定远平西域》最迟于1905年暑假前应已上演。① 前一年,由陈少白、李纪堂等主持的"采南歌"戏班刚开始招收幼童,进行培训,次年冬方正式开演新剧②,而此戏班亦不过为"志士班"之先声。另外,传统粤剧本以"戏棚官话"演唱,一般认为自"志士班"吸纳粤讴、南音、龙舟歌、木鱼歌等广东民间曲调,改用粤语演出,粤剧的特色才得以凸显。③ 而《班》剧第五幕中,军士们不仅打乡谈,也采用粤语,演唱了两首龙舟歌曲调的军歌。何况,第二幕班超率部出征时,更借口"要仿赵武灵王胡服破胡之意",奏准军士一律改换西服④,在传统戏曲舞台上,公然穿扮起现代时装。凡此,假如抛开当年史实记述者如冯自由等人的革命派立场,将维新派在海外的戏曲活动一并纳入近代粤剧改良(革命)的进程中考察,则对《班定远平西域》自可做出公正的评价。

此外值得特别注意的是,《班定远平西域》在当年演出时,乃是归入"学校剧"一类。其《例言》第一条即明言:"此剧为应大同学校音乐会余兴用而作。"而横滨大同学校的排演新编粤剧,实际并非始于《班》剧。依据梁启超1905年1月的记述:

> 今岁横滨大同学校年假时,各生徒开一音乐演艺会,除合歌新乐府外,更会串一戏,曰《易水饯荆卿》。其第一幕《饯别》内,有歌四章,以《史记》所记原歌作尾声,近于唐突西施,点窜《尧典》;然文情斐茂,音节激昂,亦致可诵也。

由此可知,《易水饯荆卿》的演出时间大致在1904年年底,即比《班定远平西域》早半年。此剧本亦刊于《新小说》,作者"广东新小武"很可能就是大同学校的教师。梁启超特别称赏该戏的是,平日击筑的高渐离,在剧中借口"今日匆忙,忘带筑来",于是,"前后皆唱俗乐,独此四章拍以新谱,用风琴节之"。其演唱形式为:"每章前四句以扮高渐离者独唱,其'呜!呜!'以下,则举座合唱。声情激越,闻者皆有躬与壮会之感。"梁氏因此又在《饮冰室诗话》中并录其词、曲。⑤

---

① 该剧本发表于《新小说》,起始于1905年8月,因《例言》中提及"经已演验",故可大致推算出其演出时间。
② 冯自由:《广东戏剧家与革命运动》,载《革命逸史》第二集,中华书局1981年,第222-223页。
③ 赖伯疆、黄镜明:《粤剧史》,中国戏剧出版社1988年版,第21-32、第66-74页。
④ 曼殊室主人:《班定远平西域》第二幕,载《新小说》第19号,1905年8月。
⑤ 饮冰子:《饮冰室诗话》,载《新民丛报》第61号,1905年1月;广东新小武《(新串班本)易水饯荆卿》,载《新小说》第16号,1905年5月。

显然是受到《易水饯荆卿》演出成功的感染，好奇趋新的梁启超才用心为大同学校编写了《班定远平西域》。为适应学校排演的特殊需要，他也特意做了一些技术处理与情节改动。由于"学校女生不肯登场"，而"以男饰女"，在师生眼中为"尤骇闻见"。于是，原本在史传中由班超之妹班昭上书皇帝、乞准其兄还朝一节，到戏台上表演出来，却捏造出"班惠"一人，以弟代妹。梁氏对此不无遗憾，故在《例言》中特别声明："若普通剧场用之，则宜直还其真，以旦扮曹大家，趣味尤厚矣。"不只此也，按照梁启超的意见："普通剧本，旦脚万不可少。"而"此本因为学校用，凡应用旦脚，一切删去"。因此，梁氏为普通剧场上演考虑，以为还可有两处添加：

> 第一幕《言志》，可添扮班彪夫妇，而二子一女从侍。班超奉诏出征时，与家人言别，其母宜作为恋恋不舍之状；其父则晓以大义，极言从军为国民义务，不得姑息凄婉；而班固、曹大家皆和其父之言。如此，可以破中国旧日文弱之谬见者不少。

此外，因"班超在西域，曾纳一西妇"，故"可添入一幕名曰《诀妻》，写得慷慨淋漓，大约言不以女儿情累风云气；即其西妇，亦当以名旦扮之，慨然肯舍爱情，以成就其夫君之大业"。梁氏认为，如此演来，"则兴采更觉壮烈"。①

尽管对梁启超而言，晚清中国的学校剧因角色的限制，尚无法达到普通剧场的演出效果，但学校剧与民间剧的区分，在梁氏仍极为清楚。从其称说"欧美学校，常有于休业时学生会演杂剧者"②，可知梁为大同学校写作剧本，追摹的是欧美的戏剧传统。1908年发表的《学校剧之沿革》，其译者即指出：

> 学校演剧，肇于欧西。近我国教育家颇有提倡之者，留学界中，曾一再实习，评判遂多。③

这些"实习"者中，理应包括了横滨大同学校的期末会演，也自然包括了1907年春柳社在东京的演出。而该文所叙述的德国学校剧引领民间剧进步的历史，在近代中国也产生了遥远的回声。晚清的文明戏直至早期话剧，实在都与学校剧密不可分。如果把《易水饯荆卿》与《班定远平西域》放在这一戏剧发展的脉络中，其与文明戏之关系应当引起研究者更多的关注。

据《学校剧之沿革》一文的意见，学校剧之不同于民间剧，是因其"所演

---

① 曼殊室主人：《班定远平西域·例言》，载《新小说》第19号，1905年8月。
② 饮冰子：《饮冰室诗话》，载《新民丛报》第61号，1905年1月。
③ LYM：《学校剧之沿革》，载《学报》第8号，1908年4月。

皆正则之技","目的在教育上之补修"。也即说,把严肃的"教育"而非轻松的"娱乐"置于首位,是学校剧的最大特点。具体到德国的情况,乃是"利用之以操练拉丁语,实习演说谈话,及发挥美术之思想,有种种便益也"。反观梁启超写作的《班定远平西域》,虽然自称为"余兴"之作,但《例言》中既有"主意在提倡尚武精神"的开宗明义,结穴处又由大同学校教师登场演说:"诸君,你咪单系当作顽耍啊。你哋留心读吓国史,将我祖国从前爱国的军人,常常放在心中,拿来做自己的模范,咁就个一点尚武真精神,自然发达。"① 其为"教育上之补修"的意味已是极其浓厚。

关于戏曲演出之能培养学生的艺术趣味,不必多言。尚待分说的是外语的使用。阅读《班定远平西域》,感觉最奇特的是其夹杂了大量外语。尤其在第三幕"平虏"中,匈奴钦差的唱词,每句都有英文词语;其随员的唱词,则每句皆带日语词汇。不妨节取数句如下:

> 我个种名叫做 Turkey,我个国名叫做 Hungary。天上玉皇系我 Family,地下国王都系我嘅 Baby。今日来到呢个 Country,(做竖一指状)堂堂钦差实在 Proudly。可笑老班 Crazy,想在老虎头上 To play。(作怒状)叫我听来好生 Angry,呸!难道我怕你 Chinese,难道我怕你 Chinese?②

这种语言的杂糅,曾经被赵景深先生斥为"甚为胡闹"和"近于低级趣味"③,这自然是从中国戏曲语言的纯粹着眼的严厉批评。而即使不谈此举切合匈奴为异族的人物身份,也不论梁启超的"有意立异",往往表现在谱写外国事时,"入西人口气,反全用中国典故"④,写中国事时,却偏要使用外文⑤,单是从学校剧的角度考虑,大同学校课程中之包含中、英、日文科目⑥,便为多种外语的混用提供了教育的基础。

因此,若要为《班定远平西域》在中国戏曲史上定位,最贴切的评语还是

---

① 曼殊室主人:《班定远平西域》第六幕,载《新小说》第21号,1905年10月。
② 曼殊室主人:《班定远平西域》第三幕,载《新小说》第20号,1905年9月。
③ 赵景深:《晚清的戏剧》,载《青年界》第8卷第5期,1935年12月。
④ 扣虱谈虎客:《新罗马传奇》第五出批注,载《新民丛报》第15号,1902年9月。
⑤ 如《劫灰梦传奇》(载《新民丛报》第1号,1902年2月)中杜撰的唱词,有"领约卡拉(Collar),口衔雪茄(Cigar)"之句。
⑥ 据张枢《横滨中华学院前期校史稿》(载《横滨中华学院百周年院庆纪念特刊》第46页)记述。另,申松欣《康梁维新派流亡日本时的一些情况》(载《历史教学》1987年11期)引用日本警视厅第40号甲秘文件,其中提道:"革命派主张教授中华和泰西之学;而维新派则认为根据时代的发展,只学中华与泰西之学已不能应付局势,必需教汉、英、日及其各邦之学。"

来自梁启超本人——"自谓在俗剧中开一新天地也"①。而如上所述,这一俗剧改良所开辟的方向,则关乎粤剧的改革与新剧的发生。

尽管梁启超对"曲界革命"并没有展开论述②,但从其《新罗马传奇》与《班定远平西域》两部剧作仍可看出,对各种戏曲体裁,无论是多半供案头阅读的传奇,还是更适合场上搬演的地方戏,梁启超都力图加以改造、利用,使之成为启蒙大众、改良社会的利器。而新题材的采纳与新思想的注入,不仅革新了传统戏曲的表现内容,也带动了音乐、服装、化装、表演等变革的发生。可以说,梁启超以其创作实践,丰富了"曲界革命"的理想。而这一对旧戏的改良,表面上看,是作家接受了通俗文艺的形式,实际则是戏曲内涵的更加高雅化,因为其所演述的乃是当时最新的学理与知识。"启蒙"并不等于"通俗",这也是梁启超能够一无阻碍地在传记与戏曲写作之间自由转换的奥秘。在这个意义上,我们也可以说,即使梁启超谓之"俗剧"的《班定远平西域》,也仍然应该归入文人戏之列。

(原载《现代中国》第七辑,北京大学出版社 2006 年版)

---

① 饮冰子:《饮冰室诗话》,载《新民丛报》第 78 号,1906 年 4 月。
② "曲界革命"的说法见于《释革》一文,载《新民丛报》第 22 号,1902 年 12 月。

# 顾佛影杂剧的本事人物与情趣意旨

左鹏军

顾佛影（1898—1955），原名廷璧、宪融，字佛影，号大漠诗人，笔名佛郎，斋名临碧轩、呆斋、红梵精舍主人。江苏南汇（原为上海市南汇区，今归入上海市浦东新区）人。才思敏捷，十余岁时已为诸报刊撰文。早年与陈栩等交游，为栩园门下弟子。诗词、散文、小说、戏曲、书画兼擅。曾任上海城东女学国画科、上海文学专门学校教授，上海商务印书馆编辑和中央书店编辑。日军侵华战争时期避居四川，任成都金陵女子大学教授。抗日战争胜利后返回上海。著有《佛影丛刊》（含《小迂窝诗草》《红梵词》《横波曲》《篋衍丛钞》《红梵精舍笔记》《灯唇说集》《剪裁集》七种）、《大漠诗人集》《大漠呼声》《临碧轩笔录》《呆斋随笔》《红梵精舍词话》《文字学》等。编有《红梵精舍女弟子集》三卷。戏曲有《谢庭雪杂剧》《四声雷杂剧》（含《还朝别》《鸠忠记》《新牛女》《二十鞭》四种）。

关于顾佛影生年，一些工具书认定为1901年，如陈玉堂《中国近现代人物名号大辞典》、邵延淼主编《辛亥以来人物年里录》（南京：江苏教育出版社，1994年）等均持此说，未知何据。顾佛影《红梵词》中《疏帘淡月》一阕，首有作者识语云："丁巳八月初四，余二十初度。桐露乍零，桂香欲引，怀人顾影，百感纷集。遥想胥潮回处，汽笛鸣时，定有人斜倚红楼，爇一瓣香，为侬祝嘏也。赋此寄之。"① 丁巳八月初四，即1917年9月19日，此时顾佛影二十初度。按照中国传统纪年龄习惯，上推二十年，则其出生当在光绪二十四年八月初四日，即1898年9月19日。此系作者自述，当可信从。

---

① 顾佛影：《佛影丛刊》，浦东旬报社1924年版。

## 一、表现女性才华的《谢庭雪杂剧》

《谢庭雪杂剧》不见于几种重要的近代戏曲目录和工具书，如阿英《晚清戏曲小说目》，庄一拂《古典戏曲存目汇考》，傅惜华《清代杂剧全目》，齐森华、陈多、叶长海主编《中国曲学大辞典》均不著录。蔡毅编《中国古典戏曲序跋汇编》亦未涉及。此剧为周妙中《江南访曲录要》和梁淑安、姚柯夫《中国近代传奇杂剧经眼录》附录《"五四"以后传奇杂剧经眼录》著录，但俱存在不准确之处。可知《谢庭雪杂剧》向未引起近代戏曲及相关领域研究者的足够注意和细致考察。

《谢庭雪杂剧》，载《申报》1917年12月31日、1918年1月1日。不分出。署"顾佛影稿、栩园润文"。又有《佛影丛刊》本，上海浦东旬报社1924年5月初版。《文苑导游录》第二集所收本，上海时还书局印行，1926年6月再版；上海时还书局印行（封面题"上海希望出版社印行"），1936年12月重版。

《谢庭雪杂剧》主要表现谢道蕴对雪咏絮之出色才华。写淝水战后，东晋偏安局面已成，谢安见儿辈多英杰，俊逸风流，堪当大任，颇感欣慰。一日天降大雪，谢安邀侄女谢道蕴、侄儿谢朗二人一同来煮茗赏雪。三人联诗，谢安出"大雪纷纷何所似"之句，谢朗则应以"空中撒盐差可拟"，道蕴认为哥哥所比相差太远，所对不佳，遂对以"未若柳絮因风起"一句。谢安盛赞侄女道蕴柳絮之高才。

在上述《谢庭雪杂剧》的几种刊本中，只有《文苑导游录》本系将作者顾佛影原作本与陈栩改订本同时刊出，显示了顾佛影原作的最初面貌和乃师陈栩的具体修改、评点情况。这实际上相当于刊出了《谢庭雪杂剧》的两种版本，对于比较考察顾佛影和陈栩师徒二人对于此剧的修改完善、创作过程具有特殊的文献价值，也具有一定的示范意义。几处比较重要的修改集中体现了这种异同变化。原作谢道蕴上场云：

> 侬家谢道蕴，一身福慧，绝世才华；抛罗绮之闲情，洗闺帏之俗艳。雄辞俊辩，曾解小郎之围；巧思灵心，欲夺阿兄之席。今日尖寒砭骨，早飞下一天大雪。侬正待和俺哥哥瀹茗添香，消此冷昼，恰闻叔父传呼，命我等同往前庭，清谈赏雪。少不得随俺哥哥走一趟者。①

陈栩对此作眉批云："自述生平，不应自赞。传奇家每蹈此弊，不可法也。"并

---

① 陈栩编：《文苑导游录》第四集《南北曲四》，上海希望出版社1936年版，第9页。

将这段文字改为:"侬谢道蕴,正待和俺哥哥瀹茗联诗,消此冷昼,恰闻叔父传呼,则索前来随侍。呀,哥哥,你看这一庭好雪也。"①

又原作写谢安、谢朗、谢道蕴三人相见情形云:

(生旦见外介)(旦)叔父万福!(生)叔父在上,侄儿拜揖!(外)快大家过来坐着,不要行礼。看这雪下得愈大了,俺们且团炉煮雪,做个家庭消寒会,点缀点缀,庶不辜负这一场好雪。你二人以为如何?(生)叔父,正是雅人深致,侄儿理当侍坐,妹妹也愿追陪。(外)既然如此,你们都坐下了。②

陈栩在此处作眉批云:"说白嫌有鲁莽气。"并将其改为:"(外转上)好将三尺雪,且试六班茶。(相见介)(外)你兄妹二人来得正好,俺已吩咐冰儿,安排茗盏,赏这一天好雪,你二人意下如何?(生)叔父正是雅人深致,侄儿理当侍坐。(旦)侄女也合追陪。(外)既然如此,你二人且坐下了。"③ 又原作谢道蕴有一曲【北沽美酒带太平令】云:

舞轻盈宛似他,舞轻盈宛似他,急煎煎没处抓。恍只是三月青溪戏落花。芳心牵挂,门树尚藏鸦,单少个卧雕楹燕几闲话。坐银墩鼠将胡拿,点渔矶夕阳愁晒,拂征衣布帆空挂。叔父呵,俺们说什么盐呀絮呀,总惹得梅花惊讶。你不见白茫茫那一座青山渐大?④

此处陈栩有眉批云:"句多生硬,韵多强凑,传奇家最易犯此。"对此曲颇不满意,提出了比较严厉的批评意见,并在修改本中几乎将此曲全部重写,修改为:

扑银栊逗碧纱,扑银栊逗碧纱,一点点趁风斜。恰似三月春风吹柳花。虽然赏鉴家,也难辨是真假。若说是梨花开也,怎的会飞遍天涯?若说是芦花秋夜,怎的在南檐窗下?休波,说什么盐呀絮呀,总惹得梅花共笑咱,呀,辜负了围炉闲话。⑤

最后,原作在尾声之后有四句下场诗:"秃笔无花不值钱,与来呵冻写三千。残灯红颠面朝梦,赢得疵郎半晌眠。"⑥ 此处陈栩作眉批云:"既有尾声,已各下

---

① 陈栩编:《文苑导游录》第四集《南北曲四》,上海希望出版社1936年版,第3页。
② 陈栩编:《文苑导游录》第四集《南北曲四》,上海希望出版社1936年版,第10页。
③ 陈栩编:《文苑导游录》第四集《南北曲四》,上海希望出版社1936年版,第4页。
④ 陈栩编:《文苑导游录》第四集《南北曲四》,上海希望出版社1936年版,第12-13页。
⑤ 陈栩编:《文苑导游录》第四集《南北曲四》,上海希望出版社1936年版,第6-7页。
⑥ 陈栩编:《文苑导游录》第四集《南北曲四》,上海希望出版社1936年版,第13页。

场，不应再有下场诗。"在陈栩修改本中，已将这四句诗删去。可见陈栩对下场诗功能及其与演出者关系之认识，也反映了陈栩对标准的戏曲文体形式的强调。

从顾佛影所作原本《谢庭雪杂剧》与陈栩修改本的不同、变化中，既可见此剧的创作修改过程，特别是初学戏曲创作时顾佛影的水平能力、根柢才情，又可见陈栩的指导提示和修改意见，留下了关于此剧创作修改过程的珍贵史料。对于修改后发表的《谢庭雪杂剧》，陈栩给出了九十分的高分，可见对弟子的肯定与鼓励。另一方面，通过该剧原稿本、修改本两种版本的差异性、前后变化，可以看出陈栩、顾佛影师徒二人创作经验、能力、水平和对于戏曲舞台性、文学性、综合性特点的理解与把握程度的不同，从而有助于进一步认识和理解陈栩个人在戏曲观念、创作经验、戏曲教育等方面做出的努力和贡献。

《谢庭雪杂剧》的几种其他版本均系按照陈栩改订本刊出，包括最早刊本《申报》本亦是根据陈栩改订稿刊印的。因此，《文苑导游录》所刊作者原作本最能反映顾佛影创作的原始情况，对于考察作者顾佛影与老师陈栩之间的切磋交流、对作品的修改与提高具有独特的文献价值，极可珍视。

此剧取材于《世说新语·言语》中的故事："谢太傅寒雪日内集，与儿女讲论文义，俄而雪骤，公欣曰：'白雪纷纷何所似？'兄子胡儿曰：'撒盐空中差可拟。'兄女曰：'未若柳絮因风起。'公大笑乐。即公大兄无奕女，左将军王凝之妻也。"① 谢朗字长度，小字胡儿，为谢安次兄谢据长子。谢道蕴，乃谢安长兄谢无奕女，王羲之第二子王凝之之妻，有文才，所著诗、赋、诔、颂传于世。这是中国古代一个著名的表彰女性才华的故事，也是后世文学创作中的一个题材来源。

从创作情况和发表时间等可以断定《谢庭雪杂剧》是顾佛影的早期作品，是作者在乃师陈栩指导下初学戏曲创作时所写。该剧在《申报·自由谈》上发表时，陈栩正在担任该副刊主编。当时顾佛影还不满二十岁，可以说还是一名文学青年，因此此剧也带有正在学习创作的青年新人尝试进行戏曲创作的某些特点或痕迹，从今天仍能有幸看到的《文苑导游录》中的顾佛影原作中可以更加充分地认识到这一点。

《谢庭雪杂剧》取材于传统文人故事，反映了作者当时作为一名生活在上海的文学青年对于传统戏曲的兴趣和学习热情，从作品取材与创作格调中也可以看出青年时期顾佛影的生活情趣、创作态度和艺术趣味。而作品中表现的对于杰出女性才华智慧的欣赏与表彰，则反映了这位男性青年对于女性才华的关注和对于

---

① 徐震堮：《世说新语校笺》，中华书局1984年版，第72页。

爱情的向往。凡此都反映了青年时期顾佛影的生活环境、才情秉赋、文学趣味，因而《谢庭雪杂剧》虽然篇幅不长，但却是目前所知顾佛影早期创作的唯一戏曲剧本，对于了解和认识他的早期生活与经历、才情与创作具有特殊价值。从更大一点范围来看，这种戏曲题材和创作格调也反映了民国初年身处上海的一批文学青年的生活状态和文学艺术趣味。

## 二、反映抗战史事的组剧《四声雷杂剧》

《四声雷杂剧》为《还朝别》《鸩忠记》《新牛女》《二十鞭》四种单折杂剧之合称，成都中西书局排印本，一册，中华民国三十二年十二月（1943年12月）初版发行。首有中华民国三十一年一月十一日（1942年1月11日）黄炎培《题辞》、中华民国二十九年七月（1940年7月）作者《自序》。末有于右任《跋》。

黄炎培《题辞》中云："渡江八千君最贵，挟笔兵间回壮概。仲连东滔已无海，信国北歌犹有气。腐心还朝别，硬骨鸩忠记。自余怒骂杂嬉笑，碧碎山河红血泪。"作者《自序》述创作情况与宗旨云："四月既迈，蜀雾敞霁，敌人谓之轰炸节。余寓乐山，未能远市，旦夕闻警，即扶老携幼，窜伏林莽间，与毒蚊酷日冷蛮寒露周旋。往往相顾惨笑，不复作人间想。而物价涨如怒潮，乐山担米百金，在川省为最贵。余俭朴如汉文帝，仍不能自给。则庖去鱼腥，儿绝饼饵，夜不烛，习无禅之定，盖平生所未有也。然余虽处此危疑愁困之中，而犹能引商刻羽，调糜弄翰，乃至游神高眇，宛转谐谑，以为此孤媚寂赏之文若干篇。呜呼！是诚不自知其何心矣。曩栖海上，二三子嗜歌昆剧，余偶填一曲，辄为叹赏。今二三子者，已自忘其种姓，列名于巨憝大逆之后。使吾文而传，传而至沪，二三子歌之，鲠于咽，濡于背，翩然来归，若高陶焉者，则吾文为不虚云。"从中可知此剧创作于四川乐山，是作者由于日军全面侵略中国而从上海逃难到四川之后所作，其生活之艰难、处境之危险真切可感；亦可见作者在剧中寄托的强烈的民族情感和坚定的抗战意志，对于投降叛国者、认贼作父者予以严厉谴责。洪惟助主编《昆曲辞典》"四声雷"条有云："作者所说之'二三子'，为指编《昆曲集净》之褚民谊等人。此剧为抗战时期仅有之几部昆剧剧本之一。"[①] 对此剧之内容、人物、时代和戏剧史价值进行了简要评价，可资参考。

（一）《还朝别》杂剧

《还朝别》杂剧写西蜀易辛人留学日本，娶日本籍妻子，且已生有三子，住

---

[①] 洪惟助主编：《昆曲辞典》，"国立"传统艺术中心2002年版，第167页。

千叶县一乡村,边从事文学创作,边进行金石研究。朋友绿漪突然前来告知中日马上开战的消息,且说明中国政府要求留日学生回国抗敌。为免侦探注意,易辛人准备孤身回国。其妻虽为日本人,但反对日本军阀,同情中国抗战,积极支持丈夫,长子也支持父亲回国。易辛人遂将所写文稿焚毁,忍痛辞别妻与子,于一个大雨天清晨乘船回国。

剧后《附郭沫若先生来函》云:

> 佛影先生:尊著已拜读。虽与事实不尽符合,然颇具匠心。特童子以丑角饰之,未免过于滑稽耳,尚希斟酌。大小儿和夫习应用化学,今春即在大学毕业,并以附闻。此颂撰安。弟沫若二月十一日。

此信虽短,却颇有价值,不仅可见郭沫若对此剧的评价,而且可知此剧所写即郭沫若故事。此信后收录黄淳浩编《郭沫若书信集》(中国社会科学出版社,1992年版),编者加按语云:"原载一九七九年《新文学史料》第五辑,见陈辛《郭老当了剧本主角》……郭沫若看后写了此信。原信未署写信年份。但信中说郭和夫'今春即在大学毕业',查郭和夫是一九四二年毕业于京都大学的,故此信当写于一九四二年。"① 显然,顾佛影撰写《还朝别》一剧有明显的纪实色彩,以之与有关人物史实相参观,可以看到剧中所写内容具有一定的史料史实价值。

在1931年9月27日致容庚的信中,郭沫若曾表示"弟遁迹海外,且在乡间,万事均感孤陋,惜无壤流可报耳……近颇欲于年内或开春返国,届时或者能来旧都奉访。"② 其后,容庚尝于1931年10月4日致信郭沫若云:

> 沫若兄:
> 
> 正欲作书与足下,写完前三字而小鬼出兵辽沈之耗至,血为之沸,故一切拓本照片均停寄。国亡无日,兄尚能寄人篱下作亡国寓公邪?关于东省消息,在日人颠倒是非或为所蒙蔽。兄试思无故出兵占据我城市,杀戮我人民,宁有理由可言?故弟所希望于兄者,惟归国一行。日人之为友为敌便可了然……兄不能忍于蒋氏之跋扈而出走,独能忍于小鬼之跋扈而不回国乎?!不尽欲言,伏望返国。③

查曾宪通编《郭沫若书简——致容庚》(广东人民出版社,1981年版),未

---

① 黄淳浩编:《郭沫若书信集》,中国社会科学出版社1992年版,第524页。
② 曾宪通编:《郭沫若书简——致容庚》,广东人民出版社1981年版,第116页。按,此信黄淳浩编《郭沫若书信集》(北京:中国社会科学出版社1992年版)未收。
③ 曾宪通编:《容庚杂著集》,中西书局2014年版,第406-407页。

见郭沫若回信,未知当时郭沫若是否复信,亦未知是否该书信集失收本有的复信,其中详情待考。

其后郭沫若一直滞留于日本,其间郁达夫数次催促,甚至其母亲病殁亦未返国。直至1937年"七七"卢沟桥事变后,郭沫若方正式准备回国,尝写下《遗书》云:"临到国家需要子民效力的时候,不幸我已被帝国主义者所拘留起来了。不过我决不怕死辱及国家,帝国主义的侵略,我们唯以铁血来对付他。我们的物质上的牺牲当然是很大,不过我们有的是人,我们可以重新建筑起来的。精神的胜利可说是绝对有把握的,努力吧!祖国的同胞!"① 据《郭沫若年谱》,7月14日,"赋诗夹隐语致金祖同,联系购买二十四日船票"②。7月20日,"为免使安娜在自己走后受邻人讥讽,特意制作'信文'式卡片,以备将来散发给左邻右舍。卡片上假托此次因匆忙接任上海孔德研究所所长,故来不及一一辞行即归国"③。7月24日,"晚,回国的事已被安娜察觉,受到她的告诫,她说:'走是可以的,只是你的性格不定,最足耽心。只要你是认真地在做人,就有点麻烦,也只好忍受了。'"④ 7月25日,"晨,'为妻及四儿一女写好留白,决心趁他们尚在熟睡中离去'。先往钱瘦铁家改装,然后化名'杨伯勉,湖南长沙人',与金祖同由钱瘦铁陪送,乘车经横滨、神户,再改乘加拿大公司的'日本皇后号'轮船,于晚上九时启碇回国"⑤。7月27日,"下午,抵达上海。郁达夫特从福州赶来迎接。国民党政府行政院政务处长何廉亦专程从南京赶来迎接,'谈谈并解释国内和南京的情形意旨'"⑥。

可见,当1931年"九一八"事变发生之后,郭沫若多次得到容庚等人或以书信、或以其他方式劝说其回国的意见,但并未立即回国,而是继续滞留于日本,一方面依靠容庚等人从国内邮寄文献资料从事古文字研究,一方面进行诗歌、小说等多种形式的文学创作,产量颇丰。随着日本侵略野心的不断膨胀、中日关系的日趋紧张,郭沫若在这种状态下又在日本生活了六年。等到郭沫若真正下决心并回到中国的时候,已经是1937年7月了。也就是说,虽然自1931年10月起就有容庚等人不断提醒、催促郭沫若回国,他正式成行却已经是六年之后了。因此《还朝别》杂剧所写当是1937年7月郭沫若下决心正式回国一事,其

---

① 龚济民、方仁念:《郭沫若年谱》,天津人民出版社1982年版,第284页。
② 龚济民、方仁念:《郭沫若年谱》,天津人民出版社1982年版,第284页。
③ 龚济民、方仁念:《郭沫若年谱》,天津人民出版社1982年版,第284页。
④ 龚济民、方仁念:《郭沫若年谱》,天津人民出版社1982年版,第285页。
⑤ 龚济民、方仁念:《郭沫若年谱》,天津人民出版社1982年版,第285页。
⑥ 龚济民、方仁念:《郭沫若年谱》,天津人民出版社1982年版,第286页。

纪实性质和史料价值也由此得到了充分的体现。

(二)《鹪忠记》杂剧

《鹪忠记》杂剧写日本华北驻屯军司令坂西拟请已息影十年、闲居北平的蓬莱吴子威将军重新出山,担任汉奸领袖,吴子威不从,闭门谢客,托病不出。坂西数次前来探望,再三述请其出山、消弥战祸、奠定东亚新秩序之意,被吴子威揭露痛斥,狼狈而去。坂西临行时将两丸毒药交予吴子威门下汉奸干启勤,令其使吴子威服下。吴子威被逼无奈,痛国家之危亡,拜祝国民心坚志同、打败日寇,遂服药而死。

剧中吴子威(老生)痛斥揭露坂西(净)侵略本质和累累罪行的一段对白,集中表现了吴子威的民族气节和坚贞性格,也是全剧思想主题的集中体现:

(净)话虽这般说,像将军这样一位英雄,当此世变,似乎还应该有一番大大的作为,岂可甘埋没?现在中日两国兵连祸结,东亚大局岌岌可危。除了将军,再没有人担得起澄清天下的责任。敝国政府渴望和平,所以命本司令再三敦劝将军出山,消弥战祸,奠定东亚新秩序,使我两国人民得享共存共荣之乐,不知将军意下究竟如何?(老生)哈哈哈哈!(净)将军为何大笑?(老生)我笑长官的话实在有些费解。贵国若要和平,何不先行撤兵,向我政府请和,若办不到,又何必找我吴子威呢。(唱)

【五韶美】这和平,何须盼?兵连祸结谁自愿?明明白白恩和怨,承谢你替打算。俺也有片言相劝,皇军退,敝国安,不费吹灰,河清海晏。①

吴子威向坂西出示自撰挽联,表现了坚定意志和铮铮气节:"得意时清白乃心,不纳妾,不积金钱,饮酒赋诗,犹是书生本色;失败后倔强到底,不出洋,不走租界,灌园抱瓮,真个解甲归田。"② 这些片段都反映了吴子威的民族气节、大义凛然,也充分反映了此剧的思想艺术特色。

《鹪忠记》杂剧中主要人物吴子威的原型当为吴佩孚,剧中主要情节亦是根据吴佩孚面对日本侵略者威逼利诱、坚决不投降、坚守民族大义、保持操守气节的故事写成。剧中的日本华北驻屯军司令坂西,则是日本陆军中将坂西利八郎(1870—1950)。

---

① 顾佛影:《四声雷杂剧》,中西书局1943年版,第15–16页。
② 顾佛影:《四声雷杂剧》,中西书局1943年版,第16页。

吴佩孚（1874—1939），字子玉，山东蓬莱人。1931年秋，吴佩孚结束了在四川的四年流寓生活，应张学良之邀定居北平，生活亦靠张学良接济。1935年，日本侵略者搞分裂中国的"华北自治"，吴佩孚坚决拒绝出任傀儡职务。1938年6月，王克敏在北平组建的伪"华北临时政府"和伪南京"维新政府"合并，吴佩孚仍不答应出仕。1939年11月24日，吴佩孚因牙疾复发，高烧不退。12月4日，北平大雪，受土肥原贤二指使，川本芳太郎介绍了一个日本医生为他治疗，吴佩孚旧部、出任伪京津卫戍司令、公开叛国投敌的齐燮元也在场。在日本医生的"医治"下，吴佩孚离奇死亡。目前虽然尚无日本特务故意害死吴佩孚的直接证据，但日本特务机关的介入与这位不受威逼利诱、坚决反对日本侵略的名将的离奇死亡之间有着直接关系，是可以肯定的。

（三）《新牛女》杂剧

《新牛女》杂剧写七夕之夜，飞机轰炸，灯火管制，交通阻塞，牛郎织女鹊桥相会。月下老人、铁拐李、嫦娥、董双成出席灵霄殿非常会议后，送来玉帝谕旨，谓抗战经年，物资消耗，须增加后方农工生产，特委任农业专家牵牛星为中央农业局局长、纺织妙手织女星为国立纺织厂厂长，并命令银河鹊桥暂停撤除，以备空袭警报时疏散人民之用，亦准许牛郎织女二人随时来往。玉帝还任命月下老人为生育奖励督察专员、铁拐李为伤兵医院院长、嫦娥为儿童保育院主任、董双成为抗战宣传部歌舞团团长。牛郎提出增加产量、改进质量、调整供求关系的原则，织女展示新发明的七七纺纱机和七七缫丝机。大家各司其职，各尽其责，共同为抗战努力工作。

剧后作者写道："此似玩笑剧，然亦不无微旨。七七纺纱机为穆藕初先生所创制，七七缫丝机为江苏省立蚕丝专科学校所发明，均属战时生产利器；方经农产促进会努力推行，本剧特为宣传。循是以往，不出三十年，优种且绝，又遑论抗战百年乎。但政府奖励生育，亦非空言所能奏效，而儿童保育院之设立必期其普遍而完善，此本剧著者之微意也。"① 作者将神话传说引入现实世界，通过宣传穆藕初发明的七七纺纱机、江苏省立蚕丝专科学校发明的七七缫丝机这些产生于日军侵华战争背景下的民族工业产品，展现民族工业发展壮大、全面支持抗战、反对侵略的时代主题，用以反映中国人民正在进行的抗日战争，反映社会经济、日常生活、人口变化等多方面情况，表现积极增加生产、发展经济、保护人口的反侵略爱国主题。

可见《新牛女》杂剧看起来似乎是一部神话传说题材剧，实际上剧中所写

---

① 顾佛影：《四声雷杂剧》，中西书局1943年版，第29-30页。

主要事件均有史实依据，反映了抗日战争时期四川乐山地区的现实状况和各界人民齐心协力、努力奋斗、共同抗战的时代主题。作者顾佛影振兴民族工业、坚决支持抗战的热情，伤时忧国情怀、满腔爱国热忱从中也得到了充分体现。

（四）《二十鞭》杂剧

《二十鞭》杂剧写东北义勇军司令冯超率军袭击穆陵车站，大获全胜，活捉一营五百多日本官兵之后，通知哈尔滨日军总部，要求交换俘虏，土肥原答应派一名特务员前来交涉。已加入中国国籍的意大利人范士白，曾任张作霖密探，后被逼作了土肥原的特务员，深恨日本人统治满洲之暗无天日、残酷野蛮，此次被派前来负责交换俘虏事宜。俘虏中有一名猪坂大佐，作恶多端，杀人无数，且曾在处理横道河子日军列车爆炸事件中对范士白同情中国妇孺极度不满，以枪毙对其进行过威胁。范士白想借此机会惩罚他以解心头之恨，便利用他想第一批被释放的心理，与冯超定计，使猪坂主动请求被范士白抽打二十鞭。范士白将计就计，用力抽打猪坂二十鞭子，以解心中愤恨。

剧中主人公范士白（1888—1943），原名 Amleto De Chellis Vespa，又译范士柏、万斯白、樊思伯等。中国籍意大利人，国际著名间谍。1932 年 2 月 14 日，日本特务土肥原贤二以范士白的妻儿为人质，强迫他替日本在哈尔滨的特务机关效力。自此，范士白在日本特务机构监视下从事多种活动。但出于正义，他十分同情被虐害的中国人，激赏中国军民的英勇抗争，并与东北义勇军保持秘密往来。1936 年 9 月初日本特务机关准备将其逮捕，他逃往上海，并著《日本的间谍》（又译《日本在华的间谍活动》）一书，揭露和抨击日本军国主义在中国犯下的种种罪行，日本侵略者自此恨之入骨。1937 年 8 月日军进攻上海之前，范士白被迫撇下妻儿，逃往菲律宾马尼拉，在乡野间过着隐姓埋名的生活。1942 年年初日本占领马尼拉，范士白被发现并遭逮捕，于 1943 年遇害。

范士白在《日本的间谍》第七章《日军害人反害己》和《托尔克马达第二受挫》中，曾述及穆棱（《二十鞭》杂剧中作"穆陵"）车站爆炸事件及一个日本宪兵大佐，并由此想起了那位残杀过数万名异教徒的西班牙宗教审判总长 Torquemada（1420—1498，译名托尔克马达），称之为"托尔克马达第二"，此人即剧中那位坂西大佐。书中写道："我一看见他立刻就有充分理由私称他为托尔克马达第二，他的形体正配合着他的低劣、丑怪的灵魂。可笑的矮小、弯腿，面目可憎，他的牙齿成为四十五度的三角形，凸现于不断地舐着的嘴唇之间。"①"我从来没有遇见过像这卑劣狠毒的畜生似的顽冥、狂妄、白痴的混蛋。在任何

---

① 范士白自述：《日本的间谍》，尊闻，译，生活·读书·新知三联书店 2014 年版，第 127 页。

正当的军队中,这种东西是不许穿着它的制服的,但是在日本军队中他却是重要人物,有权生杀在他管辖之内的不幸的人民。"①

范士白还在该书第十一章《一个愉快的惊异》中相当详细地记述了在准备移交释放之前借机会抽打这名被俘的日本大佐二十鞭子的经过。特别值得注意的是《二十鞭》杂剧中所写与《日本的间谍》中所描述的情况具有惊人的相似性,而且一些字句也完全相同。通过考察出现在《日本的间谍》和《二十鞭》杂剧中这些几乎完全相同的情节、非常相似甚至完全相同的语句文字,可以推测,顾佛影极有可能是参照《日本的间谍》中的相关片段进行《二十鞭》杂剧创作的,否则就无法解释两者为何会存在如此之多的相似语句或相同文字。

正如埃德加·斯诺在题词中所说的"必定轰动世界",范士白《日本的间谍》一书出版后影响甚大。仅就中文译本来说,早期中译本就有尊闻译、生活书店1939年1月初版本及同年4月再版本,还有民华译、大众出版社1939年2月出版本。可以想见,顾佛影在创作《二十鞭》杂剧时,是有条件、有可能看到《日本的间谍》一书的。这种现象一方面说明范士白《日本的间谍》一书产生的广泛影响,另一方面也表明顾佛影关注和反映抗日战争主题、表现爱国思想和民族精神的戏曲创作观念。

可见,顾佛影后期所作《四声雷杂剧》所包含的《还朝别》《鸩忠记》《新牛女》《二十鞭》这四种单折杂剧,均是以当时中国人民正在进行的艰苦卓绝的抗日战争为题材,剧中所写故事内容俱有真实人物事件为根据,不仅表现了作者以戏曲记载真实人物事件、传达时代精神的戏曲观念和创作用意,而且表现出强烈的纪史述实意识,以戏曲表彰民族气节、歌颂反抗意志、鼓舞爱国精神的创作用意非常明显。剧中所写人物与事件均可以与相关史事相参照,从传统戏曲创作这一特殊角度丰富和完善了中国人民抗日战争的文献史料。

非常明显,顾佛影《四声雷杂剧》是继承明代徐渭《四声猿》开创的、其后产生深远影响并被多位戏曲家沿用的以思想主题为主要结构方式的南杂剧体制,将这一灵活自由、特色鲜明的戏曲创作模式,与20世纪三四十年代中华民族面临的苦难与奋斗、危机与挑战紧密结合起来进行新的创作探索,赋予传统戏曲以新的价值和时代意义,再现了传统戏曲的生命力和创造力,为以传奇杂剧为代表的最后阶段的传统戏曲留下了宝贵的创作经验。

---

① 范士白自述:《日本的间谍》,尊闻,译,生活·读书·新知三联书店2014年版,第164页。

## 三、结语：一次意味深长的创作转变

　　《谢庭雪杂剧》和《四声雷杂剧》跨越了作者顾佛影从早期到后期戏曲创作、也是人生经历的两个时期，从上海到四川，从不满二十岁的文学青年到年逾四十的忧患中年，从歌咏女性的杰出才华到描绘抗日战争的史事人物，其间经历了一次意义相当深刻、极具精神史意味的思想转变和创作转变。

　　顾佛影早年所作《谢庭雪杂剧》取材于古代著名人物故事，主要用意在于表现巾帼远高于须眉的绝世才华，这种取材方式和角度与古代的同类型戏曲相比并无什么明显的不同，可以说是传统戏曲题材选择习惯和构思方式的延续。但结合该剧产生的具体环境、立意主旨和表现方法，结合民国初年以来的文化变革与思想转换来认识，则可以说其中寄托着这位文学青年对于杰出女性的尊重和对理想异性的描摹，也可以说反映了一种先进的文化意识和性别观念。这对于认识和把握顾佛影本人及其他民国初年生活于近代文化中心上海的一批文学青年的日常生活、文化环境、教育经历、文艺情趣、审美观念和理想追求等是具有特殊价值的，也具有超出该剧思想艺术成就之外的启发性和先导性。

　　顾佛影后期所作组剧《四声雷杂剧》是日本侵略军全面占领上海等地之后，顾佛影和许多上海同胞一道逃难到四川，躲避在成都、乐山等地时所作。由于国家局势、个人经历的重大变化，此剧在题材上与前期创作相比也发生了重大转变，由古代人物故事转向现实重大题材，由传统文士家族的文采风流转为当代国家民族生死存亡的真实再现。以"四声雷"一以贯之的同主题杂剧《还朝别》《鸩忠记》《新牛女》《二十鞭》均取材于中国人民正在进行的抗日战争，而且所写人物事件俱有史实根据，可与相关文献资料相参证，具有独特的史料价值。这种创作转变不仅反映了顾佛影个人经历、生活处境、国家局势、民族命运的重大变化，而且传达出作者生活态度、戏曲观念、思想意识、创作意图等方面发生的深刻变化，也是当国家遭受侵略、民族处于危难之际许多爱国知识分子创作态度、思想观念、政治意识、文化关怀等发生重大转变的反映，具有时代信史和戏曲家心史的双重价值。

　　从形式上看，顾佛影所作戏曲均为杂剧，而无一种传奇。早年时期《谢庭雪杂剧》的创作，当是乃师陈栩教授弟子学习戏曲、培养学生创作杂剧的直接成果。陈栩培养子女、弟子们学习戏曲，进行戏曲创作，首先是从杂剧开始的，而不是创作传奇。这固然与杂剧和传奇的不同来源、形式区别、内涵差异等密切相关，也与两者的创作难度、锻炼价值、教育合理性等因素相关联。陈栩这种从尝试创作杂剧开始的戏曲教育方式，与同时期吴梅对弟子们的教育指导方式和创作要求不约而同。① 可以认为，陈栩、吴梅对于戏曲弟子的教育培养和创作要求，在这一点上共同反映了戏曲创作传承的基本规律，也反映了戏曲教育中的一种合理选择和适当方式。

顾佛影后期所作《四声雷杂剧》，则可以理解为早年接受戏曲训练、杂剧创作经验在国家危难、民族危亡之际的又一次有意运用，并在实践中得到了进一步提高，代表了其杂剧创作思想和艺术的特色与水平。至于这五种杂剧全部采用的单折方式，显然是从徐渭《四声猿》之后大行其道、影响深远的南杂剧传统而来，早已不是元代杂剧意义上的杂剧形态。从元杂剧体制习惯上看，顾佛影的杂剧已经是转变创新后的杂剧形式；而从明清杂剧的体制特点上看，则是南杂剧传统的延续。从中国传统戏曲、文学近现代处境、转变及其命运的角度来看，可以认为顾佛影的这种戏曲形式选择方式及其在变革传统与守护传统之间做出的选择，是一种自觉的有意味的形式，留下了值得认真思考与总结的戏曲史、文学史经验。

从中国近现代戏曲史和文学史的角度来看，最有意味、最有深度也最值得注意的，是顾佛影从早期到后期戏曲创作过程中所经历的重大变化，以及这种变化中所体现的某些不变的因素，特别是当国家遭受日本军国主义野蛮侵略、中华民族面临生死存亡考验之际所进行的戏曲创作及其着力表现的爱国精神和民族情感，从中也反映了作者在近现代文化剧烈变革之际对于传统戏曲样式的守护和热爱。因此，考察顾佛影的戏曲创作与中国近现代戏曲、文学乃至文化之间的复杂关系及其间留下的丰富经验，细致体会其中的思想内涵和艺术探索及其时代价值，将有助于更加准确、深入地认识传奇杂剧的最后历程和传统戏曲的近现代意义。

[原载《复旦学报（社会科学版）》2016年第2期]

---

① 关于吴梅弟子的戏曲创作，可参考左鹏军《吴梅弟子的传奇杂剧及其戏曲史意义》，载《学术研究》2007年第7期。

# 《苦水作剧》在中国戏曲史上空前绝后的成就

叶嘉莹

我在海外漂泊的几十年中,最怀念的有两位长辈:一位是在诗歌上给我启蒙的我的伯父,另一位就是在诗歌的心灵感发上给我极大启发的我的老师顾随先生。1976年,当我第一次从海外回来的时候,没有想到两位长辈都已经去世了。记得那时我曾在一首诗中写到过我的心情:"归来一事有深悲,重谒吾师此愿违。"今天,我看到有这么多学者来参加老师的纪念会,在大家的努力下,不但老师的著作已经全部整理出版了,而且还有许多研究老师的著作也都陆续出版了,我心里真是感到非常的欣慰。

老师在诗词方面的成就,注意的人比较多,研究的人也比较多;但老师在戏曲方面的成就,现在注意的人还不多,研究的人也比较少。所以我今天想专题谈一谈顾随先生的杂剧创作在中国戏曲史上空前绝后的成就。提到老师的杂剧创作,我用了"空前绝后"这个词,并不是没有原因的。事实上是:在我的老师之前,没有人写过这样的杂剧;在我的老师之后,再也没有人去写这样的杂剧了。而且我以为,老师之所以有这样的成就,主要是受了王国维、鲁迅两位先生的影响。

王国维先生在《静安文集续编》的《自序二》中曾经说过这样的话:

> 因词之成功而有志于戏曲,此亦近日之奢愿也。然词之于戏曲,一抒情一叙事,其性质既异,其难易亦殊,又何敢因前者之成功而遽冀后者乎?但余所以有志于戏曲者又自有故。吾中国文学之最不振者莫戏曲若。元之杂剧、明之传奇,存于今日者尚以百数。其中之文字虽有佳者,然其理想及结构虽欲不谓至幼稚至拙劣不可得也。国朝之作者虽略有进步,然比诸西洋之名剧相去尚不能以道里计。此余所以自忘其不敏而独有志乎是也。然目与手不相谋,志与力不相副,此又后人之通病,

故他日能为之与否所不敢知,至为之而能成功与否则愈不敢知矣。

王国维先生是有志于戏曲创作的,可是他一个剧本都没有写。这是为什么?我个人以为,王国维先生这个人太严肃,不适合写戏曲。你要知道,戏曲有插科打诨,连西洋的戏曲里边也有的,莎士比亚的戏曲里也有小丑上台来说几句笑话,而王国维先生这个人他是不苟言笑的。戏曲里边有时要活泼,要生动,像"疏剌剌""呼鲁鲁"这些个俗语都可以搬上去,这都不是王国维所擅长的。可是顾随先生就不然了。我以为,顾先生之有志于戏曲,一方面是受了王国维的影响,另一方面是他的性格使然。当初顾先生在给我们讲课的时候常常引到王国维的话,指出在戏曲这一方面古人所做的成就不够好,还可以有发展的余地。而且顾先生这个人比较能放松,他有西方所谓幽默滑稽这一方面的兴致,所以他能写这么多本杂剧而王国维却一本也没有写。但他确实继承的是王国维的志向。就是说,由于看到了中国的戏曲在内容和思想方面是贫乏的,所以他们都想在这一方面有所成就,改变中国戏曲的这一现状。王国维是把对于人生哲理的思考写到他的词里边去的,所以中国的词到王国维就有了一个新的变化。而顾随先生呢,他不但继承王国维先生,把人生的哲理写到词里边去,他也把人生的哲理写到他的杂剧里边去了。顾先生曾说:

> 从事剧曲者,率皆庸凡、肤浅、狂妄、鄙悖。是以志存乎富贵利达者,其辞鄙;心系乎男女风情者,其辞淫;意萦乎祸福报应者,其辞腐;下焉者为牛鬼,为蛇神,为科诨,为笑乐,其辞泛滥而无归,下流而不返。

顾先生认为,中国古代那些写戏曲的人,常常混迹于市井之间,思想比较贫乏,所以有的人只写升官发财,就连汤显祖的《牡丹亭》最后也不过是丈夫做了高官,夫荣妻贵大团圆而已。至于那些风流浪漫的才子,他们内心里充满了男女风情,写出来就是淫靡——其实汤显祖二者兼而有之,他既是富贵利达也是男女风情,只有这样才能够投合大众的趣味。还有那些迷信的人,就讲祸福报应,言辞难免迂腐。总之,在思想方面,中国戏曲是空乏的,与西方戏剧难以相提并论。其实,元曲写作的目的,本来就是搬演一个故事,为的是取悦于观众。观众看戏并不想进行什么人生思考,只要看起来足以笑乐就可以了。而顾先生是北京大学英文系毕业的,是受有西方文学思想影响的,所以他赞美那些西方的名作,像《被系縶之普拉美修斯》,我们现在翻译为普罗米修斯。它取材于古希腊的神话,说是普罗米修斯看到人间没有火,就到天帝那里为人间偷取了火种,因此他受到了天帝的惩罚,把他绑在高山的顶上,受风吹雨淋日晒各种的痛苦。顾随先

## ·《苦水作剧》在中国戏曲史上空前绝后的成就·

生说：

> 证之古希腊，则爱斯迄拉斯氏所作《被系縶之普拉美修斯》一剧，其雄伟庄严，只千古而无对。而壮烈之外，加之以仁至义尽，真如静安先生所云"有释迦、基督担荷人类罪恶之意"。悲之一字，竟不足以尽之。

从这些话里，我们可以看出顾随先生对王国维论戏曲的那些话的赞同以及他对戏曲之思想性的追求。

在近代学者中间，顾随先生不仅推崇王国维，同时还推崇鲁迅。他曾经在课堂上向我们介绍鲁迅先生翻译的外国小说。你要知道，鲁迅和王国维都生活在清末民初，那正是我们中国开始接受外来文化的时候。王国维在他的文集里曾多次提到，中国的文化有待于外来文化的刺激，才能够更有开拓，才能够更有进步。鲁迅先生更是介绍了很多外来的思想，而且在早期，鲁迅先生还和他弟弟周作人一起翻译了一系列外国小说，后来编成一个集子，叫作《域外小说集》。这本小说集介绍了很多西方小说，其中有一个俄国的作者名叫安特列夫（Andrejer）。我想，顾随先生是受了这位作者很大影响的。安特列夫生于1871年，年轻的时候曾经在莫斯科学过法律。俄国革命的时候，他想到美国去却没有能够成功，所以就留在了俄国。这位作家很不幸，最后是冻饿而死的。安特列夫写过很多短篇小说，被鲁迅先生翻译成文言文收在《域外小说集》里边的有两篇，一篇叫作《谩》，一篇叫作《默》。其实，安特列夫还有一篇小说叫作《红笑》，也很有名，是写战争之惨烈与恐怖的。另外，我的老师顾随先生也翻译了他的一个短篇叫作《大笑》。所谓《谩》，就是欺罔和谎话，安特列夫写一个人希望听到真诚的话，但是没有，满世界寻觅和呼唤也没有，这个世界没有诚，都是谩，都是欺骗和虚妄。所谓《默》，就是沉默，没有声音，没有回答，没有反应，这个世界就是如此的。这当然不是写实了，这种小说都是带有象征意思的寓言。

而你看中国过去的小说，短篇的像《聊斋》都是写一些鬼狐；长篇的作品像《水浒传》《三国演义》《西游记》，都是取材于历史或传说，来源于说唱的文学。在中国旧小说里边，最有创意、最伟大的小说就只有一部《红楼梦》。这是王国维在他的《红楼梦研究》里曾经谈到的。中国的大部分旧小说和戏曲一样，也缺少思想性和人生哲理。而像刚才我所提到的《谩》《默》《红笑》这些短篇，却都是有很深刻的人生哲理在里边的。顾随先生亲自翻译了一篇安特列夫的短篇小说叫《大笑》，这个小说很有意思。他说有一个男士要去参加一个舞会，他本来不想参加这个舞会，可是他所爱的一个女子要去参加，所以他就也想去参加。

那是一个化装舞会，于是这个男子就到一个店铺里去租用化装用的面具和衣服。他们给他试衣服，拿来一件贵族的大礼服，可是他穿上觉得自己很瘦小，撑不起这件衣服；人家又找来一件工人的衣服给他试穿，他又觉得太紧了也不能穿。最后只剩下一套小丑的衣服和中国人的面具——在这里我要说明，那时候的西方人对中国人是有偏见的，他们的传统观念认为，中国人的脸是最平板、最缺乏表情的。于是最后，这个人穿了这套不合身的衣服，戴着一个平板的没有表情的面具就参加舞会去了。由于他的衣服跟那个面具的脸配起来很奇怪，所以他一进场，人家看到他的装束就全都大笑。他本来要去找他所爱的那个女子，也看见那个女子在里边，可是当他想跟她说话的时候，那女子一见他就大笑。所有的人都在笑他，没有一个人要跟他讲话。整整一个晚上，没有一个人重视他，没有一个人理会他，大家看到他只是大笑，而这时候他在面具下边的脸上已经满都是泪痕了。这当然也不是一篇写实的作品，而是一个象喻性的小说。在人生中，有的时候你不能把你自己真的面目露出来，纵然你在暗中悲哀愁苦、痛哭流涕，别人看到你还是会大笑的。

我讲这些是要说明，我之所以说顾随先生在戏曲史上取得的成就是空前的，就是指他的杂剧之中的象喻性。古人戏曲写得再好，不管是《汉宫秋》还是《梧桐雨》，不管是《长生殿》还是《桃花扇》，都只是那个故事很好而已。用作品来反映抽象的思想理念，这在中国过去的戏曲和小说里边几乎从来没有过。而顾先生的剧作中有很深远的人生哲理，在思想性上超越了以前所有的作者。顾随先生杂剧里的象喻性，有的时候是故事本身就有一种象喻的意思，有的时候则是把理念通过曲辞表达出来。这并不是我主观地添注解经来说先生的作品，我这样说是有根据的：除了刚才所说的先生受王国维和鲁迅的影响之外，我们还应该注意到，先生在他的词作里就已经有这样的作风。比如我过去常常讲到的先生的一首小词《临江仙》：

  记向春宵融蜡，精心肖作伊人。灯前流盼欲相亲。玉肌凉有韵，宝靥笑生痕。  可奈朱明烈日，炎炎销尽真真。也思重试貌前身。几番终不似，放手泪沾巾。

他说记得在春天的一个晚上，"我"用尽了"我"的多少心思和感情，制作了一个蜡人，做得非常生动。在灯下，它的肌肤都好像是有温度有感觉的，它口边的笑意正在绽开。可是没有想到，到了夏天，炎热的太阳把这个蜡人给熔化掉了。在那以后，"我"曾经多次努力，想再制作一个同样的蜡人，可是却再也做不出来了。这说的当然不是现实，而是用象喻的手法表现了一个哲理：如果你错过了人生某一个机缘,使理想破灭了,那你以后也许就再也不能够完成那一个理想了。

顾先生还写过一首《鹧鸪天》小词:

不是新来怯凭栏。小红楼外万重山。自添沉水烧心篆,一任罗衣透体寒。　　凝泪眼,画眉弯。更翻旧谱待君看。黄河尚有澄清日,不信相逢尔许难。

这是抗战时在沦陷的北平所写的,那时候政府的军队已经退到大后方去了,住在沦陷区的人,靠着什么坚持下去?是"自添沉水烧心篆,一任罗衣透体寒"。那香气不是别人给你的,是你"自添沉水",你自己从内心燃烧起来的香气,而对外边你是无可奈何的,只能任凭四方的寒风把你的罗衣吹透。他说"凝泪眼,画眉弯","我"没有因为我所爱的人走了就把画眉的样子改变,"我"要让你回来时看到"我"的画眉仍旧和从前一模一样。古人说黄河三千年一清,那么既然连黄河都能够有澄清的日子,"我"就不相信你不能够回来,不相信我们没有再见面的日子。小词本来都是写相思离别的,可是顾先生把他自己的理想和信念都写在里边了。

因此,从顾先生的词作来看,从他翻译的小说来看,从他引用王国维先生对戏曲的话来看,从他提到鲁迅先生翻译小说的话来看,我认为顾先生的杂剧里边是有象喻意味的。以前台大的一个研究生曾经考察过,元杂剧的故事一般都有一个出处,或出于历史,或出于传说,或出于小说、笔记,不管写悲剧、喜剧还是祸福报应,基本上都是写实的。我也曾考察过明人和清人所写的杂剧、传奇,我在南开的一个研究生还给我拿来过南社诗人所写的许多杂剧和传奇。这些作品大多都是写实的,虽然偶尔也有革新,比如主张婚姻自由、替女子鸣不平等,但那是革新而不是超越,因为他们仍然是在写一个故事,并没有像顾先生的作品那样超越于现实之外,有意地把某种人生的理念赋予其中。

那么下面,我要先给大家介绍一下顾随先生的剧作集《苦水作剧》。现在的《苦水作剧》里边共收录了先生的六种杂剧,都是用相当于元杂剧的形式写成的。这六种杂剧是顾随先生不同时期的作品,可以分成三部分,我先说第一部分。

第一部分是在顾随先生生前就已经印出来的,名字就叫《苦水作剧》。当时里边只收录了四种,第一种的名字叫《垂老禅僧再出家》——这需要说明一下,元杂剧一般在剧本的结尾有两行字,一行叫"题目",一行叫"正名"。题目和正名是两两相对的联语,有点儿像古代章回小说的回目。一般来说,大家常常是从"正名"里边取三个字,作为这个剧本的简称。比如说马致远的杂剧有《汉宫秋》,他的"正名"本来是"破幽梦孤雁汉宫秋",简称就叫《汉宫秋》。再比如白朴的《梧桐雨》,他的正名本来是"唐明皇秋夜梧桐雨",简称就叫《梧桐雨》了。那么苦水先生在他这本书里所收录的第一本杂剧,它正名的全称叫"垂老禅僧再出家",说的是一个曾经参佛学禅的和尚,中间他还俗了,可是等到他老年的时候又再度出家。这本杂剧,简称也可以叫作《再出家》。第二个剧本叫《祝英台身化蝶》,说的是我们大家都知道的梁山伯与祝英台的爱情故事,说是最后梁山伯的坟墓爆开了,祝英台投身到坟墓之中,然后两个人化成了一对蝴蝶。这个剧本也可以简称为《祝英台》。第三个剧本的正名是《马郎妇坐化金沙滩》。马郎妇是一个姓马的妇女,由于大家认为她生活浪荡,所以都欺负她,看不起她。可是这个马郎妇是盘腿打坐的时候死去的,在佛教里这叫作"坐化"。就是说,她没有生病,打坐在金沙滩上就死去了,所以叫《马郎妇坐化金沙滩》。这一本戏简称就叫《马郎妇》。第四本杂剧叫《飞将军百战不封侯》,写的是汉代李广的故事。李广用兵使敌人难以预料,他的军队常常好像是从天而降,所以人们叫他"飞将军"。而且李广很会带兵,深受将士爱戴,他自己的本领也相当好,是神箭手。可是这个人一生的运气总是不太好,所以他一直到老都没有得到一个封侯的机会。这一本戏简称就叫作《飞将军》。这四本杂剧,每本都有四折,这是元杂剧最普遍的形式。像我们刚才所说的《唐明皇秋夜梧桐雨》是四折,《破幽梦孤雁汉宫秋》也是四折。所谓"一折",就是一幕。元杂剧大部分是四幕,所以就是四折。而我刚才说的顾先生的这四本杂剧,每一本也是四折。

第二部分是顾随先生晚期所写的一个比较长的杂剧,叫作《陟山观海游春记》。"陟"是登高的意思,陟山就是爬到高山上,观海就是下望汪洋大海。这是写两个人出去游春的故事。这出戏,简称就叫作《游春记》。《游春记》不是一本四折,而是两本八折。刚才我说,元人的杂剧每本四折,但你也可以增加嘛。你可以写两本就有八折,三本就有十二折,四本就有十六折。有谁写过十六折的杂剧?王实甫的《西厢记》就是十六折。而王实甫的十六折的《西厢记》写完了之后,关汉卿又给他续了一本,这一本也是四折。所以所谓《西厢记》者,是把王实甫的和关汉卿的加起来,一共有二十折,那是一个很长的故事了。那么现在我们看到的顾先生正式的杂剧作品一共有五种,前四种都是一本四折,只有后来的这一种《游春记》是两本八折。除此以外,《苦水作剧》这本书里边还附录了顾随先生早期的一个剧本,可视为第三部分。这个剧本的简称叫作《馋秀才》,写一个讲究烹调、喜欢美食的秀才的故事。故事很短,只有两折,所以不是正式的作品，只作为附录。以上这些，就是顾随先生所作杂剧的全部作品。

不过，在介绍顾随先生的杂剧之前，我还要简单介绍一下元杂剧的情况。在这方面，顾随先生也曾做过多方面的研究。在《顾随全集》里面，关于戏曲的论著一共有十六种之多。这些论著所涉及的范围是很广的，例如关于格律方面的、关于语言方面的、关于考证方面的等。我今天所要提出来一谈的，是他的《元明清戏曲史残稿》。这本书没有最后完成，所以叫作"残稿"。在这部残稿里面，顾随先生曾经谈到戏曲之中声音的重要性，他引用了明朝的一位戏曲作家徐渭的《南词叙录》。徐渭在《南词叙录》里谈到南戏——在12—14世纪曾经流行过南戏，而南戏的作品流传下来很少，这是为什么呢？徐渭说，那是因为南戏"不叶宫调，故士夫罕有留意者"。就是说，这些作品比较粗糙，宫调上不是很严谨，所以士大夫读书人就不大注意它。于是顾先生就联系到清末民初的皮簧戏。所谓"皮簧戏"就是平剧，又叫京戏。顾先生说，皮簧戏"听之洋洋盈耳……若披其册而读其词，则殊不堪作文学之欣赏"。这皮簧戏听起来很好听，可是如果打开戏本读一读里边的文字就会发现，它的文辞很粗鄙、很浅俗，甚至文法也不大通，句子也有错别字，实在不能当作文学作品来欣赏。顾先生说，传统的韵文，从古乐府、唐诗、唐五代的词，直到我们刚才说的《汉宫秋》《梧桐雨》那些个元杂剧，现在虽然早已不能再在舞台上演出了，可是它们作为文学作品，一直绵延流传到现在。为什么缘故？就因为它们凭着文字优美可以诵读，而不是只凭着声腔的魅力。真正好的戏曲，是应该把声腔的美与文辞的美结合在一起的。然而一般唱戏的演员，他们文学的根底比较浅，所以剧本的文字就不优美；而那些读书人，文字可以做到优美了，可是对于乐律又不娴熟。两者得兼的情况是很少的。

元杂剧，它本来就不是士大夫的案头文学，而是在市井之间演出的，所以常常只追求声音之美。而且元曲的曲辞跟诗词有一个很重要的不同，那就是诗词的格律非常严格，而剧曲可以有一种自由的变化。诗有五言有七言，词虽然长短不齐，但也是有严格限制的。像"大江东去，浪淘尽、千古风流人物。故垒西边，人道是，三国周郎赤壁"，它有一个顿挫，不可以随便改变字数与顿挫。所以有人说，词的格律其实比诗更严格。而剧曲就很妙了，它也有格律，也有长短不齐的句式，可是在长短不齐之中它给你一个可以自由变化的余地。就是说，你可以增加很多衬字，甚至很多增字。什么叫"衬字"、什么叫"增字"呢？衬字是加上一些虚字，也就是不重要的字。增字呢，就是你可以在里边增加实字。比如说关汉卿有一首很有名的曲子说："我是个蒸不烂、煮不熟、锤不扁、炒不爆、响当当一粒铜豌豆。"这支曲子在这个地方基本的格式其实就只有五个字"一粒铜豌豆",前边那些"蒸不烂、煮不熟、锤不扁、炒不爆、响当当"都是他增加的。因此,曲就比词更加生动、更加有变化,而且还配合了很多口语,有的时候还可以加上很多形容声音的字。当然了,诗也有形容声音的字,像白居易《琵琶行》的"嘈嘈切切错杂弹,大珠小珠落玉盘",那"嘈嘈切切"就是形容琵琶声音的,可是它比较简单,只有四个字,是两两的叠字。而在戏曲里边,常常可以加一大片形容声音的字,比如像我刚才提到过的《唐明皇秋夜梧桐雨》,说的是唐明皇在一个秋天的夜晚听到外面的雨声因而怀念起杨贵妃的故事,其中就有一段曲子完全是形容外面风雨的声音。他说:"原来是滴溜溜绕闲阶败叶飘,疏剌剌刷落叶被西风扫,呼鲁鲁风闪得银灯爆。厮琅琅鸣殿铎,扑簌簌动朱箔,吉丁当玉马儿向簷间闹。""滴溜溜"是落叶飘舞的形状,"疏剌剌"是落叶被风吹的声音。"呼鲁鲁"也是风的声音,古人用油灯或蜡烛,一阵风吹过去,灯苗就被吹得摆动。"厮琅琅"是铃铛的声音,宫殿的殿角上都挂着铃铛。这个"铎",就是铃铛。当初孔子秉铎而教,一摇铃,就上课了。"铎"字的读音要注意,它本身是个入声字,而元人定都在北京的地方,是北方的口音,很多入声字北方是没有的。它们不但有的被读成了平声,而且在元杂剧里还有很多押韵的俗音。这个"铎"字,在这里押韵读作 dáo。"箔"是帘子,"扑簌簌"是帘子的声音。另外,这个"箔"字也是入声字,押俗音念 báo。"吉丁当"还是形容声音的,屋檐上的风铃,如果是金属做的叫铁马,如果是石头做的叫玉马。所以你看,非常通俗的句子,很多声音的形容词,这就是元曲的特色。

  元曲比较通俗化,有增字衬字的变化,而且语言活泼生动,这都是它的好处,所以听起来很好听,念起来也很动人。但是,倘若你仔细地研究,像对诗词一样在字句上推敲,你就会觉得它不够精美,不够细致。这是它的缺点。那么,顾随先生,他本身是个学者,又是诗人和词人,他对元杂剧有深入的研究,他对语言文字和声音的美感是非常敏锐的。所以,他具备了把戏剧的雅与俗之美、声音与文字之美结合起来的基本条件。这一条件,成为他能够在杂剧创作上取得成就的基础。但是,顾随先生生于1897年,去世于1960年,而我们中国的文学传统,从"五四"新文化运动提倡白话文和白话诗以来,连旧体诗词都很少有人写作,更不要说杂剧了。旧体诗词写起来还比较简单,一首绝句只有四句,一首律诗只有八句,一首词也只有几十个字。可是你要写杂剧就不得了了,一本杂剧至少是四折,而且它还不只是抒情,它需要搬演一个故事,里边要有人物、有角色,要有道白,要有动作,还要有道具,这是非常复杂的一件事情。所以,从"五四"白话运动以来,几乎就再也没有人写杂剧了。还不要说以后的人写得好写不好,而是以后的人根本就不会去写这种体裁了。从这个角度来看,顾随先生的剧曲，当然就是"绝后"的了。

在了解了顾随先生改变中国戏曲现状的志向和他在杂剧创作上所具备的条件之后，我们就可以来看顾随杂剧的象喻性了。实际上，顾先生杂剧著作中的象喻性可以分成两层，一层是他早期的，比如《馋秀才》，那是只有两折的一本戏。说的是一个讲究美食的穷秀才，考试也考不上，只喜欢吃。他认识一个庙里的老和尚，常常跟那老和尚一起喝酒吃肉，亲自下厨做好吃的。有一个长官到他们那个地方来做官，也很讲究美食，总是为饭菜不合口味和没有好的厨师而责打差役。差役每天挨打很痛苦，人家就告诉他说有一个穷秀才会做美食，可是这个人脾气古怪，不见得能求得他来。但差役受不了每天挨打还是要去试试看，人家就告诉他说你最好找那个老和尚跟你一起去，结果那老和尚就陪他一起去找这个秀才。可是这秀才无论如何也不肯给当官的去做饭，怎么求他也不干。就是这么一个简单的故事。这个故事是要说：一个有骨气的人，是不会卑躬屈膝为了得些财赂或名利就去侍奉一个贪赃枉法的官吏的——这个故事，它所表现的思想还只是一种世俗的意思。

然后顾先生又写了《飞将军百战不封侯》，是汉代李广的故事，这是一个命运的悲剧。顾先生认为人的悲剧有两种：一种是性格的悲剧，像项羽不能用人，有一个范增都不能用，他的失败是由他的性格决定的；还有一种是命运的悲剧，李广以自身的本领来说是可以封侯的，他真的是勇敢，真的是爱护他的士兵，连匈奴人都怕他，管他叫飞将军，可是他命运不好，从来没有煊赫的战功，所以百战不封侯。他遇到的军队的统帅是皇亲国戚，不但不给他立功的机会，还派他分兵走大漠里边一条很艰难的道路，以致造成失期而面临军法审判。这个故事，讲的也还是属于世俗的意思，还达不到哲理的高度。但是一个人，不管他有意无意，只要他本身有思想性，他写出来的作品就会有思想性。顾先生早期的作品可以说并没有有意识地要写人生理念，可是他的作品本身就有一种反映人生某种问题的倾向，就是包含有思想性的。

然而到了《祝英台》这本戏就不同了。梁山伯、祝英台的故事大家都熟悉，表面上你也可以说它就是反映一个民间的婚姻不自由的悲剧嘛，那也是一个世俗的外表的故事。可是，在顾先生的《祝英台身化蝶》这一本戏里边，就多了一点点东西。多了一点点什么东西呢？那就在他的曲辞里边。他说梁山伯死后托了一个梦给祝英台，说：你明天出嫁到马家去的时候要经过我的坟墓，我的坟墓上开了一朵红花，那是从坟墓之中我的心上长出来的，只有你能够把这朵花摘下来，别人是摘不下来的。所以，当祝英台出嫁到马家的时候，就经过梁山伯的墓地，果然看到墓顶上开了一朵红花，当时祝英台就唱了一支曲子。我刚才说过，像《馋秀才》《飞将军》的故事,也是有意反映一些人生问题的;可是《祝英台》这出戏写她从坟上折下这朵红花来,你就要看他的曲子。不是看这个故事在表现什么,而是看角色所唱的曲文之中表现的是什么。在第四折戏里边,祝英台唱了一段曲子:

> 【甜水令】似这般三九严冬,寒云凝雾,坚冰铺野。林木也尽摧折,则那一朵红葩,朝阳吐艳,临风摇曳。除是俺那显神灵的兄弟英杰。

这是说,在能够把万物都冻死的严寒冰雪之中,唯有人的热情,唯有人的心头热血,能在三九严冬之中开出美丽的红花来。接下来祝英台又唱了一大段曲文,从这段曲文中我们可以看出,顾先生一方面保持了元杂剧曲文中那种生动活泼甚至泼辣的感觉,一方面又非常的典雅,非常的精致,同时里面也不乏哲思。这段曲子的曲牌叫【离亭宴带歇指煞】,是两个曲子连起来的一段很长的曲子:

> 呀,俺则见疏剌剌地狂风一阵飘枯叶,骨都都地黄尘四起飞残雪,浑一似呼通通地山崩地裂。还说甚冉冉地夕照影萧寒,漠漠地天边云黯淡,涓涓地山水流呜咽。则你那里苦哀哀地百年怨恨长,俺这里冷森森地三九风霜冽,禁不住扑簌簌地腮边泪泻。只道你瑟瑟地青星堕碧霄,沉沉地黄壤瘗白玉,茫茫地沧海沉明月。从此便迢迢千秋无好春,悠悠万古如长夜,却原来皇皇地英灵未绝。马秀才你寂寂地锦帐且归休,梁山伯咱双双地黄泉去来也。

我说过顾先生与王国维不同,他与王国维同样有志于戏曲的开创,但他真是有能力做这个事情,他能够掌握戏曲的语言。这一段的前边一大串,都是用的元曲里边常用来形容描写的俗语,把那整个狂风凛冽白雪飘扬的背景都用声音表现出来了。在这段曲子的后一部分祝英台说,"我"只道我们从此无望,却原来你的英灵还在,所以马秀才你自己回到你家里去,然后她呼喊着梁山伯说:"咱双双地黄泉去来也。"这个"去来也",声调是去平上,这在曲子里叫"务头",它使得这句话特别强劲有力。接着坟墓裂开,祝英台就投身在坟墓之中。这是写那种坚贞的爱情的力量,它是能够穿透生死的。当然,汤显祖的《牡丹亭》写杜丽娘因为爱情害了相思病而死,死了以后因为坚贞的爱情不变,后来柳梦梅又把她从坟里挖出来又活了。那也是写爱情的坚贞可以使生者死、死者复生。但汤显祖是用了很多情节、很多故事、很多动作来写的,于是就把力量分散了。就是说,他中间穿插的事情太多,反而把那一种真正爱情的本然的力量给分散了。而顾先生则是用声音、用文字集中写出了这样的一种力量。

但《祝英台》这本戏也应该算是早期的创作，顾先生那时候也不一定是有心要做什么象喻，他还是写一个故事，写一个民间传说的爱情悲剧。但顾先生以他的一种本能，在这出戏里写出了一种爱情的坚贞伟大的力量。事实上，真正很明白地表现出来象征和寓言之味道的，是顾先生的另外两本戏。一个是《垂老禅僧再出家》，另一个是《马郎妇坐化金沙滩》。

我们先说《垂老禅僧再出家》。这出戏是说，从前有一个叫继缘的老和尚，认了一个卖艺的同乡，两人感情非常好，后来他这个同乡死了，临死时托付老和尚照顾他的妻子。老和尚很守信用，隔上三五天就去看一看朋友的妻子，给她带一点粮食，给她做一点地里的活计。这个朋友的妻子名字叫什样景——这其实也不是顾先生起的名字，而是在元杂剧里常常把一些比较风流浪漫的女人叫作"什样景"。那么有一天老和尚去看什样景，什样景就跟他说了一段话，她说师兄，你知道慈悲为本、方便为门，可还知道杀人要见血、救人要救彻吗？不管杀人还是救人，你不要让他半活不死地受罪啊。你如今害得我上不着天、下不落地，这哪里是你的慈悲方便啊，你出了钱来养活着我就是为了让我活受罪吗？从前释迦牟尼在灵山修道的时候，曾经割肉饲虎、剖肠喂鹰，师兄你道行清高，难道学不得一星半点儿？如果除了满足我生活的需要你不能够满足我感情的需要，那从此以后，你就不要再在我面前晃来晃去，让我的感情不能够平静。那结果呢，这个和尚就满足了这女子的愿望，跟她结了婚。可是后来，当这个女子死了以后，这老和尚就又去出家了。所以这个戏叫作《垂老禅僧再出家》。这个剧本的故事听起来很荒唐，其实它也有出处，顾先生是取材于中国古代的一本笔记小说《夷坚志》。但那笔记小说只是讲了一个外表的故事，而顾先生用他的道白和他的曲辞写出来的，是释迦牟尼割肉饲虎、剖肠喂鹰的一种牺牲自我来救赎别人的精神。而且还不只如此，他还写了这个老和尚灵性未泯，虽然是结了婚，但最后又出家了，真正达到了修行完美的地步。一个人生活在世上，你曾经做出了一度的牺牲，但你是为了救赎别人而不是为了自私的情欲落入尘网，而且你没有就此被尘网绊住迷失了本性，最后还是完成正果了。这写的是一种精神。《伍灯会元》里有一个故事说：

（奉先深禅师）同明和尚到淮河，见人牵网，有鱼从网透出。师曰："明兄，俊哉，一似个衲僧相似。"明曰："虽然如此，争如当初不撞入网罗好？"师曰："明兄你欠悟在。"明至中夜方省。

为什么未撞入网的鱼反而不如从网里跳出来的鱼呢？因为你从来没有入过

网,为了自保,你避免接触世间的一切,这其实是狭隘的、自私的,而且将来你万一被网进去还不一定能跳得出来。只有进了网而且能够跳出来的鱼,它才是真正不能够被网住的。所以说,舍己救人,这是这出戏的一层意思;舍己救人之后自己还能够从网中破网而出,走上一个新的进步的阶梯,这是这出戏的另一层意思。

还有一出戏,表面看来是更加荒谬的。1980年我为我的老师印他的剧作的时候,曾把这几个剧本都交给了出版社,出版社审查的结果说这个戏有伤风化,不能印,所以那本戏没有印出来。后来我在台湾把这个戏印出来了,就是现在我手里的这本《苦水作剧》,现在国内已经非常开放了,所以新的《顾随全集》里边也已收进了这本戏,这就是《马郎妇坐化金沙滩》。说是在一个地方,有一个大家认为非常浪荡的女子,她专门跟那些孤独寂寞的、需要女子安慰的人同住。所以整个社会的人都指责她、骂她。我说过的,顾先生是一个很好的诗人跟词人,他的语言、文字是非常精美的,而且他的那种托喻和象征,有的时候是在故事的情节里表现的,有的时候就是从他的语言文字的曲辞之中表现出来的。在这出戏里,扮演马郎妇的是个正旦——元杂剧里的女主角就是旦,男主角就是末。在这出戏的第一折,这个正旦走上来说:今天的天气清和,我要到各处走一走。然后,她就唱了一支曲子:

【黄钟醉花阴】云幻波生但微哂,万人海藏身市隐。你道俺恋红尘,那知俺净土西方坐不得莲台稳。

这个曲子写得非常好。"云幻波生"——那世界上的事情,得失成败,盛衰兴亡,你争我夺,勾心斗角,真是云幻波生,都像浮云的变换,像海浪波涛的起伏。她说:我一个得道之人,面对你们人间这些得失祸福,这些盛衰兴亡,这些勾心斗角,我只是付之一笑。因为这都是虚妄的。她说:你们看我的外表,看不出我有什么与别人不同之处,我每天就藏身在市井中来来往往的众人之间——"万人海藏身市隐",它来自苏东坡的一句诗"万人如海一身藏"。她说:那么你以为我真的是迷恋这世间的一切吗?你以为我真的是为了世俗的感情和世俗的名利来到这个世界上的吗?不是的,我来到这里是因为我看到社会上的人这样愚执,这样迷惘,所以我一个人在西方净土的莲台之上不能够心安啊!我不能一个人坐享莲台的清静之福而眼看着这么多人生活在罪恶和苦难之中,所以我来了。

顾先生不赞成那种只顾自己清修的"自了汉",他曾说,当这个世界上的大部分人都像虫子一样在污秽的地面上蠢蠢爬行的时候,有一些人能够飞起来离开污秽的地面当然很好,但那并不是最高的境界。最高境界的人,他虽然能够飞起来却不肯独善其身，他不惜落下来回到污秽的地面，教给大家怎样才能飞起来，一起离开这污秽的地面。所以马郎妇接下来又唱了一支曲子说：

【喜迁莺】好叫俺感怀悲愤，但行处扰扰纷纷。朝昏，去来车马，恰便似漠漠狂风送断云。无定准，都是些印沙泥的雁爪，沿苔壁的蜗痕。

这个"俺"字的称呼，是元曲里边的习惯，因为元杂剧最初是给市井之人演出的，那些唱的人也都是市井之人，所以他们习惯于自称"俺"。而我们在写杂剧的时候，也要保持它原来的风格，所以也要自称"俺"。她说你看那城市之中，没有一个地方不是纷纷扰扰的，早晨晚上来来去去，车行马跑，都是为追求名利，就像是一片狂风卷起尘土，像天上的云彩被风吹过，那都是虚浮的过眼烟云，那种追求是愚蠢的。你每天辛辛苦苦、忙忙乱乱，可知道真正的人生意义和价值是什么吗？你们的奔走其实就好像是天上的飞雁偶然落在沙滩上，印下一个指爪的印子，又好像是蜗牛在一个长满青苔的墙壁上爬过去留下的那个痕迹，那是没有任何意义和价值的啊！接下来她又唱道：

【出队子】有谁知此心方寸。田难耕，草要耘，一分人力一分春。转眼西天白日曛，可怜这咫尺光阴百岁人。

有谁真正知道自己内心最重要的东西是什么？我们常说心田心田，你要把你的内心也看作一片需要耕种的土地，只有好好地耕种你那一片心田，才能使你的内心结出好的果子来。有的时候，你的内心也会产生一些杂念和妄想；有的时候，你的内心也会产生一些爱恨恩仇。那些都是杂草，所以要耕要耘。要知道，人的心田也像土地一样，付出一分劳力就有一分收获，付出一分人力就有一分美好的春天啊！你还要知道，你幸而生在世界上成为有思想的一个人，可是人生不过百年，转眼间就到了黄昏，你马上就面临着死亡，而真正的人生意义和价值你找到了吗？所以接下来她说：

【幺篇】死前争自夸英俊，纷纷论怨恩。到头来不认得自家身，也只为眼里无珍一世贫。枉在这人海波中生细纹。

每个人都自以为不错，每个人都跟别人结了很多恩怨，可是你把握了真正的你自己吗？到头来你追求的都是虚妄的东西啊。由于你眼睛里边没有认识人世之间哪些是最珍贵的，所以你其实一辈子都是贫穷的。你一辈子总是觉得空虚，觉得忧愁，觉得困惑，总是觉得人家都对不起你，那你就真是"眼里无珍一世贫"，就白白地生而为人了。所以你看，顾先生用曲文表现了一种人生的哲理，写得非常深刻,非常能够打动人。

接下来剧本中写,因为马郎妇名声不好,有很多小孩子围着她大呼小叫。于是,她就叫那些小孩子们"叫一声娘来"。那小孩子们就说,你是什么东西,我们怎么会叫你娘呢!接着马郎妇就又唱:"哎,亲,娘最亲;蠢,您最蠢。"这个"您",就是"你"的意思,这也是元杂剧中习惯的用法。她说,我是有心来救赎你们的,所以我和你们是最亲近的,而你们却不肯认我,那就是蠢哪。接着又唱了一支曲子:

【刮地风】俺也会到得这寒宵将您那棉被儿温,俺也会准备您的箪食盘飧,俺也会嘘寒送暖将您来加怜悯。俺为您作几件儿衣巾,作两套儿衫裙,爱您似竹林的春笋。我送给您腮边的蜜吻,到晚夕卧床边将您来怀中抱稳。为什么您偏生不认真,跪面前叫一声娘亲。

小孩子们就要拾砖头来打她,于是她又唱道:

【四门子】您生得来忤逆不随顺。俺待您的好心您的眼不看,说的好话儿您的耳未闻。赤紧地扔砖头抛瓦块,将俺来相踩躏。攘攘地乱交加,哑哑地胡议论。则您那天性儿蠢,灵性儿昏。小孩子家也待要眠花卧锦裀,闻麝兰觅雨云。

然后道白:"不羞不羞,您那小身量上秤来。"然后接唱:"压稳了定盘星不到十数斤。"在这一折的最后一支曲子中她说:

【古水仙子】您辜负了爷娘天地恩,糟蹋了挨金比玉身。不听那老的儿明言和那长亲的严训。胡行为,没要紧,小人儿坏了天真。俺有甚心情钗光鬓影将您来诱引。您可也休得要沾惹这陷人坑,绊马索,迷魂阵,直落得一年春尽一年春。

我们没有时间详细讲,总之顾先生写的这个马郎妇,她是要以牺牲自己来度化别人,可是大家不但不认识她、不理解她,而且欺负她、排斥她。到最后的第四折,有一群长老把她赶到金沙滩上,要她永远离开这个地方。这些人骂她:"你这小贱人,还不曾走么?"马郎妇说:"俺与你每相见一面,便索长行也。"然后她接连唱了四支曲子:

【金菊香】休得要立时催俺便登程,由古道三宿空桑尽有情。也不索双眸看人雨泪盈,则伴着这水绿山青,数语话生平。

【幺篇】俺本是白莲过雨自盈盈,相伴中天古月明,红尘任教餐落英。则俺这真性,圆明清过他玉壶冰。

【幺篇】俺也何尝行浊害言清,常是在十二瑶台独自行,又何须身骑凤鸾归帝京。怕的是白日飞升,您也只当作银汉渡疏星。

【醋葫芦】俺独自来,独自行,一身来去要分明。休猜作无是无非廊下僧,被世尘淹埋了真性。您可也勤修且莫问前程。

她说:你们不用这么匆匆忙忙地催赶着我走,要知道人在一个地方待久了,对这个地方是会产生感情的,所以我有几句话想要跟你们说。我本来是水中的一朵出淤泥而不染的莲花,和我相伴的是天上万古的明月。我的本性是圆明的,可是就算我在你们面前坐化了,你们也不认得也不懂得。你们仍旧是世俗之人,没有得到真正的救赎,所以你们不用管我到哪里去,但你们一定要"勤修且莫问前程"。那些长老就说:"仍旧是一派胡言乱语,您那年青人莫要听他。"于是马郎妇接着唱:

【幺篇】却道俺胡乱言,嘱咐他休要听。您素常时将俺来打骂着呵,何曾有半点儿害心疼。恨不得结果了俺这飘蓬和断梗。则您那年青时行径,敢也有过花梢明月照春庭。

【幺篇】俺常准备着肉饲虎,肠喂鹰,走长街吆喝着卖魂灵。您当俺不是爷娘血肉生。俺生前无谁来相亲敬,俺死后将这臭皮囊直丢下万人坑。

【浪里来煞】俺则见水自流,云自行,则那行云流水两无情。您少年人也休要害相思,得病症。您老年人也不须双眼努得圆似铃。我请那释迦佛来作证,则被着恶名儿直跳下地狱最深层。

于是她就坐化了,全剧到这里结束。这出戏也有其取材的出处,它出于明朝梅禹金的《青泥莲花记》。那本书中所写的,多是被泥涂所玷污而内心却保持清白的、与佛教有关系的人,因此叫"青泥莲花"。如果说,我们前边讲的《垂老禅僧再出家》主要是从情节上表现了哲理;那么,这一本《马郎妇坐化金沙滩》则主要是通过马郎妇所唱曲子的唱词表现了哲理。在我们这个世界上,有的人天生就抱着一种自我牺牲的心志,准备忍受所有的侮辱和痛苦,为的不是自己的利益,而是救赎他人。牺牲自己的生命也许容易,牺牲自己清白的声誉就很难。有些人带着很多政治上或名誉上的污点死去,可是他们是为了救赎他人而染上这一身污点的。这种事情我很难给你们举一个具体的例证,但我相信,世界上是有这样的人、有这样的事情的。而顾先生就是用马郎妇表现了这样一种人生哲理的精神。

我曾经一度以为，顾先生这种富有象征和比喻性的戏曲，也许与西方所谓荒谬的戏剧有某种继承关系。比如我们现在国内都很熟悉的萨缪尔·贝克特的《等待戈多》，就是两个人在舞台上说一些无聊的话，说是都在等待一个叫戈多的人，最后一个小孩子上来，说戈多不来了。第二幕同样是两个人，同样是说一些无聊的话，最后小孩子又上来了，说戈多不来了。这个剧本没有情节也没有故事，你不知道他说的是什么，这真是人生的荒谬。可是，你每天所说的话、所做的事情，果然都是有意义的吗？就是在这种无聊的没有意义的生活之中，你在等待一个救赎，但那救赎的人到底也没有来。作者所要表现的就是这种人生的困境，那确实反映了一种人生的哲理。我本来以为顾先生的戏曲可能与他们有关系。可是我后来仔细地查了这些荒谬派剧作家的生卒年代，比如说萨缪尔·贝克特的生卒年是1906—1989年，哈罗德·品特是1930—2008年，尤金·尤涅斯库是1912—1994年，他们的荒谬剧作在中国流传开来，其实已经是比较晚的时候了。因此我认为，顾先生写这样的剧本并不是受到西方荒谬戏剧的影响，而是受到了俄国安特列夫那种小说的影响。安特列夫的时代比较早，生卒年是1871—1919年。而顾先生之所以注意到安特列夫，则是从鲁迅那里来的，是鲁迅兄弟首先翻译了安特列夫的小说。

可是有一点顾随先生与他们不同，不管是荒谬剧也好，还是安特列夫的象喻性的小说也好，都是悲观的，表现的都是人生的绝望。而顾随先生则不然。在顾随先生的戏剧里边，常带有一种热情、一种希望。就以我们刚才读过的马郎妇来说，她是抱着救赎的心情来的，并不完全是一个悲剧。而像《祝英台》，虽然相爱的两个人都死了，表面上是一个悲剧，但是他所要表现的是那种真诚之爱的力量永不消灭，所以二人的精神感情死而复生，变成一双蝴蝶飞走了。除了这一点不同之外，还有一出戏更能看出顾先生和他们的不一样，那就是他晚年所作的《游春记》。

《游春记》比较长，一共有两本八折。这个故事出于《聊斋》里边的《连琐》。《聊斋》里面原来的那个故事并没有什么哲理的意思，是顾先生把它改编成杂剧的时候，赋予了它哲理的蕴涵。"连琐"是一个女鬼的名字，说是有一个书生进京赶考，住在荒郊野外的寺庙之中，每天晚上听到窗外有人念诗，反反复复只有两句："元夜凄风却倒吹，流萤惹草复沾帏。""元夜"是十五之夜，那是秋天里一个月圆的晚上。"倒吹"，形容秋风吹来之强劲。荒郊野地到处都是萤火虫，它们不但在草丛之中飞舞，而且已经沾惹到我的床帏上。这是很悲凉的两句诗。这书生当然也是会作诗的，就给她续了两句："幽情苦绪何人见，翠袖单寒月上时。"那女子便无声了。书生出去寻找，只在草地上找到了一个香囊。第二天,那个吟诗的女子就到他的书斋来见他,告诉他自己不是人,而是一个死去二十多年的鬼。后来两人的感情越来越深,这个女鬼就对他说:我近来这么长时间地跟你来往,我的白骨已经有了生意,可是却差一点点,还不能够复活。书生就问她:你怎样才能复活呢?她说要生人的一点鲜血——这在中国如此,古代用三牲祭祀,一定要流出血来,才得到生命的救赎;古人结盟,不是也要歃血吗?西方其实也是如此的,耶稣也是为救赎人类而流了他的血。书生说:只要能够把你救活,我何惜一点鲜血!于是就割破手臂,把自己的鲜血滴到女子的肚脐之中。女子嘱咐他说:某年某月某日某时,你一定要对准这个时间,带着人到我的坟上去,听到树上有一只青鸟在叫的时候,就挖开坟墓,我就能得到复活了。这本来只是一个女鬼的故事,顾先生写这个剧本的时候正是1944年、1945年我们跟他念书的时候。记得那时他常常跟我们讨论,说这个剧本是以悲剧结尾好呢,还是以喜剧结尾好?悲剧结尾其实是正常的。首先,死人是不能救活的,你挖了坟墓她没有活过来,那就是一个悲剧;其次,就算你救活了,但将来人生也必有一死啊!但顾先生不是,顾先生不但写把她救活了,而且要写活过来之后二人在人世间有一段有意义的、美好的、圆满的生活。顾先生认为,中国传统所谓的喜剧,像汤显祖的《牡丹亭》,最后是大团圆,男的都封官了,女的都婚姻美满了,那不是精神上的而是物质上的,而物质上的追求其实常常是堕落与败坏的根源。顾先生所追求的喜剧,是要真正表现人生精神上的美满与光明的一种境界。这是很难的。因为,世界上毕竟悲哀的事情多,完全光明与完全美满是非常少见的。哪怕是一对最相爱的夫妇,结婚以后恐怕也没有完全不争吵的。天下果然有完全光明幸福与美满的事情吗?这不能不令人怀疑。但顾先生尽了他最大的力量做了,他写连琐复活以后,在一个美好的春天,书生与连琐两个人携手登山临海去游春,看宇宙的圆满,看日月的光明,所以叫《陟山观海游春记》。现在我把连琐登上高山俯望大海时所唱的一支曲子作为结尾吧。连琐说:"相公,你听林籁涛声,宫商交作,好悦耳也。"然后唱道:

　　【耍孩儿】自然海上连成奏,多谢你个掐弹妙手。相伴着长林虚籁正清幽。珊珊佩玉鸣璆。说什么翠盘金缕霓裳舞,月夜春风燕子楼。到此间齐低首。听不尽宫音与商音同作,看不尽云影和日影交流。

　　他们所欣赏的,不是人间的舞蹈,不是香艳的遇合,而是长林里边树叶的声响、大海之中起伏的涛声,那才是宫商交作的最美妙的音乐。天地之间没有罪恶,没有苦难,只有光明和圆满,这种人与大自然合而为一的美满境界,顾先生用他的语言文字表现出来了。这是顾先生通过这出杂剧所表达的一个对人间的美好祝愿。它不但突破了中国杂剧的传统，也突破了西方的悲剧与荒谬剧的传统。所以我敢用"空前绝后"四个字来称述顾先生在中国戏曲史中的成就。因为时间的限制，我们就结束在这里了。

（此文是叶嘉莹2009年11月7日在顾随诗词学术研讨会上的发言稿，安易、杨爱娣整理，原载《泰山学院学报》2010年第1期）

# 清末民初堂会演剧谫论

李 静

清末民初堂会演剧又出现高潮①，与此同时，剧坛风云变幻，堂会演剧在内容和形式上都呈现出不同于以往的特点。

此时期堂会演剧的主要承应者是职业戏班，而职业女伶戏班承应堂会则开了近代女子班社公开演剧的先河。大批票友串戏于堂会，一则可见京剧艺术之日渐成熟，二则又在很大程度上促进了京剧表演艺术的发展。

昆剧演出已为强弩之末，戏班演出主要以京徽剧目为主，昆剧剧目应观众之需仍有插演。演出剧目在内容上除仍注重选择与宴会气氛协调的剧目外，尤其关注那些技艺性强的剧目。

室内戏台的大量出现，以及堂会演出场所向戏园剧场的转移进一步说明，此时期戏曲审美对舞台性的注重。

一

（一）女伶戏班

遭遇明清易代的战火之后，家庭戏班不再成为堂会演出的主要力量，雇请职业戏班出演堂会十分普遍。而此时期兴起的女伶戏班则以职业出演堂会的身份公然走入观众视野，厅堂氍毹、戏园舞台都能够一睹其演出风采。这些以演堂会为业的职业女伶戏班在南方被称为猫（髦）儿戏班，北方则称档子班。

猫（髦）儿戏班是晚清江南一带以应付堂会为业的职业女伶戏班。据陆萼庭考证，它前后经历了猫儿戏、髦儿戏两个阶段：

早在鸦片战争以前，19世纪20年代，上海就有了猫儿戏，全都由六七岁的

---

① 晚明时期以文士为主体的堂会演剧一度高涨。清初经历战乱，堂会演剧消歇。清代中叶复兴，清末民初又至高峰。

小女孩演出，所演剧目随时俗好尚而定。这是前期，为时约五十年。光绪初，演丑脚的李毛儿自津来沪，利用自己的名字与"猫儿"巧合，组成女子小班应付堂会，演员年龄有至十六七岁者。一时风行，群起效仿。戏班的规模越来越大，直至清末民初，发展为女子演剧，是为后期。这时期的名称以"髦儿"最为常见。①

可见，猫（髦）儿戏班是由小女孩及年轻女子组成的职业戏班，最初在上海活动，后扩展。清代戏曲理论家姚燮《复庄诗问》卷十三中咏猫儿戏诗描述了戏班演剧的情况：

> 其形至雏，其性至黠，居然自优，能狙能鹘。三寸之烛，八尺之氍，鼓之舞之，其乐于于。

小演员在厅堂氍毹上腾挪跳跃，以其活泼动人的表演来取悦观众，为宴会创造出欢乐的气氛。光绪年间韩邦庆所作《海上花列传》对猫儿戏班的描写更为具体。该书第十八、十九回写黎篆鸿生日，朱蔼人等在妓女屠明珠家置办戏酒，"三班毛儿戏末，日里十一点钟一班，夜头两班，五点钟做起"。这里的"毛儿戏"即猫（髦）儿戏。"日里""夜头"表明猫（髦）儿戏按演出时间可分为日场和夜场两种形式。"只见客堂板壁全行卸去，直通后面亭子间。在亭子间里搭起一座小的戏台，檐前挂两行珠灯，台上屏帏帘幕俱洒绣的纱罗绸缎。五光十色，不可殚数。"演出十分华丽，这正是承应高堂华筵演出的一般情形。该回提到演出的剧目有《跳加官》《满床笏》《打金枝》《絮阁》《天水关》，其中《絮阁》为昆剧，反映出清末堂会演剧在京剧剧目中插演昆剧的实际情形。光绪十五年《申报》的一则堂会演出广告所列剧目亦可说明这一特点："徐园内青莲居特定如意班十二月初八日准演：《满床笏》《滚灯》《扫花·三醉》《教子》《游殿》《黄鹤楼》。"其中《扫花·三醉》和《游殿》也是插演的昆剧。这则广告提到的"如意班"是当时著名的猫（髦）儿戏班——仇如意女班。

猫（髦）儿戏班演堂会的赏钱一般高于男班，《清稗类钞》"秦淮有猫儿戏"曰：

> 秦淮河亭之上，向惟小童歌唱，佐以弦索笙箫。乾隆末叶，凡十岁以上，十五岁以下声容并美者，派以生旦，各擅所长，妆束登场，神移四座，缠头之费，且十倍于男伶。②

---

① 陆萼庭：《猫（髦）儿戏小考》，江苏古籍出版社1984年版，第921页。
② 徐珂：《清稗类钞》，中华书局1986年版，第5052页。

当时上海某些以欣赏女伶色相为乐事的主顾们每于戏资之外，亦另给赏钱。但是，"少年女伶们除了吃饭和极少的零用钱外，没有月俸包银。女戏班的演唱收入大多为班主所得。别人见髦儿班有利可图，继起开办的不少"①。海上漱石生的《梨园旧事鳞爪录·李毛儿首创女班》②提到了李毛儿班之后的谢家班、林家班等：

> 李毛儿……因召集贫家女子，年在十岁以上，十六七岁以下者，使之习戏，遇绅商喜庆等事，使之演剧博资……戏资每台洋十六元，多至二十元，加官赏封外给……逮后大脚银珠起班，宝树胡同谢家班继之，林家班又乘时崛起，女班戏乃风行于时。渐至龙套齐全，配角应有尽有，能演各种文场大戏，剧资亦渐增至数十元一台……③

为了提高戏资，女班注意提高演艺和戏班配备，这种情况可以从光绪十五年（1889）四月二十三日《申报·菊部翻新》的一则新闻中反映出来：

> 英租界地方……前年有雇女孩学习演戏者，名曰猫儿戏班。人家或有喜庆事，唤往开演……现共有四处。清河坊仇如意家女班，更添男孩扮演，以期别开生面。

这条新闻特别指出仇如意女班"别开生面"的做法，即班中添进了年幼的男孩。从这种班子的组成来看，添进的男孩想必也是年幼而面容姣好的雏伶。

堂会请猫（髦）儿戏班的风气也传到北京，《清稗类钞》"京师有猫儿戏"条曰："光绪时，京师有猫儿戏一班，然惟堂会演之。"④ 不过，北方演堂会的女班一般称为"档子班"。《清稗类钞》曰："女伶之外，有所谓档子班者，一名小班，始于嘉、道间……亦即猫儿戏也。"档子班最初只是清唱剧曲，不扮演，"达官豪商每招之侑酒，然皆以度曲为事而不演剧也"⑤。建阳孙点（字顽石，别署游艺中原客师史氏）也对档子班的情况进行了详细描述：

> 女伶曰档子班，班首蓄三五雏娃，日日教演京徽各剧……生旦净丑

---

① 北京市艺术研究所、上海艺术研究所：《中国京剧史》，中国戏剧出版社1990年版，第281页。
② 一般认为李毛儿是近代女伶戏班的创始人，但从猫儿戏的发展来看，并不如此。"李毛儿女伶科班"述"这个纯粹以个人营利为目的，未经良好艺术训练的女伶科班开创了妇女走上海京剧舞台的先例"，比较客观地评价了李毛儿戏班的地位。
③ 载《戏剧月刊》，1930年第3期。
④ 徐珂：《清稗类钞》，中华书局1986年版，第5051页。
⑤ 徐珂：《清稗类钞》，中华书局1986年版，第5052页。

各视其才,结束登台,亦动观听。凡有市会、支彩棚、买茶座,笙歌竞奏,竹肉交陈,环而观者数百余人,居然开一小小世界。亦有稍长者,仿佛淮扬之女优,吴中之髦儿,坐客有与诸伶相识者,则班首必索点戏,价只两千。(《历下志游》九)

各班所居皆假逆旅,门首各树牌纸曰某某堂,若都中之相公下处,凡赏之者,皆可造访其家,征歌一阕,价与点剧相同……间有设宴其家者,惟不侑酒,亦不出应条纸,招至家中演剧竟日者,则往往有之,价亦并不甚昂。①

"历下"是济南旧称,这段描述透露了济南一带档子班演出的基本情况:它是由戏班主训练幼年女孩而成的以演堂会为主的职业女班;其演出形式有演剧与清唱两种,价格一般不会太高;演出以京徽剧目为主;可以应召到人家中演出,也可以在居住的旅馆演出;女伶亦兼陪酒,但不卖身。由此可见,档子班是以演堂会谋生的地位低微的职业女班。

北京档子班的演出见杨懋建《梦华琐簿》:"今日虽有档子班,但赴第宅清唱,如打软包之例,不复赴戏园搬演矣。"②按,"打软包"是清末艺人应堂会演出的一种形式,以演出《二进宫》《汾河湾》《武家坡》《钓金龟》《三娘教子》《文昭关》等不用蟒靠的文戏为主。因为演出用不着事先运戏箱到宅第,只需把演出的服装打成包袱就可以随演员带来,所以称"打软包"或"走软包"。清末民初"有办生日、办满月的找堂会唱'灯晚儿',或是找唱'行会戏',唱留天儿"都请"打软包"。③档子班"赴第宅清唱,如打软包之例"表明京城档子班的演出剧目是以清唱京徽文戏为主。"打软包"的出演方式适合女班情况,也适应第宅演出的空间。

光绪中叶后,上海等地的档子班开始外出装扮演剧,"居之安李氏……其家有小戏台,凡就宴者,可命其登台歌舞,亦可出外演剧"④。可见,女伶戏班日渐公众化。上文提到,光绪十五年十二月初八(1889年12月29日)在徐园有仇如意女班演堂会,并且还在《申报》打出演剧广告,这也说明女伶戏班渐渐打破宅第演出的限制,随着堂会剧场的公众化开始向更广大的观众表演。

概而述之,清末民初京徽剧目流行之际,女伶戏班应时而生,她们紧跟时尚

---

① 王锡祺:《小方壶斋舆地丛钞》第六帙,杭州古籍书店1985年影印本,第六册,第233页。
② 张次溪:《清代燕都梨园史料》,中国戏剧出版社,1988年版,第355页。
③ 李洪春:《京剧长谈》,中国戏剧出版社,1982年版,第399页。
④ 徐珂:《清稗类钞》,中华书局1986年版,第5052-5053页。

所好，以文戏为主服务于堂会演出，演出方式灵活，表演声情并茂，颇得观众喜爱。而具有突破意义的是，随着堂会演出场所向专业剧场的转移，女伶戏班的演出也从相对封闭的私家厅堂走向开阔的公众剧场。之后，人们看到，光绪二十年（1894）上海的第一家京剧女班戏园——美仙茶园开张，随后，霓仙、群仙、女丹桂和大富贵等女班戏园也纷纷开设。从此，女子演剧有了固定的公开的演出场所，这是京剧史上意义重大的事件，也是戏曲演出史上具有突破意义的起步。虽然在此之前女伶演剧不乏其例，但她们的演出大多依附男班进行；明清家庭女乐尽管可以独立演出，但一般不向公众展示；明代昆班女部表演的范围也难出达贵的厅堂。① 而清末女班从堂会厅堂向茶园剧场的迈步，则是以职业戏班的形式与男班展开竞争。从这个角度上看，女性演员自此才有了自己独立的演出地位。而不能忽视的是，堂会为近代女班公开演剧奠定了基础。

（二）票友

除了职业戏班的演出外，"票友"成为此时期堂会演剧的重要力量。"票友"这个词最早用于称呼业余演唱太平鼓词的旗籍士兵，后亦以之称业余的戏曲爱好者。②《清稗类钞》曰：

> 凡非优伶而演戏者，即以串客称之，亦谓之曰清客串，曰顽儿票，曰票班，曰票友，日本之所谓素人者是也。然其戏剧之知识，恒突过于伶工，即其技艺，亦在寻常伶工之上。伶工妒之而无如何，遂斥之为外行，实则外行之能力，固非科班所及也。③

可见清末的票友与明末的昆剧串客在身份及演出形式上都十分相类。这些具有一定文化水平、遍及社会各阶层的票友经常在一起研磨戏曲，极大地推动了此时期京剧艺术的发展。周剑云《剧学论坛评剧之难》对票友表演的特点进行了评述：

> 票友为清客串，平日聚三五同志，抽暇涉习歌乐；偶有串演，亦自

---

① 陆萼庭《昆剧演出史稿》"女戏的演化"述昆剧女戏的演出在扬州、苏州一带颇负盛名，甚为活跃，但也多为宅第演出。

② "票友"的由来有二：一是雍正时，清兵与西北少数民族作战，为振士气，军营中编太平鼓词，令八旗子弟在军内传唱，并奖以"龙票"，遂称唱太平鼓词的八旗子弟为"票友"，因八旗子弟演唱属义务，后来就把业余唱京剧、不拿酬劳的人称"票友"。二是道光年间清政府为防旗籍士兵进入民间戏园看戏，遂专设一种只唱太平鼓词的娱乐场所，凡旗籍士兵皆发以入场券一张，久之，士兵中出现一些业余演唱者，称为"票友"。参见苏移《京剧二百年概观》，北京燕山出版社1989年版。

③ 徐珂：《清稗类钞》，中华书局1986年版，第5057页。

备资币酬娱来宾。其身份高贵,不可与鬻艺者同日而语。身段做工容有不合,唱工腔调或有可取。纵有脱误,吾人亦宜原谅。盖其不受包银,不售戏资,在理无可苛责也。①

马二先生②《票友之研究》亦曰:

> 票友与内行之第一区别则在要钱与不要钱。内行售艺为主,万无不要钱之理……若夫票友则不然,无论演于舞台或堂会,万无收受酬金之理,其有涯岸稍峻者,并茶水亦不肯受人供应,必自带茶具,谓之茶水不沾,故又曰清客串……由此知票友资格较内行为清高。盖内行以演戏为谋生啖饭之具,而票友则以为游戏之事……更就艺术言之,内行求售为心,故处处须揣摩风气,而票友则可以不必。我行我素,古调自爱,不求入时。……

这两段评述较为清楚地表明,堂会是票友经常演出的场合。由于票友演出的"游戏"性质与职业艺人"啖饭"的目的不同,故而其演剧是一种高贵身份的象征,在亲朋戚友聚会或名流云集的宴会上"露一手",演得出色固然可以获得赞誉,演得不好也不过是抒发雅兴而已。同时,由于票友演剧不以营利为目的,所以他们能够以艺术研习的态度来对待演戏,"不求入时",却有自己对艺术的理解。这些以业余的身份从事演剧的票友大多演艺超群,陈彦衡《旧剧丛谈》载:

> 当时梨园名角辈出,票界亦不乏大才,如孙菊仙、许荫棠、德珺如、金秀山等,皆以票友下海而负盛名。惟周子衡资深学博,为票界泰斗,然非知交,喜庆堂会不肯登台,内行名角鑫培、桂芬等,无不称道。又有孙君春山,前清进士,为吏部司官,善唱青衣,选声琢句,簇簇生新,紫云、德霖皆虚心请教……而春山从不登场,但与三五知己宴会时,酒酣耳热,乘兴一歌,萧然意远。③

名票把堂会作为他们展露技艺的地方,一方面出于身份的考虑,另一方面也以此突出自己的艺术造诣。因此,当时权贵之家办堂会都以有名票出场为荣耀。如光绪十四五年间北京有一处著名的票房,叫"韩票",陈子芳、魏曜亭等都是其中的名票。"凡堂会,团拜诸举,无韩票反为减色。只不在戏馆出演,每逢堂

---

① 周剑云:《菊部丛刊》,《民国丛书》影印 1918 年版,第 15 页。
② 周剑云:《菊部丛刊》,《民国丛书》影印 1918 年版,第 29 页。
③ 张次溪:《清代燕都梨园史料》,中国戏剧出版社,1988 年版,第 851 页。

会，谭鑫培、孙菊仙时加入串演。张文达当国时，最喜听韩票，因之各大员名流多附和之。""各家每逢生日或喜庆事，无不以演此为荣。"① 票友演出堂会一般有两种方式：一种是票友内部演出，如王府"贵胄班"② 的演出通常采取此类；一种是票友与职业艺人合作，如"韩票"里的名票即如此。票友所学虽生旦净丑行皆有，但是以老生、青衣为多，武生、小生、花旦、老旦次之，花脸和丑角最少。老生、青衣做派正统且很见水平，这也许与票友对自己身份的看重有关。

清末民初大批票友的出现表明了此时期的戏曲艺术，尤其是京剧艺术的深入人心。由于票友一般演艺较高，他们中一些人"下海"即成为优秀的职业演员，孙菊仙、德珺如、金秀山等都曾经为名票。可以说，票友为职业演剧队伍储备了优秀人才，他们是清末京剧发展的一支重要力量，而堂会恰为票友的成长创造了适宜的环境。

猫（髦）儿戏班、票友演剧而外，此时期的堂会还有请堂名班、影戏班、木偶班的情况。堂名班流行于江南一带，主要以应人家堂会为业。演出以清唱戏曲为主，京徽兴起前主要演唱昆剧，清末则清唱京徽剧目。《中国戏曲志·江苏卷》"演出习俗"载有堂名的演出情况：

> 堂会一般由八人组成，演唱时，两张方桌纵向相联而置，八人分两侧相对而坐。剧中生、旦、净、末、丑各行脚色，以及吹弹敲打，统由此八人轮换承担。故要求每个成员皆能唱能奏，且熟记众多剧目和各行脚色的唱词、念白，随时可以搭配成戏。其组成人员为少年者，则称"小堂名"。

有些堂名班也扮演。苏杭一带的堂名班"每班以十岁以上至十五六岁孩子，八人一式装饰，四季衣裳均皆华丽，吹弹歌唱各出戏文"，而像荣华、秀华等班"亦有演戏行头"。③ 堂名班名皆吉祥名称，如万福、全福、增福、双寿、福寿之类，皆与堂会的喜庆特征相宜。

影戏班、偶戏班都是清末北京出现的专应人家堂会的职业戏班。影戏班最早

---

① 崇彝：《道咸以来朝野杂记》，北京古籍出版社1982年版，第11页。
② 清末民初，北京王公及其子弟从看京剧感兴趣，进而学习演唱京剧，最后发展到组成一班不定期演出的京剧团，被称为"贵胄班"。当时的王公载洵、载涛以及载振的长子溥钟、次子溥锐都是"贵胄班"的角色。
③ 范祖述：《杭俗遗风》，载《小方壶斋舆地丛钞》第六帙第三册，南清河王氏铸版，上海著易堂印行，第153页。

由路德成、路福元父子创办。专应喜庆堂会，平时则从事木工业。① 偶戏班中的"金麟班"最为出名。② 这两种戏班皆以京剧配唱。因为演唱者均在幕中表演，时人称为"钻筒子"，许多京剧演员都"钻筒子"练过唱，像著名京剧老生演员刘鸿声就是在影戏班中出的名。而著名花脸何桂山、金秀山师徒，著名老生德建堂、韦九峰、郭仲衡等也都是在偶戏班钻过筒子的演员。影戏、偶戏堂会一般为内眷观看（孟瑶《中国戏曲史》），以演折子戏为主，如《八仙上寿》《宫花报喜》《双官诰》《西游记·倒厅门》等。也有些京剧演员为了从影戏、偶戏中汲取营养，也时常请戏班来家中演唱。俞菊笙创排八本《混元盒》，绝大部分是采用了影戏《混元盒》的故事情节，尚小云排演的《兰蕙奇冤》也借鉴了影戏《十五贯》。

## 二

清末民初诸腔兴盛，不同的戏班都有各自不同的演唱风格与擅长的声腔，办堂会的主家可以随意愿选择适合的班子来演出。排场大的堂会除了雇请一个整班演出外，还外请其他班的名角串演，戏界把这种形式叫"外串"；③ 还有些讲究的堂会以请有身份、有演艺的票友串演为荣。下面这份戏单是光绪二十三年（1897）新春在福寿堂举办的团拜堂会剧目④，它十分清楚地反映出此时期堂会演出的情况：

1. 霓裳曲谱
2. 赐福　　金寿
3. 风云会　何九　　福寿
4. 除三害　许处　　永春
5. 连升三级　百岁　　小芬
6. 选元戎　许处　　华云
7. 五人义　众武行
8. 醉酒　　外串路三宝
9. 琴挑　　金虎　　小芬
10. 射戟　　外串素云

---

① 翁偶虹：《路家班与北京影戏》，载《文史资料选编》1985年第23期，第188–194页。
② 李洪春：《京剧长谈》，中国戏剧出版社1982年版，第398页。
③ 《梨园旧话》曰："凡堂会戏召他班伶人演唱者，谓之外串。"
④ 周明泰：《道咸以来梨园系年小录》，《几礼居戏曲丛书第三种》，1933年。

11. 珍珠衫　　玉琴
12. 山门　　何九
13. 八扯　　外串刘七
14. 荡寇志（两本）
15. 翠屏山　　五九　　采芝　　李七秃
16. 恶虎村　　小武行
17. 蒲关　　韵芳　　凤卿　　惠林
18. 放牛　　外串十三旦　　刘七
19. 教子　　外串怡云　　李七秃
20. 探庄射灯　　华云
21. 藏舟　　金虎
22. 庆顶珠　　七秃
23. 娘子军　　采菱
24. 法门寺　　许处　　石头
25. 五花洞　　怡云　　石头
26. 德政芳（两本）　　灯彩

从演员的情况来看，这次堂会是以玉成班为班底，如金虎、采菱（张彩林）、采芝等人皆玉成班台柱；外串有三庆班的路三宝、怡云、十三旦等人，还请了许处（许荫堂）、何九（何桂山）等票友，演出剧目有 26 出之多，可见排场颇大。

从演出的剧目看有三种形式：本戏、折子戏、小戏。"本戏"是指在一次演出时间里演完的剧本形式，其情节曲折，头尾完整，生旦净丑俱全，唱做念打兼有，较小戏和折子戏情节完整，比连台本戏明快、简练。戏单里的《荡寇志》《德政芳》为本戏。此外，当时戏园内盛演的《四进士》《得意缘》等剧也属此类。"折子戏"又叫"单出"，这种演出形式自晚明以来就广为堂会采用，戏单里未特别注明的剧目皆为单出，如《山门》是《虎囊弹》传奇的一折，《法门寺》为《双姣奇缘》中的一折。"小戏"的故事情节简单而完整，多从地方戏中移植而来，戏单中的《放牛》《八扯》即是。此外，戏单里还反映出一种"灯彩戏"。"灯彩"就是用灯饰布置舞台，马彦祥在《清末之上海戏剧》中说："在光绪八九年时，各戏园曾一度盛行灯彩戏。这种灯彩戏创始于同治初年，其先不过是昆曲班中偶一演之，未见如何新奇，后来天仙、金桂、丹桂、宜春等园相继争仿,乃流行一时……极尽光怪陆离之能事。"① 时人黄式权《淞南梦影录》描写灯彩戏的演出盛况说:"红氍乍展,光分月殿之辉;紫玉横吹,新试霓裳之曲。每演一戏,蜡炬费至千余条,古称火树银花,当亦无此绮丽。"② 可见,灯彩是戏班用以招揽生意的新奇做法,为近代京剧舞台上的歌舞机关、幻影等舞台机关布景的运用开了先例。戏单中的《德政芳》就是一出灯彩戏。周明泰编《道咸以来梨园系年小录》中所列堂会戏单多有"代灯""灯彩"的演出,如"光绪二十五年十二月初九福寿班外串代灯戏目""光绪二十六年三月二十八日四喜班外串代灯戏目"都是此类。

昆剧虽然在此时期已经衰落,但是上层观众中仍有人喜好,所以堂会剧目中还时常插演昆剧,上列戏单中的《山门》《琴挑》都是昆剧剧目。金虎即为玉成班的著名昆旦。前文述女伶戏班出演堂会也常常插演昆剧。

京徽剧目在堂会演出中占主要地位。剧目的选择除了要考虑内容与宴会气氛相符外,最为注重的就是技艺的观赏性。所以,堂会大多以能突出技艺表演的剧目为主,也因此名角的戏特别多。剧目选择上的这种特点体现出当时观众"听腔""看戏"的欣赏习惯。这表明,戏曲艺术在清末民初基本完成了文学性向舞台性的转化。分析周明泰所编光绪年间的堂会戏单可以看到,观众十分欢迎生旦净丑齐全的戏班。堂会尽可能安排各行齐全的剧目。如光绪二十六年(1900)四喜班的外串戏单中,主要演员有老生:孙菊仙、谭鑫培、贾洪林、许荫堂;武生:俞菊笙、黄月山、瑞德宝;青衣:孙怡云、德珺如、陈德霖;花旦:路玉珊、田桐秋、胡素仙;花脸:刘鸿声、黄润甫、金秀山、钱金福、何桂山、刘永春;小生:陆华云、朱素云、王楞仙;老旦:龚云甫;小花脸:赵仙舫、高四保、王长林。光绪二十八年(1902)福寿班的堂会戏单,主要演员有老生:谭鑫培、许荫堂、贾洪林;武生:俞菊笙;青衣:陈德霖、十三旦、王瑶卿;花旦:余庄儿、杨小朵;小生:陆华云;花脸:黄三;丑:王长林、罗百岁、高四保;老旦:周老旦。这些演员都是各行中身怀绝艺者,堂会请名角主要就是为了满足观众欣赏各行技艺的需要。如青衣重唱工,陈德霖的演唱"同时同科已无出其右者"。陈彦衡赞曰:"德霖真会唱,每一个工尺都唱得准确,和胡琴丝丝入扣,无一黄音。这个人功夫可太深了,同谭鑫培是有一比的。"③ 戏单里的《五花洞》

---

① 北京市艺术研究所、上海艺术研究所编著:《中国京剧史》,中国戏剧出版社1990年版,第279页。
② 王锡祺:《小方壶斋舆地丛钞》第九帙,杭州古籍书店1985年影印本,第十册,第94-95页。
③ 北京市艺术研究所、上海艺术研究所编著:《中国京剧史》,中国戏剧出版社1990年版,第489页。

（陈演潘金莲）即为其所擅之剧目；花旦重做工、说白，如《情天外史》赞杨小朵："擅长《闯关》《入府》《摇会》《荷珠配》《双沙河》等剧，尤妙者演《铁弓缘》一剧之端茶小丑，真乃珠喉一串，椎髻多姿。"① 武生的武打技艺极高，王梦生《梨园佳话》介绍俞菊笙的演艺说：

> 其唱以《挑滑车》剧最为拿手，此剧场面身段极其繁重，愈后愈急，叱咤生风，他人不待剧终，精力已疲。惟包毛举重若轻，终场无懈可击，故人人乐此。有百读不厌之观。在挥舞紧张时，如电闪风驰，直使人目送神骇，旋歌旋舞，真美术中之精品异能也。②

《挑滑车》是一出代表俞菊笙演艺的剧目，戏园和堂会中都常演。老生是清末最受欢迎的行当，戏园、堂会都必演老生戏，老生的唱工、做派等都极见功夫，早期的程长庚、余三胜、张二奎，以及后来的谭鑫培、汪桂芬、孙菊仙为杰出代表。戏单中的《洪羊洞》《卖马》为谭鑫培代表作，《三娘教子》为孙菊仙所擅。

## 三

清末民初，室内戏台大量出现，堂会演剧有了固定的舞台。这类室内戏台大致有两种。一种是私人所建，如王府内的戏台；一种是会馆中的戏台，如湖广会馆、江西会馆中的戏台。清代王府演剧十分火热。为方便演出，许多王府内都设有戏台，像庆王府、肃王府、豫王府、端王府、涛贝勒府、洵贝勒府、恭王府、醇王府等都有，其中庆王府、洵贝勒府的戏台还建得十分华美。王府戏台之外，一些大富豪、大军阀家中也建有戏台，如光绪年间京官江西吉安张文澜家中的戏台、云南建水朱家花园戏台、无锡薛福成家的花厅戏台等都是代表。会馆戏台一般规模较大，有些会馆还设有"双戏台"，如景德镇都昌会馆分别在会馆中门和南门设戏台，方便都昌旅景人士聚会演剧。③ 会馆除供行业聚会演剧之用外，有的也租给私家演堂会。室内戏台的大量出现表明，堂会演剧至清末已经逐渐走向舞台化、剧场化。与氍毹上的表演相较，戏台上的演出更有利于表演区与欣赏区的分别，而这种分别已经颇具现代剧场的特征。

---

① 李洪春：《京剧长谈》，中国戏剧出版社1982年版，第692页。
② 北京市艺术研究所、上海艺术研究所编著：《中国京剧史》，中国戏剧出版社1990年版，第407页。
③ 中国戏曲志编辑委员会、《中国戏曲志·江西卷》编辑委员会编：《中国戏曲志·江西卷》"演出场所"部分，中国ISBN中心1998年版。

租借戏园等营业剧场演堂会更加深刻地体现出堂会演剧剧场化的倾向。清末民初，戏园成为市民主要的文化娱乐场所，承应堂会演剧被正式列入各戏园业务经营的范围。上海在道咸年间成为新兴的工商业城市，凡官府、商团等举行大型公宴都假戏园进行。当时著名的三雅园、丹桂园、天仙园都是一流的筵宴观剧场所。同治十一年（1872）六月，《申报》载晟溪养浩生《戏园竹枝词》描绘官府公宴堂会戏曰："戏园请客小调停，酒席包来满正厅。座上何多征战士，纷纷五品戴花翎。"假戏园演堂会的风气连外商洋行也采用，如同治十三年（1874）春，太古洋行（英商太古轮船公司）在丹桂茶园包厅请客，时人于《绛芸馆日记》中评述此次堂会演剧"戏颇可观"①。除假戏园演堂会之外，园林舞台也是人们经常租借为堂会演剧的场所。同治十三年六月二十七日（1874年8月9日）《申报》载："今日广邦宴请前广东巡抚蒋中臣，招丹桂全班在点春堂演剧。"点春堂原为明代潘允端的私家园林豫园内的筵宴演剧厅堂，厅堂对面设一小巧精致、歇山顶、八角飞檐的打唱台。咸丰年间重修豫园为游览园林，常为公私宴集租用。其他如张园、徐园、西园等名园也是社会名流举办堂会的地方。何荫柟《钼月馆日记》光绪二十三年九月二十四日（1897年10月19日）载："今日为杏丈岁庆，昨已往，苏揆臣假张园称觞款客。剑云、仲万偕往设戏，以大餐食人，亦别开生面矣。"②光绪二十七年（1901）正月，陆莼伯为筹善款，在张园（又称味莼园）演剧一日。"召集中城官、商百人来观，每人出银饼二枚或一枚，以助赈。"消息在《申报》发表，轰动一时。③北京戏园堂会演剧的情况在《清稗类钞》中有反映：

> 京师戏园……若唱堂会，尚有跳加官等事。客至点戏，有贴执笏至坐客前为礼，谓之抱牙笏。
> 
> 京师戏园向无女座。妇女欲听戏者，必探得堂会时，另搭女桌始可一往。
> 
> 度中建台，台前平地曰池。对台为厅，三面皆环以楼。堂会以尊客坐池前近台……右楼为女座，前垂竹帘。④

---

① 无名氏：《绛芸馆日记（稿本）》，载上海人民出版社编《清代日记汇抄》，上海人民出版社1982年版，第132页。

② 何荫柟：《钼月馆日记（稿本）》，载上海人民出版社编《清代日记汇抄》，上海人民出版社1982年版，第357页。

③ 中国戏曲志编辑委员会、《中国戏曲志·上海卷》编辑委员会编：《中国戏曲志·上海卷》"演出场所"部分，中国ISBN中心1998年版。

④ 徐珂：《清稗类钞》，中华书局1986年版，第5028、5065、5043-5044页。

这表明，租借戏园等营业剧场演剧已经成为大中城市堂会演剧的一种方式。

堂会演剧从氍毹走上舞台，从私家厅堂走向商业剧场，演剧场所逐渐向舞台化、剧场化的转变表明，戏曲表演艺术发展到清末更趋完善，戏曲艺术的独立地位更加突出；而相较厅堂觥筹交错的嘈杂，室内戏台与戏园剧场则因为表演区的突出，为观众创造了良好的观剧环境，堂会观众的戏曲审美心态也随之走向成熟。

[原载《中国海洋大学学报（社会科学版）》2007年第3期]

# 论中国传统戏曲舞台实践的近代变革

程华平

  本文主要从作家主体的角度,来讨论近代戏曲家从事戏曲创作的主观思想、创作能力与近代戏曲舞台实践变革之间的关系。需要说明的是,本文所讨论的问题主要集中在维新变法至辛亥革命这一时间段里,讨论的对象以传奇和杂剧为主。就整体而言,近代传奇、杂剧多数是刊登于报纸杂志等新型传播媒介上的,基本上属于案头文学,并没有在舞台上演出过。因此,我们的分析也只能以现存的文本为考察对象。

## 一

  近代戏曲家改革戏曲、创作戏曲之目的,在于用戏曲来表达自己的政治思想,来为开启民智的社会变革服务,舞台角色往往就是作家的代言人。而要借戏曲"专欲发表区区政见"①,最省事的做法莫过于通过演员之口,把作者的"政见"直接说出来。陈独秀就断言:"戏中有演说,最可长人见识。"② 在戏曲中,借助"演说",能"把一国的人从睡梦中唤起来了",其效果"胜于千万演说台多矣!胜于千万报章多矣"。③

  可以说,在剧中发表"演说"是近代戏曲家赋予戏曲舞台实践的一项新使命。梁启超的《新罗马》传奇就是一个很典型的代表。该剧第二出《初革》描写意大利烧炭党召开会议,首领向党员发表演说道:"(众男女杂上,互相见握手接吻介。丑登演坛介,众拍掌介。丑)兄弟们,咱们这个烧炭党,就奥大利政

---

① 梁启超:《新中国未来记·绪言》,载《新小说》1902 年第 1 期。
② 陈独秀:《论戏曲》,载《新小说》1903 年第 2 期。
③ 无涯生:《观戏记》,载阿英编《晚清文学丛钞·小说戏曲研究卷》,中华书局 1960 年版,第 68 页。

府的奴才视之,叫作一个私党,就意大利同胞的国民视之,叫作一个公党。我们的宗旨啊,不管他上等社会、中等社会、下等社会,九流三教,但使有爱国的热血,只管前来。不论那一人政体、寡人政体、多人政体、立宪共和,但能除专制的魔王,何妨试办。"① 通过剧中人物之口,梁启超宣扬了他当时反对暴政专制、进行民族民主革命的政治主张。

孙雨林《皖江血》第四出描写的是徐锡麟刺杀安徽巡抚恩铭。在剧中,徐锡麟也有一番慷慨激昂的反清演说。在刺伤了恩铭后,这位巡警总办对惊慌失措的警察学员演说道:"(杂张皇,生向杂演说介)满清窃据中原二百余载,我同胞四万万皆亡国遗民,对此异族衣冠,能不愧煞!某既为黄帝子孙,当复汉家天下。恩贼非我族类,不置之死地,难举义旗。我同胞为主为奴,争此顷刻,诸生切勿张皇自误,坐失机宜,致牵大局。须知男儿死国,死为至荣,较诸生而为奴,判若天壤!诸生何惮于死国而乐于为奴?!"② 用戏曲来发表时事演说,在当时是一种非常时髦的做法。

"演说"在戏曲中应属于宾白的范畴,近代戏曲中大量运用"演说"所引发的结果,首先是传统戏曲中的唱、白关系的变化,近代剧作显现出了曲少白多的发展趋势。

一般来说,在传统戏曲中,曲辞在整部戏曲中是占主要地位的。到了近代,由于戏曲改良的提倡者与实践者对戏曲社会作用的高度重视,他们看到了说白"明白易晓""上而御前,下而愚民,取其一听而无不了解快意"的特点③,大大地加强了说白在剧本中的分量。近代戏曲中曲辞短少而以说白为主的现象极为常见,如洪炳文《警黄钟》第五出《廷诤》的说白长达一千六百多字,其《秋海棠》第二折的说白也在千字以上,华伟生《开国奇冤》的说白每出均超过千字,第十出《暗杀》竟有四千多字,第十三出《公审》更是将近六千字。有些戏曲的场次,从头至尾,全是说白,不见一曲,如洪炳文《警黄钟》第四出《醉梦》《后南柯》中《访旧第三》,李文瀚《银汉槎》第五出《怪谈》等等。对此,洪炳文解释道:"是编情节甚多,故讲白长而曲传略。以斗笋转接处曲不能达,不

---

① 梁启超:《新罗马》,载阿英编《晚清文学丛钞·传奇杂剧卷》,中华书局1962年版,第525 – 526页。
② 孙雨林:《皖江血》,载阿英编《晚清文学丛钞·传奇杂剧卷》,中华书局1962年版,第219页。
③ 凌濛初:《谭曲杂札》,载中国戏曲研究院编《中国古典戏曲论著集成》(四),中国戏剧出版社1959年版,第259页。

得不藉白以传之。"① 也就是说，如果他们"有功于世道人心"② 的思想主张能够用说白表达清楚的话，他们是不会使用曲辞的。这些剧作家大量写作说白，大概还在于曲辞创作上种种规范与要求，限制了他们思想的自由表达，弃曲辞而取宾白也就成了不少人的选择。

其次，传统戏曲虽然讲究本色当行，但所使用的语言基本上以文言为主，戏曲史上不少骈俪派作家更是追求文辞的典雅藻饰，往往连宾白也不能免。然而，当近代戏曲家准备在剧中发表"演说"的时候，他们不得不考虑的是，演说得让需要"启蒙"的民众听得懂，那就该使用白话。前引梁启超《新罗马》第二出《初革》的演说，语言通俗浅近，基本上就是白话口语。湘灵子《轩亭冤》的曲辞用的是文言，但主人公秋瑾在向观众宣讲"缠足问题"的时候，就改用了白话："（旦登坛）同胞们呵！侬是没有大学问的人，却是最爱国最爱同胞的人。如今不说别的事情，却先把这缠足的问题演说演说。同胞呵！你晓得我们女子缠足的苦处吗？"③

当然，剧作家也许只是借剧中人物之口，向观众传达宣传妇女放足的主张，并没有意识到这样会对戏曲语言规范造成很大的冲击。改良后的戏曲中大量的演讲，其形式和话剧的说白、对白并没有多少区别。戏曲中唱的成分减少而说白增多，甚至有时任意将戏曲与话剧组合在一起，"戏"与"曲"分离，形成人们所说的"话剧加唱""戏曲废唱"的现象。曲、白轻重的倾斜，一方面说明戏曲改良受到了话剧艺术形式的影响，另一方面也表明近代戏曲家在强调戏曲作用时，用政治说教代替了艺术创作，重思想内容而轻艺术形式。戏曲中"演说"的出现，既是对传统戏曲观念与文体形态的一大颠覆，又使改良戏曲成为以曲辞为主的传统戏曲向以说白为主的现代话剧发展过程中的一种过渡形式。

## 二

从某种意义上讲，正是由于说白的大量增加，戏曲的体制中出现了新型话剧文体的片段，这又势必影响到戏曲舞台其他方面的相应变化，如舞台布景、道具、服装等。一些具有异质因素的戏剧观念与舞台表演方法的渗入，促成了近代戏曲的舞台实践由传统的虚拟化、程式化向写实化方向的转变。

---

① 洪楝园：《警黄钟·自序》，载阿英编《晚清文学丛钞·传奇杂剧卷》，中华书局1962年版，第335页。
② 李文瀚：《银汉槎》，道光二十五年风笛楼刊本。
③ 湘灵子：《轩亭冤》，载阿英编《晚清文学丛钞·传奇杂剧卷》，中华书局1962年版，第113页。

首先，舞台提示的写实化。我国古代戏曲是抒情性戏剧，戏曲家利用诗、歌、舞的抒情特征来进行写意的形象创造，追求的是与现实生活的"神似"，而非"形似"，虚拟化、程式化是我国传统戏曲舞台表演的基本特征。但是，在西方话剧写实观念的影响下，特别是由于近代戏曲需要表现外国题材的内容与人物，传统戏曲的舞台表现手法很难适应，所以近代戏曲舞台表演开始向写实化的方向发展。

华伟生在《开国奇冤》中，对舞台表演做了极其详尽的提示说明。第五出《训士》演的是徐锡麟对警察学生的训话，这出戏的舞台提示是：徐氏上场"绕场行，作到介。丑、旦、小旦、帖旦齐上，作迎见，各行礼。生还礼，相引入内。生中坐，众旁列坐，杂扮茶房献茶。各饮讫，茶房下"。徐去接见学生，"（小旦先下，众随生缓下。场上挂内操场扁，杂扮学员、学生各四人，小旦总教习、小生部长分立上。小旦、小生分喊口令介）立正！向左右转！（众分班）向右看齐！向下数！向前看！少息！（众随口令依次变更介。生、丑、旦、帖旦上。小旦、小生喊口令介）立正！（众依令，生举手答礼，顾小旦、小生，令喊少息。众依令。生中立，小旦、小生分立两班旁，丑、旦、帖旦立生后。生作势演说介）"①。徐氏刺杀恩铭，舞台提示更是详细到每一个动作的细节："小生、老旦在生后各掣手枪，小生击射副净不中，生蹲身自马靴内掣两手枪击副净，副净以左手格弹子，侧身急问介。"②

很显然，作者是希望在舞台上如实再现当时的情状，这同传统戏曲表演中"上下场""走圆场"等虚拟性、程式化的表演有着很大的不同。实际上，近代舞台提示中的一些科介，如"从怀中取时表看介""互相见握手接吻介""按风琴介""取像片看介""取新闻纸朗诵介"等等，这些近代才出现的新事物、新举动，是无法运用传统程式化动作来完成的。无名氏《陆沉痛》第二出《城温》的舞台提示是："城内外炮声接连轰击介。贼兵中炮，死尸堆积城下，贼众借尸登城，城内大乱介。浑战下。"③ 这样的战争场景应该是很真实的，问题是传统戏曲甚至就是西方话剧在舞台上也是难以"再现"的。这种写实化的舞台表演，体现出与中国传统虚拟化表演特点迥然不同的艺术精神。戏曲表演对话剧表现形式的借鉴，是近代戏曲舞台实践的一大变化。

其次，角色服装与舞台道具的写实化。在一些近代剧作中，为了真实地表现

---

① 华伟生：《开国奇冤》，载阿英编《晚清文学丛钞·传奇杂剧卷》，中华书局1962年版，第262页。
② 华伟生：《开国奇冤》，载阿英编《晚清文学丛钞·传奇杂剧卷》，中华书局1962年版，第289页。
③ 无名氏：《陆沉痛》，载阿英编《晚清文学丛钞·传奇杂剧卷》，中华书局1962年版，第623页。

剧情，舞台道具和演员服饰也在向真实化、生活化的方向迈进。在古越嬴宗季女的《六月霜》第七出《负笈》中，有这样的舞台说明："场上放烟火。作轮船抵埠介。生短发西装扮留学生。"在《苍鹰击》中，小唐衢是一位"倦游归国"的新派青年，"披发西装军服，扮小唐衢，乘自由车从右上"。剧中主角田丰游学日本，其上场是"场上放烟火，做汽车抵埠介。生西装乘汽车上"，而其妻的服饰已是"时装"了。① 在《开国奇冤》中，旦角的装扮是"女学生装皮鞋手皮包"②。在许多剧作中，手枪、警帽、皮靴、佩刀、雪匣、怀表、风琴、像片、汽车、新闻纸、十字架等道具屡见不鲜。

为了更加真实地再现国外情形，许多剧作对舞台道具都做了详细的说明。感惺《断头台》第一出《党争》描写法兰西山岳党召开会议："场上中央设座，左右列席作弓形状。副净扮议长，众杂扮议士，丑扮布利梭卿，众杂扮狄郎的士党人及中央党人，各洋装，胸露表链子，手执木拐同上。"③ 相当详细地描述了会场的布置和人物的服装、道具。近代最有创意的舞台道具恐怕非玉桥《云萍影》中"小生歪挨克"左手所持的"周五十寸椭圆式西洋镜"莫属。这位小生对那些将信将疑的观众展示了这件据说能映照"中国之山河"的道具："镜中现浮云数片，下有流水一湾，水中有浮萍万朵，随波荡漾。水上有飞絮几点，作欲落未落之势。"④ 这样的舞台道具充满了诗情画意，美则美矣，然何以表现之？这也说明近代一些戏曲家对西方写实性舞台道具的运用还不熟悉，还存在着想当然的情况。

很明显，传统的角色服装、舞台道具等已无法完全适应近代戏曲舞台演出的要求，巾服官服、凤冠霞帔之类传统的舞台服饰，无法用来塑造完全不同于才子佳人、帝王将相之类手持文明棍、西装革履的"洋人"或洋化的"新派国人"，也无法模拟近代才出现的外洋情形。为了顺应时代的发展与戏曲舞台表现外国人物、新派人物以及外国新事物的需要，我国戏曲舞台表演也发生着由写意向写实为主的嬗变。古典戏曲中有不少表演技巧甚至人物性格、身份都建立在人物服饰之上，改变了服饰、道具，实际上也就极大地改变了古典戏曲的情趣和意蕴。

再次，舞台设计的写实化。戏曲改良运动是对传统戏曲的全面革新，为适应改良新戏的演出，一些近代化的剧场也被兴建起来。仅上海一地，辛亥革命前后

---

① 伤时子：《苍鹰击》，载阿英编《晚清文学丛钞·传奇杂剧卷》，中华书局1962年版，第178－185页。
② 华伟生：《开国奇冤》，载阿英编《晚清文学丛钞·传奇杂剧卷》，中华书局1962年版，第254页。
③ 感惺：《断头台》，载阿英编《晚清文学丛钞·传奇杂剧卷》，中华书局1962年版，第553页。
④ 玉桥：《云萍影》，载《绣像小说》，1903年第40期。

兴建的新式剧场就有十五六处之多，如新舞台、大舞台、歌舞台、新新舞台、共舞台、三星大舞台、天蟾舞台等。我国第一个近代化剧场"新舞台"于1908年10月在上海建成，它将传统带柱子的方形戏台改为半圆形镜框式舞台，中间还设置转台，并引进使用了国外的灯光、布景等一系列新技术。

这种新式剧场建立之后，现代剧场运作方式便开始进入传统戏曲舞台表演的领域。洪深在《从中国的新戏说到话剧》一文中说："夏月润到日本去了一次，认识了市川左团次。回来集合了几个同志，组织'新舞台'，在上海十六铺造了一所比较新式的剧场。那戏台可以转的，布景等一切，有了相当的便利，那戏的性质，不知不觉，趋于写实一途了。演员们穿了时装，当然再用不来那拂袖甩须等表情。有了真的，日常使用的门窗桌椅，当然也不必再如旧时演戏，开门上梯等，全须依靠着代表式的动作了。虽是改革得不十分彻底，有时还有穿着西装的剧中人，横着马鞭，唱一段西皮，但表演的格式与方法，逐渐的自由了。"① 这种演戏方式无唱工、无做工，不用下功夫练习，被一些学生接受并开始模仿，在此基础上形成了所谓的"新剧"。

我国传统戏曲的舞台表演并不看重布景的设置，戏曲环境主要通过演员的曲辞和说白来体现。从严格意义上讲，中国传统戏曲在接触西方戏剧文化之后，写实布景才开始出现。近代许多改良戏曲剧本对写实布景的提示，说明传统戏曲对景物造型的程式性有了突破。

## 三

近代戏曲舞台实践特色的形成，固然与外来戏剧的影响有关，这一方面已有许多论文予以探讨，在此不再赘述。但另一方面，对于戏曲创作者本身特点和近代舞台实践之关系，我们关注得还不够。事实上，如果不结合创作者本身特点来考察，对这一问题是不易说清楚的。

首先，缺乏戏曲艺术创新的意识。从主观意识上看，近代大多数戏曲家只不过是利用戏曲来为其政治服务，对戏曲艺术本身并没有多少研究。同时，近代这个剧烈变化的时代又使得戏曲创作与戏曲改良不能不带有浮光掠影的特征，许多作品是在昼夜之间完成的，许多理论问题得不到冷静而深入的思考。当时的一些剧作家在此之前对戏曲并没有什么兴趣，对戏曲艺术并没有多少学养，解音谙律的戏曲家不多，驰骋词华、偶尔倚声者不少。因而，他们创作出来的作品只能存

---

① 洪深：《从中国的新戏说到话剧》，载《现代戏剧》第1卷第1期；录自孙青纹编：《洪深研究专集》，浙江文艺出版社1986年版，第166－167页。

活在报刊上,只是一种借用戏曲形式创作出来的文学宣传品,很少能够被搬上舞台。这与近代戏曲改良提倡者的初衷是背道而驰的。

其次,缺乏对西方戏剧的了解。近代戏曲改良的提倡者批判我国古代戏曲,主张向西方学习,并用了大量的事例和夸张性的语言,不厌其烦地论述西方戏剧在开启民智、富国强种中的巨大作用。然而,他们对西方戏剧艺术本身的特点却不甚了解,知之甚少。

以话剧为主的西方戏剧及其戏剧观念,大致上是通过两条路线进入近代中国的:一是许多来华的西方人为娱乐而排演戏剧,另一是在域外的中国人主动向西方话剧学习和借鉴。就前者来说,能有机会观看西方戏剧的毕竟是少数中国人;就后者来说,国人接触西方戏剧的历史并不长,他们对西方戏剧酷似生活真实情景的舞台道具、布景、灯光以及使用日常生活语言进行表演等,感到新奇诧异,但他们对西方戏剧尚未达到理性认识的层面。因此,他们带给国人有关西方戏剧的影响是微乎其微的。

再次,缺乏创作传统戏曲能力。我们不得不遗憾地指出,近代一些戏曲家对传统戏曲的创作与舞台艺术同样知之甚少,甚至对戏曲的曲律、音韵等要求一无所知。因此,他们创作出来的戏曲,对传统戏曲创作方法的背离,也就不可避免了。

梁启超是戏曲改良的领袖人物,但他并没有染指戏曲的经历,不熟悉戏曲艺术的创作要求和方法。他创作的《新罗马》,原拟四十出,"前后亘七十余年,书中主人翁凡四五人"[①],将"十九世纪欧洲之大事皆网罗其中"[②],但如何将这么长的时间跨度,如何将如此众多的人物、事迹和纷繁的情节,组织成一部作品,其困难远远超出了梁启超最初的设想和雄心壮志。因此,他在创作了《楔子一出》之后,"蹉跎至今,竟无嗣响"[③],写到第七出便搁笔了。

特别是传统戏曲中的曲律问题,更是让不少近代戏曲家们感到头疼与无奈。由于古代戏曲创作的日趋式微,剧作家对曲律的研究与掌握也生疏起来,"咸同以来,歌者不知律,文人不知音,作家不知谱,正始日远,牙旷难期"[④]。在这样的情况下,对只打算"利用"一下戏曲、并非真正为戏曲在新时代发展考虑的他们,知难而退就可能是合理的选择。同时,许多戏曲家为了思想的表达,剧中所

---

① 梁启超:《新罗马》,载阿英编《晚清文学丛钞·传奇杂剧卷》,中华书局1962年版,第520页。
② 梁启超:《新罗马》,载阿英编《晚清文学丛钞·传奇杂剧卷》,中华书局1962年版,第524页。
③ 梁启超:《新罗马》,载阿英编《晚清文学丛钞·传奇杂剧卷》,中华书局1962年版,第520页。
④ 吴梅:《曲学通论·自叙》,载《吴梅戏曲论文集》,中国戏剧出版社1983年版,第259页。

使用的新词汇、新术语层出不穷，复音词、外来语大量出现，这样就很难用曲律来束缚它们。梁启超《新罗马》传奇第三出《党狱》之［混江龙］一曲，就很有代表性："你那外交政策，是要献媚列强，演出一手遮天大本领。你那内治经纶，是要挫抑民气，做到十层地狱老阎灵。你在匈加利是一个杀人不眨眼的刽子手，你在日耳曼是个两头儿捣鬼的妖魔星。就是在你奥大利本国啊，你便假假地兴些教育，也是束缚言论自由、思想自由、出版自由，教那青年子弟，奄奄靝靝无生气……我是播散自由的五瘟使，我是点明独立的北辰星。今日里尽了我的责任，骖鸾归去。他日啊飞下我的精神，搏虎功成。"① 这支［混江龙］曲子，不符合曲牌填词要求不说，单是这几乎每句都有的新名词、新事物、外来语、旧典故，叫作家如何来谱曲？有些曲辞，还用了外文，梁启超《劫灰梦》的《楔子一出·独啸》中有这样的句子："领约卡拉（collar），口衔雪茄（cigar）。"② 这样的句子再用传统曲律的阴阳平仄、音韵曲谱来要求它们，是无论如何都难以谐协的。

　　清初戏剧理论家李渔曾说："填词之设，专为登场。"③ 戏曲是综合性的艺术，是通过演员在舞台上的表演而完成的。而近代戏曲作家，许多恰恰是戏曲表演领域的门外汉。他们创作戏曲，不仅对曲律不在行，对舞台表演生疏不懂，而且他们中的许多人即使精通音律，娴于演戏，但他们急切的政治热情和对戏曲社会作用的过度指望，也不容他们对剧本精雕细琢。不少作家在爱国激情的激舞下握管填词，旨在宣传鼓动，剧本读起来的确可以激励人心，但在艺术方面确实欠缺太多。因此，许多剧作说起来是戏剧，但基本上都停留在报刊上，只是作为剧本，供人们去阅读，其作用就如同当时的小说一般。

　　［原载《山西师大学报（社会科学版）》2009 年第 6 期］

---

　　① 梁启超：《新罗马》，载阿英编《晚清文学丛钞·传奇杂剧卷》，中华书局 1962 年版，第 530 – 531 页。
　　② 梁启超：《劫灰梦》，载阿英编《晚清文学丛钞·传奇杂剧卷》，中华书局 1962 年版，第 687 页。
　　③ 李渔：《演习部·选剧第一》，《闲情偶寄》，载中国戏曲研究院编《中国古典戏曲论著集成》（七），中国戏剧出版社 1959 年版，第 73 页。

# 论近代上海新式剧场的沿革及其影响

李 菲

## 引 言

  日本的清水裕之教授在论及剧场艺术时曾说："如今，将原本是民间民俗性的表演艺术，改换成现代样式而搬到都市大剧场演出的情况是越来越多了。于是，这为重新认识那些传统艺术的艺术精华提供了一种机缘，这是一方面；但另一方面，在此种场合往往又总使人感到某种意犹未尽的缺憾，似乎是在此类舞台表演与其观众之间实际上存在着某种距离，从而影响了两方之间进行有效的交流。"① 清水裕之的这番话主要针对日本能剧而言，但对于有着悠久历史和同为东方戏剧样式的中国戏曲恐怕也是颇中肯綮的。如果按照一般的说法，1908年上海建立"新舞台"为中国引进现代化设备剧场的开端的话，那么现代意义的剧院取代旧式茶园而成为戏曲演出主要阵地的历史也将近百年了。可是对于现代化剧院究竟给古老的中国戏曲带来些什么？在茶园之中观赏戏曲与在剧院中观赏究竟有何不同？这方面的研究还未被重视过。周贻白先生写于1936年的《中国剧场史》论述了从汉代"百戏之场"到清末戏楼茶园的剧场演进之后，对新型剧院（镜框式舞台）便不做论述，因为他认为新型剧院与电影院没有差别。② 20世纪90年代以来，研究者更是把目光集中在"小剧场"话剧身上，对戏曲舞台

---

① 清水裕之：《论演出空间形态的生成》，载《戏剧艺术》1999年第5期，第53页。
② 周贻白：《中国剧场史》第一章"剧场的形式"，商务印书馆1936年版。

观演关系的论述少得可怜,以之为题的论文只有区区 6 篇①,其余论文或专著只是捎带论及,并未深入。更值得深思的是:当西方戏剧都在积极努力地进行着舞台建制的革新和尝试的时候,我们的戏曲舞台却还抱着西方的镜框式舞台不放,无疑有抱残守缺之嫌。本文的目的正在于从研究剧场这一"有意味的形式"入手,探讨上海近代剧场的革新与观演关系的变化,力图从对中国戏曲演出空间的生成的考察中给现代化剧场(主要指镜框式舞台)一个正确的评价。

## 一、"宴乐观剧"习俗的历史传承及其剧场建制

新式剧场出现之前,戏曲演出的场所主要是茶园。从茶园这一名称就可以看出当时观众看戏时还能喝茶吃食。但这并不就意味着在茶园观戏是以喝茶为主、看戏为辅,事实上,当时的茶园还是以剧目和演员来招徕顾客。上海的咏仙茶园就曾发生过因争取观众,出演极其危险的武丑戏"大三上吊",终于导致演员当场毙命的事件。丹桂茶园初开张时演戏至深夜还会奉送精美的汤圆、馄饨等茶食,可到了后来,却成了冷茶冷汤,形同虚设。"茶园"的命名一方面是由于一些专业茶馆也有唱曲助兴的风气,更主要的是由于清代宫廷曾三令五申不准八旗当差人员进外城戏园看戏②,甚至禁止在内城开设戏园,因此戏园改名茶园以自存。1923 年上海的《戏杂志》第九期有一则《茶园名称之出处》写道:

> ……然戏馆明明为演剧之所,昔时何以皆称茶园?虽园中循例,每客必进茶一盏,而在座之客原非为品茗而来。故其命名之意殊难索解。据闻清代乾隆盛时,前门一带戏园林立,极歌舞升平之胜。而皇室贵胄、八旗子弟征歌选舞毫无顾忌,致为纯庙所闻,赫然震怒。有旨著八旗都统约束各旗,并诏五城察院勒停戏园。无论官吏兵丁,如有犯者,或降罚,或责革,惩戒有差,稍不宽假。京师人士不闻罗绮之香、管弦之胜约一年余。嗣以皇太后万寿,御制戏曲传集名伶进宫演唱,藉伸庆祝。由是禁令渐弛,前门一带昔时歌舞之场遂得重振旗鼓,开台再演。惟不敢显违功令,乃改头换面,避旧日戏园之名,易其市招为茶园,并

---

① 这几篇分别是马长山:《剧场形态与戏剧革新》,载《艺术百家》1987 年第 4 期;禹雄华:《略论剧场欣赏心理的特点》,载《湖南师范大学社会科学学报》1992 年第 1 期;景李虎、苏玉春:《剧场的演进与戏剧的发展》,载《艺术百家》1993 年第 3 期;王辛娣:《新式剧场的建立与观演关系的改善》,载《戏剧》1996 年第 2 期;栾冠桦:《传统戏曲与传统剧场》,载《戏剧艺术》1999 年第 2 期;孙宝林:《剧场效应:一个被忽略的研究对象》,载《艺术百家》1999 年第 3 期。

② 据《钦定大清会曲事例》《钦定台规》所载禁令,参见周华斌:《京都古戏楼》,海洋出版社 1993 年版,第 79 - 84 页。

称戏价曰茶资，世世相沿。即上海戏园亦援京师成例……

有固定的演出空间、以营利为目的的戏曲表演，可以说，茶园已经有了"剧场"的性质。但不应忘记：中国的戏曲很少成为人们单纯的娱乐活动，在大多数时候，它总是与祭祀娱神、婚丧嫁娶、饮酒宴乐等活动结合在一起。人们进入茶园一方面是为了看戏，一方面也是为了会客、聊天等与戏剧无甚直接关系的活动。考察一下戏曲剧场史就不难发现：茶园实际上保留着"宴乐观剧"的习俗。

如果周代的《大武》可以算作萌芽期的戏剧的话，那么它与礼仪性宴会的结合就成了后世戏剧演出的雏形。汉代的"百戏之场"想必规模宏大，出土文物中也不乏"宴饮起舞画像砖""丸剑宴舞画像砖"等，证明了汉代"宴乐观戏"的习俗。从文物的图像上看这类"起舞"的场所一般都是大摆筵席的厅堂。①

隋代有大规模的"戏场"。《隋书·柳彧传》记载隋炀帝大业二年"突厥染干来朝，炀帝欲夸之，总追四方散乐，大集东都……端午门处、建国门内绵亘八里，列为戏场……"夸耀国力、大肆设宴演剧，成了统治者的乐事。

唐代的《踏谣娘》《钵头》都是宴会上的节目。常非乐的《咏谈容娘诗》、宋史浩的《剑器舞》等都是明证。当时舞者就是在"华茵""锦筵""锦茵"上表演的。历史文献上还有这样的记录，《新唐书·李光弼列传》载，李光弼守太原，遭到史思明围攻：

　　……思明宴城下，倡优居台上，靳指天子。光弼遣人隧地禽取之，思明大骇，徙牙帐远去……

《太平广记》卷二一九"周广"条引《明皇杂录》曰：

　　……开元中……有宫人……尝因大华宫主载诞三日，宫中大陈歌吹，某乃主讴者，惧其声不能清……当筵歌数曲。曲罢，觉胸中甚热。戏于砌台，乘高而下，未及其半，复为后来者所激，因仆于地。

我们发现这里的歌舞与演剧都是在"台"上演出的，可以想象这大概是脱离了"华茵""锦筵""锦茵"的比较独立的舞台了，然而即使在这样的舞台下，还摆着筵席。

宋代，杂剧成熟了，但它仍是宴会上的节目。1978年，河南荥阳县东槐西村北坛一宋代古墓出土的一口石棺上，就雕刻着棺主夫妇宴饮观看杂剧演出图。

---

① 廖奔：《宋元戏曲文物与民俗》，文化艺术出版社1989年版，第112页。

《东京梦华录》卷九《宰执亲王宗室百官入内上寿》条,详细记录了天宁节皇帝赐筵,教坊各部色乐人演出的仪程。① 翁敏华的论文《两宋的饮食习俗与戏剧演进》② 对两宋的饮食民俗与戏剧活动的关系做了相当深入的探讨,从而为我们揭示出中国戏剧讲究"吃喝玩乐"的"娱乐"特性。此外,我们看到在王国维《宋元戏曲史》"宋之滑稽戏"中所引用的杂剧条目中十有八九都是在宫廷或官府的宴席上演出杂剧。

元代茶坊酒肆中常召妓女乐户唱曲演戏,南戏《宦门子弟错立身》第十二出,旦才在勾栏散罢,又被召入茶坊。《太平乐府》卷九,《雍熙乐府》卷七有无名氏《拘刷行院》耍孩儿散套,写妓女应召酒楼献技的情形:

> (十三煞)穿长街,蓦短衢,上歌台,入酒楼。旁呼唤探差祗候:众人暇日邀官舍,与你几贯青蚨唤粉头,你休要辞生受,请个有声名旦色,迭标垛娇羞。

明代酒楼茶肆、旅店客房中演戏还是十分普遍的。祁彪佳《役南琐记》记录了他在崇祯年间的行程,有许多记载便和酒肆观剧有关,如:

> 羊羽源及杨君锡缑皆候予晤,晤后小憩,同羊至酒馆,邀冯弓间、徐悌之、潘葵初、姜端公、陆生甫观羊班杂剧。

> 就楼小饮,观《灌园记》。

而更多的权贵、文人学士的喜庆宴集,多半在家宅中举行,此时必少不了戏剧演出。

茅坤《白华楼吟稿》卷六云:"席间览优人演习薛仁贵传记。"

《役南琐记》崇祯十七年一月二十五日日记:"午后延王云岫、潘鸣岐、潘完宁小酌,钱克一同翁艾弟亦与焉。清唱罢,令止祥兄小优演戏,乃别。"

王安祈《明代传奇之剧场及其艺术》中介绍道:"明代有私人舞台的甚少,一般都是在厅堂中划出一块区域,铺上红色地毯,即当舞台面,作'氍毹式'的表演。"③ 这种以氍毹为舞台的做法可以上溯到汉唐。演出一般在厅堂周围三面设筵席,中间地上铺一块红氍毹(地毯)作为表演区,音乐伴奏设在红氍毹的后边或左边。角色保持左上右下(以正面观者的左右为左右)的上下场形式,靠近红氍毹的厢房或耳房则为"戏房",即后台。有时大型的宴会或活动,一般

---

① 周育德:《中国戏曲文化》,中国友谊出版公司1995年版,第358、368页。
② 翁敏华:《中国戏剧与民俗》,台北学海出版社1997年版。
③ 王安祈:《明代传奇之剧场及其艺术》,台湾学生书局1986年版。

还会在大门口搭彩棚演戏,《金瓶梅词话》第六十四回即有有关描述。

直至清代,戏剧还是与宴会、祭祀等活动紧密结合着。《红楼梦》里凡是有戏者必有筵席。

清代宫廷尤其喜爱演戏看戏。宫内有很多戏台,还有专司演戏的机构"南府",乾隆时还有"内学""外学"之分,"内学"为太监学戏之所,"外学"为苏州艺人进宫当差之所。宫中诸多戏台皆可观戏设宴,尤其是排云殿,专为受贺、宴筵演戏之用。

至于民间的茶园,则是专门化的戏剧演出场所。早期的茶园还供应酒馔饮食,后来就以饮茶为主。可见,茶园中观戏饮茶也是"宴乐观剧"之遗风。在此,不妨以上海的茶园为例,考察一下茶园之建筑及其观戏习俗。①

一般说来,进茶园看戏不收戏钱而是出资买一壶茶,茶客可以随意进出,不受限制。茶园的建筑也颇有特色:其舞台较高,方形,台前有两根大柱,台上除一桌二椅外没有其他布景,以木板为壁,贴着"喜"字或"天官赐福",上首门、下首门分别贴着"出将""入相"。正厅(也称"池子")座位像是大摆筵席的局面,有好几张八仙方桌,方桌后面并列两椅,左右各设一椅,每个座位都泡盖碗茶。正厅两旁狭长的地方为"边厢",也有长凳,边厢的后面还可以"立看"。一般正厅与边厢为普通老百姓看戏之所,而二楼包厢则是达官贵人看戏之所。边厢楼上的部分被分成若干间,即为包厢,包厢的尽头为花楼,靠近后台。正厅楼上为正楼,也称官厢。

从茶园的制式上就可看出茶园观戏是松散的,观众席总是十分喧闹,有卖果子的穿梭其中,有茶房接抛手巾,还有谈天的、会客的……总之,茶园不只是观戏之所,更是娱乐消闲之所,它给戏曲演出提供了一个固定的舞台和相对稳定的观众,同时又融入民俗生活之中,保留着浓郁的传统文化气息。

可是,新式剧场的建立,使这种特有的演出氛围一下子消失了,观演方式产生了变化,而这一革命性的新事物首先就出现在上海。

## 二、新式舞台的建立与戏曲观赏的严肃化、单纯化

1908年,上海出现了中国第一家由中国人自己建造的新式舞台——"新舞台"。这是引进西方舞台建造技术和日本舞台样式而建成的具有现代化设备的剧场。短短几年间,新式剧场立即风靡大江南北,北京、天津纷纷效仿,建镜框式剧场。北京最早的舞台式剧场——"第一舞台"建于1914年。天津新式舞台的

---

① 有关茶园制式的记载颇多,本文参照《上海戏曲史料荟萃》第1集。

兴起则在辛亥革命前后。上海的新式剧场发展最快，1915年前后就基本取代了旧式茶园。这一转变一方面有茶园自身存在的问题，一方面还是由于新式舞台本身吸引观众。（当然，"新舞台"的建立与戏剧改良运动还有密切关系，但本文主要从观演关系角度论述，故对此不做讨论。）

其实，早在1867年，上海就有了中国第一家西式剧场——"兰心大戏院"①，但它主要面向洋人开放，也不演出京剧等中国剧种，故而影响不大。但上海毕竟开埠既早，各方面领风气之先。早在新舞台建立之前，就有人领略过了西式剧场的优点，并将西式剧场与中式茶园做了比较。《申报》光绪九年（1883）十月十七日登载了一篇题为《中西戏馆不同说》的文章，其中除了比较中西戏馆上演剧目给人的不同观感外，还着重谈到二者观看氛围的差异。文章说道："而况（茶园）喧嚣庞杂，包厢正桌流品不齐。乘醉而来，蹒跚难状，一张局票，飞叫先生，而长三幺二之摩肩擦背而来者，亦且自鸣其阔绰，轿班娘姨之辈，杂坐于偎红倚绿之间。更有各处流氓，连声喝彩，不闻唱戏，但闻拍手欢笑之声。藏垢纳污，莫此为甚。若西国戏馆则不然，其座分上、中、下三等，其间几席之精洁，坐位之宽敞，人品既无溷杂，坐客纯任自然。观者洗耳恭听，演者各呈妙技。"《申报》1923年6月29日至7月16日连载了一系列题名为《剧场应须改良之要点》的文章，对旧茶园的弊端做了批评并提出了一些建议。主要观点如下：一是旧式茶园采取案目制②管理，案目只对老主顾、大主顾款待有加，而对于非相熟之顾客就常常照顾不周。案目制还会限制新戏的排演，因为案目只听从老主顾的安排，而一般老主顾对新戏不感兴趣。二是茶园卫生状况极差，空间狭小而看客拥挤，空气不畅通，令人窒息。厕所极不卫生，而茶壶、手巾也不能及时清洗。三是茶园演戏往往一连五六个小时，观众、演员都很疲劳。

此外，由于茶园设备较差，后台的喧哗声时时传入前台，影响演戏和看戏。一些演员在演戏的过程中还要由检场上台送茶喝，也不利于观众看戏时的投入。

新型舞台的建立，无疑让原本已经显得陈旧的茶园文化更趋衰落。新型舞台剧场不仅将一种剧场形式带进古老的戏曲表演艺术中，同时，也把一种新的观剧制度带给了中国的戏曲观众。

1908年由上海士绅沈缦云、殷侣樵等与夏月恒、夏月珊昆仲及潘月樵出资合股建起了"新舞台"。"新舞台"位于九亩地（今露香园路近大境路一段）。夏

---

① 关于"兰心"落成于何年说法颇多，本文以《中国戏曲志·上海卷》为准。

② 案目：清末民初在上海戏园中经营票务、服务等事项的人员。各大戏园的案目掌握着戏园的全部戏票，由他们负责推销戏票，联络老观众。

氏兄弟考察了日本和欧洲的剧场以及上海的英式"兰心大戏院"建成该剧场。"新舞台"平面为椭圆形剧场,舞台伸出作半月形,虽取消了两柱四方形舞台,但仍能保留三面观剧的特点。观众席地势呈前低后高倾斜,后排视线不会被前排挡住。池子和正楼改为排座。当然,也有论者认为"新舞台"并不算是真正的镜框式舞台,但从当时的条件来说,这样的设备却有了镜框式舞台最基本的样式,尤其是它引起了一场观剧理念的重大改革。为什么这么说呢?

其一,观众进场是单纯为看戏而来。剧院废除案目制,实行卖票制,同时还取消了剧场内抛手巾、泡茶、要小账等茶园旧习。也就是说,观剧场所的功能变成了单一的"观剧",至于喝茶、洗脸、谈生意等活动都一概被取消。原先"茶园"向戏曲观众索取的是"茶资",而现在剧院向观众索取的则不是"茶资",而是"戏票"。①

其二,场内不准喧哗走动,观众看戏得以集中精神。老式茶园的看客可以随意进出,对演出的完整与否无所谓,再加上人声嘈杂、小贩穿梭,使观众看戏时时受到干扰。新式剧院的规定让观众有了一种"剧场心理意识",即进入剧场就不能再会客、谈生意、吃零食,必然受到周围气氛的一种无形的制约。

其三,新式剧场给戏曲观赏的平等性、民主性提供了实现的可能。旧式茶园中包厢的区分、楼上楼下的区别天然造成了观众的等级差异,而且一般贩夫走卒等茶园不收茶资或少收茶资,甚至连包厢里的女眷也只是达官贵人们的附庸,不用付钱。"满庭芳"茶园初建成时楼上楼下统售一元,但这并未成为主流。"新舞台"建成后也有票价区分,但由于不采用案目制,只要出钱多就可以坐到理想的座位。《戏杂志》试刊号(1922)有《记组织大舞台原因》这样一篇耐人寻味的文章,现摘录如下:

> 诸君欲知大舞台创办之历史乎?颇有传达之价值。当新舞台方开之时,有叶某者在商界中颇有势力。某日,应友人观剧之约趋新舞台。既至,昂然而入,为招待员所阻,谓:"如欲入,照例请先买票。"奈叶志不在剧,因有要言欲于友人面谈,不过三数语而止,如友人果在,即购一票亦无不可,万一购票入内而友人不在,则尚有他事要办,殊无从容观剧之时间。乃将此意向招待员述之。招待员年少气盛,即向叶某出言不逊,继之以揶揄曰:"君亦漂亮人物,奈何效看白戏所为?本舞台定章:不论观剧与否,入内均需购票。"……叶君不得已,照章购票

---

① "茶资"只是"戏票"的另一种说法。新式剧院实行戏票制度后,把"喝茶"的积习也一扫而光。

入内……

这位叶君后来就与"群仙"茶园园主童子卿合办了大舞台。

从这则记载里，我们至少可以得到这样两条信息：一、"新舞台"的买票制是人人平等，不管来者是工商巨子还是平民百姓，都一视同仁；二、剧场为观戏之所，以与看戏无关的理由（如进去寻人之类）进出是行不通的。

畅通的视线、舒适的座位使观众喜爱上了新式剧场，尤其是剧场制度的改变引起人们观剧态度的转变，更让观众产生了新奇而规范的感觉。戏曲演员也对这种新型剧院赞不绝口。梅兰芳踏上这种舞台时就觉得大不相同，"跟那种照例有两根柱子挡住观众视线的旧式四方形的戏台一比，新的是光明舒敞，好的条件太多了，旧的又哪里能跟它相提并论呢？这使我在精神上得到了无限的愉快和兴奋"①。新舞台的出现在全国引起轰动，外地人到上海总要去看看新舞台以满足好奇心。《戏杂志》（试刊号）还记载道：

> 新舞台偏居南市，开办最先。其营业虽不十分发达，然年年获利，殊称稳健。其故，一半系卖老牌子，一半则得风气之先。凡客帮来沪者，新舞台三字早已深印脑海，故来沪卸装后不暇及他事，先以一睹新舞台为快……

在上海"新舞台"出现后的短短四五十年中，茶园急遽衰落，而新式剧场如雨后春笋般出现。1909年"大舞台"开张，1910年"新剧场"开张，继而"丹桂第一台""新新舞台""亦舞台"等多家大型剧场和为数众多的中、小型剧场迅速抢占了原有茶园的经营地盘，而其制式也成为标准的镜框式舞台。

至此，传统戏曲从宴乐等活动中走了出来，单纯地成为人们娱乐观赏的一种方式。这一变化的直接原因可以说就是新式舞台的建立。这使戏曲本身固然有了进一步发展其艺术的动力，但这种新式剧场完全能与传统戏曲吻合吗？下文再就新式剧场（尤其是镜框式舞台）与传统戏曲表演的关系做一番讨论。

## 三、镜框式舞台与中国戏曲话语的异质性

戏剧是剧场艺术，它只是在一定的空间内通过演员的表演与观众的欣赏才能完成，而这戏剧演出的空间对戏剧必然有极其重要的影响。反观近代上海剧场的沿革，从茶园到剧场的这一转变，为戏曲观赏成为一项独立的单纯的文化活动起了决定性作用，同时，设施的完备为戏曲艺术本身的发展提供了可能。但是，这

---

① 梅兰芳：《舞台生活四十年》，中国戏剧出版社1987年版，第132页。

一现代化的设施终究与戏曲本身有着不可调和之处。

1. 戏曲演出程式的"多余"

栾冠桦先生曾十分精到地指出：传统剧场对戏曲程式的形成具有决定意义①，并以几项戏曲程式为例做出说明，如高音量、中节奏、大动作、艳色彩都是由于传统剧场（严格地说是戏楼、庙台、茶园、草台……）声音喧哗、观众拥挤、地处空旷而产生的对戏曲表演的要求；而"自报家门"、重复剧情则是由于观众人员的流动不安，为使后来者看明白剧场而采用的手段。如果联系茶园建制就不难发现，茶园的剧场环境也完全适应这种程式化的戏剧。但到了剧院中，这种程式却变成了多余。剧场的设备足够让音量扩大，不必再用高音量传送声音。一个比较典型的例子是，名净金少山演出时，一些老戏迷总是抢买后排的座位，因为金少山的嗓门实在太大。至于不断地重复自报家门、重复剧情叙述，也变得毫无必要，因为剧院的观众一般都是把戏剧从头看到底的。

虽然不可否认，戏曲表演中的一些程式本身也极具审美价值，如真假嗓的运用、俊扮、丑扮、甩发、翎子功等，但新式剧场的确使一些在茶园中原本自然的东西变得不自然，原本必要的东西变成"多余"。

2. 观演交流的"隔膜"

当观众从喧闹热火的茶园一下子走进装备新奇精良、座位宽敞舒适的剧院时，好奇心得到满足固不必说，连戏曲欣赏活动本身也具有了某种崇敬、庄严的意味，尤其是镜框型舞台的设立，戏曲更是被披上了一层神秘的纱衣。可是镜框型舞台真的是戏曲演出最适宜的舞台吗？

我们知道，镜框式舞台出现于16世纪文艺复兴时期，当时绘画透视学被运用于剧场艺术。布景迁换技术的进步和绘画对自然的再现能力增强，镜框舞台逐渐发展成为一种富于创造逼真的生活幻觉效果的剧场空间结构。它的封闭性，从剧场形态来看，舞台上的镜框形成一道无形的墙，"第四堵墙"将观众与演员隔了开来。不久，镜框式舞台流传于世界，创造出易卜生现实主义模拟自然的写实布景，发展到斯坦尼斯拉夫斯基便达到了追求逼真的极致。一般来说，"镜框式"舞台往往导致观演关系的"隔膜化"，在这种隔膜的表演中，演员的表演并不需要观众的参与，它是一个自给自足的领域。观众的任务只是旁观，他们对这种表演的感情投入就如同在看电影一样，而对于演员的现场表演本身毫无瓜葛。周贻白先生在《中国剧场史》中将镜框式舞台与电影院混为一谈，也许就是由

---

① 栾冠桦：《传统戏曲与传统剧场》，载《戏剧艺术》1992年第2期。

于这个原因吧。①

但是，中国的表演艺术有它自己独特的话语。它需要一个相对单纯、相对严肃的演出空间，但未必需要被"神圣"化、被隔膜化的环境。它从祭祀中走来，从百戏中走来，更从宴乐中走来，它的观众与演员是一体的，观众在欣赏表演时一面要投入感情"入戏"中，一面要"出戏"，对演员的做功、唱腔等做出客观评价，到了忘情激赏时还要大声叫"好"，大声鼓掌。而演员的表演也是一半由观众的评价组成的，演员时时会与台下交流，且不说程式化中的"打背躬（供）"，戏曲语言的本身就有大部分是与观众交谈。周宁先生曾在《比较戏剧学》② 一书中指出，中国戏曲语言具有双重化的特点，它一方面是满足剧情内部对话、表述等功能需要，一方面也是与观众交流的需要。例如元杂剧《温太真玉镜台》第一折：温夫人令女儿倩英替温峤把盏，温峤接过酒，唱道："虽是副轻台盏无斤两，则他这手纤细怎擎将，久立着神仙也不当。你把我做真个的哥哥讲，我欲说话别无甚伎俩，把一盏酒淹一半在阶基上。"这里，温峤虽然是对着倩英唱的，可是唱词的内容却分明是告诉台下观众的。再如，京剧折子戏《汾河湾》里，薛仁贵来到柳迎春的寒窑，一会儿口渴了，柳迎春急忙端茶，唱道："忙将开水拿在手，付与薛郎润口津。"一会儿他饿了，柳迎春又急忙端来鱼羹，唱道："忙将鱼羹拿在手，付与薛郎尝尝新。"柳迎春一面在给薛仁贵端茶送饭，一面却把内心的喜悦和满腔爱意都唱给了观众听。

从表演看，演员的表演也具有双重性，一方面是完成剧情中的动作，另一方面也是要与观众形成交流。《三堂会审》中苏三不是朝审判官跪下，而是面向观众跪下；《打渔杀家》中台上同时表现两个地方发生的事：一边是桂英等候爹爹，一边是肖恩公堂挨打；《贵妃醉酒》中杨贵妃嗅花的优美舞蹈等都是演员依托于角色并通过角色表演给观众看的。

从这个角度观照镜框式舞台，便发现它只是提供给观众一个"看"戏的场所。斯坦尼斯拉夫斯基甚至要在面对观众的台口放上一些家具造成一种真实感并将观众排斥在外。这对于既要让观众入戏，又要让观众出戏、评戏的传统戏曲显然并不合适。

如今人们在剧场里看戏仍会像在茶园观戏一样叫"好"，但其性质已发生了根本性的变化。

---

① 周贻白：《中国剧场史》第一章"剧场的形式"，商务印书馆1936年版。
② 周宁：《比较戏剧学》第二章，上海社会科学院出版社1993年版。

### 3. 从"三面观"到"一面观"的缺失

中国传统戏曲实际上并不排斥"一面观戏"。廖奔在《宋元戏曲文物与民俗》一书中就介绍过中国古戏台四面观到三面观的敞口逐渐变小,后台日益加深,最后成为一面观的过程。① 此外,戏曲表演必然是具有方向性的。一桌两椅在台上不仅区分了内外场,同时也决定了正背向,其演出的主要对象必定是正面向着舞台的观众。

但传统戏曲在多数情况下还是以三面观戏为主,有时甚至还是四面观戏。它的舞台不只是寺庙的戏台,更有红氍毹、酒馆菜肆、茶园戏庄。有趣的是一般近代茶园最贵的座位不是正对戏台的官厢而是两侧的包厢(尤以靠下场门侧为贵)。这在戏曲表演中留下许多痕迹,而这些痕迹在镜框式舞台的一面观戏中就消失了。

最主要的就是走龙套。传统舞台的龙套表现十分丰富,有"领起走太极图""领起圆场""走龙摆尾""走十字靠""鹞儿头会阵"等,这些丰富的龙套走势在镜框式舞台中只能成为平面的位移,观众就很难体会其中的奥妙了。

此外,戏曲演员的眼神是三面观望的,表演也是全方位的,一面观的舞台就割舍了观众在其余方向的观赏。梅兰芳谈及他与杨小楼合作演出《霸王别姬》中的自刎一出时就说道:"观众看不到我背后,其实我背后也是有戏的。"

上海的"新舞台"建成时是有台唇的,而且很大,演员在台唇上表演时接近三面围观,但后来的剧场台唇越来越小,而演员的表演也逐渐后移,台唇形同虚设。这就让立体的戏曲表演变成了平面表演,殊为可惜。

从戏曲接受美学的角度来看,戏曲舞台本来就是假定性舞台,演员的表演不但能表现人物,还能表现场景。例如京剧中常演的折子戏《秋江》,虽然舞台上没有水,但旦角和丑角的前后照应,顿时让观众觉得真的是两个人物在江中颠簸行进。此外,戏曲中如走边、起霸、开门等程式都是"无中生有",而这种"无中生有"观众不但不会较真,反而心领神会,完全能够欣赏。观众对于舞台的要求亦如此,如果让在"镜框"内演出的戏曲演员突出到观众中间来演出,非但不会破坏演出所要求的幻觉感,观众反而会用想象力去填补舞台另两面的空白,使舞台更具有艺术魅力。

## 结　语

不可否认,新式剧场的镜框式舞台对中国传统戏曲是具有积极意义的,这不

---

① 廖奔:《宋元戏曲文物与民俗》,文化艺术出版社1989年版,第125页。

光表现在它使戏曲舞台的布景艺术有了发展的可能，更体现在它对观演关系方面的革新。它让戏曲表演走向独立，走向正规，促进了戏曲表演艺术的进步。同时，我们也应当看到，镜框式舞台有其自身的戏剧发展背景，与中国传统戏曲表演有不同的内涵，两者的差异不可调和。中国戏曲走进镜框式剧场已经将近百年。有趣的是，镜框式剧场的发源地欧洲却不断进行着剧场的改革，意大利、英国、法国等都先后采用过伸出式舞台、中央式舞台，甚至于在露天广场表演莎士比亚戏剧，其中影响最大的就是"小剧场"。更值得深思的是，同为东方戏剧样式，并且与中国戏曲有着密切关系的日本歌舞伎，至今没有取消"花道"，还是"三面观赏"的。"花道"不但给演员提供了表演的空间，而且"花道"本身还可以被当作山峦、河流等空间使用。日本在明治以后也开始发展现代化剧院，但为了保存古典文化遗迹，还修建了许多能剧堂和歌舞伎剧院，还可以按照古典风格演出。① 中国戏曲如果再抱着镜框式舞台不放，则无异于固步自封。其实，剧场改革完全可以成为传统戏曲重新发展的契机，但愿戏曲工作者能及早予以重视。著名导演莱因哈特指出："没有一种剧场形式是唯一真正的艺术形式。让优秀的演员今天在谷仓或剧场演出，明天在旅馆或教堂内演出，或以魔鬼的名义，甚至在一个表现主义的舞台上演出：如果地点与演出相符，将会产生某些美妙的东西。"② 我并不主张简单地走回传统剧场，但传统剧场制式应该为将来的舞台提供借鉴。

[原载《上海师范大学学报（社会科学版）》2002年第5期]

---

① 王爱民、崔亚南：《日本戏剧概要》，中国戏剧出版社1982年版，第70页。
② 转引自［法］丹尼斯·巴布莱特：《当代剧场空间问题》，刘杏林，译，载《戏剧》1988年冬季号（总第50期）。

# "新舞台"的剧场变革及其文化变迁

王雪芹

"新舞台"是中国近代历史上第一座初具现代化规模的剧场。它的前身即上海著名的老丹桂戏园。光绪三十四年（1908）十月初二，它以"十六铺外滩新造样式特别改良戏院"为名，高调出现在世人面前。在戏院执掌演出的主要是夏家班的夏氏兄弟，即夏月珊、夏月润——京师回申名武生夏奎章的二、三子，老丹桂成员，和潘月樵（小连生）一样均为海派京剧的创始人。"新舞台"建成后，他们编演了不少知名的改良戏曲，使人耳目一新。可见"新舞台"不仅是一个新式剧场，也是一个海派京剧和改良新戏的演出团体。随后几年，新式舞台大量兴起，仅上海，就有文明大舞台、共舞台、新新舞台、更新舞台、广舞台、笑舞台、三星大舞台等剧场面世营业，"其剧场建筑，一切以新舞台为圭臬"①。从上海演出回来后的杨小楼有感于新式舞台的优势，于1914年在北京兴建相仿的"第一舞台"。此外，天津有大观新舞台，南通有更俗舞台，"一切排场都是仿上海新舞台"。②"新舞台"的不断"繁衍"，使得旧戏园和茶园逐渐被取代，它作为近现代舞台史上的"第一次革命"③，凸显了现代戏剧对文化异质因素和本土因素的选择磨合，可以说是中国现代戏剧发展史的一个脚注。

一

"新舞台"的"新"首先突出表现在其剧场构造上。"新舞台"是夏氏兄弟从日本考察回来后结合兰心大戏院的特征建造的。他们通过与春柳关系密切的市川左团次介绍，带回一名日本布景师和一名日本工匠，还聘请了有留日背景的美

---

① 徐珂：《清稗类钞》，书目文献出版社1984年版，第879页。
② 徐则增：《南通京剧界状况》，载《戏剧月刊》1928年第1期。
③ 马彦祥：《清末之上海戏剧》，载《东方杂志》1936年第33期。

术师张聿光参与筹建。异域因素必然使"新舞台"有别于传统旧戏台。试比较两段文字：

> 入门为道，约长二丈，旁有干果摊，兼售纸烟。过此有砖影壁，旁放戏剧砌末，影壁南有广顺号小干果店，再进，即戏场门矣。门为西砖砌成，上额有"广寒声和"四字……门前有馄饨、豆腐脑各小食摊，听戏入座位，皆是长凳。木凳两行之中，则置长木桌。楼座以木板间隔之，每间为一厢。①

> 少牧向四面及二层楼三层楼一瞧，问鸣岐道："可晓得上下客座一齐坐足，有多少票洋可卖？"鸣岐道："听说有三千块钱左右。"生浦道："有三千块钱可卖，戏馆中可算是独一无二的了。就是这所圆式的房屋和圆式的戏台，仿佛圆明园路的外国戏园一般，也甚特别。"鸣岐道："岂但房屋特别，停刻戏中的彩画，真是应有尽有，更觉特别非凡。并且后台布彩的人非常迅速，与别家戏园不同……"②

第一段文字是张次溪记述北京广和戏楼的情况，可以窥得旧戏园一貌：其舞台多以带柱四方形台突出于观众席，面积不大，后台更窄，柱上贴纸，书有对联或戏目；观众席有池座和官座之分，池座中以方桌长凳布置，观众均侧身看戏，同时可以吃茶聊天，嬉笑取闹，随时进场只付茶资即可，甚至不少茶园都没有厕所，看客一般在场外过道处解决，污秽难免。第二段文字是《海上繁华梦》③中对"新舞台"看戏的描写，楼上下地势呈扁圆形，从低到高层叠排列，废除池子，尽排课椅不设方桌等，座位之宽敞、舞台之"圆"、布景之特别，比起旧戏台来"文明"了许多。此外，"新舞台"还采用比较严格的卖票制，无票不得进场，并且"新舞台除头等票及包厢各客俱由前后门出入外，其余二三等均另有二三等票的门口进出，绝不相紊"④，剧场内不允许喧哗，"门口更由总工程局增派巡士，与戏园内稽查人等合力弹压，故亦绝无喧哗滋扰以及乘机攫物等事，真个是整顿得井井有条，见者俱为叹服"⑤。相应地，旧式茶园里的许多习惯被渐渐

---

① 张次溪：《燕归来簃随笔》，载《清代燕都梨园史料》（下），中国戏剧出版社1988年版，第1220页。
② 海上漱石生：《海上繁华梦（附续梦）》第二辑，上海古籍出版社1991年版，第1209页。
③ 《海上繁华梦》是近代警世小说的代表作，是研究晚清上海文化风俗的重要史料，其作者孙家振（海上漱石生）为当时极有影响力的著名报人。他在民国上海的文人、伶人、商人圈中交游广泛，在此书中他根据自己挥霍万金得来的亲身经历，具体而微地描写了当时戏院、妓院、赌场的种种情形，现实可信。
④ 海上漱石生：《海上繁华梦（附续梦）》第二辑，上海古籍出版社1991年版，第1212页。
⑤ 海上漱石生：《海上繁华梦（附续梦）》第二辑，上海古籍出版社1991年版，第1212页。

抛弃,例如听噌儿戏的闲杂人等、抛热毛巾、吃茶聊天、兜售食物的叫卖小贩、不收女眷票资等。还配备有男女厕所和休息室,空气清洁,卫生条件得以改观;采用煤气灯或电灯照明,使观看舞台表演变得容易和清晰,再也不会有张厚载光宣年间在老茶园里听谭鑫培《状元郎》时候的现象——老谭在昏黄的火把中揭帘而出透袖摇须,而观者却不能看清其种种身段做派。

具体就舞台来看,"新舞台"在布景、天桥、横栏、池窖、帘子、转台等方面均采纳了西方镜框式舞台的构造方法。其中,布景有软片、硬片、附片等分别,根据演出需要采用不同布景,无论是殿阁楼台还是山林薮泽,园圃池塘还是书轩啸阆,无一不备;在舞台顶端建有一个木质小桥,演雪景戏时就可以由人从桥上播撒碎纸片,从观众席中看去几乎与真雪无异;在舞台中心的底部设有一个水窖并装备自来水管,演出水景戏时整个舞台就可幻化为一个水泊,水可以泻入水窖而不影响演出,水窖还可藏人,演员可魔术般出现或消失。换布景时,只要拉起舞台上的彩帘就可以了。另装置有新式转台,台心也可转动。"如前半台所演为家庭剧,背景乃系居室。其下所演为郊外剧,后半台之背景则为乡村。演时无须关闭幕再开,只需将台转动已可继续。"① 不仅换幕、换景简便快捷,还可"忽而房屋,忽而世尘,忽而旷野,更一套套的层出不穷"②。

可以说,"新舞台"已经初具了西方19世纪写实剧场的布局模式,在这一构造模式的物质支撑下,"新舞台"的演出场景无论从厅堂到郊外,从天界到地下,都能如实呈现,包括暗场戏也可表现,表演的容量大幅度拓宽。例如《长坂坡》的布景山中能容人出入,糜夫人投井的时候,在台上设井栏,台下开空穴,人可落入,宛如真井;由于有了水管和地窖设施,《阎瑞生》跳水的一场得以呈现,其效果之好、卖座之胜,以至于扮演者汪优游天天跳水得了重病;原本是灯彩戏的《天上斗牛宫》则利用转台将"二十八宿"轮番展示一番;一些宏大的军队战争场面亦可在舞台上表现,比如《新茶花》之《寅战》《续新茶花》之《玩兵》,而且角色服装皆合时代风尚,宛如日常生活所见。《玩兵》借陈其美操练士兵的场面展现了当时清廷军队改革的新貌:众士兵穿干净的卡其布军服,质地良好的陆战鞋,戴着遮阳尖檐帽,扛着毛瑟枪在舞台上走来走去。③ 在时人观看"新舞台"的《黑籍冤魂》时,也曾有这样的评论:"其间坟茔、官署、监

---

① 海上漱石生:《上海戏园变迁志》,载《戏剧月刊》1928年1月第7期。
② 海上漱石生:《海上繁华梦(附续梦)》第二辑,上海古籍出版社1991年版,第1209页。
③ 参见《图画日报》1910年6月18日对《续新茶花·玩兵》一场的绘图,第307号,1910年6月18日,上海古籍出版社1996年版。

## ·"新舞台"的剧场变革及其文化变迁·

狱、荒丘,俱有背景,尤觉情景逼真,几疑并非是戏。"①

"新舞台"的趋向写实进一步决定了其剧目类型的变革。首先,它频繁利用布景对传统戏和改良戏进行重排改编,如"新排电光布彩火景"的《黑籍冤魂》,"加景山林火景"的《火烧连营寨》,"加剧加彩异样画图"的《谭屏山》,《群英会》添加了"特别山水异样布景",《二十世纪新茶花》则是由"欧美装饰军乐器械奇彩"新排而来。② 其次,集中编演时事新剧贬抑时局,如最卖座的时事戏《阎瑞生》,据北京时事改良戏《穷花富叶》,据上海见义勇为实事演《上海林咸卿》,据体操会员热心捕窃事演《黄勋伯》,据南京白下实情奇闻编演《拿鱼壳》,据惠兴女士因所办女学经费不济、奔走无效服毒自尽事件演《惠兴女士》,而《宋教仁遇害》编演时间之快、更新之速令人惊异。再次,大量借鉴文明戏和日本新派剧。不仅演出剧目不少和文明戏相同,如《黑奴吁天录》《波兰亡国惨》《自由泪》《新茶花》《拿破仑》《电术奇谈》《猛回头》《就是我》,而且"的确是受了王钟声等春阳社的影响"③,其代表剧目如《新茶花》《潘烈士投海》《明末遗恨》《惠兴女士》,均表现了国仇家难的时代下勇士烈女的慷慨激情,完全是日本新派剧的味道。④ 更甚的是,为展示日本引进中国的东洋三轮车,"新舞台"专门编演了一出《大少爷拉东洋车》。这些改革影响之大,使许多演出早期话剧的教会学生也从这些改良京戏中吸取素材和表演方法。

与此同时,这一剧场改革还改善了观演关系,促进了新的戏剧观念的形成。一方面,"新舞台"重在创造舞台幻觉,观演双方都获得新体验。台下观众均一面观看,用拉幕来换背景或以舞台帘子来遮蔽视线;原来在旧戏台上主要是鼓师乐队的地方被"新舞台"的透视性绘画布景、灯光特技所代替,乐师隐于幕后,观众视野开阔,可更多地关注布景的映衬和说明,有助于理解剧情,自然有别于旧戏台上检场乱跑,或为角儿送茶视观众为不存在的情况;演员在演出中也由于条件的改善而不容易受台上台下的干扰,注意力比较集中,例如武行的戏就不会因为敲锣鼓、拉胡琴占据一角而觉得地位局促无法认真演出,梅兰芳也曾盛赞这样的剧场令他演出心情愉悦。

另一方面,由于舞台转台以及后来镁光灯等设备的使用,转换场景容易,情节发展紧凑,使观众开始由主要欣赏演员表演的唱、念、做、打,逐渐转为观看

---

① 海上漱石生:《海上繁华梦(附续梦)》第二辑,上海古籍出版社1991年版,第1211页。
② 参见"新舞台"广告,分别载于《申报》1909年1月6日、1909年1月26日、1909年3月7日、1909年3月31日、1909年6月23日。
③ 欧阳予倩:《自我演戏以来》,上海文艺出版社1990年版,第74页。
④ 徐半梅在《话剧创始期回忆录》、朱双云在《新剧史》中对此有更多的论述。

有一定情节时间的故事。也就是说,戏剧中的时间因素开始浮现,戏曲改良和早期话剧也在这里遇合。当这种新的戏剧观念和思想宣传紧密结合时,跌宕的剧情和演说的激情就比较容易使观众产生共鸣,典型的例子就是其义务剧的演出,比如为甘肃旱荒演《甘民泪》,观众竟当场往台上扔钱;① 同时,时间因素的凸显使每一个演员为支撑故事的完整性不分贵贱同心配合,无形中冲击了京剧名角制,"新舞台"的凝聚力因此也比名角中心的戏园子要强烈。在"新舞台"由于失火于九亩地重建时,全体艺员都不收包银以资助改建,因此在"新舞台"之后"以伶代戏、以谭代伶"的京派戏曲与海派之间的对立就更为明显。

## 二

相比较"新舞台"的"新",更不容忽视的却是它在移植异域戏剧元素的过程中身上褪不掉的"旧"。换句话说,"新舞台"以及晚清新式舞台的异域变革伴随着一个复杂的本土化过程。

"新舞台"和其他各新式舞台全都保留了突出的台唇、上下场门、座位背后的茶食台、名角包银制、新开剧场的请圣仪式等。突出的台唇是为了方便幕外戏的表演,使演出更适合传统的审美习惯;因传统剧目此时共用新式舞台来演出,为此保留了上下场门,称之为"守旧"。但这种共用舞台方法的最大问题便是"布景也不能尽适于场合之需"②,因为根本来不及换景,存在着不同的剧目使用同一幅背景的情况;部分剧场仍然使用案目制等旧的戏场习惯。"新舞台"一开始亦要求废除案目制,但因观众习惯于案目的服务,遂仍沿袭下来。此外,舞台转台更换布景的原始功能也逐渐被弱化,"若演神仙鬼怪等剧,此台更可旋转不已,以表其异",其作用不过如徐半梅所说的"卖野人头"而已;大幕起初是起遮蔽舞台以换布景的作用,帘上并无种种广告,不久"后始有之"。③

"新舞台"虽催生了更多"文明"的新式舞台,但这些舞台排斥文明戏团体的现象却越来越突出。民国前后的上海,各文明戏团体纷纷成立,如进化团、新剧同志会、民鸣社、新明社、启民社、开明社等,它们均假座商业剧场进行演出,但绝大多数文明戏团体的卖座很差,除了演员自身艺术表演能力和水平不高外,剧场本身的原因也很突出。因为当时的新式舞台普遍租金昂贵,数量虽多,

---

① 此事参见里仁《新舞台观剧记》:"……适为甘肃旱荒事,特演《甘民泪》戏一出,以资助赈者也,按时而出以新意,绘色绘声,形容毕肖,令观者为之惊心动目,当场掷洋捐助者,铿然震耳,约达二千余元,可谓见义勇为矣。"载《织云杂志》1914年第1期,第156-157页。
② 徐凌霄:《旧剧三大派》,载左明编选《北国的戏剧》,现代书局1929年版,第65页。
③ 海上漱石生:《上海戏园变迁志》,载《戏剧月刊》1928年1月第7期。

·"新舞台"的剧场变革及其文化变迁·

但"即使肯给你包几天,也要连他们后台的开销一起包"①。这些文明戏团体经济力量都很薄弱,一次失败便从此销声匿迹的很多。因此他们常常演出的剧场只能是如谋得利、张园等地处偏僻、条件简陋的小剧场,很多观众都不知道在什么地方。

　　实际上,大多数以旧剧班子为主的新式剧场并不欢迎这些文明戏团体。因为在实际演出过程中,多幕换景的改良戏曲受到了布景、时间因素的约束,演员和观众都不能尽兴满意,即使"设间戏"来弥补也"不善其事"②。因为对讲究故事连续性的改良新戏来说,这肯定收效甚微。后来不少文明戏团体在新式舞台旧戏新戏"两下锅"时,就常因时间不够而被迫中断,如进化团在新新舞台演出《尚武鉴》《情天恨》,开明社于中华大戏园演《情痴》等戏,因在时间上影响传统戏演出,只能横腰拦尾地截止,文明戏依附于旧剧之门"致动辄为其掣肘卒至于失败"③。就"新舞台"来说,从朱双云《新剧史》所提及的文明戏团体在"新舞台"演出的情况看,多半是一些具有公益宣传性质的文明戏团体,学校演剧团体(如南洋大学和上海光明学校等为筹备学费而爱请新舞台联合演剧)、教育社团(徐半梅的社会教育团曾演于新舞台)或者以个人身份加入"新舞台"的"都督"新剧家如刘艺舟等。因此即便能卖座大胜或观者踊跃,也主要还是"新舞台"的社会改良角色的影响,并不能看作是对文明戏团体的接纳,而从《申报》所刊登的"新舞台"演出剧目广告来看,传统剧目所占比重总体上仍然最大。④

　　这样,仿西方现代戏剧舞台创造的新式剧场和早期话剧文明戏的发展之间发生了错位,与其初衷产生了矛盾。究其原因,这和"新舞台"对"写实"认识的曲解有关。它存在相当多的问题,有大量非艺术的"画葫芦"场面出现在舞台上。比如《阎瑞生》的演出把真马和真车都拖上了舞台,武生戏的真刀真枪常常令人有在角斗场的血腥之感,不仅把剧场一时间变成了马戏魔术式的杂技团,而且渐渐地也影响到演员的表演质量和剧场的经营方向,欧阳予倩就说它"表演粗滥,只剩有滑稽和机关布景在那里撑持"⑤。徐凌霄也批评道:"其伶人技艺亦失之贪多求速,不能细致精雅。歌曲之声调多嫌浮促,不能协律。舞术手

---

① 徐半梅:《话剧创始期回忆录》,中国戏剧出版社1957年版,第31页。
② 参见"新舞台"日戏改章广告,载《申报》1908年11月10日。
③ 朱双云:《新剧史》,上海新剧小说社1914年版,第20页。
④ 从1908年新舞台成立以来在《申报》刊登的各日剧目广告可以为证。
⑤ 欧阳予倩:《自我演戏以来》,上海文艺出版社1990年版,第74页。

忙脚乱，不能中节。"① "新舞台"一开始是每天日夜戏，夜戏从晚七点演到夜里一点，演员基本上在大轴子时间演出改良京戏，还要演出不少传统戏目才能演满，观众注意力渐趋下降，演员也出现了体力不支和不能兼顾的情况。"新舞台"只好将日戏从一周减为三天。② 可见"新舞台"的"写实"和话剧的写实之间的脱节，传奇故事的时间和戏剧"情节"时间之间的差异。它将外部舞台时空基本等同于内在戏剧时空，将写实等同于写时，写真实等同于写事实，无法实现情节关系的必然和表演角色的内在真实。这样旧戏园向新式剧场转变的必然结果就是舞台的布景、机关从剧场性中独立出来，使得新式剧场过分倚重技术上的夸张炫耀，这是戏剧现代化的歧路。

进一步说，已经内在化的戏曲审美传统对戏曲改良仍然起着支配作用。首先，传统戏曲固有的团圆结局、善恶相报等因素并未减弱或消失。"新舞台"改良新戏的重点剧目《二十世纪新茶花》已经去《巴黎茶花女遗事》甚远，陈少美、新茶花显示的都是德才兼备、重情重义的才子佳人形象，全剧信笔直叙，"牵强成之"长达二十本，而且"张冠李戴""画蛇添足"③，俨然一部生离死别、破镜重圆的明清传奇。在演《血泪碑》时，"新舞台"有上海第一名旦之称的冯子和让死去的男女主角又活转过来，并现身说法以示善恶有报，从而讽刺世道人心。其次，观众的找乐子心理仍然十分活跃。梅兰芳曾针对一般观众爱看团圆戏、善恶报应戏的找乐子心理说："在民国四年前后，一般观众的心理还停留在这个阶段里，要排新戏，又不能跳出这个熟套，的确很难写的出色。"④ 因此"新舞台"最卖座的还是神怪志异戏、才子佳人戏、侦探悬疑戏之类，如《济公活佛》影响之大，以至于欧阳予倩在大连刘凤祥戏班里搭班也是靠演这出戏获得满堂红。此外，"做戏"的美学思维也同样根深蒂固。演出新剧时虽然锣鼓少了，但基本上还不能舍弃，否则就成了旧艺人所说的"影子戏"似的不热闹。"新舞台"也不避讳在时装京剧中使用非时装的戏装、砌末。例如时装新戏《刑律改良》之《诛奸》出，舞台上出现了由两个头戴大紫金冠、竖毛翎子的戏装

---

① 徐半梅：《话剧创始期回忆录》，中国戏剧出版社 1957 年版，第 65 页。
② 参见"新舞台"日戏改章广告。原文如下："诸艺员日夕从事，终觉疲劳难支，且演技之精神专注于日间，不能兼顾于夜，设间戏或不善其事，反负惠顾雅意⋯⋯本月十六日日戏改为逢礼拜三、礼拜六、礼拜日开演。夜戏仍逐夕不停，而日之分戏亦复布景换彩，众著名艺员一齐登台，与夜间毫无区别。"《申报》1908 年 11 月 10 日。
③ 朱双云《新剧史》之《新茶花》轶闻，上海新剧小说社 1914 年版。
④ 梅兰芳：《舞台生活四十年》，载《梅兰芳全集》，河北教育出版社 2001 年版，第 255 页。

打扮者当场斩首姜柏良、刁官媒的场景,以示对刑律腐败的改良决心。① 这和全剧的时装服饰不协调,但对于当时的观演双方来说却是很自然的。

与此同时,戏剧传播教化功能的实用定位以及女性附属家庭、氏族的伦理思想仍无法超越,因此男女合演问题并没有因为"新舞台"的开幕而得到解禁。1912年京师警察厅发布《重订管理戏园规则》,仍强调"如演坤角,其后台必另备一室以便装束。配戏时限定坤角与坤角配出,分台开演,不得男女合配"②。而魏长风进京后相公堂子兴起,就是因为男旦相公"可以娱目,又可以制心,使人有欢乐而无欲念"③。即使在风气开通的上海,在租界地区的确开有髦戏班如群仙、丹风茶园,但演出也是合班而不合串。位于华界的上海"新舞台"开幕多年,从未有坤角登台,其他的新式剧场如自由大舞台更直接在它的简章里写道:"舞台艺员,虽男女兼收,然界线极严,从不合演。"④ 并自诩为道德高尚。这种情况直到1928年前后才有基本改观。海上漱石生对此曾著文提道:"当九亩地新舞台开演之时,反逢假坐演义务剧,姑准通融之外,余时仍取缔极严。至前岁闸北更新舞台重组,经呈请准男女合演。今则各舞台已趋一律矣。"⑤

男女合演的合法化关系到文化范式的内在转型,而"新舞台"仍是体制内改良话语的延伸。它自身就是沿袭实用思维的社会改良思潮的产物,担当了社会改良先锋的角色。当初参与"新舞台"筹建的除前面提到的夏、潘二人之外,还有上海商界领袖也是同盟会成员的沈缦云、姚伯欣等人。他们联合张逸槎等上海爱国士绅共同集资参股,使"新舞台"从诞生之初起就打上激进维新的色彩;其编演的改良剧目也大多契合国人尚武爱国、改良民俗的社会文化心理,集中观照民族危亡、国家振兴等政治视野的宏大主题,时称"醒世新剧"。时人也是据此称赞夏月珊:"演新剧多警世语,非他伶信口开河、村言俗语可比。"⑥ 而有"言论派老生"称号的潘月樵,在《国民爱国》剧中借国王与民众共议图强之策,大声疾呼国人奋起救国,观者无不痛哭流涕、群情激奋。夏、潘二人还参加了辛亥革命,带领伶界商团和伶界救火队攻打江南机器制造局,这和早期话剧社团春阳社的王钟声攻打高昌庙制造局如出一辙。不仅如此,"新舞台"成立后从不唱堂戏,并频繁地参与国家忌日停戏、赈灾义演、医界学界的募捐义演、禁烟

---

① 参见《图画日报》的绘图,四卷,第261页。
② 侯希三:《北京老戏园子》,中国城市出版社1996年版,第176页。
③ 陈森:《品花宝鉴》,宝文堂书店1989年版,第150页。
④ 康逵:《自由大舞台重订简章》,载《申报》1913年12月12日。
⑤ 海上漱石生:《上海戏园变迁志》,载《戏剧月刊》1928年2月第2期。
⑥ 睦公:《伶人改行琐记》,载《菊部丛刊》,上海书店1990年版,第70页。

运动、罢演支持学生运动等社会公共事务。夏氏兄弟和潘月樵还热心教育，曾办了榛苓小学，在苏州办了菁我学校，使伶人的子弟可受教育。1912年他们发起成立上海伶界联合会，并担任过两届联合会的主席。冯子和也在1909年左右加入了民主革命团体南社。总之，"新舞台"的产生、发展是和自强运动的激进民族主义互为表里的，标志着近现代史以来民族复兴诉求下国民主体性的自觉。

由此，"新舞台"又必然关系到近代中国文明化历程中对物质现代性需求的内在焦虑，它因此具有两面性：一方面它可以被毫无困难地迅速接纳并得到大规模复制，一方面也与生俱来地受制于这一物质现代化欲求。"新舞台"唯一提出过的宗旨不是艺术宣言，而是其在伶界联合会的誓词。因此在"革命"的非常态下，"新舞台"可以依靠编演富有时代号召力的改良戏赢得关注，并获得"维新戏园子"的美誉，一时风头无两，盈利甚巨。但当时代易帜、维新改良已变为带有贬义色彩的词汇时，救亡的意识逐渐淡漠，启蒙的理想被蒙蔽，民众沉湎于视听之技，"新舞台"除迎合观众外别无他路。换句话说，新舞台最终要将商业盈利作为其立命生存的核心尺度。当同样使用舞台布景的春柳剧团宁愿失去观众也要坚持其艺术姿态的时候，"新舞台"众演员一直收入颇丰，生活无忧。① 春柳的危机在"新舞台"这里基本上不存在，这很大程度上掩盖了"新舞台"存在的问题。由于一味靠布景赚钱，不顾及艺术造诣，加上各新式舞台之间的激烈竞争，"新舞台"迁到九亩地后不久，一度亏损严重，只好重金请来年已古稀的谭鑫培捧角救场。至此，"新舞台"又回到了戏曲改良的起点，它未能实现一个戏剧专业化角度的整体变革。"新舞台"的"新"已经本土化，后来欧阳予倩经营仿"新舞台"建造的更俗剧场时，其种种辛酸和无奈，更明显地向我们展示了新式舞台在中国的曲折命运。

"新舞台"踏出了戏剧舞台史现代化的第一步，但其转型并未成功。它虽引发了戏剧观念的变革，但忽视了中西文化的差异，在变通传统文化时又采取了实用主义立场，最终未能实现向戏剧艺术专业化的迈进，也就无法实现真正的戏剧职业化。也就是说，当戏剧的剧场性因素仅仅停留于舞台物质形式的改造，缺少戏剧自身的独立性时，其结局必然是以非戏剧而终结。

（原载《中央戏剧学院学报》2011年第1期）

---

① 钱化佛在《三十年来之上海》一书中专笔写到"新舞台"的诸名伶如毛韵柯、夏月润、夏月珊在上海纷纷购置豪宅房产一事。上海书店1984年版，第60-61页。

# 移风易俗　雅俗共赏
——谈西安易俗社前期的剧本创作

## 王卫民

在轰轰烈烈的近代戏曲改良运动中，上海的新舞台、天津的奎德社、成都的三庆社、西安的易俗社等相继成立，争先恐后地编演新戏，改良旧戏，有力地推动了传统戏曲的革新和发展。西安易俗社的组织形式最完整，坚持的时间最长，在剧本创作、培养演员、改革旧戏、舞台演出、音乐美术等方面都取得了很大成绩。剧本创作尤为突出，数量之多，质量之高，更令人刮目相看。总观易俗社80年来编演的全部剧作，大部分优秀作品产生于1922年武汉演出以前和稍后一段时间之内。这个时期创作的剧本，内容上不折不扣地体现了"补助社会教育，移风易俗"（见《易俗社章程》）的宗旨，艺术上也努力追求推陈出新和雅俗共赏，可以说这是易俗社剧本创作上的一个黄金时期。

### 一

1911年辛亥革命仅仅推翻了统治中国数千年之久的封建社会，而旧的意识形态和丑恶的社会风气并没有随着清王朝的垮台而消亡。要完成意识形态上的革命，消除根深蒂固的丑陋习俗，必须进行长期不懈的努力。易俗社创办人大多是民主革命的先驱，他们认识到戏曲在社会生活中的重大作用，于是发起创办易俗社，把编演各种戏曲作为教育群众、改良社会的有力工具。在编演剧本方面，他们为自己制定了以下五大内容。

一、历史戏曲，就古今中外政治之利弊及个人行为之善恶，足引为戒鉴者编演之。

二、社会戏曲，就习俗之宜改良、道德之宜提倡者编演之。

三、家庭戏曲，就古今家庭得失成败最有关系者编演之。

四、科学戏曲，就浅近易解之学科及实业制造之艰苦卓著者编演之。

五、诙谐戏曲，就稗官小说及乡村市井之琐事轶闻，含有教育意味者编演之。

前期重要作家李桐轩、孙仁玉、范紫东、高培支、李约祉诸先生既是易俗社的发起者，又是《章程》的制定者，还是历届编辑部的重要成员。他们的剧本创作基本上实践了上述内容。

我国古代数千年的历史为后人提供了大量丰富的创作素材，历代作家无不从这一宝库中汲取营养。清代末年一些革命派人士明确要求戏曲"演玉树铜驼之史"，举凡"扬州十日之屠，嘉定万家之惨，以及房酉丑类之滔淫，烈士遗民之忠荩"，都应该"绘声绘影，倾筐倒箧而出之"①。于是许多进步文人拿起笔，以岳飞、文天祥、史可法、郑成功、张煌言、瞿式耜等历史上的爱国名将为题材，创作出了《黄龙府》《爱国魂》《陆沉痛》《海国英雄记》《悬岙猿》《风洞山》等传奇杂剧，鼓吹爱国主义和民族思想，为推翻清朝统治做了大量的舆论工作。辛亥革命后袁世凯窃取了革命果实，使中国陷入军阀割据和长期分裂的局面。易俗社作家们随机应变，另辟蹊径，先后创作出《复汉图》《殷桃娘》《韩宝英》等一批历史剧。《复汉图》写刘秀忍辱负重，团结将领，终于打败篡夺汉室江山的王莽，重新恢复了祖宗基业。《韩宝英》主要写太平天国农民军占领南京后诸王互相残杀，石达开出走而最终失败。《殷桃娘》主要写楚汉争霸和韩信打败项羽的经过。选择这些历史事件本身就有很强的现实针对性，而作家们对事件和人物的解释更表现出明确的政治倾向。以楚汉争霸和韩信大败项羽于垓下为题材的剧本，在花部里有《萧何月下追韩信》《霸王别姬》等。这些剧本偏重表现项羽刚愎自用，刘邦善于用人，最后刘邦以微弱的兵力战胜强大的项羽。《殷桃娘》则不然。作者把项羽失败归于心术不正和枉杀无辜，失去了人民的支持，而韩信之所以能够打败项羽，关键在于上听刘邦的指挥，下听殷桃娘的谏诤。此剧既宣扬了人本思想和妇女解放，又达到了古为今用、移风易俗的社会效果。《韩宝英》则以具体生动的人物形象阐明团结才能胜利，分裂必然失败的道理。这对于内部发生分裂、革命运动岌岌可危的革命党人，无疑也具有引以为鉴的作用。

所谓社会戏曲，主要指反映风俗习惯和人伦道德的戏。社会习俗和人与人之间的关系普遍存在于现实生活当中。诸如官吏是否廉洁正直、奉公守法；人民群众是否互助友爱、遵守信义，以及吸食鸦片、赌博贿赂、妇女缠足、买卖婚姻等问题，无不包含其中。所以，在易俗社前期全部剧作中，社会戏的数量很多，所占比例也相当大。像《戴宝珉》《人伦鉴》《庚娘传》《仇大娘》《一字狱》《夺

---

① 柳亚子：《二十世纪大舞台发刊词》，载《二十世纪大舞台》第一号，1904年。

锦楼》《纨绔镜》《三滴血》等，都是这方面的代表性作品。《戴宝珉》是易俗社最早编演的一个剧本。剧写善良忠厚的戴宝珉为救一位青年妇女而遭诬陷，县太爷虽查明了真相，但是为了自己的前程，仍然昧着良心把他判刑入狱。坏人逍遥法外，好人没有好报，冤狱的制造者却升官发财！这一剧本对不合理的社会现实揭露得相当深刻，同时也表达了作者要求改造丑恶社会风气的强烈愿望。易俗社前期作家都是文人。他们对于自己队伍中的败类明察秋毫、清楚地了解，批判起来更加入木三分！《一字狱》中的刁迈朋利用自己的"才学"，改字栽赃，诬陷好人，充当封建阶级的鹰犬，最后遭到灭顶之灾。《人伦鉴》中韦兴的人生哲学则是"升官发财，图谋私利"。他为了达到这一目的，不惜投机取巧，人伦丧尽。《夺锦楼》以对比手法写了两个知识分子：一位考中状元不忘前妻，宁可不要功名利禄而誓死不娶宰相的女儿；另一位考中探花，为了追求功名利禄而攀高结贵，喜新厌旧。作者对前者大加褒扬，对后者嗤之以鼻，宣传了"贫贱之交不可忘，糟糠之妻不下堂"的思想。《三滴血》对只信书本、不重事实的糊涂官吏加以辛辣的讽刺和嘲弄。易俗社作家对吸食鸦片、聚众赌博、卖淫嫖娼、妇女缠足等陋习也深恶痛绝。剧中多数反面人物或上当受骗，或沦为乞丐，或人财两空，或家破人亡，无一不是沾染上了这些恶习的结果。

家庭是社会最基本的组成单位。在家庭生活中，夫妻、婆媳、姑嫂、兄弟、父子之间存在着各种各样的矛盾。如何解决处理这些矛盾？封建社会的"三纲五常"把妇女当作奴隶，儿媳妇更是等而下之。她们不仅受丈夫的任意打骂，还要忍受婆母、小姑子的虐待。封建社会垮台了，但"三纲五常"的流毒依然相当普遍存在于当时的家庭生活当中。对此，易俗社作家也加以揭露批判，以促使这些恶习尽快转变。《三回头》写夫妻之间的矛盾。男主人公许升原本满腹文章，循规蹈矩，但自从与无赖相交后，"又吸烟又赌钱又宿娼"，因而夫妻反目，经常打架吵嘴。最后在妻子吕荣儿的劝说和真情感召下决心与浪子一刀两断，夫妻重归于好。作者通过这一对夫妻的离合说明：吃喝嫖赌和吸食鸦片是造成家庭不和的重要根源，一旦改掉这些恶习，就会转变成一个幸福美满的家庭。《看女儿》则写婆婆虐待儿媳。作者对受气的儿媳无限同情，对婆婆的偏心眼儿和家长作风予以无情的嘲弄。《镇台念书》一方面表彰妇女的才能，另一方面抨击既无文化又耍大丈夫脾气的男子。全剧充满了夫妻平等的民主思想。家庭戏在古代戏曲中多数写男欢女爱、生离死别、一夫多妻、相安无事。易俗社作家则立足于移风易俗，着重批判封建恶习，同时又晓之以情，达之以理，对人们确有很强的教育作用。

诙谐剧和喜剧并不是一回事。如果用西方戏剧分类标准划分，那么易俗社早期剧本大部分是喜剧。易俗社所指的诙谐剧是"就稗官小说及乡村市井之琐事轶闻"而编成的喜剧。它实质上和闹剧、滑稽戏更为接近,所以单纯的诙谐剧并不太多。其中最有代表性的要算是《柜中缘》了。全剧自始至终充满巧合、幽默、滑稽,令观众捧腹不止。易俗社的诙谐剧并不单纯为了博取观众的笑声,而是在欢声笑语中给观众以潜移默化的教育和启迪。

至于科学戏曲,近代有志之士无不大力提倡,但真正写成剧本并搬上舞台演出的并不多见。这固然与剧作者不懂科学有关,更主要的原因是没有找到恰当的表现形式。当时宣传科学的戏常常和破除迷信结合在一起。《史记·滑稽列传》所附的《西门豹》主要写西门豹破除迷信兴修水利,科学色彩比较浓厚。清末民初的作家争相改编《西门豹》《河伯娶妇》《邺水投巫》等剧上演。易俗社剧作家中唯一搞自然科学的李仪祉先生则根据东晋干宝《搜神记》中李寄斩蛇的故事编成了《李寄斩蛇记》。该剧偏重于破除迷信,不失为一本宣传科学的代表性著作。此外,孙仁玉先生的《中国谈》《游骊山》《斗龙船》则分别介绍了我国地理、山脉、河流的概况。这些作品的问世,填补了易俗社科学戏曲的空白。我们不应该把它们当作一般的小戏而予以忽视。

以上所说,仅就剧本内容的主导方面加以分类,实际上每个剧本(特别是大戏)写的内容并不单一。有的剧本既有古今利弊的内容,又有改良习俗、提倡人伦道德的内容;既有家庭各种问题的内容,又含有科学和诙谐的内容。甚至一个剧本把五个内容全包括其中了。至于妇女缠足、男人留发、买卖婚姻、嫖娼卖淫、打牌赌博、吸鸦片烟的内容,各剧本无不涉及一二。

易俗社前期剧作在内容方面并不是完美无缺的。作家们都生长在封建社会末期,某些落后意识,像封建的伦理道德、善恶循环观念等还深深隐藏在他们脑海里。表现在剧本创作上,他们在反对虐待媳妇、同情妇女命运的同时又表彰节烈,提倡一女不嫁二夫;在劝善惩恶的同时,又宣扬因果报应;等等。当然,这些缺点与成就相比是微不足道的,犹如白玉中的一点微疵而已。一叶知秋固然可贵,倘若一叶障目就不恰当了。

易俗社前期之所以创作那么多好剧本,客观原因固然很多,笔者认为关键原因是严格遵守了"移风易俗"的创作宗旨,社会风气和习俗的涵盖面相当广泛,举凡古今中外社会生活中的真善美和假恶丑现象无不包罗其中。作家既可以从上下几千年的历史中选取题材,也可以从左右现实生活中选取题材。这样,作家的视野就比较广阔,完全可以根据自己的长处和爱好进行创作。同时,"移风易俗"这一宗旨本身又有相当强的生命力。不可否认,有些坏的社会风气随着社会的进步和科学的发展会日渐消亡或减少,但很多恶习在短期内很难消除,即使有些恶习消失了，新的恶习还会产生。只要社会上存在不良现象，移风易俗的任务就不会终止。正如高培支先生所说："改良即革命，革命即易俗。时间无停止，革命无停止，易俗无停止。"①

## 二

易俗社作家在追求移风易俗的同时，也非常注意剧本的文学性。经过他们的努力，秦腔剧本由较低层次的俗文学逐渐过渡到较高层次的雅俗共赏的文学。

古代杂剧、戏文和传奇都经历了俗、雅俗共赏、雅三个发展阶段。杂剧和戏文在宋金时期基本上都是艺人们为了演出而创作的，完全属于俗文学的范围。《辍耕录》和《武林旧事》记录了数百种杂剧（也可能包括戏文）的名目，其中一本也没有流传下来。这些戏曲作品的文学性不高，无法与诗词文抗衡，可能是一个关键原因。到了元代，一些酷爱戏曲的文人参加进来，甚至与艺人为伍从事创作。他们在通俗的基础上加以雅化，一大批雅俗共赏的杂剧和戏文便应运而生了。明代以降，杂剧逐渐脱离舞台，成为知识分子舞文弄墨、抒发情怀的一种工具。继戏文衣钵而兴起的传奇比明清杂剧要好一些。但是除少部分作品外，大部分也变成了案头之作，即使演出的话也仅以折子戏的形式搬上舞台。所谓雅部固然对声腔而言，同样也是指对剧本而言。包括秦腔在内的花部可能形成很早，经过与雅部的长期对峙，到了清代乾嘉年间才进入城市，并逐步占领剧坛的盟主地位。花部取胜主要靠激越悲壮的声腔和生动活泼的表演，而剧本仍停留在相当落伍的俗文学阶段。乾隆年间编成的《缀白裘》共四百八十七出戏，花部（含杂出、高腔、乱弹、梆子）仅有五十八出，还不及八分之一。这固然与编选者的审美趣味有关，而它的文学性较低不能不说是一个重要原因。编成于光绪四年（1878）的《梨园集成》可能是皮黄戏最早的一个剧本集。它共收四十六出当时舞台上经常上演的戏，其中故事情节公式化和唱词念白不通的剧本占相当大的比例。秦腔剧本是不是略胜一筹呢？《明清戏曲珍本辑选》中的《回府刺字》《画中人》《刺中山》应该说是秦腔剧本中的佼佼者，但其情节、结构、语言也并不比皮黄剧高明多少。

由上面简单的回顾可以看出，停留在俗文学阶段的剧本宜于舞台演出而文学性不高。雅俗共赏阶段的剧本既宜舞台演出又有较高的文学性。雅文学阶段的剧本文学性高而不宜舞台演出。因此，较理想的剧本应该是雅俗共赏。如果用这一原则衡量的话，那么易俗社前期作品既适合舞台演出又有相当高的文学性。它标

---

① 易俗社第三次《报告书》。

志着秦腔艺术已由通俗阶段发展到了雅俗共赏的阶段。这些剧本的艺术成就主要表现在以下四个方面。

第一，故事性强，有头有尾。尚奇是中国古代小说和戏曲的共同特征。唐宋白话小说和明清长剧之所以称作传奇，即"因其事甚奇特，未经人见而传之"①的意思。易俗社前期作家深知广大群众的这一审美趣味，因此尽可能选择传奇色彩浓厚的题材，并把故事编织得迂回曲折、有头有尾。《一字狱》《夺锦楼》《三滴血》《韩宝英》《庚娘传》等十出以上的大戏自不必说，即使中小型剧本也不例外。奇特的故事情节只有建立在真实生活的基础上，才能感动人心，取得较好的艺术效果，不然的话，就会极大地降低艺术感染力。易俗社前期作家在继承传统，注意故事情节离奇的同时，也尽可能按照生活自身和人物性格发展编织故事。所以，多数剧本的故事情节既曲折离奇，又基本上合乎情理。如果说故事离奇、有头有尾是秦腔剧本的共同特征的话，那么，易俗社前期剧本的进步则在于尽可能做到"酌奇而不失其真"②。当然，并不是每个作家的每一剧本都做到了这一点。有的剧本由于过分追求离奇也出现一些不合情理的地方。过多大团圆的结尾也给读者以落俗套的感觉。从这一点看，易俗社前期作品还没有完全摆脱旧的窠臼，正处于由俗到雅俗共赏的过渡阶段。

第二，戏剧性强，宜于舞台演出。剧本能否演出的关键是戏剧性。戏剧性越强，越宜于搬上舞台。易俗社前期作家大多是文人，按常理讲，文人写的剧本大多难以演出。但是，他们热爱祖国传统戏曲，熟悉舞台表演，剧本写成以后又常常向有经验的老艺人征求意见，反复修改，所以多数剧本克服了文人剧的通病，具有很强的戏剧性。《三回头》的故事情节并不复杂，人物也只有四个。作者把人物之间的矛盾和每个人物的内心矛盾巧妙地交织在一起，写得满台是戏。特别是女主人公吕荣儿的三次回头，更是惟妙惟肖，出神入化。全剧闹中有静，哭中有笑，紧凑生动，诙谐幽默，是出很难得的喜剧。《柜中缘》的矛盾冲突设计得也绝妙。全剧虽短，却有四个波澜。一是公差搜查，李映南藏在柜中，许翠莲把他掩护过去。二是哥哥回家要打开柜子取钱包，许翠莲千方百计阻拦。三是柜子打开，哥哥以为李映南与妹妹偷情，许与李有口难辩。四是母亲回来，气得又打又闹。真是一波未平，一波又起。这种连续的矛盾冲突为演员的二度创作提供了极好的基础。一般地说，短剧的矛盾冲突比较容易设计。如果把一个长剧写得场

---

① 李渔：《闲情偶寄·脱窠臼》，载中国戏曲研究院编《中国古典戏曲论著集成》（七），中国戏剧出版社1959年版，第15页。

② 刘勰：《文心雕龙·辨骚》，载周振甫著《文心雕龙今译》，中华书局1986年版，第46页。

场有戏，相比之下就困难得多。易俗社前期作家以其熟练的编剧艺术把大戏写得也非常适于演出。《庚娘传》共十二场，除第一场为介绍性场次，第八、第十两场为过场戏外，其他九场可以说场场有戏，人人有戏。尤其是第二场《丧敌》、第四场《堕井》、第六场《杀仇》、第九场《开坟》、第十一场《喜遇》等，更是戏中有戏。《开坟》和《杀仇》的戏剧冲突分别参阅了《蝴蝶梦·劈棺》和《铁冠图·刺虎》，由于作者融合得天衣无缝，贴切自然，所以看不出丝毫的模拟痕迹。

第三，语言通俗易懂，贴切简明。剧本是语言文学中的一种形式。构成剧本的两大因素唱词和念白自不用说，即使舞台动作、布景道具、音乐节奏也必须用文字表述。因此，语言文字是否通俗易懂、贴切简明和个性化，则是衡量剧本文学性高低的重要标志。清末以前的秦腔剧本主要由文学修养较差的民间艺人创作，往往在演出过程中才逐步完善。文学剧本为舞台演出的附庸，案头性和可读性相当低下。易俗社前期作品既继承了秦腔剧本通俗易懂的传统，又竭力在精炼和个性化上下功夫，语言文字达到了相当高的水平。

过去的花部戏大多在农村集市或庙会演出，台下熙熙攘攘，观众来来往往，戏场的热闹程度并不亚于庙会。为了使观众听得懂看得明，凡剧中人上场都要自我介绍一番，每场开头也往往不厌其详地把前面的故事情节叙述一遍。但是，从剧本文学的角度看，就显得絮絮叨叨、拉拉杂杂，十分重复烦琐。易俗社前期剧本则克服了上述毛病，把叙述性、介绍性文字写得非常精练，往往用几句唱词，或几句答问，便把主要人物和以往发生的事情交代得一清二楚，人物的对话也很形象生动。比如在《三回头》中，当男女两主人公抱在一起不忍离别的时候，宝童仅就看到的现象惊愕地喊道："我姐姐和丈夫打到一块了！"仅十一个字，就把许升的后悔、吕荣儿的酸楚、宝童的幼稚，活灵活现地表现了出来，而且幽默滑稽得令观众啼笑皆非。这一类语言在易俗社前期剧本中俯拾皆是，不胜枚举。

把剧中人物分成行当是中国戏曲的又一重要特征。行当相同，语言特点也接近。凡生旦，不论出身贵贱或文化程度高低，言谈话语大多比较文雅。净丑角色大多讲粗浅的白话。这种类型化的语言有易写易懂的优点，却又严重束缚了人物语言的个性化。语言缺乏个性，人物形象就会雷同干瘪。因此，个性化语言远远优越于类型化语言。此前的秦腔剧本，虽不乏个性化的语言，但就多数看，则属于类型化。易俗社前期作品并没有打破行当，类型化的语言也相当普遍，但是作家们已注意到了个性化，甚至有的作品已基本上从人物性格出发设计语言了。此外，作家们还根据人物的身份、文化程度，让他们说些富于哲理的语言和古典诗词,无疑也增加了剧本的文学色彩。

第四,吸取一些新的表现手法。易俗社前期作家对西方戏剧并不排斥,凡一切好的艺术方法和技巧也加以吸收利用。易俗社成立前后,正是西方话剧译本大量问世、中国早期话剧运动方兴未艾的时候。易俗社早期作家是否亲眼观摩过西方话剧演出,我们无从得知,但是看见过许多话剧译本和我国早期话剧的演出是可以肯定的。为了提高剧本的文学性,他们在继承传统戏曲表现方法的同时,也从西方话剧吸取一些好的方法。最明显的是独白和暗场的运用。我国传统戏曲大都采用行动、对白和歌唱塑造人物形象,西方话剧和歌剧则不完全这样。他们在运用动作、对话或歌唱的同时,也常常使用独白来揭示人物的内心世界。易俗社前期作家发现了这一长处,便大胆地采取"拿来主义",运用到剧本创作当中。《一字狱》第一场《扪心》便是突出的一例。该场写制台命宋兴率军镇压泸州三十六村百姓。朋友万人杰劝他不要镇压,另一朋友则劝他按上司命令办事,于是引起宋兴激烈的思想斗争。传统戏曲在这种时候往往采取背供(三人同在台上,宋兴用袖子遮脸就可以讲述自己的矛盾心情),作者却采用独白(让刁、万二人下场,宋兴一人在台上独自说唱)。他翻来覆去地想了又想,念了又念,唱了又唱,独自说白长达六百余字,唱词二十句,竟占该场戏的三分之一!把这种形式运用到传统戏曲当中,其优点是显而易见的:一方面能使规定情景更符合生活的真实,另一方面能把人物的心理状态表现得更加细腻深刻。可以说,这是秦腔剧本创作上一个很大的进步。

我国传统戏曲的另一特点是多用明场(主要故事情节都在舞台上表现出来),很少用暗场(主要故事情节有时不在舞台上表现,而是通过人物之口讲述出来)。多用明场容易增多场次,结构松散。采用暗场则能够减少场次,结构紧凑。暗场显而易见的优越性,使易俗社前期作家毫不犹豫地将其吸取到自己的剧作当中。《庚娘传》第九场,庚娘被盗墓者挖出后,她无处安身,不得不投靠镇江耿夫人。传统戏曲一定会写一场庚娘与耿夫人见面的戏。作者没这样做,而采用了暗场处理,仅在第十一场金大用与庚娘喜遇时,金大用问:"如何却在这里?"于是庚娘把投奔耿夫人处的情况叙说出来。该剧故事出自《聊斋志异》,当时许多剧种都有改编本。京剧本没有采用暗场,全剧长达二十一出,而易俗社本仅十二出,相比之下,后者结构不是严谨多了吗?

## 三

易俗社前期作品是由一个作家群分别创作出来的。由于他们有共同的志向和追求,并严格遵守易俗社制定的编戏宗旨,所以有许多共同之处。又因为每个作家的经历、职业、爱好不同,所以又有一些不同的地方。本文前面两部分谈了他们的共同性。下面以生年为序谈谈李桐轩、孙仁玉、范紫东、高培支、李约祉等几位主要作家的独特性。

李桐轩先生创作了二十多个剧本,其中以《一字狱》《戴宝珉》《人伦鉴》为代表作。他的剧本大多是悲剧,对那些制造冤狱、图财害命、不讲人伦的封建官吏和无耻文人予以深刻的揭露。同时,对于社会上普遍存在的赌博、盗窃、吸毒以及妇女缠足等不良现象也加以深刻批判。在艺术上,李先生常采用一线到底的结构方法,故事情节不太复杂,以脉络清楚而曲折跌宕取胜。唱词和念白明白易懂又富于哲理,表现人物内心世界和社会病态往往直截了当,一语道破。不足的地方是政治色彩和宣传气味较浓。作者为了批判某一丑恶现象,有时节外生枝地让剧中人物向观众说教一番,个别剧本还带有封建迷信、因果报应的倾向。总之,李先生是以政治家和教育家的身份从事创作的。主题思想鲜明、采用悲剧形式是其剧作的两大特征。悲剧形式的运用,打破了传统大团圆结尾的模式,对我国悲剧的发展无疑起到了积极的推动作用。

孙仁玉先生共创作剧本一百四十多种,其中大戏二十余种,小戏一百余种,《三回头》《柜中缘》《小姑贤》《镇台念书》等,不仅是秦腔的保留剧目,也是其他剧种争相改编、常演不衰的剧目。可以说,他是易俗社最杰出的短剧作家。孙先生剧作内容之丰富、反映社会生活面之广阔也首屈一指。易俗社编戏宗旨共分历史、社会、家庭、科学、诙谐五大类别,要全面表现这些内容并不容易。孙先生一百多本戏中,专门写历史的有《商汤革命》《武王革命》《复汉图》《若耶溪》《将相和》等,专门写社会的有《芙蓉屏》《五台案》《螟蛉案》等,专门写家庭的有《镇台念书》《三回头》《小姑贤》《阿姑鉴》《看女》等,专门写科学的有《白先生看病》《中国谈》《游骊山》《斗龙船》等,专门写诙谐的有《柜中缘》《鸡大王》等。其他作家或写了两三类,或写了三四类,唯孙先生五类俱全。诙谐幽默是孙氏剧作的又一特征,宜于用喜剧形式的诙谐剧、家庭剧自不必说,即使不宜于用喜剧形式的历史剧、社会剧、科学剧,作者也以诙谐的笔触贯穿全剧,滑稽幽默的语言和情节往往令读者捧腹大笑。如果说李桐轩先生以悲剧擅长的话,那么孙仁玉先生则以喜剧擅长。孙氏的第四个特征是戏剧性极强。易俗社的多数作家擅于编织故事并以曲折离奇取胜,孙先生则以编织戏剧冲突取胜。这一特点在小戏中表现得尤为鲜明。通观全部小戏,故事情节非常简单,作家只选取最富有戏剧性的片段,然后进一步挖掘人物的内心世界,把矛盾冲突写得一曲三折,跌宕起伏,从而取得非常强烈的戏剧效果。

在易俗社两大巨匠中,如果说孙仁玉先生是一位杰出的小戏作家,那么范紫东先生则是一位杰出的大戏作家。范先生编戏六十余种，大戏占半数以上。代表性著作《三滴血》《软玉屏》《宫锦袍》《玉镜台》《战袍缘》等二十出左右都是大戏。如果以单折计算，其数量之多，可与孙仁玉先生并驾齐驱。范先生的剧本大部分取材于历史故事，以古鉴今、古为今用的创作意图非常明确。作者每创作一剧，大多写一小序说明自己的主观愿望。如《软玉屏》为"劝恤贫戒虐婢"而作，《宫锦袍》"暗示杜渐防微之旨"，《三滴血》的宗旨则是"破习俗之迷信，并戒淫荡"等等。凡此都可以看出作者以戏剧为工具，从事宣传教育和移风易俗的强烈愿望。为了更好地实现这一愿望，范先生并不限于历史真实，往往根据需要加以想象、渲染，增添大量的情节，虚构众多的人物，使剧本更富于传奇色彩。结构巧妙、情节曲折、故事性极强是范先生剧作的又一特点。他的剧本大多用两条或三条故事线交织在一起，前后左右安排得非常巧妙，且故事情节的发展又出乎预料之外。《三滴血》《软玉屏》充分体现了这一特征。正如易俗社20世纪30年代《报告书》所评价的那样："其为戏也，变幻离奇，人莫测其意向，及结果乃恍然其布局之妙。"范剧的又一特征是喜剧色彩浓厚，多数剧本妙趣横生，即使写到极悲惨的地方，也化悲痛为风趣，令人带着眼泪笑出声来。总之，范先生的剧本在思想倾向性和鲜明性方面与李桐轩先生接近，在幽默滑稽方面与孙仁玉先生接近，在结构严谨、故事奇特方面与高培支先生接近。他兼三人之所长，形成自己的独特风格，而这一风格可以说也是易俗社前期剧作的一个缩影。

高培支先生一生创作五十多个剧本，从数量上看，仅次于孙仁玉和范紫东两位先生。他的剧本大戏、小戏各占一半。二者相比，大戏的成就比较突出。代表性著作《夺锦楼》《纨绔镜》《人月圆》等都是十二出以上的戏。高先生在取材方面不拘一格，有的取材于历史，有的取材于古今小说，有的取材于现实生活。思想内容也较广泛，有的宣传爱国思想，有的揭露官场黑暗，有的歌颂真挚爱情，有的批判吸食鸦片。从创作思想和剧本的内容看，他接近于李桐轩先生和范紫东先生。但李先生多悲剧，范先生多喜剧，而高先生则兼而有之。从剧本的故事性和结构看，他更接近范先生，但细细辨析又不尽相同。范剧以多条情节线索、结构严密取胜，而高剧情节头绪较少，矛盾冲突和戏剧性主要靠一波未平、一波又起的错综变化取胜。这一特征以《夺锦楼》《纨绔镜》最为突出。对此，易俗社第三次《报告书》评论得也很中肯："其为戏也，善以极复杂之事实，错综变化，似将合而复离，意欲完而未尽，再接再厉，层出不穷。"高剧的又一特征是语言讲究格律。歌唱和念白在传统戏曲中占有相当重要的地位。为了唱起来字正腔圆，念起来抑扬顿挫，历代曲家都很讲究格律。昆剧曲牌每句的平仄、四声、韵脚都有定格。秦腔属于板腔体，唱词的句数、字数、平仄没有像昆剧曲牌那样严格的限制，但也应写得抑扬顿挫，铿锵有力。高培支先生平生对文字学和音韵学颇有研究，所以，他的剧词和念白大多平仄搭配得当。如《夺锦楼》第三场中徐翰珊的四句唱词：

> 我一见，二女子，吃惊不浅。
> 真个是，天宫里，神仙下凡。
> 粪土坑，那里这，奇花开绽。
> 这其中，恐怕有，别的牵连。

这样的安排，读起来朗朗上口，唱起来宜唱美听。如果说取材、结构、戏剧性等特点与其他作家只是大同小异的话，那么，高培支先生的这一特征则是非常突出的。

李约祉先生和吕南仲先生也是前期的重要作家。李约祉先生的代表性著作《庚娘传》《仇大娘》据《聊斋》中的同名小说改编，人物描写细腻，传奇色彩较浓。《韩宝英》《优孟衣冠》据历史故事编成。前者深沉悲壮，后者滑稽幽默。曲折的情节和浓厚的传奇色彩则是上述四个剧本的共同特点。李仪祉先生共写了三个剧本。《复成桥》以南京的一个传说为题，于穿凿离奇当中寓惩恶劝善之意。《卢采英救夫记》以外国故事为题，写一对夫妻的真挚爱情。《李寄斩蛇记》取材于《搜神记》，主旨在于破除迷信，提倡为民除害，与《西门豹》有异曲同工之妙。三个剧本的取材、思想、风格迥异，虽遵循了移风易俗的宗旨，但并没有形成独自的鲜明待征。吕南仲先生大小戏兼擅，特别是大戏《殷桃娘》和《双锦衣》，不仅是易俗社前期的优秀作品，在全国也占有一席之地。他的剧作传奇色彩也很强，情节之曲折、结构之严谨，并不亚于范紫东先生和高培支先生。可惜天不假年，没能把创作才能更充分地发挥出来。

封至模先生、谢迈于先生、淡栖山先生等也是易俗社有成绩的作家。他们的代表性作品大多编演于20世纪30年代以后，不在本文讨论的范围之内，所以就不一一评述了。

（原载《艺术百家》1993年第3期）

# 《庚子国变弹词》中的异人形象

## 路云亭

南亭亭长李伯元所创作的说唱文学《庚子国变弹词》四十回,曾在《世界繁华报》1901年10月至1902年10月间连载,同年10月,《世界繁华报》报馆印行线装中箱本六册。1910年,书商出盗版本,改书名为《绘图秘本小说义和团》,石印大本两册,只收前二十回,删原书序文、例言和题词,并伪造潭溪生序。1935年8月,良友图书公司出版阿英编校袖珍本一册,首载阿英《重刊〈庚子国变弹词〉序言》,书末转录《杭州白话报》刊登过的《辛丑条约》全文。本文所依为阿英所编1958年5月中华书局版的《庚子国变文学集》。《庚子国变弹词》是近代反映义和团事件最为全面、详备的曲艺类作品,以其继承了评书传统,权可作为通俗历史来看。

秉承中国曲艺小说以史为宗的传统,李伯元《庚子国变弹词》开宗明义就亮出了他的史家眼光和史学态度:

> 列位看官听者:在下现今要做这一部弹词,却是何故?有个朋友说道:"事已过去,还说他做甚?"殊不知我们中国人的人心,是有了今日,便忘了昨朝,有了今日的安乐,便忘了昨朝的苦楚。所以在下要把这拳匪闹事的情形,从新演说一遍。其事近而可稽,人人不至忘记;又编为七言俚句,庶大众易于明白,妇孺一览便知。无非叫他们安不忘危,痛定思痛的意思。现在在下已把做书的缘故,演说明白,却要将那义和拳起根发迹,表明一番。[1]

由此可知,李伯元的创作意图是追求再现历史的真实,以警诫今人,告示天下。但是,李伯元终非义和团事件的亲历者,加之他强烈的情感性、偏执化和情绪化倾向,其说唱文学的想象力时沉时浮,再现的是他理解的义和团事变,并非

---

[1] 李伯元:《庚子国变弹词》,载阿英编《庚子事变文学集》下册,中华书局1959年版,第703页。

纯粹客观的史实。然而，尽管《庚子国变弹词》的艺术加工力度甚巨，却终难完全掩抑其以史为宗的史实真实性。所以，参考相关散文类和韵文类的文献，辨正这部篇幅较大、有历史影响力的说唱文学作品，既可辨明史情，亦能体察到晚清士绅对待义和团事件复杂而矛盾的心态，体味出知识界对庚子事变的特殊观念。《庚子国变弹词》共四十回，篇幅巨大，采用全景图式，再现了义和团时期北京宫廷和全国各地风云变幻的历史情貌，并旁涉晚清中国社会的诸多事件，其文化含量很大。

《庚子国变弹词》不仅全景图式地再现了义和团事件的整个过程，还刻画了一个很庞大的人物群雕。上至慈禧太后、光绪皇帝，下至李来中、张德成、林黑儿这样的拳民首领，共同营构了林林总总的人物形象群。这里仅就江湖类异人角色做出辨正。

## 一、枭雄悍杰端郡王

端王是庚子年间的重要人物。公元1900年1月14日，慈禧太后以光绪无嗣为由宣布，"溥儁继承穆宗皇帝（同治帝）为子"，"以为将来大统之畀"，（《光绪朝东华录卷四》）这便是所谓的"己亥建储"。后党还计划在适当的时候，封光绪为"昏德公"，予以废黜。端王在这场事变中是主角。端王以其子溥儁封为大阿哥，地位陡然升高，凭借潜在的太上皇身份，急欲排除异己，打击异党，遂拉拢义和团以打击支持帝党的外洋势力，终于急不可耐地成了主战派的最高首领。但是，随着义和团运动的失败，端王的命运结局呈悲情之态。他尽管保全了性命，却以获罪之身，远流新疆，后经排挤，遁走宁夏。有关端王的历史情貌，文献多有记录。王其榘、杨济安所辑录的《有关义和团人物简表》载：

> 惇亲王奕誴第二子，咸丰十年命因为端郡王奕誌后，袭贝勒。同治十一年，大婚，命食贝勒全俸。光绪十五年加郡王衔，十九年授为御前大臣，二十年进封端郡王。载漪福晋，承恩公桂祥女，太后侄也。二十四年，那拉氏复训政，二十五年正月赐载漪子溥儁头品顶戴，十二月命入为穆宗后，号大阿哥，以崇绮、徐桐为之傅，欲谋废立，厄于舆论而止。庚子义和团起，充总理各国事务大臣，利用义和团杀洋人，欲乘此举行政变，实行废立。联军侵陷京师，随那拉氏西逃大同，转军机大臣，未逾月而罢。及和议开，各国指为"首祸"，十二月夺爵戍新疆，

二十七年十月（月）那拉氏还京，废大阿哥号，赐公衔俸归宗。①

龙顾山人《庚子诗鉴》载："周宗八议贵兼亲，戎首翻为脱网鳞。末路依人终逐客，始知薄俗贱天姻。"② 龙顾山人评说：

> 纵拳论罪，当首及端庶人。其以议贵位减者，幸也。既奉诏戍新疆，恃与阿拉善王有姻连，因往依之。初相安无忤。辛亥之变，西蒙谋独立，忽下令逐客。端奔宁夏。俞恪士提学自陇归，经阿拉善旗有诗云："世绝天亲贱，兵荒互市停。凄凉逐客令，十口已伶仃。"③

《庚子国变弹词》主要描述的是端王最为得意的联军入京之前这段时光。李伯元将此时的端王刻画成了一位弄权的实力派人物。其中，正面刻画的端王形象很值得玩味。

《庚子国变弹词》中的端王，性格特征是情绪多变，暴烈专横，机谋未深，雷厉风行。端王独特的信仰体系尤可观研。他身为天皇贵胄，并不养尊处优，满足于得过且过的王爷生活。在他的心灵深处隐含着一种情结，即对在野的秘密宗教势力心存尊崇。这样的人物类别确为曲艺作品中所罕见。端王的思想虽大体归属于传统文化，却充满了反宫廷化的野性的力量，其个性化的力度强化了《庚子国变弹词》的整体戏剧张力。

《庚子国变弹词》中端王的性格有独一无二的特性，其显著的特点便是深怀一种所谓的大师兄情结。端王的亮相就先以果敢有为的硬派人物形象为先导，其强硬的心态自有其天性使然的特殊性，但还有信仰方面的原因，其信仰支柱便是对义和团神异功能的迷信。

历史上的端王也的确如此。慈禧太后废黜光绪，改立端王子溥儁为大阿哥后，端王曾命其仆备茶点恭候三天三夜，结果，竟无一洋人入贺，"自是载漪之痛恨外人也，几于不共戴天之势"，乃思慕"剑仙侠客"来杀尽洋人。当时，有谒者说："汝欲杀尽外人，不必求诸剑仙侠客也，但求诸义和团可耳。"④ 端王喜悦异常。罗惇曧《拳变余闻》说："载漪自以为将为天子父，方大快意，闻各国

---

① 王其榘、杨济安：《有关义和团人物简表》，载中国史学会编《义和团》第四册，上海人民出版社、上海书店出版社2000年版，第514页。

② 王其榘、杨济安：《有关义和团人物简表》，载中国史学会编《义和团》第四册，上海人民出版社、上海书店出版社2000年版，第99页。

③ 龙顾山人：《庚子诗鉴》，载中国社会科学院近代史研究所、《近代史资料》编辑组编《义和团史料》上册，中国社会科学出版社1982年版，第99页。

④ 宋玉卿：《戊壬录》，载《清代野史》第一辑，巴蜀出版社1987年版，第355页。

阻之，乃极恨外人，思伺时报此仇。适义和团以灭洋为帜，载漪乃大喜。"① 正是在这种现状下，"端郡王、庄亲王等，及许多顽固大臣，无不信拳匪为真神下降"②。李伯元笔下的端王对义和团的依赖富有戏剧性，甚至兼有崇拜色彩。写道：

> 一日，端王在自己府上命把刚毅一班人邀到，又请了大师兄出来，商议这件事情。（唱）主宾座位两边分，先是端王开口云："可恨两人袁与许，甘心媚敌助洋人。一个是，封章连上渎君听，一个是，奏对之时惑圣心。倘若使，留得此人来作梗，教吾大事不能成。（白）因此与大师兄商量，总要想个法子方好。"（唱）师兄听说笑欣欣，口说"王爷请放心，只要朝廷降圣旨，将他正法不容情。一刀两断菜市口，这叫做，斩草无须留后根。权把两人做榜样，定然从此慑群臣"。（白）端王道："事到其间，只得如此，但是明日这事，如何办法？"（唱）逆王言罢自思寻，刚相从旁启齿云："刑部侍郎徐承煜，与吾两代有交情。他父亲，荫轩相国多忠义，口口声声恨外人。父子从来同一气，命他监斩必能行。"（白）端王道："明天下一道旨意，就叫他监斩。老刚，你今天先同他语一声，明日早朝，不得有误。"刚相奉命先去，大家亦不相留。（唱）慢言刚相去寻人，座上师兄把话论，细告一人端逆耶："明朝我必助君行。只须圣旨来颁下，定使许、袁不得生。拳众午门来预布，一声旨下便拿人。那时解到菜市口，任尔仙人活不成。除去两人成大事，犹如拔去眼中钉。"（白）端王听了这话，哈哈大笑，口说"如能成就大事，富贵定与君共之"。当时又说了些别话，大家归寝，各自休息，预备明日办事不提。③

端王身边的大师兄不仅出身神异，且一直扮演着端王精神领袖的角色。每遇大事，端王必问询大师兄。如第十三回《端王二次害忠良 毓贤一心灭洋教》写徐用仪为袁昶、许景澄所害，唯徐用仪为两大臣安葬，这便惹恼了端王。弹词记载："端王回府，赶忙又把此事告知大师兄，请他赐助一臂，将来事成之后，一同报答。大师兄点头应允，一力承担，端王闻之，心中自是欢喜，商定日期，

---

① 罗惇曧：《拳变余闻》，载《清代野史》第一辑，巴蜀书社1987年版，第285页。
② 刘孟扬：《天津拳匪变乱纪事》，载中国史学会编《义和团》第二册，上海人民出版社、上海书店出版社2000年版，第10页。
③ 李伯元：《庚子国变弹词》，载阿英编《庚子事变文学集》下册，中华书局1959年版，第748—749页。

预备行事不题。"① 由于端王在情感和意志上过度依赖大师兄,形成了他和大师兄以及周围人士更为复杂的社会关系,各种人物不再显得性格浅薄,从而加重了弹词整体的历史厚度和艺术维度。

《庚子国变弹词》中的端王恰以暴戾残忍、敢与外洋为敌著称。在他的授意下,董福祥部下杀害了日本书记生杉山彬。《庚子国变弹词》营造出这样的暴力世界,端王对董福祥的举动格外褒奖:

>甘军既把杉山彬戕害,抛尸城外,仍行所无事一般。日本公使闻知大怒,立即电告本国,一面请舁尸入城装殓。初尚不许,既而一再相争,总理衙门方才允准。先是此事瞒住了朝廷,后来知事闹大了,只得据实奏闻,朝廷大怒,定要查办凶手。董祥福道:"拿奴才斩首抵命,倒也不妨,如斩甘军一人,定然生变!"端王听了这话,拿手拍着董祥福的肩背,并伸大拇指头说道:"好汉!人人都能像你这个样儿,还怕鬼子难平么?"②

此种敢于挑战外洋,从来不顾及其余的做派,始终是端王的行为特征。第十三回记载,当他得知徐用仪、联元伙同立山去东交民巷见过各国使馆,怒火中烧,端王见立山而破口大骂。"端王一见怒生心,狗血喷头乱骂人,从此结成仇似海,当时便已杀机生。"以王爷身份,却带有李逵、张飞、程咬金式的豪荡性情,这便混淆了下层粗人和上层权要人物形象性格的差异。如此的人物设计,称得上是李伯元《庚子国变弹词》的首创。但是,端王胆大妄为的行为和性格并不违背史实。历史上的端王因其子初得大阿哥之尊位,权欲激增,才膨胀出极度夸张的暴烈性格。当时士绅笔记对端王特立独行的行为多有记载。他亲自易义和团服装到内廷抓人,并指责两内监通教,捕之并于苑墙外斩之。龙顾山人赋诗道:"魁柄轻移战祸开,骄王意气挟云雷。红巾二领慈宁进,竟拥宣仁做盗魁。"③

正因为端王禀性中的粗砺特质,派生出了他特别的豪侠之气。在此意义上看,端王为义和团大师兄喝彩,本身还是生活方式选择的结果。弹词中的端王,身为一种多重性格的统一体,时时处处显示出他的血管里依然流淌着一种豪侠之血,渗透出满人入关之前的凌厉剽悍的作风。除却《庚子国变弹词》,即便以历

---

① 李伯元:《庚子国变弹词》,载阿英编《庚子事变文学集》下册,中华书局1959年版,第751页。
② 李伯元:《庚子国变弹词》,载阿英编《庚子事变文学集》下册,中华书局1959年版,第733页。
③ 龙顾山人:《庚子诗鉴》,载中国社会科学院近代史研究所、《近代史资料》编辑组编《义和团史料》上册,中国社会科学出版社1982年版,第50页。

史文献为例证，亦随处可见记载端王鲁莽豪爽性格的资料。龙顾山人《庚子诗鉴》即说："端邸性本粗疏，尝谓人曰：'吾若得总署，与洋人交涉必无难事。'犹见任事之勇，而不知卤莽误国，有甚于畏葸因循者。"① 端王仇洋亲团之举是否具有正义性，略存争议，光绪二十六年十月初三（1900年11月24日）的《中外日报》有文章《戊己间训诸王大臣论略》对端王有过恶评曰：

> 端邸以近支王公，谋窃神器，其骄暴乐祸，盖天性使然。其生也，闻与刘宋元凶邵同，文宗显皇帝甚恶之，故赐名载漪，从犬，盖绝之也。或传其父惇亲王有隐德于太后，故太后亲之。戊戌之变，漪与其兄载濂、其弟辅国公载澜，告密于太后，故太后尤德之，使掌虎神营，而祸自此始。大阿哥既立，欲速正大位，其谋甚亟，而外人再三尼之，故说者谓端邸之排斥外人，非公愤，盖私仇，甚笃论也。②

《庚子国变弹词》是按照正史野说的方式来讲述故事的，其叙事逻辑依循的是以史证艺、以真求幻的说唱艺术准则。作为端王性格和生活陪衬人物的大师兄，更是独具传统侠客式人物的品貌。皇室贵胄陪伴侠客羽流的人物搭配模式，正是《庚子国变弹词》在人物设计方面的艺术亮点。枭雄式人物贯穿始终，不仅调理出了弹词新的审美品质，还组合成《庚子国变弹词》的重大人物主线。

## 二、羽客式侠人李来中

《庚子国变弹词》第八回还写到一位历史人物李来中。而且，李来中的出场，和朝廷高层人士的端王结合在一起。这种山野羽客人士和王公在一起登场的戏曲模式尚属首创，颇有新意。

> （白）只见他：（唱）紫金冠子貌稀奇，嘴上飘飘两绺须。诗扇手中摇白纸，身穿八卦孔明衣。足登朱履双丝袜，腰系红绸一斩奇。相貌平常难出众，算他好运上天梯。逆王看罢先开口，不敢高声怕触伊。（白）端王逼着喉咙，低声下气地说："弟子有眼不识泰山，不知仙师驾临，有失远迎，面请恕罪。"李来中亦拖长嗓子回答道："岂敢！"一面说话，一面抬头看那端王怎生打扮。（唱）一壁抬头举目瞧，亲王品

---

① 龙顾山人：《庚子诗鉴》，载中国社会科学院近代史研究所、《近代史资料》编辑组编《义和团史料》上册，中国社会科学出版社1982年版，第62页。
② 王其榘：《有关义和团舆论》，载中国史学会编《义和团》第四册，上海人民出版社、上海书店出版社2000年版，第218页。

级果然高。缨红纬帽宝石顶,四叉金龙开气袍。马挂杏黄红夹里,腰垂对子小荷包。乌靴粉底千层薄,手把齐纨自摆摇。搬指烟壶罗列满,想来性格自然标。况兼满脸横生肉,肥胖身躯四尺高。仔细估量方启齿,两人怪状画难描。(白)李来中道:"久闻王爷乃是天降圣人,生在富贵之家,而有英雄之性,将来定可做得大事。贫道仰看天象,知大清天下必有一番大乱,将来天命所归——"说到这里,端王赶忙接嘴道:"你看是谁?"李来中道:"天机不可泄漏,此言不便说出,请王爷乾纲独断。贫道不远千里而来,为的是真命帝主。今既遇见王爷,岂有不相助一臂之力之理!"(唱)数言疑假复疑真,吐吐吞吞不说明。弄得一人端逆邸,此时心痒好难禁。连忙又把言来问:"务请仙师说个清。吾子阿哥蒙慈眷,将来或可坐龙廷。吾为太上虽然好,锦绣乾坤属后人。"(白)李来中道:"不是如此。贫道之所以来者,只为王爷一人,并不为阿哥之事。"端王听了此言,真是心痒难抓,笑的两片嘴唇,一时亦合不拢。(唱)当时相待意殷殷,早晚思将大事行。从此来中王府住,军门自去不须云。匪徒一众皆听令,为他是,端邸跟前亲信人。①

李来中素为义和团大首领,尤其是义和团进京后,李来中的地位一度堪与端王相埒。路遥对李来中以及和他交游过的主要人物专门做过论述。路遥认为,义和团运动期间,北京的民间秘密教门活动中曾出现过"末后一著教"教首王觉一。此教脱胎于四川袁志谦的青莲教,成立于光绪六年(1880)。一贯道道书说他在光绪十年(1884)病逝于天津杨柳青。但这只是教内所造谣言,他在光绪八年(1882)策动反清起事失败后,隐伏于陕西汉中一带,另立教门,继续活动。② 义和团运动期间,王觉一曾和北京白云观大道士往来,深入端王府,为载漪召见。他在创立"末后一著教"时,曾奔赴直隶燕京,在燕南三清宫铸有洪钟,备受当时文武大臣的尊重,有不少官员入了他的教,白云观道士晏儒栋也成了"末后一著教"的骨干。义和团时期白云观大道士是高云溪,高云溪与太监李莲英曾为结拜兄弟,因李莲英关系,慈禧太后赐封高云溪为"总道教司",班秩与龙虎山张天师相同。他曾向端王载漪竭力赞许举荐义和团的神术。③ 龙顾山人《庚子诗鉴补》记载:"白云观为邱长春故居,道士高仁峒主之,与贵邸中珰

---

① 李伯元:《庚子国变弹词》,载阿英编《庚子事变文学集》下册,中华书局1959年版,第726-727页。
② 路遥:《山东民间秘密教门》,当代中国出版社2000年版,第395页。
③ 路遥:《义和团运动发展中的民间秘密教门》,载《历史研究》2002年第5期。

皆匿，颇为人营竞。拳乱初起，仁峒往来端王邸，极称团众神术。王召其头目试之，良验，乃留止邸第。诘朝大宴朝贵，徐相崇公与焉。酒半，命拳目戎服献技，一座皆惊。自是遂笃信拳术。"① 这段故事为龙顾山人写成了诗："白云仙观小终难，热宦纷纷捷径探。忽进天魔三十六，锦筵银烛酒初酣。"② 时人推测这个头目即是王觉一，袁世凯致刚毅、赵舒翘函记载此事。③

先是（光绪二十六年）春间，忽有山东僧人踵端王府门求见，自命忠义之士，愿大显法力"保清灭洋"。端王却未与见，该僧留话云，如王爷无论何时要见僧人，但朝东南三揖，口呼僧名三声，立时即可相见云云……于是端王遂请徐中堂、崇公爷两师傅到府赴席，密告此僧之言，徐、崇力片言阻止，早遏祸机，乃徐中堂因从前洋人打死他看家之狗，并殴辱其应门之仆，挟此私嫌，恨洋人入骨，遂力为怂恿，以为天赐异人，不可错过。彼时端王如法三揖三呼，果有僧人立时款门来见。四人一谈，非常投机。遂将此事传入天听（府中无人不习义和拳者，安知此僧若辈预藏于府中左右，待人知会而来者，然以欺此曹则可耳）。三月初，慈圣必欲往颐和园者，亦若辈欲便于见面商议此耳。④

袁世凯认为，此僧人"无非见端王之子立为大阿哥，欲从此阶进，无非图富贵耳，后有（又）来一王姓老团，据人传说，即是前十余年在湖北滋事涂朗轩制军拿办在逃之王觉一也"。⑤ 李希圣《庚子国变记》的记载与上述略同。

先是一老人谒载漪，自言有禁方，载漪视其书绝诞，谢之。老人辞去，曰："异时事急，请东向呼者三，当至。"拳匪之始萌芽也，载漪置酒，召徐桐、崇绮而告之。桐、绮皆曰："此殆天所以灭夷也。"呼之，则老人已在门，一座大惊。遂入言之太后，太后幸颐和园，试其方

---

① 龙顾山人：《庚子诗鉴》，载中国社会科学院近代史研究所、《近代史资料》编辑组编《义和团史料》上册，中国社会科学出版社1982年版，第126页。
② 龙顾山人：《庚子诗鉴》，载中国社会科学院近代史研究所、《近代史资料》编辑组编《义和团史料》上册，中国社会科学出版社1982年版，第126页。
③ 张黎晖：《义和团运动散记》，载中国社会科学院近代史研究所、《近代史资料》编辑组编《义和团史料》上册，中国社会科学出版社1982年版，第251页。
④ 张黎晖：《义和团运动散记》，载中国社会科学院近代史研究所、《近代史资料》编辑组编《义和团史料》上册，中国社会科学出版社1982年版，第253-254页。
⑤ 张黎晖：《义和团运动散记》，载中国社会科学院近代史研究所、《近代史资料》编辑组编《义和团史料》上册，中国社会科学出版社1982年版，第254页。

尽验。或曰老人大盗王觉一也。①

其他文献亦明确记载说李来中是在京的义和团首之一。北京义和团称为活佛、祖师者，有一僧一道。僧名道通，道号清照堂主，后者"疑即武昌漏网之王觉一"，"斯二人者，团众见之皆长跪。然僧道并不同行，或疑即乾坎二卦之分派"。② 可见，王觉一于义和团运动期间活动于北京之说已很普遍。王觉一和李来中属于同一类型人。《庚子京畿拳变纪实》记载，义和团运动初起时，李来中"遂偕其党目十余人投往山东，与嘉庆年间义和教门第五代嫡传弟子王湛波联合，毓贤闻之甚喜，暗中馈以牛酒、刀械颇多。李意愈得，煽王合族大倡教门团练之说，托言神人传授符咒，灵怪诡谲，远近附之如蚁。李知大势已成，急嘱其党用扶清灭洋字样以投时好。已即回归本籍，日讲团练以待运会。"（《庚子京畿拳变纪实》，武德报社民国二十九年）③ 此人是否即王觉一，路遥认为尚无文献可证。王觉一是山东青州人，据青州大王庄王觉一嫡传王姓后代说：王觉一于"末后一著教"起事失败后就潜伏于陕西三原，往返于陕鲁之间。④

由此可见，王觉一于义和团运动期间在山东、北京有所活动的传闻，可能实有其事。佐原笃介、浙东沤隐辑录的《拳事杂记》就曾经记载了当时所谓的义和团总首领的李来中："总匪首李来中，陕西人……或云总匪首系王觉一，现在四川。"⑤ 王希孟（即王觉一之原名）曾于光绪二十六年，以"收圆门"教为名在甘肃平凉一带活动，进一步扩展其势力。⑥ 根据王伯祥《董福祥的史料》记载，董福祥于1901年被革职后，返回甘肃途中曾滞留平凉崆峒山，以图再起的打算。⑦ 路遥认为，王觉一、李来中与董福祥三者之间是否有所联系，值得追踪探究。⑧

王其榘、杨济安所辑录《有关义和团人物简表》记载义和团首领之一的李来中是陕西人：

---

① 李希圣：《庚子国变记》，载中国史学会编《义和团》第一册，上海人民出版社、上海书店出版社2000年版，第19页。
② 黄曾源：《义和团事实》，载北京大学历史系中国近现代史教研室《义和团运动史料丛编》第一辑，中华书局1964年版，第125页。
③ 路遥：《义和团运动发展中的民间秘密教门》，载《历史研究》2002年第5期。
④ 路遥：《山东民间秘密教门》，当代中国出版社2000年版，第379页。
⑤ 佐原笃介、浙东沤隐：《拳事杂记》，载中国史学会编《义和团》第一册，上海人民出版社、上海书店出版社2000年版，第238页。
⑥ 路遥：《山东民间秘密教门》，当代中国出版社2000年版，第385页。
⑦ 王伯祥：《董福祥的史料》，载《宁夏文史资料》第1辑，宁夏人民出版社1988年出版。
⑧ 路遥：《义和团运动发展中的民间秘密教门》，载《历史研究》2002年第5期。

相传为董福祥义弟,性慧敏,喜交游,自言生时其母有神龙之梦,为乡里所信,盖欲以此结聚徒众,以倾清室也。及闻山东巡抚毓贤嫉洋人,遂偕其党赴山东,与当地义和团首领王湛联合,耸王湛倡教门团练之说,托言神传符咒,灵奇妙用,远近人皆附之。时毓贤亦欲利用义和团以制洋人,尝馈以牛酒军械,因而齐鲁之间,一时焱起,"扶清灭洋",异口同声。李以山东之势已成,乃潜回陕西,欲在陕西有所发展,不遂。不久联军入侵,京津震动,李乃投入李秉衡军中,及至北仓不支,乃隐去,后不知所终。①

《庚子国变弹词》中的李来中更接近《有关义和团人物简表》中,所记录的李来中,还可能是融合了历史传说中的李来中和王觉一两人的形象创造出来的。羽客类人物的登场,体现了弹词作品人物品类多样化的态势,给《庚子国变弹词》增添了艺术品位上的无穷变数。

## 三、全能异人张德成

弹词中的张德成并非后世传播媒介中的英雄豪杰形象,而属于异人一类。第九回说到八国联军攻陷天津炮台,守台将官罗荣光为国捐躯,裕禄得知消息,急请张德成指教:

> 见面之后,告诉他"大沽失守,天津城岌岌可危,请问师兄有何高见?"张德成听了这话,半天不答,忽然说道:"贫道昨日观看天象,知道洋人应得有此一番顺手,不到三日,洪钧老祖天兵一到,保管一扫而平,请大人放心便了。"裕禄听了这话,半信半疑,欲战不能,欲退不得,只好听天由命而已。②

张德成一类人的出场,为弹词营造出了一种神秘的艺术气氛。《庚子国变弹词》第五回还写到张德成和红灯照仙姑诈骗裕禄的事迹:

> 一日,遂向裕禄说道:"裕大人,你可知道现在天意所在么?"裕禄道:"弟子乃庸碌之人,岂知天意所在,还求仙人指示,好叫弟子知所趋避。"张德成道:"现在洋人之事,不必与他较量,但吾掐指一算,内地洋人不久当可杀尽,此乃大数不可挽回,大人静候天时罢了。"

---

① 王其榘、杨济安:《有关义和团人物简表》,载中国史学会编《义和团》第四册,上海人民出版社、上海书店出版社2000年版,第504页。

② 李伯元:《庚子国变弹词》,载阿英编《庚子事变文学集》下册,中华书局1959年版,第736页。

（唱）一派妖言随口喷，制军当下信为真。问安伺候多诚恳，听信妖言不动兵。①

李伯元对裕禄和张德成、红灯照仙姑都做过贬斥性夸张化处理。张德成、红灯照仙姑联手骗裕禄，只是两厢情愿的事。双方之间并未出现紧张关系，可见李伯元拥和反战的政治立场。但是，张德成的历史真实和戏剧曲艺的真实仍然差异巨大，士绅笔记中所记录的张德成被杀时刻却充满了非英雄的情态。龙顾山人《庚子诗鉴》记载了其全过程。

《拳变余闻》则谓："福田潜归里，里人缚送官磔之。卷土重来若有辞，扩粮更掠富家儿。草间田具方相持，此是旄头焰落时。"

  拳首张德成与曹匪同恶相济，皆当日玉玺褒美者。张闻曹被捕，亟席卷所有逃去。无何复至独流，昌言于众曰：时至矣。于是左近群匪复炽。一日往某庄向某富户索粮千石，某已许之，又强掳其子为质。某愤甚，号于众曰："有能救吾子、杀德成者，以家资之半为报。"里中少年夙不直张，一呼而集者百余，各持田具越至张舟前，伏草间以待；又使十数人乘舟迎张，出其不意，跃入其舟，先夺富户子。张与其徒奋力格斗，方及岸，而伏者尽起。张欲逃不得，叩头求哀，亦不顾，众共斫之，立成菹醢。闻者称快。或曰殪德成者溃兵也。其死以中枪，亦具田具。要之稔恶召戮则同，固无待深考。②

龙顾山人视张德成为人人憎恨的匪首，自是士绅偏见。张德成得到了裕禄很高的礼遇，当为实情。王其榘、杨济安所辑录《有关义和团人物简表》同样记载了张德成事迹。张德成"本白沟人，操船为业，往来于御河西河之间。自京津铁路通车，航运不振，德成以此痛恨洋人，而清廷官吏又颟顸畏葸，常思有以泄愤。会山东义和团起，德成乃以灭洋为号召，于庚子四月，建天下第一坛于独流镇，纠聚农民举行暴动，并以洪秀全自居，其意亦欲覆清也。自德成之起，仅及二月而众至两万余人，京津大震。直隶总督裕禄知势不可侮，乃转而与之相结，以德成为军师，自是与官军合流，进入天津。自入天津以后，流氓、富绅纷纷掺入，因而劫掠时有所闻。及联军陷大沽，逼天津，德成曾率义和团民奋起迎敌，然以官军叛变，反戈相向，因而惨遭失败。天津沦陷，德成伤臂，走避王家镇，

---

① 李伯元：《庚子国变弹词》，载阿英编《庚子事变文学集》下册，中华书局1959年版，第718页。
② 龙顾山人：《庚子诗鉴》，载中国社会科学院近代史研究所、《近代史资料》编辑组编《义和团史料》上册，中国社会科学出版社1982年版，第101页。

欲纠同志图再举，为乡绅所醢害"①。《天津义和团调查》记载略同：

　　张德成，河北新城县白沟河人。见过他的老人们都说当时他有四十多岁，有的说他是大个头（郝文治）。也有的说他是个矮胖子（肖金堂），长方脸，大眼，尖下巴颏，"脸上有几个看不出来的白麻子，没有胡髭"（李振德）。经常穿一件青褂。人们都说他是个足智多谋、智勇双全的人物。他对老百姓挺和气，见了小孩总是笑嘻嘻的。因此，在群众中有很高的威望。张德成家为船户，以操船为业，家中情况不详，只知他有个三弟，人称张三。张德成常和三弟一起操"大木头""二木头"两船，沿大清河、子牙河、御河（南运河）往来于胜芳、独流、王家口、杨柳青等集镇以及天津一带，为铺面运送白灰（石灰）、煤等货物，所以他对沿岸村镇的人地都很熟悉，与沿岸村镇的水手、脚行、渔户都有联系。

　　庚子年四月四日，张德成操船来到独流镇集义生（或说益利升）煤灰店，卸完白灰正在算账的时候，张就和集义生姓周的掌柜谈起义和团的事来。张说："各府各县都有了义和团，怎么咱们独流街上还没有动静？"周说："你别提这个，独流练拳的小孩都叫县衙门逮走了……"说来说去，张德成当天就住在独流。传说当夜就到监狱把被捕的张德昆、刘小猴子救了出来。因此威名大震，于是就和本镇一个编蒲包、推小车并有一身好武艺的二秃子刘连胜商量好，在独流镇的老君庙正式立了坛口，即北坛。从此独流镇就成立了义和团，号称"天下第一团"。张德成在独流立了北坛以后，又继续立了南坛、东坛、西坛、中坛（李振海），以后又让一些商人、念书的等立了几个文坛。据说当时独流镇十三个坛口，大概包括文场在内。此后，他领着团民烧毁了独流的两个教堂，又曾把梅东益（人称煤黑子）十八个兵抓住，得了十三支枪，人心为之大快。独流成立了义和团，张德成每天领着团民刻苦操练，还常常领团民排成大队到独流街上"踩街"，扛着大旗，打着得胜鼓，吹着海螺，进行示威和宣传，借以扩大义和团的声威。四邻八乡的老百姓听说独流立了义和团，纷纷来投奔，或争先恐后请张德成去给他们立坛口。不久，独流、静海周围以及杨柳青乃至天津西郊的许多大小村镇都

---

① 王其榘、杨济安：《有关义和团人物简表》，载中国史学会编《义和团》第四册，上海人民出版社、上海书店出版社2000年版，第510页。

统属张德成管辖，人数约有二万余人，并控制了这个地区。静海知县在义和团的威慑下，常常去拜望张德成，而直隶总督裕禄闻张德成大名，几次邀请进津。张德成虑津城危急，不忍天津人民受帝国主义涂炭，乃决定进津。

6月初，张德成率领所部团民五六千人，分乘七十二只大船，顺南运河浩浩荡荡下天津，其声势之浩大，两岸百姓热烈欢迎之盛况，至今百姓仍赞不绝口，记忆犹新。据天下第一团旗手李振海老人说："张德成所率团民至小稍直口，在福寿宫等处休息一日，第二天裕禄亲自带领人马，携带绿色八抬大轿迎接张德成。张德成坐在轿中，裕禄扶着轿轩，御河沿岸的天津街坊的人民都焚香跪迎，嘴里不断地喊着：'张活神仙来了，咱们天津卫有救了。'"这充分反映了天津人民对张德成的热爱和敬仰，同时由于人民对义和团的热爱，沿途大村小镇都有不少青壮年随同张德成来到天津。张德成率领天下第一团来到天津，住在北门里小宜门内的刘子良大宅院落内，也有住在浙江会馆和城隍庙等处的。

张德成来津前，天津有少数土匪、流氓、"混混"所组成的假团，而清军肆意抢劫，骚扰百姓的事情也经常发生，张就全力缉拿，严刑峻法，一时天津秩序为之井然，土匪敛迹，百姓安然。这样，张德成在人民中的威信更高了，不少人都说张老师是义和团的总头。

由于张来天津后正处天津战事紧急之际，所以很快就投入了保卫天津的战斗。他和曹福田联名向帝国主义下战表，在保卫天津的战斗中，率领团民在老龙头、老西开、津南洼、紫竹林、海光寺参加多次战斗，而尤以紫竹林打得最为出色。多次鏖战，打得敌人胆战心惊。有一次打紫竹林占了溜米场、马家口及英法租界，后来裕禄硬让撤出，不得已才转回阵地。7月6日大队侵略军偷袭马家口张德成的驻地，张德成得知，迅速传令，来了个将计就计，敌人来了一看处处偃旗息鼓，更是耀武扬威，但是当他们走近时，早已埋伏好的团民突然杀出，大部敌兵被击毙。

六月十七日（7月13日）天津城陷的前一天，他率领团民在南门外的广仁堂一带英勇抵抗，天津城陷，张德成仍在城内苦战。第二天他看见实难支持，就易装杂在老百姓里出了西门，不幸被敌人的乱枪打伤右手的虎口处。张德成离津后，到杨柳青召集很多团民，但遇地方绅士反对，张又回到独流，把附近团民又聚集在一起，天天操练，准备再起，收复天津。

张德成最后死在王家口。亲自随同张德成前往的李振海老人所反映的情况是这样的：聂士成的败兵沿途抢劫，发了财，就把枪支交给了王家口对面瓦子头镇的地主武装乡勇。王家口的恶霸地主刘翼鹏和瓦子镇的地主武装商妥，就假借王家口义和团的名义来请张老师向瓦子镇的乡勇要枪，但瓦子头故意不给，于是张老师就率领一部分人前去捆绑了乡勇的头目，问他们受打受罚：受打就拉出毙了，受罚就交一万块钱连同所有枪支。最后他们假意认罚，把钱和枪都交出来了。到王家口正在卸枪的时候，事先埋伏在河岸的乡勇就开枪把张德成打死了，张身死落入河中。其他随同的团人一看不好，就回到独流来了。三天后张德成尸体顺风漂到独流，为当地百姓装殓下葬，人们都说："张老师归天了。"

张德成之死另有说法，当时杀害张德成的主谋张敬铭的私人手记对此有所记载：

> 及六国联军破津，张德成率众逃回独流……至王口（即为王家口——编者）勒捐……王口地窄民贫，一时凑办不足，该拳匪大怒，喝怒王口绅董刘君翼字友琴……对余言曰："君系文人，不能用武，令乡团毕集，唯待君一决。"余曰：君欲诛此匪乎，必须联络瓦头会剿，方操胜算……瓦头绅董岳君修岭字鹤田，即裕顺店之铺东，正怒气勃勃……即率乡勇由子牙河东岸追击，刘君率乡勇由两岸追击，两路夹攻，匪势不支，纷纷逃窜，匪首张德成因乘关帝肩舆倾跌受伤不能行走，避匿舱中，刘友琴之子刘维垣急步登船，将该匪由舱中提出，当即削首弃于河流，余众纷散。①

《天津义和团调查》对张德成之死给予了很高的评价："义和团领袖张德成虽然死于地主阶级的屠刀之下，然而他的反帝爱国的大无畏精神却永远活在人民的心里，人民永远纪念他，歌颂他。张德成成为永垂不朽的义和团英雄。"② 团民的说法更倾向于张德成死于绅董的阴谋，而绅董的手记则说张德成俘获被杀，真实的情况亦如历史本身一样不得确知。每一种权力集团都在依照自己的意愿书写他们心目中的历史，于此可见另类历史通则。

《庚子国变弹词》中的裕禄待张德成之事有所夸张，经过艺术加工，张德成成了传统文艺中奇人、异人的形象却可相信，李伯元的用意并非一味迎合民众对

---

① 南开大学历史系：《天津义和团调查》，天津古籍出版社 1990 年版，第 112 页。
② 南开大学历史系：《天津义和团调查》，天津古籍出版社 1990 年版，第 112 页。

于世外江湖世界的探秘心态，又不仅在于为艺术品中增添些神秘的气象。《庚子国变弹词》突出的是时代的真实性，弹词的情节安排介于历史的真实性和审美的习惯性之间，并在期间拉开了一条用以平衡两者关系的地带。

《庚子国变弹词》融合了众多历史人物，并将注意力集中在异常时期的非凡人物身上。弹词强烈的情节性决定了人物群体的延展维度。枭雄式人物如端王，飘逸类羽客李来中，全能异人张德成，都是史上真人。历史人物的纷纷登场，组成一幅跌宕起伏的风云际会图。而人物组图的集体亮相，迫使弹词内涵进入了具有传统文化惯性的审美轨道。

[原载《太原师范学院学报（社会科学版）》2009年第1期]

# 晚清上海弹词女艺人的
# 职业生涯与历史命运

宋立中

　　明清时代，特别是清代，以苏州评弹为母体的一种曲艺形式在江南曾经风靡一时，但在历史的演进过程中却出现了许多分途，其归宿明显不同。上海开埠后，苏州评弹进入上海，历史的风云际会，沪上评弹在演出主体、演出曲目、演出形式、演出空间以及历史归宿等方面发生了明显的变化。特别是弹词演出主体发生明显的变化，男艺人逐渐淡出沪上书场，而女艺人则成为晚清上海书场一道亮丽的风景线，但至清末却消失于人们的视线中。此种现象的背后存在怎样的历史玄机？是否如某些论者所认为的那样，上海弹词女艺人从一开始便为妓女者流？① 学者们从文学角度研究弹词较多，但从历史学的角度研究者较少，且多集中在苏州评弹的研究上。对沪上弹词，尤其是对引人注目的女弹词的研究不多。② 本文无意于弹词艺术本身的考论，而是拟从社会史、文化史的角度梳理晚

---

　　① 法国学者安克强（Christian Henriot）认为，19世纪中晚期上海弹词女艺人就是高级妓女，其书寓或书场就是城市精英——封建文人士大夫的休闲空间，并将女弹词与高级妓女长三等相提并论。笔者在搜集晚清上海弹词女艺人的历史文献中发现，情况并非完全如此，其间有个历史变迁过程，安氏论证失之笼统，不能完全反映历史真实。参见安克强：《上海妓女——19—20世纪中国的卖淫与性》，袁燮铭、夏俊霞，译，上海：上海古籍出版社2004年版。

　　② 周巍对明末清初至民国以来江南女弹词进行了较为详尽的考辨，对上海女弹词的研究着重其渊源、分类、流变等的梳理，有一定的参考价值，但对于晚清沪上女弹词的职业生涯、衰亡原因未做详论；此外，对女弹词分类及是否与妓家合流等问题的论述，笔者尚有不同看法。因此，对沪上女弹词的历史命运及其根源有进一步申论的必要。参见周巍：《明末清初至20世纪30年代江南"女弹词"研究——以苏州、上海为中心》，载《史林》2006年第1期。

清上海女弹词风行的历史成因、演变趋势、职业生涯及其历史命运①，本意在于透过这一特殊群体的生存空间及其归属的考察，探寻近世江南社会变迁的一个侧面，同时也为中国妇女史研究引向深入提供一个视角。

## 一、晚清上海女弹词群体的历史演变

晚清上海女弹词的出现有其深刻的社会变革因素，其中两个主要因素不可忽视：一是上海开埠。1842年中英《南京条约》签订，中方同意五口通商，上海即为其一。原先上海不过是一弹丸小县城，"自道光季年五口通商，中外互市，遂成海内繁华之第一镇"②。二是咸丰兵燹。太平天国战争对上海周围的苏、宁、杭等大城市破坏严重，江南各地世家大族、富商巨室纷纷避居上海，上海娱乐需求大增。发源并成熟于苏州的弹词艺术开始进入上海，大批女弹词涌入沪上。与此同时，为避咸丰兵燹之劫难，江南不少大家闺秀亡命上海，"庚辛之交，江、浙沦陷，士女自四方至者，云臻雾沛，遂为北里巨观"③。许多人不得已，只好利用自身良好的文化修养从事力所能及的工作，弹词说书便是一途。

江南评弹是评话与弹词两个曲种的合称，其历史渊源众说纷纭。"《长生殿》院本中有弹词一出，乃唐李龟年事。此弹词之始也。"④ 但一般都认为评话"始于（明末）柳敬亭，然皆须眉男子为之。近时如曹春江、马如飞，皆其矫矫（按：原文如此）杰出者"。女弹词渊源于盲女弹词，学者多有论述，此处不赘。而沪上女弹词的兴起在清代道光、咸丰年间，"道、咸以来，始尚女子。珠喉玉貌，脆管幺弦，能令听者魂销"⑤。陈无我认为："弹词源于李龟年，说书始于柳敬亭。最后姑苏琴川（常熟）有女弹词、女说书出现，易须眉为巾帼，人悉呼之曰'女先生'，盖沿《红楼梦》说部中女先儿之称，而以'生'字易'儿'字耳。"⑥ 后来评话逐渐丧失其市场吸引力，男说书艺人逐渐淡出上海曲艺舞台，能长盛不衰者寥寥。女弹词开始独立流行于晚清的上海。其原因在于，所谓男子所说的"大书"，由于其"技不精""艺不良"，"使听之者思卧，而后借助于南

---

① 在清人文献及晚清的报刊上，对沪上弹词女艺人的称谓比较多，有"女弹词""女说书""女唱书""女书寓""词史""女先生"等。为行文方便，本文多以"女弹词"称之，既指弹词女艺人群体，也指女弹词业态。
② 池志澂：《沪游梦影》，上海古籍出版社1989年版，第155页。
③ 淞北玉魫生：《海陬冶游续录》卷上，世界书局1936年版，第21页。
④ 持平叟：《女弹词小志》，载《申报》1872年7月1日。
⑤ 王韬：《瀛壖杂志》，上海古籍出版社1989年版，第106页。
⑥ 陈无我：《老上海三十年见闻录》上册，上海大东书局1928年版，第54-55页。

都粉黛，乞灵于北地胭脂，敦请名妓以为之副。其未说书也，必先使唱开片一支。其既说也，又皆能插科打诨，相为接应……间有不能开片者，则以二黄小调代之。又见夫人皆喜听唱，而不喜听书也。于是乎废书而用唱。说大书者退坐后场专理丝管而已，此所以沪上书场异于他处也"①。作者只注意到女弹词兴起的表面现象，而没有注意到上海娱乐消费风尚的转移、消费主体的变化以及沪上娱乐文化的色情化等的深层次动因，即城市文化开始从传统文人士大夫主导的雅文化向以近代市民阶层为主体的通俗文化的转变，娱乐消费的主体开始多元化。咸丰年间沪上书场达到极盛，"四马路中，几于鳞次而栉比。一场中集者，至十数人，手口并奏，更唱迭歌，音调铿锵，惊座聒耳"②。但好景不长，兵燹过后，江南社会很快恢复往日的繁华，一些避居上海的富商巨室纷纷撤回原籍。"丙丁以后，乱既底定，富商殷户，各回乡里，而阛阓遽为减色。掷缠头辄有吝色，平日观剧佐酒，红笺纷出，至端阳、中秋、除夕，往往先期托故避去。在浪子固有销金之窟，而若辈反筑避债之台，甚至逋负丛集，每思脱离火坑，择人而事，而又恐金多者薄幸，情重者赤贫。如有偿债以挈之去者，不啻青莲花之出淤泥矣。此近来若辈隐愿，而无论秋莺春燕，同具此心者也。"③ 上海娱乐业立见萧索，弹词女艺人面临激烈的生存竞争，处境艰难。尤其是高级妓女长三开始涉足书场，女弹词艺人鱼目混珠，不可复辨。陈无我说："此辈女郎所居，谓之'书寓'，所以别夫长三等之妓院也。除每日登场弹唱、任人入座倾听外，若就其寓中，或召赴他处，则谓之'堂唱'。数十年来，弹词说书都成广陵散，而一般妓女各携琵琶登场，竞唱二簧调、梆子腔，每人一二出，绝无所谓书词，乃亦直呼为'女先生'，且称其所居为书寓。"④ 大有鹊巢鸠占之意味。

王韬也认为女弹词艺人与妓女当为两途，同治初年女弹词艺人有意不与妓女同列，目的是要保持团体的身份特征。"前时书寓，身价自高出长三上。长三诸妓，则曰'校书'，此则称为'词史'，通呼曰'先生'。凡酒座有校书，则先生离席远坐，所以示别也。"⑤ 光绪年间（1875—1908）上海女弹词与妓家合流，已失去传统意义上的弹词艺术特征及其操守，至民国年间，苏州评弹界有鉴于上海女弹词的"污名化"和历史命运，在弹词社团光裕社的公告、章程中便禁止招收女学徒。《光裕说书研究社敬告各界书》规定："（一）凡吾社社员，不能招

---

① 《沪游记略》，载《申报》1888年7月6日。
② 王韬：《淞滨琐话》，齐鲁书社1986年版，第341页。
③ 淞北玉魫生：《海陬冶游续录》卷上，世界书局1936年版，第23页。
④ 陈无我：《老上海三十年见闻录》上册，上海大东书局1928年版，第54-55页。
⑤ 王韬：《淞滨琐话》，齐鲁书社1986年版，第341页。

收女徒及拼搭女档……并非摧残女权,无非为防微杜渐,免涉淫亵之嫌,为个人的洁身自好计,为团体的悠久美誉计耳。"① 徐珂否认上海弹词女艺人从一开始就等同于妓女的说法:"论沪妓之等差,辄曰书寓、长三、幺二,是固然矣。然在同治初,则书寓自书寓,长三自长三。盖书寓创设之初,禁例綦严,但能侑酒主觞政,为都知录事,绝不以色身示人。至光绪中叶,书寓、长三始并为一谈,实则皆长三也,无专以说书为业者。即谓长三为冒充书寓,亦无不可。"② 变化发生在光绪中叶。在其后的文人笔记、报纸的社评以及政府的告示中,往往将书寓等同于妓家,女弹词等同于妓女,并一体遭到查禁或抨击。比如《申报》的社评多次评论道:"上海之风气,至于今可谓坏极矣。妇女则廉耻道丧,不知名节为何物……妓馆林立,名目繁多,其上者为长三,为书寓。"③"夫妓馆之有长三、书寓、幺二、烟花间,大小概殊,妍媸亦判……且长三、书寓、幺二、花烟间皆不禁,而独禁野鸡,办理亦未公平。"④ 上海女弹词与妓女合流,失去其传统的群体特征。据安克强的研究,上海女弹词最早出现在19世纪60年代,其鼎盛时期大约在1890—1892年之间,到清末基本上被"像大世界这样的娱乐中心所取代了"。这种女弹词与妓女合流的结果,"最后变成是对性需求的直接满足"⑤。最后一个书场关闭在1916年。⑥ 直到20世纪30年代,女弹词在上海才重新步入书坛,不过此时的女弹词已不同于晚清上海的传统女弹词艺人,而是近代都市文化的代表了。

总之,晚清上海女弹词的历史变迁及其命运,既有社会转型的外部因素,也有其自身发展的弊端,值得我们深长思之。

## 二、晚清上海女弹词的职业生涯与人生归属

导致晚清上海女弹词上述悲剧命运的根本原因虽不在女弹词自身,但我们从其本身的职业生涯和人生归属的角度还是可以找到其退出沪上书坛的制度性原因。因此,考察其服务场所、地域分布、服务方式以及人生归属等问题,是探寻晚清沪上女弹词历史命运的一把钥匙。大致说来,晚清沪上女弹词职业生涯及人

---

① 朱栋霖:《评周良》,载《苏州评弹旧闻钞》,上海三联书店2007年版,第171页。
② 徐珂:《清稗类钞》,中华书局1986年版,第5164页。
③ 《恶俗宜亟禁说》,载《申报》1885年12月4日。
④ 《缚鸡说》,载《申报》1890年8月22日。
⑤ 安克强:《上海妓女——19-20世纪中国的卖淫与性》,袁燮铭、夏俊夏,译,上海古籍出版社2004年版,第38-39页。
⑥ 汪吉门:《上海六十年来花界史》,时新书局1922年版,第6页。

生归属主要表现在如下几个方面。

第一，演出场所。晚清沪上女弹词的演出场所一是在书寓、堂会及茶楼。初时并不为主流娱乐团体所接纳，其演出场所比较寒酸，"向时多在城中土地堂、罗神殿，日午霄初，聊为消遣。徐月娥、汪雪卿，皆以艳名噪一时。兵燹以后，都在城外"①。随着其在上海娱乐界地位的巩固，其演出场所开始雅化。其书寓（即女弹词的寓所兼营业场所）的环境布置与上海消费时尚相合拍，既雅致又时髦，为客人营造了一个幽雅的休闲娱乐空间。"房中陈设俨若王侯，床榻几案非云石即楠木，罗帘纱幕以外，着衣镜、书画灯、百灵台、玻罩花、翡翠画、珠胎钟、高脚盘、银烟筒，红灯影里，烂然闪目，大有金迷纸醉之概。客入其门，以摆台面为第一义，斯时觥筹交错，履舄纵横，酒雾蒸腾，花香缭绕"②。二是堂会或堂唱，"除每日登场弹唱、任人入座倾听外，若就其寓中，或召赴他处，则谓之曰'堂唱'"③。三是书场，大多在茶楼，为弹词女艺人演出的主要场所。沪上书场主要有所谓"十二楼"，集中在公共租界的四马路一带，"曰天乐窝，曰小广寒，曰桃花趣，曰也是楼，曰皆宜楼，曰万华书局，曰响过行云楼，曰仙乐钧天楼，曰淞沪艳影楼，曰九霄艳云楼，曰四海论交楼，曰引商刻徵羽楼"④。上海茶楼与女弹词的紧密合作，互利互惠，相得益彰。女弹词之所以选择茶楼为演出场所，是因为"茶楼不但可以适口，而且可以怡情，或则邀请校书、词史弹琵琶、唱京调，以动人听闻。此等茶楼，其意专注于书场，不过借茶以为名而已。而大茶楼亦多有借以广招徕者，或则邀说书滩簧之流，夜以继日演说以为常，而倾听者亦颇不乏人，是又耗费之一端也。然小焉者也。虽曰耗费，尚有茗可啜，可以怡情，可以娱目，可以悦耳者也"⑤。

第二，空间分布。上海女弹词的演出市场主要分布在英美公共租界，即所谓"四马路"一带。后渐入法租界。"若书寓、长三则四马路东西荟芳里、合和里、合兴里、合信里、小桃源、毓秀里、百花里、尚仁里、公阳里、公顺里、桂馨里、兆荣里、兆富里，皆其房笼也"⑥。以四马路为中心的十里洋场是晚清沪上娱乐消费的公共空间，盛极一时。这里集中了沪上几乎所有主要娱乐消费服务业种类，如戏馆、茶馆、酒馆、烟馆、书馆、妓馆等，即为晚清文人津津乐道的所

---

① 王韬：《瀛壖杂志》，上海古籍出版社1989年版，第106页。
② 池志澂：《沪游梦影》，上海古籍出版社1989年版，第163－164页。
③ 陈无我：《老上海三十年见闻录》上册，上海大东书局1928年版，第54－55页。
④ 池志澂：《沪游梦影》，上海古籍出版社1989年版，第157页。
⑤ 《论上海无益之耗费》，载《申报》1892年5月17日。
⑥ 池志澂：《沪游梦影》，上海古籍出版社1989年版，第163页。

谓沪上"六馆闲情"。女弹词在此空间经营有其有利的一面，即获得旺盛的消费需求；其不利的一面，在于受此环境的影响，其演出内容不免入于流俗："自四马路各茶馆一开，则妓女佣婢无不皆往，四马路一带气象颇觉改观，而不知其中造孽不少。妓馆长三、幺二，皆俨然开门迎客者也。更有住家，且有年轻佣妇、大姐等人所私往来，辄赁一椽，下则有所谓野鸡者，路歧卖俏，眉目传情，一笑勾人，红楼遥指，此其人大都妓女之别树一帜者……此辈招引少年，往往藉茶烟之地以为撮合山，人家子弟、店面小伙或读暇闲游，或生意约谈，既有四马路诸处之胜，则其他茶馆、烟馆皆觉不如，而粉白黛绿之俦隔坐笑语，挑引兜搭，出门携手，直入迷香。因而败坏行止，亏空避走，向非此等处所，则妇女究竟罕来，而少年之保全者不少，其尤甚者不特害及男子，而害及妇女焉……又有一种无耻少年，素以勾引迷惑妇女为事，甚则攫其资否，亦渔其色，不知罪过，不识报应，一任其猖狂窃弄，败人家风，污人名节。"①

第三，服务方式。根据笔者所搜集的报刊资料以及文人笔记、小说等来看，晚清沪上女弹词的服务（演出）方式主要有如下几种形式。

（一）粉牌宣传。女弹词演出的主要场所在书场（即茶楼），书场老板须预先邀请，将其名写在粉牌（五色牌）上，以示预告。十二楼"每楼日夜两档各有二十妓，或有一妓数楼者。每妓各用大红笺书姓名，高挂楼外"②。若是名气大的，开书场者"必再三邀至，否则虚写其衔名，本人每不屑来"③。如果这方面处理不好，会影响书场的收入和名声。陈无我记载的一则故事很能说明此问题。四马路荣华富贵楼书场于己亥（1875）七月十五日初次邀请海上五位有名的女弹词林黛玉、金小宝、翁梅倩、陈寓和胡翡云到书场演出，翁梅倩因其名在粉牌上排列位置在陈寓之后而拒不到场，约金小宝应一品楼之邀，放了荣华富贵的鸽子。当时此类事情屡见不鲜。

（二）伺应接待。这是上海每家大书场必有的现象。当时人多有纪实描写："每门首各有接客者作苏音呼唤，口不停声，曰'听书哉'，曰'先生来哉'。'先生'者，称女唱书之名也。有客登楼则报道几位。"④伺应者须精神饱满，态度热情，"神情殊踊跃……采列而兴高，手足为之舞蹈，不知者讶其痴癫"⑤。此外，轿役的作用也不可忽视。因为书场中听书者，以乘轿为多。轿役来往接送听

---

① 《广弊俗宜防其渐论》，载《申报》1885年7月23日。
② 池志澂：《沪游梦影》，上海古籍出版社1989年版，第157页。
③ 王韬：《淞滨琐话》，齐鲁书社1986年版，第342页。
④ 池志澂：《沪游梦影》，上海古籍出版社1989年版，第157页。
⑤ 《沪北书场记》，载《申报》1886年10月28日。

众和女弹词艺人,对听众和女弹词艺人都有重要影响。

(三)演出形式。为适应近代上海都市生活的快节奏,女弹词一般将演出分为日夜两档,称为昼档、夜档。这一点与同期的苏州等江南城市不同。① 女弹词演出有"场唱""堂唱"之别。吴淞江上洗耳人称:"登场炫技曰'场唱',任人环听,青蚨半百焉;入室赏音曰'堂唱',一曲既终,白金双饼焉。亦有招来侑酒者,邀同观剧者,并有就其居宴客者,无乎不可,亦无所不宜。"② 这是在同治初年,说明女弹词服务内容从一开始就为其后滑入泥潭埋下了伏笔。每次登场的女弹词为多人同时献艺,书场每每在粉牌上列入女弹词二十多人,但实际到场的一般五六人,最多十来人。尽管客人点戏可能有几十出,但女弹词大多只唱一札或半札。

(四)出局侑酒。同治初女弹词还能"洁身自好",不愿与妓女同列。但光绪中叶以后,随着长三等妓女加入其间,出局侑酒就成为惯例,与妓女没有分别。"既而大菜一上,局妓纷来,铜琶银剔,珠唱云高,本楼倌人唱罢,外妓次第续之……乃曲未终而射覆猜拳、赌酒角胜,歌声呼声错杂其中。既而酒阑珠散,醉舞蹁跹,留髡烛灭,芗泽微闻,酿芙蓉之膏,斟舜茗之壶,华胥一梦,几不知此身尚在人世间。"③ 歌舞、侑酒、吸毒、侍寝等,不一而足。

(五)收费、点戏。女弹词收费因人因时而异,但一般听戏收费并不高,"例取八十文";如果是点戏,则有生熟客之别。生客点戏一出,收洋钱一枚,即所谓"番饼"。"自此而后便订知交。饮酒也、观剧也,红笺飞招,无不到处追陪矣"。如果是熟客,不必开口,"小鬟伴媪一见","立将水烟袋递于客手,粉牌点戏并不劳客之费心,即以书悬座右,亦酬以番佛一枚。熟客愈多,芳名愈噪。书场中以此判低昂,不尽由色艺也"。④ 此外,还有"包筹",即是包场,女弹词必须每日到场演出。比如乙亥(1875)七月十五日荣华富贵楼书场与翁梅倩所订的合约。翁索要的包筹每月六十元,"如遇点戏,彼此对拆"。但书场主人没有答应,可能嫌翁索要太多。沪上女弹词收费除俗例之外,还视个人名气之大小和市面景气与否。比如咸丰年间,由苏州避乱于沪上的陆秀卿"名重一时",

---

① 申浩认为,苏州书场演出大多时间较长,往往两三个月,甚至半年,且多为单档演出,以适应苏州传统社会生活节奏缓慢的特点;演出主体均为男艺人,女性从业人员受到排斥和歧视。参见申浩:《社会史视野下的评弹文化变迁》,载《上海师范大学学报》2007年第5期。
② 吴淞江上洗耳人:《说书女先生合传》,载《申报》1872年6月24日。
③ 池志澂:《沪游梦影》,上海古籍出版社1989年版,第163-164页。
④ 《沪北书场记》,载《申报》1886年10月28日。

"人争招至,一曲八金,则是一曲万钱也"。①

(六)弹词脚本。沪上女弹词演出曲目大多为传奇,其后女弹词与高级妓女长三等双向合流,所演曲目多为滩簧、京调,且淫秽庸俗居多。因文献记载语焉不详,沪上弹词女艺人所演曲目的确切种类已不可考,但保守估计当有数十种之多。"《白蛇传》《倭袍传》《玉蜻蜓》《双珠凤》《落金扇》《三笑缘》诸部"②,"或《海潮珠》,或《白水滩》,或《二进官》,或《五雷阵》"③ 及 "《九连环》《十送郎》《四季相思》《七十二心》之类"④,都是女弹词经常演出的弹词脚本。

(七)流派风格。晚清沪上女弹词因前后变化迅速,前后期有很大差异。主要有两大流派:虞调、马调,各有特点。"虞调出于虞山,先有虞姓者专擅此调,调极曼衍悠远,合弦索琵琶共奏,靡靡郑音之亚也。俞调者,俞秀山所制,抑扬宛转,如小儿女绿窗私语,愈唱愈低。马调则咸丰间马如飞所创也,初唱甚高,惟唱到末字之前,故缓其腔,而将末字另吐于后,有若蜻蜓点水,最是动人。"⑤ 同治初年沪上女弹词所唱皆宗俞调。其时女弹词技艺精湛,说唱传奇脚本惟妙惟肖。书场评论家对之评价极高。如陈芝香及其高徒月娥、月筝,"唱时各抱乐具登场,或繁弦急管,或曼声长吟,其所诵七言丽句,声如百啭春莺,醉人心目,所说曲部,口角诙谐,惟妙惟肖,其描摹尽致,拟议传神,非海上裙钗所能梦见。盖以不失之生涩,即流于粗忽,忘其为女子身也。芝香独能擅场者,以得此中三昧,而又体贴入微。月娥擅唱小曲,章台遍历,迄无其俦,曲终人远,余音绕梁,真令人倾耳不置也。'玉台闲咏新诗句,金屋难藏没字碑',可以遗赠之矣。"⑥ 其后也无所谓虞调、马调,特别是长三等妓女参与说书后,大多弹唱小调,或京调、摊簧等。"近时院中专尚小调,如《九连环》《十八扯》《四季相思》,风柔声软,荡人心志,诸姬皆能,不必女唱书独擅也。"⑦ 王韬对于女唱书"尽易京调",而"京调高亢,以吴姬摹之,正如皮傅渔洋诗也。况复颈赤面红,尤非雅观"⑧,愈来愈流于庸俗,甚至专以淫秽博得听众青睐,最终导入末流。

第四,人生归属。弹词女艺人在同治初期多有师承关系,家族传承较为明

---

① 持平叟:《女弹词小志》,载《申报》1872年7月1日。
② 吴淞江上洗耳人:《说书女先生合传》,载《申报》1872年6月22日。
③ 《查禁书场说》,载《申报》1886年12月9日。
④ 黄式权:《淞南梦影录》卷二,上海古籍出版社1989年版,第115页。
⑤ 池志澂:《沪游梦影》,上海古籍出版社1989年版,第157页。
⑥ 淞北玉魫生:《海陬冶游续录》卷上,世界书局1936年版,第28-29页。
⑦ 池志澂:《沪游梦影》,上海古籍出版社1989年版,第157页。
⑧ 王韬:《淞滨琐话》,齐鲁书社1986年版,第342页。

显。署名华亭持平叟的文人在《申报》上撰文详细评价了同治初年沪上著名女弹词的身世及其归属，大多是姊妹同场竞技，也有母女同场演出的。比如为姐妹者，王丽娟与王幼娟，唐云卿（初名薛宝琴）与薛宝蟾，朱品兰、朱素兰与朱素卿，胡丽卿与胡亚卿，施月兰与袁云仙，陈月贞与陈月娥，姜月娥与姜月娟、姜月卿，张凤娟与张秀娟，胡桂芳与胡兰芳，等等；为母女者，徐宝玉与徐雅云等。① 活跃于沪上的女弹词到底有多少人，因文献记载不详，不可能有一个确切的数字。安克强根据有关资料推算，估计到19世纪中期，女弹词总数最多时已有二三百人，并在1896年前后达到了四百人。② 著名者如吴淞江上洗耳人所列举的申江弹词女子二十八人，"加以品评，一时传遍北里……而沧桑小变，风流云散，人事推迁，如袁云仙、吴素卿、姜月卿、朱幼香、徐雅云则嫁矣。陈爱卿则他往矣。钱雅则化去矣。钱丽卿、唐云卿、俞翠娥、吴丽琴则莫知踪迹矣。殊令人抚时感事，而有今昔不同之慨。而来继起者，又有朱丽卿，色艺双绝，冠于章台。他如王琴仙、金玉珍、陈昭云、张翠霞，俱楚楚可怜，足以颉颃诸前辈，洵称后来之秀焉。海上多才，殊足焉此中生色矣"③。上海女弹词的归属不外乎如下几个：一是嫁给官员做妾，这是比较好的归属了。如咸丰年间名噪一时的著名艺人陆秀卿"貌绝色，艺绝技"，"后嫁宰官"，同期的小桂珠"后鬻于妓家，善画兰，重文人，轻巨贾，守身如玉，自誓非翰林不嫁。后如素志，果嫁闽中某太史"④。二是卖于妓家。朱品兰"钟情于某，欲嫁，其假母为锁闭房中，未几鬻去"。有的可以赎身，比如胡丽卿赎身后改为钱姓。⑤ 三是英年早逝。女弹词一般年龄很小就出道了，名气较大的因不堪重负，过早去世者亦有不少。林宝珠年仅十龄，"歌曲娴熟，身小如幺凤，而声可震屋瓦，生净俱能为之……青衫名士、白袷王孙争相招呼侑酒，几于应接不暇，每日出局必三十余处，其到必迟，一到即唱，一唱即转往他处。亟亟如恐不及，可爱亦可怜也"，"卒以奏曲过劳，不克永年，惜哉！"⑥ 吴素卿、陈黛香、王丽娟、陈芝香"倏然尘埃之外矣"。⑦ 尤其是光绪年间，长三等妓女与女弹词合流，女弹词在婚姻市场上不如同治初年

---

① 持平叟：《接女弹词小志》，载《申报》1872年6月22日。
② 安克强：《上海妓女——19—20世纪中国的卖淫与性》，袁燮铭、夏俊夏，译，上海古籍出版社2004年版，第25页。
③ 淞北玉魫生：《海陬冶游续录》卷上，世界书局1936年版，第28页。
④ 持平叟：《接女弹词小志》，载《申报》1872年7月1日。
⑤ 持平叟：《接女弹词小志》，载《申报》1872年6月22日。
⑥ 陈无我：《老上海三十年见闻录》上册，上海大东书局1928年版，第54-55页。
⑦ 持平叟：《接女弹词小志》，载《申报》1872年6月22日。

那样受青睐。身处妓院的所谓女弹词其人身不得自由,"曲中词媛如有恩客者,则为鸨母所不喜。而与客私约嫁娶,尤所猜忌,终须盈其欲壑,则好事得谐"①。女弹词年龄一般以二十岁左右为限,否则老大难嫁,错过最佳时机,往往前途黯淡。"宝琴者,大江以北之翘楚也。性亢爽,尚侠气,行歌吴越,与士大夫游,高自期许,不屑为靡靡之态",可是其人身归属却是惨淡的,"落花堕溷,每以失身为耻,逢二三知己更深人静时共谈沦落情形,往往泣下数行",虽然"从良有愿","但薄命终伤,深恐所适非人,又致半生抱恨,郁郁至今,因循不果"。②结果无赖逼婚,纠缠不休,宝琴羞愧交加,吞食鸦片自杀,幸随身丫鬟救下,得以不死,但已万念俱灰。宝琴这个例子在当时具有代表性。

## 三、晚清上海女弹词衰亡的社会根源

诚如论者所言,晚清上海弹词女艺人在清末与妓家合流,已失去其团体特征,为新式娱乐形式所取代,最终退出历史舞台。究其原因,笔者以为主要有以下几个方面。

第一,是沪上弹词女艺人的自身服务方式庸俗化、色情化的结果。"书寓之初,禁例綦严,但能侑酒主场政,为都知录事,从不肯示以色身,今则滥矣。"③女说书的服务内容除了应邀堂唱外,还可出局侑酒,有些说书女先生还提供色情服务,"若点戏则一曲一洋,可择心爱者而订交焉。其时即有婢女送水烟筒来,为之牵合。曲终随去,如鸟归巢,如鱼上钩"④,"书馆固与妓馆相连属也"⑤。从长三等妓女的角度看,她们觉得弹词女艺人因为"其品清贵",容易博得富商大贾、达官贵人的青睐,往往极力模仿女说书的口音、装扮和生活习惯,甚至假造苏州籍贯,因为同治初年沪上女弹词艺人大多来自苏州。"书寓者,即女唱书之寓所也,其品甚贵,向时不与诸姬齿。今则长三亦书寓焉……其来自姑苏为多,故声口皆作苏音。江西、扬州、宁波皆能效之,惟湖北、天津乐操土音。分道扬镳;自立一帜。"⑥这种模仿导致女弹词与长三等妓女无法分辨。再者,上海弹词女艺人的演出组织制度化漏洞也为妓女渗入弹词界留下缺口。"上海风俗称女弹词为先生,称弹词处为书场,奏技于书场曰'座场';女先生会于书场而

---

① 王韬:《淞滨琐话》,齐鲁书社1986年版,第343页。
② 《记宝琴校书事》,载《申报》1876年2月24日。
③ 王韬:《淞滨琐话》,齐鲁书社1986年版,第342页。
④ 蓺床卧读生:《女唱书》,载《绘图上海冶游杂记》卷四,清光绪三十一年(1905)文宝书局石印本。
⑤ 《查禁书场说》,载《申报》1886年12月9日。
⑥ 池志澂:《沪游梦影》,上海古籍出版社1989年版,第563页。

献技，各奏一回曰'会书'。凡会书不至者不准座场。"① 本来，这一书场准入制度的实行，有利于保持弹词女艺人的技艺专有化。诚如王韬所言："初词场所演说者为传奇，未演之先则调弦安缦，专唱开篇。自人才难得，传奇学习非易，于是尽易京调以悦耳……前时词媛以常熟为最，其音凄婉，令人神移魄荡。曲中百计，仿之终不能并驾齐驱也。"妓女要模仿这种高难度的技艺的确不易，但晚清上海不如苏州，制度化的管理不到位②，沪上女弹词只是将苏州光裕社的管理模式移植到上海，而并没有真正地实行下去，导致此制度渐趋式微。原先"词场诸女皆有师承，例须童而习之；其后稍宽限制，有愿入者则奉一人为师，而纳番饼三十枚于公所，便可标题书寓。今闻并此洋亦不复纳"，开书寓较初期更为容易。此外，先前定下女弹词艺人会书的规矩到光绪初年也被废弃了，为广大妓女涉入书场打开了方便之门。"自书寓众多，于是定每岁会书一次，须各说传奇一段，不能与不往者皆不得称先生。今此例亦废不行。"③ 导致真正的女弹词与妓女弹词无法区别，女弹词在上海无立足之地，为其最终退出历史舞台埋下了制度化的祸根。"近日曲中书寓，规模酬应一例相同，不复区别"，女弹词与长三等妓女双向合流，导致上海女弹词与苏州等其他地区的弹词女艺人的命运分途。

第二，与晚清沪上女弹词演出色情化、经营环境及社会舆论的影响有密切关系。晚清沪上女弹词的从业色情化与上海娱乐消费庸俗化有密切的关系，其经营环境使得女弹词不得不顺应消费者的低级趣味和感官享受的需要。④ "沪上妓馆林立，书场栉比，上而长三，下而烟花、台基，凡所以导人淫者几于遍地皆是，而且明目张胆，大张旗鼓……夫以上海导淫之处如是其多，而尚欲以一纸示谕，力挽颓风，恐亦不过虚行故事已耳。"⑤ 其后，女弹词与妓女弹词合流，使得演出日趋庸俗而色情化。这种社会风气也可以从官府对于江南社会（包括上海）出版物的查禁中反映出来。同治七年四月十五日和二十一日，江苏巡抚丁日昌两次发布告示查禁淫词小说，其中淫秽小说如《品花宝鉴》《绣榻野史》等达一百二十二种，所谓淫书如《九美图》《合欢图》等书籍三十四种以及小本淫词唱片

---

① 持平叟：《接女弹词小志》，载《申报》1872年7月3日。

② 苏州在乾隆年间即成立光裕公所这样的行业组织，对书场的准入有严格的规定。尽管上海在同治初年女弹词自觉引入苏州光裕公所的管理模式，因文献记载语焉不详，也许无专门的组织机构，因而导致制度化的缺失。

③ 王韬：《淞滨琐话》，齐鲁书社1986年版，第342页。

④ 盛志梅认为，弹词脚本为迎合消费者庸俗的审美趣味而一味媚俗，有一定的启发意义。参见盛志梅：《清代书场弹词之基本特征及其衰落原因》，载《齐鲁学刊》2003年第5期。

⑤ 《防淫扼要说》，载《申报》1890年8月22日。

计有《小尼姑下山》《十八摸》《四季小郎》等一百一十二种之多。① 其中，就有许多是同治初年上海女弹词演唱的曲目，如《三笑姻缘》《玉蜻蜓》《双珠凤》《芙蓉洞》《倭袍传》等。尽管其中有些作品并不能算作淫书，如《红楼梦》《西厢记》等，但所列书目即使在今天看来大多也属应禁之列，由此说明包括上海在内的江南核心区域娱乐业色情化还是很严重的。在这种情况下，弹词女艺人为迎合消费者的需求以及沪上商业文化庸俗化的特点，往往不能自主，滑入庸俗者流。所以，同治初年女弹词在上海刚刚兴起时，就有人对其能否坚持自己的职业操守表示怀疑：

> 凡妓席招女弹词至，妓陪席而女先生不陪席，别远设坐，妓敬洋烟，女先生则否，命女奴代歌。惟宴于其家，席中无妓始陪坐焉。独与客对亦敬烟焉。凡此斤斤，盖其自处。谓谚云"卖口不卖身"耳。然其中自好者有之，难言者亦有之矣。其弹唱之传奇多淫书，若《倭袍传》《玉蜻蜓》则尤淫者也。②

沪上女弹词的从业环境不良，还在于黄、赌、毒、骗等社会丑恶现象层出不穷。作为一个力量微弱的娱乐团体，女性在上海这样的封建势力、资本主义势力、黑势力等多重势力的挤压下，生存艰难，必然要依附于一定的势力方能生存，这也是晚清上海女弹词最后走向覆灭的原因之一。类似拐子听书等骗局③，不仅破坏了女弹词的正当从业氛围，而且对其生命安全构成了威胁。

第三，晚清上海城市的近代化导致娱乐消费群体的多元化，由此造成娱乐消费的风尚从雅俗共赏到庸俗化的历史转变，女弹词过分媚俗，最终滑入歧途。

伴随着晚清上海城市的社会转型，消费群体不再以传统文人士大夫为主体，而开始出现了以市民阶层为主体的多元化消费群体。比如除传统士大夫、官僚、文人外，还有商人及其代理消费者商人妻女、店伙、学徒、学生以及外国侨民等等。娱乐消费主体的改变，必然导致消费风尚的改变。由陈无我记载的书场中消费者好尚中即可见一斑："某年宝善街同善楼牌悬沈某说《精忠传》。第一日听客满座，约百余人，半皆妇女，其中挖花碰和者居其半。沈姓年逾知命，须发斑白，吐俗尚不恶。无如彼女子等听惯小书，如《果报录》《玉蜻蜓》等游词狎亵，戏语轻浮，说者娓娓不倦，听者津津有味，反以大书为厌，皆不耐久坐，迨

---

① 《查禁淫词小说》，《查禁应禁淫书》，江苏书局同治己巳（1869）刊本。
② 持平叟：《接女弹词小志》，载《申报》1872年7月3日。
③ 《拐子听书》，载《申报》1875年12月14日。

书散后，即有一年大肥妇扬言于馆东曰：'必须另延一说小书先生来，我辈方肯照顾，否则并挖花帮亦不至矣。'"馆东小水晶不敢怠慢，不到三天便在门前的粉牌上发布广告，"弹唱古今全传，于是钗牟满前，履舄交错"。作者感慨地说，"此类说书与海淫何异，而好者反多，亦可以验风俗矣。"① 这可以说明两个问题，一是消费主体在改变，妇女居多，其欣赏品味并不高，传统的忠孝节义之类的题材已不适合她们的口味；一是弹词女艺人的服务环境不良，"挖花碰和者居其半"说明有许多听者并非为听书而来，而是渔色。其实，在同治初年，沪上女弹词的演出相对来说还比较雅致，"有名家书场，听客多上流，吐属一失检点，便不雅驯"②，有失去听众的危险。

第四，禁放之间：封建官府、租界当局及地方士绅对女弹词的矛盾心理，"污名化"的道德评判导致女弹词的处境尴尬。

传统社会对女子道德的模塑乃在"三从四德"，静处闺阁，方为女德贤淑，如果抛头露面，到处游荡，便是不守妇道。即便是晚清的上海，传统意识形态仍然占主导地位。在封建文人看来，女弹词无论如何都属戏子，"其品最下"，尽管同治年间的沪上女弹词皆为有才艺的女子，多数靠艺术劳动为生，但还是为封建正统文人所不齿，往往加以污蔑不实之词。"再有女唱书馆、娘姨烟馆，皆属淫人之物，陷人之坑，今仅以无足重轻之善戏化俗移风，何殊以杯水救车薪，火正燎原且能扑灭焉？"③ 近代上海商业社会的转型已不同于传统时代的城市，消费主体多元化，市民阶层的崛起，其欣赏品味趋于庸俗化。女弹词为赢得市场，不得不与时俱进，针对消费主体和习尚的改变而进行调整。沪上闲鸥《洋泾竹枝词》吟道："书馆先生压众芳，半为场唱半勾郎。阿谁笑语凭高坐，小调还弹陌上桑。"④ 从同治初年开始，色情化的表演和出局侑酒及其相关服务，从一开始就为女弹词与妓家合流打开了方便之门，与柳敬亭的忠孝节义的说书题材已大不同。正因如此，这就为封建官府的查禁留下了借口。但是，女弹词演出地皆在沪北公共租界和法租界，英法美等国领事有所谓"领事裁判权"，中方无管理权，即所谓"王化所不行之地"。且"特以产业多属商人，商人收其租，工部局收其捐。官即不能禁其事情，故华官之令不能悉遵"⑤。这种权力真空，使女弹词在上海获得了一定的生存空间，并导致沪上女弹词一度畸形繁荣。

---

① 陈无我：《老上海三十年见闻录》上册，上海大东书局1928年版，第53页。
② 徐珂：《清稗类钞》，中华书局1986年版，第4994页。
③ 《拟开演善戏莫如禁绝各戏园淫戏论》，载《申报》1873年4月8日。
④ 沪上闲鸥：《洋泾竹枝词》，载《申报》1872年7月19日。
⑤ 《防淫扼要说》，载《申报》1890年8月22日。

由于女弹词与妓女合流,到光绪年间,女弹词及其书寓往往成了封建文人及公众媒体抨击的对象,《申报》多次发表时评,要求当局查禁书寓。有的认为女弹词害人有甚于妓馆、烟馆、茶馆之类。"抑知惟其所费无多,故能诱人沉溺乎?"亦即书场更具欺骗性。"且因听戏而引动嫖兴",而欢宴,而观剧,而闲游,而吸毒,如此等等。所以作者得出结论说:"是赌馆、妓馆、烟馆、戏馆、酒馆,惟分设陷人之阱,而穷书馆之害,乃兼此数者而有之。"① 因此,不能因为其花钱不多就不必禁止。显然,在该作者看来,书馆更甚于上述所有害人之处所。

## 四、结论

随着晚清上海的开埠及其娱乐市场化,女弹词应运而生。女弹词产生、发展、鼎盛直到消亡,时间极为短暂,这一现象的背后有着深刻的社会经济根源。上海女弹词从演出空间、场所、方式到其流变都表现出明显的色情化、庸俗化的特征,从而有别于江南其他城市。女弹词的历史命运因应于晚清上海城市社会的近代转型,即从传统的士大夫文人雅士的消费文化到近代以市民阶层为主导的通俗文化的转变而变化。沪上女弹词在娱乐文化风尚的转移过程中过于媚俗,并因其经营的制度化管理不善,经营环境恶化,色情化的娱乐氛围以及中外官府、封建文人的抑制等,导致其流于庸俗乃至覆灭,这一短暂的历史过程深刻地反映了近代都市消费文化的弊端和社会转型的烙印。

[原载《四川大学学报(哲学社会科学版)》2010年第1期]

---

① 《查禁书场说》,载《申报》1886年12月9日。

# 自传契约：秋瑾弹词小说叙事研究

杜若松

弹词是流行于吴语地区的讲唱曲艺，弹词小说指的则是借用弹词七字体的案头读物。17世纪以来，尤其是18、19世纪，韵文体的弹词小说在中国南方广受欢迎，阿英在《弹词小说评考》中就认为"弹词小说是南方的平民文学的一种"①，女性弹词更是作为女性案头文学的代表进入了女性文学史。民初的女性弹词小说②发展也是比较惹人注目的，诞生了如秋瑾、姜映清这样的著名女性弹词作者。虽然随着"五四"新文学狂飙突起的文学飓风而被历史迅速吹散了它的踪迹，但在至今保存良好的女性期刊中仍可窥见它的萍踪侠影。这既给了我们一个可以探究女性叙事类文学的窗口，同时又提供了一个对近现代女性文学接壤地带观察的绝好机会。

一

为何女性独在弹词领域取得一席之地，甚至从明清以来成为被正统文学默许的一种女性创作样式？谭正璧在《中国女性文学史》中说："女性作家独喜创作弹词，而且篇幅不厌冗长，内容不限复杂，如《笔生花》，长至一百数十万字，如《玉钏缘》《再生缘》《再造天》，不厌一续再续，在中国所有的文学作品中，她们都占到第一个位置。这是因为弹词是韵文的，女性大多偏富于艺术性，她们不独因富于情感而嗜好文学，也因有音乐的天才而偏富于韵文。"③ 而胡晓真《才女彻夜未眠——近代中国女性叙事文学的兴起》则将这种创作动机归结为"传世欲望"，此外作为书场文本的弹词本身具备的娱乐、教化作用也是弹词小

---

① 阿英：《弹词小说评考》，载《民国中国小说史著集成》第六卷，南开大学出版社2014年版，第9页。
② 根据谭正璧的统计，目前所知的清代弹词小说有三百余种。参见谭正璧《弹词叙录》（上海古籍出版社1981年版）与《评弹通考》（中国曲艺出版社1985年版）。
③ 谭正璧：《中国女性文学史》，百花文艺出版社1991年版，第348页。

说承接的重要文学功能。因此无论从内在动因抑或艺术形式来看，女性弹词小说的发展都因为满足了女性书写的特点而得到广泛认同。这一点也成为当时知识分子的一个共识。近代著名谴责小说家吴趼人曾公开承认弹词文学对女性的重大影响。他在光绪三十一年（1905）刊行的《新小说》第二卷第七号"小说丛话"中说："弹词曲本之类，粤人谓之'木鱼书'。此等'木鱼书'皆附会无稽之作，要其大义无一非陈述忠孝节义者……妇人女子习看此等书，遂时受其教育。风俗亦因之以良也。"① 郑振铎在《中国俗文学史》中说："弹词在今日，在民间占的势力还极大。一般的妇女们和不大识字的男人们，他们不会知道秦皇、汉武，不会知道魏征、宋濂，不会知道杜甫、李白，但他们没有不知道方卿、唐伯虎，没有不知道左仪贞、孟丽君的。那些弹词作家们创造的人物已在民间留极大深刻的印象和影响了。"② 也正因为在市民阶层，尤其是女性读者的普遍接受程度，弹词小说成为女性宣传与政治诉求、道德教化最好的传声筒。晚清著名翻译家徐念慈曾鼓励作家创作适合于普通女子之心理、专供女子观览的作品。③ 狄平子在《小说丛话》中说："今日通行妇女社会之小说书籍，如《天雨花》《笔生花》《再生缘》《安邦志》《定国志》等，作者未必无迎合社会风俗之意，以求取悦于人，然人之读之者，目濡耳染，日积月累，酝酿组织而成今日妇女如此之思想者，皆此等书之力也，故实可谓之妇女教科书。"④ 可见弹词小说正是以它的宣传教育功能获得了当时知识文人的青睐，也使清末民初的弹词写作呈现出繁荣多彩的局面。以广大女性为服务指向的女性期刊也考虑到这一女性喜闻乐见的文学样式，在民初时期的女性期刊中刊载较多，这其中又以秋瑾的《精卫石》最为突出。

近代女性第一人秋瑾以充满革命气息、激情澎湃的笔触及痛彻心扉的个人经历为基础，叙写了弹词小说《精卫石》。相比较以往弹词小说往往以虚构人物为中心，《精卫石》具有鲜明的自传性质。《精卫石》创作于秋瑾求学日本的1905年到1907年，首先在《女报》刊出两期，署名汉侠女儿，本来要在《中国女报》逐期刊布，但因为资费问题报纸停刊而中断。《精卫石》正文前有序及二十回目录，"精卫石"的象征正是取材自《山海经》中精卫填海的故事，寓意女性解放也应该有精卫填海的持之以恒和坚忍不拔。尽管因为秋瑾的被害而导致《精

---

① 吴趼人：《小说丛话》，载《新小说》1905 年第 7 期。
② 郑振铎：《中国俗文学史》（下册），作家出版社 1957 年版，第 348 页。
③ 黄霖、韩同文：《中国历代小说论著选》，江西人民出版社 2000 年版。
④ 阿英：《晚清文学丛钞·小说戏曲研究卷》，中华书局 1960 年版，第 316 页。

卫石》的失传，原本计划的二十回今仅残存六回，但这六回正与秋瑾东渡日本前的经历吻合，从而具有独特的文学价值和历史参照意义。

从弹词规格而言，《精卫石》前的《序》抒发了秋瑾为文的原因。其中也孕育着"契约"，即在文本的开头就和读者订立一种约定，用以辩白、解释、提出先决条件，宣告写作意图，而最终达到与读者建立一种直接的交流。

> 故余也谱以弹词，写以俗语，欲使人人能解，由黑暗而登文明；逐层演出，并写尽女子社会之恶习及痛苦耻辱，欲使读者触目惊心，爽然自失，奋然自振，以为我女界之普放光明也。①

正是要启蒙女界，开启女智，同时又要吸引最广大的稍有知识的女性，因此秋瑾才采取了"弹词"这种为广大女性喜闻乐见的形式。在《序》之后，有目录二十回存目、仅存的前五回与第六回残稿。以弹词的体例创作，前面是诗词开场，中间则停顿或穿插作者的议论。"唱""白"结合，韵散结合。唱词部分以七字句为主，加三言衬字，有时形成三、三、七言而成的十三字句，句尾押韵，并穿插了很多成语、俗语、谐语。叙事部分则接近古代白话，浅白通俗，听之即懂。

弹词假托东方华胥国，政治黑暗，民不聊生，尤其重男轻女之恶俗使得女性受尽身心虐待，王母于是派众女杰下凡救世。而主人公名为黄鞠瑞，生有英侠之气，诗书满腹，志存高远，并且结识了梁小玉、鲍爱群、江振华、左醒华等闺中好友，同气相生。黄鞠瑞的父母欲将其许配给富商苟巫义之子苟才，而黄鞠瑞却心怀远志，与众女伴变卖金银首饰，共赴日东，并结识陆本秀、史竞欧，商议加入光复会，参加革命，推翻鞑虏政权。

因其所书与秋瑾人生经历十分贴切，《精卫石》弹词带有一种自传性质。而自传创作恰恰是近代女性在写作时最常使用的创作方法。② 由此判断，《精卫石》的创作动机，应该说和秋瑾的性格特质、人生经历密切相关。

## 二

光绪三十一年乙巳（1905），秋瑾赴日留学第二年，自日本返回绍兴省亲，回忆自己的婚姻生活和对丈夫王子芳的厌恶，在给长兄誉章的信中写道："怨毒

---

① 秋瑾：《秋瑾集》，上海古籍出版社1960年版，第122页。
② 参见杜若松：《前五四时期女性期刊中的女性自叙体叙事创作》，载《海南大学学报》，2014年第4期。文章分析了近代女性期刊中女性创作经常使用自叙体来进行小说创作的情况。

中人者深,以国士待我,以国士报之;以常人待我,以常人报之,非妹不情也。一闻此人,令吾怒发冲冠,是可忍,孰不可忍!……待妹之情义,若有虚言,皇天不佑。"① 此时的秋瑾已经和丈夫王子芳决裂。而此前,1896年5月17日,20岁的秋瑾听从父命嫁给王子芳,她就表示"以父命,非其本愿"②。那么王子芳究竟是怎样一个人?秋瑾的婚姻不幸的原因是否完全归咎于王子芳?这种婚姻不幸又怎样影响了《精卫石》的叙事?在对史料与弹词的比较中可以一见端倪。

秋瑾与王子芳的婚姻关系经历了一个由"怨"而至"恨"的过程。1895年冬或翌年春,秋瑾的父亲秋寿南与湘乡王氏联姻,将秋瑾许配给王子芳。王子芳,字廷钧,他的父亲王黻臣,是湘乡神冲(今属双峰县)人,经营当铺发家,当王家迁至湘潭时,已经十分富有。王时泽在《回忆秋瑾》一文中说:"廷钧之父在湘潭由义街开设义源当铺,积资巨万。"③ 因此王家成为当地豪富三鼎足之一。王氏闻秋瑾"丰貌英美",由李润生作伐,厚礼聘之。但是秋瑾心目中的理想丈夫却并不是王子芳这样的男性。据赵而昌的《记鉴湖女侠秋瑾》中记载:"夫名子芳,状似妇人女子,而女士固伉爽若须眉者,故伉俪间颇不相得。"④ 陶在东的《秋瑾遗闻》却褒赏"子芳为人美丰仪,翩翩浊世佳公子也,顾幼年失学,此途绝望,此为女士最痛心之事"⑤。而据日本服部繁子的《回忆秋瑾女士》回忆:"秋瑾的丈夫也跟了出来,白脸皮,很少相。一看就是那种可怜巴巴、温顺的青年。"⑥ 尽管各家立场均有不同,但是对王子芳的总体评价几乎一致,长相清秀,而性格比较软弱。此外,囿于家庭熏染和自身性格,王子芳不能自立自强,带有一些纨绔子弟的习气。

反观秋瑾的性格可谓与之截然相反。秋瑾少有才名,"十一岁已习作诗,'偶成小诗,清丽可喜',并时常'捧着杜少陵、辛稼轩等诗词集,吟哦不已'"。⑦ 同时,秋瑾喜名士做派,自成一调,"女士首髻而足靴,青布之袍,略无脂粉,雇乘街车,跨车辕坐,与车夫并,手一卷书。北方妇人乘车,垂帘深

---

① 郭延礼:《秋瑾年谱简编》,载郭延礼编《秋瑾研究资料》,山东教育出版社1987年版,第32页。
② 郭延礼:《秋瑾年谱简编》,载郭延礼编《秋瑾研究资料》,山东教育出版社1987年版,第20页。
③ 王时泽:《回忆秋瑾》,载郭延礼编《秋瑾研究资料》,山东教育出版社1987年版,第199页。
④ 赵而昌:《记鉴湖女侠秋瑾》,载郭延礼编《秋瑾研究资料》,山东教育出版社1987年版,第102页。
⑤ 陶在东:《秋瑾遗闻》,载郭延礼编《秋瑾研究资料》,山东教育出版社1987年版,第109页。
⑥ [日]服部繁子:《回忆秋瑾女士》,载郭延礼编《秋瑾研究资料》,山东教育出版社1987年版,第175页。
⑦ 郭延礼:《秋瑾年谱简编》,载郭延礼编《秋瑾研究资料》,山东教育出版社1987年版,第13页。

坐,非仆婢,无跨辕者,故市人睹之怪诧,在女士则名士派耳"①。因此,虽然王子芳长相清俊,但是内在的缺乏和性格的软弱使得秋瑾对之不甚满意。故此,才有"可怜谢道韫,不嫁鲍参军"之句。

当然此种不和谐当时并未直接导致两人婚姻走向破裂。从现有资料来看,应该说有三件事加速了夫妻的分化。第一件事是1902年"秋家和王家在湘潭城内十三总开设和济钱庄,因用人不当,经理陈玉萱利用职权大肆贪污肥己,岁末钱庄倒闭。自此秋家即告破产,瑾在王宅也更受冷遇"②。第二件事就是秋瑾跟随王子芳捐官户部主事,于是来到北京。"交游中桐城吴芝瑛,与廉惠卿(泉)伉俪甚笃,每言之,声泪俱下,多所刺激,伉俪之间,根本参商,益以到京以来,独立门户,家务琐琐,参商尤甚,吾家陶杏南、姬人倪荻倚,及予妻宋湘妩,无数次奔走为调人,卒无效,由是有东渡留学之议。"③ 吴芝瑛是吴汝纶的侄女,工书法,善诗文,思想比较倾向维新,而与吴芝瑛、陶杏南、宋湘妩等友人的相识及其促动,北京新思想、新报刊的思想汲养,秋瑾破除家庭束缚、争取个人自立的观念愈发明确起来。而第三件事应该是王子芳阻挠秋瑾留学计划,甚至采用了私扣秋瑾首饰的方法。

在后人的回忆中,对历史真实的描述似乎发生了"奇妙"的分岔。比如在服部繁子的文章《回忆秋瑾女士》记录中,王子芳曾经亲自登门求她带秋瑾赴日留学。在服部繁子的描述中,王子芳是一个温文尔雅的男性,而其态度是"恐而又害羞"的,当王子芳恳求服部繁子带秋瑾去日本时,他说:"我妻子非常希望去日本,我阻止不了,如果夫人不答应带她去日本,她不知如何苦我呢,尽管她一去撒下两个幼儿,我还是请求你带她去吧!"④ 也正因如此,服部繁子得出了秋瑾在家里面是一个"家庭女神"的判断。服部繁子还记述过秋瑾对于丈夫的评价:"夫人,我的家庭太和睦了。我对这种和睦总觉得有所不满足,甚至有厌倦的情绪。我希望我丈夫强暴一些,强暴地压迫我,这样我才能鼓起勇气来和男人抗争……不不,这并不是为我个人的事,是为天下女子,我要让男人屈服。夫人,我要做出男人也做不到的事情。"⑤

---

① 陶在东:《秋瑾遗闻》,载郭延礼编《秋瑾研究资料》,山东教育出版社1987年版,第109页。
② 郭延礼:《秋瑾年谱简编》,载郭延礼编《秋瑾研究资料》,山东教育出版社1987年版,第22页。
③ 陶在东:《秋瑾遗闻》,载郭延礼编《秋瑾研究资料》,山东教育出版社1987年版,第105页。
④ 服部繁子:《回忆秋瑾女士》,载郭延礼编《秋瑾研究资料》,山东教育出版社1987年版,第179–180页。
⑤ 服部繁子:《回忆秋瑾女士》,载郭延礼编《秋瑾研究资料》,山东教育出版社1987年版,第174页。

这固然只是服部繁子的一面之词,并且由于她的立场和对秋瑾的观感而决定了其言词的倾向。秋瑾和王子芳的和睦究竟是不是一种表象?这可以参照当时秋瑾其他诗词为证。尤其是1903年中秋秋瑾与丈夫的第一次公开冲突,尚发生于秋瑾准备留学之前。

> 王廷钧原说好要在家宴客,嘱秋瑾准备。但到傍晚,就被人拉去逛窑子、吃花酒去了。秋瑾收拾了酒菜,也想出去散心,就第一次着男装偕小厮去戏园看戏,不料被王发觉,归来动手打了秋瑾。她一怒之下,就走出阜外,在泰顺客栈住下。①

　　对于秋瑾与王子芳的这段公案,陶在东曾说:"寝假王子芳而能如明诚、子昂其人者,则当过其才子佳人美满之生活,所谓京兆画眉,虽南面王不易也。徒以天壤王郎之憾,致思想上起急剧之变化,卒归结于烈士殉名,可云不幸。然革命成功,名垂国史,宁非大幸。"②陶在东似乎对两人的离异非常遗憾,并做了这样的假设,如果王子芳能够有充分的才华,那么秋瑾也可以夫唱妇随,幸福美满。但实际上,秋瑾个人的名士风流、人格理想、婚姻憧憬都显然不是王子芳能够达到的,因此两人由性格的差异所导致的婚姻悲剧也就在所难免了。

　　《精卫石》作为秋瑾的自传体弹词小说,在主人公黄鞠瑞与其丈夫苟才的婚姻问题上持有特别激烈的态度。可以说,虽然秋瑾一度在众人面前也曾经表现得与王子芳琴瑟和鸣,但在婚姻后期,这种怨愤已经到了不可调解的程度。以至于在日本动笔写《精卫石》时,怨恨之情,溢于纸上。这也正体现了自传在精神分析角度的建构特征。"自传表现出某种姿态;其次,自传不经意间提供了可供阐释的回忆和自叙内容……"③王子芳相貌清秀、性格温和的优点在《精卫石》中完全未曾提及。同时用"狗才"通"苟才"的命名方式正是秋瑾发泄愤懑的途径之一,文中描述"苟才":"从小就嫖赌为事书懒读,终朝捧屁有淫朋。"④甚至不止王子芳,连他的父亲也一并遭到羞辱,在小说中起名为"苟巫义",对其描述则为"为人刻薄广金银","家资暴富多骄傲,是个怕强欺弱人。一毛不拔真鄙吝,苟才更是不成人"。⑤

　　可以说,秋瑾对于王家已经到了深恶痛绝的程度,而这种决绝的态度也是让

---

① 夏晓虹:《秋瑾与谢道韫》,载《北京大学学报(哲学社会科学版)》1999年第1期。
② 陶在东:《秋瑾遗闻》,载郭延礼编《秋瑾研究资料》,山东教育出版社1987年版,第109页。
③ [法]菲力浦·勒热纳:《自传契约》,杨国政,译,北京大学出版社2013年版,第87页。
④ 秋瑾:《秋瑾集》,上海古籍出版社1960年版,第146页。
⑤ 秋瑾:《秋瑾集》,上海古籍出版社1960年版,第146页。

人感到其性格中间的暴烈成分,对王子芳父子二人的诋毁性虚构也正是通过叙事而形成了一种情绪发泄和心理治疗过程,即(女性的)自传总是包含着一个全球性的、深层的病理治疗的过程:组创女性的主体。《精卫石》以"苟才""苟巫义"对应现实中的"王子芳""王黻臣",在公开发表的期刊上去昭示自己对他们的不满,通过小说的情节去影射王家父子的薄情寡义。而小说一再描写主人公黄鞠瑞的"英气",这种英气在一定方面也是秋瑾处理问题上态度决绝、干脆利落的反映。

与"英气"相辅相成的则是秋瑾性格中的"侠气"。陶在东回忆:"宁河王筱航(照)戊戌一折而去礼部六堂者也,亡命数年,忽投拘步军统领狱,女士与筱航无素,以廉惠卿介绍,入狱存问,谈甚洽。适王有所恋爱,欲完成而绌于资。女士倾囊中所有赠之,其仗义疏财如此。"① 而且当时王并不知此事,等到他出狱后知道此事时,秋瑾已经赴日了,所谓助人不图回报、侠肝义胆是秋瑾的个性使然。夏晓虹在《秋瑾与谢道韫》中这样评价秋瑾的性格特征:"秋瑾之以决绝的态度对待王子芳,亦是其所以为秋瑾的至性表现。而知行合一,勇于任事,无论待人还是爱国,均出之以尚义精神,这也是秋瑾由家庭革命转向社会革命一以贯之的人格底蕴。"② 这种评价是十分精准的。

## 三

以秋瑾的"闺怨"与"豪侠"为线索,则更能捋清《精卫石》的内外线索。在前五章,《精卫石》所叙述的是一个"闺阁世界",而在阁中有女儿的各种愁怨,正所谓"写尽女子社会之恶习及痛苦耻辱"(《精卫石》原语)。

在第一回《睡国昏昏妇女痛埋黑暗狱》中,作品假借华胥国痛诉中国女性的黑暗处境:在社会统治层面,推行的是"天赋男尊女本卑,家庭中,又须夫唱妇方随"的伦理道德,重男轻女的恶俗,三从四德、七出这些旧有礼教传统极大地侵害女性的成长;而缠足则从身体上戕害了女性的肉体,婚姻的不自由使得女性往往沦入悲惨的人生境遇。在这样的处境中,黄鞠瑞托仙胎下世,但是她一出世,就遭到赋闲在家的黄父的怒骂:"生个女儿何足道?也许这样喜孜孜。无非是个赔钱货,岂有荣宗耀祖时?"在黄鞠瑞成长读书时,也遭到父亲的阻拦:"怎么鞠瑞也读起书来了?女子无才便是德,何必读什么书?这又是她母亲的混账主意了。待我去讲她一顿,叫进鞠瑞去学针线。"听了俞夫子的劝解,他也不

---

① 陶在东:《秋瑾遗闻》,载郭延礼编《秋瑾研究资料》,山东教育出版社1987年版,第109页。
② 夏晓虹:《秋瑾与谢道韫》,载《北京大学学报(哲学社会科学版)》1999年第1期。

过说:"但是纵教学得才如谢,亦无非添个佳人薄命诗!"之后,他违背黄鞠瑞的意愿,贪图富贵,将之嫁给苟巫义之子苟才。

弹词的叙事线索则主要介绍另一个女子梁小玉。在前五回,梁小玉可谓重要人物,若论及人物叙述份额,甚至比黄鞠瑞还要多。梁小玉因此也成为与黄鞠瑞对照的另外一种闺秀典型被描述。梁小玉本"为庶出,嫡母生有三弟兄,性情嫉妒多严厉,侍妾妆前未克容,打骂时加凌虐甚,小玉父生成惧内又疲癃。此妾亦由嫡母买,人前欲博量宽洪,内中看待如囚婢,在外面自道看成姊妹同,善工掩饰人难晓,外施揖让内兵戎。小玉生来多命苦,在家胜是鸟居笼,嫡母看承多刻薄,二兄相遇更狂凶"①。后来又叙述梁小玉因为为生母买药之事而遭受兄长毒打,并遭受"今朝打死小淫娃,拼的我来偿了命,免气娘亲挑拨爷"的恶毒咒骂。可见女子在闺阁内、大家庭中生存之不易。

《精卫石》一方面记述女子闺中之怨,另一方面极力描摹了闺中之蜜。今时女子好友称为"闺蜜"。秋瑾之闺蜜,在现实中有徐自华、徐小淑、吴芝瑛等人,其文字有《致徐小淑书》《寄徐寄尘》等文,而徐自华、徐小淑本是姊妹。可见,秋瑾与至交好友的交往也是局限在一种小范围的,虽有知己,不过寥寥,正像秋瑾自陈的:"人皆云我目空一世,与子相处月余,当知余非自负者,庸脂俗粉,实不屑于语。余之感慨,乃悲中国无人也。"②秋瑾的闺蜜是志同道合、酬唱应答、富有才学之女士,而后来徐自华、吴芝瑛等人埋葬秋瑾骸骨、树秋瑾碑陵、开女学的壮举也印证了秋瑾择友的慧眼。

秋瑾在《精卫石》前五回也极力书写了这种"闺蜜"情谊。梁小玉本是庶女,按照当时的礼教规范,黄鞠瑞本可以对其冷淡视之,但黄鞠瑞却将梁小玉引为知己。梁小玉为黄鞠瑞的不幸婚姻通宵不寐,而在黄鞠瑞提出留学海外的主张时,梁小玉因没有钱财而忧虑,这时,黄鞠瑞慷慨解囊。黄鞠瑞不以个人金钱为私,资助其他四女共同留洋,此种行为正是解他人危难之举。

黄鞠瑞不仅能与"四美"建立闺蜜之情,与鲍爱群的丫鬟秀蓉也能建立起主仆情谊。她对鲍爱群的丫鬟秀容非常赏识,称:"如此人才真屈辱,名花落溷恨难平。若得与君受教育,何难为当世一名人。他年若有自由日,必誓拔尔出奴坑。结为姊妹相磋切,造成必是女中英。"由此引起了秀蓉的知遇感恩之情,在后面的五人借鲍母寿辰之际离家出走,都是由秀蓉在当中通风报信,并起到了重要作用。

---

① 秋瑾:《秋瑾集》,上海古籍出版社1960年版,第139页。
② 徐自华:《秋瑾轶事》,载郭延礼编《秋瑾研究资料》,山东教育出版社1987年版,第63页。

而其"寡",则所谓为大义,很多事及人就不能或者也无暇考虑,这或许可称之为成大事者的"寡情"。

将秋瑾的自身生命历程和弹词相对比,我们发现秋瑾在《精卫石》中明显进行了乐观化、精简化的情节处理。这种后来在革命文学中经常使用的"革命浪漫主义"在弹词中有充分体现,首先就是一种遮蔽性叙事①方法。试举以下几例:

例一,秋瑾遵从父母之命嫁给王子芳,并生一男一女,此事在弹词内完全没有描写,后来的与王家发生冲突、变卖首饰等情节自然未提及。例二,秋瑾到日本,水土不服,亦不适应当地饮食(见服部繁子《回忆秋瑾女士》),语言文字学习困难,留学资金困难。此等种种艰难,弹词也并无提及。例三,在日期间,秋瑾与同学因革命政见的不同发生过诸多矛盾,其中与胡道南发生争论,"女侠于众人间骂胡为'死人'"②,以及与陶成章的不合,这些留日期间的故事都未曾提及。这体现了自传叙事的特征:"自传不能只是发挥叙述才能,把往事讲得生动的叙事,它首先应体现一种生活的深层的统一性……自传需要做出一系列取舍,这些取舍有的已由记忆做出,有的则由作家对于记忆提供之素材所做出……尽管这种关联性要求可能导致简单化和图解化倾向。"③ 其实,此类情节十分曲折,且更有教育警醒之功能,但出于隐私避讳,抑或复杂的心理原因(本文第二部分有过分析),秋瑾并不愿意描写此内容,于是弹词在这里进行了虚构。

其二,《精卫石》对黄鞠瑞和梁小玉的家世情况不约而同地进行了典型化描述,如黄鞠瑞之父虽然贵为知府,却具有根深蒂固的重男轻女思想,对黄的存在大多是责难,且荒唐好色,在济南署理期间就纳了两房妾,其中一人还是妓女出身;而黄的母亲对于女儿不愿的亲事也采取了忍让劝说的态度。梁小玉的家庭则是嫡母阴狠毒辣,三个弟兄视梁小玉为眼中钉,甚至以"淫娃""祸胎"来称呼,亲生母亲软弱无能,父亲则惧内软弱。两个落后黑暗的家庭使得两个女性愤然离家,此后也未见丝毫后悔留恋之意。

这种将主人公典型化的描写方式也是小说虚构的常见方式,而现实中的秋瑾,其家属因其事流落峡山村寺庙,在遭此"奇祸"的打击下,长兄于三十七岁壮年患病抑郁去世,而正是兄长长期与秋瑾通信,并资助秋瑾在日的留学部分资费。此外,在其女王灿芝的《读〈六月霜〉后之感想——关于先母秋瑾女士》

---

① [法]菲力浦·勒热纳在《自传契约》一书中认为这是一种非常经验化的记忆现象学。而遗忘被视为对生活意义的某种遮蔽或者揭示。见该书第69页。
② 绍兴逸翁稿:《再续六六私乘》,载郭延礼编《秋瑾研究资料》,山东教育出版社1987年版,第162页。
③ [法]菲力浦·勒热纳:《自传契约》,杨国政,译,北京大学出版社2013年版,第11页。

的文章中，我们亦可得知，其"在襁褓中，乃随母行。后寄托于友人谢涤泉家，由邓性女仆携归家中，几乎冻死饿毙于中途……先母为国捐躯，余亦因此几丧其生，后受家庭之压迫，备尝艰苦。无母孤儿，乃罹斯厄……世态炎凉，观此诚外国人之不若矣。良可慨也"①。对于秋瑾的所作所为，未尝没有埋怨之意。此类种种与弹词如相对比，只能说舍去个人的家庭幸福换之民族大义，秋瑾与其家庭付出了沉重的代价。而以文字鼓舞众妇女的《精卫石》将此中情节舍去，但其中的心灵挣扎与感情悖论将是作品永远无法表白之痛。"自传写作，就是一种自我构建的努力，这一意义要远远大于认识自我。自传不是要揭示一种历史的真相，而是要呈现一种内在的真相，它所追求的是意义和统一性……"② 将个人舍去，换大义，将芜杂简化，换神话，秋瑾在近代"家国"系统中的选择，正是女性响应时代的一种叙事选择。

作为近代女性弹词的代表，秋瑾的《精卫石》以个体在时代中的悲欢遭际，自传性的描摹、披肝沥胆、字字血泪地发出了启蒙女性、激励女性的呐喊之声。当下的学者频频重视秋瑾的诗文却忽略了她弹词的存在价值，或许也是由于她自身生命的诸多悖论，使得这部弹词的解读充满了矛盾与不可知。但是，弹词这种形式在即将湮没之际得到了秋瑾的青睐，这不能不说也是一种历史的机遇。我们由此去观察近代典型女性的生活重心与时代接轨时的所思所想，自然也更能体会到过渡阶段许多不可说、不可解的女性心结。而《精卫石》对女性的阅读影响，对女性叙事虚构的手法探索，也在现代女性自叙传创作，如丁玲的《莎菲女士的日记》、苏雪林的《棘心》中得到了传承。

［原载《东北师大学报（哲学社会科学版）》2017年第6期］

---

① 王灿芝：《读〈六月霜〉后之感想——关于先母秋瑾女士》，载郭延礼编《秋瑾研究资料》，山东教育出版社1987年版，第165页。
② ［法］菲力浦·勒热纳：《自传契约》，杨国政，译，北京大学出版社2013年版，第77页。

# 鸳蝴文人的民间情结
## ——以案头弹词创作及评弹演出、发展为中心

### 秦燕春

无论是作为小说文体一种的案头弹词,还是民间曲艺演出的书场弹词,虽然产生源头至今暧昧不明,其历史悠久,倒无可置疑。① 如果回溯明清,其时案头弹词的女性写作,无疑是中国叙事文学史上的一个特异现象。近代以前的中国女性,自来少人问津于叙事文学,除据说清代汪端写过一部已经失传的历史小说《元明佚史》,以及现存大约四十几部杂剧、少量叙事诗以外,弹词几乎成为古代女性叙事文学的唯一形式,男性文人作者极少加入进来。②

弹词小说发展到近代,却围绕着作者的性别转换为中心,出现了一次近乎空前绝后的中兴与新变。不仅案头弹词的写作变为以鸳蝴作家为首的男性作者为主要创作人员,而且他们对于书场弹词的演出亦表现出浓厚兴趣,热衷于为评弹艺人写作唱词,在理论上探索弹词写作的艺术规律,参与评弹业的行业庆典,支持弹词唱本的出版活动,对近代以来弹词的民间演出,做出了相当的努力与贡献,迥非此前传统文人对于"村姑野媪惑溺于盲子弹词、乞儿谎语"的轻蔑态度。③

固然,近世文坛随着"五四"新文学运动的兴起并深入展开,"旧派小说""文言文学"遭到沉重打击而迅速走向末路,弹词小说亦未能幸免于难。但苏州

---

① "弹词"之名,最早见于明田汝成《西湖游览志余》。郑振铎、阿英认为弹词起源于变文。赵景深认为弹词直接渊源于宋金元诸宫调。谭正璧以为明成化本说唱词话十三种,是"后来弹词的滥觞"。陈寅恪在《论再生缘》中,从韵文叙事诗歌的角度,梳理了弹词与唐代七言歌行体的关系。参见郑振铎:《中国俗文学史》,上海书店1984年版。阿英《小说三谈》,上海:上海古籍出版社1979年版。陈寅恪:《寒柳堂集》,生活·读书·新知三联书店2001年版。

② 关于明清女性案头弹词写作,晚近的研究成果,请参阅胡晓真、鲍震培等人的著述。

③ 见陈句山(即《再生缘》作者陈端生的祖父)《才女说》《紫竹山房文集》卷7,转引自陈寅恪《寒柳堂集》。

评弹作为吴语地区最具地方色彩的曲艺形式，近百年来在民间生活中却获得了巨大发展。在经过光裕社前后四家的几代努力之后，到20世纪30—40年代，以上海为演出中心，外涉宁、锡、苏、常等地，达到弹词演出史上的黄金时段，出现了一批响档名家，基本完成了所有流行家数的创派工作。

虽然至目前为止，近代弹词的资料搜集工作只称得上刚刚起步①，但若干重要问题，诸如它与鸳蝴派作家休戚与共的命运，作为一直备受冷落的文坛现象，也已经并应该进入文化史的视野，接受应有的考察和理解。就像胡寄尘（怀琛）在《小说革命军》②第2期特别广告中所宣称的，本刊"自第三期起大改良，篇末加附录一种""内容或为笔记，或为游记，或为诗歌弹词等"，在近代，没有其他任何一个文学流派曾像鸳蝴派那样，对弹词流露出如此明显的兴趣与留恋。这其中，不乏功利之心的驱使，未免跟风趋潮的"投机"。由于其时评弹演出在基层市民日常娱乐生活中的巨大影响，令一向就很具有商业卖点敏感的鸳蝴文人不能不迎头赶上，从经济运作和吸引读者的角度出发，跻身于评弹演出与创作过程中去。在深层意蕴上，就艺术观照与文学体验而言，则江南文人对于娱乐艺术与民间文化的兴致和参与，由来已久。多为江浙籍出身的鸳蝴作家，对民间曲艺形式的评弹演出有着切身的文化记忆与审美认同。以上两方面的合力作用，一并表现为鸳蝴文人对以苏州评弹为代表的市井娱乐生活的独特趣味与真诚投入。

## 一、鸳蝴案头弹词创作概要

根据《近代案头弹词经眼录》所见，辑《中国近代文学大系·史料索引集》共收录弹词31种，另见于大系其他资料中提及，以及笔者对于近代报刊的爬梳，另辑入23种。

这50余篇弹词，除却部分时调开篇和改良弹词如《富尔敦发明轮船弹词》等，以及旧作重刊如《凤双飞》（系清代女作家程蕙英作），其他半数以上均出于一般所谓鸳蝴文人之手。③其所涉及的报纸杂志几乎囊括了鸳蝴派鼎盛时期他

---

① 此种工作远未完善，虽然笔者在可能的时间内力争穷尽资料，但遗漏甚多。如谭正璧《中国文学进化史》中提到的程瞻庐的《哀梨记》、谭本人的《落花梦》、不知作者为谁的《拒约弹词》，都不及见。关于书场弹词的演唱底本，更有大批资料寂寂地躺在苏、沪等地的评弹资料室内，有待专业学人的整理和利用。

② 1917年2月创刊于上海，主编胡寄尘。

③ 由于出自"革命作家"之手的"改良弹词"，与本文主旨关系不大，故略而不论。然使得以"启蒙民众""教育妇女"为己任的革命作家兴奋染指的原因，恰恰源于弹词在江南地区基层民众中的影响之深远。笔者硕士学位论文《明清弹词的"女性写作"及其在近代的转变》详细论述了这个问题。

们手中所有的重要杂志，还未将报纸副刊如《申报·自由谈》《快活林》等纳入考虑。

　　以上材料，最引人注目的特点之一，无疑也就是后来被归类于"鸳蝴派"的许多作家，如天虚我生、陆澹庵、严独鹤、周瘦鹃、姚民哀、许瘦蝶、徐枕亚、程瞻庐、李定夷、俞天愤、胡寄尘、王钝根等人，在这些弹词的著者、序者、题词者中占了相当的分量，显现为一种同声响应、此起彼伏的"集体效应"和"公共意识"。

　　两者叠加，应该说，是可以基本代表近世案头弹词创作、刊行的整体面貌的，虽然很多细节和遗漏远未完善。

　　根据以上所辑出的资料大致可以看出，案头弹词小说在近代的突然发达，并发生了以作者性别为中心的转变，和鸳蝴作家一度大盛，关系十分密切。不仅近代弹词的作者多半为鸳蝴名家，它所得以面世发表的媒体，也几乎全部为鸳蝴派"当家"、基本是创刊于上海的娱乐性报纸杂志。根据发表时间可以判断，案头弹词"中兴"，集中出现在1900—1920年，频率最高峰为1910年左右，这也和鸳蝴派在近代文坛的消长起伏相暗合。

　　究竟是什么原因，使得活跃在近代上海地区的鸳蝴作家，与一向地位清冷的弹词创作之间，建立了如此亲密共生的关联呢？关注他们关于弹词创作或多或少的理论自陈，或者已经给后世读者提供了一个解读鸳蝴弹词创作思路的角度。

## 二、弹词创作理论：案头·书场·摇摆

　　近代弹词的重要作家，无论是鸳蝴派还是革命派[①]，对弹词写作具有一定自觉理论意识的，为数不少。平心而论，在近代弹词发展、变迁的行进途中，无论就理论探索还是创作实践而言，鸳蝴作家都表现出热切的投入以及在艺术手法上的认真探求，成就得失可先勿论，其努力的身影却不容忽视，虽然这种理论探索仍然是以零散的序跋等传统形式呈现的。试分述如下。

　　作为鸳蝴派宿将，陈蝶仙有着丰富的案头弹词创作经验。在《自由花弹词》序中，他从正面阐述了个人对弹词体例的理解："且余以为弹词者，实为词章之一种，其中句法，大多为《清平调》及《渔歌子》《小秦王》之连续体。其于中间偶嵌三字句，以摇曳生姿者，则《鹧鸪天》也。其于尾声，加一句以协韵音，则《浣溪纱》也。"他又通过转述母亲的说法（其实亦是他自家见解的认同），言道："夫弹词之体例多矣，或用科白，或用说白，或用七言韵语，自首至尾，

---

① 就近世弹词创作的整体而言，这是作家队伍中"二水分流"的两大生力军。

不夹一白。大抵兴之所至，笔即随之，初不拘于声韵。"这些话虽然还显得太过宽泛，缺乏具体的可操作性，但对于弹词作为"词章之一种"的身份的尊重，显现了陈蝶仙本人对于该文体形式的诚恳敬意。正是古典文学修养甚高的江南文士加入此"通俗"民间曲艺创作中时有意无意的"误读"，并因了这些鸳蝴作家挟裹了这一见解加入近代弹词的现场演出中，进而对书场弹词的消长兴衰造成影响。

天虚我生（即陈蝶仙）在《编辑余闲录》中的另外一种说法，也显出一种精熟曲律的独到眼光："脍炙人口如《玉钏缘》《再生缘》《再造天》《天雨花》等，唱句每每不协平仄，压韵亦多牵强。"① 对明清案头弹词的代表作、所谓"三大"（笔者注：指《天雨花》《再生缘》《笔生花》），他提出平仄、压韵上的指责，这只能是敏感地意识到书场弹词与案头弹词之间巨大的落差以后，才能产生的切实感受，也显示出陈蝶仙对于书场弹词演出要求的熟稔。他认为"弹词中辞句佳者要以《一捧雪》《绘真记》两种为巨擘"，是有他独特的乐理眼光和说唱标准的，同样也表现出其对书场演出体弹词的认可与尊重，虽然陈蝶仙本人主要是个案头弹词的积极创作者。和同时代人所撰弹词相比较，他的作品也大致以文辞流畅熨帖、俏丽华美而高出众人不少。就像顾影怜评陈蝶仙著《潇湘影》时所说："弹词较传奇说部尤难，句法必极婉转，字面务须轻灵，方始娓娓动听。本篇通幅俱系绝妙好诗句。"他自己亦津津自得于《潇湘影》"写景叙情，固于弹词中别开生面也"。目前亦尚未发现，陈蝶仙的案头弹词是否曾经被书场艺人实际演出使用，但他当年为《快活林》副刊编写的弹词开篇，却能够风靡读者，至于"人手一册，传颂一时"②，想来，当和他的作品在语言、音韵方面的双美并擅，对于案头与书场的并皆关注，不无关系。陈蝶仙的父亲"业医，善音律"，陈蝶仙本人在其所主编的《女子世界》中，曾以不小的篇幅自撰文讨论中西音乐的对应关系。在他早期代表作《泪珠缘》里，也显示出对于音乐知识的天赋。

程瞻庐写作《同心栀弹词》，在弁言中说："弹词派别甚多，而以脚色登场者为正格，近今弹唱家均沿用此格。是编为通俗教育计，故亦各分脚色，务肖口吻，其中唱片，均规摹马调，俾播诸三弦，不生扞格。每回之先，冠以开篇……

---

① 天虚我生：《编辑余闲录》，载《好世界》1933年第2期。
② 见《上海生活》第3年第8期，"书苑"《夏荷生唱孤鸿影》。不过，这个逸事最令笔者感兴趣的，却是本为"耳学"的弹词开篇，何以逐渐成为受到读者欢迎的案头阅读的"眼学"。下文提及陆澹庵改编张恨水畅销小说为书场弹词小说，经由名家响档演唱以后，居然依然能够将唱词底本出版售卖，也是此种眼、耳互动的绝佳明证。

惟开篇中之事实,均取材于历年之《妇女杂志》,庶免散漫无稽之诮。"他熟悉书场弹词演出的说唱要求与流行曲调(马调),视"脚色登场者为正格",故而虽然作品首先写成发表于杂志,其心目中的创作标准,却是"近今弹唱家均沿用"的口头表演形式。不过,由于其案头创作努力贴近书场演出的目的,在于"为通俗教育计",已属近代"改良弹词"范畴;而且对遭受"散漫无稽之诮"的传统写作,流露出很强的戒心,可谓在当时弹词写作中积极回应时代要求的一种体现。既不乏具有社会责任感的鸳蝴文人,认识到弹词艺术之深入民心、关乎教化,所以才积极加以利用;也未始不是一种颇为"摩登"的表现姿态。而此种"教化目的"得以顺利实现的前提,则是要求弹词文本的写作,能够"播诸三弦,不生扞格",即可以直接作为演出脚本使用。

鸳蝴作家中另一个对弹词写作和演出切实"较有心得","幼承庭训,长而赖此生活"的作家姚民哀,为李东野弹词《孤鸿影》作序,"弹词与鼓词有别,若延至十余字,或多砌接笋,即与鼓词蒙混。《贾凫西鼓词》《庚子国变弹词》皆为杰作,而其疵病,即在鼓词、弹词不分。盖弹词正宗,以七字为率,而上下句最妙似对非对,运用成语,如白香山之诗句,然斯为尽善尽美……吾闻之,词衰而曲兴,曲衰而弹词兴,故欲成弹词善本者,非尽罗诗词曲三者之善不可"①。这里姚民哀对弹词写作的要求很高,不仅有七字对句的具体标准,而且要曲尽"诗词曲三者之善",更强调弹词艺术个性的"纯粹",要有别于鼓词。而对于这种区别的敏感,多半是付诸弦索、亲身弹唱者,才能感同身受。艺名朱兰庵的弹词名家姚民哀,言出于此,自是冷暖甘苦自知。而将"词—曲—弹词"三者的艺术承继关系归纳为一脉相承的顺流而下,其实还是当时文化语境中为"小道"争"正统"的惯用策略。②

或许因为这些作家和论者对评弹表演的确有着由衷的喜爱和"了解之同情",他们有关创作体验的论述,力争细腻体贴,一个共同的倾向就是试图打通案头与书场之间的隔膜。

姚民哀的父亲姚琴孙,是徐枕亚表舅,即"独创西厢"之"朱寄庵""声名响遍大江南",当时评弹书场名家,创作有弹词《荆钗记》。徐枕亚为《荆钗记》

---

① 谭正璧、谭寻搜辑:《评弹通考》(卷四),上海古籍出版社2012年版,第290-291页。
② 至于弹词何以未能如词、曲在历史上曾经地辉煌过,一度大胜于宋、元,更在"五四"以降的现代学术话语体系中借着"一代有一代之文学"的说法成为"中心"文体,笔者认为,既和民间曲艺与生俱来的地域性相关,也和近代以来文言写作遭受的突然没落同命。若干有识之士(如浦江清)对于韵文写作的独特惋惜,无法扭转整个时代变迁的大趋势。而在明清时期,案头弹词在江南地区女性叙述文学写作中的突出作用,业已越来越多地获得学术界的关注。参阅胡晓真、鲍震培、盛志梅等人的研究。

题记,称"此书取《荆钗记》原本演绎而成,以针砭薄俗之苦心,寓己身所遭之隐痛。书中所用角色唱白,悉合弹词原则,不差毫厘,迥非时下文人率尔操觚者所可同语"①。这里表白的,不仅有彼时江南落魄江湖的文士创作弹词的心态,更表明表演艺人之唱本创作,能够"悉合弹词原则","迥非时下文人率尔操觚者所可同语"。② 也无疑提醒了徐枕亚一流文人作者,自身处在弹词案头写作与书场艺术穿越之间的摇摆和取舍。

此时,确实有不少案头弹词作者,似乎无意当中对源于口头说唱的"韵文叙事"的优势短处已经颇为清醒,有所趋避。例如,"醒独"在他的《芙蓉泪》和《林婉娘》中,将绝大多数章回目录设计为"羁愁""秋叹""诉愁""悲诉""孝思""劝游""遣愁"等,完全是为了大段大段展开人物抒情与心理描写的方便。如果强作解人,以为这些转型中的民国"旧派小说家"提前领略了"心理小说"的魅力,而在创作中开始悄悄尝试"禁脔",倒不如说是对于弹词演出的亲切体味,其擅长言情的特殊魅力,以及旧式文人对于旧体诗歌的深厚修养,使他们不由自主地做出了这样的选择,反更觉体贴些。

尽管从目前笔者的了解来看,近代鸳蝴作家的大量案头弹词作品都没有能够获得进入书场表演的机会,但从上面的理论自陈可以发现,他们在从事创作时,还是充分体现出对书场表演的认可、靠拢,以其审美标准作为自己的创作目标。

因此,也就毫不奇怪,为何鸳蝴文人在积极从事案头弹词创作的同时,对评弹演出与行业发展表现出少有的热忱和兴趣,并直接参与、亲身投入到此种民间曲艺形式的近代发展历程当中。

## 三、脚本写作与书场演出

虽然近代以前江南文人对于书场评弹演出的参与也并非完全裹足不前,例如王百谷之与《三笑缘》的修改,据说光裕后四家之首的马如飞"所唱之《珠塔》,即是经过许多文士之增删,字斟句酌,而成绝妙脚本"③,但唯有至鸳蝴文人,这一参与才多少获得了一种类乎"集体活动"的声势与姿态。此种参与表现为代艺人创作脚本、亲历书场,并以老听客之资格褒贬演出、出版发行评弹唱本、利用杂志媒体参与鼓励行业发展等多种活动形式。

---

① 姚琴孙:《荆钗记弹词》,载《小说丛报》1915 年第 15 期。
② 遗憾的是,彼时的弦索艺人能够自创脚本的,实在少之又少。这也正好提供了鸳蝴文人得以加入弹词唱本创作的契机。
③ 东峰:《说书溯源》第 7、8 号,载《上海书坛》,第 93、94 期。

对此趋势，兹列举代表人物如下：

江苏吴县人陆澹庵（澹安），早年毕业于江南学院法科，弱冠即任教师，同时兼任广益书局、世界书局编辑。他是近世文人中以新小说改编弹词的第一人，所著有《啼笑因缘》《满江红》《秋海棠》等唱本十多种，且编有《弹词韵》，为编写开篇长句的准则。陆澹庵籍隶南社，又复为星社社友。作为资深鸳蝴文人，他虽然一生著作甚丰，鸳蝴小说而外，还有《小说词语汇释》和《戏曲词语汇释》等学术性传世之作，但从流传广泛、影响久远（虽然不是以书面形式）来看，陆澹庵的作品似乎应推《啼笑因缘弹词》及其《续集》为第一。

常熟市辛庄乡人平襟亚（1894—1980），曾在上海福州路创办中央书店。1926年，他为光裕公所成立150周年写纪念文字，勒石树碑于光裕公所内。新中国成立后，平襟亚一直在曲艺研究部门工作，其弹词开篇、唱本的创作持续终生。

常熟人姚民哀（艺名朱兰庵，1893—1938），近世著名的会党小说作家，著有《四海群龙传》等，曾任《春声日报》编辑。因为姚民哀本身就是出色的评弹表演艺人，故而他以鸳蝴作家、报业同仁的几重身份，对此贡献尤巨。1921年，姚民哀为施济群主编的《新声》专撰《说书新评》，讲述自己的说书经验、演出体会。又撰长篇弹词《素心兰》。1923年撰长篇弹词《中秋拜月》。1934年，陆澹庵《啼笑因缘弹词》出版之际，姚民哀为之题词，大力揄扬。1935年为同书《续编》撰序。① 程沙雁在《书坛偶拾》中提道："《西厢》一书不若《三笑》《珍珠塔》《双珠凤》等书通俗而脍炙人口……姚民哀说唱既然绝佳，而于穿插中，辄旁征博引，敷陈题外文章，清言飞至，莫不交口称誉。"② 这是从听客的角度，提供了当时姚民哀评弹演出的现场效果。姚民哀亦为南社社友。潘心伊在《书坛话堕》中，言及姚民哀生死传说，颇为动情，对其表演艺术更是赞不绝口。③ 秋翁（即平襟亚）《我所认识的说书人》一文，亦提及姚民哀的演出，时在上海新世界游艺场书场，"开头引起我听书兴趣的，应该是姚民哀，当时和我同在新世界游艺场编辑某日报，他与弟弟菊庵排日登二层楼书场弹唱《西

---

① 苏步青：《姚民哀与其作品编年表》，载《常熟文史资料辑存》第14辑。
② 《书吧》，载《上海生活》第4年第2期。
③ 见《珊瑚》半月刊一卷。而潘本人则是有过实际演出经验的"下海"艺人，如《晶报》记者张丹翁（斧?），曾情愿给潘心伊写新开篇（如《防疫运动》），让他弹唱。见《书坛与电台》之二十，《珊瑚》半月刊二卷总22回。潘发表于20世纪30年代苏州鸳蝴杂志《珊瑚》的评弹掌故系列文章，娓娓可听，翔实生动。

353

厢记》，我空闲时，坐着听书"①。而姚民哀的演出艺术，更曾经影响了其他从事评弹创作的人物。朱恶紫1928年在上海中国文艺学院读文科，此时开始学写评弹，经常在"三友实业社"《无线电》期刊上发表作品。同年9月，转入无锡国专。1929年，朱兰庵、朱菊庵到无锡演唱《三笑》和《西厢》，由范烟桥介绍，与兰庵昆仲缔交。而后，朱恶紫显然更加专注于评弹的写作，"当时社会一片乌烟瘴气。纨绔子弟纸醉金迷、千金买笑的糜烂生活驱使我借写弹词开篇给以鞭挞，以匡正气"②。

间接可以证明当时上海评弹创作之盛的，是一些学校，如朱民哀就读的中国文艺学院，有专门教授弹词写作的课程安排。阿英于《小说二谈》中曾言及，当时见有"冷香"《弹词论体》一书，认为"持论极为简当"，作者不知为谁。该书大约写于20世纪30年代，阿英认为可能这是"中国论弹词专籍之最早著作"，而且就是教授写作的教材。

下面仅以彼时上海最早从小说改变为弹词体的《啼笑因缘》唱本的诞生过程为例，考察鸳蝴文人与演出艺人、讲唱底本与现场演出之间合作精神与利益分割是如何得以集中体现的。

1929年，红极一时的评弹大响档沈俭安、薛筱卿，在蓓开唱片公司灌唱片，请戚饭牛③根据报纸上连载的《啼笑因缘》编写成唱篇，结果很受欢迎。当朱耀祥（朱耀祥亦是当时响档，和赵稼秋合作）在萝春阁"开青龙"时，书场就要其演唱《啼笑因缘》。朱耀祥经过戚饭牛介绍，准备请陆澹庵帮助编写脚本，当时不知何故，陆澹庵没有答应，就由姚民哀帮助编写了两三回，而后因故中止。朱耀祥无奈，只能自己边编写边演出。后来，陆澹庵和平襟亚来到萝春阁听书，一听之下，嫌唱词不好。平襟亚就叫陆澹庵帮忙编写，报酬是《啼笑因缘》唱本出版时，稿费全部给陆澹庵。④

该轶闻的另一流传版本是：陆澹庵某次在萝春阁听书，萌生改编《啼笑因缘》的念头。茶馆老板李跃亮听后，当场就请其为朱、赵档撰著。陆澹庵只因一时动念，随便说说，一直未曾动笔。后陆澹庵应在蓓开公司工作的老同学田天放

---

① 载《上海书坛》第60期。
② 朱恶紫：《和评弹结缘六十年》，载《评弹艺术》第14集。
③ 戚饭牛为南社骨干和"国魂七才子之一"，1914年于上海创办《销魂于》，郑逸梅在《民国旧派文艺期刊丛话》中，称《销魂于》"开出版界所刊行的《香囊》《香艳集》《香艳丛话》《花月尺牍》之先声"。
④ 姚荫梅回忆，见《回顾三四十年代苏州评弹历史》座谈会发言摘要，载苏州评弹研究会编《评弹艺术》第六集，中国曲艺出版社1986年版。

之请，用《啼笑因缘》的情节，写《别凤》《裂券》四个唱段，付沈、薛录制唱片之用。朱、赵发现后，误以为陆澹庵已将脚本给了沈、薛。于是，他们就请常熟同乡姚民哀编写，但姚民哀编了几折后辍笔，无意续写。朱、赵唱完姚编唱段后，就只能唱黄篇子（胡编硬凑、不协音韵的唱段）。而后陆澹庵又去萝春阁听书，发现这个情况，乘机向朱、赵解释误会，并答应为他们承接姚编的折子，续编下去。①

无论细节真伪如何，鸳蝴文人对于弹词演出的热心，书场艺人对于文人脚本（乃至协调音韵）的倚重，二者配合默契，且为时人视若正常，已经十分明显。②

由此可见，当时鸳蝴文人与书场艺人之间的关联已是相当密切。如果没有对于评弹演出的由衷喜爱，对书场演出技艺的极为内行，乃至对于评弹接受市场的深入了解，鸳蝴文人的脚本创作，不会受到评弹响档的如此依赖，以至于讲唱文人即时创作的"改良弹词"，会成为引领风气的时髦行为，各大"敌档"争相希望得到较好的脚本，为自己一壮声威。甚至号称"江南铁嗓"的大响档夏荷生，还唱过本为案头之作的《孤鸿影》。就像1935年朱敬文为太仓郁霆武所撰《红杏出墙记》弹词序言："先生喜听弹词，而尤喜撰开篇，酒酣时，必曰：'我要找题目了，做一阕开篇来当作下酒物了。'于是随意想来，命其文朗玲菲君笔录之，酒罢，而稿亦全脱，乃分赠各弹词家。其在空气中播送者，为数亦极可观，并已有专集问世矣。"③ 在这里，文人创作与艺人演出之间，已经达成了和谐的"共谋"，而并非如我们一般想象的，在时间和空间上隔膜很深。而这种直接"互动"，对于理解近世弹词演唱的"雅化"，以及江南地区大众文化借助媒体和商业的力量在社会各阶层之间的渗透，无疑是很好的证明。

而那个经此一番波折终于出台的陆本《啼笑因缘》脚本，经朱、赵档演唱后，20世纪30年代红遍江南，六十多年来，由姚荫梅、蒋云仙、江肇琨等艺人先后于书坛上传播，盛名不衰。但由于弹词艺人对脚本一向严格保密，绝不轻易公开，兼之当时新文学界未免忽视当代市民文学（似乎老舍在抗日战争时期编写曲艺唱段可算例外），江南弹词的脚本，作为说唱文学的一种，更往往被怀有党见的评论家贬为鸳蝴附庸，有每况愈下之嫌。所以，陆的脚本虽然曾有印本问世，却几乎无人提及，同它流传在书场里的热闹情况，形成鲜明对照。倒是它当

---

① 东峰：《说书溯源》第7号、第8号，《上海书坛》，第93、94期。
② 这似乎是现代题材评弹的肇始，据说表演时吸收了当时文明戏的一些表演技巧。见顾锡东《开书第一回》，《评弹艺术》第2集，1983年9月《上海生活》第3年第5期。"弹词"，《啼笑因缘首唱朱赵档成名之由来》称其为"改良弹词"，述陆澹庵、戚饭牛事甚详。
③ 谭正璧、谭寻搜辑：《评弹通考》（卷三），上海古籍出版社2012年版，第245页。

日出版的一时盛况,与其身后寂寞的命运比照,颇可见其时鸳蝴文人对于评弹事业"敝帚自珍"乃至"集体参与"的精神。

陆澹庵编《啼笑因缘弹词》,正集出版于 1935 年。版权页上印"中华民国二十四年八月一日初版;著作者吴县陆澹庵(庵、安音同,陆将此两字通用为他的名字);校订者蛟川倪高风;出版者三一公司"。① 有趣的是,总代售处是"老九和绸缎局"。时下人大约难以置信,一本书居然委托一家绸缎局代售,但无疑这正反映出弹词与市民文化的干系。②《续集》出版于 1936 年。版权页上印"中华民国六月一日初版;出版者莲花出版社"。③ 正集封面由王西神题书名;扉页书名出自陆澹庵自己手笔。全书四十六折。第七折《赠银》系鸳蝴侦探小说家程小青所题。正文前,除自序外,有十四篇序,领衔的是严独鹤,其次是周瘦鹃、孙玉声(海上漱石生)、张春帆(漱六山房)、顾明道等,可谓洋洋大观。当时活跃在上海文坛的鸳蝴作家,群贤毕至。严独鹤序中说:"今之读文字者,率别为两途。曰传统文学,曰民众文学。诗古文辞,传统文学也。乐府、戏曲、小说、弹词,以及近代流行之语体文,民众文学也。两者判若泾渭,不可得兼。吾友澹庵独能兼之……"④ 把戏曲、弹词和"近代流行之语体文"一起归入民众文学,并且认为它们与传统文学属于不同的范围,这可以说是鸳蝴作者的共同观点,也和 20 世纪 30 年代以后白话文学已经取得的"优势"地位相关。自动认同"民众文学"的文化立场,固然不乏"识时务"的时代要求,亦从另一方面印证了鸳蝴作家对于"民间娱乐"的坚持情结,也就难怪他们对于民间曲艺的弹词如此大张声势地参与扶持了。而在有着"市民文化"传统的江南,特别是上海,这就不仅体现为时髦的政治要求,更有着切实的商业诱惑。

## 四、杂志·电台·市场:不可小觑的商业因素

彼时在上海杂志报业引领风骚的鸳蝴文人,基本都曾积极利用自己手中掌握的纸媒,安排相关弹词的栏目。

例如前面提到,鸳蝴案头弹词诞生之初,主要发表于鸳蝴作家当家的刊物。又如施济群主编《新声》,陆续登载姚民哀的评弹理论与创作;程小青编辑的《新月》杂志,登载蒋吟秋《说书漫话》、范烟桥《珍珠塔之文学观》等学术性

---

① 陆澹庵编:《啼笑因缘弹词》,三一公司 1935 年版。
② 不过,这个"老九和"绸缎局亦非等闲之辈,和彼时弹词热点渊源不浅。
③ 陆澹庵编:《啼笑因缘弹词续集》,莲花出版社 1936 年版。
④ 周良编著:《苏州评弹旧闻钞增补本》,苏州古吴轩出版社 2006 年版,第 301 页。

质的文章；范烟桥主编的《珊瑚》半月刊，除了刊登凌晨埏《再生缘考：玉钏缘再造天金闺杰附》（第一卷第一、二号，苏州，1932年）等研究著述外，更以连载潘心伊《书坛话堕》《书场与电台》的形式，显现出杂志对于评弹演出的浓厚兴趣。而这一点做得最为出色的，当属20世纪40年代程小青编辑的《上海生活》月刊。该杂志和《良友画报》并称当时对市民生活影响最大的两刊。在出版中，他们坚持以"弹词""书吧""书苑"等多个栏目形式，报道书坛掌故、评弹流派、响档轶事、听客反馈等多种有关演出现状的文字资料。尤其是蒋聊庵《朱唇软语录》、横雪阁主《南词摘艳录》等有关后期女弹词的轶闻记载，大量保留了阿英《女弹词小史》中未能涉及的20世纪三四十年代上海弹词女艺人的生活、演出实况。部分还配有艺人照片，如著名的徐三档之一徐雪月、林娟芳、汪梅韵等人，被称为"书坛佳丽"。

鸳蝴文人除了对海上弹词的这种大力揄扬参与、艺术趣味而外，其实商业因素可能更为关键。

从晚清开始，上海地区女弹词的发达就相当引人注目。例如，池志澄《沪游梦影》（约1893年）中记载书场中之"女唱书"，如何"借粉黛以为助"，如何"争废书而专用唱矣，说大书者仅退坐理管弦而已"，如何"雏鬟稚髻，无不高唱入云""虞俞昆马凭君点，一曲终时一曲投"。① 王韬《淞滨琐话》卷12《沪上词场竹枝词余》（1893年）亦载："沪上词场，至今日而极盛矣，四马路中，几于鳞次而栉比。一场中集者，至十数人，手口并奏，更唱迭歌，音调铿锵，惊座聒耳。"虽然《三十年见闻录》中有云"弹词说部，都成广陵散。而一般妓女，各挟琵琶登场，竞唱二簧梆子腔"，但宣统元年（1909）7月27日的《图画日报》登有开篇，表现书场演出的走红，"福州路上女书场，金碧楼台耀眼光。头等名家牌乱挂，电灯影里好辉煌。登楼只把弹词听，见一座书台的四方"。此间写作的大量竹枝词，更为后人提供了彼时书场弹词的热闹盛况。② 此后，经过一段时间的低迷，因无线电事业的繁荣，特别是沈阳、淞沪两战之后，女弹词再度复兴，成为新的流行焦点。据说近代女性弹词"殿军"的姜映清，就是因为觉得其时无线电所播弹词之不中听，才开始撰写《开篇集》的。③

至于彼时弹词魅力在民间阅读中之深入人心，甚至新文学作家丁玲，后来回

---

① 陈平原、夏晓虹：《图像晚清》之"西妓弹词"，百花文艺出版社2001年版。
② 如叶凤仪《上海竹枝词》，朱谦甫《海上竹枝词》，苕溪醉墨生《青楼竹枝词》，花川梅多情生《沪北竹枝词》，仓山旧主《沪上新正词》，云间逸士《洋场竹枝词》，邗江词客《上海竹枝词》，等等。
③ 阿英：《女弹词小史》，载《小说三谈》，上海古籍出版社1979年版。

忆她接触文学的先期，读小说为消遣时，也道"古典的《红楼梦》《三国演义》《西游记》甚至唱本《再生缘》《再造天》，还有读不太懂的骈文体鸳鸯蝴蝶派的《玉梨魂》，都比阿Q更能迷住我"①。则弹词这一文体在当时的风靡与影响之大，实在不容低估。

弹词小说之所以能够深入人心的前提条件，最根本的还在于书场演出的空前成功和大受欢迎。在"十里洋场"的上海，作为方言说唱的"民间娱乐"形式，苏州评弹以其丰富高超的表演手段、优美的流派唱腔、灵活的演出方式、低廉的消费成本，吸引了上自士人商贾、下至贩夫走卒的广泛听众。评弹演出形成的上海市场，潜在的经济容量很大。

据20世纪30年代初的资料，当时上海已经有相当数量的广播电台，但节目类型大致相同，多以娱乐为主体。据《中国无线电》杂志1934年4月刊载的上海28家电台节目表分析，娱乐节目共有317.5档，非娱乐节目39档，弹词90档，位列第一，其次才是昆曲，26档，文娱节目占有全天播音时间的85%以上。据《申报》1936年11月29日的某报道中统计，文娱节目中以评弹播出为最，其次是中外音乐节目、申曲、滑稽、话剧故事等；各民营电台每天设有的评弹节目共有103档，每档以40分钟计算，共计4120分钟，相当于一个电台连续广播2天2夜又20小时。②难怪当时的商业人士要迎头赶上，抓住商机。例如，南京路平望街口老九和绸缎局经理汪伟仁，曾包下西藏路东方电台播音，经常利用弹词节目做广告，并且每月出版一本开篇集《娓娓集》。上海集成大药房广告部于1940年出版发行"惟乙铁"弹词开篇集，乃为宣传该药房出品的"惟乙铁"营养补品等。

既然弹词在彼时上海的商业生活中如此重要而热闹，则鸳蝴文人的积极参与，仅从拉拢读者、扩大财源诸方面考虑，亦并非无利可图。作为一个"通俗"甚至接近"媚俗"的文学流派，鸳蝴派作家所表现出特别青睐于弹词这一文体，乃至评弹这一曲艺形式，除在艺术趣味上对民间娱乐的自觉认同以外，当更有其潜在的读者拟想和杂志市场销路的考虑。

统言之，这一代鸳蝴文人与案头弹词、书场评弹之间，之所以如此亲密接触，一方面，固然因为留连上海的鸳蝴作家大多出生于吴语地区，对苏州评弹这种乡土娱乐的民间形式，有着天然的亲切记忆与趣味认同，如徐枕亚、包天笑、

---

① 丁玲：《鲁迅先生于我》，载《新文学史料》1981年第3期。
② 陈伯海：《上海文化通史》上卷，上海文艺出版社1993年版。

周瘦鹃、钝根(王永甲)等,确乎与弹词发源地的吴文化血肉相连,极富地域色彩。① 不容否认,鸳蝴作家对于弹词这种一向不登大雅之堂的民间曲艺的由衷喜爱,自有斯乡斯民的历史记忆与民俗认同。

全盘考虑,则还应当将鸳蝴作家及手中杂志的锁定读者、销售对象,作家本人的文化底蕴、知识结构、文字强项等情况的综合纳入。彼时以上海为中心的江南出版业的文学趣味,一时骈四俪六、假红倚翠的社会审美与文化氛围而外,鸳蝴作家自身的语言趣味与文学感觉,也和弹词多以七言韵语出之的叙述风格暗合。恰如郑逸梅论徐枕亚、包醒独等人的文风所言,"他们行文,都喜骈俪出之,托旨骋妍,雕镂组绣"②,正是在这批鸳蝴大将手中,产生了中国文学史上骈体小说的最后辉煌。他们对于介乎"诗歌"与"小说"之间的弹词韵文写作的兴趣,也有艺术上技痒难忍、跃跃欲试的主动选择。

另一方面,更源于评弹演出在上海市民娱乐生活中的巨大影响和广受欢迎,其所带动的可观的消费群体和经济市场,对于习惯并热衷于商业运作的鸳蝴文人,吸引力可谓不凡。

凡此种种,令本身即为通俗文化主将的鸳蝴文人,挟裹进如此一场市井娱乐消费当中一显身手,实在是十分正常的选择。由于评弹艺人文化程度普遍较低,缺乏独立创作较好脚本的能力,除却师徒"相承""口传记忆"这一民间曲艺特有的传播形式以外,鸳蝴文人能够逐步脱离晚清以前文化市场对弹词的偏见,对书场评弹演出艺术水准的认真关注及积极参与唱词创作,与苏州弹词能够在民国以后的上海获得较大发展,走上自己事业发展的鼎盛时期,颇有力焉,应该获得更积极的评价。

[原载《苏州大学学报(哲学社会科学版)》2005年第5期]

---

① 如顾锡东《开书第一回》中所回忆,新中国成立前江南水乡大小集镇少有剧场,一年中更难得演出庙台戏,乡民日常唯一的娱乐活动,就是到茶楼书场中听苏州评弹。参见苏州评弹研究会编:《评弹艺术》第2集,中国曲艺出版社,1983年版。
② 郑逸梅:《〈民权报〉和民权出版部》,载《书报话旧》,学林出版社1983年版,第235页。

中国近代文学论文集·戏剧及说唱文学卷（1980—2017）

# 从"杂歌谣"到"俗曲新唱"
## ——近代中国歌词改良的启蒙意义

### 李 静

清末民初开始的启蒙运动曾采取多种形式。虽然一些国人对其时音乐状况的体认多是"雅乐久亡，俗乐淫陋"，但是一些有识之士并没有放弃"俗乐"。他们认为"俗乐"在民间非常流行，因而可以充当很好的启蒙工具。这些人以"旧瓶装新酒"，利用民间的俗乐形式进行启蒙，并因此产生了大量作品。

对民间俗乐的利用有一条清晰的线索。起初，是梁启超、黄遵宪推动，以《新小说》为阵地，从属于近代"诗界革命"的"杂歌谣"创作。继之而起的是《绣像小说》中涌现的一批"时调唱歌"作品。这些作品不但扩大了民间曲调的使用种类，而且也进一步加深了"歌谣"的影响力。受到这两本小说杂志的启发，近代的一些启蒙思想家开始大量借用流行的民歌、小调、俗曲等艺术形式[①]，填以新词（"俗曲新唱"），形成了一次以"白话报"为主要发表阵地的创作高潮。"俗曲新唱"配合着当时的"戏曲改良"，成为启蒙者为中下层民众说法的有力武器。

### 一、《新小说》上的"杂歌谣"

1902年，梁启超计划出版自诩为"中国唯一之文学报"的《新小说》。在其规划的杂志栏目中有"新乐府"一项，"专取泰西史事或现今风俗可法可戒者，用白香山《秦中》《乐府》、尤西堂《明史乐府》之例，长言永叹之，以资观

---

[①] 出现在近代报刊中的"俗曲新唱"其实也包括了弹词、龙舟歌、滩簧等现在属于曲艺（说唱文学）的内容。本文以考察近代音乐改良在民间层面的开展为中心，试图"再现"近代报刊上"俗乐改良"的复杂情况，因此本文基本上以"栏目"及其下属的内容为研究中心，对其中所包含的如弹词的"开篇"、滩簧的"十更天"等可独立演唱的形式都予以介绍。

感"①。黄遵宪得到消息后建议：

> 报中有韵之文，自不可少。然吾以为不必仿白香山之《新乐府》、尤西堂之《明史乐府》。当斟酌于弹词粤讴之间，或三、或九、或七、或五，或长短句，或壮如陇上陈安，或丽如河中莫愁，或浓至如焦仲卿妻，或古如成相篇，或俳如俳枝辞。易乐府之名而曰杂歌谣，弃史籍而采近事。至其题目，如梁园客之得官，京兆尹之禁报，大宰相之求婚，奄人子之纳职，候选道之贡物，皆绝好题也。②

等到《新小说》出刊，梁启超果然采用了黄遵宪的意见，将栏目命名为"杂歌谣"。

在梁启超原来的预想中，这个栏目的设置是与"音乐"沾不上边的。梁启超的原意是要以"乐府"来"叙事"，以之补杂志上其他"小说"叙事的不足。这样才可以解释为什么在《新民丛报》上已经有"诗界潮音集"和"饮冰室诗话"两个栏目刊载诗作的同时，一本名为"小说"的杂志上需要出现一个"诗歌"类别栏目的原因。虽然在原来的计划中，梁启超曾设定了一个"粤讴及广东戏本"栏目，但其用意在"此门专为广东人而设，纯用粤语"③，可见其关注点在"语言"，而非两者共有的"音乐"因素。所以，黄遵宪的提议——将之改为"斟酌于弹词粤讴之间"的"杂歌谣"，大大提高了这个栏目中作品与"音乐"契合的可能。而不提"乐府"，标举"歌谣"，尤其是将"粤讴"整合进这个栏目，为后来出现的大量利用民间音乐形式（山歌、俗曲等）的创作指明了方向。

也许是由于稿源的问题，在目前所见《新小说》的24期中（刊期两年，每年12号），"杂歌谣"栏只出现了12次：第1至11号，以及第16号（第2年第4号）。在杂志的第7期上，"杂歌谣"栏首次分成了两个部分："杂歌谣一"和"杂歌谣二"。"杂歌谣一"还是刊登从前"乐府体"风格的作品，而"杂歌谣二"则开始刊登"粤讴"。此后，"粤讴"还出现在第9—11号以及第16号的"杂歌谣"栏中。尤其是第10、11、16三号，"杂歌谣"栏中的作品全部是"粤讴"。可见，在《新小说》杂志的后期，"粤讴"逐渐占据了"杂歌谣"栏。因此，《新小说》"杂歌谣"栏目中刊登的作品可以分为"非粤讴"和"粤讴"两

---

① 梁启超：《中国唯一之文学报〈新小说〉》，载《新民丛报》第14号，1902年8月18日。
② 黄遵宪：《致梁启超函（光绪二十八年八月二十二日，1902年9月23日）》，载陈铮编《黄遵宪全集》上，中华书局2005年版，第432页。
③ 梁启超：《中国唯一之文学报〈新小说〉》，载《新民丛报》第14号，1902年8月18日。

个部分。因为本文讨论的是近代中国的俗曲改良,所以此节论述的中心将放在对"粤讴"作品的分析上。

《新小说》中"粤讴"作品共22篇,虽署名不同,但均为晚清外交官廖恩焘的作品。对自己的创作,廖氏曾自为题词六首,其中第二、第四两首为:

> 乐操土音不忘本,变徵歌残为国殇。
> 如此年华悲锦瑟,隔窗愁听杜秋娘。

> 万花扶起醉吟身,想见同胞爱国魂。
> 多少皂罗衫上泪,未应全感美人恩。①

由此,读者可以管窥廖氏写作"粤讴"的心路历程。

廖氏22首"粤讴新解心"涉及的题材很多,如《呆老祝寿》(讽刺贪官搜刮百姓为慈禧祝寿)、《学界风潮》(讽刺留日学生被逐事件)和《离巢燕(为旅美华人而作)》(讽刺美国驱逐华工事件)等篇是有关时事的作品。《鸦片烟》《八股毒》《倡女权》等篇则为劝诫恶俗而作。《自由钟》《劝学》《开民智》等篇则传达了各种启蒙思想。

以《倡女权》②为例:

> ……想我国势唔强,都系女权禁锢得久,樊笼鹦鹉,点飞得上百尺高楼。况且女学唔兴,就监佢要见识浅陋。重要缠埋双脚,整到佢骨软肌柔。老母若果精明,生仔就唔会蠢咔。讲到种强两个字,就要溯起源头。试睇吓人地外国个的女权,自己亦该见丑。积弱成咁样子,问你点得干休。舍得我中国生个罗兰夫人,个阵女权唔怕冇救。再生个维多利亚,就把自由钟响遍全球。唉,要思想透,唔好一样咁愚黔首。咪估话长起雌风,就怕有河东狮子吼。民智开后,女权倡到够。等佢二万万同胞嘅血性女子,都做得敌忾同仇。

作品全用粤语书写而成。整篇作品大量使用"我""你"等词汇,使读者在阅读体验中很自然地就自居于"你"的位置,因而避免了生硬的"启蒙"语气,使全文产生了一种与民众推心置腹,好似坐在炕头拉家常的气氛。新思想包裹其中,因此显得平易近人,不那么高高在上。启蒙者与被启蒙者无形中拉近了距

---

① 梁启超:《饮冰室诗话》,载《新民丛报》第38、39号合本。
② 珠海梦余生:《倡女权》,载《新小说》第10号,1904年9月4日,第167页。

离,而民众也在不知不觉之中受到教化。廖恩焘"新粤讴"中针对中下层民众启蒙的作品风格大体如此。

《新小说》开启了一个具有现代色彩的文艺期刊时代的到来。包天笑后来回忆说:"当时的小说杂志都是模仿《新小说》的,确实是《新小说》登高一呼,群山响应。"① 不过,以"杂歌谣"这个栏目而言,《新小说》的影响远不只于文艺期刊或小说期刊。其中的"粤讴"作品开启了近代以民间俗乐创作启蒙作品的先河。不过,"杂歌谣"栏中利用民间曲调来创作毕竟只限于"粤讴",它的意义与影响还有待于继起的《绣像小说》中的"时调唱歌"来开掘和拓展。

## 二、《绣像小说》中的"时调唱歌"

《绣像小说》于光绪二十九年五月初一日(1903年5月27日)创刊于上海。杂志以"绣像"、不分栏目等形式为特点,以示与《新小说》有所区别。虽然,它的定位更为"趋俗",不过,从办刊宗旨、刊载内容等方面可以看出,该杂志还是以《新小说》以及梁启超等人提倡的"小说界革命"为指导的:

> 欧洲化民,多由小说,榑桑崛起,推波助澜。其从事于此者,率皆名公巨卿,魁儒硕彦,察天下之大势,洞人类之颐理,潜推往古,豫揣将来,然后抒一己之见,著而为书,以醒齐民之耳目;或对人群之积弊而下砭,或为国家之危险而立鉴。揆其立意,无一非裨国利民。②

虽然目前学界对《绣像小说》的创办、刊行多有疑义。但是,李伯元为《绣像小说》的主要编著者则较无问题。李伯元有"花界领袖"的称号,早期曾主持多种小报,对各种流行的民间曲调一定非常了解。他曾创作出《庚子国变弹词》和《醒世缘弹词》等曲艺作品。他的经验,加上《新小说》"杂歌谣"栏的榜样力量,就促成了《绣像小说》上"时调唱歌"作品的出现。

《绣像小说》共出72册。其中所刊"时调唱歌"有21题,分见于第1—8号,第10、11、15、16、26、27、31、32号上。由于《绣像小说》发刊于上海,所以"时调唱歌"作品不再只限于"粤讴",而是呈现出百花齐放的态势。"时调唱歌"中涉及的民间音乐形式有"五更调"(包括第1号的"叹五更"、第3号的"梳妆台五更"、第4号的"吴歌体"、第6号的"小五更(北调)"等)、

---

① 包天笑:《编辑杂志之始》,载《钏影楼回忆录》,香港大华出版社1971年版,第357页。
② 商务印书馆主人:《本馆编印〈绣像小说〉缘起》,载《绣像小说》第1号,1903年5月29日。另可参见别士(夏曾佑):《小说原理》,载《绣像小说》第3号,1903年6月25日。

"送郎君"（第4号的"十送郎体"等）、"十二月调"（包括第2号的"十二月花名体"、第3号的"红绣鞋十二月"、第5号的"十二月太平年（北调）"等）、"开篇体"（第4、32号）、"北调叹烟花"（第7号）、"马如飞调"（第8号）、"凤阳花鼓调"（第10号）、"道情"（第11号）、"四季相思调"（第27号）等。21题的"时调唱歌"基本上在每一题后面都标注了所使用的俗乐曲调，由此可见其强调作品可以"演唱"的特点。

与《新小说》中的"杂歌谣"一样，《绣像小说》中的"时调唱歌"作品所表现的题材范围也非常广泛，如讽刺时事的《时事曲（仿吴歌体）》（第4号）、《破国谣（悲东三省也，仿凤阳花鼓调）》（第10号）、《小五更（咏日俄交战也）》（第15号）；劝诫恶俗的《戒吸烟歌（仿梳妆台五更）》（第3号）、《戒缠足歌（仿红绣鞋十二月）》（第3号）、《破迷歌（仿开篇体）》（第32号）；宣扬自强、爱国的《爱国歌（仿时调叹五更体）》（第1号）、《自强歌》（第26号）、《同胞歌（仿四季相思调）》（第27号）、《爱国歌》（第31号）；宣扬"尚武"精神的《从军行（仿十送郎体）》（第4号）等。

与以中小学生为主要受众的"学堂乐歌"相比，针对下层民众的"时调唱歌"作品，因为表现形式的不同，呈现出一种浓烈的民族风味。

以第3号上的《戒缠足歌（仿红绣鞋十二月）》为例。歌曲以"好一个美多才"开篇，接着"嗳呀，香风儿扑满了怀。嗳嗳呀，柳荫树下，站着一个女裙钗。哼嗳呀，小金莲呀，他把风流卖"。一幅"以小脚为美"的"风流美女图"就呈现在读者面前。词句之间的赞叹与暗中的嘲讽杂糅得颇为巧妙，全然没有题目"戒缠足"传达出的冷峻。缠足的风俗由来已久。当时，不但大部分男子认同小脚，许多没有受到启蒙思想熏陶的女子也认同小脚的美感。因此，歌曲以赞叹开篇，切合了大部分已经缠脚的妇人"以小脚为美"的心理，这为她们接受下面的劝说铺平了道路。

在开篇的赞美之后，作者以三段唱词勾起了缠足人的伤心往事：

一双红绣鞋，嗳呀，正月里梅花儿开，嗳嗳呀，父母遗体，偏要裹起来，哼嗳呀，伤天和呀，我的那个小乖乖。

二双红绣鞋，嗳呀，二月里杏花儿开，嗳嗳呀，三寸金莲，一步也难抬，哼嗳呀，走不动呀，我的那个小乖乖。

三双红绣鞋，嗳呀，三月里桃花儿开，嗳嗳呀，十趾屈曲，疼痛好难挨，哼嗳呀，狠心肠呀，我的那个小乖乖。

不过，作者也就此打住，并没有一味穷追猛打，而是又来了一句赞美："四双红绣鞋，嗳呀，四月里芍药花儿开，嗳嗳呀，瘦小红菱，好不美哉。"受了千般苦，终于成就一双小脚，不也是苦尽甘来么？然而，紧接着一句"哼嗳呀，皮包骨呀，我的那个小乖乖"还原了真实。再接一句"皮破血烂，一见了也心灰，哼嗳呀，蒙不洁呀"，真是彻底打破了美梦！这时再来一句"我的那个小乖乖"，在传统的调情套语之中，加入了"同情"的成分，同时也蕴含了"快醒醒吧"的规劝。

也许有人还不服气，于是："六双红绣鞋，嗳呀，六月里荷花儿开，嗳嗳呀，一钩新月，好一似裙边埋。"那么，后果是"站不稳呀"。更严重的是"反乱临头，跑也跑不上来，哼嗳呀，白送命呀"（七月）、"点天烛呀"（八月）、"亡国货呀"（九月），情形一句比一句严重。从"个人"的安危到"国家"的存亡，都与"一钩新月"紧密地联系在一起。一句句"我的那个小乖乖"如一声声"棒喝"，越敲越紧！经过如此的劝说，还不回头么？

末尾三段，作者从正面立论，一方面缓和了刚才的恐怖气氛，另一方面作者端出"满洲人大脚一样作八抬"和"西洋天足好不爽快"作为例证，以引起读者见贤思齐之志。最后以"奉劝诸君怜情小婴孩"收束，点明题旨。

通观全文，一唱三叹，一波三折，体现出作者对人情的深切体察。李伯元一生风流落拓，流连花界，难怪作品会写得如此贴合人情。

"学堂乐歌"中也有许多"戒缠足"歌曲。如"学堂乐歌之父"沈心工就曾创作过一首《缠脚歌》，发表在1905年的《女子世界》第11期上。《女子世界》是近代女权运动的重镇，对"缠足"问题的声讨，是近代解放女权的重头戏，所以相比于"时调唱歌"的《戒缠足歌（仿红绣鞋十二月）》，沈心工的《缠脚歌》更多的是一种血泪控诉的语气："缠脚的苦，最苦恼，从小那苦起苦到老。未曾开步身先衰。不作孽，不作恶，暗暗裏一世上脚镣。"对缠足痛苦的描写也没有了"设身处地的同情"，而是一种局外人对传统陋俗的无情揭露与厌恶。以《缠脚歌》的最后一段为例："真小脚，爱卖俏，吊起那罗裙格外高。闲来还向门前靠。便没人赞他好，自己也低头看几遭。"对妇人"以小脚为美"的心理刻画惟妙惟肖，这一点与《戒缠足歌（仿红绣鞋十二月）》的开篇不分轩轾。但此篇作品传达出的却是作者一副恨铁不成钢的心肠，毫不掩饰的嘲讽，甚至是鄙视，全没有《戒缠足歌（仿红绣鞋十二月）》的贴心与同情。虽然歌词作者同为男性，但沈氏一种启蒙者的自觉心理却十分鲜明。该作品被收录《心工唱歌集》时题目改为《缠脚的苦》，歌词多了几段。多出的段落更可以证明笔者的分析：

千般丑，万般苦，奉劝你女子要早看破。从前一误勿再误，勿再误,勿再误,勿怪吾多言勿掩耳朵。

近代各种革新运动常有激进、温和两派,晚清的女权运动也是如此。上举两篇作品,正可以代表两派的不同风格。

"商务印书馆主人"曾在《本馆编印〈绣像小说〉缘起》中说:"夫今乐忘倦,人情皆同,说书唱歌,感化尤易。"① 《绣像小说》中的"时调唱歌"作品就是这种理念的产物。而这些民间曲调也的确为启蒙者所要表达的主题提供了不小的助力。"时调"作为传唱于民间的曲调,自有其贴合人情的优势,以之"开化下愚",更可以化解"我们"和"你们"的界限,成为更具有启蒙力量的工具。

## 三、"俗曲新唱"的扩张

虽然"歌谣"类作品的出现,并不都是在《新小说》和《绣像小说》创刊之后,但是这样的作品在此之前是非常稀见的。经过《新小说》最初的提倡,以及《绣像小说》的大量示范,其后设立"歌谣"类栏目的近代期刊非常之多。据笔者目前的粗略统计,有《杭州白话报》(栏目名称曾先后为"新弹词""杂歌谣""新歌谣""歌谣")、《宁波白话报》("歌谣")、《中国白话报(半月刊)》("歌谣")、《吴郡白话报》("歌谣")、《安徽俗话报》("诗词")、《二十世纪大舞台》("歌谣")、《江苏白话报》("小说(时调唱歌)")、《白话》("歌谣")、《直隶白话报》("歌谣")、《女界灯学报》("歌谣")、《第一晋话报》("词曲")、《广州旬报》("歌谣")、《潮声》("歌谣")、《复报》("歌谣")、《竞业旬报》("歌谣")、《新译界》("杂歌谣")、《大江七日报》("讴歌")、《振华五日大事记》("粤声")、《商工旬报》("歌谣")、《农工商报》("歌谣")、《中外小说林》(设有"龙舟歌""南音""木鱼""粤讴"等栏目)、《岭南白话杂志》("音乐房")、《天铎》("粤人音"或"粤音")、《妇女时报》("谣曲选录")、《(杭州)教育周报》("歌谣")、《通俗杂志》("歌谣")、《通俗周报》("唱歌")等。没有专设栏目,但也曾刊载过"歌谣"类作品的近代期刊则更多。从上面的统计可以看出,近代一大批以中下层民众为读者对象的杂志,尤其是白话报上大多设有"歌谣"栏。从发表的作品数量来说,白话报上的歌谣类作品更是占了四分之三。

这些杂志上的"歌谣"类栏目清晰地表现出对《新小说》"杂歌谣"栏和

---

① 商务印书馆主人:《本馆编印〈绣像小说〉缘起》,载《绣像小说》第1期,1903年5月。

《绣像小说》"时调唱歌"栏的继承。例如,《振华五日大事记》和《中外小说林》等杂志上刊载的大量"粤讴"作品,就是对《新小说》的继承。再如,《杭州白话报》在1901年创刊时并没有"歌谣"类栏目。类似"歌谣"的作品,如第1、2号上的《大家想想歌》、第2年第1号的《学堂乐》、第2年第4期的《醒国民曲》,尤其是第5—15期上许多以"唱……"为标题的作品——《唱团匪认祖家》《唱御驾到西安》《唱读书人真不了》《唱做官人真不了》《唱团匪闹京城》《唱商贾大艰难》——都收录在"杂文"栏目中。等到《新小说》出刊,《杭州白话报》不但转载了上面的《出军歌》和《洋大人》两篇作品,名之为"杂歌谣"或"新歌谣",而且受其启发,还开辟出"新弹词"栏和"歌谣"栏发表自己的作品。而《宁波白话报》在改良后,"歌谣"栏中除收录了近代学堂乐歌的代表作品《马蚁》① 外,其他全是"俗曲新唱"类的作品:《缠足叹(十送郎调)》《戒烟五更调》《象山不缠足会吴歌(仿十二月花名体)》《农人悔赌(摊黄)》和《望江南(戒缠足也)》。② 《江苏白话报》则更为有趣。甲辰年(1904)第1期上标注为"时调唱歌"的《花名山歌(劝你们不要相信烧香念佛)》竟然隶属于"小说"栏,反映出该刊编辑与梁启超对《新小说》"杂歌谣"栏定位的契合。

  一份报刊为求内容丰富,在适合自己定位的情况下,常常试图涵盖尽可能多的报章栏目。而诗词作为中国传统文明的核心艺术品种,必然在编辑者的考虑之列。但是,白话报针对中下层民众的定位,必然使得编辑者舍弃"文人化"的诗词,而取"歌谣"性质的作品。如《安徽俗话报》名其栏目为"诗词",不过其作品却不怎么"阳春白雪",而是更多带有"杂歌谣"的气质。该栏目中不但转载了《绣像小说》"时调唱歌"中"讴歌变俗人"(李伯元)的《送郎君(悲北事也)》(第1期)和"天地寄庐主人"(李伯元)的《戒吸鸦片歌(仿梳妆台五更体)》(第9期),而且还刊载了许多"俗曲新唱"类作品。如第1期的《叹五更(伤国事也)》《醉东江(愤时俗也)》《送郎君(悲北事也)》,第4期的《十杯酒(讥苛税也)》,第6期的《从军行(仿十送郎调)》,第7期的《十二月写郎——梳妆台调》,第9期的《戒吸鸦片歌(仿梳妆台五更体)》,第10期的《叹十声(仿烟花调)》,第14期的《祝国歌(仿鲜花调)》等。与《安徽俗话报》类似的还有《第一晋话报》的"词曲"栏。在目前可见的刊物中,"词

---

① 《宁波白话报》第1次改良第2期,作者为曾志忞,该作品曾被梁启超收录在《饮冰室诗话》中(《新民丛报》第46、47、48号合本)。

② 分载《宁波白话报》第1次改良第1期至第5期。

曲"栏下刊载了两篇作品：《天足会歌》未标明演唱的情况，但《兄弟从军歌》却清楚地标明了使用"十二月调"。由此可见，"歌谣"类作品不但满足了丰富报刊内容的需要，还颇适合白话报刊的定位，再加上梁启超等人的大力提倡，难怪在晚清的白话报刊上出现大量的"歌谣"类栏目与"俗曲新唱"作品了。

通观这些"歌谣"类作品可以看出，由于《新小说》和《绣像小说》的提倡，其中的"俗曲新唱"作品，形成了平行于"学堂乐歌"的另一条近代音乐的发展路线，成为近代"音乐改良""音乐启蒙"的又一重要力量。这些作品与学堂乐歌非常不同。"俗曲新唱"中对曲调的介绍，往往只有一个名称，如"仿梳妆台五更体""仿鲜花调"等，对原曲几乎没有进行任何改编，曲调基本上保持了"原生态"。而所谓"新唱"，则在于所表现内容的"新"，如填上了新词的《送郎君》①：

  送郎君送到北京城，北京城里闹哄哄。今朝有酒今朝醉，忘记了八国联军来破京。
  送郎君送到天津城，天津的城墙一铲平。金银财宝都搜尽，还有那狼和虎张口要吞人。
  送郎君送到大连湾，外来的兵来好靠船。卧床让与他人睡，保不定那一年方肯归还。
  送郎君送到凤凰城，凤凰城外好经营。一条铁路几万里，穿过了东三省直到北京。
  送郎君送到欧罗巴，走到了外洋休恋家。三年耐得风霜苦，等将来转回程报效国家。
  送郎君送到美利坚，游学不成不回还。他年成就学和业，乐得把好名儿海外流传。

"送郎君"是民间非常流行的曲调。纯粹的民间唱词，不过是送郎送到"柜子边""天井边""大门口""大路旁"之类的地点，表达了一种依依不舍的儿女之情。但是，此处之"送郎君"却放眼全球，到了"欧罗巴"和"美利坚"，表现出传统生活视野被以民族国家为组成部分的世界格局所取代。唱词所表现的内容也因此脱离了男女情爱，传达出在世界格局下，护卫家国的思想主旋律。更为重要的是，作者通过这首填以新词的"俗曲"传达出一种对"郎君"的新期盼。

---

  ① 讴歌变俗人（李伯元）：《送郎君（仿时调送郎君体）》，载《绣像小说》第1期，1903年5月29日。

这是一种对于新的世界观、新的人生理想的塑造，带有明显的"启蒙"色彩。而且，出于"女性"，更确切地说是借"情妹妹"之口，借助于民间情歌的调子，也为原本浓郁的说教味蒙上了一层温情的面纱。另外，虽然歌词的作者是一名男性，但是这种"代拟"的方式在更为隐秘的层面也成为一种对具有"新眼光""新世界观"的"新女性"的召唤。

再如，发表于1913年的《放足乐（梳妆台调）》①，虽然作者运用的还是传统的"梳妆台调"，然而十年的时间已经过去，这篇作品于"气质"上与前面的作品已经有了很大的不同：

> 正月里春色到梅边，好一班有志的放足女青年。每日间约定了几个同窗友，手挽手，大踏步，走到学堂前。黄昏候，落日鲜，一队队下了课，依旧把家旋。看他们来和往，身体多自在，岂似那薄命人，苦苦地裹金莲。

原来的"戒缠足"作品大多局限于家庭与个人，立论也多从"缠足之苦"说起。而这篇作品却从"放足之乐"入手，在正面提倡天足好处的同时，也印证了时代风气的转变："放足的名誉儿早早满天涯。想当初，创此举，不过四五辈，又谁料，闻风起，何止万千家。我劝你，你劝他，通国的姊妹们脱了锁和枷。（十二月）"

唱词主体段落的描写是随着"天足"所到之处逐渐扩展的：

> 二月里雨滴杏花稍，好一座秋千架，更比画楼高。姊妹们打起来，个个轻如燕，全仗着橡皮鞋，踏得十分牢。上操场，学兵操，喊一声，开步走，橐橐履声骄。说什么花木兰，古今无二，从今后，国家担儿，要男女一齐挑。

> 三月里水带碧桃流，消遣这，暮春天，最好结清游。着一双小皮靴，登山又临水，一不用七香车，二不用木兰舟。芳草长，柳丝柔，放一回风筝儿，踢一回皮球。最可叹，裹足的那些红楼女，被束缚，都只为一对小银钩。

> 四月里满架发荼蘼，放足的女孩儿毕竟比人奇。到四方求学问，那管千万里，并不作寒酸态，临别涕交颐。小草囊，手自提，薄薄的行李儿，几件单布衣。试问那缠足的，可能如此？恐怕他才出中门，便不识路东西。

---

① 载《妇女时报》第11期，1913年10月20日。

原来因缠足而产生的各种问题也一一得到解决：

> 八月里桂发小山幽，天足女嫁了人，育麟谁与侍。人人夸，宁馨儿，长得多壮健，却只为怀胎时运动得自由。多幸福，少虔刘，无论那粗细事，决不费绸缪。富贵家，脱尽了纨绔气，贫贱人，分外的，省多少忧愁。
>
> 九月里霜打菊花篱，又到了重阳节，各把酒来携。姊妹们立下了登高约，便是那最高峰也要去攀跻。走危险，如坦夷。一霎时，凌绝顶，直与浮云齐。广胸襟，开眼界，何等快乐。到如今，才知道，天足讨便宜。
>
> 十月里芙蓉朵朵鲜，表一表，那一班，热心女教员。虽然是，教学问，时时还演说。说到了，放足事，情意更缠绵。快快放，莫留连，人四肢，与百体，那件非天然。试看我，收桃李，有了多少，谁不是，放个足，行动似神仙。

"放足"所带来的妇女家庭地位的提升与社会价值的体现，使歌曲洋溢着一种天足女性由衷的自豪感。"放足"所带来的自由与健康，又带给歌曲一种天然、活泼的情致，正如歌中所唱的"缠足的好比那泥污藕，放足的却好比绿叶出清波"。这让读者不能不替她们感到脱却了枷锁的自由与欣喜。

与前面两首戒缠足歌曲不同的是，这首作品的作者不再是男性代言人，而是时代的新女性。作者曾言："在下本来是个缠足女子，如今却已放了。回想从前未放的时候，真如在牢狱一般。何幸一日得以自由，心内实在快活。闲暇无事，编成小曲一首，数出十二月的花名，无非唤醒痴愚，共登觉岸。"从"被动"解放，到"自求解放"，新女性终于从根本上完成了社会角色的转变。最后，整首歌曲以"回头来，试看看，不是旧中华"结尾，表达出一种"恢复江山劳素手"的巾帼豪气。与旧时代的女性相比，新女性的眼界与境界已经不可同日而语。

早在1897年，梁启超在写作《变法通议·论幼学》时就提出要以"爱国""变法""戒鸦片""戒缠足"等主张为内容，编写"歌诀书"作为儿童启蒙的教材。① 同年，他在《蒙学报演义报合序》中说："西国教科书最盛，而出以游戏小说者尤夥。故日本之变法，赖俚歌与小说之力。"② 虽然这样的话不免带有梁启超一贯的偏见，但是对"俚歌"的提倡却意义深远。几年之后，他在《饮

---

① 梁启超：《变法通议》，载《饮冰室合集》第1册，文集1，中华书局1989年版。
② 梁启超：《蒙学报演义报合序》，载《饮冰室合集》第1册，文集2，中华书局1989年版，第56页。

冰室诗话》中提议"今日欲为中国制乐，似不必全用西谱。若能参酌吾国雅、剧、俚三者而调和取裁之，以成祖国一种固有之乐声，亦快事也"①。不久，他开始实践自己的主张，"著了几部小说传奇，佐以许多诗词歌曲，庶几市衢传诵，妇孺知闻，将来民气渐伸，或者国耻可雪"②。顺着这样的思路，一些"俗曲新唱"的作者曾言："自古道，大声不入于里耳。偏生这些小调儿，倒是人人爱听。况且近来有些志士们，劝说'戏剧改良！戏剧改良！'难道这些小曲就不要改良了么？恐怕转移风俗的力量比那西皮二黄还要大得多呢！"③ 由此可见，这些"俗曲新唱"的作者是自觉地以"改良"的心态，使用这些"人人爱听"的"小调"来承担"唤醒痴愚，共登觉岸"的任务。

　　以《新小说》"杂歌谣"栏和《绣像小说》中"时调唱歌"作品为开端的近代的"俗曲新唱"影响深远。连颇为郑重的《孔圣会旬报》中都设立了"歌声"栏目，其中刊出的作品《激到我火起》特别标注用"夜吊秋喜"谱。"俗曲新唱"以"唱词的改良"为主，因此深受近代"诗界革命"的影响。黄遵宪推行"适用于今、通行于俗"的新派诗，梁启超主张诗歌创作要"以旧风格含新意境"，这些主张在"俗曲新唱"的作品中都得到了实践。它们与近代"戏曲改良"的作品一样，都是启蒙者为中下层民众说法的工具，所用曲调来自民间，是民众喜闻乐见的形式。以往的研究，因大多关注于"音乐"媒介的改变，所以对近代以"改良唱词"为核心内容的"俗乐改良"常常关注不够。不过，翻阅近代的各种报刊，"俗乐改良"无论是从数量上、受众的分层上来说，还是从文化含量上来说，都应予以充分重视。

（原载《中国现代文学研究丛刊》2008年第3期）

---

① 梁启超：《饮冰室诗话》，载《新民丛报》第40、41号合本。
② 梁启超：《新罗马传奇·序》，载《饮冰室合集》第11册，专集93，中华书局1989年版，第1页。
③ 风俗小曲《放足乐（梳妆台调）》，发表于1913年。